TARA DUNCAN

ET LE LIVRE INTERDIT

Du même auteur

Tara Duncan, les sortceliers
2003

Si tu veux communiquer avec Sophie Audouin-Mamikonian,
connecte-toi sur
www.taraduncan.com

Illustration de couverture : Ludovic Debeurme

© Éditions du Seuil, 2004

Dépôt légal : mars 2004
ISBN : 2-02-065871-2
N° 65871-1

Imprimé en France

www.seuil.com

Sophie Audouin-Mamikonian

TARA DUNCAN

ET LE LIVRE INTERDIT

Seuil

À ma tendre et lumineuse famille,
Philippe, Diane et Marine,
qui continue vaillamment à soutenir
leur épouse et maman avec humour et lucidité.
Merci mes chéris, sans vous, ce livre ne serait pas.

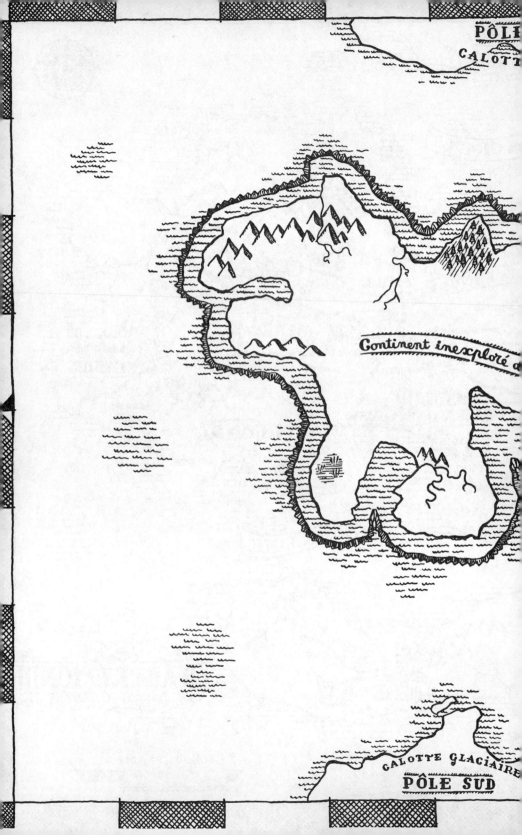

PÔL[
CALOTT[

Continent inexploré d

CALOTTE GLACIAIRE
PÔLE SUD

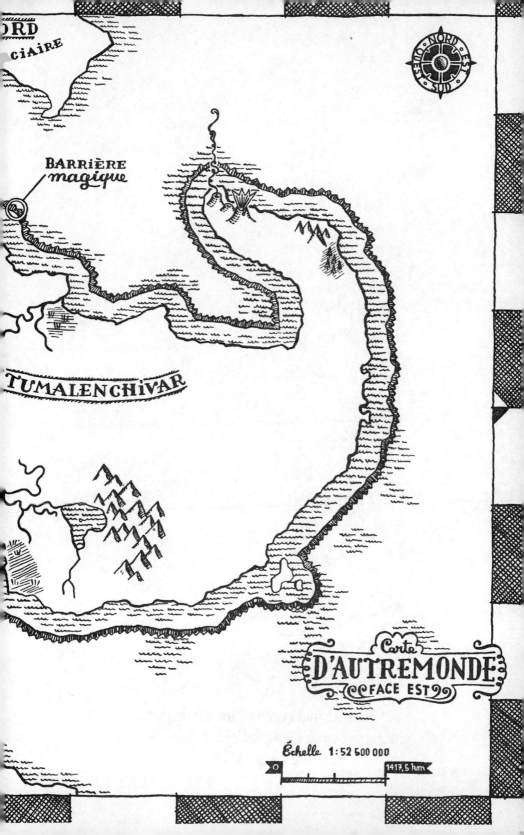

Pour les mots suivis d'un astérisque*,
reportez-vous au « Petit lexique d'Autre Monde »
en page 459.

chapitre I
Capture

Le masque du Maître brasillait d'une rage noire. Un petit tas de cendres témoignait de ce qui arrivait aux fous se risquant à le déranger. Du coup, les sombres silhouettes autour de lui s'appliquaient à ne pas bouger d'un cil.

— Ainsi, gronda-t-il, cet imbécile ose me défier! Très bien. Je ne peux pas le détruire officiellement, les autres Sangraves ne me le pardonneraient pas. Mais si c'est le résultat d'un accident...

Il s'arrêta et se mit à rire, son masque se colorant lentement d'un bleu satisfait.

— Oui, un accident... qui détruirait mon adversaire et piégerait mon ennemie. Une bienheureuse coïncidence! Une fois la fille prisonnière, j'aurai accès à tous les objets de pouvoir démoniaque, et plus rien ne pourra jamais m'arrêter! Voici ce que nous allons faire...

En écoutant le plan compliqué que le Maître venait d'inventer, l'une des sombres silhouettes frémit. Non, cela ne serait pas! La jeune fille ne devait pas être capturée vivante. Il n'avait plus le choix.

Tara Duncan devait mourir!

L'ombre glissa doucement, sournoisement, le long du mur. La lune qui s'obstinait à darder ses rayons argentés par les fenêtres la fit jurer tout bas. Elle reprit sa progression, évitant avec habileté chaises, tables et canapés. Son but se rapprochait sous la forme d'une porte de bureau d'où s'échappaient des voix courroucées.

Elle se rapprocha encore, sortit un objet transparent de sa poche et l'appliqua avec précaution contre le mur.

Les voix se précisèrent et l'ombre eut un sourire. Maintenant, elle entendait parfaitement. Et c'était très intéressant.

Tout d'abord la première voix masculine, celle du mage-dragon Chemnashaovirodaintrachivu, dit Maître Chem. Il semblait terriblement mal à l'aise et sur la défensive. La deuxième voix était distinguée mais avait apparemment du mal à articuler : celle du chien-sortcelier Manitou. La troisième voix était vigoureuse et furieuse, celle d'Isabella Duncan, la puissante sortcelière*. Et dans la dernière, très calme, l'ombre reconnut celle de la fille d'Isabella, Selena Duncan.

— Oh mais si ! rugit la voix d'Isabella répondant visiblement à une question. Je suis encore furieuse, même après une semaine ! Bon sang, Chem, tu ne m'as *même pas prévenue que Tara avait été enlevée* ! Si tu n'étais pas déjà une sorte de gros batracien, je te changerais en crapaud dans la minute !

— Saurien ! protesta le dragon, saurien s'il te plaît Isabella ! Ne m'insulte pas. Et qu'est-ce que tu aurais fait de plus que moi, hein ? À part te ronger les ongles et éventuellement le bout des phalanges ?

— Tu n'as aucune excuse, Chem, ragea la sortcelière ulcérée, et tu le sais très bien !

— Pourtant, finalement, tout s'est plutôt bien passé ! Et nous avons retrouvé Tara, délivré les sortceliers kidnappés et enfin vaincu Magister, rétorqua le dragon.

— Mmmhhm, grommela le chien Manitou, mais tu n'y étais pour rien ! Tara, Fabrice, Robin, Fafnir, Moineau et moi avons réussi à nous échapper de la forteresse grise *sans* ton aide. Et c'est nous qui avons flanqué une pâtée à Magister, pas toi !

Acculé, le dragon tenta de changer de sujet.

Capture

– À propos de pâtée, susurra-t-il d'une voix doucereuse, nous avons reçu des plaintes au Lancovit*. Il y a une demi-douzaine de sortcelières qui aimeraient bien te réduire en chair à pâtée justement !

Manitou ne put retenir un gémissement.

– Allons bon, soupira-t-il, qu'est-ce que j'ai fait encore ?

– Tu leur as vendu une *potion*, expliqua le dragon, il y a une douzaine d'années. Une potion *d'éternelle jeunesse*. Qui n'était pas si éternelle puisqu'elle vient de les faire brutalement vieillir de cinquante ans. Ces cas-là se sont déclarés il y a quelques jours, mais j'ai également un cas que j'essaie de traiter depuis un an. Le problème est que les effets secondaires de ta potion sont complexes et si j'ai pu guérir les autres sans problème et leur redonner leur apparence normale, celui-là semble incurable.

– Ouah ! aboya Manitou. Flûte, je veux dire « Quoi ! ». Mais je ne me souviens pas d'avoir vendu ce truc-là ! C'est terrible ! Et je ne peux même pas t'aider ! Mon esprit n'est pas… complet. Je ne l'ai retrouvé que depuis un mois et ce ne sont pas des trous que j'ai dans ma pauvre mémoire, mais des abîmes sans fond !

– Mmmouais, en attendant, heureusement que tu es sur Terre et que peu de gens savent que tu as été transformé en labrador, ricana Maître Chem, sinon, je ne donnerais pas cher de ta peau !

L'ironie suintait des paroles du dragon.

– Aïe, elles m'en veulent beaucoup ?

– Plutôt, oui ! Elles se sont couchées en ayant l'apparence de jeunes filles de vingt ans et leurs partenaires ou maris se sont retrouvés à côté de grand-mères le lendemain matin. Tu imagines le choc ! Tu n'aurais pas dû marquer « jeune pour l'éternité » sur la publicité !

– Je ne veux pas m'immiscer dans les problèmes que mon père a le chic de créer dès qu'il décide de faire de la magie, les interrompit la voix agacée d'Isabella, qui n'avait pas l'intention de laisser le dragon s'en sortir aussi facilement, mais j'aimerais bien que nous revenions à notre discussion initiale, vous savez, à propos de Magister, ce Sangrave qui a failli ouvrir la faille entre la Terre et les Limbes*, ce qui aurait permis aux Démons d'envahir cette planète. C'est un peu plus important que des problèmes de *potion*. Et tu as eu une chance infernale, Chem, que Tara ait assez d'intelligence et de pouvoir pour détruire le trône de Silur!

— Bon! Eh bien, nous n'allons pas nous affliger sur ce qui aurait pu se passer et ce que nous aurions dû faire ou ne pas faire, trancha le dragon qui en avait assez qu'on lui hurle dans l'oreille. Isabella a retrouvé sa fille qu'elle croyait morte et sa petite-fille est en pleine forme. Alors discutons plutôt des *autres* problèmes. Qui se cache sous le masque de Magister? Qui est ce fameux Chasseur dont il a parlé à Tara? Et qui a essayé de tuer Tara dans le Vortex? Ce n'était pas Magister, puisque Tara est l'unique clef pouvant lui permettre d'accéder aux objets démoniaques. Voilà trop de questions pour lesquelles nous n'avons pas le début d'une réponse… J'ai horreur de ça.

— Mmmmh, fit Manitou qui réfléchissait dur, mais que fais-tu du Rigibonus?

Au silence de Maître Chem, l'ombre comprit que le dragon était perplexe.

— Du *quoi*?

— Il y a un mois, Magister avait tenté une première fois d'enlever Tara. Il avait envoyé un de ses Sangraves qui en profita pour essayer d'éliminer Isabella, expliqua Manitou avec une once de rire dans la voix. Celui-ci a utilisé un sort… bizarre. D'abord c'est un Rigidifus qui pétrifie sa victime, et en cours de route, le rayon se transforme en Carbonus, qui la brûle. J'ai donc appelé le sort le « Rigibonus ». Le Rigibonus allait faire griller Isabella comme une sardine quand Tara a rattrapé le rayon brûlant, personne ne sait bien comment d'ailleurs, et l'a renvoyé dans le visage de ce Sangrave. Il a été gravement blessé. Et comme c'est un double sort, il ne peut être soigné *que* par Tara. En attendant, la figure du bonhomme doit ressembler à un steak. Bien cuit.

— Beurk, dit Selena, évite les détails s'il te plaît Manitou. Donc si Tara *meurt*, il sera guéri *automatiquement*, c'est ça?

— Exactement! approuva Manitou avec satisfaction. Peut-être tenons-nous notre coupable?

— Je ne pense pas, remarqua la voix grave du dragon après un instant de réflexion. La douleur doit être si vive qu'il n'est probablement plus bon à grand-chose. À mon avis, la seule chose qu'il soit capable de faire en ce moment, ce sont des bulles.

— Des bulles?

La voix du dragon était sombrement amusée quand il précisa:

— Des bulles, oui. Il doit avoir la tête sous l'eau avec des glaçons pour essayer de calmer la brûlure, et ça doit faire des tas de bulles quand il hurle. Non, il faut chercher ailleurs.

Un silence salua son humour noir.

— Tara avait prélevé des cheveux sur la brosse de Magister. Ça a donné quelque chose? s'informa Manitou, pensif.

— Lorsque nous avons réussi à prendre la forteresse grise, nous avons récupéré la brosse, les vêtements, et même les *caleçons* de ce cher Magister, grogna Chem, nous les avons passés à la section de recherche des elfes-chasseurs, mais le tout était tellement imprégné de magie démoniaque qu'on n'a pas pu en tirer grand-chose. Impossible de localiser ou d'identifier ce sale type.

— Magister est toujours masqué, intervint doucement Selena. Il m'a gardée prisonnière pendant dix ans, et je n'ai jamais réussi à savoir qui il était réellement!

— Je n'ai aucune réponse, malheureusement, les interrompit Isabella d'une voix toujours irritée, puisque j'ai été *écartée* de cette histoire, et j'ai une question bien plus importante. Comment allons-nous gérer le fait que Tara soit l'*héritière* de l'empire d'Omois*? J'ai bien quelques idées mais...

Collée au mur, l'ombre écoutait, attentive à ne faire aucun bruit. Elle était si concentrée qu'elle ne vit pas l'énorme félin se glisser silencieusement dans son dos. Lentement, prudemment, les oreilles collées au crâne, la vision focalisée sur sa proie, il se rapprocha. Soudain, l'ombre bougea et le fauve s'immobilisa, aplatissant sa masse au sol. Ses babines se retroussèrent sur des crocs luisants. L'ombre se retourna, prévenue par un mystérieux sixième sens, mais il était trop tard.

Le félin bondit. Ils s'écroulèrent ensemble.

Maître Chem, Selena, Manitou et Isabella sursautèrent en entendant un féroce rugissement et un fracas de verre brisé, suivis d'un cri.

– Ahhhhh!

Selena ouvrit vivement la porte du bureau, hoquetant au spectacle d'un jeune garçon brun, gisant au milieu d'éclats de verre, cloué au sol par un énorme félin jaune... qui lui léchait affectueusement la figure.

– Non mais ça va pas non! hurla le jeune garçon, furieux, en essayant d'éviter la langue râpeuse. T'es complètement givré! On n'a pas idée de sauter sur les gens comme ça!

– Cal? s'exclama Manitou. Mais qu'est-ce que tu fais là?

– Laisse-le, Sembor! ordonna Selena à son Familier, et le puma s'écarta à contrecœur, libérant sa proie.

Elle aida Cal à se relever.

– Euh..., je passais par là, tenta le jeune sortcelier, et...

– À deux heures du matin? le coupa sévèrement Isabella.

– Vraiment? s'étonna Cal en écarquillant ses grands yeux gris d'un air innocent, il est si tard que ça? Oh là là, je ferais mieux d'aller me coucher! Si vous voulez bien m'excuser...

Il s'apprêtait déjà à s'éclipser quand Chem l'attrapa au collet en disant:

– Eh là, une minute, jeune homme! Je veux savoir ce que vous faisiez debout au beau milieu de la nuit.

Lançant un regard par terre, il incanta:

– Par le Reparus que ce qui a été brisé soit en l'instant réparé!

Immédiatement, les morceaux jonchant le sol se rassemblèrent et formèrent un verre qui flotta docilement devant lui. Le mage ajouta:

– Au milieu de la nuit, disais-je donc, avec un verre. Vide.

Le jeune garçon tenta bien d'inventer un mensonge vite fait, mais l'air furibond d'Isabella l'en dissuada.

– Nous autres Voleurs, nous survivons grâce à l'information, avoua-t-il en haussant les épaules. Alors quand j'ai réalisé que vous vous réunissiez en secret, j'ai pris un verre dans la cuisine et je l'ai posé contre le mur pour vous entendre.

Selena était complètement perdue.

– Un verre?

– Ouais, c'est un vieux truc de Voleur. Le son est une vibration. La vibration heurte le mur et est retransmise par le verre. On entend presque aussi bien que si on était dans la pièce.

– Pour ta gouverne, jeune homme, nous n'étions pas en train de parler de *secrets*. En fait, gloussa le vieux dragon, Isabella était *encore* en train de me passer un savon parce que je ne l'avais pas prévenue que sa petite-fille avait été enlevée. À présent, nous avons dépassé ce stade des discussions… n'est-ce pas, Isabella?

La sortcelière le foudroya du regard.

– N'imagine pas un instant que je t'ai pardonné, vieux serpent. Nous reparlerons de cette histoire, crois-moi!

– Saurien! se plaignit Chem, je suis un reptile, certes, mais de la classe des Sauriens supérieurs. Est-ce que je te traite de vieille *guenon* chaque fois que je suis en colère contre toi? Non, n'est-ce pas? Alors cessons de nous envoyer notre arbre généalogique à la figure à chaque bagarre, s'il te plaît!

Ignorant le petit gloussement de Selena, Isabella plissa ses yeux verts sous l'insulte et rétorqua froidement:

– Après tout, tu as raison, Chem, tu es bien un *sot* et tout à fait un *rien*!

Oups! La guerre était déclarée. Cal décida de s'éclipser avant de risquer un «dommage collatéral». Selena lui adressa un sourire gêné quand il se faufila hors du salon avec un soupir de soulagement. Bon, au niveau de l'excursion nocturne, ce n'était pas encore tout à fait au point.

Il rentra dans la chambre qu'il partageait avec Robin et Fabrice. Ses amis étaient réveillés et l'attendaient anxieusement, en compagnie du renard Blondin, le Familier de Cal.

– Dis donc, lança Fabrice avec sarcasme, tu n'étais pas censé être discret? «Je ne peux pas vous emmener, nous as-tu dit, vous feriez probablement trop de bruit!» Ben, en fait de bruit, j'ai vraiment cru que la maison s'écroulait! Une vraie «onzième lettre de l'alphabet; la tienne; synonyme de couplet; mon tout étant un désastre».

– Une vraie quoi? demanda Robin qui avait un peu de mal avec la curieuse habitude de Fabrice d'émailler ses phrases de charades.

– Une K-ta-strophe! répondit charitablement le jeune Terrien.

– C'est ce stupide puma! grogna Cal avec mauvaise humeur. Il était planqué dans un coin de la pièce et je ne l'ai pas vu… jusqu'au moment où il m'a sauté dessus.

– Ouille! compatit Robin, le demi-elfe, en hochant sa tête aux longs cheveux blancs parsemés de mèches noires, autant pour ta formation de Voleur Patenté! Tu as tout de même réussi à apprendre quelque chose?

– Rien du tout. Ils étaient en train de discuter avec Maître Chem… enfin discuter… plutôt en train de lui passer un savon. La grand-mère de Tara n'a toujours pas digéré que Chem lui ait caché l'enlèvement de sa petite-fille. Donc pour le moment, rien de bien neuf.

– Bon, sourit Robin en plissant ses yeux de cristal, ça veut dire que nous allons pouvoir profiter de nos vacances sans souci. Moi, j'aime bien la Terre, ça me change agréablement d'AutreMonde*.

Capture

Les Hauts mages du Lancovit, ravis d'avoir récupéré leurs Premiers sorceliers sains et saufs, avaient accordé aux jeunes héros *vingt* jours de vacances. Cela faisait maintenant une semaine qu'ils étaient sur Terre. Malheureusement, Tara avait déjà manqué la rentrée scolaire terrienne et il ne leur restait que deux jours avant que la jeune fille ne soit obligée de retourner au collège.

À leur arrivée d'AutreMonde, Fabrice leur avait proposé l'hospitalité dans son château, mais les deux garçons, également invités par Isabella, avaient préféré rester près de Tara et de Moineau. Pour qu'il ne se sente pas exclu, la grand-mère de Tara avait aussi invité Fabrice, et avec Selena et Maître Chem, le vieux manoir aux pierres roses était plein à craquer.

Évidemment, avec la magie ce n'était pas un gros problème. Cependant, si le manoir s'était transformé en *château de Versailles* du jour au lendemain, cela aurait certainement attiré l'attention des Nonsos. Isabella s'était donc contentée d'agrandir les chambres pour caser tout le monde.

L'instant d'après, un discret coup à la porte propulsait les garçons sous leur couette. Fausse alerte. Ce n'était ni Selena, ou, *pire*, Isabella, mais juste Moineau et Tara qui pointaient le bout de leur nez. Elles regardèrent leurs amis avec affection. Fabrice, blond et athlétique, Cal, petit, souple, avec un visage d'ange, et enfin Robin, aux yeux de cristal, moitié humain et moitié elfe, nettement plus grand que les deux autres. Les garçons leur rendirent leurs regards. Les deux filles étaient accompagnées par leurs Familiers, Galant le pégase* et Sheeba la panthère, et formaient un joli tableau.

Le tableau se gâta quelque peu quand elles éclatèrent de rire à la description apocalyptique de l'expédition ratée de Cal.

— Bon, ça va, grommela le petit Voleur, arrêtez de rigoler comme des balbounes*, les filles. J'ai sommeil, alors ouste, dehors !

Tara était reconnaissante que son ami fasse autant d'efforts pour l'aider. Elle l'embrassa affectueusement, le faisant rougir.

Évidemment, leurs commentaires hilares, dans la chambre d'à côté, gâchèrent un peu sa démonstration d'affection.

Le lendemain matin, les cinq jeunes sortceliers décidèrent de partir en excursion dans les environs.

— Le plus simple, proposa Tara, c'est d'aller se balader à vélo.

— En *quoi*? demandèrent Cal, Moineau et Robin qui n'avaient jamais vu de vélo de leur vie.

— C'est ça, leur montra Tara, souriant malicieusement en enfourchant sa bicyclette. Il suffit de monter dessus, et de pédaler pour rouler, vous allez voir, c'est facile.

Après s'être écrasé le nez deux fois sur la pelouse du manoir, Cal décida que Tara et Fabrice, écroulés de rire au bord du chemin, s'étaient assez moqués d'eux. Discrètement le jeune sortcelier incanta:

— Par le Stabilus je roule et ainsi je ne perds plus la boule!

Bien que la magie sur Terre soit nettement moins puissante que sur AutreMonde, son sort de stabilité fonctionna. Le vélo se mit à rouler parfaitement droit.

— Tricheur! cria Moineau avant d'abandonner sa bicyclette à toute vitesse pour éviter de percuter un gros marronnier.

— Ouais, marmonna Robin, eh bien on va être deux, parce que je commence à en avoir assez de leurs *vélos*. Par le Stabilus je garde l'équilibre et sans tomber je me sens libre!

Tara sourit en songeant que les formules de Robin étaient en général plus… distinguées que celles de Cal.

Soudain, Moineau poussa un cri. Son vélo venait encore de lui échapper et elle filait droit sur un rosier. Plein d'épines.

De longues épines.

Instinctivement, la frêle jeune fille se transforma.

La malédiction qui avait affecté son ancêtre et l'avait transformé en Bête quatre cents ans auparavant, agit instantanément. À la place de la jeune princesse Gloria Daviil, dite Moineau, la monstrueuse

Bête apparut. Haute de trois mètres, terrifiant croisement entre un ours, un taureau et un loup. Des tas de crocs, des griffes et un air à faire frémir le plus terrible des psychopathes.

La transformation fut fatale au vélo. Et le rosier ne résista pas. Ses vêtements non plus d'ailleurs.

– Hou là là, grogna Moineau en relevant sa masse poilue, je suis désolée! Je crois bien que j'ai cassé ton volo!

– Vélo, rectifia machinalement Tara qui se mordait les joues pour ne pas rire. Ce n'est pas grave. Euuuh, Moineau?

– Oui? répondit la Bête qui essayait de se débarrasser des roses qui lui couvraient la tête.

– Les gens n'ont pas trop l'habitude de… *bestioles* dans ton genre, dans le coin. Ça ne t'ennuierait pas de te retransformer, s'il te plaît?

– Oh! Pardon! Je rentre me changer, je crois bien que j'ai bousillé mon jean. Hmmm. Ma chemise aussi d'ailleurs. J'arrive tout de suite.

Robin remit le vélo à neuf en un tour de main… ou plutôt de magie et ils furent fin prêts.

Galant, le pégase de Tara, Sheeba, la panthère argentée de Moineau, et Blondin, le renard de Cal, encore fatigués de leurs récentes aventures, préférèrent rester au manoir.

L'été terrien ayant pour une fois décidé de se comporter en véritable été, il faisait beau et doux. Après s'être baladés dans la région, avoir admiré les forteresses en ruine puis pique-niqué (les trois AutreMondiens eurent beaucoup de mal à se faire à *l'odeur* des fromages français!), ils rentrèrent.

Alors qu'ils allaient déboucher sur l'allée principale menant au manoir, Tara, qui pédalait en tête, freina brusquement. Une vingtaine d'hommes vêtus de noir encerclaient sa maison!

Sans réfléchir, elle coucha son vélo dans l'herbe et courut se dissimuler derrière un petit bosquet d'arbres. Très étonnés, Cal, Moineau, Robin et Fabrice suivirent le mouvement.

– Que se passe-t-il ? demanda Fabrice, inquiet.

– Il y a des types louches autour du manoir. On dirait qu'ils cherchent à encercler la maison. Ce n'est pas normal !

– Non ! gémit Fabrice, ça va pas recommencer ! *Encore !*

– Si ce sont des ennemis et qu'ils sont ici pour attaquer Grand-mère, ils vont avoir une mauvaise surprise, remarqua Tara en se démanchant à moitié le cou pour essayer de voir à travers les buissons, Maître Chem et Maman vont en faire de la bouillie. Bien fine.

– Oh, Tara ! protesta Moineau qui avait une imagination très visuelle, pas besoin de préciser !

– Ils n'ont pas l'air de vouloir attaquer, annonça Robin après avoir jeté un coup d'œil discret. En fait, ils restent là sans bouger, comme s'ils attendaient quelque chose.

– Quelque chose ou… *quelqu'un* ! reprit Moineau en désignant Tara de la tête. Jusqu'à preuve du contraire, c'est *toi* qui es la cible de Magister.

Fabrice ouvrit de grands yeux.

– Aïe, aïe, aïe, dit-il, alors tu crois qu'ils arrivent d'AutreMonde ? Que ce sont *encore* des Sangraves ? Qu'ils viennent pour enlever Tara ?

– Aucune idée, répondit Moineau. Normalement, les Sangraves sont masqués, ce qui n'est pas le cas de ces types-là. Cela dit, ça peut aussi être un piège. Restons cachés pour le moment, surtout toi, Tara.

Tara n'eut pas le temps de répondre, car Maître Chem, Selena, Isabella et Manitou apparaissaient sur le perron du manoir. Les jeunes sortceliers se crispèrent dans l'attente de la bagarre, prêts à intervenir.

Mais il ne se passa rien. Le chef des Hommes en noir se contenta de parler, puis il fit un geste. L'instant d'après, une sorte d'holo-gramme se matérialisa dans les airs, minuscule silhouette décla-mant son texte avec gravité.

Capture

Au cas où ses interlocuteurs auraient été sourds, ce qu'elle disait s'inscrivait également devant elle en lettres de feu… un peu pâlottes, mais enfin en lettres de feu quand même. Maître Chem hochait la tête, écoutant avec attention.

De là où ils étaient, il était difficile de percevoir son expression, mais Tara eut tout de même l'impression que le vieux mage était très ennuyé.

— Écoutez, dit Moineau, qui depuis qu'elle ne bégayait plus arrivait de mieux en mieux à vaincre sa timidité, on ne peut pas rester derrière ces arbres toute la soirée. Je propose que nous allions voir ce qui se passe. Tara restera ici avec Robin pour la protéger, Cal, Fabrice et moi, on ira là-bas. Si tout va bien, on vous fera signe de venir. S'il y a danger, alors on rentrera dans la maison et à vous de vous débrouiller pour contacter le Haut Conseil des sortceliers sur AutreMonde et lui demander d'envoyer des renforts.

— Mais je ne veux pas rester ici! protesta Tara qui était morte d'inquiétude.

— Tu n'as pas le choix, contra fermement Moineau, si tu viens avec nous et que ces types nous attaquent pour t'attraper, nous nous défendrons. Et nous devrons risquer *nos* vies pour *te* protéger.

— Ça, c'est parfaitement déloyal comme argument, gronda Tara, furieuse.

— Peut-être, admit Moineau, très satisfaite, mais c'est imparable. Alors à tout de suite.

Et sans attendre que Tara essaie de les faire changer d'avis, Moineau, Fabrice et Cal remontèrent sur leurs vélos et foncèrent vers le manoir.

Très angoissée, Tara suivit la progression de ses amis en mordillant sauvagement sa mèche blanche. Robin, qui pour l'excursion avait dissimulé ses traits de demi-elfe sous une forme humaine, n'était pas moins soucieux.

Leurs amis passèrent le cercle formé par les Hommes en noir sans provoquer de réaction. Puis leur chef posa une question à Maître Chem, et celui-ci lui répondit en désignant Cal.

Immédiatement, deux des hommes attrapèrent Cal, le soulevant de sa bicyclette.

Glacée, Tara comprit. Les Hommes en noir venaient de capturer son ami! Ils prenaient un otage pour la forcer à se rendre!

Elle n'allait pas les décevoir.

Surprenant Robin, elle sauta sur son vélo et, folle de rage, se mit à pédaler vers le manoir.

Depuis qu'elle pratiquait la magie, bien contre sa volonté, Tara avait compris qu'elle devait *visualiser* ce qu'elle désirait. Aussi imagina-t-elle qu'elle arrivait comme la foudre sur ses adversaires et les propulsait loin de Cal et du manoir.

Malheureusement, elle avait oublié un léger détail.

La pierre vivante, réservoir de la magie d'AutreMonde, était dans sa poche.

Cette pierre était une entité intelligente, elle aidait Tara grâce à sa puissante magie, depuis que celle-ci l'avait délivrée de sa prison sur l'île des Roses Noires. Quand leurs deux pouvoirs s'additionnaient, Tara et elle devenaient une véritable catastrophe ambulante.

Car la pierre avait une notion assez imprécise des dégâts qu'elle pouvait commettre. Et n'avait pas encore intégré le fait que les humains étaient *fragiles*…

– *Pouvoir*? chanta-t-elle dans l'esprit de Tara. *Tu veux du Pouvoir pour détruire les méchants qui veulent du mal? Pouvoir je te donne? Prends!*

Tara n'eut pas le temps de réagir. Brusquement, son vélo décolla, survola la scène comme un faucon pendant qu'elle essayait désespérément de tenir dessus, agrippée aux poignées, puis plongea sur les Hommes en noir.

Ceux-ci levèrent la tête en entendant un grand « Aaahhhh! »

Capture

Curieusement, le «Aaahhhh!» exprimait nettement plus l'affolement que la fureur guerrière.

Ils n'eurent pas le temps de s'interroger. Les puissantes magies combinées de Tara et de la pierre saisirent les agresseurs et les expédièrent à vingt mètres de distance de Cal. Les atterrissages furent... douloureux. Isabella aimait beaucoup les rosiers et un énorme roncier entourait la propriété, parce qu'elle aimait aussi beaucoup les mûres. Les Hommes en noir braillèrent en atterrissant dans les épines.

Le vélo de Tara s'arrêta brutalement à un millimètre du sol, coupant net le hurlement d'effroi de la jeune fille. Elle sauta à terre, jeta un regard noir vers la pierre dans sa poche, puis se retourna et ouvrit ses mains, qui s'illuminèrent instantanément d'une lueur bleue, prête à venir en aide à ses amis.

– Cal! Fabrice! Moineau! Fuyez, je vous couvre! cria-t-elle.

Mais Cal ne bougea pas, se contentant de la regarder d'un air stupéfait.

– Tara! rugit Maître Chem, arrête! Arrête tout de suite! Ce sont des *gardes impériaux*!

Avant que Tara ne puisse obéir, un nouvel arrivant se jeta dans la bagarre, ajoutant à la confusion. Galant volait à leur rescousse. Le chef des Hommes en noir qui marchait sur eux, tout égratigné et boitillant, dut affronter les griffes du pégase furieux. Il en perdit son légendaire sang-froid.

Pointant l'index sur Galant qui venait de lui arracher un bon bout de son pantalon et revenait à la charge, il incanta en hurlant:

– Par le Pocus je te paralyse et par mon geste arrête cette crise!

Galant ne put éviter le rayon paralysant qui jaillit des mains de l'Homme en noir, et s'abattit sur la pelouse avec un *baoum* retentissant.

– Par ordre de l'impératrice d'Omois, reprit l'Homme en noir, je vous ordonne de vous rendre. Tout de suite!

Malheureusement, la réaction de Tara fut purement instinctive. Il venait de paralyser son pégase, et elle n'eut pas le temps de suspendre son geste. Le chef des gardes impériaux de l'impératrice et de l'imperator d'Omois s'envola gracieusement et le *plouf* bruyant qui salua son atterrissage confirma à tout le monde qu'il venait de faire connaissance avec la magnifique piscine du manoir.

Il en sortit en crachotant et fou de rage. Il avait perdu sa cape noire pendant son court voyage dans les airs, et Tara constata que son uniforme était bien celui, pourpre et or, de l'empire d'Omois. De plus, le sort de dissimulation s'était dissipé, et les gardes avaient bien leurs quatre bras caractéristiques, très utiles pour tenir tout un tas d'objets coupants et contondants.

Sous l'étonnement, Tara musela son pouvoir… malgré les protestations de la pierre vivante, toujours prête pour une petite bagarre.

— Mais… mais…, balbutia la jeune fille, ils ne sont pas venus pour m'enlever?

— Pas du tout! répondit le vieux mage en fronçant les sourcils. Ils sont venus pour Cal.

— Cal? demanda Tara, qui ne comprenait plus rien.

— Oui, confirma sombrement Maître Chem. Ils sont venus pour l'arrêter. Il est accusé de meurtre!

chapitre II

Arrestation

– C'est grave, Tara, confirma Moineau, blême de peur. Ils ont également arrêté Angelica, et Maître Chem est convoqué au palais pour expliquer les circonstances de la mort du garçon dans le Vortex. Et toi et moi sommes également *priées* de venir !

Tara reçut comme un choc au creux de l'estomac, au point de se sentir mal. Parce que Cal et Angelica étaient *partiellement* responsables de la mort du garçon, même si le résultat avait été tragiquement involontaire.

– Je vais vous accompagner, déclara Maître Chem, nous devons nous orga…

– C'est hors de question, l'interrompit brutalement Isabella. Tara *ne peut pas* aller à Omois !

Le chef des gardes impériaux fronça les sourcils.

– Et pourquoi Damoiselle Duncan ne pourrait-elle pas venir dans notre belle capitale ? demanda-t-il très poliment, tout en abaissant imperceptiblement ses quatre mains vers ses épées étincelantes.

– Parce que ! répliqua Isabella. Elle ne peut pas. Point.

Le visage du garde se ferma et ses mains descendirent encore.

– On a attenté plusieurs fois à la vie de Tara, intervint diplomatiquement Maître Chem. Elle ne peut risquer de se rendre sur AutreMonde, c'est trop dangereux pour elle.

À voir la tête du chef des gardes, on sentait qu'il se disait plutôt que *Tara* était dangereuse pour les autres et, non le contraire. Mais après tout, sa mission principale était de ramener Cal, pas les deux filles qui n'étaient que convoquées «amicalement».

— Je m'en voudrais de risquer la sécurité de cette Damoiselle, s'inclina-t-il. Je vais en rendre compte à l'impératrice.

Mais il ajouta, en jetant un regard froid vers Isabella:

— Toutefois, je reviendrai si sa Majesté impériale estime que la présence de Damoiselle Duncan est… requise.

— Je vais vous suivre, décida Moineau. Je te représenterai, Tara.

— Cal, ça va aller? demanda Tara, retenant bravement ses larmes.

Le petit Voleur était encore abasourdi de ce qui venait de lui arriver. Il fronça les sourcils, puis ébaucha un pâle sourire.

— Disons, répondit-il, que j'ai connu des situations plus agréables. Mais ne vous inquiétez pas, tout va s'expliquer très vite. Les Diseurs de Vérité vont lire ce qui s'est passé dans mon esprit. Ce n'est pas moi qui ai tué ce garçon, mais bien celui ou celle qui a développé le Vortex pour qu'il te détruise!

Tara échangea un regard angoissé avec Moineau, hocha la tête puis embrassa Cal sur les deux joues, à son grand embarras.

Robin et Fabrice se contentèrent d'une virile claque dans le dos.

Sans un mot, le chef des gardes fit signe à ses hommes de prendre Cal et Blondin en charge, puis il libéra Galant du sort de paralysie. Le pégase, encore sonné, louchait un peu et ce fut en vacillant qu'il vint se faire réconforter par Tara. Les gardes impériaux et Moineau suivirent Maître Chem qui se dirigea d'un air très préoccupé vers le Château du comte de Besois-Giron où se trouvait la Porte de transfert vers AutreMonde.

— Attendez! intervint Isabella qui, soudain aussi pâle que ses cheveux d'argent, se frottait les poignets avec douleur, vous ne pouvez pas vous promener sur cette planète dans cette tenue. Séchez-vous et reprenez votre cape. Et n'encadrez pas cet enfant comme s'il était un terrible criminel, les Nonsos* pourraient se poser des questions.

Le chef de la garde impériale lui jeta un regard noir. Sa tenue de velours dégoulinait et paraissait définitivement bonne à jeter à la poubelle. Avec un soupir, il incanta, déclenchant un vent bref, violent… et très chaud.

Mauvaise idée. Il est bien connu que chauffer brutalement du velours ne donne qu'un résultat : il rétrécit.

L'instant d'après, le chef de la garde impériale contemplait ses mollets et ses quatre avant-bras nus avec stupeur.

Réprimant un fou rire nerveux, Selena lui tendit gravement sa cape noire. Il s'en enveloppa ainsi que dans ce qui lui restait de dignité, puis partit d'un pas agacé vers le château, suivi de ses soldats.

Selena prit Tara dans ses bras, et celle-ci, encore peu habituée aux contacts physiques, sursauta… puis se détendit. Bon, sa mère ne voulait pas l'étrangler, juste lui faire un câlin.

– Ça va, ma chérie ? lui demanda Selena.

Tara n'avait pas *non plus* l'habitude qu'on s'inquiète pour elle et se détendit légèrement, émue par la tendresse de sa mère.

– Non, ça ne va pas ! Je suis morte d'angoisse pour Cal. Et furieuse en même temps. Je ne sais pas comment il fait, mais il passe son temps à se mettre dans des situations impossibles.

– Moi aussi, je suis anxieuse pour ton ami. L'accusation est très grave, répondit Selena. Et je remercie Demiderus que tu n'en sois pas l'objet !

Isabella, qui ne voulait pas que Selena alarme trop Tara, leva les yeux au ciel et rentra dans le manoir, en se frottant toujours les poignets. Avant qu'elle ne s'éloigne, ils eurent le temps d'apercevoir les deux glyphes rouges et luisants qui pulsaient sur ses bras. Tara fronça les sourcils. La Parole de Sang qu'avait donnée sa grand-mère à son père pouvait la tuer à tout moment, si Tara devenait un mage. Elle l'avait oublié un instant en volant au secours de

Cal. Mais utiliser son pouvoir aussi près de sa grand-mère la faisait souffrir. Elle devait absolument être plus prudente.

Selena soupira. Elle lâcha Tara à regret.

— Bon, se résigna-t-elle, je crois que je vais *encore* avoir droit à une tirade sur l'éducation des enfants, et ce qu'il faut leur révéler ou pas. À tout à l'heure.

Tara sourit faiblement. Depuis une semaine, sa mère et sa grand-mère rattrapaient dix ans de séparation. Et Isabella découvrait avec surprise que sa gentille et tendre fille s'était forgé un solide caractère en dix ans de réclusion.

— Alors? s'exclama Fabrice, qu'est-ce qu'on fait?

Tara respira un grand coup, regardant Cal et Moineau qui disparaissaient au détour du chemin, puis prit une décision.

— Suivons ma grand-mère! dit-elle.

Et sans attendre, elle s'élança. Ils la suivirent, observant avec surprise les ruses de Sioux qu'elle utilisa pour arriver jusqu'au salon sans se faire repérer.

— Euuuh, tenta Fabrice, se sentant un peu ridicule à ramper sur le tapis, pourquoi se cache-t-on?

— Je veux savoir ce que manigance ma grand-mère, chuchota Tara. Et avec elle, le seul moyen, c'est d'écouter aux portes.

— Mmmouais, ça n'a pas trop réussi à Cal hier soir, répondit nerveusement Fabrice en regardant tout autour de lui, histoire de localiser Sembor, le Familier de Selena.

— Chut, tais-toi! lui intima Tara. Écoutons!

Docilement, ils obéirent et collèrent une oreille contre la porte.

Les voix des deux femmes étaient clairement audibles. Il était facile d'imaginer la fragile Selena assise dans un fauteuil confortable, observant sa mère avec attention.

— Je ne peux pas dire que j'aimais beaucoup Danviou, ton défunt mari, disait Isabella, mais vois donc la merveilleuse surprise qu'il nous fait?

Bon, visiblement le chapitre éducation était déjà passé et elles en étaient au chapitre « évocation du bon vieux temps ».

– Une merveilleuse surprise ? demanda Selena, un peu perplexe. Quelle merveilleuse surprise ?

– Il était l'imperator ! L'imperator d'Omois ! En fait, je me doutais de quelque chose de bizarre. Compte tenu des angoisses de ton mari chaque fois que nous rencontrions des inconnus, je pensais qu'il était un petit nobliau d'Omois fuyant sa famille pour une raison ou pour une autre. Ce que je n'avais pas réalisé, c'était qu'en réalité, il fuyait un *empire* ! Et moi qui ne voulais pas de lui parce que je désirais que tu épouses quelqu'un de plus important ! Le petit cachottier…

Ce que répondit Selena assomma Tara.

– Oui, d'ailleurs tu le détestais tellement que tu m'as enfermée dans un donjon pour m'empêcher de le voir !

Isabella s'éclaircit la voix avant de répondre.

– J'ai peut-être effectivement un peu exagéré.

– Un peu exagéré ! Tu as chargé des *trolls* de garder le donjon. Sans compter la demi-douzaine de princes ou sortceliers, « bien sous tous rapports », que tu m'as envoyés pour conquérir mon cœur et qui se sont fait proprement griller ou aplatir par tes sorts ! Tu devrais arrêter de lire les vieux contes romantiques terriens, Maman, ça ne te réussit pas du tout !

– D'accord, d'accord ! admit Isabella. Les trolls étaient en trop. Mais je ne voulais que ton bien, ma chérie. Cet inconnu tombé du ciel qui voulait t'épouser ne m'inspirait guère confiance.

Tara était stupéfaite. Ainsi, sa grand-mère ne voulait pas de ce mariage ! Voilà pourquoi elle évitait depuis toujours de parler de ses parents ! Des tas de choses venaient soudain de s'expliquer.

Selena n'avait pas envie de remuer le passé. Elle changea de sujet, revenant au présent.

– Tara sait-elle qu'en refusant de répondre à une convocation de l'impératrice, elle peut nuire à son ami ?

– Je me fiche totalement du sort de ce garçon, rétorqua furieusement Isabella. Il est hors de question que ma petite-fille aille à Omois! C'est dangereux pour elle. Imagine que Magister la capture encore!

– Je ne minimise pas le danger, répondit calmement Selena, mais Tara est loyale, jamais elle n'abandonnera son ami. Que vas-tu donc faire pour l'en empêcher? L'enfermer dans un donjon, comme moi?

La voix d'Isabella fut soudain très songeuse.

– Je n'y avais pas pensé, répliqua-t-elle, mais ce n'est pas une mauvaise idée!

À ces mots, Tara recula brutalement, faisant signe à ses amis de l'imiter. Elle avait le cœur qui battait la chamade.

Robin résuma leurs pensées.

– Hou là là, elle est assez... *radicale* ta grand-mère, dis donc. Alors? Que fait-on maintenant?

– Ça me paraît évident, non? souffla Tara. Nous allons à Omois. Cal a besoin de nous!

Fabrice gémit:

– J'aurais dû parier que tu allais dire ça! Et je suppose que je dois me débrouiller pour nous faire passer?

– Je suis désolée, chuchota Tara, qui n'aimait pas mettre son ami devant un tel dilemme, mais c'est *ton* père qui est le Gardien de la Porte de transfert vers AutreMonde! Et je crois que nous devons filer maintenant, avant que Grand-mère ne me transforme en nouvelle Belle au Bois dormant!

– Et toi, Robin, tu veux aussi y aller? s'enquit Fabrice sans beaucoup d'espoir.

– On va se battre? demanda le demi-elfe, les yeux brillants.

– Bon, ça va, j'ai compris, soupira Fabrice, résigné. Quelle «instrument musical de chasse; vingt-troisième lettre de l'alphabet; mon tout étant une tâche désagréable à effectuer»!

– Cor-V? tenta Tara.

– Ouais, tu l'as dit, confirma Fabrice.

Les préparatifs furent vite expédiés. Ils évitèrent soigneusement Tachil et Mangus, les deux sortceliers au service d'Isabella, attrapèrent leurs robes de sortceliers et de quoi se changer sur Autre-Monde.

Les robes n'étaient pas uniquement un vêtement. Chaudes en hiver, fraîches en été grâce aux sorts incorporés dans le tissu, ignifugées, quasiment impossibles à tacher, elles étaient également d'extraordinaires poches. On pouvait mettre absolument tout ce qu'on voulait dans une robe de sortcelier. À condition que ce soit inanimé, car il était impossible d'y respirer. Mais on pouvait y caser de l'aiguille à la baignoire. L'endroit où les objets allaient s'entasser se trouvant dans une autre dimension (en fait, Moineau avait essayé de l'expliquer à Tara, mais quand elle avait prononcé les mots «physique quantique, désincorporation des atomes et univers parallèle» et vu les yeux de son amie devenir vitreux, elle avait renoncé), le poids disparaissait totalement. De plus, on pouvait changer la couleur des robes et les décorer, ce que les élégantes d'AutreMonde trouvaient tout de même extrêmement pratique.

Prudente, Tara y mit ses crédits-muts or ainsi que sa carte magique. Enfin... la carte magique qu'elle avait acquise pour sa grand-mère, mais qui finalement lui était très utile à elle. Tant pis, elle lui achèterait autre chose sur AutreMonde.

Robin, lui, dissimula dans l'une de ses poches le rameau de l'arbre vivant qui lui permettait de faire pousser n'importe quoi en quelques secondes, Fabrice rafla une demi-douzaine de bandes dessinées et de bouquins et devant le regard étonné des autres expliqua qu'il avait beaucoup de mal à s'endormir sans lire quelque chose, et que les livres d'AutreMonde étaient un peu trop... *remuants* à son goût. Puis ils filèrent vers les écuries afin de récupérer Galant qui les y attendait.

Robin transforma le pégase en gros chien. Le magnifique étalon blanc en demeura muet d'indignation.

Il ne leur fallut que très peu de temps pour arriver jusqu'au Château de Besois-Giron. Igor, le jardinier, les salua distraitement, tout à ses précieux rosiers. Quand ils poussèrent l'imposante porte, celle-ci grinça, les faisant tressaillir.

— Attendez-moi ici, souffla Fabrice dès qu'ils furent entrés, je vais chercher les clefs dans le bureau!

— Je croyais que ton père les gardait toujours sur lui? murmura Tara.

— Oui, mais il y a un double au cas où. À tout de suite!

Par prudence, ils se dissimulèrent derrière les armures qui décoraient l'entrée blanc et noir du château. Tara était partagée entre sa terrible inquiétude pour Cal et le regret d'abandonner sa mère qu'elle venait tout juste de retrouver. Elle n'aimait pas la magie qui s'obstinait à revenir dans sa vie alors qu'elle ne lui avait rien demandé. Elle n'avait aucune confiance dans la justice d'Autre-Monde et détestait profondément l'idée d'être obligée de retourner là-bas. Mais pour Cal, elle se sentait prête à affronter tous les Démons des Limbes!

Robin s'agitait à ses côtés, l'air très mal à l'aise. Il dévisagea Tara, admirant ses longs cheveux blonds tranchés par la fameuse mèche blanche et ses étranges yeux bleu marine. Il la trouvait si belle qu'il en avait parfois le souffle coupé.

— Et si c'était un piège? chuchota-t-il. Après tout, Magister sait qu'il lui est difficile de t'atteindre sur Terre. Et s'il avait monté toute cette histoire pour t'attirer sur AutreMonde?

— J'y ai pensé aussi, répondit sombrement Tara en attrapant machinalement sa mèche blanche et en la mâchouillant, mais crois-tu que nous ayons le choix? Piège ou pas, nous ne pouvons laisser Cal tout seul!

— Mmouais, tu as sans doute raison. Mais restons sur nos gardes.

Pendant qu'ils discutaient, Fabrice suait à grosses gouttes au deuxième étage du château.

Car il y avait une complication dans son superplan.

Le double des clefs se trouvait dans le bureau de son père.

Le problème, c'était que son père y était *aussi*.

Prenant une grande inspiration, dissimulé derrière la porte à moitié fermée, il incanta:

– Par le Somnolus tu t'endors et ainsi ne me causes pas de tort!

Malheureusement, sur Terre, la magie était bien plus faible et son père ne broncha pas. Fabrice attendit, ennuyé à l'idée de devoir demander de l'aide à ses amis, quand son père se mit à papillonner des paupières. Il se frotta les yeux, sa tête s'inclina sur sa poitrine et il se mit à ronfler.

Bon. Maintenant, il s'agissait d'aller prendre les clefs. Comme il regrettait que Cal ne soit pas là! Le petit Voleur aurait déjà fait trois fois le tour de la pièce alors que lui devait assembler tout son courage pour faire un seul pas.

Sur la pointe des pieds, aussi discrètement que possible, il se dirigea vers le bureau. Absolument pas coopératif, le tiroir glissa dans un grincement de fin du monde.

Bon, ne pas refermer le fichu tiroir, cesser de respirer et croiser les doigts.

Serrant les dents, il prit les clefs, en maudissant leur léger tintement.

En deux pas, il était à la porte quand soudain une grosse voix hurla derrière lui:

– Pas ici le madrier, là, posez-le là!

Le cœur au bord des lèvres, il se retourna. Son père, les yeux toujours fermés, faisait de grands gestes. Il rêvait!

Fabrice prit soudain conscience qu'il était au bord de l'asphyxie en voyant des tas de papillons noirs voler devant ses yeux. Il respira, poussa un soupir de soulagement en refermant délicatement la porte, et fonça retrouver ses amis.

— Ça y est, je les ai, allons-y!

— Tu es tout pâle, fit remarquer Robin sans le moindre tact, tout va bien?

— Tout va pour le mieux, répondit faiblement Fabrice, encore ébranlé. J'ai juste un peu *ensorcelé* mon propre père et frôlé la crise cardiaque. Priez pour qu'il ne l'apprenne jamais, sinon je suis bon pour être puni pendant les cinquante prochaines années!

Il ne leur fallut que quelques minutes pour arriver en haut du donjon. La grande salle était vide. Les tapisseries veillaient. Très colorées, elles représentaient cinq des peuples d'AutreMonde: les sortceliers humains, les géants, les elfes, les lilliputiens ailés et les licornes.

En un instant, Tara, Moineau, Fabrice et leurs Familiers se positionnèrent au centre de la pièce.

Dans une niche, Fabrice prit le sceptre de transfert et le posa sur la tapisserie qui en reproduisait le dessin puis alla rejoindre ses amis. Le sceptre bourdonna et une vive lueur blanche illumina les voyageurs. Quatre autres rayons de lumière, bleu, jaune, rouge et vert, tombèrent des autres tapisseries, formant un mini-arc-en-ciel. Fabrice allait crier leur destination, quand son cri s'étrangla dans sa gorge.

La porte du donjon venait de s'ouvrir!

Le processus s'interrompit immédiatement et la lumière disparut. Glacés d'appréhension, ils regardèrent le… *gros labrador noir* qui venait d'entrer.

— Arrière-grand-père? s'écria Tara très surprise, mais qu'est-ce que tu fais là?

— Tara, combien de fois dois-je te le répéter, la gourmanda le chien d'un ton un peu agacé. Ne m'appelle pas Arrière-grand-père, je prends cent ans chaque fois! Appelle-moi, Grand-père, ou Manitou!

– Et Papinou ? demanda Tara qui ne put résister, Papinou je peux aussi ? Et tu ne m'as pas répondu.

– Papinou est hors de question, grommela le chien. Je veux bien Papy à l'extrême limite. Quant à ce que je fais là, je *savais* que vous alliez commettre une bêtise. Alors je vous ai suivis. Et je viens avec vous. Au moins vous aurez la caution d'un adulte, ce qui vous évitera probablement de vous retrouver au pain sec et à l'eau pour le restant de vos jours... quand Isabella et Selena réaliseront ce que vous êtes en train de manigancer. Et puis je préfère encore être loin lorsque Isabella s'apercevra de votre disparition... J'ai les oreilles sensibles !

– Grand-père, je t'adore, dit Tara, émue.

Manitou lui lança un sourire canin et vint se placer au centre de la pièce avec eux. Fabrice relança le transfert.

– Omois, Palais Impérial Principal de Tingapour ! cria-t-il quand les cinq rayons de lumière les touchèrent.

Leur image vacilla et l'instant d'après ils avaient disparu.

Quand ils réapparurent à Omois, une forêt de lances les attendait fermement. Les gardes impériaux n'avaient pas été prévenus de cette arrivée intempestive et selon leur prudente habitude d'embrocher d'abord et de poser des questions ensuite, ils faillirent bien mettre un terme prématuré aux vies des voyageurs.

Heureusement, Kali, la gouvernante du palais, était là, et son cri immobilisa les lances.

– Les arrivées non annoncées ne sont pas autorisées, gronda Kali en agitant ses six bras. Vous avez de la chance que j'aie été présente en salle de Transfert, sinon...

Elle ne précisa pas la nature du « sinon », mais Fabrice frissonna.

Tara s'avança, dédaignant le regard paranoïaque du garde.

– Je suis, annonça-t-elle avec grâce, Tara'tylanhnem Duncan. L'impératrice a requis notre présence afin d'éclaircir la mort de l'un de ses sujets dans un Vortex incontrôlé. Nous devions venir avec le Haut mage Chemnashaovirodaintrachivu, mais nous avons été retardés.

Extérieurement, elle semblait très à l'aise.

Intérieurement, elle tremblotait pas mal. Pourvu que la terrifiante jeune femme avale le mensonge !

À son grand soulagement, Kali sourit. Et s'inclina avec déférence.

— Je vais immédiatement faire prévenir l'impératrice et l'imperator de votre arrivée… tardive. Permettez à Damien, l'un de nos Premiers sortceliers, de vous accompagner jusqu'à votre suite.

Le jeune garçon aux cheveux noirs et luisants qui leur avait montré tant d'hostilité lors de leur précédent passage s'inclina à son tour.

Depuis qu'il avait appris que leur amie Moineau était capable de se changer en une bête monstrueuse de trois mètres de haut et qu'*en plus*, c'était une Altesse Royale, il était devenu le plus courtois et le plus exquis des guides.

Le palais Impérial d'Omois n'avait pas changé. Comme d'habitude, on en avait plein la vue. Et le port des lunettes noires était recommandé aux yeux sensibles, histoire d'éviter une sérieuse conjonctivite.

Partout, des statues d'or constellées de joyaux rutilaient, illuminées par des rayons de lumière pure, des tapis précieux jonchaient les salles, le marbre jaune ou vert orné de nacre luminescente donnait l'impression d'une vive rivière coulant sur les murs. Des meubles élégants vaquaient, se précipitant vers ceux qui désiraient s'asseoir ou s'allonger.

Soudain, Tara poussa un cri. Devant eux, un vieux sortcelier venait de se laisser brutalement tomber par terre. Surgi de nulle part, un fauteuil se matérialisa sous son maigre postérieur, évitant sa chute de justesse. Le sortcelier sortit un stylo très tarabiscoté et une table à pied unique sautilla à toute vitesse pour se poster devant lui. Une feuille de parchemin apparut alors et il se mit à dicter au stylo. Le stylo déplia des petits bras, s'étira, bâilla un bon coup, puis se mit à écrire.

Bon. Compris. Ne pas réagir quand quelqu'un se casse la figure, c'est tout à fait normal.

Malgré ça, à plusieurs reprises, Tara se surprit à retenir sa respiration quand un courtisan s'asseyait brutalement dans le vide et qu'un fauteuil surgissait en cavalant de tous ses pieds de bois.

Mais c'est à leur arrivée aux jardins intérieurs du palais qu'ils purent évaluer les goûts particuliers de l'impératrice en matière de décoration. Ils s'apprêtaient à traverser un parc immense qui tenait plus de la jungle que du parc d'ailleurs, quand Fabrice se mit à hurler, les faisant sursauter. Devant lui venait de se poser une patte monstrueuse, suivie d'une gueule pleine de crocs qui semblait lui porter beaucoup trop d'intérêt. Damien esquissa un petit sourire quand Fabrice recula, terrorisé, essayant d'échapper au monstre qui tentait de l'avaler.

— Ne vous inquiétez pas, les rassura le jeune garçon, les drago-tyrannosaures* ne peuvent pas vous faire de mal. En entrant dans la jungle, nous avons automatiquement activé les bulles de forces. Ils peuvent nous voir, mais pas nous toucher.

Fabrice leva la tête vers l'énorme saurien qui bavait sur la bulle, essayant de la traverser, mais en vain.

— Je déteste ça! cria-t-il. Pourquoi ça tombe toujours sur moi chaque fois qu'il y a des machins affamés! Faites-moi sortir d'ici avant que tout le système de sécurité ne tombe en panne!

— Il n'y a aucun risque, répondit Damien.

— Ouais! fit Fabrice, et vous avez «dépensé sans compter» et «les ordinateurs ne peuvent pas disjoncter»...

— Quels ordinateurs?

— Sortez-moi de là, je vous dis!

Damien obéit, mais à son air perplexe, on sentait qu'il se posait de sérieuses questions sur la santé mentale de Fabrice.

Ils passèrent ensuite *dans* une sorte de gigantesque aquarium, où les poissons emprisonnés dans des bulles d'eau folâtraient au milieu des meubles et des plantes. Tara trouva que l'impératrice exagérait un peu lorsqu'elle se retrouva nez à museau avec ce qui ressemblait fortement à une baleine... qui aurait pris un méchant coup de soleil, car elle était d'une jolie couleur rouge.

La salle suivante leur donna l'impression de rentrer dans un fri-gidaire. Dans un paysage glaciaire, d'énormes boules de poils pais-saient une herbe blanche et congelée. Une tempête de neige faisait rage et il leur était difficile d'avancer. Dans les crevasses, des sortes de... *bestioles* blêmes ressemblant à de grosses écrevisses agitaient leurs pinces en attendant qu'une des boules de poils se casse la figure. Des tas d'os dans le fond attestaient que cela devait arriver souvent.

Visiblement, l'impératrice avait recréé tous les climats, la faune et la flore d'AutreMonde *à l'intérieur* de son palais.

Partout des Effrits pourpres s'affairaient. Démons mineurs du royaume des Limbes, ils n'avaient pas le pouvoir de nuire aux peuples d'AutreMonde, raison pour laquelle les sortceliers les avaient autorisés à rester sur la planète. Ils nettoyaient et gardaient le palais Impérial, réglaient la circulation démentielle de Tinga-pour, servaient de messagers, bref, étaient, en quelques siècles, devenus indispensables à la vie et au fonctionnement de l'empire. Tara, qui gardait un très mauvais souvenir de son passage dans les Limbes, s'en méfiait terriblement.

Une fois parvenue à leur suite, la porte ouvrit un œil quand Damien les présenta, une bouche surgit et les salua très poliment puis un bras actionna la poignée. Ils poussèrent un soupir de sou-lagement collectif quand la porte se referma sur Damien.

À leur entrée, Moineau et Sheeba se levèrent d'un bond.

— Tara ! Mais qu'est-ce que tu fais là ? Je croyais que ta grand-mère t'avait interdit de venir sur AutreMonde ?

– Oh, Moineau! nous ne *pouvions* pas abandonner Cal. Alors disons, résuma Tara en caressant la panthère argentée, ravie, que nous n'avons pas exactement *demandé* la permission. Et qu'il nous a semblé plus important de venir ici pour tenter de l'aider. Comment va-t-il?

– Je ne sais pas, nous avons été séparés à notre arrivée. J'attendais ma convocation.

Robin regardait autour de lui avec une lueur de désapprobation dans le regard.

– Bon sang, soupira-t-il en désignant la luxueuse, somptueuse, décoration, rien qu'avec un quart de tout ça on pourrait faire vivre un village entier à Selenda*. C'est presque indécent!

Il n'avait pas tort. La pièce était d'une blancheur immaculée. Tout avait été décliné de l'argenté à l'opalescent le plus pur, les magnifiques couvertures en fourrure de Krakdent* albinos de Gandis*, les rideaux argentés en fil d'aragne*, les tapis tissés en fibres de Kalornas*, les statues en cristal d'AutreMonde. La seule tache de couleur était un superbe bouquet de fleurs rouges qui agitaient leurs pétales en dégageant un parfum suave.

Il y avait quatre chambres dans la suite, groupées autour du grand salon. Dans le petit salon, niches et litières se tenaient au garde-à-vous pour les Familiers. Galant manifesta son désir de retrouver ses ailes et les agita avec plaisir quand Tara le retransforma en pégase. Puis il se coucha à ses pieds, posant sa tête légère sur les genoux de son amie pour se faire gratter entre les oreilles.

Manitou sauta sur un sofa tellement moelleux qu'il faillit y disparaître pour toujours, et résuma la situation.

– Bon, maintenant nous n'avons plus qu'à faire comme Moineau. Patienter. Vous pensez qu'on pourrait commander quelque chose à grignoter en attendant? Ça fait une éternité que je n'ai pas mangé de Kalornas frites. Et de tentacules de Kraken*. Et de pousses de manuril*. Sans compter les côtelettes de Brrraaa*, le gigot de

Mooouuu* avec des fines herbes, du jus de slurp* et des haricots jaunes des plaines de Meus et…

— Je ne sais pas si nous avons le temps, l'interrompit gentiment Robin, l'impératrice va certainement nous faire appeler. Nous avons indiqué que nous étions venus «supporter» Cal, alors…

— Supporter! Oui, c'est le cas de le dire, soupira Fabrice. Qu'est-ce qu'on doit supporter pour le tirer des problèmes dans lesquels il n'arrête pas de se fourrer! «Abréviation de professionnel; très pâle de peau; mon tout est une difficulté.»

Tara allait répliquer, quand une grande bouche et un œil se formèrent sur la porte.

— Un visiteur requiert l'autorisation de vous rencontrer, articula soigneusement la bouche. Dois-je le laisser entrer?

— Qui est ce visiteur? demanda prudemment Robin.

L'œil cligna, et ils eurent l'impression fugitive qu'il était ennuyé.

— Je suppose que c'est un… gnome. Je n'en avais jamais vu auparavant. Désirez-vous que je demande aux autres portes à quelle race il appartient? Elles le sauront certainement.

— Non, ça ira, dis-lui d'entrer, ordonna Moineau.

La porte ne broncha pas. Oups, Moineau avait oublié le mot magique.

— Euuuh, s'il te plaît?

La bouche sourit et l'instant d'après, la porte s'ouvrait sur un étrange personnage. Tara baissa les yeux… les baissa… les baissa, jusqu'à un minuscule bipède bleu, pourvu d'un costume couleur de boue et d'un bonnet assorti, duquel dépassait une grosse touffe de… poils? cheveux? crins? orange.

— Oh, un Schtroumpf! rigola Fabrice.

— Damoiselle Tara'tylanhnem? s'enquit la créature d'une petite voix aiguë. Je suis Glul Buglul, de race gnome, le Compensateur du Sieur Caliban Dal Salan. Bien que je ne sois pas celui qui était initialement désigné pour ce procès, l'impératrice a *spécialement* insisté pour que je sois le Compensateur du Sieur Dal Salan. Vous pouvez cependant demander un autre Compensateur si je ne vous conviens pas.

– Le Compensateur ? interrogea Tara, fascinée par le curieux personnage.

– C'est lui qui va assister Cal, expliqua Manitou. Les Diseurs de Vérité vont lire dans le cerveau de Cal ce qui s'est passé, et le Compensateur va interpréter ce qu'ils vont lui transmettre.

– Pourquoi ? Les Diseurs ne parlent pas ? s'étonna Fabrice.

– Ils sont télépathes, répondit Moineau en frissonnant. Ils peuvent lire dans nos esprits, mais n'ont jamais développé de cordes vocales. Les Compensateurs reçoivent parfaitement les ondes cérébrales des Diseurs, et parlent pour eux. Ce sont d'ailleurs les seuls qui en soient capables.

Tara fronça les sourcils.

– Mais, dit-elle, s'ils sont les seuls capables de communiquer avec eux, comment être sûr qu'ils disent la vérité ?

– Les Diseurs sont peut-être muets, répondit le Compensateur avec beaucoup de dignité, mais ils ne sont pas sourds ! Si l'un d'entre nous tronquait la vérité, ils l'entendraient immédiatement.

– Pardon, s'excusa Tara qui avait pensé tout haut sans intention de blesser le gnome, je ne voulais pas vous insulter. C'est juste que tout est si différent sur votre monde… Et je suis très inquiète pour mon ami.

– S'il est innocent du crime dont l'empire l'accuse, répondit le gnome, il ne risque rien. Cependant, et afin de mieux comprendre, il me faudrait votre témoignage. M'accordez-vous l'autorisation de vous enregistrer ?

Fabrice avait vu suffisamment de films sur Terre où un gentil policier demandait s'il pouvait enregistrer les témoins… et où lesdits témoins se retrouvaient ensuite *bêtement* derrière les barreaux, pour se sentir très mal à l'aise. Il ouvrit la bouche, prêt à refuser, mais Tara le prit de vitesse.

— Évidemment, répondit-elle, chacun d'entre nous a assisté à la scène et nous allons tout vous raconter.

Le gnome avait sorti une espèce de petite boîte ornée de deux grandes oreilles, qui semblaient écouter avec beaucoup d'attention. Ils racontèrent la mort tragique du garçon… enfin dans la mesure du possible, car Maître Chem n'ayant pas levé l'enchantement qui pesait sur eux, ils ne purent parler du complot d'Angelica contre Tara.

Quand ils eurent fini, Glul Buglul s'inclina devant eux.

— Le cas me semble simple, dit-il. Si les Diseurs confirment votre histoire, une réprimande pour avoir distrait les Premiers sera de rigueur envers le prévenu. Cependant, le véritable coupable est celui qui a transformé le Vortex. Et provoqué la mort du garçon. Vous avez dit que le sort contraire semblait venir de l'endroit où se trouvaient les Hauts mages ?

— Oui, confirma Robin. C'était très net. Comme une force noire qui contrariait tous nos efforts. C'est cette force qui a assassiné le garçon !

— Je vous remercie, se réinclina le gnome en repliant les deux oreilles et en empochant la boîte. Vous serez convoqués d'ici quelques minutes pour le début du procès.

Fabrice était épaté. Il n'y avait pas à dire, la télépathie c'était tout de même bien pratique.

— « Mon premier retransmet l'image et le son, marmonna-t-il; mon second permet d'avancer; mon troisième supporte une balle de golf; et mon tout est une faculté bien utile. »

— « Télé » ? devina Tara, « pas » pour le second, mais je ne trouve pas le troisième.

— « Tee », répondit Fabrice en rougissant. Télé-pas-tee. Bon, qu'est-ce qu'on fait en attendant ?

– Rien, sourit Tara. Les gardes impériaux sont un peu trop...
armés pour qu'on se balade sans autorisation.

Ce ne fut pas très long. Un Effrit pourpre vint effectivement les
chercher pour les conduire à travers les somptueux jardins intérieurs jusqu'à la salle des Deux Trônes, où l'impératrice et l'imperator les attendaient.

La salle était... impressionnante. Il fallait quasiment des vivres et
de l'eau pour la traverser en entier. Sur les murs, les licornes des
fresques colorées bondissaient, les lutins cueillaient les fleurs, hous-
pillés par les fées libellules, les géants se faisaient un casse-croûte
avec une colline, bref il se passait un tas de trucs.

Bien évidemment, il y avait de l'or partout. Et les animaux sculptés dans le métal semblaient presque vivants tant ils étaient beaux.
Le précédent cadeau de Tara aux souverains, un splendide pégase
de cristal et d'or trônait en bonne place, marque de leur reconnaissance pour la petite sortcelière.

Quelques cristallistes, les journalistes d'AutreMonde, reconnaissables aux scoops, petites caméras ailées, qui volaient tout autour
d'eux, observaient les gens avec attention. Tara remarqua avec surprise que beaucoup de sortcelières avaient adopté la célèbre mèche
blanche de l'impératrice dans leurs chevelures.

Tant mieux. L'impératrice d'Omois ignorait totalement que Tara
était sa nièce et Tara n'avait pas pensé à dissimuler son embarras-
sante mèche blanche.

Si peu de courtisans s'intéressaient au procès, en revanche les
Hauts mages d'Omois et du Lancovit étaient là, flottant autour des
Deux Trônes sous la présidence de Dame Auxia, la brune cousine
de l'impératrice, administratrice du palais. À la grande surprise de
Tara, Maître Chem avait fait appeler le Vampyr Maître Dragosh,
Dame Boudiou, l'elfe Maître Den'maril, la sirène Dame Sirella,
ondoyant gracieusement dans sa bulle d'eau, le Cahmboum Maître
Patin, Maître Sardoin, et Maître Chanfrein. Ne manquaient que

Dame Kalibris, probablement retenue au Lancovit par ses obligations de gestionnaire, et Maître Oiseau de Nuit, le Chaman.

En apercevant le Vampyr, dont les crocs trop pointus semblaient prêts à mordre, Tara frissonna. Et quand elle croisa le regard furieux de Maître Chem, elle déglutit. Le vieux mage avait l'air tout à fait décidé à les changer en crapauds !

Puis elle tourna son attention vers l'impératrice et oublia Maître Dragosh et le dragon, éblouie par la beauté de la jeune femme. La première fois qu'elle l'avait vue, la masse incroyable de ses cheveux était *rouge*. Cette fois-ci, ils avaient retrouvé leur couleur, sa chevelure coulant comme un fleuve doré jusqu'à ses petits pieds chaussés de sandales assorties, sa magnificence soulignée par une unique mèche blanche. Enveloppée par cette rivière soyeuse, Lisbeth'tylanhnem rayonnait littéralement, sa robe crème recouverte de pierreries scintillantes reproduisant l'emblème impérial. Sa peau laiteuse était ponctuée d'une touche de rose aux joues et de rouge sur ses lèvres écarlates. Ses immenses yeux bleu marine étincelaient sous la pesante couronne d'or. Le tout était d'une perfection presque trop intense et Tara se demanda si l'impératrice avait eu recours à un sort pour rehausser sa beauté naturelle.

À côté d'elle, sous le paon pourpre aux cent yeux, assis sur son trône jumeau, l'imperator avait l'air de s'ennuyer mortellement. Il portait une sobre demi-cuirasse de parade, à l'acier repoussé d'or, sa tresse blonde reposant sur son épaule musclée. Quand il vit les quatre amis et le chien, il se redressa, intéressé.

Après leur avoir redemandé leurs noms et qualités, le majordome au visage de granit, gris moucheté de blanc, les annonça :

– Son Altesse Royale, la princesse Gloria Daviil, dite Moineau, Haut mage Manitou Duncan, Première sortcelière Damoiselle Tara'tylanhnem Duncan dite Tara, Premier sortcelier Robin M'angil, Premier sortcelier Fabrice de Besois-Giron. Son Altesse Royale, le Haut mage et les Premiers répondent à la convocation de Vos Majestés Impériales concernant l'accusé Caliban Dal Salan.

Les yeux de l'impératrice s'étaient écarquillés à l'annonce du nom complet de Tara. Déjà, lors de leur première rencontre, elle avait été surprise par ce nom, normalement exclusivement réservé à la famille impériale. Mais comme le palais avait failli leur tomber sur la tête à cause du Vortex incontrôlé, elle avait oublié. L'imperator, lui, était totalement en alerte, braquant une attention vigilante sur Tara.

L'impératrice et Maître Chem ouvrirent la bouche en même temps, mais l'imperator les battit d'une courte tête.

— Dis-moi, mon enfant, modula-t-il de sa voix de velours, s'adressant à Tara, d'où te vient ce nom si... particulier. Sais-tu qu'il est normalement interdit de porter un patronyme identique à celui de l'impératrice ?

Aïe, aïe, aïe. En venant à Omois, Tara savait qu'elle s'exposait à ce genre de problème, en tant qu'héritière légitime de l'empire. Enfin... héritière *secrète*. Et la tête de Maître Chem lui faisait soupçonner qu'il n'avait pas du tout envie qu'elle révèle ce... *détail* en plein milieu du procès de Cal.

Bon, voyons si une diversion pouvait la sortir du pétrin.

— Ah ? esquiva-t-elle. Désolée. Nous sommes venus ici afin de soutenir notre ami, qui est injustement accusé du meurtre de ce garçon. Comme nous avons tous assisté à la scène et que j'ai refermé le Vortex (autant lui rappeler que c'était *elle* qui avait sauvé le palais), il nous semble essentiel d'apporter notre témoignage.

— Je... vois. Tu es donc venue réclamer la Faveur Impériale que t'a accordée ma demi-sœur afin de sauver un coupable ? ronronna l'imperator d'un ton vaguement malveillant.

Cette fois-ci, Maître Chem fut plus rapide.

— Quel coupable ? explosa-t-il. La mort du garçon n'est qu'un accident, et vous le savez parfaitement. Nous ne sommes venus que pour prouver la bonne foi de Caliban! Je sens une louche manigance là-dessous. Et croyez-moi, je vais découvrir laquelle!

Il était tellement furieux qu'il se mit à hoqueter, au point que Dame Boudiou, inquiète, commença à lui tapoter le dos. Malgré ses efforts, le visage du vieux mage prit une intéressante couleur aubergine.

L'attention de l'impératrice allait se reporter sur Tara, lorsque la petite foule laissa échapper un cri de terreur. Sous leurs yeux horrifiés, Maître Chem se mit à gonfler, à grandir, des griffes acérées poussèrent au bout de ses doigts, une crinière blanche remplaça ses cheveux, sa peau se couvrit d'écailles bleues et argentées tandis qu'une crête épineuse transperçait sa robe, la déchiquetant. Des crocs monstrueux pointèrent hors de sa gueule et quelques secondes après, un magnifique et *imposant* dragon se tenait à la place du vieux mage. Des scoops se précipitèrent en vrombissant pour retransmettre les images à leurs cristallistes, lançant leurs «zooooommm zooooommm» avec excitation.

— Hic! éructa le grand dragon bleu, en vomissant un torrent de feu, qui rata le plafond hautement inflammable d'un tout petit poil.

«*Ben, pour une belle diversion*, pensa Tara, *c'était une belle diversion.*»

L'imperator était resté bouche bée pendant un instant, avant de se souvenir qu'il était tout de même *censé* être le chef militaire de l'empire et de dégainer courageusement son glaive. À côté de lui, le chef des gardes brandissait également ses épées vers Maître Chem, l'air pas plus rassuré. Du coin de l'œil, il vit les scoops le filmer et il raffermit sa prise sur ses armes, tâchant d'avoir l'air martial.

— Oh! Ça suffit, ragea l'impératrice que ses gardes tentaient d'entraîner à l'abri, lâchez-moi!

Elle se planta devant le dragon, les deux mains sur les hanches, furieuse.

– Maître Chemnashaovirodaintrachivu !

– Votre Majesté Impériale, hac ? gronda le dragon.

– Ceci est une insulte à notre Cour. Veuillez immédiatement vous retransformer ou je vous fais jeter en prison pour outrage à notre personne.

Le dragon s'inclina gracieusement, abaissant son mufle terrifiant jusqu'au visage courroucé de la jeune femme.

– Bien, Votre Majesté Impériale, répondit-il, j'entends, huc, et j'obtempère.

– Parfait, approuva l'impératrice en fronçant le nez. Et arrêtez de souffler, vous sentez le soufre, c'est une horreur.

Le dragon dégonfla, ses crocs disparurent, ses écailles aussi, et bientôt le vieux mage se tint devant eux, vêtu d'une robe qu'il avait (de justesse) matérialisée, histoire d'éviter de se retrouver tout nu devant l'impératrice. Celle-ci le foudroya du regard, puis se tourna à nouveau vers Tara.

– Bien. Que disions-nous avant d'être aussi *grossièrement* interrompus ?

– Que vous alliez nous autoriser à aider notre ami ? proposa Tara avec son plus beau sourire.

L'imperator ouvrait déjà la bouche pour lui répondre, et Tara eut la fulgurante intuition qu'il allait les renvoyer, quand l'impératrice le devança.

– Bien sûr, mon enfant, vous pouvez tous assister votre ami. C'était d'ailleurs la raison pour laquelle nous avions requis votre présence. Nous allons convoquer les Diseurs immédiatement… puis nous *reparlerons* de cette histoire de nom.

Ouille, si l'imperator pouvait être manipulé, l'impératrice, elle, était trop fine pour ne pas avoir remarqué que Tara s'était bien gardée de répondre.

Dociles, ils s'inclinèrent respectueusement tous les quatre, imités maladroitement par Manitou, Sheeba et Galant, dont le corps de pégase n'était pas vraiment fait pour les révérences. Puis ils se décalèrent sur le côté, laissant la place libre pour Cal et les Télépathes.

Quelques minutes plus tard, les Diseurs firent leur apparition. Fabrice siffla de surprise. Les Diseurs n'avaient pas de bouche ! Leurs grands yeux lumineux et intelligents se posaient sur les êtres et sur les choses avec intérêt et patience. Ils se déplaçaient lentement, enveloppés dans de longues tuniques blanches, glissant avec grâce sur le sol. Leurs têtes, très volumineuses, étaient recouvertes d'un gros casque noir et luisant se terminant en pointe vers l'arrière.

Glul Buglul, le gnome, les suivait, accompagné de Cal, de Blondin et d'*Angelica*! Tara sursauta. Elle avait complètement oublié que la grande fille brune était également accusée. En passant, celle-ci lui jeta un regard haineux.

Bon, ce n'était toujours pas le grand amour.

Un gros homme à moitié chauve et une femme osseuse aux cheveux beaucoup trop noirs pour être naturels l'escortaient, lui murmurant conseils et recommandations. Vu leur air hautain et méprisant, probablement ses parents. Cal, lui, était accompagné d'un homme mince à l'apparence anxieuse et d'une jolie femme aux yeux gris, qui observait tout ce qui l'entourait avec beaucoup d'attention. Tara savait que la mère de Cal était une Voleuse Patentée, sorte de « superespion » au service du Lancovit, et à la façon dont elle détaillait la salle, on sentait qu'elle avait déjà repéré toutes les sorties de secours, estimé le nombre de gardes et mis au point au moins deux ou trois façons d'éliminer *définitivement* les indésirables.

Les parents d'Angelica allèrent se placer aux côtés de Maître Dragosh, tandis que ceux de Cal se postaient près de Maître Sardoin.

En face d'eux, sur un disque d'argent planant dans le vide, se tenaient un homme et une femme qui sanglotait dans son mouchoir. Les malheureux parents du garçon qui avait été emporté par le Vortex.

Tout le monde s'assit, flotta, s'allongea, se suspendit ou encore resta debout et le procès commença sous l'objectif attentif des scoops.

Le gnome relata les faits. Comment, lors du concours, deux candidats avaient ouvert une Porte de transfert. Comment un cri perçant avait distrait la concentration des jeunes sorceliers, leur faisant perdre la maîtrise de leur magie. Comment, enfin, pour une mystérieuse raison, le Vortex ainsi créé avait fini par engloutir un Familier, Kimi, le lézard volant d'Angelica, et Brandis T'al Miga Ab Chantu, l'un des deux garçons qui avaient matérialisé la Porte. Comment, enfin, l'accusation de meurtre avait été déposée par ses parents. Dès qu'il eut fini, il fit un signe aux Diseurs et ceux-ci formèrent un cercle. Ils entourèrent Cal, qui était tout pâle et semblait avoir du mal à respirer, laissant Angelica de côté pour le moment. Un silence pesant descendit sur la salle… brisé par intermitence par les *hic* et les *hoc* persistants de Maître Chem.

Manitou s'agita, mal à l'aise. Quand les Diseurs commencèrent leur travail, il sentit une sorte de… machin, un… tentacule mental, frôler son cerveau de chien. Il savait qu'il aurait dû s'inquiéter, que cela n'avait rien de normal, puisque les Diseurs ne sondaient *que* Cal, mais une intense léthargie embrumait son esprit. Le tentacule sondait, cherchait et la pression s'intensifiait, au point de s'étendre à tout son corps… et à sa *vessie*.

La sensation inconfortable le réveilla, tranchant net l'investigation de la sonde mentale. Il secoua sa soyeuse tête noire et observa la salle.

Bon. Lever la patte et faire pipi sur l'un des trônes en pleine audience n'était pas une excellente idée. Autant chercher un endroit plus… approprié. Discrètement, il enclencha la marche arrière et sortit.

Une fois dehors, il fila jusqu'au parc intérieur dévolu à ce genre d'urgence et avisa un arbre énorme avec un soupir mental de soulagement. Dès qu'il était sorti de la salle, il avait senti la pression disparaître. S'il avait eu des sourcils, il les aurait froncés.

Il venait de terminer quand un pas derrière lui le fit sursauter. Puis son nez de chien reconnut l'odeur de l'arrivant.

– Fabrice! Qu'est-ce que tu fais ici?

– Je t'ai vu sortir et je me suis inquiété, répondit le grand garçon blond. Tu vas bien?

– Moyen. Je crois qu'un Diseur a décidé de faire un petit tour dans ma tête et ce n'était pas spécialement agréable. Qu'est-ce qui s'est passé pendant mon absence?

Fabrice était trop étranger à AutreMonde pour saisir toutes les implications de ce que venait de lui révéler Manitou.

– Rien de spécial, soupira-t-il. Ils sont autour de Cal, ils ouvrent de grands yeux, secouent leurs grosses têtes et c'est tout.

– Ça, c'est très étrange, observa Manitou, normalement tout aurait dû être terminé en quelques minutes! Allons-y. Je dois parler à Chem.

Ils contournaient l'un des bosquets quand ils aperçurent quelque chose qui les fit sursauter. Juste devant la sortie, deux sortceliers discutaient – ce qui n'avait rien de bien extraordinaire.

Sauf qu'à la place de leur visage, il n'y avait qu'un vide miroitant… et qu'ils étaient habillés de *gris*!

– Mince, chuchota Fabrice, des Sangraves!

Sachant qu'il n'était pas de taille à affronter les maléfiques adeptes de Magister, il se fit tout petit. D'où ils étaient, ils pouvaient entendre ce que disaient les deux sortceliers.

– Le plan de Magister a bien fonctionné, ricana le premier, ce stupide Chem a foncé ventre à terre pour protéger Caliban Dal Salan et le Livre interdit est sans protection. Notre Maître n'aura aucun mal à mettre la main dessus!

– Avec les sorts démoniaques qu'il contient, les dragons n'auront aucune chance de nous résister. Bientôt, tous s'inclineront devant notre pouvoir !

– Aïe, aïe, aïe, gémit Manitou, des Sangraves à Omois ! Alors là, c'est le pompon. Et ce serait Magister qui aurait fait accuser Cal, pour nous attirer ici ? Dès que la voie est libre, on fonce, il faut *vraiment* que je parle à Chem !

Dès que les deux Sangraves eurent disparu, Manitou se précipita vers la salle des Deux Trônes, talonné par Fabrice.

Ils pénétrèrent dans un capharnaüm total. Les gens s'exclamaient, certains criaient, le tumulte était épouvantable.

– Ça suffit ! tonna le chef des gardes. Laissez parler le gnome !

Un silence contraint tomba sur la salle et tous purent voir Glul Buglul avaler sa salive avec angoisse.

– Comme je le disais à Leurs Majestés Impériales et à l'honorable assemblée, répéta-t-il solennellement, nous sommes en face d'un cas sans précédent. Nos Diseurs ne peuvent percer les pensées de ce jeune sortcelier !

– Pourquoi tout le monde a l'air si inquiet ? chuchota Fabrice, étonné.

– Parce que, répondit Manitou d'un ton grave, si les Diseurs ont perdu leur pouvoir, cela signifie peut-être la fin d'AutreMonde !

chapitre III
Les Diseurs

La voix claire de l'impératrice rompit le silence atterré.

— Tout cela est stupide. Ce n'est pas parce qu'il y a un problème avec ce sortcelier que c'est le cas pour tout le monde. Xandiar !

— Votre Majesté Impériale ? s'inclina le chef des gardes.

— Allez vous placer au centre des Diseurs. Nous allons faire un nouveau test.

— Mmmm… me… moi ? Votre Majesté ? balbutia le chef des gardes, qui dans son trouble en oublia de préciser « Impériale ».

Lisbeth'tylanhnem soupira et se frotta le front.

— Vous êtes le seul Xandiar dans le coin, que je sache. Alors oui, vous !

— Bien, Votre Majesté Impériale ! se ressaisit le chef des gardes.

D'un pas martial, il alla se placer devant les Diseurs puis posa ses quatre bras sur les pommeaux de ses cimeterres. Toute son attitude clamait que les Diseurs avaient intérêt à faire attention à ce qu'ils allaient dire.

Glul Buglul déglutit bruyamment, les Diseurs écarquillèrent les yeux et le gnome se mit à parler presque immédiatement.

— Que tous prêtent attention ! Les Diseurs déclarent : La première pensée du chef des gardes est un souci constant pour la sécurité de Leurs Majestés, la deuxième pensée est une envie d'une bonne cruche de bière des monts du Tador, la troisième pensée est focalisée sur la jolie Dame Bom…

– Stop ! cria le chef des gardes qui virait à un joli rouge tomate. Le test est concluant. Les Diseurs n'ont rien perdu de leur pouvoir.

Un soupir de soulagement fusa dans toute la salle. S'il y avait si peu de crimes sur la planète, c'était essentiellement grâce au précieux travail des Télépathes. En perdant leurs inestimables facultés, ils ouvraient la voie au chaos.

– Parfait, fit l'impératrice. Essayons avec la jeune fille. Diseurs !

Docile, Angelica se positionna dans le cercle mais le résultat fut le même que pour Cal. Son esprit était impénétrable.

– Je ne comprends pas pourquoi les Diseurs ne peuvent accéder aux pensées de ces enfants, déclara l'imperator lorsque les télépathes eurent déclaré leur impuissance. À moins que quelqu'un n'ait réussi à créer un sort protecteur afin de dissimuler leur culpabilité ? Ce qui impliquerait l'usage d'une énorme puissance ! Or seuls les dragons ont...

– Ainsi que je l'ai déjà dit, hic, l'interrompit Maître Chem qui n'avait pas l'intention de se laisser accuser, nous avons accepté votre convocation, car Caliban et Angelica sont innocents, huc. Nous pensions que les Diseurs allaient nous confirmer ce fait, hoc, mais maintenant que cela semble impossible, il ne nous reste apparemment qu'une seule solution.

– Oui, confirma l'impératrice d'une voix grave, il va nous falloir convoquer les mânes de Brandis T'al Miga Ab Chantu ! Mais cela demande une importante préparation. Il vaut mieux que nous prenions tous du repos auparavant. Nous reprendrons la séance demain.

– Les mânes ? chuchota Tara, qu'est-ce que c'est ?

– Ce sont les restes psychiques du garçon, répondit Moineau. Son esprit, si tu veux. Il est possible de les convoquer une fois encore, et pour poser une unique question.

– Un fantôme, soupira Fabrice. Je crois tout connaître de ce monde et paf ! y a un truc comme ça qui me tombe dessus. Donc

Cal et Angelica vont être jugés par un *fantôme*... Et s'il les déclare coupables ?

— Alors Cal et Angelica seront condamnés à mort, déclara gravement Moineau.

— À mort ? Tu plaisantes ? demanda Tara, atterrée.

— Pas du tout. Sur AutreMonde, les sortceliers, enfants comme adultes, sont responsables de leurs actes dès qu'ils entrent en possession de leurs pouvoirs. Et si la peine de mort n'existe pas au Lancovit, elle est toujours en vigueur à Omois.

— Calme-toi, Tara ! s'exclama Robin. T'inquiéter ne servira à rien. Cela brouille l'esprit. C'est très mauvais avant un combat. Si ça se trouve, tout va bien se passer et Cal sera innocenté !

Tara eut un faible sourire. Le demi-elfe pensait en guerrier. Elle se redressa et respira profondément. Après tout, il avait raison. Autant voir ce qui allait arriver. Si ça se passait mal, alors elle aurait tout à fait le droit de paniquer.

La petite foule commença à sortir, bruissante de mille questions et conjectures, les sabots, pieds, tentacules, pseudopodes claquant sur le marbre pourpre. Les cristallistes chuchotaient furieusement dans leurs boules ou leurs rectangles de cristal pour retransmettre les nouvelles. La séance avait été en tout point passionnante !

À la grande surprise de Tara, Cal vint les rejoindre, accompagné de Blondin, qui leur fit la fête. Les gardes impériaux semblaient se désintéresser totalement de ce que ces deux-là pouvaient bien faire.

— Ça par exemple, s'exclama Moineau, tout aussi étonnée, tu n'es pas en prison ?

— En prison ? Pourquoi ? Je n'ai rien fait, sourit Cal.

— Mais ils t'ont arrêté ?

— Ils m'ont «courtoisement» *invité* au palais afin d'«éclaircir» certains points. Tant que je ne suis pas jugé, je suis considéré comme innocent. J'aurais préféré être en prison, je vous jure ! répondit Cal d'un ton accablé. Vous n'allez pas le croire. Comme Angelica aussi a été accusée, ils nous ont mis dans la même chambre!

– Non! s'exclama Moineau. Ouille, c'est pas génial.

– C'est totalement beurk comme situation tu veux dire. Alors je me balade autant que je peux dans ce fichu palais et ne rentre que pour dormir. Et vous ne savez pas le pire?

– Non?

– Cette fille ronfle!

Leur éclat de rire attira l'attention de Maître Chem qui discutait avec Fabrice et Manitou.

Il se tourna vers eux.

– Venez un peu ici, ordonna-t-il, j'allais justement, hic, écouter ce que Manitou et Fabrice ont découvert.

Quand le chien-sortcelier leur rapporta l'entretien des deux Sangraves, Maître Chem en perdit son hoquet.

– PAR MON TAS D'OR, rugit-il, ÇA NE VA PAS RECOM-MENCER!

Prudents, ils reculèrent, mais cette fois-ci le mage se contrôla. Pas le moindre bout de croc, pas la plus petite écaille ne poussèrent.

– Vous n'espériez tout de même pas voir Magister renoncer, fit remarquer Tara, calmement, très très calmement. Nous savons qu'il est fou de pouvoir. Tant qu'il n'aura pas trouvé un moyen de vous battre et de prendre votre place, il continuera à traquer les objets démoniaques. Et le Livre interdit est, je suppose, un bon moyen d'accéder aux Limbes?

– Le livre ne lui est pas nécessaire pour parvenir au royaume des Démons, répondit sombrement Maître Chem, il peut s'y rendre quand il le souhaite. Mais il a besoin de certains sorts qui ont été interdits, même chez les Démons! Il ne faut pas qu'il s'en empare!

– Il a dû ensorceler les parents du garçon ou un truc dans ce genre, pour faire accuser Cal et t'attirer ici, observa Manitou. Pour le contrer, le plus simple serait d'aller chercher le livre et que tu le gardes avec toi.

– Je ne peux pas, répondit Chem.

– Comment ça, tu ne peux pas ?

– Vous n'avez aucune idée de la *puissance* du livre. Ce n'est pas juste un objet. C'est une création des Démons des Limbes. Il a une vie propre. Quand je l'étudie, je le touche le moins possible. Si je le prenais avec moi, en quelques heures il pourrait s'emparer de moi et finirait par me corrompre. Mon pouvoir est trop grand pour que je prenne ce risque !

– Mais tu n'es plus au Lancovit pour empêcher qu'on s'en empare ! s'exclama Manitou, très préoccupé. Qu'allons-nous faire, alors ?

– Je vais demander à Safir Dragosh de retourner là-bas immédiatement et de veiller sur le livre. Notre ami le Vampyr est un puissant sortcelier. Il saura le protéger.

– Et c'est tout ?

Le vieux mage haussa les épaules.

– Les elfes-chasseurs sont avertis depuis longtemps que je possède des objets précieux ou dangereux qui ne doivent pas être dérobés. Ils surveillent tout le château très attentivement. Et personne ne connaît sa cachette, ni le moyen d'y parvenir. Alors je ne suis pas réellement inquiet.

– Ah bon ? s'étonna le chien-sortcelier. Eh bien, si ça ne t'ennuie pas, *moi* je vais m'inquiéter un peu. Juste au cas où.

Moineau respira profondément. Le vieux dragon avait oublié un léger détail. Sa cachette secrète n'était plus si secrète. Elle hésita, puis se tut.

– Eh bien moi, je trouve ça formidable ! sourit Cal malicieusement.

– Hein ? Tu trouves ça *quoi* ? demanda Fabrice, interloqué.

– Ben oui, cette fois-ci, Magister n'a pas besoin de Tara pour s'emparer du livre. Alors personne ne va tenter de m'ensorceler, de me pétrifier, de me faire cuire, de me noyer pour *la* capturer. On va presque réussir à s'ennuyer, dis donc!

Il n'y avait qu'une réponse à sa déclaration.

Tara lui tira la langue.

Après le dîner, ils se réunirent dans leur suite. Il y avait eu des Kidikoi* au dessert, et après avoir dégusté une renversante «cerise-abricot-cannelle-poivre», Tara avait pu déchiffrer le cœur de la sucette qui déclarait «Le piège, tu le vois, n'est pas là où tu crois», ce qui ne l'avait pas avancée des masses.

La chambre de Cal n'était pas très loin, mais avec Angelica, il préférait se tenir à distance. Ils étaient en pleine conversation quand la bouche s'ouvrit dans la porte et déclara:

– Il y a là un Effrit qui désire parler à Damoiselle Tara'tylanh-nem Duncan. Dois-je le laisser entrer?

– Oui, répondit Tara, un peu surprise.

Le Démon rouge s'introduisit dans le salon. Ces Effrits n'ayant pas de jambes, il flottait, le bas de son corps se terminant en une sorte de tourbillon. Poliment, il s'inclina devant elle.

– Ma maîtresse impériale, déclara-t-il d'une voix stridente, désire votre présence dans son boudoir doré. J'ai pour mission de vous y conduire.

– Seule, ajouta-t-il quand il vit les amis de Tara se lever également.

– Tu veux que nous t'accompagnions? demanda Robin en ignorant sa remarque. Après tout, il y a des Sangraves dans ce palais.

– Non, ne t'inquiète pas pour moi, sourit Tara, qui appréciait l'exquise courtoisie du demi-elfe, mais désirait parler seule à seule avec l'impératrice, histoire de voir si elle pouvait plaider la cause de Cal. Je ne vais pas très loin. À tout à l'heure!

En suivant l'Effrit dans les couloirs du palais, Tara remarqua que la lumière baissait sensiblement. Au fur et à mesure de leur progression, ils empruntèrent des couloirs de moins en moins fréquentés jusqu'à une pièce poussiéreuse et vaguement dorée qui ne ressemblait pas du tout à l'idée que se faisait Tara d'un boudoir impérial.

L'Effrit se réinclina, puis la quitta en annonçant qu'on viendrait la chercher. Tara commença à déambuler dans la pièce. Elle était meublée de plusieurs grandes tapisseries relatant les exploits des chasseurs omoisiens, de trois chaises si finement sculptées qu'on avait peur qu'elles ne s'effondrent, de deux sofas recouverts de velours pourpre et d'une jolie table marquetée aux pieds cambrés.

Les trois chaises faillirent se battre quand elle se décida à s'asseoir et elle les regardait d'un air méfiant quand sa respiration se bloqua dans sa poitrine. Un regard glacé pesait sur elle. Une sensation qu'elle connaissait bien. Un Sangrave était en train de l'observer ! Elle se retourna d'un bond, juste à temps pour entrevoir un rayon brûlant foncer sur elle. D'un mouvement vif, elle se laissa tomber par terre, évitant le sort de justesse.

La table explosa et l'une des tapisseries prit feu. Tara se releva et courut s'abriter derrière le sofa. L'attaquant était derrière la porte. Soudain, ses deux mains apparurent, brandissant une boule enflammée. Tara souhaita de toutes ses forces qu'un bouclier se matérialise... et la pierre vivante intervint sans lui demander son avis. Leurs deux magies conjuguées créèrent une muraille, épaisse d'une vingtaine de centimètres, qui boucha brutalement l'horizon de l'assaillant.

Bon, ce n'était pas exactement ce qu'elle avait demandé, mais ça ferait l'affaire en attendant.

Passé le premier moment de surprise, l'ennemi se reprit et, malheureusement pour Tara, son pouvoir était puissant.

La boule de feu fit voler en éclats une partie de la muraille. Tara s'aplatit pour échapper aux débris et invoqua rapidement suffisamment d'eau pour étouffer le début d'incendie. Mais une seconde boule de feu arrivait déjà dans sa direction et la fit s'écraser par terre de nouveau. Il fallait absolument qu'elle trouve autre chose avant qu'il n'ait démoli toute la muraille! Elle réfléchit à toute vitesse. Minute. Elle n'arrivait pas à voir le Sangrave, ce qui la gênait pour lancer ses sorts. Mais elle pouvait voir ses *mains* lorsqu'il lançait sa magie. À la faveur d'une accalmie, elle jeta un coup d'œil prudent par l'une des brèches. Les mains s'activaient autour d'une nouvelle boule de feu, la faisant grossir. Parfait. Elle lança alors son pouvoir, imaginant un rayon de glace, comme celui qu'elle avait utilisé contre le trône de Silur.

Tara avait vu trop de dessins animés. En lançant son rayon, elle avait imaginé que les mains et la boule de feu allaient geler, pris dans une gangue de glace.

Ça ne marcha *pas du tout*.

Quand le rayon toucha la boule, celle-ci ne se figea pas. Elle crépita, puis s'éteignit. Le Sangrave jura, mais ses mains étaient toujours libres! Fou de rage, il incanta de nouveau, prêt à foudroyer Tara. Celle-ci frémit. Elle ne résisterait pas à une nouvelle attaque!

Soudain il y eut un bruit de course et les mains disparurent. Quelques secondes plus tard, Dame Boudiou et Xandiar, le chef des gardes, faisaient irruption dans la salle, suivis de peu par les soldats. Quand il vit les dégâts, Xandiar dégaina ses quatre lames à une vitesse ahurissante et posta des gardes tout autour de la pièce. Dame Boudiou se précipita vers Tara, qui n'en revenait pas d'être toujours vivante.

— Mais que s'est-il passé? demanda la vieille mage, stupéfaite par le carnage dans la pièce.

— Quelqu'un a tenté de me tuer, répondit Tara encore tremblante de frayeur. Vous venez de me sauver la vie. Quelques secondes de plus et pffffuit! plus de Tara.

— Par Demiderus, s'exclama Dame Boudiou, viens ici ma chérie!

La brave Dame l'engloutit dans une étreinte maternelle, et Tara se laissa aller à une magnifique crise de larmes.

Xandiar, le chef des gardes, eut l'air franchement suspicieux quand il interrogea Tara. Depuis leur première confrontation, il prenait tout ce que faisait la jeune fille comme une sorte d'affront personnel. Et elle eut la pénible impression qu'il ne la croyait pas du tout. D'autant que l'enquête révéla que l'impératrice n'avait *jamais* convoqué Tara...

Il fut, évidemment, impossible de retrouver l'Effrit qui avait délivré le message (enfin, d'en trouver un qui accepterait d'avouer qu'il l'avait fait, vu qu'ils se ressemblaient tous comme deux gouttes d'eau).

Robin et Fabrice, furieux, décidèrent qu'ils ne quitteraient plus Tara d'une semelle, et Cal, tout aussi secoué, demanda et obtint l'autorisation de rester avec ses amis. Dame Auxia, la cousine de l'impératrice qui dirigeait l'intendance du palais, exigea que des gardes soient postés devant la porte. Pour la calmer, son Chaman, Maître Bison au Pied Léger, s'obstina à faire ingurgiter à Tara un tas de décoctions et d'infusions toutes plus abominables les unes que les autres.

Malgré sa tisanière collaboration, la nuit ne fut pas très bonne. Robin avait vu trop de films d'AutreMonde sur les preux chevaliers et Tara dut se battre avec lui pour qu'il ne dorme pas *par terre* devant la porte de sa chambre. Pour sa part, elle fit d'abominables cauchemars qui la laissèrent épuisée et tremblante. Elle ne comprenait plus rien. Jamais Magister n'aurait essayé de la tuer, il avait trop besoin d'elle. Alors, qui voulait se débarrasser d'elle, et surtout pourquoi? Comme tout le monde, elle avait rêvé de vivre des aventures extraordinaires. Maintenant, elle était quasiment prête à *payer* pour vivre la vie la plus ennuyeuse, la plus insipide, la plus terne possible.

Peu après le petit déjeuner, Damien vint les chercher pour les ramener à l'audience. En traversant à nouveau la jungle qui menait à la salle principale, Fabrice fut soulagé de constater que les ptéro-dactyles qui planaient au loin n'avaient pas du tout l'intention de le considérer comme un casse-croûte. Cal entra dans l'immense salle pourpre et or, encadré par deux des soldats, et le procès recommença.

Visiblement, les événements de la veille avaient dû faire le tour du palais : aujourd'hui, la salle du procès était pleine. Des licornes argentées, des Chimères dorées, des lutins jaune citron, des Tatris à deux têtes, une vingtaine de centaures méfiants aux flancs couverts de peintures de guerre, des gnomes bleus, bref de nombreuses races se pressaient autour des deux trônes. Des courtisans humains aux costumes colorés et originaux flottaient un peu partout, ou reposaient sur des banquettes et des chaises. Soudain, Tara sursauta. Tout près d'elle, une blonde époustouflante venait brutalement de se transformer en une vieille femme maigre aux rares cheveux blancs. Son compagnon s'écarta un peu, surpris. La vieille femme tapa alors du pied par terre avec rage, tripota un truc dans ses cheveux et la blonde réapparut. Son compagnon, furieux, était sur le point de l'apostropher, quand son sort le lâcha lui aussi. À la place du majestueux courtisan se tenait un jeune adolescent grêle qui regardait ses biceps inexistants avec horreur. La blonde éclata d'un rire caquetant. Le garçon lui jeta un regard noir et sortit de la salle en martelant le sol avec rage.

Tara en déduisit rapidement que les courtisans sortceliers se montraient rarement sous leur véritable forme. Le seul hic du système qu'il leur était apparemment difficile de conserver leurs apparences fictives très longtemps. C'était trop fatigant.

Très bien, le jour où elle voudrait mesurer 1,80 mètre et faire un 95 D pendant quelques instants, elle saurait comment s'y prendre !

Enfin, le majordome fit un signe et le brouhaha s'apaisa. L'impératrice et l'imperator prirent place sur leurs trônes, entourés par les Hauts mages.

Cette fois-ci, l'impératrice avait choisi l'argent pour mettre en valeur son incroyable beauté. Ses cheveux, relevés en un extravagant chignon, lui faisaient comme un casque métallique. Sa robe d'argent était recouverte d'oiseaux lumineux qui voletaient de branche en branche. Une couronne de platine et de diamants dégageait son front, lui enserrant les tempes, la grandissant encore. Dans le ton, l'imperator portait une armure légère en acier décoré de runes d'argent. Un mince bandeau de métal clair retenait ses cheveux blonds, qu'il avait laissés libres cette fois-ci.

Rendu prudent par l'expérience, il avait délaissé son sabre court pour une longue épée et jetait des regards sombres vers Maître Chem, comme pour le défier de se transformer encore.

Toute son attitude proclamait : « Bouge une oreille, dragon, et je te transforme en steak haché. »

Le fait que le dragon ne lui prête pas la plus petite attention semblait l'agacer encore davantage.

Les scoops voletaient autour du couple impérial, enregistrant le moindre détail. Une fois qu'elle parvint à détourner son attention de la fascinante impératrice, Tara remarqua que le Vampyr était absent, probablement reparti au Lancovit protéger le fameux Livre interdit. Tant mieux.

Cal et Angelica s'assirent devant les souverains, dans un grand cercle d'or tracé au sol, tandis que le père et la mère du garçon défunt se postaient à l'extérieur du cercle. Un silence pesant descendit sur l'assemblée.

Les Hauts mages commencèrent leurs incantations. Visiblement, cela leur demandait un effort considérable car la sueur roulait sur leurs fronts.

– Par le Convocus, nous t'appelons Brandis T'al Miga Ab Chantu, nous te convoquons ! psalmodiaient-ils. Par le Convocus nous te lions, par le lien, tu nous réponds ! Par le Convocus, Esprit présente-toi, et devant nous matérialise-toi !

Une lueur fugitive dansa devant les Hauts mages. Elle grandit, grossit, jusqu'à prendre la forme d'un garçon dont le corps paraissait un peu transparent, certes, mais parfaitement visible. Tara, fascinée, fut surprise de constater qu'elle pouvait percevoir des couleurs. Elle avait pensé que, comme tous les fantômes de cinéma, celui-ci serait blanc, voire incolore. En réalité, en dehors du fait qu'on voyait un peu au travers, on aurait pu croire qu'il était parfaitement normal.

Et il était totalement nu.

Enfin, pas tout à fait. Une sorte de brume lui faisait comme un pagne. Évidemment, les vêtements n'accompagnaient pas les morts dans l'au-delà!

— Quelque chose… quelque chose m'a appelé, balbutia le fantôme.

— C'est nous, cher enfant, répondit sa mère, dont les joues ruisselaient de larmes.

— Où… où suis-je? Je ne me souviens pas. Mais… mais pourquoi pleures-tu, Maman?

La salle crut un instant que la femme allait s'effondrer, mais son mari lui serra la main et elle tint le choc.

— Tu es… mort, mon enfant, mon amour. Tu as été tué par le Vortex incontrôlé d'une Porte de transfert. Nous t'avons rappelé pour que tu puisses juger ceux qui ont été à l'origine de ton trépas.

Et elle désigna Cal et Angelica.

— Je suis… mort? s'exclama le fantôme, très surpris. Tu en es sûre? C'est étrange, je ne me *sens* pas mort.

— Hélas, dit son père en serrant les dents. Tu as été tué, et nous cherchons à savoir ce qui s'est passé. Lorsque tu as activé la porte, un cri perçant t'a fait perdre ta concentration et la porte est devenue incontrôlable. À cause de ces deux sortceliers du Lancovit, tu as été détruit et tout ce qui nous reste de toi à présent… c'est ton fantôme. Alors, justice doit être faite. Désignes-tu ces deux sortceliers comme coupables?

Le fantôme avait l'air perdu.

— Oui… maintenant je me souviens. Le cri. La peur. La force

noire. Il y avait une petite fille… Elle a voulu m'aider. (Malgré elle, Tara sursauta. Comment ça, une *petite* fille!) Mais le Vortex était fort, trop fort. Il m'a emporté.

Sa voix se raffermit, et il poursuivit:

— Et tu dis que c'est à cause de ces deux-là que je suis mort?

— Oui, mon fils, répondit la femme.

— Alors il n'y a pas de doute, répondit le fantôme en durcissant le ton. Ils sont coupables!

— NON!

Le cri de Tara avait éclaté dans le brouhaha des commentaires. Écartant habilement le garde qui voulait l'empêcher d'avancer, la jeune fille se planta devant le fantôme.

— Ils ont distrait ton attention, c'est un fait. Mais ce ne sont pas eux qui t'ont tué! Tu as parlé d'une force noire, d'une force qui voulait nous emporter tous les deux. Rappelle-toi! Cette force ne venait pas de ces deux sortceliers! Elle venait d'autre part!

Le fantôme fronça les sourcils, mais quelque chose semblait troubler sa concentration.

— Ou… oui, une force noire, quelque chose qui empêchait le Vortex de se refermer. Sans cette force je serais vivant!

— Ça suffit! intervint son père. Damoiselle, je comprends que vous vouliez protéger vos amis. Mais mon fils est *mort*. Vous comprenez, il est mort à cause d'eux. Alors sortez d'ici et laissez mon fils juger ses assassins!

Tara ouvrait déjà la bouche pour répliquer quand le fantôme prit la parole:

— Je sens… je sens une force qui m'attire. Je dois… je dois partir. J'ai dit. Ces deux sortceliers doivent être jugés pour ce qu'ils m'ont fait. Mais la mort, la mort c'est trop dur. Qu'ils soient enfermés. Qu'ils soient prisonniers… jusqu'à la fin de leurs jours!

Sa silhouette pâlit, commença à s'effacer puis disparut sur ces mots terribles.

Tara refusa de s'avouer vaincue.

– Je réclame ma Faveur Impériale! hurla-t-elle.

L'imperator s'agita sur son trône.

– Ta Faveur Impériale ne peut s'appliquer dans ce cas! contra-t-il brutalement. Elle te concerne, *toi*, nominativement. Tu ne peux l'utiliser pour tes amis. Et de toutes les façons, dans une affaire de mort, il n'est pas possible de réclamer une Faveur Impériale.

Tara se sentit faiblir.

– Mais c'est impossible! Cal et Angelica ne sont pas coupables! Et vous le savez aussi bien que moi!

Tara venait de commettre une erreur. L'impératrice n'aimait pas qu'on la provoque. Et elle savait parfaitement comment mater l'insolence.

– Il suffit, déclara-t-elle d'une voix froide. Le jugement a été rendu. Que les prisonniers soient conduits à la prison. J'ai dit.

Puis elle se leva et sortit sous le regard impuissant de Tara.

Moineau, Robin et Fabrice dévisagèrent les deux condamnés. Angelica pleurait sur l'épaule de son père qui vitupérait contre l'impératrice et appelait à une guerre contre l'empire. Cal, lui, était encore sous le choc. Curieusement, sa mère ne paraissait pas inquiète. Elle chuchota au creux de l'oreille de son fils, et au bout d'un moment, celui-ci releva la tête et lui sourit.

Les gardes impériaux arrachèrent Angelica à ses parents, mais Cal les suivit sans faire de manières, allant jusqu'à envoyer un petit signe de la main à ses amis, son renard comme une flamme vivante à ses côtés.

C'est alors que Tara s'effondra. Elle se laissa glisser à terre. Immédiatement, Moineau fut à ses côtés et ne tarda pas à sangloter avec elle. Bravement, les deux garçons tentèrent de résister, mais ce fut impossible.

– C'est injuste. Les adultes de ce monde sont fous, gémit Tara. Ce n'est pas possible! Qu'est-ce qu'on va faire?

Robin essuya discrètement ses larmes, puis leva un regard soudain songeur sur Cal qui s'éloignait.

– Je trouve que Cal a l'air bien guilleret pour un type qui vient de se faire condamner à passer le reste de ses jours en prison, déclara-t-il pensivement.

– Mmmh, c'est exactement ce que je me disais, fit Fabrice qui renifla sans état d'âme tout en tendant deux mouchoirs propres à ses amies. Je lui poserais bien une ou deux questions, moi.

– Nous avons le droit d'aller le voir dans sa cellule, affirma Moineau en se mouchant. Et…

Elle fut interrompue par Maître Chem qui les rejoignait. Le vieux mage semblait à la fois furieux et désarmé.

– Je ne comprends rien à cette histoire, grommela-t-il. Que Cal et Angelica aient été piégés par Magister me semble évident. Là où ça devient insensé, c'est que nous sommes incapables de les disculper. Les Diseurs deviennent tout à coup impuissants à les sonder, l'impératrice et l'imperator les font emprisonner, et je parierais mon tas d'or qu'ils savent parfaitement qu'ils sont innocents !

– Oui, approuva Tara qui s'était ressaisie. Quelqu'un, quelque part, nous prend pour de parfaits imbéciles. Et si nous ne découvrons pas pourquoi, alors il aura raison !

Le vieux mage lui lança un regard noir et elle eut un petit sourire.

– Grand-père, reprit-elle, tu as dit qu'un Diseur t'avait sondé, c'est ça ?

– Non, répondit Manitou, j'ai dit que *quelqu'un* m'avait sondé, mais j'ignore si c'est un Diseur.

– Alors nous devons parler au gnome, décréta Tara en mordillant sa mèche blanche – ce qui agaça Galant qui, d'une patte ferme, la lui retira.

– Au gnome ? demanda Fabrice, surpris. Pourquoi ?

– Il travaille avec les Diseurs depuis longtemps. Il saura nous dire si l'un d'entre eux a lu l'esprit de Grand-père, et peut-être même pourra-t-il nous dire *pourquoi*.

Il ne leur fut pas difficile de trouver Glul Buglul. Le gnome était en compagnie de deux Diseurs dans un des jardins découverts du palais. Ceux-ci avaient ouvert leurs manteaux blancs et Tara constata avec stupéfaction que leurs corps marron ressemblaient à du bois.

Allons bon, les Diseurs étaient des *végétaux*!

À la place des bras, ils possédaient une foule de branches ornées de bourgeons. Leurs multiples pieds-racines étaient enfoncés dans la terre. Et ce qu'ils avaient pris pour des casques était en réalité de grands pétales noirs qui, déployés autour de leurs têtes, captaient avidement les rayons du soleil. Il émanait de tout leur être une extase silencieuse.

Le gnome posa l'arrosoir qu'il venait d'utiliser et écarquilla les yeux quand il vit la petite troupe foncer sur lui.

– Maître Buglul, dit Maître Chem, pourriez-vous nous accorder quelques minutes de votre temps?

Le gnome s'inclina, un peu inquiet.

– Euuuh, mais bien sûr, Haut mage. Que puis-je faire pour vous?

– Le Haut mage Manitou Duncan dit qu'il a été *lu* par un Diseur dans la salle d'audience. Pourriez-vous nous le confirmer?

Le gnome sursauta, indigné.

– C'est impossible! Aucun Diseur ne sonderait un individu conscient sans son accord, ou sans l'accord d'une cour de justice. C'est rigoureusement *interdit*.

– Certes, répondit Chem d'un ton patelin, certes. Mais il nous arrive à tous de faire, un jour ou l'autre, quelque chose d'interdit. Alors, pourriez-vous avoir l'obligeance de répondre à ma question s'il vous plaît?

Les Diseurs s'agitèrent, puis le gnome plissa les yeux et répondit:

— Haut mage, les Diseurs déclarent que si l'un d'entre eux avait voulu vous sonder, ou sonder Maître Duncan, personne n'aurait pu détecter son intrusion. Si quelqu'un a tenté de lire ou de pénétrer dans son cerveau, ce n'est certainement pas un Diseur.

— Oh, fit Maître Chem, surpris, je… vois. Ils peuvent donc «lire» les gens sans que ceux-ci le sachent. Intéressant. Très intéressant.

— Mais ils ne le font pas. *Jamais*, répliqua fermement le gnome. N'oubliez pas que de nombreux coupables de crimes de sang sont envoyés par les autres nations sur Santivor, leur planète. Et qu'ils en sont les gardiens. Des gardiens rémunérés en produits indispensables pour eux. Pourquoi échangeraient-ils cette position privilégiée contre le plaisir de fouiner? Cherchez ailleurs. Celui qui a «lu» votre ami n'est pas l'un des leurs.

Maître Chem s'inclina devant la détermination du gnome.

— Je vous remercie, Maître Buglul.

En sortant du jardin, ils savaient donc une chose: ils avaient été piégés et ne pouvaient bouger tant que Cal ne serait pas libéré.

Génial.

Maître Chem décida de demander une nouvelle audience à l'impératrice.

— Je vous tiendrai au courant, dit-il aux quatre amis. Manitou, reste avec eux et veille à ce qu'ils ne fassent pas trop de bêtises. Dans le genre destruction de palais, déclenchement de guerre mondiale, bref tous les trucs dont ils sont *apparemment* spécialistes, d'accord?

— Je ne suis pas leur baby-sitter, grommela le chien. Et s'ils font quelque chose, sois assuré que je le ferais probablement aussi.

Tara adressa un magnifique sourire à son grand-père, qui lui fit un clin d'œil. Maître Chem leva les yeux au ciel avec résignation et partit en marmonnant.

— Tout ça ne nous avance pas, constata Fabrice alors qu'ils se dirigeaient vers les sous-sols du palais. Si ce que le gnome a dit est vrai, ce ne sont pas les Diseurs qui ont sondé ton grand-père. Alors qui ? Et pourquoi ? Que sait-il qui nécessite qu'on fouille son cerveau ?

— C'est comme un puzzle, rumina Tara. Il y a des tas de petites pièces qui ne s'emboîtent pas, jusqu'au moment où quelque chose commence à se dégager et je me demande...

— Tu te demandes quoi ?

— Mmm ? Non, rien. Voyons déjà ce que Cal a à nous dire. Parce qu'il est hors de question de le laisser pourrir en prison pour un crime qu'il n'a pas commis !

— Euuh, rassure-moi, avança Fabrice. On va bien le voir pour *discuter* ?

— Pas du tout, répondit clairement Tara. On va le voir pour le faire *évader* !

chapitre IV

Prisons impériales

— Quoi ! éclata Fabrice. Tu rigoles ?

— Pas du tout. Quelqu'un veut que Cal soit en prison. Je ne sais pas si c'est Magister qui a manigancé tout ça, mais en délivrant Cal, on bousille son plan.

— Là, pour une fois, je suis d'accord avec Fabrice, contra Moineau. Faire évader quelqu'un des prisons d'Omois est *totalement* impossible.

— Bah ! répondit Tara en haussant les épaules, trouver la forteresse grise et s'en évader était aussi impossible, n'est-ce pas ? Vaincre Magister et détruire le trône de Silur aussi était impossible. Et d'ailleurs, si je vais plus loin, la magie est impossible et ce monde est impossible. J'ai appris à ne plus m'arrêter à ce mot. D'ailleurs je songe très sérieusement à *l'éliminer* de mon vocabulaire.

Robin lui sourit.

— Là, tu marques un point, Tara. Si permettre à Cal de s'évader peut faire échouer Magister, ça vaut le coup d'affronter l'impératrice, ses chatrix* et ses aragnes.

— Qu'est-ce que tu as dit ? glapit Fabrice. Des chatrix, des *aragnes* ? Encore !

— Je suis désolé, fit Robin qui n'avait pas l'air désolé du tout, je ne vous avais pas dit que les prisons sont gardées par des chatrix ? Pour les aragnes, je ne suis pas sûr. Ils les ont peut-être remplacées depuis que mon père était en poste à Omois. Je crois me souvenir qu'elles avaient un peu croqué un garde qui avait oublié la solution de la charade du jour.

Fabrice frissonna.

– Mais moi, je déteste les araignées !

À force de regarder le plafond avec attention, il faillit rater les principaux gardiens de l'endroit. Quand, rassuré, il finit par baisser les yeux, il recula brusquement, après avoir manqué de buter sur une bestiole pleine de crocs qui se passait la langue sur les babines avec un grand sourire canin du genre « À table ! ».

Bon. Pas d'aragnes, mais des tas de chatrix tenus en laisse, qui se mirent à s'agiter frénétiquement quand ils virent autant de monde envahir leur sanctuaire. Les grosses hyènes au pelage noir et aux dents empoisonnées commencèrent à saliver en regardant les proies appétissantes qui s'offraient à elles.

Aussi furent-elles *extrêmement* déçues quand les gardes les muselèrent pour laisser passer les visiteurs.

Cal était enfermé dans une prison. Le problème avec les prisons, c'est qu'elles ne peuvent pas vraiment retenir les sortceliers. Les murs de celle-ci étaient donc formés de pierre masksort des montagnes de Gandis, insensibles à la sorcellerie. De plus, un artefact posé sur une colonne surplombait le couloir et interdisait toute magie.

De ce fait, à partir de l'entrée, la lumière magique faisait place à de... banales ampoules électriques ! Un petit générateur alimentait la prison en énergie puisque l'artefact annulait totalement la magie. La statuette aux bras étendus vibrait du pouvoir qu'elle absorbait. En passant dessous, Tara sentit que la pierre vivante s'agitait dans sa poche.

– *Pouvoir ?* chanta la pierre d'une voix un peu assourdie. *Je... sens il partir. Pouvoir s'en va ?*

– *Ne t'inquiète pas*, répondit mentalement Tara qui n'avait pas pensé que la statuette pouvait drainer la puissance de la pierre, *nous ne resterons pas longtemps. Dès que nous serons sorties du cercle de son influence, tu iras mieux.*

— *Dormir, je vais. À tout à l'heure.*

Galant, que Tara avait miniaturisé, poussa un hennissement et ils entendirent la voix de Cal.

— Tal, Zegranbraz[1]!, fit le petit Voleur joyeusement. Sal tan mir[2]? Allons bon, il parlait un langage incompréhensible!

— Trus[3]! jura Moineau. (Enfin… Tara supposa que c'était un juron.) Valendir[4]!

De la main, elle leur fit signe de sortir du champ de la statuette. Elle prit la parole dès qu'ils furent suffisamment loin.

— Le sort traducteur ne peut pas fonctionner, expliqua-t-elle, car la statuette draine la magie. Alors il faut que vous appreniez nos différents langages, sinon nous ne pourrons plus communiquer.

— Mais…, s'étonna Fabrice, je croyais que tout le monde utilisait le sort traducteur? Comment va-t-on faire?

— Nous allons utiliser un sort qui va vous permettre d'acquérir les langues que je connais. Le lancovien, bien sûr, l'omoisien, le nainien, le gnomien, l'elfien, plusieurs langues terriennes que j'ai apprises quand nous sommes allés sur Terre, etc.

— Euuuh, mais tu en connais combien? demanda Fabrice, impressionné.

— Une petite vingtaine, répondit Moineau. Et une fois que le sort est fixé dans le cerveau, il est indélébile, alors nous pourrons discuter ensemble même si la statuette draine toute magie, cela ne nous affectera pas. Mettez-vous autour de moi que je vous ensorcelle.

Ils obéirent et Moineau incanta:

1. Hé, salut!
2. Tout va bien?
3. Zut!
4. Ressortons!

– Par l'Acquerus que de mon cerveau sortent tous les mots et que de mes amis ils soient tous compris !

Immédiatement, Tara eut l'impression que des milliers d'abeilles bourdonnaient dans sa tête. Des mots, des expressions la traversaient comme de fulgurants éclairs.

– Ça va ? demanda Moineau en lancovien, ce n'est pas trop désagréable ?

Manitou secoua la tête et tira une langue rose.

– Oh là là, gémit-il dans un elfien parfait, j'ai l'impression d'avoir la gueule de bois sans avoir eu le plaisir d'avaler une goutte d'alcool.

Robin ouvrit de grands yeux.

– Waouh, fit-il à Moineau en gnomien guttural, c'est très efficace ton sort, dis donc !

Après quelques tests dans différents langages, ils décidèrent de tous utiliser le lancovien, que Cal comprenait, bien sûr, parfaitement.

Ils s'approchèrent de nouveau. Cal se tenait au seuil d'une grande chambre confortable dont la porte, composée de quartz d'Autre-Monde, laissait passer l'image et le son malgré l'absence de magie. Blondin, affalé sur un grand coussin leur lança un clin d'œil.

– Euuuuh, demanda Cal qui avait observé leurs allées et venues avec perplexité, tout va bien ?

Robin fronça les sourcils, un peu surpris. Et répondit dans un lancovien impeccable.

– Eh bien, il me semble que c'est plutôt à nous de te poser la question, non ?

– Moi, je vais très bien. Qu'est-ce qui se passe ?

– Nous avons eu droit à un cour de langue *accéléré*, expliqua Tara. Tellement accéléré d'ailleurs que j'ai l'impression d'avoir toutes les langues d'AutreMonde dans la tête maintenant. Bref. Pourquoi as-tu un air aussi guilleret, Cal ?

Cal sourit.

— Maman m'a dit que semblable mésaventure lui était également arrivée, il y a quelques années, expliqua-t-il obligeamment. Alors elle m'a soufflé quelques… solutions qui pourraient bien me sortir d'ici.

— Cer-tai-ne-ment pas! articula soigneusement une voix glaciale. Mon père va faire ce qu'il faut pour régler ce problème et comme malheureusement mon sort est lié au tien, tu ne vas rien manigancer du tout!

Cal leva les yeux au ciel.

L'image d'Angelica apparut dans la cellule adjacente. Tara grimaça. Non seulement elle allait devoir imaginer un plan pour sortir Cal de là, mais en plus il lui faudrait probablement délivrer en même temps sa pire ennemie!

La grande fille brune les dévisagea tous d'un air méfiant.

— Pourquoi êtes-vous donc venus traîner ici, les minables? Encore à comploter un de vos mauvais coups?

Cal n'aimait pas Angelica, ce qui était parfaitement réciproque. Il se tourna vers la grande fille et lança:

— Tiens! L'animal enfermé à côté de moi peut *parler* finalement! Surprise. Je pensais qu'il ne savait que *hurler*.

— Ça va! rétorqua Angelica d'une voix mauvaise, je hurlerai si j'en ai envie. Et ce stupide fantôme va payer très cher pour notre emprisonnement.

— Oh! relança Cal, et tu vas lui faire quoi? Le tuer?

— Deux points pour Cal, observa Robin.

— Oui, deux points indéniablement, sourit Moineau.

— Ça suffit, Angelica! l'apostropha sévèrement Tara. Si nous sommes ici, c'est bien à cause de toi! Tu es responsable de la mort du garçon et de ton Familier. Alors épargne-nous tes remarques et mêle-toi de ce qui te regarde.

Angelica lui lança un regard furieux et si des yeux avaient pu tuer, alors Tara serait morte sur le coup. La grande fille tourna les talons et alla s'asseoir sur son lit en grommelant de vagues insultes.

Tara se retourna vers Cal et chuchota.

– Est-ce qu'on peut parler sans danger? Et si oui, explique-nous donc pourquoi tu as l'air si content de toi?

– Je ne crois pas qu'il y ait de micros, murmura Cal, mais soyons prudents tout de même. J'ai deux raisons d'être content. La première, c'est que ceci va faire partie de mon *examen de l'année prochaine!*

– De ton quoi?

– De mon examen de Voleur Patenté. J'ai tout un tas d'épreuves que je dois accomplir pour obtenir ma licence. Alors quand ma mère a vu que j'étais emprisonné, elle a proposé au recteur de notre université que mon évasion soit notée.

Fabrice était abasourdi.

– Et c'est tout ce que ça t'inspire? Tu es emprisonné dans un endroit où tu ne peux pas faire de magie, parce que tu t'es fait piéger par Magister, qui nous a attiré ici pour s'emparer du Livre interdit, et toi, tout ce que tu trouves à dire c'est: « Chic, on va me noter! » Je pense que les gardes ont dû te cogner la tête en t'arrêtant. Tu as complètement perdu la boule!

– Euuuh, là j'ai raté un épisode, répondit Cal un peu perplexe. Magister a fait quoi?

Quand ils eurent terminé leur explication, le petit Voleur était songeur.

– C'est… incroyable. Et ça me semble un plan un peu tordu, si la seule motivation en est de s'emparer du Livre interdit. Il suffit pour cela d'espionner Maître Chem et de dérober le livre quand il n'est pas au Lancovit, il voyage souvent! Enfin, on éclaircira ça quand je serai sorti d'ici. La seconde raison de ma joie, c'est que ma mère est venue et… *elle sait comment prouver mon innocence!*

– Hé, mais c'est fantastique ! s'exclama Fabrice. Nous sommes sauvés ! Il faut tout de suite aller voir l'impératrice ! La belle, la magnifique « deuxième chiffre en calcul ; gaz ; petit rongeur ; range ; début de ceci ; mon tout est une belle souveraine » !

– Euuuh, il y a tout de même un petit problème.

– J'aurais dû m'en douter, soupira Fabrice. C'était trop beau pour être vrai. Vas-y !

– Selon ma mère, il existe une entité très particulière matérialisée par une statue, expliqua Cal. Le *Juge*. Cette entité a été créée par les Démons afin de pouvoir séparer la vérité du mensonge. Comme ils mentent tous dans leurs royaumes maléfiques, c'était le seul moyen pour leurs gouvernants d'exercer un certain contrôle sur leurs peuples puisque les Diseurs refusent d'y aller. Une fois devant le Juge, nous pourrons convoquer Brandis une seconde fois, alors que c'est normalement impossible, et lui faire comprendre qu'un autre que moi a provoqué sa mort. Nous enregistrerons avec un Taludi ce qui sera dit, puis nous soumettrons l'enregistrement à la Cour impériale. Normalement, il est impossible de tromper un Taludi. Ça devrait suffire à me déclarer innocent.

Tara écarquilla des yeux incrédules.

– Tu veux qu'on aille dans les *Limbes* ? Discuter avec des *Démons* ? Fabrice avait raison, les gardes ont dû te cogner la tête ! Et qu'est-ce que c'est qu'un Taludi ?

Cal fit la grimace.

– Un Taludi est un petit animal qui enregistre tout ce qu'il voit... y compris à travers les sorts et les illusions. On ne peut pas tromper les Taludis, ce qui en fait des témoins précieux en cas de litige. Et le petit problème c'est que la statue du Juge d'Âme se trouve à la Cour du roi des Démons !

Manitou intervint, mal à l'aise.

– Le roi des Démons, celui qui a infecté Tara ? Mais je croyais qu'il était furieux contre elle ? Est-ce bien prudent de le défier à nouveau ?

– Oui, elle l'a un peu insulté, ricana Cal, je crois que les mots qu'elle a prononcés étaient *« petit roitelet insignifiant et sans pouvoir »*. Ça l'a un peu mis en colère. Ils n'ont aucun sens de l'humour, ces Démons. Mais *moi*, je n'ai rien dit. Et comme c'est le seul moyen qu'a trouvé Maman pour résoudre le problème, je n'ai pas le choix. J'irai seul.

– Pas question ! réagirent Tara et Moineau en même temps.

– Et puis, de toutes les façons, ajouta Moineau, tu as besoin de moi car je suis la seule à savoir comment accéder à l'*objet* qui peut nous amener dans les Limbes… et si je ne t'accompagne pas, tu peux toujours courir pour que je t'aide.

Elle avait insisté sur le mot *objet* et Cal claqua des doigts avec excitation quand il comprit.

– Mais oui ! Bien sûr, je suis bête ! Le *Livre interdit* ! C'est avec ce livre que Maître Chem nous a emmenés dans le royaume du roi des Démons ! Et tu sais comment te le procurer ?

Moineau ferma les yeux et récita :

– D'abord, Maître Chem m'a demandé de lui montrer mon accréditation. Il l'a modifiée afin que sa porte-mur me laisse passer. Ensuite, voici ce qu'il a dit : « Sur l'étagère, en haut à gauche, tu verras un livre : *Étude d'anatomie comparative, faune d'AutreMonde*. Prends-le, puis pose-le sur mon bureau. Tape trois fois sur la troisième page, puis dix fois sur la vingtième page. Surtout ne te trompe pas. Mon bureau s'écartera, et tu verras un escalier de verre. Descends-le et saute la quatrième marche, puis la septième. En bas, tu verras deux statues de serpents de feu. Surtout ne passe pas entre eux en te tenant debout. Il te faudra ramper, sinon ils te décapiteraient. Enfin tu auras devant toi le Livre interdit. Fais le tour du piédestal sur lequel il repose, puis saisis la pierre plate qui est cachée derrière. Il te faudra mettre la pierre à la place du livre en moins d'une seconde. Une fois que cela sera fait, remonte en sautant cette fois-ci la deuxième marche à partir du bas, puis la cinquième. Dans le bureau, enlève le livre sur l'anatomie sans en toucher les pages, puis mets-le autour du Livre interdit. Il en dissimulera la couverture le temps que tu me l'apportes. »

Elle rouvrit les yeux.

— Voilà. S'il n'a rien changé, nous ne devrions pas avoir trop de mal à nous emparer du livre.

Enthousiaste, Tara la serra dans ses bras.

— Moineau, tu es géniale ! Alors Cal, qu'en dis-tu ? C'est suffisant comme informations ?

— C'est parfait ! confirma Cal avec un énorme sourire. C'est même difficile de faire mieux, Maître Chem ne devrait se rendre compte de rien… enfin j'espère.

— Bon, sourit joyeusement Robin. Si ce problème-là est réglé, il ne nous reste plus qu'à préparer le planning de l'évasion. Quels sont les moyens de protection de la prison ?

— Il y a juste des gardes, des chatrix et Drrr, mais bon, Drrr n'est pas ici pour garder, mais plutôt pour se faire garder.

— Drrr ? Qu'est-ce que c'est ?

— Une jeune aragne.

Fabrice sursauta et chuchota furieusement.

— Une aragne ! Ici ! Mais il n'y a pas de toiles !

— Non, car elle fait une allergie à sa propre soie. Elle peut la produire, mais pas la manipuler, ça la brûle. Comme elle est en traitement et que c'est extrêmement douloureux, elle a demandé à être enfermée afin de ne pas risquer de blesser quelqu'un involontairement.

— Oh ! fit Fabrice, soulagé. Si elle est enfermée, tout va bien.

— Enfin… elle est enfermée pendant son traitement, reprit Cal avec un petit sourire sournois. Elle n'a pas eu de séance aujourd'hui, alors je crois qu'elle est allée faire un petit tour pour se dégourdir les pattes.

— Cal ? reprit Fabrice en avalant une grande goulée d'air.

— Oui ?

Le ton du petit Voleur était parfaitement innocent.

— Je ne sais pas quand. Je ne sais pas comment. Mais tu vas me le payer très cher.

— Bon, ça suffit les garçons, intervint Moineau, on jouera un autre jour. Alors, Cal ?

— Pour la porte de ma cellule, ça va. J'ai ce qu'il faut sur moi pour la forcer, ils ont fouillé ma robe de sortceliers, mais ils n'ont pas trouvé tous mes petits outils, ils étaient dissimulés sous de fausses cicatrices, je n'ai plus qu'à les décoller pour crocheter la serrure. Pour les chatrix et les gardes, c'est un peu plus compliqué. Jeter un sort est impossible à cause de la statuette antimagie et de toutes les façons ça ne servirait à rien.

— Pourquoi ?

— Parce que les gardes sont bardés de sorts afin que nul ne puisse utiliser la magie pour les endormir, les assommer, les rendre aveugles ou amnésiques, etc...

— Et les chatrix *aussi* sont insensibles à la sorcellerie ! observa sombrement Robin.

Cal réfléchit.

— Lors de l'attaque contre la forteresse grise, tes copains elfes ont utilisé un narcotique et des fléchettes pour neutraliser les chatrix. Ça marcherait aussi pour les gardes ? S'ils sont insensibles aux sorts, ils n'ont aucune protection contre les drogues.

Le demi-elfe plissa ses yeux de cristal, songeur.

— Je ne sais pas. Endormir les gardes, *puis* les chatrix, ça me semble beaucoup. Je dois réfléchir. Donne-moi juste un peu de temps, je vais voir ce que je peux faire.

— Mais ça, ce n'est *que* la première étape, remarqua Moineau. Une fois que tu seras sorti, tu devras foncer à la Porte de transfert pour revenir au Lancovit. Et à la porte, il y a encore des gardes !

Cal se rembrunit.

– Flûte, je les avais oubliés, ceux-là. Tu as raison. Il va falloir mettre au point un plan pour neutraliser tout ce petit monde.

– Êtes-vous sûrs que c'est la meilleure solution ? intervint diplomatiquement Manitou. Et si nous demandions plutôt à Chem ce qu'il pense de tout ça ? Après tout il a déjà utilisé le Livre interdit pour sauver la vie de Tara ! Peut-être voudra-t-il bien l'utiliser une seconde fois pour sauver Cal ? Et déjouer les plans de Magister ?

– Il n'acceptera jamais, c'est trop dangereux, répondit Moineau. La dernière fois, Tara était mourante quand il s'est résigné à le lire pour nous emmener dans les Limbes démoniaques. Si nous faisons appel à lui cette fois-ci, il risque de faire tout ce qu'il faut pour que nous n'ayons pas accès au livre… et de ruiner ainsi tous nos efforts. Non, je suis d'accord avec Cal. Libérons-le, emparons-nous du livre et partons dans les Limbes. Il suffira de nous déguiser en Démons pour approcher de la statue. Nous devrions parvenir à les tromper.

– Grrmmm, grommela Manitou pas convaincu. Si tu le dis. Mais mon nez me souffle que tout ça sent très mauvais.

– Ah bon ? remarqua Cal, rigolard. Ben, vu que pour le moment vous êtes un chien, c'est un peu normal, non ?

– Très drôle, Cal, grogna Manitou, très très drôle. Continue à être aussi amusant et ton fond de culotte va voir ce que la mâchoire de ce *chien* peut faire !

Ils discutèrent de leur plan. En tant que princesse du Lancovit, Moineau pouvait bénéficier de l'hospitalité de l'empire aussi longtemps qu'elle le désirait et ses amis aussi. Ils avaient donc un peu de temps devant eux pour peaufiner leurs idées.

Au cours des jours qui suivirent, les quatre amis flanqués de Manitou sillonnèrent le palais Impérial en long, en large et en travers. Ils repérèrent les changements de gardes, les horaires des repas ainsi que les rondes, de jour comme de nuit. Leurs Familiers furent bien utiles, car le palais était immense. Galant vola dans tous les coins et recoins, Sheeba utilisa sa souplesse de panthère pour récupérer ce dont ils pourraient avoir besoin.

Mais elle en voulut beaucoup à Robin au sujet du fumier de traduc*. Celui-ci avait en effet concocté avec Moineau une potion dérivée de celle qu'ils avaient utilisée pour neutraliser les chatrix de la forteresse grise. Ils devaient s'en servir pour endormir les gardes comme les hyènes géantes. Malheureusement pour la panthère, cette fameuse potion devait absolument contenir du fumier de traduc et elle était la seule à pouvoir se faufiler dans les écuries pour en récupérer.

Pendant une semaine, elle se plaignit que sa fourrure dégage une odeur pestilentielle.

Les graines de Kalorna, la boue verte de l'île des Drakorns, l'eau magique de la mer des Brumes, quelques pincées de sel des montagnes d'Hymlia*, de la neige des sommets des montagnes du Tador, ainsi que les fleurs bleues narcotiques, furent plus faciles à négocier, et au bout d'une semaine d'AutreMonde, tout était prêt pour l'évasion.

L'impératrice avait été très occupée car, pour la troisième fois en un mois, les gnomes étaient venus en délégation requérir son aide pour régler un *mystérieux* problème. Personne ne savait ce qui se passait au juste, mais les elfes-chasseurs avaient été mobilisés… et le mot « scandale » était murmuré discrètement par les courtisans.

Une nuit, alors que la majorité du palais dormait, Tara, qui avait envie d'air frais, était allée se balader avec Galant dans un des parcs… sous la surveillance discrète de Robin. Depuis son agression, le jeune elfe ne la quittait plus d'une semelle, ce qui agaçait parfois un peu la jeune fille. Il demeura dans l'ombre, ne voulant pas troubler sa déambulation silencieuse. Plusieurs elfes-chasseurs étaient là, discutant paisiblement sous la lumière des deux lunes d'AutreMonde, Tadix et Madix.

Tara allait s'éloigner, ne voulant pas les déranger, quand le nom de l'impératrice avait attiré son attention. Discrètement, elle s'était approchée, genre «Je-me-promène-ne-faites-surtout-pas-attention-à-moi», et avait tendu l'oreille.

— Ce ne fut pas évident comme perquisition, dit l'un des elfes. Ou les gnomes ont menti, ou il n'est coupable de rien.

— C'est difficile à dire, rétorqua le second. Nous avons fouillé toute la demeure et nous n'avons rien trouvé. Pourquoi aurait-il fait une chose pareille? Ce n'est pas logique.

— Bah, riposta le premier, l'impératrice nous a ordonné d'enquêter, nous enquêtons. Bon, parlons un peu du dernier match de polo céleste, vous avez vu cet arbitre! Il…

Tara s'éloigna, ayant entendu tout ce qu'elle voulait entendre.

Dans les jours qui suivirent, elle s'attendit à être convoquée par Lisbeth'tylanhnem à propos de son nom, mais l'impératrice avait visiblement d'autres chats à fouetter.

De son côté, inconscient de ce que mijotaient ses jeunes sortceliers, Maître Chem avait fait plusieurs allers et retours jusqu'à Travia, la capitale du Lancovit. Rendus furieux par le procès de Cal, le roi Bear et la reine Titania avaient déposé une plainte officielle afin de le faire réviser.

Mais l'impératrice avait fait répondre par voie diplomatique que le coupable ayant été jugé par les mânes de la victime, il n'était par conséquent pas question de changer la condamnation.

Du coup, les relations entre le Royaume et l'empire étaient passées de «tièdes» à «glaciales».

Le Royaume avait menacé de faire revenir ses ambassadeurs.

Hop, l'empire avait menacé de rappeler les siens.

Bref, le petit monde politique s'agitait beaucoup.

Tara soupçonnait fortement la mère de Cal d'utiliser ses dons de superespionne genre 007 d'AutreMonde pour agiter des tas de squelettes dans des tas de placards afin de faire libérer son fils. Vu l'air hagard des ambassadeurs, les squelettes devaient d'ailleurs être fichtrement encombrants.

À propos de parents, Isabella, la grand-mère de Tara, avait failli détruire la moitié de la planète Terre.

Lorsqu'elle s'était aperçue que sa petite-fille était partie sur AutreMonde, sa colère et sa peur avaient déclenché une tempête absolument terrifiante qui avait dévasté plusieurs pays, couchant des milliers d'arbres. Elle avait aussitôt voulu se rendre à Omois afin de ramener Tara sur Terre illico presto, mais Selena l'en avait empêchée (comment ? ça, c'était un mystère !), comprenant, malgré son inquiétude, le désir de Tara de sauver son ami.

Toutes ces nouvelles leur parvinrent par l'intermédiaire de Maître Chem qui remit un Taludi à Tara. Le Taludi était un petit animal étrange. Composé d'une cloche blanche en os surmontée de trois gros yeux ronds, il se collait comme une ventouse sur le visage, englobant les oreilles. Dès qu'il était positionné, il reproduisait fidèlement l'image et le son et même l'odeur de la dernière personne s'étant adressée à lui. Quand Tara, un peu inquiète, le mit sur sa figure, elle sursauta. Devant elle, Selena venait d'apparaître, si réelle qu'elle avait l'impression de pouvoir la toucher. Derrière la jeune femme, on apercevait un épouvantable carnage. La foudre avait littéralement fait exploser certains arbres. Le roncier entourant le manoir n'était plus qu'un souvenir calciné, et l'air sentait le brûlé.

– Je crains que nous n'ayons quelques problèmes pour faire de la confiture de mûres, grimaça sa mère en désignant les alentours. Comme tu peux le constater, ta grand-mère a peu… *apprécié* que tu partes sans permission. Mais Chem nous a dit que tout allait bien. Enfin… pour le moment.

Elle s'éclaircit la voix, tentant d'avoir l'air un peu sévère.

– Hmmm, continua-t-elle, la prochaine fois… s'il y a une prochaine fois, que tu décides de partir quelque part, ce serait bien que tu m'en parles. *Avant*. Cette planète est un peu fragile, ça m'ennuierait que ta grand-mère l'endommage. Évitons les catastrophes, s'il te plaît. Bon, nous t'attendons à la maison… Du moins, dans ce qu'il en reste !

Elle eut un sourire plein de fossettes. « *Ça c'est amusant,* songea Tara en regardant sa mère, *je n'avais jamais remarqué que nous avions les mêmes !* »

– Je sais que tu es formidablement indépendante, ma chérie, disait l'image, mais j'aimerais bien pouvoir jouer mon rôle de mère. J'en ai été privée très longtemps, et dès que nous nous sommes retrouvées, hop ! tu es repartie ! Nous avons encore plein de choses à partager. Alors surtout sois prudente ma chérie, et reviens vite ! Oh, encore un dernier détail. J'aimerais tout de même que tu me tiennes au courant de ce que tu fais. Envoie-moi un Taludi ou un message s'il te plaît. Ta grand-mère et moi sommes inquiètes, même si nous savons que tu es capable de te débrouiller toute seule. Je t'aime.

Quand elle retira le Taludi, Tara était un peu nostalgique. Elle aussi aurait bien voulu retourner se blottir contre sa mère, en lui montrant les méchants du doigt pour qu'elle la défende. Bon, le problème, c'était que sa mère était bien moins puissante qu'elle en matière de magie et que des deux, c'était Tara qui avait le plus de chances de flanquer une raclée aux méchants. D'accord. Personne n'avait dit que le monde était parfait. Elle se positionna devant la bestiole puis expliqua la situation à sa mère… tout en dissimulant soigneusement les détails… secrets. Moineau donna ensuite un peu de nitrate d'argent au Taludi qui l'engloutit et alla dans un coin de la suite digérer tranquillement son repas. Le Taludi serait remis plus tard au service de livraison d'Omois pour être envoyé sur Terre.

– Mince ! s'exclama soudain la jolie jeune fille brune en détaillant sa liste.

– Quoi ? demanda Fabrice d'un ton inquiet, qu'est-ce qui se passe encore ?

– Il nous manque un ingrédient. Pour optimiser le pouvoir de la potion que Robin m'a indiquée, j'ai besoin de trois poils de trompe d'éléphant.

– Tu plaisantes, là! Où veux-tu que nous trouvions un *éléphant* maintenant?

– J'en ai vu un, répondit Robin avec un grand sourire. Dans le parc privé de l'impératrice, hier.

– Ah bon? s'étonna Tara très intéressée, je ne savais pas qu'il était ouvert au public!

– Il ne l'est pas, répondit sobrement Robin.

Tara le dévisagea, puis sourit.

– Oh! Je… vois. Et l'impératrice a un *éléphant* dans son parc. Évidemment, elle a bien des *tyrannosaures* dans ses jardins et une *baleine* dans ses salons. Alors pourquoi pas un éléphant!

– C'est plus qu'un simple éléphant. C'est un éléphant *bleu*. Le grand éléphant sacré des Talabamouchi. Ils l'ont offert à la grand-mère de l'impératrice il y a quelques siècles. Lisbeth'tylanhnem y tient comme à la prunelle de ses yeux car, comme Manitou, il semble être immortel. Ils ont fait tout un tas de tests pour comprendre pourquoi d'ailleurs, sans succès. Je lui prélève trois poils et je reviens.

– Attends, Robin! s'exclama Fabrice brusquement, je viens avec toi! Je n'ai jamais vu d'éléphant de près!

– C'est sûr, ça doit être différent de la télévision. Et si on y allait tous ensemble? proposa Tara. Je serais curieuse de voir ce fameux pachyderme.

Robin ouvrit la bouche… et la referma. Il lui était difficile de s'opposer à ce que voulait Tara, même si c'était tout à fait déraisonnable. Cette fille avait beaucoup trop d'influence sur lui!

– Allez vous amuser les enfants, proposa Manitou, moi je reste ici à surveiller la potion avec Galant.

En suivant les couloirs pour aller jusqu'au parc, Tara constata que pour une mystérieuse raison, ce jour-là, l'impératrice avait parsemé des arbres un peu partout dans son palais. Prenant racine directement dans le marbre vert, ils étendaient leurs ramures et formaient une voûte de feuilles dorées. Des oiseaux de feu volaient dans les corridors, leurs ailes flamboyantes englobées par un sort ignifugé, mais malgré cette précaution, il valait mieux éviter leur nid sous peine de prendre un sacré coup de chaleur. Tara et ses amis s'arrêtèrent un instant, fascinés par leur beauté.

Partout des petites boîtes trottaient sur des tas de pattes, à l'affût du moindre papier à avaler et de gros… *trucs*, ronds, ailés et lumineux assuraient une lumière enchantée.

Il y avait aussi des armures. Des tas et des tas d'armures. Qui tenaient dans leurs bras vides des armes dont les crochets, lames et dentelures firent frissonner Tara.

Ils croisèrent deux élégantes licornes qui discutaient gravement de sujets philosophiques, leurs sabots fendus enveloppés dans de confortables chaussons de feutre afin d'éviter de rayer le marbre. Émerveillée, Tara dut se retenir très fort pour ne pas toucher leur poil argenté. Et puis des créatures capables d'employer des expressions comme «Les idiosyncrasies de l'impératrice se reflètent dans le *sui generis* de son palais» n'étaient peut-être pas trop enclines à se laisser gentiment caresser la tête.

Pas sans embrocher l'importun au préalable.

Après lui avoir dispensé un cours de philosophie.

Dans les couloirs, il était difficile de savoir si on avait affaire à un animal ou à un grave penseur. Une espèce de chat rouge dont la moitié inférieure disparaissait dans un coquillage rose ronronnait dans les bras d'un arbre vert qui le caressait. Quand Tara s'approcha, elle constata que c'était le chat qui tenait la laisse de l'arbre, et ne put jamais déterminer qui était l'animal de compagnie et qui le maître. Plus loin, les murs du palais étaient transparents, enfermant une délégation arrivant de Tadix, l'une des deux lunes d'AutreMonde, où la gravité était moins importante. Les ambassadeurs étaient d'étranges êtres blafards, d'apparence très fragile, tout en longueur avec des mains aux huit doigts tombant jusqu'au sol. Leur tête était couronnée d'une sorte d'algue verte qui s'agitait beaucoup dans la gravité réduite, créée pour eux. Ils portaient de très légers vêtements qui flottaient autour d'eux. On avait l'impression que le moindre souffle d'air risquait de les casser en deux... et c'était peut-être le cas, d'ailleurs !

Enfin, ils arrivèrent aux jardins privés de l'impératrice. Leurs portes étaient fermées, aucun garde en vue pour les garder.

Avisant l'un de ces grands arbres qui s'enracinaient dans le couloir pour s'étendre jusqu'au-dessus du mur du parc, Robin prit son élan et l'escalada avec agilité.

Il disparut bientôt de l'autre côté du mur et, à peine quelques secondes plus tard, les énormes portes du jardin pivotèrent silencieusement sur leurs gonds, s'ouvrant sur un paysage magnifique.

Comme partout dans le palais, la magie avait transformé les choses. À l'intérieur, le mur disparaissait et on avait l'impression d'être au Mentalir*, le pays des licornes. L'horizon s'étendait à perte de vue. L'herbe bleue était parsemée de minuscules fleurs blanches et les arbres ployaient sous les fruits. De ravissantes petites fées, lilliputiennes ailées, butinaient de fleur en fleur, faisant une concurrence acharnée aux bizzz*, les abeilles jaune et rouge d'AutreMonde. De magnifiques papillons violets formaient des motifs étranges et un concert d'oiseaux siffleurs vocalisait des airs inouïs. Bizarrement, alors qu'il faisait presque nuit dehors, à l'intérieur brillait un superbe soleil rouge, dont les rayons teintaient de rose les pétales blancs. L'air était incroyablement parfumé et une seule goulée effaçait tous les soucis.

Tara soupira de bonheur. Ça, pour un paysage de conte de fées, c'était un paysage de conte de fées. Soudain, Fabrice jura. Ébloui par les lilliputiennes, il venait de mettre le pied dans une énorme bouse.

En écho à son juron, un pas énorme fit trembler la terre et celui qui avait produit la bouse arriva droit sur eux.

Tara écarquilla les yeux. Ce n'était pas un éléphant, c'était un mammouth ! Gigantesque, bleu et très poilu. Ses terribles défenses paraissaient trop lourdes et se recourbaient haut au-dessus de sa grosse tête.

Quand il les aperçut, il stoppa net et les fixa de ses petits yeux rouges et vaguement malveillants, puis poussa un barrissement strident.

— Robin, tu es sûr que tu veux arracher des poils de la trompe de ce monstre ? hurla Tara, les mains sur les oreilles.

— C'est étrange ! cria Robin, hier il était tout à fait tranquille ! Je ne comprends pas ce qui se passe ! Écartez-vous les uns des autres !

Le monstrueux pachyderme racla le sol de sa trompe et projeta de l'herbe et de la terre autour de lui. Il se dandina lourdement un instant puis parut prendre une décision.

Il poussa un second barrissement et... chargea Fabrice et Moineau !

Instinctivement, Moineau se transforma. Là où se trouvait à l'instant une ravissante jeune fille aux boucles brunes, il y avait, à présent à sa place, une Bête de combat de trois mètres de haut, aux griffes et crocs particulièrement aiguisés. Mais face à une telle masse, elle n'avait pas beaucoup d'options. Avec une rapidité surhumaine, elle esquiva la charge de l'animal, attrapant Fabrice au passage, qui, totalement tétanisé, regardait la mort foncer sur lui.

Le mammouth fut très surpris de n'avoir rien à piétiner. Il freina des quatre pattes mais, emporté par son élan, percuta le mur invisible du parc avec un *BAOUM* retentissant qui fit vaciller tout le palais. Un peu ébranlé, il se retourna en secouant la tête et, soufflant de rage et de douleur, avisa Tara et Robin qui se précipitaient vers un arbre pour se mettre à l'abri.

Moineau frémit. L'arbre était trop bas! Avec sa trompe, le pachyderme risquait encore de les atteindre.

À toute vitesse, elle incanta:

– Par le Pocus je te paralyse et ainsi j'arrête cette crise!

Le sort fila vers le pachyderme et… *fut stoppé net.*

– Il est protégé par un contre-sort, hurla Moineau, faites attention, il a été ensorcelé pour nous attaquer!

– Monte plus haut! cria Robin à Tara qui grimpait à toute vitesse.

– Je ne suis pas un écureuil! hurla la jeune fille qui voyait avec angoisse se rétrécir les branches et se rapprocher cinquante tonnes de mammouth déchaîné.

Heureusement pour eux, le pachyderme ne pensa pas à les attraper avec sa trompe. Il se contenta d'enrouler celle-ci autour du tronc, puis se mit à le secouer.

– Fff-fff-fait qu-quelque ccchhh-chose, articula difficilement Robin dont les dents s'entrechoquaient sous la violence de l'assaut.

– *Pierre vivante, aide-moi! emprisonnons cet animal avant qu'il ne nous tue!* lança mentalement Tara.

– *Pouvoir tu veux?* chanta l'étrange pierre qui partageait la vie de Tara depuis quelque temps. *Pouvoir tu prends.*

Sans prendre le temps d'incanter, Tara imagina un filet bleu tombant sur le mammouth et l'emprisonnant.

Ça ne fonctionna pas du tout. En touchant le mammouth, le filet eut comme un grésillement étonné et… disparut. Tara se sentit glacée d'appréhension. Moineau avait raison, l'animal était bien protégé!

Comme ils s'accrochaient aux branches avec l'énergie du désespoir, le pachyderme finit par comprendre qu'il n'arriverait à rien de cette façon.

Alors, posant son énorme front contre l'arbre, il commença à pousser, fermement décidé à le déraciner.

– Bon, marmonna Robin entre ses dents serrées. Maintenant, ça suffit.

Il plongea la main dans sa robe de sortcelier et en sortit un petit rameau surmonté d'un bourgeon argenté.

– Par l'arbre qui est vivant, que ceci pousse immédiatement ! incanta-t-il en visant les herbes, les arbustes et les ronces qui se trouvaient sous le mammouth.

Tout à son œuvre, celui-ci ne réagit pas quand la végétation se mit à grossir, à grandir. Puis cela dut le chatouiller un peu, car il balança un grand coup de trompe pour se débarrasser des ronces qui lui piquaient le ventre. Tara mit sa main sur celle de Robin et associa sa magie à celle du demi-elfe.

– Par l'arbre qui est vivant, que ceci pousse immédiatement, psalmodia-t-elle à son tour.

Galvanisée par la puissante magie de Tara, la végétation fit littéralement un bond en avant, enfermant le pachyderme dans une véritable prison végétale. Il tenta de se dégager, mais les herbes et les ronces lui emmêlaient les pattes, lui bloquaient la trompe. Au bout de quelques minutes, il ne put plus faire grand-chose, à part pousser des barrissements furieux.

Tara et Robin descendirent de leur arbre, puis s'éloignèrent prudemment.

– Très efficace, remarqua Robin avec un sourire qui lui faisait trois fois le tour du visage, tu me prends la main quand tu veux.

Tara rougit. Moineau et Fabrice les rejoignirent, encore secoués.

– Bon sang, s'exclama Fabrice, ce que j'ai eu peur ! J'ai bien cru que ce monstre allait vous aplatir comme des galettes !

– Regardez !

Le cri de Moineau les fit se retourner.

La végétation autour du pachyderme émettait une fumée inquiétante. Ils allaient s'écarter quand le mammouth surgit brusquement des ronces calcinées et attrapa le premier qui se trouvait à sa portée : Fabrice.

Le jeune garçon hurla, la trompe lui broyant les côtes. Moineau allait se jeter dans la bagarre toutes griffes dehors et Tara activait déjà son pouvoir quand il se produisit une chose curieuse.

Le mammouth s'immobilisa brutalement, tétanisé, incapable de bouger d'un cil. Puis il reposa Fabrice dont les joues ruisselaient de larmes et il se mit à se dandiner d'un air coupable, tâtant les cheveux du garçon avec une infinie délicatesse

– Il… il…, balbutia Fabrice. Il m'a *choisi* ! Il dit qu'il s'appelle Barune ! Il est désolé. Il ne sait pas ce qui lui a pris, il… il m'a *choisi* !

Bouche bée, ses amis le regardèrent comme s'il était devenu fou. Puis Moineau sursauta.

– Par mes ancêtres, s'exclama-t-elle, c'est un Familier ! Ce… ce *monstre* est devenu un Familier. Regardez ses yeux ! Ils ont changé, ils sont dorés !

Elle avait raison. Les petits yeux rouges et furieux étaient devenus jaunes et inquiets.

Robin s'en laissa tomber par terre, les jambes coupées.

– Non, je ne veux pas voir ça ! gémit-il. Surtout ne me dites pas que Fabrice vient d'être *choisi* par l'animal préféré de l'impératrice !

– Ça m'ennuie de te le confirmer, fit gravement Tara qui sentait poindre le début d'un fou rire, mais c'est bien le cas. Fabrice a désormais comme Familier un mammouth bleu immortel de cinquante tonnes. Tu crois qu'on va avoir du mal à cacher ce… *détail* ?

Là, ce fut trop. La peur qu'ils venaient d'éprouver se transforma en une magnifique crise de fou rire qui les laissa pliés en deux, les larmes coulant sur leurs joues. Et chaque fois que l'un d'entre eux parvenait à articuler le mot « détail », ils repartaient de plus belle.

Fabrice, encore sous le choc, finit par sortir de son émerveillement et fronça les sourcils.

– Mais qu'est-ce que vous faites à vous rouler dans l'herbe ? demanda-t-il, un peu agacé.

– Ouh ouh, gloussa Moineau en essuyant les larmes qui coulaient sur sa fourrure, excuse-nous. C'est formidable, je suis très contente pour toi.

Le visage de Fabrice s'éclaira aussitôt.

– Oui, c'est extraordinaire. Barune est fantastique. Vous vous rendez compte ? Il m'a *choisi*, moi. Je n'arrive pas à y croire.

– Moi non plus, soupira Robin qui se tenait encore le ventre. Bon. Maintenant il va falloir qu'on règle… ce problème. (Il évita prudemment le mot « détail », il avait assez mal aux abdominaux comme ça.)

– Lequel ? demanda Fabrice en caressant béatement le poil rude de l'animal qui frémissait de joie.

– Petit un, énuméra Robin sur ses doigts, nous n'avions pas le droit de venir ici, nous avons donc *quelque peu* transgressé un ordre impérial. Voler trois poils d'éléphant passe inaperçu. Voler un *éléphant* est un peu plus compliqué à dissimuler. Petit deux, cet animal nous a attaqués sans aucune raison. Normalement, la seule chose qui l'intéresse est de fouiller tes poches pour découvrir des rouges-bananes* ou des clac-cacahuètes* qu'il pourrait se mettre sous la défense. Je n'ai donc qu'une confiance limitée en ses réactions pour le moment. Petit trois, l'impératrice *adore* cet éléphant. Petit quatre, ses scientifiques l'étudient depuis des années pour savoir pourquoi il ne vieillit pas, il est donc considéré comme un trésor national. À part ça, effectivement, nous n'avons pas de problème.

La seule chose que Fabrice avait retenue du petit discours de Robin, c'était que le demi-elfe se méfiait de son nouvel ami.

– Tu n'as pas de Familier, protesta-t-il avec véhémence. Alors tu ne sais pas ce que c'est. Son esprit et le mien ne font qu'un. Il m'a transmis qu'une silhouette sombre l'avait approché très peu de temps avant que nous n'arrivions... et après il ne se souvient de rien. Il a été ensorcelé ! Tara a essayé de l'immobiliser et tu sais à quel point son pouvoir est puissant... Et les ronces, comment expliques-tu qu'il les ait brûlées comme ça ! Moi je te le dis, notre premier problème, ce n'est pas Barune, c'est de savoir qui, de nouveau, a essayé de tuer Tara !

– Il a raison, rumina Tara, songeuse. Celui qui veut m'éliminer a choisi une méthode indirecte cette fois-ci. Et ça a bien failli marcher ! Si Barune n'était pas devenu le Familier de Fabrice, le sort n'aurait pu être rompu et il nous aurait tous tués !

Fabrice se laissa tomber sur le sol, le teint verdâtre.

– Ouille, réalisa-t-il en se frottant les côtes, c'est vrai. Barune a bien failli me transformer en pudding. Bon, qu'est-ce qu'on f...

Soudain, les portes du parc s'ouvrirent, laissant passer des gardes circonspects, une demi-douzaine de Hauts mages dont Maître Chem, Dame Boudiou et Maître Chanfrein, l'imperator et l'impératrice !

– Que se passe-t-il ici ? tonna Xandiar, le chef des gardes. Nous avons cru que quelqu'un attaquait le palais !

L'imperator contempla le mammouth et les enfants, puis fronça les sourcils.

– Ma chère, dit-il de sa voix onctueuse, ôtez-moi d'un doute. Avez-vous permis à vos précieux invités de se prélasser dans notre parc *privé* ?

– À moins que je ne sois victime d'une soudaine crise d'amnésie, persifla l'impératrice, il ne me semble pas avoir accordé pareille autorisation à qui que ce soit.

Moineau, Fabrice et Robin étant pétrifiés de trouille, Tara songea avec résignation qu'elle allait devoir s'y coller une fois de plus.

Bon. Autant frapper fort dès le début.

– Votre Majesté Impériale, s'inclina-t-elle, notre ami Fabrice a été *choisi*. C'est la raison de notre présence dans votre parc.

D'accord, c'était un peu enjoliver la réalité. Mais elle ne pouvait tout de même pas expliquer qu'ils préparaient une potion pour faire évader Cal!

Ce fut au tour de l'impératrice de froncer les sourcils.

— Il a été *choisi*? Quelle excuse stupide, à part Barune je ne vois aucun autre ani…

Tout à coup, elle s'interrompit, bouche bée. Elle venait de voir les yeux dorés de son mammouth bleu, et laissa échapper un gémissement.

— Non, reprit-elle, pas Barune! Ne me dites pas que Barune a *choisi* ce *garçon* comme maître?

— Ben si, répondit platement Tara. Désolée.

À partir de là, la suite fut un peu… *confuse.* L'impératrice fit une crise de nerfs, car elle aimait sincèrement l'animal. Xandiar suggéra de faire assassiner Fabrice, seul moyen de récupérer le Familier, mais heureusement les deux souverains n'écoutèrent pas le sanguinaire chef des gardes… même si Fabrice eut quelques sueurs froides quand l'imperator le jaugea d'un air dubitatif. Dame Boudiou enveloppa Fabrice dans une étreinte protectrice, voulut faire de même avec Barune… et dut y renoncer vu que le mammouth faisait quatre fois sa taille. Maître Chem, très ennuyé pour le futur des relations diplomatiques entre Omois et le Lancovit, proposa de tenter une rupture du lien entre Barune et Fabrice. Mais vu que les derniers qui s'y étaient risqués (une récolteuse salterens qui s'était liée avec une aragne) étaient morts tous les deux, il comptait sur l'amour de l'impératrice envers Barune pour qu'elle refuse sa proposition.

Au bout d'une demi-heure de cris, de crises et de vociférations, ils durent se rendre à l'évidence. Fabrice et Barune étaient *liés* jusqu'à la fin de leurs jours. Point. Comme on lisait d'ailleurs dans les yeux de Xandiar que la fin des jours de Fabrice menaçait d'arriver *plus vite* que prévu, Maître Chem fit fermement promettre à l'impératrice et à l'imperator que rien ne serait tenté contre le jeune garçon. L'ordre impérial fut donc émis et Xandiar dut se résigner.

— Très bien, fit sèchement l'impératrice, s'adressant à Fabrice. Puisque la question est réglée, autant te laisser partir avec Barune. Maintenant, comment comptes-tu le faire sortir? Ce n'est pas un *petit* Familier. Je ne suis même pas sûre qu'il puisse emprunter les portes. Et je te préviens, pas question d'endommager mon palais pour lui permettre de partir!

— Oh, ça? répondit Tara à la place de Fabrice. Laissez-moi faire, j'ai eu le même problème avec Galant.

Rapidement, elle incanta:

— Par le Miniaturus que le mammouth réduise, et que Fabrice le promène à sa guise!

Barune poussa un barrissement paniqué quand il se sentit rétrécir. En quelques secondes, il diminua jusqu'à atteindre la taille d'un gros dogue. Une fois nettement plus près du sol, il resta là, à rouler des yeux affolés.

L'impératrice eut une moue désabusée. Puis elle se pencha pour caresser le petit mammouth bleu, qui entourait désespérément la jambe de Fabrice avec sa trompe.

Lisbeth'tylanhnem essuya une larme impériale qui roulait délicatement sur sa joue de porcelaine, puis ordonna:

— Regagnez votre suite, à présent. Vous avez fait assez de dégâts pour aujourd'hui. D'ailleurs, je désirais vous prévenir qu'une délégation naine arrivait demain des monts d'Hymlia et je vais avoir besoin de place. Je crains de ne pas pouvoir vous accorder l'hospitalité pendant très longtemps.

D'accord, ce n'était pas très élégant. Mais elle n'avait pas du tout prévu que son mammouth favori allait devenir le Familier d'un petit Terrien.

En fait, elle espérait qu'il deviendrait le sien.

Ou celui de ses enfants.

Elle essuya une dernière larme et, tournant majestueusement les talons, quitta le parc.

Maître Chem tapotait le sol de son pied, les mains sur les hanches, l'air courroucé.

— Et maintenant, tonna-t-il, dès que le dernier garde fut parti, voulez-vous bien me dire la vérité ! Si un lien s'était formé entre Barune et Fabrice, le mammouth aurait défoncé la moitié du palais pour venir le rejoindre. Que s'est-il donc *vraiment* passé ?

Malgré toute l'affection que Tara avait pour le vieux dragon, elle n'oubliait pas que c'était avant tout un politique. Leur tentative d'évasion risquait de tomber à l'eau s'il leur interdisait d'intervenir. Elle décida donc de biaiser.

— Nous voulions juste voir le mammouth. Il n'y en a plus sur Terre depuis des millions d'années. Quand nous sommes arrivés, celui-ci nous a attaqués. Sans aucune raison. Il a essayé de nous écrabouiller, a réussi à attraper Fabrice et s'apprêtait à le réduire en charpie quand le choix s'est opéré.

Elle se tut. Mmmmh, le mage n'avait pas l'air convaincu. Voyons si en détournant son attention…

— Oh ! Encore un truc bizarre, reprit-elle très vite. Barune était protégé par un contre-sort. Nous n'arrivions pas à le contrôler. Rien à faire. C'était comme s'il était *programmé* pour nous détruire !

Le mage les dévisagea. Robin essaya de prendre une expression à la « Cal ». C'est-à-dire en écarquillant de grands yeux innocents. Cela réussit surtout à lui donner l'air… *idiot*.

Moineau, elle, fit un sourire plein de crocs, tandis que Fabrice imitait inconsciemment son nouveau Familier en se dandinant d'un air vaguement gêné.

— Bon, grommela le mage. Si je comprends bien, c'est la seconde fois qu'on essaie de te tuer ? Décidément, celui qui t'en veut a de la suite dans les idées. Des complots. Des complots dans les complots. Tout cela ne me dit rien qui vaille.

Aïe. Tara sentait que la suite n'allait pas lui plaire.

Elle ne fut pas déçue.

– Vous allez retourner au Lancovit, ordonna fermement le vieux mage, puis Tara reviendra sur Terre. Je vais m'occuper de Cal et d'Angelica, ne vous inquiétez pas. Je resterai ici tant que je n'aurai pas réussi à faire libérer votre ami. Vous avez ma promesse de Dragon.

– Par mon arc et mes flèches, Haut mage, vous risquez de rester quelques *dizaines* d'années, grogna Robin, parce que l'impératrice n'a pas du tout l'air disposée à les relâcher !

– Nous verrons bien. En attendant, dès demain matin, vous partez.

– Mais…

– Pas de discussion. Ce n'est pas un conseil, c'est un ordre !

Une fois dans leur suite, Moineau se précipita afin de terminer la potion. Il ne leur restait plus que quelques heures pour mettre leur plan à exécution. Barune barrit avec indignation quand elle demanda à Fabrice de lui arracher trois poils de la trompe, mais dans l'ensemble, l'opération se déroula plutôt bien.

Si ce n'est que la potion faillit faire exploser tout le palais et même un bout de la ville de Tingapour.

En préparant la mixture, Moineau avait oublié un léger détail. Elle était toujours sous sa forme monstrueuse de Bête.

De Bête *poilue.*

Elle laissait reposer le mélange en discutant paisiblement avec Manitou quand il se produisit plusieurs événements.

Tout d'abord, une étrange lueur verte se mit à briller dans la potion et le liquide commença à déborder du bol… puis à émettre des vapeurs violettes.

– Euuuh, fit Fabrice qui avait suivi les étapes de la fabrication avec fascination et surveillait le processus, pour la «note de musique ; vingt-quatrième lettre de l'alphabet ; deuxième personne du singulier ; début de recommencer ; mon tout étant un mélange », c'est normal ces couleurs ?

— Quelles couleurs ? demanda Moineau un peu étonnée.

— Le vert et le violet. Et le truc qui fume, c'est normal aussi ?

— Ouah ! Ouah ! Grrrrrr ! Ouah ! Ouffff ! Ouah ! aboya Manitou, oubliant qu'il pouvait aussi *parler*.

Heureusement, Robin comprenait le langage des bêtes et il fonça au-dessus du divan à une vitesse surhumaine. Arrachant le bouquet du vase de cristal d'AutreMonde, d'une main il renversa la potion sur les fourrures de Krakdent et de l'autre l'aspergea de l'eau contenue dans le vase. La lueur verte disparut, la fumée aussi… ainsi que la moitié des peaux et un bout du plancher de bois précieux, révélant la pierre en dessous.

— Pfff, s'exclama Moineau en s'essuyant le front, ben dis donc, c'est pas passé loin ! Mais pourquoi la potion s'est-elle transformée en une sorte de Destructout explosif ?

— En une sorte de quoi ? chevrota Fabrice, regardant avec inquiétude le trou dans le plancher.

— C'est une potion très dangereuse qui permet de dissoudre à peu près n'importe quoi. Si on ne contrôle pas strictement le mélange du Destructout, il est capable d'anéantir un pays entier en explosant. Ses vapeurs sont aussi dangereuses que le liquide lui-même. Mais si mes souvenirs sont exacts, les ingrédients entrant dans sa composition n'ont absolument rien à voir avec ceux que nous avons utilisés !

— Ce sont peut-être tes poils ! suggéra Manitou en examinant les restes de près. Tu as dû en laisser tomber dans la mixture en la préparant et ça a provoqué une réaction en chaîne !

— Bon, eh bien nous savons donc deux choses à présent, fit Robin, amusé.

— Ah oui ? Et lesquelles ?

— Comment fabriquer une potion qui détruit tout en utilisant la fourrure de Moineau… et que tu vas devoir arracher trois autres poils à la trompe de ton mammouth.

Barune, qui avait compris et commençait à en avoir sérieusement assez, se cacha derrière le canapé en émettant de petits barrissements de protestation. Sa vie avait été plutôt calme jusqu'à ce qu'on l'ensorcelle, le réduise et l'épile petit à petit. Il ne voulait plus qu'une seule chose, une rouge-banane, et faire un bon petit somme. Pas question de lui tirer les poils du nez !

Grâce à un *régime* entier de rouges-bananes, Fabrice réussit à le convaincre et Moineau prépara une seconde fournée.

Prudemment.

Très prudemment.

Cette fois-ci, tout se passa bien. Pas de lueur verte ni de fumée violette.

– Parfait. Voyons maintenant si les stratagèmes employés dans les films pour endormir les méchants sont applicables sur cette planète, dit Tara.

Galant et Sheeba furent équipés d'un harnais portant plusieurs des bouteilles de potion. Avant de les ouvrir, Moineau couvrit visages, museaux et trompes (ce qui n'alla pas sans mal) avec des linges imprégnés d'antidote, histoire que tout leur petit groupe ne s'endorme pas en même temps que les gardes. Puis elle déboucha les bouteilles. Une vapeur verte s'en éleva et commença à se répandre. Moineau entrouvrit la porte et laissa passer les Familiers. Les quatre amis tendirent l'oreille et sourirent quand ils entendirent deux *boum*. Les gardes qui surveillaient leur suite depuis l'attaque contre Tara venaient de s'endormir.

– Bingo ! chuchota Tara derrière son masque improvisé. Ça a fonctionné ! D'habitude, dans les films, on met du gaz dans les conduits d'aération, mais comme il n'y en a pas ici… il a fallu que j'improvise.

– Comment ça ? demanda Fabrice d'une voix étranglée. Tu n'étais pas sûre que ça allait marcher ?

— Ben non! Pas du tout.

— Par Demiderus, comme dirait ta grand-mère, je déteste quand tu fais ça!

Comme des ombres, ils se faufilèrent jusqu'à la prison.

Tous les courtisans, Effrits, gardes qui croisèrent leur chemin cette nuit-là ne comprirent pas très bien pourquoi ils se réveillèrent au milieu du couloir, le lendemain matin, avec un énorme mal de tête.

Une fois en vue de l'entrée de la prison, les deux Familiers se glissèrent dans l'obscurité.

L'instant d'après, on perçut le tintement clair des lances heurtant le sol, puis des ronflements sonores.

— Allons-y, fit Robin qui était parti en reconnaissance de son pas feutré de demi-elfe. Tous les gardes et les chatrix dorment.

Effectivement, c'était «bonne nuit les petits» à la prison. Tout ce beau monde était affalé un peu partout et c'était à celui qui ronflerait le plus fort. Les prisonniers dormaient également. Moineau reboucha soigneusement les bouteilles et ils purent baisser leurs masques. En quelques minutes, ils furent devant la porte de cristal de la cellule de Cal. Le panier de Blondin était vide, et on devinait juste la silhouette de Cal sous les draps.

Moineau frappa contre la porte.

— Cal, Cal, ouvre-nous! Cal, réveille-toi!

La silhouette ne broncha pas.

— Mince, s'inquiéta Moineau, j'espère qu'il s'est bien couvert le nez et la bouche comme je le lui ai dit hier, sinon on n'arrivera pas à le réveiller avant demain matin.

— Il devait crocheter sa serrure, s'angoissa Fabrice. Sans lui, nous ne pouvons rien faire!

— Peut-être pourrais-je vous aider, jeune homme? fit une voix glaciale derrière eux. Serait-ce *ceci* dont vous auriez besoin?

Ils se retournèrent d'un bond.

Si les chatrix restaient inconscients, les gardes étaient, *eux*, parfaitement réveillés. Et devant les jeunes sortceliers horrifiés se dressait Xandiar, balançant une petite clef d'argent au bout de l'un de ses quatre bras.

– Ah! ah! ah! ricana Angelica, qui ne dormait pas plus que les autres. Vous pensiez que je n'avais pas entendu votre plan stupide? J'ai prévenu le chef des gardes que vous vouliez faire évader Cal et il a pris ses dispositions. Ainsi, je pourrai probablement bénéficier d'un traitement de faveur et Cal ne ruinera pas les efforts de mes parents pour me faire sortir d'ici!

– Angelica, gronda Robin, une lueur terrible dans les yeux, tu as de la chance d'être enfermée, crois-moi!

La grande fille brune recula devant la menace qui émanait du garçon. Puis, se sachant protégée, elle reprit contenance.

– Je n'ai pas oublié la façon dont vous m'avez traitée, moitié d'elfe. Pensais-tu que j'allais laisser passer cette occasion de me venger!

Elle éleva la voix.

– Eh bien Cal, tu ne dis rien?

Seul le silence lui répondit. Soudain méfiant, Xandiar tourna la clef dans la serrure et la porte coulissa docilement.

En deux pas, il fut sur la silhouette immobile sous sa couverture. Il fit voler celle-ci d'un grand geste du bras, et un hoquet de surprise échappa à tous les spectateurs.

La vengeance d'Angelica allait être courte.

Très très courte.

À la place de Cal, il n'y avait que deux oreillers soigneusement disposés.

La cellule était vide!

chapitre V

Gnomes et enlèvements

Cal « stressait ». Il avait appris le terme sur Terre et le trouvait particulièrement approprié à sa situation. Il avait beau « frimer » (ça aussi, c'était un mot pratique) auprès de ses amis, il n'était pas sûr du tout de réussir ce pari insensé. Et savoir qu'un échec le condamnerait à rester enfermé pour le reste de ses jours n'aidait pas spécialement à améliorer son moral.

Inquiet, il terminait de préparer son lit pour l'évasion quand Blondin se mit à gronder. Le poil dressé sur l'échine, le renard fixait une portion du mur au fond de la chambre. Les sensations que son Familier lui retransmettait étaient un peu étranges, comme si le renard sentait une *force* essayant de pénétrer dans la cellule. Il allait s'approcher lorsque plusieurs pierres pivotèrent à l'intérieur de la chambre, soulevant un nuage de poussière.

Stupéfait, Cal se mit à tousser, pendant que quatre gnomes émergeaient de la nuée et s'inclinaient bien bas devant lui.

Bien qu'il soit un peu difficile pour un humain de les différencier, Cal eut l'impression que l'un d'entre eux lui était familier.

— M… Maître Glul Buglul ? hoqueta-t-il, en essayant de dissiper la poussière avec sa main.

— Bonjour, Premier sortcelier Caliban Dal Salan, le salua poliment le gnome.

— Euuh, bonjour, répondit Cal, stupéfait.

Puis son sens de l'humour revint au grand galop et il ironisa :

– Dites-moi, Maître Buglul, vous avez une raison particulière de démolir la prison ou bien vous avez juste vu de la lumière et vous êtes entrés ?

– Pas la prison, Premier sortcelier Caliban Dal Salan, juste le mur de votre cellule. Nous avons une proposition à vous faire.

– Vous savez, passer par la *porte* se pratique aussi ! Et par pitié appelez-moi Cal ou cette conversation va être très longue.

– Nous ne désirions pas être vus, expliqua dignement le gnome. Nous sommes venus quémander votre pitié.

Et dans un ensemble parfait, les gnomes se mirent à genoux. Là, la situation devenait vraiment… bizarre.

– Vous allez bousiller vos pantalons, fit Cal très gêné, relevez-vous et expliquez-moi ce que vous me voulez. Pas la peine de risquer des rhumatismes pour autant !

Le gnome eut un faible sourire et se releva.

– J'admets que mes genoux ne sont plus ce qu'ils étaient. Et nous avons besoin de vous parce qu'on nous tue !

Cal ouvrit la bouche… et la referma. Difficile de faire un commentaire sarcastique après ce genre de déclaration. Il attendit donc la suite.

Il ne fut pas déçu.

– Nous sommes capables de nous faufiler partout, expliqua le gnome. Le granit, la pierre, le métal, tout ce qui peut résister aux autres peuples, rien ne nous arrête. À part la lave. Nous avons creusé des tunnels partout sur AutreMonde. Cependant, nous sommes prudents, car en creusant, nous nous nourrissons également des oligo-éléments contenus dans le sol, ce qui l'appauvrit.

– Ah bon ? s'exclama Cal, surpris, mais je croyais que vous ne mangiez que des oiseaux ? Raison pour laquelle je ne mettrai *jamais* les pieds à Smallcountry* d'ailleurs. Pas d'oiseau, ça veut dire trop d'insectes pour moi !

Le gnome eut une petite grimace.

— *Jamais* est un terme un peu définitif, je trouve. Nous ne mangeons les oiseaux que par pur plaisir gustatif. En réalité, c'est la terre qui nous nourrit, mais nous l'épuisons et malheureusement nos déchets ne sont pas fertiles.

— Et alors? demanda Cal dont la patience n'était pas la principale qualité. Quel rapport avec moi? Et vous avez dit qu'on vous… tuait?

— J'y viens, j'y viens. Voici ce que sont nos déjections en réalité.

Il prit un gant et sortit avec une répugnance manifeste un petit paquet de sa poche. Puis il l'ouvrit et dans sa paume roulèrent des pierres translucides rouges, blanches, bleues et vertes, qu'il déversa dans la main de Cal. Celui-ci observa machinalement les gemmes et ouvrit soudain de grands yeux.

— Par Demiderus, vous excrétez des pierres *précieuses*! s'exclama-t-il, incrédule.

— C'est exact. Très peu de gens le savent. Cette prudence nous préserve de la cupidité des dragons, des humains ou encore des nains.

— Je suis un Voleur, précisa calmement Cal. Un Voleur Patenté certes, mais un Voleur tout de même. Je ne suis pas sûr que ce soit une si bonne idée de me mettre des *trucs* pareils dans les mains.

— Je connais le code de l'honneur de votre profession, indiqua paisiblement Glul Buglul. Je sais que vous n'agissez que sur ordre de votre gouvernement. Mais ici n'est pas la question. Si nous vous faisons confiance pour garder notre secret, c'est que nous pouvons échanger votre liberté contre votre aide.

Là, Cal ouvrit bien grandes ses oreilles. Ça devenait subitement *très* intéressant.

— Il y a de cela quelques mois, un sortcelier a découvert notre… particularité. Il aurait pu se contenter de nous demander de lui fournir les pierres, ce que nous aurions fait bien volontiers, mais ça ne lui suffisait pas. En échange de son silence, il a commencé par nous envoyer un peu partout sur AutreMonde pour dérober des objets magiques aux autres sortceliers. Quand deux d'entre nous sont morts dans un piège, nous nous sommes rebellés et l'avons averti que nous ne lui obéirions plus. Malheureusement, les objets que nous avions dérobés lui avaient fourni un pouvoir supérieur. Pouvoir qu'il a concentré dans un artefact. Grâce à la puissance de cet artefact, il est parvenu à emprisonner nos femmes et nos enfants dans un lieu que nous ne parvenons pas à localiser. Nous pensons qu'il a créé une Porte de transfert cachée et qu'il détient ses prisonniers sur un autre monde que notre planète. Désespérés, nous avons fait appel à l'impératrice, sans lui révéler tous les détails. Au début, elle ne nous a pas crus. Nous sommes revenus une deuxième, puis une troisième fois en un mois. Alors, l'impératrice a fini par envoyer des elfes-chasseurs fouiller le château du sortcelier, mais ils n'ont rien trouvé. Sans preuve, impossible de faire accuser le maître chanteur. Et son nouveau pouvoir le met à l'abri des Diseurs. Ceux-ci savent qu'il est coupable, mais ne peuvent pas lire son esprit. Quand le maître chanteur s'est rendu compte que nous l'avions dénoncé aux autorités, il est devenu fou furieux. Par mesure de rétorsion, il a fait exécuter trente de nos femmes. Et nous a renvoyé les corps.

La voix du gnome se brisa sur ces mots terribles, et Cal sentit des larmes lui picoter les yeux, qu'il essuya furtivement.

— Nous ne sommes pas des Voleurs, reprit Glul Buglul avec un pauvre sourire. Et si les elfes-chasseurs sont de fins enquêteurs, ils ne le sont visiblement pas *suffisamment*. Nous nous sommes dit que seul un Voleur pouvait débusquer un autre Voleur. Nous avons donc décidé de consulter en secret les notes des étudiants à l'université de Vol Patenté et découvert que vous étiez considéré par vos professeurs comme l'un des meilleurs futurs Voleurs de votre génération.

— Ah bon? s'exclama Cal très intéressé. Les cachottiers! Eux qui passent leur temps à me dire que je n'arrive pas à la cheville de Machin ou de Truc et que mes notes ne sont…

— Certes, coupa le gnome, certes. C'est la raison pour laquelle nous sommes dans votre cellule. Nous avons besoin de vous pour trouver l'endroit où ce monstre a emprisonné nos femmes et nos enfants ! Si, en même temps, nous pouvons détruire son artefact, une fois coupé de son pouvoir, les Diseurs pourront le « lire » et l'impératrice le fera exécuter pour ce qu'il a fait.

Cal sentit poindre un affreux soupçon.

— Justement, à propos de Diseurs, le fait qu'ils ne puissent me « lire », c'était un coup monté ? Pour que vous puissiez m'emprisonner et m'utiliser ?

Le gnome recula, choqué.

— Pas du tout ! s'exclama-t-il. Les Diseurs pensent qu'un Brouillus, sort de brouillage de pensées, a été lancé sur vous. Mais ils sont assez sensibles pour *savoir* si un individu est coupable ou pas. Et vous ne l'êtes pas. Leur parole nous suffit, même si elle ne suffit pas à l'impératrice. À présent, nous n'avons plus beaucoup de temps. Acceptez-vous de nous apporter votre aide ? En échange, nous vous libérons, ce qui vous permettra de rechercher celui qui vous a certainement piégé.

— C'est… impossible, déclara Cal en songeant à son *autre* évasion programmée. Je dois d'abord m'occuper… d'un truc. Une fois que ce sera fait, promis, je viens vous donner un coup de main. Vous devez comprendre, mon premier souci est de me disculper !

— Nous comprenons, assura le gnome. Mais nous sommes désespérés ! Chaque instant qui passe accroît le pouvoir de ce monstre ! Il ne lui reste plus que *deux* objets à collecter. Un livre maudit et une baguette de bois sculptée par les Démons du premier cercle. Il nous a donné quatre jours pour voler le livre pour lui. Sinon, il tuera encore… et encore, jusqu'à ce que nous obéissions. Dès qu'il sera en possession de cette œuvre maléfique, sa puissance sera multipliée par dix. Et une fois la baguette acquise, même les dragons ne pourront plus lui résister!

– Le Livre interdit? cria Cal tout excité, ne me dites pas que vous devez dérober le Livre interdit?

– Chut! siffla le gnome en regardant la porte avec inquiétude. C'est bien le nom que nous a donné le sortcelier, mais plus bas ou les gardes vont nous entendre. Alors acceptez-vous oui ou non?

– Décidément, c'est fou le nombre de gens qui veulent ce fichu livre! grimaça Cal. Malheureusement, la réponse est non, il m'est absolument impossible de vous accompagner, du moins pour le moment. Cela dit, ma mère est bien plus compétente que moi. Si vous faites appel à elle, elle va vous dénicher votre fameuse porte secrète en *deux minutes et demie*.

Le gnome baissa la tête et soupira.

– Nous avons fait appel à l'impératrice et cela n'a pas fonctionné. Votre mère ne pourra pas faire mieux. Il y aura forcément des complications politiques, les débats prendront du temps… que nous n'avons plus. J'espérais que nous n'aurions pas besoin de cela, mais…

– Mais… quoi? demanda Cal, soudain suspicieux.

Le gnome releva la tête et le regarda droit dans les yeux.

– Désolé, vous ne me laissez pas le choix.

Puis, dans un saut surhumain, il bondit et appliqua quelque chose sur le cou de Cal.

Cal voulut hurler mais n'en eut pas le temps. Il ressentit une brève sensation de douleur puis fut totalement paralysé. Blondin glapit, sentant la détresse de son compagnon sans comprendre ce qui lui arrivait.

– C'est un T'sil*, expliqua calmement Glul Buglul. Un ver fouisseur originaire du désert de Salterens. Il paralyse son hôte puis s'enfouit dans sa chair. En général, au niveau du cou. Il perce une artère majeure et dissémine immédiatement ses œufs dans tout le corps de sa victime. Dès que cela est fait, ce qui prend quelques minutes, il se dissout. La paralysie disparaît et les œufs sont en gestation. Ils mettront environ une centaine d'heures avant de devenir actifs. Ils se transforment alors en vers fouisseurs, dévorent le corps de leur hôte et le cycle se répète. La première solution pour échapper aux T'sil, c'est l'antidote. En passant dans le système sanguin à partir de l'estomac, il attaque les œufs et les détruit, raison pour laquelle il faut l'absorber au moins deux heures avant l'éclosion. La seconde, c'est de mourir. Si le cœur arrête de battre, alors les œufs ne peuvent résister au manque d'oxygène dans le sang et meurent instantanément. Vous devriez sentir la paralysie disparaître à présent. C'est le signe que les œufs sont en place dans votre système sanguin.

Effectivement, Cal sentit la raideur de ses muscles s'atténuer. Dès que ses bras et ses jambes retrouvèrent leur mobilité, il réagit. Il attrapa Glul Buglul et le colla contre le mur, serrant brutalement la trachée fragile du gnome. Les autres gnomes se crispèrent, prêts à agir, mais Blondin bondit, découvrant ses dents tranchantes et Glul Buglul leur fit signe de ne pas bouger.

— On va régler ce problème immédiatement, souffla Cal, fou de rage, en accentuant la pression. Ou vous me donnez cet antidote tout de suite, ou je vous broie la gorge illico.

— C'est… c'est inutile, gargouilla le gnome qui virait lentement au violet. Nous n'avons pas l'antidote avec nous. Vous devez nous suivre, ou vous mourrez !

— Je peux trouver cet antidote chez n'importe quel apothicaire ! siffla Cal entre ses dents serrées.

— Nnnn… non, c'est impossible, haleta le gnome. Le T'sil n'est présent que dans le désert profond de Salterens. Il y a bien une Porte de transfert à Sala, la capitale de Salterens. Mais il n'y en a pas dans le désert profond. Et il faut trois jours au minimum pour atteindre les mines de sel. Car seuls les chasseurs de sel salterens ont cet antidote. Ils l'utilisent pour contrôler les esclaves qu'ils enlèvent chez les autres peuples. Nous sommes les seuls à le posséder à part eux. Vous n'aurez jamais le temps nécessaire pour aller jusque là-bas, négocier avec eux et absorber l'antidote. D'autant plus que vous risquez de devenir leur esclave. Votre seule solution, c'est de nous suivre!

Cal, encore furieux, comprit qu'il était impuissant. Il lâcha brutalement le gnome, qui tomba à genoux en se frottant la gorge.

– Alors montrez-moi votre foutu sortcelier, que je trouve sa foutue porte cachée et que vous et votre peuple puissiez aller vous faire cuire dans l'enfer des Limbes!

Le gnome esquissa un geste de protection contre la malédiction de Cal, puis lui tendit un objet marron, visqueux et dégoulinant.

– Qu'est-ce que c'est que ce truc-là encore? grogna Cal, méfiant.

– C'est un oxyradieur, expliqua le gnome bleu. Nous n'avons pas besoin de respirer quand nous creusons, notre organisme se charge d'oxygène directement. Mais pour vous et votre renard, ce serait l'asphyxie assurée. L'oxyradieur est capable de synthétiser absolument n'importe quel gaz, n'importe quel liquide. En échange d'un peu de votre sang, il vous fournira de l'oxygène et resynthétisera votre gaz carbonique.

– Un peu de mon sang? Comment ça un peu de *mon sang*? Mettons-nous d'accord sur ce que veut dire *un peu* pour votre bidule-vampire. Si c'est un litre ou deux, la réponse est toute trouvée!

– Juste quelques millilitres, pas plus que ne vous coûterait une légère écorchure. Mettez-le sur votre visage et inspirez profondément.

Cal obéit, non sans avoir lancé un regard noir au gnome. Dès que le machin visqueux fut sur sa figure, il s'étendit et recouvra tout son visage. Cal sentit juste un léger pincement derrière les oreilles, preuve que la bestiole se nourrissait. Prudemment, il inspira. Ce fut avec un certain soulagement qu'il se rendit compte que ça fonctionnait parfaitement… même si l'air avait une légère odeur de moisi. Le masque avait également recouvert ses yeux, pour les protéger, et il voyait plutôt bien à travers la membrane marron.

Blondin, lui, ne fut pas coopératif *du tout*. Quand les gnomes voulurent lui coller un masque sur le museau, il recula jusque dans un des coins de la chambre en montrant les dents. L'animal étant presque aussi grand qu'eux, ils tendirent prudemment l'oxyradieur à Cal.

Cal ne s'occupa pas des crocs qui claquaient à un millimètre de ses doigts et lui appliqua fermement le truc gluant sur la truffe.

– Vous allez devoir ramper sur une certaine distance, l'avertit le gnome. Nous n'avons pas de galerie principale avant au moins deux kilomètres.

Cal haussa les épaules. Il se fichait bien des explications du gnome. Blondin, déjà à quatre pattes, n'y vit aucune objection, et émit même un glapissement moqueur et étouffé quand il vit la tête de son compagnon. Dès qu'il fut en dehors de l'influence de la statuette, Cal lança un double Interpretus sur les gnomes afin d'être capable de communiquer avec eux, même en dehors du sort général du palais Impérial.

Le trajet fut long, pénible et assez douloureux. Au bout de cinq cents mètres, Cal ne sentait plus ses mains et beaucoup trop ses genoux. Il avait l'impression qu'on les lui avait râpés et servis crus. Derrière lui, deux des gnomes refermaient le tunnel au fur et à mesure de leur progression.

Au début, curieux, Cal avait regardé. Mais le processus était si peu ragoûtant qu'il avait vite détourné les yeux.

Pour forer, les nains devaient appliquer les mains sur la roche. Celle-ci devenait alors meuble et facile à creuser, un peu comme si c'était du beurre. Si elle résistait, ils pouvaient dissocier leurs molécules et *s'infiltrer* dans la pierre jusqu'à rencontrer de nouveau de la roche plus tendre. Les gnomes, eux, ouvraient une bouche absolument énorme, faisant bien trois ou quatre fois leur taille, et dévoraient la terre à une vitesse hallucinante, leur salive coagulant les éléments entre eux afin que le tunnel ne s'effondre pas. Pour combler le souterrain qui menait à la cellule de Cal, ils avaient tout d'abord réajusté soigneusement les pierres de la cellule, ce qui permit à Cal de constater que leur salive faisait un excellent mortier, puis avaient ouvert leurs énormes bouches et vomit des tonnes de pierres et de terre. Quelques minutes après, il était impossible de se douter que Cal avait pu s'enfuir par un tunnel, d'autant que les gnomes avaient soigneusement *léché* la poussière, nettoyant ainsi la chambre.

Soudain, Cal se souvint d'un truc qu'il avait vu sur Terre. Un skate-quelque chose. Ces machins-là avaient des roues ! Et le sol du tunnel était parfaitement lisse. Tout doucement, il incanta :

– Par le Creatus je veux une planche et des roues, histoire de me sortir de toute cette boue !

Dès lors, ça alla nettement mieux. Une fois sur la planche, il n'eut plus qu'à pousser avec ses mains le long du tunnel pour se déplacer, au point que les gnomes purent accélérer la cadence.

Glul Buglul regarda son engin d'un air intéressé, visiblement séduit par l'aisance du déplacement… mais tout de même pas au point de monter dessus avec Cal.

Là où les choses se gâtèrent, ce fut quand le tunnel commença à descendre.

Glul Buglul entendit un cri derrière lui. Il eut juste le temps de se coller à la paroi pour laisser passer Cal qui dévalait la pente à toute vitesse.

Il avait apparemment oublié un léger détail sur son engin : il n'avait pas de freins !

Quand les gnomes, très inquiets, rejoignirent enfin le jeune garçon, il gisait en tas, secoué de tremblements.

Très délicatement, redoutant qu'il ne soit terriblement blessé, ils le retournèrent. À la vue de son visage, toujours recouvert de la fine membrane du masque, ils sursautèrent.

Cal ne tremblait pas. Il était tout simplement mort de rire.

— Waouh! s'écria-t-il d'une voix un peu étouffée, ça c'était vraiment super! Y'a encore des pentes dans le coin?

Glul Buglul leva les yeux au ciel… enfin, plutôt vers la voûte, et répondit sèchement:

— Non, pas du tout. Et d'ailleurs, même s'il y en avait, vous seriez prié de ne pas utiliser cette… *chose*. Vous risquez de vous faire très mal. Et à nous aussi d'ailleurs.

À leur profond soulagement, ils atteignirent la galerie principale sans autre problème et le petit Voleur fit disparaître sa planche à roulettes. Ouvrant de grands yeux, il découvrit alors une multitude d'immenses galeries dont le sommet se perdait dans l'ombre. Leurs parois étaient sculptées de nombreuses représentations de fleurs, d'arbres et d'animaux, colorés par de l'ocre, du lapis-lazuli, de la malachite, de l'or et de l'argent, le tout éclairé par des globes contenant de l'eau lumineuse. Partout des gnomes circulaient, apparemment très affairés. Avec un frisson, Cal constata qu'ils étaient montés sur des fourmis géantes, des termites, des spalenditals* ou des aragnes. Certains chevauchaient même d'énormes phalènes et de féroces libellules. Tout ce petit monde grouillait, stridulait, gargouillait, sifflait. Du fait de leur petite taille, Cal n'avait pas réalisé que les insectes pouvaient faire autant de boucan!

Nulle part il ne vit de femmes ni d'enfants, ce qui confirmait les dires de Glul Buglul.

— Vous pouvez retirer l'oxyradieur, précisa le gnome, l'air est respirable ici.

Cal décolla le masque, remarquant au passage qu'il avait pris une vague teinte rouge, et le fourra machinalement dans sa poche.

— Nous sommes loin du palais Impérial à présent, reprit le gnome. Nous n'avons plus rien à craindre.

– Bon, on fait quoi maintenant? demanda Cal qui essayait vaillamment de maîtriser sa profonde envie d'étrangler le gnome bleu.

– Maintenant nous allons demander aux Diseurs de localiser vos amis Duncan, M'angil, Daviil, Brandaud et Besois-Giron et nous allons les faire venir ici.

– Mes amis? s'exclama Cal. Qu'est-ce qu'ils viennent faire dans cette histoire? Je n'ai pas besoin d'eux pour régler votre problème. Au contraire, moins on sera, plus ce sera facile!

Le gnome secoua la tête, têtu.

– Les notes de l'université à votre sujet précisaient que vous aviez réussi, tous ensemble, à défier et vaincre Magister. La vie de nos femmes et de nos enfants exige que nous prenions toutes les précautions. Vos amis viendront. Vous n'avez pas à discuter.

Cal ouvrit la bouche pour protester… et la referma. Après tout, il n'avait aucune idée de ce qu'il allait devoir affronter… et la magie surpuissante de Tara ne serait peut-être pas de trop. Il eut un triste sourire. La pauvre Tara qui détestait la magie passait son temps à être obligée de l'utiliser!

– Dès que nous serons sûrs que le sortcelier est occupé ailleurs, continua le gnome, nous vous mènerons à son palais. Là, il faudra que vous essayiez de localiser la Porte par laquelle il va jusqu'au lieu où sont emprisonnés nos femmes et nos enfants et où il garde son artefact. Une fois notre peuple libéré et, si possible, brisé l'artefact qui contient son pouvoir, vous serez libre. Attendez-moi ici, on va vous apporter de quoi vous nourrir et vous désaltérer.

Cal, qui espérait un bon steak, fut un peu déçu quand les gnomes lui remirent un panier de fruits et de légumes crus.

– Hhhééé, protesta-t-il, je ne suis pas un krekrekre*! Vous n'avez rien d'autre?

Les gnomes s'inclinèrent sans répondre et le laissèrent en tête à tête avec ses carottes. Après tout, il n'avait pas si faim que ça. Il posa le panier et commença à patienter. Les gnomes revinrent rapidement pour l'emmener dans une très jolie chambre. Visiblement, ils n'avaient pas l'habitude d'avoir des invités de sa taille, car ils avaient dû accoler plusieurs lits afin qu'il puisse dormir confortablement. Dans la douche, des pommeaux flottaient, prêts à délivrer leur eau. Mais quand Cal voulut se débarrasser de la poussière du tunnel, il constata que les pommeaux s'obstinaient à rester au niveau de son nombril, manifestement réglés trop court pour lui. Il dut donc s'allonger, ce qui n'arrangea pas les choses car les pommeaux se braquèrent immédiatement sur sa figure. Aveuglé, étouffé, il se dit qu'il allait peut-être se passer de douche pendant quelque temps.

Il était en train de subir l'attaque en règle des serviettes qui le séchaient quand il eut l'impression de surprendre un mouvement suspect sous la peau de son bras gauche. C'était probablement purement psychosomatique, mais il sentait comme un… grouillement dans ses veines. Pétrifié, il s'observa avec attention, guettant le moindre frémissement anormal.

Alors qu'il se regardait sous toutes les coutures, tout en consultant régulièrement son accréditation qui décomptait les minutes et les heures lui restant à vivre, les gnomes lui apportèrent un costume couleur de boue. Visiblement emprunté au plus grand d'entre eux, il laissait à découvert une bonne partie des bras et des jambes du jeune Voleur. Cal grimaça et incanta :

– Par le Transformus que ce costume m'aille et en bleu soit à ma taille !

Immédiatement, le pantalon et le pourpoint s'allongèrent et devinrent d'un beau bleu. Bien. Une bonne chose de faite. Il ne lui restait plus maintenant qu'à se débarrasser des vers de T'sil qui menaçaient sa vie, qu'à retrouver ses amis, sa liberté et son honneur, et tout irait pour le mieux dans le meilleur des AutreMondes possibles.

Quand, au repas suivant, les gnomes revinrent avec leur panier de racines et de fruits, Cal perdit un peu de sa bonne humeur et soupira… L'attente allait lui paraître interminable !

chapitre VI
Les gnomes bleus

Quand elle s'aperçut que Cal avait disparu, Tara se sentit glacée d'appréhension. Elle ne connaissait qu'un seul sortcelier capable de faire disparaître les gens ainsi... Magister !

L'angoisse dans les yeux de ses amis lui confirma qu'ils pensaient de même.

Soudain, une poigne brutale l'attrapa par sa robe de sortcelière et elle se retrouva inconfortablement soulevée dans les airs.

Fou de rage, le chef des gardes les avait crochetés de ses quatre mains et les secouait comme des poupées.

Galant, Manitou, Barune et Sheeba allaient bondir à leur secours quand des lances les en dissuadèrent fermement.

– Où... où est Caliban Dal Salan ? gronda Xandiar. Où l'avez-vous caché ! Parlez ou je vous... ou je vous...

– Arrêtez ! cria Tara. Nous n'avons rien fait !

– Rien fait ? Vous avez tenté d'endormir mes gardes et le prisonnier a disparu ! cracha Xandiar en les secouant de plus belle. Dites-moi immédiatement où est le Voleur avant que je ne vous arrache la tête !

S'il y avait une chose dont Moineau avait horreur, c'était bien qu'on la suspende par le cou comme un chiot. Bien. Pas de magie ici. Voyons si la malédiction de la Bête fonctionnait... ouuiiii ! Elle sentit son mufle s'allonger, ses griffes pointer et ses énormes pattes touchèrent très vite le sol.

Xandiar se retrouva bientôt nez à museau avec une Bête d'assez mauvaise humeur.

– Lâchez mes amis ! gronda Moineau, saisissant le chef des gardes à la gorge et le décollant du sol à son tour. Nous ne sommes pour rien dans l'évasion de Cal !

Les gardes réagirent immédiatement et les cimeterres, couteaux, épées, etc. sifflèrent d'une façon menaçante quand ils sortirent de leurs fourreaux.

– Que personne ne bouge ! gargouilla Xandiar qui avait une vue directe sur les crocs démesurés de Moineau. Je… *contrôle* la situation.

Il lâcha Fabrice, Tara et Robin. Barune, qui n'avait pas compris que son compagnon était en fait suspendu au-dessus de lui, regardait tout autour d'un air éperdu. Il fut très content de retrouver Fabrice dont il entoura immédiatement la jambe avec sa trompe.

– Tu devrais dire à cet éléphant de te lâcher la jambe de temps en temps, chuchota Robin qui ne quittait pas les gardes des yeux. Ça ne va pas être facile de s'enfuir s'il reste accroché comme ça !

– Libérez-moi, ordonna Xandiar à Moineau d'une voix étranglée. Je ne vous toucherai plus… du moins pas pour le moment.

Moineau n'hésita pas. Elle desserra son étreinte. Aussitôt, le chef des gardes dégaina ses cimeterres à la vitesse de l'éclair et les pointa directement sur le cœur de la Bête.

– Ne me menacez plus jamais, siffla-t-il, les mâchoires serrées par la fureur.

– Vous non plus ! articula froidement Moineau.

Tara, Fabrice et Robin n'osaient pas respirer. La tension était telle qu'on aurait pu la couper au couteau.

Soudain, un barrissement strident les fit tous tressaillir et Moineau faillit bien terminer en brochette. Xandiar maîtrisa de justesse sa surprise et dévia ses cimeterres. Barune, qui en avait assez d'attendre et voulait ses rouges-bananes, venait d'apporter une… *bruyante* diversion.

Fabrice, qui avait failli crever la voûte en sursautant, cajola son Familier et la tension retomba. Les gardes rengainèrent tous les machins tranchants qu'ils avaient sortis et Xandiar décida d'être raisonnable à défaut d'être poli.

Malgré leurs bruyantes protestations, il les fit tous enfermer. Y compris Manitou, qui manifesta pourtant haut et fort son statut de Haut mage. Il les laissa s'endormir, puis, adepte des tortures raffinées, les réveilla au milieu de la nuit. Bien qu'ensommeillés, fatigués et angoissés, ils s'obstinèrent dans leurs « mensonges ». Ils ignoraient où se trouvait Caliban Dal Salan.

Xandiar n'eut alors plus le choix. Il alla faire son rapport à l'impératrice.

À sa grande surprise et surtout à sa grande fureur, l'impératrice accueillit ces étonnantes nouvelles avec une molle indifférence.

La jeune femme le reçut dans son boudoir d'ambre. Comme toujours quand il pénétrait dans cette incroyable œuvre d'art, le chef des gardes se sentit gros et maladroit.

Chaque pouce de la pièce, à l'exception du sol marbré jaune, était recouvert d'ambre sculpté. Les papillons, oiseaux, poissons, animaux représentés semblaient vivants tant les artistes en avaient respecté les moindres détails. La lumière dorée qui émanait des murs donnait à l'impératrice un teint de fruit gorgé de soleil. À nouveau, il fut envahi par l'adoration qu'il portait à la mince jeune femme, au point qu'il sentit sa gorge se serrer.

Il mit un genou à terre, son casque sous l'un de ses bras, et attendit respectueusement.

Deux des suivantes de la souveraine brossaient son incroyable chevelure et l'impératrice grimaçait quand la brosse s'arrêtait sur un nœud.

– Par mes ancêtres, grogna-t-elle, je crois bien que je vais finir par les couper !

– Votre Majesté Impériale, s'offusqua l'une des deux suivantes, une ravissante brunette aux yeux de biche, vous n'allez pas faire une chose pareille! La moitié des femmes de l'empire donneraient leur bras droit pour avoir des cheveux pareils!

— Exactement, c'est bien à cause de leurs soupirs d'envie que je garde ces satanés cheveux, avoua l'impératrice en se contemplant dans le miroir. Mais un jour, ma vanité sera moins forte que ma patience et hop, coupe courte et liberté! Bien. En attendant ce jour, dites-moi un peu, mon chef des gardes. Que me vaut votre si pressante présence pendant ma *toilette* du matin?

Elle se retourna, écartant ses suivantes pour détailler le garde agenouillé devant elle.

Xandiar rougit.

— Le garçon, Caliban Dal Salan, a mystérieusement disparu, Votre Majesté Impériale!

Puis il se crispa dans l'attente de la fureur qui n'allait pas manquer de se déverser sur sa tête.

Mais il ne se passa… rien.

Il releva les yeux et rencontra le regard étrangement concentré de Lisbeth'tylanhnem.

— Bien, bien, finit-elle par dire. Autre chose?

Il en demeura bouche bée.

— Euuuh, les amis du jeune sortcelier ont concocté une mystérieuse potion pour endormir mes gardes et le faire évader. Je les ai emprisonnés et demande l'autorisation de les faire avouer, y compris en utilisant les *moyens spéciaux*. Ainsi nous pourrons retrouver le prisonnier.

Cette fois-ci, les nouvelles étaient suffisamment catastrophiques pour qu'elle s'énerve. Il ferma les yeux, prudent.

La voix de l'impératrice resta d'un calme olympien.

— Certainement pas. Le Lancovit ne permettra pas qu'on fasse torturer des enfants pour leur arracher des confessions. Relâchez-les.

– QUOI! (Dans sa fureur, le chef des gardes se redressa d'un bond, en oubliant à qui il avait affaire.) Mais ils ont endormi la moitié du palais! Et le garçon a...

– Disparu, oui, j'avais cru comprendre, reprit l'impératrice qui n'aimait pas qu'on conteste ses ordres.

Soudain, elle émit un petit rire et se tourna vers sa suivante aux yeux de biche.

– Tu te souviens, Mariana, quand je croyais être amoureuse du prince du Trond'or? J'ai lancé un sort de sommeil sur tout le palais.

– Vous aviez douze ans, Votre Majesté, pouffa la suivante, vous étiez déjà très puissante pour votre âge. Mais vous n'aviez pas pris en considération le fait que le prince serait *endormi* lui aussi!

– Oui. Déclarer sa flamme à un jeune homme en train de ronfler était assez peu romantique. Quand j'ai enfin réussi à la réveiller, Mère était folle de rage. Les Hauts mages ont mis presque un mois à ranimer tout le palais!

Elle fixa l'homme stupéfait qui s'était à nouveau agenouillé à ses pieds.

– Vous voyez, ce qu'ont fait ces jeunes gens n'est pas bien grave. Laissez-les tranquilles. Je suppose que vous avez vu Barune, demanda-t-elle brusquement, changeant de sujet. Ce garçon, Fabrice, le fils du Gardien, le traite-t-il bien?

Mieux que vous ne me traitez, moi, apparemment, faillit répondre Xandiar plein d'amertume. Qui se replia sur une réponse neutre.

– À ce qu'il semble, Votre Majesté Impériale.

L'impératrice soupira.

– Ce jeune imbécile a tout intérêt. S'il fait le moindre mal à mon mammouth, il le paiera très cher. Vous pouvez disposer, Xandiar. Allez faire votre devoir.

Xandiar n'était pas devenu chef des gardes en étant idiot. Fils aîné d'un petit nobliau de province, il savait que la Cour d'Omois était un panier grouillant d'intrigues et de complots. Et il semblait bien qu'il venait de mettre le pied en plein dans l'un d'eux.

Aussi accueillit-il les nouvelles qui l'attendaient à la prison avec une certaine indifférence.

Les nouveaux prisonniers avaient fait comme l'ancien.

Ils s'étaient volatilisés.

Au moins était-il sûr d'une chose : l'impératrice serait certainement *très contente* d'apprendre cette nouvelle évasion de sa prison inviolable.

Pendant que le chef des gardes contemplait d'un air morne les geôles encore occupées, Tara rampait en jouant des coudes tout en ayant le sentiment désagréable d'être un *ver de terre*.

Les quatre amis, leurs Familiers et Manitou tentaient de prendre un peu de repos, chacun dans sa cellule, après les épuisantes tentatives d'aveu menées par Xandiar quand les gnomes avaient fait leur apparition. Avertie par un mystérieux sixième sens que des *trucs* essayaient de pénétrer dans la pièce, Tara avait cassé une chaise et brandit les deux pieds, prête à vendre chèrement sa peau. Les gnomes n'avaient eu la vie sauve que grâce à une phrase : « Nous venons de la part de Caliban Dal Salan ! », que l'un d'eux, intelligemment, avait chuchotée en évitant le pied de chaise qui s'abattait sur sa tête.

Ils lui avaient alors rapidement fait part du « pacte » qu'ils avaient passé avec Cal et la colère de Tara les avait fait reculer. D'ailleurs, même dans le tunnel, ils essayaient de se tenir le plus loin possible d'elle.

Fabrice et Barune, eux, n'avaient rien senti du tout et s'étaient contentés de suivre les gnomes qui les avaient réveillés. Moineau, encore sous sa forme de bête, avait failli en croquer deux avant de comprendre, et Robin contemplait avec désolation les corps de ceux qu'il avait assommés avant de réaliser qu'ils n'étaient pas des ennemis. Sa culpabilité avait totalement disparu lorsqu'il avait appris ce que les petits êtres bleus avaient fait à Cal, et il avait dédaigneusement laissé les gnomes s'occuper de leurs deux blessés. Quant à Manitou, il avait été réveillé en sursaut et avait suivi les gnomes en les menaçant de les mordre s'ils ne le menaient pas à Cal et plus vite que ça.

Les gnomes furent très désappointés de ne pas pouvoir emmener Angelica avec eux, mais la grande fille brune n'était pas dans sa prison... ce qui n'était pas pour déplaire à Tara.

Il ne fallut que très peu de temps pour coordonner leurs évasions, les gnomes creusant à une vitesse ahurissante. Ils se retrouvèrent tous dans la galerie principale, courbaturés, essoufflés, mais libres.

Les retrouvailles avec Cal furent assez... *lacrymales.* Puis, lorsque le petit Voleur apprit qu'ils avaient été emprisonnés et que les gnomes les avaient délivrés, il hurla de rire pendant un bon quart d'heure. Oh, comme il aurait aimé être une petite souris pour voir la tête du chef des gardes en ce moment ! Sa fameuse prison inviolable commençait sérieusement à ressembler à une passoire !

Une fois essuyées leurs larmes de joie, ils décidèrent de faire le point.

– Notre premier objectif, déclara Tara en frissonnant, c'est de te délivrer de ces horribles T'sil.

– Mais d'un autre côté, nous ne pouvons pas laisser le sortcelier s'emparer du Livre interdit, objecta Manitou. Cela pourrait mettre en péril tout l'équilibre d'AutreMonde ! Cal a encore deux jours et demi devant lui avant que les T'sil ne soient actifs. Alors, je propose que nous fassions un petit détour par le Lancovit pour récupérer le livre et le mettre en lieu sûr, dans un endroit que les gnomes ne pourront pas atteindre. Ensuite nous irons ensemble essayer de délivrer leurs femmes et leurs enfants.

– Si c'est bien Magister qui est derrière tout cela, je ne peux pas l'affronter directement, avoua Tara, il est bien trop puissant. La dernière fois nous avons eu beaucoup, beaucoup de chance. Il faudra essayer d'organiser la recherche de la porte cachée et l'évasion à un moment où nous serons sûrs que ce fou est occupé ailleurs.

– C'est évident, confirma Manitou, ce serait une terrible catastrophe s'il parvenait à te capturer. Donc nous sommes d'accord? Le Lancovit et le livre d'abord et les prisonniers et l'antidote ensuite? Cal, qu'est-ce que tu en penses?

– Ben j'aimerais bien dire non, répondit franchement le petit Voleur, qui avait constamment l'impression que sa peau gigotait, mais entre les T'sil et une probable invasion de démons, je crois que j'ai pas trop le choix. Alors, c'est OK pour moi. Plus vite nous remplirons notre mission, plus vite je prendrai l'antidote.

– Moi aussi, je suis prêt, confirma Robin. Allons récupérer ce livre puis sauvons Cal.

– En attendant, reprit Manitou, notre seul problème est d'expliquer à nos petits amis bleus pourquoi nous devons passer par le Lancovit avant de revenir leur donner un coup de main.

– Les gnomes connaissent bien la magie? demanda Fabrice, délaissant un instant Barune.

– Pas particulièrement, répondit Cal. Ils l'utilisent, mais ce sont visiblement des sorts qu'ils ont achetés, pas créés. Je n'ai jamais réussi à régler la douche et leur système de séchage a bien failli avoir ma peau. Pourquoi?

– Eh bien, s'ils sont aussi ignorants que moi, je suppose qu'ils sont donc incapables de savoir si tu as besoin d'*outils magiques* pour faire ton travail, n'est-ce pas? Et les Diseurs ne pouvant pas lire ton esprit, tu peux donc leur raconter ce que tu veux. Par exemple que tu dois absolument te rendre au Lancovit pour prendre tes outils de Voleur, sans quoi tu ne parviendras pas à trouver la porte cachée!

– Fabrice, mon ami, dit le petit Voleur, admiratif, si seulement tu pouvais un peu plus souvent t'intéresser à nous!

Fabrice se mordit la lèvre.

– Le lien avec Barune est très fort. J'ai du mal à différencier mes sensations des siennes. Et il a du mal à s'habituer à sa miniaturisation. Alors ne m'en veuillez pas si je suis un peu... *distrait* ces derniers temps.

Cal leva les yeux au ciel.

– Ben, répondit-il, si ça peut te faire oublier tes horribles charades, reste distrait !

– Je te comprends très bien, sourit Tara. Moi aussi au début je n'arrivais pas à me détacher de Galant. Tu verras que le lien devient peu à peu moins exigeant avec le temps.

Galant rechigna mentalement. Comment ça, moins exigeant ? Il détestait toujours autant être loin d'elle. Elle le calma en lui caressant le poil si doux entre les oreilles, songeant qu'elle n'avait pas accordé beaucoup d'attention à son Familier depuis quelques jours. Bon, dès qu'elle serait sortie de cette nouvelle crise, elle allait consacrer une semaine *entière* à le bichonner et le câliner.

Glul Buglul protesta quand il découvrit que ses invités voulaient aller au Lancovit. Visiblement, il craignait qu'ils ne mijotent un coup tordu pour sauver Cal sans passer par l'antidote.

Cal lui répondit d'un ton glacial qu'il n'avait pas pour habitude de travailler sans ses outils. Que le professionnel, c'était lui. Et que si le gnome voulait faire le travail à sa place, il n'avait qu'à le dire.

Tara eut presque pitié du pauvre Glul... jusqu'au moment où celui-ci exigea un otage.

Quand il vit que Tara allait transformer le gnome en steak grillé, Fabrice s'interposa.

– Ça va, la calma-t-il, nous n'avons pas besoin d'être quarante pour récupérer les *outils* de Cal. Pour le moment, je ne suis pas bon à grand-chose. Je reste ici avec Barune en otage. Et puis le régime fruits et légumes lui convient parfaitement. Nous vous attendrons.

Malgré sa proposition, Tara savait que Fabrice les laissait partir à regret. Il avait déjà été écarté de leurs précédentes aventures quand

Magister l'avait involontairement enlevé, et à présent ça recommençait. Cela dit, il avait l'air tellement absorbé par le petit mammouth que ce n'était pas forcément plus mal. Être *distrait* en plein cambriolage pouvait causer quelques problèmes.

La Porte de transfert des gnomes n'était pas très loin. Glul Buglul leur proposa de monter sur les aragnes ou les spalenditals pour y arriver, mais Tara préféra déminiaturiser Galant. Cal, Robin et Tara volèrent donc derrière le gnome qui avait réquisitionné une libellule, tandis que Moineau, qui s'était transformée, Sheeba, Manitou et Blondin faisaient la course avec eux.

Une fois devant l'entrée de la porte, Glul Buglul tenta de s'informer.

– Combien de temps vous faudra-t-il pour récupérer vos outils, Premier sortcelier Caliban Dal Salan?

– Entre deux et vingt-six heures, en fonction du monde qu'il y aura. Après tout, je suis toujours un fugitif! Je dois être *discret*.

Le gnome hocha la tête.

– Je comprends. Vous avez encore assez de temps. Les T'sil ne seront pas actifs avant deux jours et demi.

Cal frissonna, mais ne répondit pas.

– Où arrivons-nous? demanda Robin, prudent. Nous matérialiser devant les gardes du château n'est peut-être pas une excellente idée.

Le gnome précisa:

– Non, bien sûr, nous avons pensé à cela. Vous arriverez à notre ambassade de Travia. Il vous faudra vous rendre au château par vous-même. À très bientôt. Nous vous attendrons… et votre *ami* aussi.

Tara songea qu'il était difficile d'ignorer cette menace. Mais bon, ils avaient réellement l'intention de revenir, elle n'avait pas vraiment de raison de s'angoisser. Enfin presque.

Le gnome ouvrit la salle de Transfert. Dès qu'ils entrèrent, les cinq tapisseries, représentant respectivement les licornes, les sortceliers, les fées, les géants et les elfes se mirent à briller. Elles formaient un halo luisant qui les engloba. Le gnome mit le sceptre en place puis sortit rapidement. Moineau cria « ambassade du Lancovit ! », l'arc-en-ciel toucha le petit groupe… et ils furent *ailleurs*.

Dans un ailleurs où ils se retrouvèrent nez à nez avec d'énormes pattes à la chitine tranchante.

Car les gardes des gnomes n'étaient pas humains : d'énormes mantes religieuses aux terribles crochets, d'un joli vert printemps, regardèrent les humains se matérialiser sans broncher.

L'une d'entre elles, qui avait un globe stylisé entourant une fleur, un oiseau et une aragne sur l'abdomen – l'écusson de Smallcountry – leur fit signe d'avancer. La gorge serrée, ils passèrent entre les rangs des mantes dont les gros yeux à facettes les regardaient avec intérêt.

Une fois sortis de la salle, Moineau relâcha son souffle. Un gnome les attendait.

– Bienvenue en notre ambassade de Travia, s'inclina-t-il. Je me nomme Bulul Bulbul, ambassadeur extraordinaire et plénipotentiaire de Smallcountry. Désirez-vous être conduits à l'endroit où se trouvent les outils du Premier sortcelier Caliban Dal Salan ?

– Non, merci, Votre Excellence, cela ne sera pas nécessaire, répondit poliment Cal. Nous vous retrouverons ici dans quelque temps.

– Nous sommes à votre disposition de jour comme de nuit. N'hésitez surtout pas à nous réveiller, nous avons des consignes pour vous aider de notre mieux.

– Merci, Votre Excellence. Nous n'y manquerons pas si cela est nécessaire.

Quand ils sortirent de l'ambassade, Tara retrouva avec plaisir les ravissantes maisons colorées de Travia. Les artisans avaient décoré et peint chacun des murs de la ville de fresques fraîches et joyeuses. Les toits vernissés se découpaient sur le ciel… rayé. Tara ouvrit de grands yeux. La voûte céleste au-dessus d'eux était striée de vert, de violet, de jaune et de bleu.

Moineau leva les yeux à son tour et soupira :

— Je vois que Tante Titania a encore lancé de grands travaux de décoration ! Ne fais pas attention Tara, ça la prend régulièrement. Elle aime bien changer la couleur du ciel de temps en temps, elle trouve que bleu ou noir, c'est un peu trop… conventionnel.

Cal observa le ciel d'un air suspicieux, prit une grande inspiration et se détendit.

— Wouah ! s'écria-t-il, ça fait du bien de rentrer chez soi ! Je ne me rendais pas compte à quel point j'étais nerveux. Bon. Passons à la maison. Les gardes m'ont pris tous mes poignards et mes armes et je me sens… tout nu sans eux.

Moineau n'était pas très rassurée. La première fois qu'elle avait dû prendre le Livre interdit, il avait semblé se… tortiller entre ses mains, comme s'il était *vivant*. Et cela l'avait tellement troublée qu'elle avait failli oublier de ramper pour repartir. Du coup, l'un des serpents de feu ne l'avait ratée que d'un millimètre. Elle en avait eu les cheveux roussis. Ce souvenir la fit frissonner. Et dire qu'elle devait recommencer à présent !

Il y avait du monde dans les rues. Des fées lilliputiennes voletaient un peu partout, chargées de messages, de fleurs ou de pollen. Un groupe de jeunes enfants, tenus par des harnais, s'entraînaient à flotter derrière une sortcelière en robe bleue. Tara sourit. On avait l'impression que la femme tenait un gros bouquet d'enfants ! Des coups de trompe éclataient un peu partout dès qu'un passant décollait ou atterrissait. Comme les scoops, les trompes étaient munies d'ailes et surveillaient attentivement les mouvements de la foule pour prévenir des atterrissages et décollages. L'ensemble était assez… assourdissant. Certains sortceliers se déplaçaient à dos de pégase, mais Tara vit également avec surprise un gros taureau ailé servir de monture. Les gens s'écartèrent prudemment car ses cornes luisantes et aiguisées n'incitaient pas au voisinage.

Comme à Tingapour, les marchands proposaient des centaines

d'articles. Les étals regorgeaient entre autres de fruits et de légumes, dont certains avaient d'ailleurs l'air assez *récalcitrants*. Des cantaloups*, délicieuses plantes du Sud, grognaient dans leurs cages. Des Kalornas fraîchement cueillies agitaient leurs yeux-pétales avec effarement. Plus loin, un Kraken n'avait visiblement pas du tout l'intention de terminer en brochette et, débordant de sa cuve, essayait d'étrangler son marchand. À côté de lui, criant parce qu'ils étaient éclaboussés, des lutins P'abo vendaient leurs bonbons colorés dont les fameuses sucettes Kidikoi. Des sorts animaient leurs friandises, qui marchaient au pas cadencé sur les plateaux, dirigées par des bouteilles de Tzinpaf*.

Plus loin, deux elfes proposaient des arcs et des flèches, à côté de l'étal d'un nain. Robin, qui, comme Cal, se sentait démuni sans ses armes, confisquées à Tingapour, s'approcha pour acquérir l'un d'eux. D'un beau bois brun, ils étaient délicatement sculptés, leurs cordes bien tendues. Avisant les mèches noires mêlées à sa cheve-lure blanche, l'un des elfes marmonna quelque chose en ricanant. Si elle n'entendit pas le commentaire, le ton était insultant et Tara vit Robin se raidir. Visiblement, son statut de demi-elfe ne passait pas inaperçu.

Des racistes. Visiblement, les races étaient toutes les mêmes dans l'univers. Sa grand-mère savait très bien comment traiter ce genre d'individu, et Tara décida d'imiter son attitude. Elle sortit sa bourse de crédits-muts or et s'approcha. Grâce au sort de Moineau, elle comprenait les inflexions chantantes des elfes.

– Eh bien, Robin, as-tu trouvé quelque chose d'à peu près conve-nable chez ces *petits* marchands? lâcha-t-elle d'une voix méprisante et en elfe parfait. Je ne vois pas pourquoi tu t'es arrêté. Allons plutôt dépenser notre argent chez des gens qui savent tra-vailler!

– Bien dit, Damoiselle! rugit le nain. Venez donc chez moi! Mes haches et mes épées valent bien tous ces *machins* fragiles.

Le second elfe, qui s'apprêtait à rembarrer Robin, foudroya le nain du regard.

– Nous vendons les meilleurs arcs d'AutreMonde! affirma-t-il d'une voix mielleuse.

– Ah oui? Ça ne se voit pas! répliqua sèchement Tara.

Robin, bouche bée, déglutit.

– Euuuh, fais attention tout de même, chuchota-t-il. Mes compatriotes sont assez susceptibles. Je ne crois pas pouvoir en affronter *deux* en même temps.

Tara ne broncha pas, trop occupée à lutter avec l'elfe au jeu du « celui-qui-baissera-le-premier-les-yeux-aura-perdu ».

Sa fureur était telle que la pierre vivante la sentit. Les mains de Tara commencèrent à pulser d'une lueur bleutée. L'elfe dut sentir la puissance de la jeune fille car soudain, il cligna des yeux, puis s'inclina.

– Les armes qui sont ici ne vous conviendront peut-être pas, admit-t-il d'un ton rusé. Je crois que nous avons quelque chose de plus… *approprié* à votre rang, Damoiselle.

Sur un signe, l'autre passa derrière un rideau irisé et revint avec un coffret. Il l'ouvrit avec révérence, et apparut un arc extraordinaire. Blanc comme du lait de balboune, il était incrusté de bois iridescent des montagnes d'Hymlia. Surlignées d'or et d'argent, les runes flamboyaient sur le corps de l'arc et les poupées supérieures et inférieures resplendissaient comme si elles étaient taillées dans du diamant. Le grip était en corne de Brrraaa royal incrusté d'éme-raudes.

Il était magnifique. Et à voir la tête de Robin, de Cal et de Moineau, il était même *unique*.

– Voici l'arc de Lillandril au Cœur d'Acier, l'une de nos plus fameuses guerrières, annonça fièrement l'elfe, satisfait de son petit effet. Cet arc fut créé pour elle et depuis sa mort, il y a deux mille ans, il cherche son nouveau maître. Mais je dois vous prévenir. Si vous mettez la main sur sa poignée et que vous n'êtes pas celui qui lui est destiné… vous serez gravement brûlé.

Robin haussa les épaules.

– Je connais la légende de l'arc de Lillandril. Je sais aussi qu'il n'acceptera jamais un demi-elfe. Ne jouez pas avec moi. Je prendrai un arc classique. Celui-ci m'ira très bien, dit-il en en désignant un.

Tara sentait sa tristesse. Et ça lui fit mal. Elle eut une idée. Un machin magique, hein? Voyons si sa pierre pouvait lui donner un coup de main.

– *Pierre vivante*, appela-t-elle mentalement. *Peux-tu sentir la magie dans l'arc devant moi?*

– *L'arc?*

Oui, évidemment, la pierre vivante n'avait aucune notion de ce que pouvait bien être un arc.

– *Pardon, regarde son image dans mon esprit.*

Par les yeux de Tara, la pierre vivante vit l'arc dans le coffret.

– *Pffff, pas puissant*, souffla la pierre après avoir mentalement approché l'arme étincelante. *Pas comme moi! Mais comprend quand parle.*

– *Demande-lui s'il s'ennuie.*

La pierre vivante obéit, un peu étonnée.

– *Oui*, soupira-t-elle, *s'ennuie. Comme moi avant que Belle Tara, Jolie Tara vienne chercher moi sous Roses Noires.*

– *Parfait*, sourit Tara mentalement devant les compliments extravagants, *alors dis-lui que le prochain qui le touchera lui apportera plus d'aventures qu'il n'en a connu avec Lillandril. Et qu'il ne doit pas le brûler.*

– *Lillandril mis sort*, reprit la pierre après quelques secondes. *Petit arc peut pas enlever sort tout seul.*

– *Oh? Ça veut dire qu'il brûle tout le monde? Qu'en réalité il ne peut pas choisir de nouveau maître?*

— *Non, Lillandril mis sort juste pour protéger arc. Seule elle peut le toucher. Mais paf! Mourir d'un seul coup.*

— *Oh? Embuscade?* demanda Tara.

— *Arête de poisson*, répondit l'arc par l'intermédiaire de la pierre. *Reste coincée, pouf tombe raide. Mais juste avant grosse bataille. Alors elfes dire elle morte au combat. Arête de poisson moins glorieuse.*

Tara retint un gloussement mental.

— *Je vois. Pierre vivante, peux-tu désactiver le sort?*

— *Pfff*, répondit la pierre avec une nuance de dédain, *tu donnes ta magie pour aider?*

— *Je donne*, confirma Tara.

— *Alors facile!*

La pierre vivante s'empara du pouvoir de Tara, le mêla au sien. Un invisible tentacule s'étendit discrètement et toucha l'arc… puis se rétracta.

— *Fait!* clama la pierre dans l'esprit de Tara avec une intense satisfaction.

— Robin? reprit Tara à voix haute.

— Oui?

— Prends cet arc.

— Mais…

— Ne discute pas, fais-moi confiance. Prends cet arc.

Narquois, l'elfe lui tendit le coffret. Hésitant, Robin tendit la main… et toucha la poignée. Voyant qu'il ne se passait rien, il saisit l'arc et le sortit de son coffret sous les yeux exorbités de l'elfe.

— Par Jeduril et Brandmaril, il ne l'a pas brûlé! C'est impossible!

Le sourire de Robin lui faisait trois fois le tour du visage.

— Il est… fabuleux, dit-il d'un ton émerveillé en caressant doucement le bois luisant. Si puissant et si léger à la fois!

Les deux elfes avaient perdu toute leur morgue. Ils regardaient Robin comme s'il venait de lui pousser une deuxième tête. Puis ils se reprirent avec un effort visible.

— Avec ses flèches, l'arc est vendu mille crédits-muts or, annoncèrent-ils.

Aïe. Mille crédits-muts! Tara n'en avait que quarante-cinq dans sa bourse. Elle sentit la déception l'envahir, quand Moineau s'avança.

— Une seconde! intervint la mince jeune fille. Moi aussi, je connais la légende de l'arc magique de Lillandril. Et je sais que la légende dit qu'on ne peut vendre cet arc, mais juste le donner à celui qui sera assez courageux pour le saisir. Ce que vient de faire mon ami. Alors ne jouez pas avec nous, sinon je fais appel au Haut Conseil des elfes.

Dépités, les elfes baissèrent la tête.

— C'est bon, grommela le premier. Vous pouvez l'emporter. Et dites bien au Haut Conseil que nous vous l'avons *donné*.

— Parfait! fit Tara en raflant les flèches et le carquois ouvragé qui accompagnait l'arc. Ce fut un plaisir de faire des affaires avec vous.

À côté d'eux, le nain partit d'un rire homérique.

— Ah! ah! ah! explosa-t-il, les voilà bien piégés, les petits elfes. Ils pensaient pêcher une bulle-sardine* et ils ont attrapé un krok-requin*! Bravo, Damoiselle. Et comme j'ai apprécié le spectacle, permets-moi de t'offrir un poignard. Celui-ci s'appelle Aiguille. Prends-en soin. Il n'a aucune magie, mais ne pliera pas et ne se cassera pas. À bientôt, fillette! Que ton marteau sonne clair!

Avant que Tara ne puisse protester devant la subite générosité du nain, celui-ci s'était déjà retourné pour servir d'autres clients.

Il fallut quelques rues avant que Robin ne sorte de son émerveillement.

— On dirait Fabrice avec son Barune, railla Manitou qui en avait assez que Robin lui marche sur les pattes par distraction. Pourrais-tu regarder devant toi, s'il te plaît? Tu auras tout le temps pour faire connaissance avec ton nouveau joujou!

— Il est beau, n'est-ce pas? redit Robin pour la millième fois.

– Magnifique, répondit Moineau pour la millième fois aussi. Oh! Regarde, Tara, cette fille, elle a imité ton glyphe sur la gorge.

En effet, une jeune fille faisait des courses avec une robe suffisamment décolletée pour dévoiler un ornement brillant sur sa gorge, assez mauvaise imitation du cadeau que les Couleurs avaient fait à Tara dans les Limbes quand elle les avait délivrées des Démons. Sur la gorge de Tara brillaient l'ébène, le diamant, l'émeraude, le saphir et le rubis en un joyau sauvage et baroque. Qu'elle dissimulait discrètement. Du coup, elle fut plus attentive à la foule. La mode en AutreMonde était… qu'il n'y avait pas de mode. Chacun pouvant créer le costume qu'il désirait, et la magie autorisant toutes les extravagances, le spectacle était… fascinant. Il y avait des tas de plumes, de fourrures, de cuirs de toutes les couleurs et d'autres matières non identifiées. Probablement de la bave ou de la soie d'animaux improbables. Les couturiers ne travaillaient que pour les Nonsos, qui se distinguaient des sortceliers par la relative sobriété de leurs vêtements. Moineau lui désigna une grosse femme se déplaçant au centre d'un essaim de petites boules brillantes qui lui faisait une robe vivante. Une autre dévoilait un corps superbe grâce à des mousselines qui virevoltaient au gré du vent qu'elle avait créé. Un badaud, entièrement recouvert de plumes violettes, discutait avec un autre dont le corps était revêtu d'une carapace noire et brillante. Bientôt la foule se clairsema. Cal les conduisit dans un enchevêtrement de rues jusqu'à une jolie maison cachée par d'épais fourrés. Ceux-ci, armés d'épines cliquetantes, s'écartèrent lorsque Cal posa ses deux mains dessus, grimaçant quand les épines accrochèrent un peu sa peau.

Soudain, Moineau poussa un cri et se transforma instinctivement en Bête. Devant elle se dressait un monstre dont les sept têtes sifflaient et claquaient des dents. Tara appela son pouvoir et ses mains s'illuminèrent tandis que Robin encochait une flèche. Mais Cal s'avançait déjà, bravant les gueules bavantes.

Le monstre se baissa pour l'avaler, puis se laissa brusquement tomber avec un énorme *baoum* qui les fit vaciller, se roulant aux pieds de Cal en poussant des glapissements de bonheur

— Salut Toto, salut mon tout beau, tu m'as manqué ! dit Cal avec affection en grattant le tour des yeux de toutes les têtes qu'il pouvait attraper.

— Toto ? s'exclama Tara incrédule. Tu as appelé ce… *truc* Toto ?

— Ben oui, répondit Cal un peu embarrassé. Mes parents me l'ont offert pour mon troisième anniversaire. À l'époque, Toto me semblait un beau nom.

— C'est une hydre ! fit Moineau qui essayait de récupérer un rythme cardiaque normal et se retransforma, sa robe de sortcelière gémissant pour retrouver une dimension normale. Je croyais que les hydres étaient interdites en ville ?

— Maman a une dispense spéciale, car elle garde souvent des objets précieux à la maison. Sens-les, Toto, tu peux les laisser passer, ce sont des amis.

Tara avala sa salive quand une tête aussi grosse qu'elle vint la renifler délicatement. Le monstre était d'un vert olive, avec un gros corps caparaçonné d'où émergeaient sept têtes noires… et sept grosses langues roses et baveuses.

Et Tara connaissait quelques dobermans qui pouvaient aller se rhabiller question dentition.

— La prochaine fois, Cal, préviens-moi, s'il te plaît ! avertit gentiment Robin en relâchant la tension de son arc. Ton *Toto* a bien failli se prendre sept flèches au fond de ses sept gosiers.

— Euuuh, désolé, répondit Cal qui l'avait fait exprès, évidemment, ayant totalement oublié que son ami était de nouveau armé… et nerveux.

Sur son ordre, l'hydre s'écarta docilement, gémissant doucement quand Cal entra dans la maison.

L'intérieur sentait les roses fraîches… ce qui était logique car l'un des murs en était entièrement tapissé, objet des soins attentifs d'une demi-douzaine de petites fées bourdonnantes. Le sol était recouvert d'une sorte de fourrure douillette qui s'enroula autour des chevilles de Tara en ronronnant. Ils passèrent dans ce qui servait de salon. La grande pièce était terriblement encombrée de livres, de cartes, de parchemins, d'objets rutilants et incroyablement sculptés. Le sofa et les chaises bondirent à leur rencontre, ravis de rendre service. À peine étaient-ils assis que les couverts et les assiettes fonçaient de la cuisine, accompagnés de plats qui se remplissaient à toute vitesse. Il y avait du thé et du chocolat, du Tzinpaf et des bonbons, des gâteaux à la crème et un steak pour Cal. Celui-ci se jeta dessus comme s'il n'avait pas mangé de viande depuis deux jours... ce qui était d'ailleurs à peu près le cas. Le régime végétarien, c'était pas son truc! Moineau avala trois gâteaux et Robin six. Quant à Manitou, Tara cessa de compter à partir du vingtième. Elle but du chocolat qui dégageait une petite odeur de miel et de noisette et apprit que les fèves de cacao importées de Terre avaient produit ce goût particulier. La fourrure-moquette guettait la moindre miette et l'engloutissait avec des frétillements de plaisir.

Tara et Moineau, curieuses, essayèrent de voir la chambre de Cal, mais celui-ci refusa avec obstination. Pas question qu'elles se moquent de lui en voyant ses posters de Shakira! Il adorait cette chanteuse terrienne au déhanchement hypnotique.

Rapidement, il assembla une demi-douzaine d'instruments divers, variés et surtout coupants, remplissant sa robe de sortcelier. Ainsi que Tara l'avait déjà remarqué, les poches des robes semblaient pouvoir absorber à peu près n'importe quoi sans que cela ne gêne ni ne pèse. Une fois ses choix terminés, Cal laissa un Taludi à ses parents les prévenant de son évasion. Il remplit une bourse de crédits-muts or, attrapa encore deux parchemins, puis ressortit avec ses amis. Toto eut l'air très triste de les voir partir et ils entendirent ses gémissements désolés pendant un bon moment.

– Nous allons entrer par la petite porte, leur expliqua Cal en marchant vers le château. C'est une entrée qui m'a été montrée par le château lui-même il y a quelques années.

– Tu veux dire que tu *parles* avec cette grosse… bâtisse? demanda Manitou, un peu surpris. C'est bien la première fois de toute ma vie de Haut mage que j'entends une chose pareille!

– Pas exactement. Disons plutôt que je lui demande des trucs et qu'il me répond en les faisant… ou en ne réagissant pas. Par exemple, il n'a jamais voulu rendre les murs du dortoir des Premières sortcelières transparents, pour ça, il n'a pas été coopératif du tout!

– Cal! s'exclamèrent Tara et Moineau en même temps tandis que Robin donnait une bourrade dans les côtes du petit Voleur.

– Ben quoi? Qu'est-ce que j'ai encore dit?

Le château était bien gardé. Depuis que Magister s'était emparé de la magie démoniaque, les souverains, présidents et autres dirigeants d'AutreMonde avaient enfin pris conscience du danger. Du coup, la profession de garde avait enregistré une forte progression et on sentait, à leur raideur, les recrues fraîchement engagées. L'inconvénient, c'était qu'elles avaient tendance à une certaine paranoïa et surveillaient les alentours du château avec obsession. Les rondes avaient été renforcées et ils durent attendre que les gardes passent pour pouvoir faire le tour du château et parvenir à l'endroit désigné par Cal.

Sifflant d'un air innocent genre «Je-ne-suis-qu'un-inoffensif-promeneur-surtout-ne-faites-pas-attention-à-moi», celui-ci stoppa devant une portion de mur qui ne se différenciait en rien des autres portions de mur.

– Voyons, marmonna le petit Voleur en plissant le front. Qu'est-ce qu'il m'avait dit…? Ah oui! «Château, château, toi le plus beau, laisse ton ami entrer ici!»

– «Toi le plus beau»? répéta Robin, incrédule.

— Il est coquet, qu'est-ce que tu veux que je te dise !

Le mur eut comme un soubresaut et les pierres s'évanouirent purement et simplement, créant une ouverture. Cal leva le poing et incanta :

— Par l'Illuminus dans le noir je vois et que la lumière soit !

Immédiatement, une intense lueur se mit à briller devant eux. Ils étaient apparemment dans des souterrains. Voire des oubliettes. Moineau frissonna quand ils passèrent devant des geôles obscures au fond desquelles il lui sembla apercevoir quelques os. Attachés à des chaînes. Apparemment, le passé du Lancovit avait été un peu plus... *sauvage* que ce que rapportaient les livres d'histoire.

Ils montèrent des tas d'escaliers. Prudemment, Cal avait modifié les traits de son visage. Il ne pourrait pas maintenir le subterfuge très longtemps, mais pour le moment, ses cheveux hésitaient entre le roux et le châtain, ses yeux étaient noirs au lieu de gris et il avait empâté sa fine frimousse. Blondin avait été transformé en renard des neiges. Tout blanc, à l'exception du bout de sa queue noire.

Quand ils franchirent le dernier passage, il débouchèrent enfin dans un des couloirs principaux... en pleine tempête.

Visiblement, le château vivant était de mauvaise humeur. De *très* mauvaise humeur. Un terrifiant cyclone courbait les arbres de ses paysages illusoires. Des bourrasques glaciales soulevaient les robes des courtisanes, leur arrachant de petits cris offusqués, ébouriffant la crinière de Galant et la fourrure de Sheeba et de Blondin. Du coup, le pégase se posa, peu désireux de se retrouver le nez collé au mur par le vent.

— Ça par exemple ! s'exclama Cal très étonné, mais qu'est-ce qui lui arrive ?

Dès qu'il entendit la voix du jeune garçon, le château parut hésiter. Un coin de ciel bleu apparut dans le ciel noir et plombé qui défilait sur ses voûtes. Puis un timide rayon de soleil perça les nuages et bientôt le délicieux paysage du Mentalir réapparut, avec ses licornes argentées et son herbe bleue. Les courtisans poussèrent des soupirs de soulagement.

– Vraiment! s'indignait une grosse femme boudinée dans sa robe de sortcelière, ce château est insupportable. Deux jours d'ouragan, c'est inadmissible. Je ne comprends pas pourquoi Leurs Majestés ne sont pas intervenues.

– Je crois que l'un de nos jeunes sortceliers a été emprisonné en Omois, intervint l'un de ses compagnons. Depuis que nous avons appris la nouvelle, le château est d'une humeur exécrable. Je suppose que les choses se sont arrangées, ce qui expliquerait ce beau soleil.

Cal en resta bouche bée.

– Vous… vous avez entendu? Je… j'ignorais que le château m'appréciait à ce point, finit-il par balbutier. C'est… c'est très inattendu.

Robin lui asséna une claque dans le dos qui le fit vaciller.

– Tu as des amis assez *inattendus* justement. Des gnomes, un château magique, un demi-elfe. Ta réputation est faite! Tu es un excentrique, mon cher Caliban!

Soudain, Tara cria et recula.

Devant elle venait de s'ouvrir une grotte sombre d'où une monstrueuse limace, à la gueule pleine de mandibules, sortit avec fureur.

Tara reprit sa respiration. Allons bon, le fichu château venait visiblement de retrouver son curieux sens de l'humour. Elle avait oublié qu'il adorait piéger les jeunes sortceliers avec ses projections fantômes.

La limace fonça sur elle comme une locomotive en furie, mais Tara refusa de se laisser intimider, bien décidée à ne pas bouger d'un pouce. Le château ne la piégerait pas une fois de plus!

Aussi fut-elle *totalement* surprise quand une mandibule crocheta sa robe et la tira violemment en avant… dans la bouche du monstre!

Venue de nulle part, une flèche effleura le bout de son oreille pour se planter dans l'un des six yeux de la limace. La bestiole visqueuse rétracta l'œil crevé avec un sifflement de douleur et lâcha Tara. Celle-ci tomba, et à quatre pattes, recula à toute vitesse, aidée par une grosse patte griffue qui la projeta littéralement en arrière. Moineau s'était instinctivement transformée, et, utilisant sa puissante musculature, venait de mettre Tara hors de danger. Galant poussa un hennissement strident et, se posant sur le dos du ver géant, commença à le lacérer. Moineau bondit à son tour, évitant gracieusement les mandibules et, sortant ses griffes, s'attaqua au gastéropode géant. La limace siffla de douleur et basculant sa tête sur le côté, projeta violemment Moineau contre le mur.

Moineau n'eut pas le temps d'éviter le choc. Elle prit le mur de plein fouet, hurla et tomba à terre, inconsciente.

chapitre VII

Piège de cristal

Sous le choc, Moineau se retransforma et son corps humain réapparut, toujours inanimé.

La limace avança ses mandibules, avide de dévorer celle qui venait de la blesser, mais une Sheeba folle de rage et une nouvelle volée de flèches la détournèrent de son but.

Robin lançait ses traits à une vitesse surhumaine. Cela plaisait très moyennement à la limace qui commençait à ressembler à un monstrueux porc-épic. Sans compter la panthère et le pégase qui lui hachicotaient les flancs et le dos avec détermination.

Malheureusement, les flèches dans le carquois de Robin s'amenuisaient, et vint le moment où il ne lui en resta plus ! La limace saisit l'opportunité et se rapprocha dangereusement. Soudain, avec une brusquerie qui les prit par surprise, les flèches s'arrachèrent *d'elles-mêmes* de la chair de l'invertébré ! La limace crissa sous la douleur folle, se cabrant avec violence. Dociles, elles revinrent se flanquer dans le carquois et Robin, une fois remis de son étonnement, recommença à tirer.

À son cinquième œil crevé, la limace rentra précipitamment dans sa grotte, manquant d'assommer Galant sur la voûte. Le pégase décolla rapidement et vint se poser à côté de Tara, triomphant.

Sans cesser de surveiller l'ouverture béante, son arc toujours bandé, Robin lança :

— Tara ? Tu vas bien ?

— Moi ça va ! cria Tara qui se penchait sur Moineau avec angoisse. Mais Moineau est blessée, elle ne bouge plus !

Cal s'agenouilla rapidement et posa sa main sur le cou de leur amie, alors que Sheeba, morte d'inquiétude, gémissait doucement à côté de sa compagne.

— Par le Reparus que se calme la douleur et que toute blessure disparaisse dans l'heure !

Le bras bizarrement tordu de Moineau reprit son aspect originel, et la jeune fille dodelina de la tête, ouvrant des yeux vitreux.

— Ouille, ouille, ouille, par mes ancêtres, que s'est-il passé ?

— Il s'est passé, répondit sévèrement Manitou, que tu as foncé sans réfléchir et que tu t'es fait assommer ! Face à un machin aussi gros et agressif, le mieux c'est un arc et des flèches, voire une mitrailleuse, et l'idéal c'est tout de même le *canon*. Le corps à corps est à proscrire ! Bon sang, mais on ne vous apprend rien dans vos stages de combat ?

— Pas à se battre avec des limaces géantes, non, grommela Moineau en essayant de se relever péniblement, soutenue par sa panthère. Ce n'était pas au programme de cette année en tout cas !

L'attaque avait été si rapide que les courtisans n'avaient pas eu le temps de réagir, stupéfaits. Ils se rattrapèrent. Dans un bel ensemble, ils se mirent à hurler et à appeler la garde. Soudain, le tumulte s'apaisa. Et le cœur de Tara s'arrêta de battre un instant quand elle vit Maître Dragosh, Dame Boudiou, Dame Kalibris et le premier conseiller du roi, la Chimère Salatar, surgir au bout du couloir !

Bon. Pour la discrétion, c'était raté. Il ne restait plus qu'à souhaiter très fort que l'impératrice ne les avait pas étiquetés « fugitifs » tous les cinq.

— File, Cal ! chuchota Moineau qui essayait de retrouver ses esprits. Ils risquent de te reconnaître malgré ton déguisement.

Le petit Voleur acquiesça et se fondit dans la foule qui les entourait.

Les yeux rouges du Vampyr s'écarquillèrent quand il reconnut Tara.

– Damoiselle Duncan, siffla-t-il d'un ton malveillant. J'aurais dû me douter que vous étiez derrière tout ce remue-ménage. Qu'avez-vous *encore* inventé ?

– Rien du tout, gronda Robin, qui ne quittait pas la caverne des yeux. Elle a été attaquée par une limace carnivore de Salterens. Regardez !

Il désigna les fluides du mollusque blessé qui luisaient encore à travers les touffes d'herbe. Le château cessa de projeter le paysage du Mentalir et ils purent distinguer clairement les traînées visqueuses sur la pierre nue.

– Par Demiderus, s'écria Dame Boudiou, mais cette limace est un *animapiège* !

Moineau sursauta.

– Bien sûr, c'est évident, j'aurais dû m'en rendre compte !

– Un animapiège ? Qu'est-ce que c'est ? demanda Tara.

– C'est un piège à retardement, répondit Moineau avec un froncement de sourcils douloureux. Si quelqu'un veut se débarrasser de toi, mais ne sait pas quand tu viendras à un endroit donné, il met en place un animapiège. Dès que tu entreras dans sa sphère d'influence, le piège te détectera et se déclenchera. Cette méthode fut très utilisée lors des dernières guerres sortcelières. Mais est tombée en désuétude depuis longtemps. Maman me les a fait étudier, car beaucoup des membres des familles royales ont succombé à ce type de piège lors de successions disons… controversées. Celui-ci ne m'étant pas destiné, je ne l'ai pas vu.

– Oh ! je vois. La politique sur ton monde est… *intéressante*, dis-moi ! On peut donc les repérer ? Comment ?

– Si tu aperçois une zone floue, comme une onde de chaleur,

c'est probablement un animapiège. Sois très prudente, Tara ! Ils sont difficiles à discerner, raison pour laquelle ils sont si efficaces !

– Super, grommela Tara. Maintenant, chaque fois que je verrai flou ou qu'il fera chaud, je serai terrorisée. J'adore cette planète !

– Ah ! Mais celui qui t'en veut n'a décidément pas beaucoup de chance, constata gaiement Dame Boudiou. Tu es entourée d'amis fidèles et vigilants ! Viens ici ma chérie, je crois que tu as besoin d'un peu de réconfort.

Elle tenta de prendre Tara dans ses bras, mais celle-ci se dégagea très vite.

Cette fois-ci, elle n'était pas terrorisée.

Cette fois-ci, elle était folle de rage !

Quand elle retrouverait celui qui la persécutait, elle lui ferait regretter d'être né !

Son attention fut attirée par l'attitude de Robin. Il regardait son arc d'un air dubitatif.

– Ça va, Robin ? interrogea-t-elle.

– Mmmmm ? Oui. À part que nous avons eu un petit différend avec mon nouvel arc. Il s'est matérialisé dans mes mains avant que je le sollicite et a tiré la première flèche sans me demander mon avis. Et il s'est bien gardé de me prévenir du fait qu'il pouvait rappeler les flèches ! Je crois que je vais avoir une petite… *discussion* avec lui.

Elle allait lui répondre quand le Vampyr l'apostropha de nouveau.

– Et que nous vaut le… *douteux* honneur de votre présence au Lancovit ? s'enquit Maître Dragosh d'un ton si menaçant que Tara, instinctivement, activa son pouvoir.

Ses mains s'illuminèrent de bleu. Immédiatement, le Vampyr recula et ses mains s'illuminèrent de rouge. Prudents, les courtisans curieux jugèrent bon de s'éloigner un peu, mine de rien. Le vide se fit entre les deux adversaires. Tara ne put s'empêcher de penser que les duels de magie ressemblaient à ceux des westerns.

La gouvernante, Dame Kalibris, jugea la situation et intervint. Vite. Très très vite.

– Bienvenue dans notre…, commença sa première tête, Dana.

– … château. Comment…, continua sa seconde tête, Clara.

– … vas-tu, chère petite ? reprit Dana à la volée.

Tara ne réagit pas immédiatement, trop concentrée sur le Vampyr. Mais la rusée gouvernante se plaça carrément entre les deux adversaires et la politesse fut la plus forte. La lueur disparut et Tara répondit :

– Bien, merci. Et vous, mes Dames ?

– Nous sommes…

– … perturbées, oui, très perturbées…

– … de ce qui arrive à Caliban. Ce chenapan…

– … ne méritait pas…

– … un tel châtiment. Comptes-tu rester…

– … longtemps ? Ta chambre…

– … est toujours prête pour toi, bien sûr.

– Merci, mes Dames. J'ignore encore combien de temps je vais rester, mais je vous avertirai dès mon départ.

– Parfait, conclut Dana, alors tu es, comme la dernière fois, notre *invitée d'honneur* !

Et paf ! D'une seule habile parole, elle venait de faire de la jeune fille un être *intouchable*.

Le Vampyr, impuissant, jeta un long regard brûlant à Tara, qui resta parfaitement impavide.

– Je ne serai jamais loin derrière vous, Duncan, siffla-t-il si bas que seule Tara l'entendit. Je n'ai pas oublié que vous êtes la Porte par laquelle les Démons peuvent envahir notre univers. Si j'ai le moindre doute… je n'hésiterai pas ! Invitée ou pas, je vous détruirai !

Il y eut comme un sifflement et un objet brillant passa entre eux deux, se figeant dans le bois avec un *poc* sonore, arrachant du château un frémissement indigné. Une voix bien connue retentit.

– Pardon. Ma hache m'a échappé. Que votre marteau sonne clair, Maître Dragosh, le tien aussi Tara !

Le Vampyr qui louchait encore sur l'acier planté à deux millimètres de son crâne ne répondit pas, mais Tara eut un sourire radieux.

– Fafnir ! Que ton enclume résonne ! s'écria-t-elle en répondant à la formule naine de politesse.

Elle se jeta au cou de l'imposante naine qui reçut son assaut avec dignité. Fafnir avait changé. Disparue la barbe qui la désignait comme une adolescente. Ses cheveux roux n'étaient plus tressés en une multitude de nattes parsemées de rubans, mais assemblés en une sobre queue-de-cheval, tombant presque jusqu'au sol. Ses saisissants yeux verts étaient soulignés de noir et les anneaux de ses bras paraissaient sur le point d'exploser sous la pression de ses impressionnants biceps. Son justaucorps noir supportait assez de couteaux et d'instruments tranchants pour la faire couler à pic si elle tombait dans une rivière, et Tara soupçonnait que le pantalon de cuir moulant rouge assorti à ses cheveux dissimulait autant de mauvaises surprises à d'éventuels agresseurs. Un imposant pendentif, merveilleusement travaillé, reposait sur sa poitrine, visible témoignage de son habileté de forgeronne.

Comme à son habitude, la naine était… spectaculaire. Et elle paraissait sincèrement contente de voir Tara et ses amis.

Maître Dragosh détailla Fafnir de bas en haut d'un long regard venimeux, puis la hache qui vibrait encore. Il n'était pas dupe. Jamais un nain ne laisserait son arme favorite échapper à son contrôle.

La limace profita du calme relatif pour pointer le bout de son dernier œil intact.

Grosse erreur.

Maître Dragosh réagit avec la vitesse de l'éclair. Ses mains brandies laissèrent échapper un long jet de flamme qui carbonisa purement et simplement le gastéropode géant. L'ouverture béante vacilla, et le piège disparut, totalement détruit. À la place de la caverne, il n'y avait plus qu'un mur… nu.

La réaction du Vampyr parut stupéfier tous les spectateurs.

– Qu'est-ce que vous avez fait! glapirent les deux têtes de Dame Kalibris simultanément.

– Ça me paraît évident, répondit sèchement le Vampyr, je viens de neutraliser le piège.

– Et il ne vous est pas venu à l'idée…

– … que les elfes-chasseurs auraient pu l'étudier pour savoir…

– … qui l'avait posé?

– … Ce que vous venez de faire était tout bonnement stu…

– … inapproprié!

Le Vampyr eut l'air surpris l'espace d'un instant, puis il fronça les sourcils… et tourna les talons dans un grand envol de sa robe de sortcelier, sans ajouter un mot.

La Chimère Salatar ouvrit sa large gueule de lion d'où pointèrent quelques petites flammèches quand elle s'adressa à son tour à Tara.

– Rmmmh, bon. Notre ami Safir est un peu nerveux en ce moment. Pardonnez-lui. Bref, ainsi que l'ont ordonné Leurs Majestés, vous êtes la bienvenue ici, Damoiselle Duncan, confirma-t-il. Cependant, je peux constater que les attaques contre votre personne n'ont pas cessé. Aussi je vous demanderai de circuler le moins possible dans le château… et surtout loin de Leurs Majestés! Haut mage Manitou, je vous prierai de bien faire respecter cette consigne à votre arrière-petite-fille.

Manitou lui jeta un regard froid, sans réagir, et toute à sa joie d'avoir retrouvé Fafnir, Tara répondit qu'elle n'avait pas l'intention de rester très longtemps. Salatar dut se contenter de cette sibylline déclaration. Dame Kalibris, Dame Boudiou et la Chimère repartirent sous les murmures excités des courtisans. Allons bon, encore une histoire qui allait faire le tour du Lancovit à la vitesse de l'éclair !

Tara soupira et se tourna vers Fafnir.

— Tu as appris, pour Cal ? Il a de sérieux problèmes.

— Moi aussi ! répondit sobrement la naine.

— Il a été arrêté et… comment ça, *toi aussi* ?

— S'il a été arrêté, pourquoi est-il derrière toi ? reprit la naine sans répondre à sa question.

Cal entendit et s'approcha.

— Tu m'as reconnu malgré mon déguisement ? murmura-t-il, surpris.

— Nous, les nains, avons un œil perçant, dit Fafnir en haussant ses musculeuses épaules. Il ne m'a pas fallu plus de deux minutes pour percer ta fausse apparence. Il faudrait te transformer un peu plus que ça pour me tromper ! Je suppose que tu t'es évadé ?

— Il va tout t'expliquer dans un instant, répondit prudemment Tara en désignant les quelques courtisans qui traînaient encore, les oreilles bien ouvertes. Allons dans ma chambre, il vaut mieux que Moineau s'allonge.

Le château, sans doute penaud d'avoir été le complice involontaire de son agresseur, s'abstint de lui ouvrir des abîmes et autres pièges sous les pieds. Et se surpassa en projetant de somptueux paysages d'AutreMonde dès qu'elle arriva dans sa suite. Sans discuter, tant elle se sentait nauséeuse, Moineau s'allongea sur le lit à baldaquin bleu. Sheeba sauta à ses côtés, et posa un mufle inquiet sur le bras de la jeune fille. Avec un soupir de soulagement, Cal stoppa son sort de transformation et retrouva ses yeux gris et ses cheveux noirs ébouriffés.

Ils firent le récit de leurs aventures à Fafnir… en omettant volontairement l'anecdote à propos des pierres précieuses, respectant ainsi le serment fait aux gnomes.

Les nains ne supportant pas d'être enfermés, leur amie approuva tout à fait leur évasion.

– Bon, tout ça n'est pas bien grave, finit par déclarer Fafnir. Alors que ce qui m'arrive est une véritable catastrophe !

– Ah bon ? s'étonna Cal, un peu surpris par cette fracassante déclaration. Se faire dévorer vivant par des vers, tu ne trouves pas ça grave ! Alors là, je suis curieux de savoir ce qui t'arrive !

– Je me mets en colère.

Les cinq amis se regardèrent, puis éclatèrent de rire. Fafnir fronça les sourcils.

– Aurais-je dit quelque chose de drôle ?

Robin prit une grande inspiration pour maîtriser son fou rire et expliqua :

– Disons que vous, les nains, n'êtes pas spécialement connus pour votre *calme* et votre *tempérance*.

– Ce qu'il veut dire, traduisit Cal, c'est que vous avez un *foutu* caractère.

– Ça, ce n'est pas vrai du tout, se raidit la naine. Et de toutes les façons, là n'est pas la question. Non, lors de ma précédente colère, j'ai bien failli dévaster tout notre campement ! Nous étions en train d'explorer une nouvelle veine de minerais. Nous venions de remonter à la surface, je faisais cuire un steak de Brrraaa et puis pouf ! Le noir. Je me suis réveillée attachée. Tanir, Brendir et Glenir étaient blessés et j'avais assommé Blenda et Chentar. Et il y a pire encore.

– Pire ? s'exclama Moineau. Qu'y a-t-il de pire pour un nain que d'agresser un autre nain ? Normalement, après un tel acte, tu aurais dû être mise à mort, non ?

– Dis-moi, Moineau, demanda calmement Tara, vous réglez tous vos problèmes en *tuant* les gens sur votre monde ?

– Chaque peuple a sa solution pour ce genre d'incident. Les nains ne sont pas connus pour leur patience… pas plus que pour leur compassion. Un nain coupable de tentative de meurtre est condamné. Point.

— Le Grand Conseil des nains a reconnu que j'avais des circonstances atténuantes, expliqua Fafnir.

— Ah bon, fit Moineau, surprise, et lesquelles ?

— Je n'étais pas moi-même. D'après ce que m'ont dit mes amis, ma peau est devenue pourpre, presque noire, et ma voix n'était plus la même. Je leur ai ordonné de se prosterner devant moi et de m'adorer comme un dieu ! Et quand ils ont rigolé… j'ai essayé de les tuer. L'unique raison pour laquelle j'ai failli l'emporter à un contre cinq, c'est que cette damnée magie est revenue ! Blendir m'a dit avoir balancé son marteau de guerre pour m'assommer mais un bouclier magique est apparu autour de moi et l'a intercepté ! Ce n'est qu'en s'y mettant à trois qu'ils ont fini par me vaincre !

Les cinq amis dévisagèrent la naine, bouche bée. Les nains *détestaient* la magie. Et encore, le terme *détester* était loin de la réalité. Le mot *vomir* était nettement plus proche. Ils pensaient que Fafnir s'était débarrassée de sa magie en avalant l'infusion des roses noires de l'île maudite.

Visiblement, ce n'était pas le cas.

— Ouille, fit Cal, résumant leurs pensées. Donc ils t'ont *bannie* encore une fois.

La naine baissa sa tête rousse.

— Oui. Et si je ne parviens pas à me débarrasser de ma maudite magie, je serai exilée pour toujours !

— Si je comprends bien, résuma Tara, nous avons un certain nombre de problèmes sur les bras. Cal doit délivrer les gnomes pour se débarrasser de ses vers et échapper à une mort horrible. Il doit également prouver qu'il est innocent du crime dont on l'accuse. Fafnir doit se libérer de sa magie et d'une sorte de *possession* qui la transforme en monstre rouge et mégalo, et moi je dois trouver celui qui essaie de me tuer… tout en évitant de me faire capturer par Magister. Super. Quand je pense qu'il y a quelques mois mon plus gros souci était de choisir ma seconde langue vivante au collège… et un nouveau maillot de bain !

Manitou eut un sourire canin.

– Je me souviens que quand tu étais petite, tu te plaignais souvent de t'ennuyer et faisais des vœux pour que ta vie soit un peu plus animée. De quoi te plains-tu ? Tu as été exaucée !

– Grand-père ?

– Oui ?

– La prochaine fois que je fais un vœu, fais-moi plaisir. Mords-moi !

– Je ne mords jamais les membres de ma propre famille, répondit le chien très sérieusement. Uniquement les étrangers…

– Ce sont les roses noires, n'est-ce pas ? les interrompit Fafnir. Il y avait quelque chose dans leur suc. Et ce quelque chose est passé en moi.

– Attends une seconde, réfléchit Tara en palpant sa poche, je vais demander à la pierre vivante si elle peut nous parler un peu plus de l'entité qui l'avait emprisonnée sur l'île.

Elle expliqua la situation à la pierre étincelante.

– *Amie, toi, montre*, ordonna la pierre.

Tara obéit et brandit la pierre devant elle. Celle-ci projeta un halo lumineux sur la naine. Puis la lumière s'éteignit et la pierre s'exclama d'une voix audible pour tous cette fois-ci :

– Aïe, aïe, aïe, Fafnir mangée par *Ravageur d'Âme*. Il a essayé utiliser moi pour s'enfuir. Il a essayé utiliser Fafnir aussi ! Non choix tu auras !

– Comment ça ?

– Ton amie tuer devras ! Si Ravageur mange Fafnir, alors Ravageur libre et Ravageur manger tous les peuples… puis planète… puis univers !

– L'univers, rien que ça ! s'exclama Cal, qui avait les yeux écarquillés. Ben dis donc, tu avais raison ! *Tes* problèmes sont pires que les *miens* !

— Si un esprit maudit essaie de s'emparer de moi, rétorqua amèrement Fafnir, ma fidèle hache prendra ma vie *et* celle du Ravageur. Personne ne possédera jamais un nain contre sa volonté!

— Lui s'emparer de toi combien? s'enquit la pierre.

— Une seule fois, répondit Fafnir qui avait compris le curieux langage de la pierre. Enfin, c'est la seule dont je me souvienne. Je suis immédiatement partie d'Hymlia pour le Lancovit afin de demander l'aide de Maître Chem, mais il est toujours à Omois.

— Oui, remarqua Cal avec un petit gloussement, je pense que l'impératrice n'a pas précisé à notre dragon national que nous avions disparu. Alors il doit se démener pour me faire libérer, sans se douter que je suis déjà ici!

— Cependant, reprit la naine, pour venir à Travia, j'ai dû lutter contre une terrible impulsion. Cette *chose* veut que j'aille sur l'île des Roses Noires! Je pense que votre Ravageur, là, y est encore. Et qu'il essaie de m'attirer là-bas pour s'emparer totalement de moi.

— Toi possible raison, déclara la pierre. Peut-être Ravageur arrive pas manger Fafnir assez bien si Fafnir loin. Peut-être Ravageur a besoin Fafnir sur île. Fafnir doit jamais aller île des Roses Noires ou Fafnir finir casse-croûte!

— Écoute, Fafnir, coupa Tara en voyant blêmir le teint cuivré de la naine, voici ce que nous allons faire. Nous allons nous emparer du Livre interdit… enfin, nous allons essayer de nous en emparer, et le mettre en sûreté avant que les gnomes ne le volent. Ensuite nous devons libérer les gnomes de l'emprise de Magister… si c'est bien Magister qui est derrière tout cela, puis tenter de détruire ce fameux artefact. Ce qui nous permettra d'obtenir l'antidote pour Cal. Pendant ce temps, tu peux déjà aller à Omois discuter de ton problème avec Maître Chem. Dès que nous aurons terminé notre mission, nous nous occuperons de toi. Ça te va?

— Je peux attendre, répondit fièrement la naine. Maintenant que je suis prévenue, cette… *chose* ne brisera pas ma résistance si facilement. Et je vais vous aider à voler le livre! Je parlerai au Maître dragon après.

Cal fit une petite grimace en détaillant la naine massive.

— Euuuh, pour le vol, ce n'est pas nécessaire, avança-t-il prudemment, Moineau et moi suffirons! N'est-ce pas Moineau?

Le silence lui répondit. La jeune fille s'était de nouveau évanouie.

Dès qu'il fut prévenu par les adolescents affolés, le Chaman Oiseau de Nuit la fit transporter à l'infirmerie.

— La jeune princesse a une commotion cérébrale, annonça-t-il aux cinq amis. Le Reparus est en train de faire son effet, mais il est hors de question qu'elle bouge pour le moment. Je la garde en observation quelque temps. Et je préviens ses parents immédiatement.

— Pouvons-nous la voir? s'enquit Tara, très inquiète.

— Oui, bien sûr, allez-y. Elle vient de se réveiller.

Moineau reposait, aussi blanche que les voiles du lit à baldaquin de l'infirmerie.

— Je suis désolée, soupira-t-elle. Je ne sais pas ce que j'ai, je n'arrive pas à garder les yeux ouverts!

— Alors ferme-les! ordonna Cal qui avait repris sa fausse apparence. Tu n'as pas besoin de nous voir pour nous entendre. Écoute, je vais aller voler le livre sans toi. Donne-moi juste la séquence et je m'occupe de tout.

Le fait que Moineau ne proteste même pas leur prouva qu'elle n'était vraiment pas bien. Afin d'éviter toute erreur, ils apprirent tous par cœur le code d'ouverture de la pièce secrète.

— Parfait! dit Cal en consultant son accréditation incrustée dans son poignet. Je propose que nous allions manger un morceau. On essaie de dormir quelques heures et à deux heures trente, moment où tout le monde devrait être en train de ronfler, on ira dans le bureau de Maître Chem.

— Vous ne pouvez pas! s'agita faiblement Moineau.

— Comment ça?

— Seule mon accréditation a été activée pour être acceptée par le bureau de Maître Chem, pas les vôtres ! Je dois venir avec vous !

— C'est hors de question !

Fafnir la repoussa doucement sur ses oreillers, qui se réarrangèrent pour la caler confortablement. Le lit retendit les draps qui s'étaient froissés. Le château intensifia la brise pour chasser la sueur qui roulait sur le front enfiévré.

— Je n'ai pas besoin d'accréditation, expliqua la naine. Mon pouvoir me permet de passer à travers les murs si je le désire. Une fois à l'intérieur, j'ouvrirai la porte du bureau pour vous... et si je n'y parviens pas, alors j'irai voler le livre à votre place.

Malgré leurs protestations, Fafnir resta fermement campée sur ses positions. Ils allèrent dîner et Cal hérita d'une Kidikoi qui lui annonça «Dans quelques heures, tu lui causeras du tort car tu ne pourras éviter le sort». Il eut beau réfléchir à en avoir de la fumée sortir de ces oreilles, il ne réussit pas à comprendre ses prédictions. Fichues sucettes ! Tara quant à elle eut droit à «Si tu es touchée, tu ne peux le sauver». Elle sentit un frisson d'appréhension glisser le long de son dos.

Dame Boudiou vint à leur table s'enquérir de la santé de Moineau et vérifier qu'ils allaient tous bien. Maître Dragosh, qui présidait le dîner en compagnie de Dame Kalibris, ignora ostensiblement Tara et ses amis. Manitou, quant à lui, était allé discuter un peu avec les autres Hauts mages et se faisait caresser la tête avec une visible délectation par la splendide Dame Sirella, la sirène. Quand il revint, il était trempé, mais ravi.

— L'évasion de Cal a bien été maintenue secrète, annonça-t-il en se secouant. De même le fait que l'impératrice nous avait emprisonnés.

— Ce n'était pas l'impératrice, protesta Tara qui aimait bien la jeune femme, c'est cet horrible chef des gardes. Et Maître Chem ? Il ne s'est toujours pas rendu compte que nous avions disparu ? Ça me semble bizarre qu'il n'ait pas réagi.

– En fait, sourit le chien, je pense qu'il a *peur* d'Isabella. Il doit être en train de nous chercher partout en essayant de trouver une excuse pour ta grand-mère. Après tout, c'est la deuxième fois qu'il te *perd* ! S'il ne te localise pas très vite, Isabella risque de le transformer en une vaste série de valises de luxe…

Tara laissa échapper un léger gloussement.

– Je serais curieuse d'entendre quelle explication saugrenue il va lui servir.

– En attendant, il peut revenir au Lancovit d'un instant à l'autre, avertit le labrador. Alors moi, je nous conseille d'agir au plus vite. Ce dragon a la mauvaise habitude de dormir dans son bureau.

Sur ces constatations, ils allèrent prendre quelques heures de sommeil. Fafnir, Cal, Manitou et Tara dormirent dans la chambre de cette dernière. Robin, comme tous les elfes, préférait l'air frais. Il alla se percher sur une branche confortable d'un des Géants d'Acier* du parc en compagnie de Galant. À deux heures trente du matin, ils se retrouvèrent, les yeux encore ensommeillés, devant le bureau du Haut mage Chemnashaovirodaintrachivu. Le minuscule dragon de pierre et la licorne dormaient paisiblement. Le château projetait des dunes de sable et un ciel étincelant d'étoiles. Une brise douce et parfumée parcourait le couloir. Tout était calme.

– Attendez-moi ici, chuchota Fafnir.

Elle tendit la main, attentive à ne pas réveiller les petites sentinelles de pierre, et sa main commença à s'infiltrer dans le mur.

Cal frissonna. Et lui tourna résolument le dos. Ça lui hérissait les poils de voir la naine s'enfoncer lentement dans la pierre.

Quelques instants plus tard, ils sursautèrent quand le mur s'effaça devant eux. Ils s'engouffrèrent dans la pièce.

– Ça va, annonça la naine d'une voix forte dès que le mur se referma. Personne ne peut nous entendre de dehors. Il y avait une ouverture automatique à l'intérieur, c'est ce qui m'a permis de vous ouvrir. Bon, on fait quoi maintenant ?

– Voyons si je me souviens de ce que m'a dit Moineau, réfléchit Cal.

Il prit le livre *Étude d'anatomie comparative* et le posa sur le bureau terriblement encombré du vieux mage. Il l'ouvrit et tapa trois fois sur la troisième page, puis dix fois sur la vingtième page. Avec un grincement sourd, le bureau s'écarta, dévoilant un magnifique escalier de verre.

– Écoute, Cal, dit très vite Tara, je n'ai pas aimé ce qu'a dit la Kidikoi. Je vais t'accompagner.

– Si tu y tiens. Mais évite de me surprendre, d'accord? Je dois rester concentré. Blondin tu restes ici. Allons-y, Tara. Le Haut mage a dit qu'il fallait faire très vite une fois qu'on avait pris le livre. Il faudra que tu attrapes la pierre plate qui est dissimulée derrière le piédestal pour la poser à la place du livre. Tu es prête?

Tara leva les yeux au ciel. Elle se contenta de hocher la tête, histoire de ne pas laisser échapper la remarque mordante qui lui brûlait les lèvres. Le petit Voleur n'était plus drôle du tout quand il était en opération! Sa personnalité changeait du tout au tout. Il ne faisait plus de blagues, scrutait les ténèbres devant eux avec une vigilante attention et semblait froid et concentré. Ensemble, ils sautèrent la quatrième marche, puis la septième, disparaissant peu à peu sous les yeux angoissés de Fafnir, Robin, Manitou, Blondin et Galant.

En bas, comme prévu, ils débouchèrent dans une salle immense qui s'éclaira dès qu'ils posèrent le pied sur le sable blanc. Les runes qui couraient sur les murs noirs étaient comme autant d'avertissements éclatants. N'approchez pas, sinon…

Un piédestal sur lequel reposait le Livre interdit était encadré de six statues de serpents de feu, dont les deux premières faisaient face à l'escalier. Ils se jetèrent à plat ventre et commencèrent à ramper, surveillant attentivement les réactions des reptiles de pierre. Mais ceux-ci restèrent immobiles… comme des statues. Enfin ils purent se relever, contemplant avidement le Livre interdit. Cal fit signe à Tara qu'elle devait faire le tour du piédestal pour prendre la pierre plate et la mettre à la place du livre.

Soudain, il vacilla et recula. Le sable sous ses orteils venait de bouger. Sous leurs yeux stupéfaits, un trou s'ouvrit juste à la base du pilier de pierre supportant le livre.

Avant qu'ils n'aient le temps de réagir, un gnome bleu bondit jusqu'au Livre interdit, s'en empara d'un geste vif et replongea avec dans le trou.

Cal hurla :

– Nooooon !

Et il essaya de saisir le gnome. Tara, elle, fit le tour du pilier aussi vite qu'elle le put et attrapa la pierre plate derrière le piédestal pour la poser dessus.

Mais trop tard. Beaucoup trop tard. Le sort de défense avait été activé !

Un terrible rayon jaillit des bouches des serpents de feu et foudroya Tara et Cal.

Tara et la pierre parvinrent à résister une seconde de plus, mais la douleur fut la plus forte.

Ils poussèrent un unique cri de souffrance absolue et ce fut tout.

Au-dessus, Manitou sursauta. Galant et Blondin venaient de hurler d'une seule voix et de s'effondrer. Robin et Fafnir foncèrent dans l'escalier de verre. Le vieux mage se mit à gémir quand il entendit des cris et des bruits terribles dans le souterrain. Enfin le demi-elfe et la naine revinrent, roussis et blêmes, les corps inanimés de Tara et de Cal dans les bras.

Il y eut une étrange lueur quand ils franchirent le palier de l'escalier, puis elle disparut.

– Qu'est-ce qui s'est passé ? hurla Manitou.

– Je… je ne sais pas, balbutia Robin, des larmes coulant de ses yeux de cristal. Ils gisaient sur le sable et le livre avait disparu. Les serpents de feu étaient réveillés et ils ont tenté de nous empêcher d'approcher. Le bizarre bouclier qui protège Fafnir a dévié les sorts d'attaque et elle a ensuite détruit les statues à la hache. Puis nous les avons remontés et… oh, Manitou, je ne sens plus leur pouls ! Ils sont… ils sont *morts* !

chapitre VIII

Sort mortel

Paniqué, Manitou posa sa truffe froide contre le cou de Tara, qui n'eut aucune réaction. Fafnir prit le pouls de Cal, puis hocha la tête sombrement.

— Bon sang, murmura le labrador, je ne sens rien moi non plus. Ce n'est pas possible. Ils ont été touchés par le sort mortel placé par Chem! Il faut le contacter immédiatement!

— Ça ne servira à rien! hurla Robin, perdant totalement son calme. Ils sont *morts*! Nous ne sommes pas des *nécromants*, nous ne savons pas faire renaître les morts. Et même si nous savions, ce ne seraient plus nos amis, mais des morts vivants!

— Par mon tas d'or, rugit derrière eux une voix bien connue, mais qu'est-ce que vous faites dans mon bureau…? Manitou? C'est toi?

Maître Chem venait de faire son entrée dans le bureau et contemplait, stupéfait, l'escalier de verre, les corps de Tara, Cal, Galant et Blondin, et Robin, assommé de désespoir.

— Chem! s'exclama le chien, Demiderus soit loué, tu es de retour. Cal et Tara ont été frappés par ton sort mortifère. Ils sont morts, Chem! Comment as-tu pu mettre un charme aussi dangereux sur le Livre interdit?

Avec une agilité surprenante pour son âge apparent, Chem bondit et s'agenouilla près des deux adolescents.

— Il n'y a plus une minute à perdre, gronda-t-il. Heureusement pour ces deux jeunes imbéciles, l'alarme qui est liée à l'ouverture de l'entrée secrète du souterrain m'a prévenu de leur intrusion et je suis tout de suite revenu d'Omois. Le sort qui protège le livre est un Inanimus. Mais si les corps sont déplacés et sortent de la salle du Livre, alors il devient un sort Destructus. Je me suis inspiré du Sangrave qui avait réussi à mélanger un Rigidifus avec un Carbonus. Mais si je n'inverse pas le processus, là, c'est sûr, nous pourrons aller à leur enterrement !

Robin était bouleversé.

— Vous… vous voulez dire qu'en les déplaçant, nous les avons tués !

— Vous les avez tués, oui, mais ils ne sont pas encore perdus.

— Pas perdus ? gargouilla Robin en essuyant son visage trempé de larmes… mmm… mais ils sont…

— Morts ? Oui, absolument. Mais depuis très peu de temps. J'ai six minutes en tout pour les réanimer et quatre sont déjà passées. Après, si le cerveau n'est plus oxygéné, il sera trop tard. Passe-moi la poudre de Kalorna, là, sur l'étagère, et donne-moi aussi la bave de stridule* et un peu de racorni de gambole*.

Rapidement, il traça un pentacle autour des quatre corps avec les différentes poudres que Robin lui remit.

Fafnir, totalement perdue, tripotait sa hache sans savoir que faire, les yeux remplis d'angoisse.

— Écartez-vous, lança sèchement le vieux mage, je dois retrouver mon corps d'origine pour que ce soit plus efficace. Chalidonrainchivorachivu, dieu des dragons, rends-moi mon corps pour de bon !

Son dieu devait être à l'écoute, car rapidement les écailles bleues et argentées remplacèrent la peau humaine, les griffes monstrueuses percèrent les doigts, les épines dorsales déchirèrent la robe qui n'eut pas le temps de se résorber, et le majestueux dragon bleu se tint devant eux.

Sans perdre une seconde, il se pencha au-dessus de Tara et de

Cal et se mit à incanter, tout son corps écailleux pulsant d'une puissante lumière blanche :

– Par le Resurrectus je vous conjure ! Que le Destructus ici cesse ! Que la mort ne soit pas un mur ! Et que nos amis restent !

La lueur qui le baignait plongea sur les corps immobiles et les enveloppa dans un halo iridescent.

Soudain il y eut un mouvement.

Tara bougea, redressa péniblement la tête et ouvrit un œil vitreux sur le dragon. La pierre vivante était toujours connectée à son esprit. La dernière chose qu'elles avaient aperçue avant de perdre conscience, c'était un serpent de feu qui leur lançait un sort brûlant…

Alors évidemment, quand elles virent le dragon auréolé de lumière penché sur elles, Tara et la pierre n'hésitèrent pas une seconde. Elles conjuguèrent leurs magies en un rayon irrésistible. Le jet toucha le dragon avec une violence incroyable, le projetant contre un mur. Le château tout entier frémit sous le choc et l'éclairage de la salle vacilla un instant.

Broyé par leur foudroyante réaction, le dragon n'eut pas une chance. Sa conscience s'éteignit comme une bougie. Sa tête s'abattit mollement par terre… suivi par son corps qui en heurtant le sol provoqua un miniséisme.

– Par mes ancêtres, hurla Manitou atterré, mais qu'est-ce que tu fais !

Tara se boucha les oreilles en grimaçant.

– Aïe, Grand-père, arrête de crier ! Et… comment ça, qu'est-ce que je fais ! Le serpent de feu a lancé un sort sur nous, alors nous avons répliqué. Et qu'est-ce que vous faites dans la salle du Livre ? C'est dangereux !

– Pour ton information, nous ne sommes *plus* dans la salle du Livre, annonça Robin précautionneusement. Et je crois bien que tu viens de *tuer* Maître Chem !

Tara ouvrit de grands yeux quand elle vit la masse du dragon affalée par terre. Elle se leva, aidée par Robin. Le demi-elfe hésitait entre lui hurler après pour ce qu'elle venait de faire et lui sauter au cou tant il était content qu'elle soit vivante. Galant battit des ailes, reprenant lentement conscience, et Blondin glapit en se remettant sur ses pattes. Le sort avait rendu son apparence à Cal et au renard qui retrouvait sa fourrure rousse avec plaisir.

Cal ouvrit les yeux à son tour, encore étourdi.

— Ouuuh, ma tête ? Mais qu'est-ce qui s'est passé ?

Robin se tourna vers lui, soutenant toujours soigneusement Tara encore chancelante.

— Les serpents de feu vous ont attaqués, apparemment le livre a *disparu* ou alors vous l'avez drôlement bien caché, et Tara vient de *foudroyer* Maître Chem qui essayait de vous sauver.

— Nooooon !

— Siiiiiiii !

— Mince alors !

— Oui, comme tu dis !

— Je... je..., balbutia Tara, je croyais que c'était le *serpent de feu*. Il y avait la lumière. Je ne voulais pas ! Les gnomes, ils ont... ils ont volé le livre. Mais je n'ai pas eu le temps de mettre la pierre sur le piédestal... alors les serpents nous ont attaqués ! Je...

Un souffle puissant lui coupa soudain la parole. Le dragon venait de prendre une longue inspiration qui se transforma rapidement en... ronflement !

— Tout va bien, s'exclama Manitou, soulagé. Il est juste assommé ! Je suggère que nous le laissions se reposer et remettions nos explications avec lui à plus tard.

— Ce n'est pas un peu *lâche* ? ronchonna Fafnir, dubitative.

— Si, tout à fait, répondit suavement Manitou. Mais nous serons courageux un autre jour, hein ! Pour le moment, nous avons plein d'autres trucs à faire... du genre sauver le monde, voire l'univers...

et affronter un dragon très très en colère, ça, ce n'est pas au planning du jour.

Et du museau, il leur désigna la sortie.

Une fois dehors, ils se heurtèrent à la garde du château qui accourait pour savoir d'où venait tout ce remue-ménage. Manitou fut impérial. Il leur désigna la caverne-bureau du dragon et leur signala que *quelqu'un* avait fracturé la porte et volé quelque chose et que ledit quelqu'un avait également assommé le gros reptile au passage. Genre : « Comment-ceci-a-t-il-pu-arriver-dans-ce-château-que-*vous*-gardez ! »

Puis, avant que ne fusent les questions difficiles, il fila, avec les adolescents et Fafnir, récupérer Moineau à l'infirmerie. Celle-ci retint de justesse une exclamation de surprise quand ils lui racontèrent tout ce qui s'était passé. Elle se sentait bien mieux et put, aidée de Tara, s'habiller rapidement pour les suivre.

– Ça va, chuchota-t-elle quand Cal s'inquiéta de sa commotion. Je me suis retransformée en Bête et paf ! c'est passé instantanément. Le Chaman n'en revenait pas. Il m'a juste gardée par mesure de précaution, mais croyez-moi, je me sens en pleine forme ! Allons-y avant que mes parents ne débarquent et ne me clouent au lit pour les six prochains mois !

Leur trajet jusqu'à l'ambassade des gnomes fut silencieux. Les deux lunes d'AutreMonde, Tadix et Madix, diffusaient une lumière argentée et à part les cri-cri-cri des stridules, tout le monde dormait du sommeil du juste, excepté bien sûr les… *machins* qui vivaient la nuit.

Ils étaient sur le point d'arriver à l'ambassade quand Maître Dragosh surgit d'une ruelle, s'essuyant la bouche, l'air égaré, ses yeux rouges luisant d'un éclat sauvage. Les lunes éclairaient parfaitement la rue. Il n'eut pas le temps de dissimuler sa main : c'était bien du sang qui la maculait !

– Il y a eu… Il y a eu… un terrible accident, expliqua-t-il

d'une voix tremblante. Il faut... Il faut que je prévienne Leurs Majestés.

Puis il aperçut Tara et lui lança un regard terrible.

– Vous... Vous..., balbutia-t-il. C'est à cause de vous !

Et, avant qu'ils n'aient le temps de dire un mot, il s'enfuit en courant. Les cinq amis et Manitou se dévisagèrent, interloqués. Puis Manitou prit une grande inspiration et déclara :

– Ça pue la mort à plein nez dans cette ruelle. Attendez-moi ici, les enfants, je vais voir.

– Je ne suis pas une enfant, râla Fafnir, forte de ses deux cent cinquante ans. Je viens avec vous.

Quand ils revinrent, Fafnir avait la bouche pincée et le chien semblait prêt à tourner de l'œil.

– Il y a un type saigné comme un crouiccc* là-bas, leur indiqua calmement Fafnir. Avec deux belles marques de crocs plantés dans le cou. Je crois que notre ami le Vampyr va devoir fournir quelques explications.

– Je déteste dire ça, soupira Robin qui en demi-elfe sentait ses instincts de chasseur se réveiller dès qu'il flairait quelque chose de louche, mais nous n'avons pas le temps de nous occuper de lui pour le moment.

Tara était mal à l'aise. Allons bon, qu'est-ce que le fichu Vampyr avait encore à lui reprocher ?

– Il a bafouillé qu'il devait parler au roi et à la reine ! remarqua Cal en haussant les épaules. Laissons-les se débrouiller ensemble. Ah ! Voilà l'ambassade.

Curieusement, malgré l'heure tardive, toutes les lumières étaient allumées. Dans les jardins de l'ambassade, des gnomes juchés sur des phalènes montaient une garde attentive, tandis que les mantes patrouillaient avec minutie. Deux grosses scolopendres aux mandibules venimeuses veillaient à côté de l'entrée, aussi évitèrent-ils soigneusement tout geste brusque.

L'ambassadeur les attendait.

– Bienvenue, les accueillit-il avec urbanité. Avez-vous trouvé tout ce dont vous aviez besoin ?

– Oui, grogna Cal en se frottant le front qui lui faisait encore un peu mal. Et plus encore.

– Il s'est produit plusieurs événements justifiant une modification de notre accord, commença Manitou très diplomatiquement, et…

– Vous avez volé le Livre interdit ! asséna brutalement Fafnir pour qui le mot « diplomatie » ne signifiait pas grand-chose. Rendez-le-nous !

Manitou lui jeta un regard noir.

L'exquis ambassadeur fut d'abord surpris de cette brutale accusation, mais se reprit très vite.

– Une… *naine*. Intéressant. Je ne me souviens pas l'avoir vue avec vous lors de votre dernier passage !

– Elle fait partie des *outils* dont j'ai besoin, intervint très vite Cal. Si elle ne vient pas, nous ne venons pas, vers ou pas vers.

– Outils ? commença Fafnir, indignée, comment ça out…

Elle fut heureusement interrompue par le gnome.

– Je ne suis pas habilité à discuter de ceci, mon gouvernement *et votre ami* vous attendent à Smallcountry. Permettez-moi de vous guider jusqu'à notre porte.

Ayant ainsi subtilement rappelé qu'ils détenaient un otage, il les conduisit aux tapisseries de transfert.

Celles-ci s'illuminèrent et les mantes faisant office de gardiennes disparurent. À leur place se matérialisèrent de monstrueuses aragnes, cliquant des mandibules et dévisageant les nouveaux arrivants de leurs gros yeux ronds. Moineau et Tara frissonnèrent de dégoût et Fafnir resserra sa prise sur sa hache. L'une d'entre elles s'inclina, pliant gracieusement ses huit pattes.

– Notre gouvernement vous attend et à présent il est temps !

modula l'aragne de cette voix chaude qui avait tant surpris Tara la première fois.

Ils suivirent l'insecte géant jusqu'à une grande salle. Si la majorité des installations des gnomes étaient sous terre, à Smallcountry, les bâtiments officiels avaient été construits en surface. Au pays des gnomes vivaient aussi les lutins P'abo et les fées lilliputiennes. On murmurait même qu'au nord du pays, juste à la frontière avec Gandis, le pays des géants, vivaient d'autres fées, maléfiques celles-là, qui se nourrissaient des voyageurs suffisamment imprudents pour traverser leurs terres… Personne n'en était revenu pour confirmer ou infirmer cette légende.

La salle qu'ils traversèrent en silence était tout aussi sculptée que les souterrains. Fleurs, oiseaux, insectes, animaux fantastiquement colorés, une bonne partie de la flore et la faune d'AutreMonde semblait être représentée sur les murs. Le sol n'était pas en pierre, mais recouvert d'un doux gazon d'herbe bleue des plaines du Mentalir.

Les habitants de Smallcountry n'avaient visiblement pas toujours vécu en bonne harmonie. Des dizaines de tapisseries relataient les guerres sanglantes qui avaient forgé la surprenante alliance des trois peuples.

Des fées multicolores, commodément installées sur des gradins suspendus, trillaient des commentaires en regardant les invités avancer. Des lutins P'abo, au teint jaune citron, tout vêtus de vert, assistaient également à l'entrevue. Soudain, l'un d'entre eux glapit. Une énorme verrue poilue venait d'apparaître sur le bout de son nez. Les lutins éclatèrent de rire et il la fit disparaître d'un geste agacé en les regardant suspicieusement. L'un de ceux qui riaient le plus faillit s'étrangler quand une paire d'ailes lui poussa dans le dos et l'emporta en zigzaguant dans les airs. Ses hurlements de protestation firent redoubler les rires des petites canailles. Un troisième se retrouva brusquement affublé d'une tête de Mooouuu et se mit à braire de frayeur. Ce qui déclencha l'hilarité la plus totale.

Tara ne put s'empêcher de rire. Ainsi c'étaient là les fameux lutins farceurs !

Glul Buglul était présent, en compagnie d'une demi-douzaine d'autres gnomes, dont le teint plus pâle et la houppette presque blanche dénonçaient le grand âge.

Et juste à côté d'eux, sous la garde *attentive* de deux énormes aragnes, trônait le Livre interdit.

Cal fit la grimace et Manitou hocha la tête. Bon. Au moins les choses étaient claires.

Une aragne trottina jusqu'à un énorme gong qu'elle fit retentir d'un coup de maillet. Moineau grimaça quand le son heurta ses oreilles, mais les lutins se calmèrent immédiatement et les fées cessèrent leurs babillages.

– Ici, à cette heure, commence le Conseil, annonça clairement l'aragne, prudence et sagesse feront merveille !

En détaillant Glul Buglul qui siégeait sur un fauteuil un peu plus décoré que les autres, Tara tressaillit. À moitié dissimulée par la houppette orange, c'était bien une couronne d'or qui décorait la tête du gnome ! *Oh !* Voyons si en prenant l'initiative...

– Merci de nous recevoir si promptement *Votre Majesté* ! lança-t-elle d'une voix claire en s'inclinant devant le gnome.

Celui-ci eut un fin sourire en se voyant démasqué. Cal ouvrit de grands yeux. Allons bon, le gnome qui l'avait infecté était un roi !

– Je vois que vous avez... *récupéré* le Livre interdit, continua calmement Tara, refusant d'engager une polémique en utilisant un terme moins diplomatique.

– Oui, répondit suavement le gnome. Nous avons préféré le... mettre à l'abri. Pul Pulpul, qui l'a, disons... emprunté, nous a d'ailleurs signalé votre présence dans le caveau. Qu'avez-vous à dire à ce sujet ?

De nouveau, Tara refusa l'engagement. Elle réprima de justesse un très irrespectueux haussement d'épaules.

— Rien du tout. Il ne nous reste plus qu'à découvrir où vos femmes et vos enfants sont retenus prisonniers et à détruire le pouvoir de votre ennemi, si cela nous est possible. Puis vous donnerez l'antidote à Cal, et nous rapporterons le livre à Maître Chem, au Lancovit.

De son trône, Glul Buglul inclina légèrement le buste, rendant hommage à l'habileté de la jeune fille.

— Nous serons ravis de vous remettre le livre… et l'antidote, dit-il d'une voix soyeuse. Dès que nos femmes et nos enfants seront hors de danger. Votre… amie naine est-elle au courant de toute l'histoire ?

Le gnome bleu voulait savoir si les sortceliers avaient révélé son secret à Fafnir.

— Les points essentiels uniquement, Votre Majesté. Votre lutte contre le kidnappeur de vos familles et notre participation à cette lutte. Ainsi que les moyens que vous utilisez pour nous *obliger* à vous aider.

Le gnome haussa les épaules, nullement culpabilisé. Son peuple passait avant tout. Il inclina cependant la tête, soulagé par la discrétion de Tara. Fafnir observa la jeune sortcelière avec une soudaine curiosité. Elle sentait que son amie lui avait caché quelque chose.

— Alors, rendons-nous rapidement au palais de votre ennemi, intervint Manitou reprenant la conversation avec aisance. Avec, bien sûr, notre ami Fabrice, que je ne vois pas dans cette salle.

Tara rougit. Oups, elle avait totalement oublié que Fabrice était retenu prisonnier par les gnomes !

— Bien sûr, approuva le gnome. Il est en train de nourrir son mammouth. Il sera parmi nous dans quelques secondes. Nous avons eu un peu de mal à trouver des rouges-bananes et des clac-cacahuètes… et surtout à arracher cet animal à son repas !

Effectivement, Fabrice et Barune apparurent dans la salle et les retrouvailles furent assez… bruyantes, grâce à l'aide du mammouth qui trompeta dans tous les sens.

Fabrice faillit tomber par terre quand il apprit ce que Tara avait fait à Maître Chem. Et il regarda le Livre interdit avec une visible répugnance. Involontairement, Barune marcha sur la patte d'une des aragnes, qui fit cliqueter ses mandibules venimeuses avec indignation. Fabrice soupira. Depuis que le mammouth et lui étaient *liés*, il avait découvert que si son nouveau compagnon était absolument adorable, il était également d'une terrifiante maladresse. Rendu léger par le rétrécissement, Barune avait un mal fou à coordonner ses muscles et passait son temps à rentrer dans les gens ou les choses.

Quand c'était dans des *choses*, ça allait encore. C'étaient plutôt les *gens* qui le prenaient mal.

D'un commun accord, il fut prévu qu'un gnome accompagnerait la petite expédition en tant que guide. Malgré les protestations outrées des anciens, leur roi ne voulut rien entendre. Il ferait partie de ce raid ou ce raid ne se ferait pas. Point. Tara sourit. Le gnome était en tout point semblable à sa grand-mère : têtu. Puis elle comprit mieux la raison de son attitude lorsqu'elle apprit que la ravissante Mul Mulmul, la fiancée du roi, faisait partie des prisonnières. Même si elle n'aimait pas les moyens utilisés par le gnome, son courage lui plut. Le roi n'hésitait pas à courir des risques pour sauver l'élue de son cœur !

Moineau soupira :

– Ce que c'est romantique, quand même !

Robin se raidit :

– J'aurais fait de même !

– Pour moi ou pour Tara ? le taquina Moineau, qui avait bien remarqué que le demi-elfe avait un sérieux faible pour la jeune sortcelière.

Robin prit la couleur d'une tomate. Bien mûre.

– Pour les deux, bien sûr ! s'exclama-t-il, horriblement gêné.

Son embarras attira l'attention de Fabrice, qui se mordit la lèvre quand Tara gratifia le demi-elfe de son magnifique sourire… ce qui fit carrément virer Robin au pourpre. Heureusement pour lui, Manitou donna à ce moment le signal du départ. Bien qu'ils n'aient pas beaucoup dormi pendant la nuit, ils devaient immédiatement repartir pour Omois, où se trouvait le palais du sortcelier. Du fait du décalage entre les deux continents, à Tingapour c'était déjà le soir. Les gnomes bleus avaient espionné leur ennemi. Il devait être absent pour plusieurs heures. C'était le meilleur moment.

La Porte fut activée et les aragnes disparurent. À son arrivée à Tingapour, Cal rendossa sa fausse apparence, puis ils suivirent le gnome dans les rues de la capitale. Comme lors de sa première visite, Tara s'émerveilla de la beauté et de l'effervescence de la ville. Les palais aux toits vernissés succédaient aux maisons argentées, dorées ou pourpres. Les huit niveaux de circulation créaient un tumulte incroyable. Partout, tapis, fauteuils, lits volants croisaient pégases, Effrits, taureaux ailés, sans compter les sortceliers qui lévitaient pour rentrer chez eux. Leur petit groupe ne passa pas inaperçu. Sur leur passage, l'arc de Robin suscita beaucoup de commentaires… beaucoup plus que sa tête de métis… ce qui parut l'étonner. Les elfes saluaient le nouveau Maître de l'arc de Lillandril, les nains interpellaient Fafnir, les gnomes s'inclinaient devant leur roi… jusqu'au moment où il leur faisait signe qu'il se baladait incognito. De délicieuses odeurs faisaient frémir le nez sensible de Manitou qui devait se retenir pour ne pas croquer les rôtis, ragoûts et autres merveilles en train de cuire en plein air. Partout la magie faisait scintiller l'air. Ils cédèrent le passage à une troupe de centaures aux mines farouches dont les flancs bariolés désignaient leur clan. Des Tatris hochaient leurs deux têtes, des sirènes flottaient gracieusement dans leurs bulles d'eau et des Salterens, le redoutable peuple des sables, félins encapuchonnés de blanc, observaient les proies potentielles qu'ils allaient emmener dans leurs mines inépuisables… et mortelles. Un groupe de Chimères discutaient avec des licornes, tournant soigneusement la tête pour éviter que les flammes de leur souffle ne carbonisent leurs interlocutrices. Deux dragons, l'un vert, l'autre d'un beau rouge profond, faisaient mugir d'angoisse un troupeau de Mooouuus qui sentaient que leur avenir venait de se réduire considérablement. Tous les peuples d'AutreMonde semblaient s'être donné rendez-vous à Tingapour.

– C'est normal, expliqua Glul Buglul quand Tara s'en étonna. Le grand carnaval de la cinquième saison va bientôt commencer. Les faiseurs de masques ont énormément de travail en ce moment. Ah ! Voici la maison de Gelina. C'est de là que part le tunnel qui mène au palais du sortcelier.

Ce ne fut pas un gnome qui les accueillit, mais justement l'une des faiseuses de masques dont il avait parlé. Dans son magasin, plumes, poils, carapaces, soics, perles noires, bleues, blanches, roses, pierres et métaux précieux voisinaient avec coton, organza, mousseline, et autres tissus soyeux ou rigides. Moineau et Tara, ravies, détaillaient les masques pendus au plafond. Ils semblaient presque vivants. Tara tendait la main vers l'un d'eux quand un ordre sec l'arrêta.

– Non, n'y touchez pas !

Penaude, Tara retira sa main. Puis tressaillit. La femme qui lui faisait face était aveugle ! Ses yeux, comme ses cheveux, étaient totalement blancs. Pourtant, elle donnait l'impression de se déplacer comme si elle voyait parfaitement.

– Mes masques n'appartiennent qu'à une seule personne, expliqua Gelina avec un doux sourire, si vous touchiez celui-ci, je ne pourrais plus le vendre.

– Excusez-moi, murmura Tara, impressionnée, je ne savais pas.

– Venez, le tunnel est par ici.

Et la femme aux yeux blancs s'enfonça dans une pièce parfaitement obscure. Sa voix leur parvint :

– Voilà, c'est à cet endroit.

— Euuuuh, avança Cal, avec un peu de lumière, ce serait bien aussi!

— Oh! pardon, gloussa Gelina, j'oublie toujours. Attendez un instant, je dois avoir quelque chose dans un coin… Ah! le voici!

Une douce lueur éclaira la pièce, très encombrée. Gelina tenait un globe empli de lumière dans la main et son rayonnement ne paraissait pas davantage la gêner que l'obscurité un instant plus tôt.

Devant elle se découpait l'entrée noire d'un tunnel qui descendait en pente douce. Cal eut un sourire positivement diabolique.

— Chic, s'exclama-t-il, ça descend! On va pouvoir faire de la planche à roulettes!

Glul Buglul blêmit.

Heureusement pour lui, le tunnel n'offrait pas suffisamment de pente pour permettre à Cal d'utiliser son engin. Gelina leur souhaita bonne chance, puis leur fournit plusieurs globes de lumière. Ils marchèrent pendant une heure d'AutreMonde avant d'arriver à une sortie dissimulée par un enchevêtrement de broussailles.

— Nous sommes dans le parc du château du sortcelier, chuchota le gnome bleu. Je voudrais vous montrer le bâtiment de l'extérieur, avant que vous ne fouilliez l'intérieur.

Cal approuva de la tête sans répondre. C'était plus un palais qu'un château. Et il était tout à fait typique de l'architecture omoisienne. Tarabiscoté.

Des toits aux tuiles pourpres et dorées couvraient les différentes parties de la bâtisse. Leurs bords se relevaient légèrement et rappelèrent à Tara les palais qu'elle avait pu voir dans des reportages sur l'Asie terrienne. Les gouttières étaient sculptées d'animaux fantastiques, reproduits également dans le jardin. Les plantes animées en formes de Vrrirs* blancs claquaient d'inoffensives dents de feuilles, de furieux buissons de Brrraaas menaçaient d'une charge qui n'arrivait jamais, tirant sur leurs racines. De magnifiques massifs de fleurs agitaient leurs pétales pour attirer les pollinisateurs, qu'ils soient insectes ou fées lilliputiennes, et pour une demeure de méchant sortcelier, l'ensemble était étonnamment harmonieux. Visiblement, le fait que ce type soit un monstre de cruauté ne l'empêchait pas d'avoir bon goût.

Puis Tara attira leur attention sur un détail.

Dans les jardins patrouillaient des gardes.

Pire. Des gardes impériaux !

Moineau se pencha sur le gnome bleu :

– Pourquoi y a-t-il des gardes impériaux dans le parc ? Ils n'assurent habituellement que la sécurité de la famille impériale !

– Oh ! s'exclama le gnome, j'ai oublié de vous dire. Ce fameux sortcelier qui a kidnappé nos familles…

– Oui… Eh bien ? demanda sèchement Tara qui sentait venir les problèmes.

– C'est l'oncle de l'impératrice !

chapitre IX
Destination inconnue

L'annonce les laissa sans voix. Puis Moineau réagit :

— Le prince Bandiou, l'oncle de l'impératrice ? Celui qui lui a servi de tuteur quand sa mère est morte ? Vous plaisantez, j'espère ?

Le gnome tourna vers eux un visage grave.

— Ce fut aussi la réaction de l'impératrice quand je lui ai fait part de notre désarroi. Et je peux également imaginer que le manque de zèle des elfes-chasseurs était dû au fait qu'ils étaient littéralement paralysés par le respect. Mais ce n'est pas votre cas, n'est-ce pas ?

On sentait une terrible angoisse dans la voix du gnome. Manitou, qui n'aimait pas qu'on le manipule, répondit froidement :

— Nous sommes citoyens du Lancovit. Si nous sommes découverts en train de fouiner dans les jardins ou la demeure du prince Bandiou, nous pouvons être exécutés comme espions ! Vous vous êtes bien gardés de nous révéler ce… *détail* !

Fabrice déglutit difficilement, mais Cal souffla de dérision.

— Eh bien, y a qu'à pas se faire prendre et puis c'est tout ! Il n'y a que deux gardes à l'extérieur. Et probablement pas beaucoup plus à l'intérieur. Si je peux juger de la personnalité du prince, il ne doit pas être du genre à s'entourer de beaucoup de monde.

— Vous avez raison, confirma le gnome, trop de serviteurs pourraient découvrir quelles sont ses activités en réalité, et les révéler à l'impératrice. Et là, oncle ou pas oncle, il serait immédiatement exécuté. Il a donc compensé en utilisant la magie autant que possible. Il y a des sorts nettoyeurs, des sorts d'entretien, des sorts anti-rongeurs et anti-insectes, des sorts sur la nourriture et les boissons. Donc, à part une petite garnison de six gardes, qui travaillent par roulement, une cuisinière, deux filles de service et deux serviteurs dont l'un s'occupe surtout du jardin et de la serre aux ballorchidées* du prince, vous ne risquez pas de croiser grand-monde. De plus, à force de fouiner partout, nous avons réussi à voler des doubles d'accréditation et à les falsifier. Ce qui signifie que vous serez «vus» par les sorts comme de simples serviteurs vaquant à leurs occupations.

– Mmmmh, je comprends. Bien, j'ai une assez bonne idée de l'aspect général du palais. Allons-y, lança Cal.

Pendant qu'ils discutaient, Tara réfléchissait intensément. Il y avait quelque chose qui clochait mais elle n'arrivait pas à mettre le doigt dessus.

Une fois les laissez-passer accrochés à leurs vêtements, poils ou plumes, ils rebroussèrent chemin jusqu'au dernier embranchement du tunnel, celui qui conduisait dans la maison même. Il débouchait dans l'une des caves du palais, où ils purent préparer discrètement leurs investigations. Cal possédait un cristal très pratique. Il matérialisait en trois dimensions les plans du bâtiment dans lequel il se trouvait. Et pouvait également indiquer la position de tous les êtres vivants dans un rayon de cent mètres, colorant de bleu leur petit groupe et de jaune celui des serviteurs et des gardes. Du coup, il leur fut facile de localiser les déplacements des uns et des autres… et surtout de les éviter ! Cal étant le seul en mesure de détecter la porte cachée, ils ne purent se répartir la tâche et se contentèrent de le suivre sagement. Dès que la voie était libre, le Voleur se précipitait dans une pièce pendant que les autres faisaient le guet dehors. Il mesurait, touchait, regardait, touchait, sentait, puis ressortait aussi vite. Il se faisait tard, et les serviteurs finirent par se coucher, tandis que les gardes se contentaient de patrouiller mollement à l'extérieur de la bâtisse. Robin manifesta son mécontentement.

– Ce n'est vraiment pas une façon de garder un endroit, bougonna-t-il. Il faut des soldats en binômes dehors et dedans, avec des horaires irréguliers afin de déconcerter un éventuel assaillant, et une communication constante entre les équipes !

– Oui, eh bien si ça ne t'ennuie pas, chuchota Moineau, moi je suis bien contente que ces gardes soient incompétents. En fait, s'ils pouvaient être endormis, je serais encore plus contente, là, tu vois !

– Eh bien moi, intervint Cal qui venait de déplacer une demi-tonne de poussière dans la bibliothèque, ce que j'aimerais, c'est que quelqu'un me dise comment arriver à cette fichue porte. Parce que c'est la vingtième salle que je fais, et j'ai la lugubre impression que les gnomes ont raison. Elle ne se trouve pas ici !

Soudain Tara se figea.

– Qu'est-ce que tu viens de dire, Cal ?

– Que la porte n'est pas ici ?

– Non non, pas ça, *avant.*

Cal la regarda avec sollicitude.

– Bon, qu'est-ce qui t'a échappé dans la phrase «ce que j'aimerais, c'est que quelqu'un me dise comment arriver à cette fichue porte, c'est la vingtième salle que…»

– Ouiiiii, l'interrompit Tara en retenant de justesse un hurlement de triomphe, c'est ça ! Mais nous avons *quelqu'un* qui peut nous dire comment parvenir à cette fichue porte ! Quelqu'un qui peut nous *montrer* le chemin !

Devant le regard incrédule et un peu méfiant de ses amis et du roi des gnomes, elle s'inclina et, avec une belle révérence, plongea la main dans sa robe de sortcelière et en ressortit… la carte magique !

– Ah! Eh bien ce n'est pas trop tôt, bougonna la carte quand Tara la déplia. Je commençais à sentir le moisi, moi, au fond de cette poche. Bon, vous voulez aller où, cette fois-ci?

– Bonjour carte, fit aimablement Tara en croisant les doigts. J'aimerais te demander quelque chose, mais j'ignore si tu en es capable.

– Comment ça, *si* j'en suis capable? s'indigna la carte. En voilà une remarque déplacée! Dis-moi où tu veux aller et je t'indiquerai le chemin en moins de temps qu'il n'en faut pour dire «C'est ici».

– Oh, alors c'est parfait. Nous sommes dans un palais. Il y a des Portes de transfert dans tous les palais. Nous aimerions savoir si tu peux en localiser une seconde?

– La seule porte dans ce palais est celle qui se trouve au troisième étage! répondit la carte d'une voix dédaigneuse.

Tara attrapa sa mèche blanche et la mordilla sauvagement. Bon, ce n'était pas la réponse qu'elle espérait. Alors si la seconde porte n'était pas *dans* le palais…

– Montre-moi le chemin qui mène à la porte qui n'est pas dans ce palais, mais à proximité, reprit-elle.

– Pffff, répondit la carte, quel *challenge*! Vous auriez pu demander plus compliqué. C'est ici!

Et sur le parchemin se dessina soudain le palais, les gardes patrouillant dehors, leur petit groupe et un chemin en pointillé, traversant le parc, ponctué par une grosse croix bleue désignant… la serre aux ballorchidées!

Fabrice, qui comme les autres avait retenu sa respiration, entoura les épaules de Tara et lui posa un baiser bruyant sur la joue.

– Bravo! s'exclama-t-il pendant qu'elle rougissait, tu es géniale!

Puis il fit un petit sourire narquois à Robin qui le foudroyait du regard.

Et paf! Un point partout.

Comme les fleurs tropicales sur Terre, les ballorchidées avaient besoin d'humidité et de chaleur. Mais les températures sévissant parfois à Tingapour et la sécheresse qui pouvait frapper malgré les sorts des mages météorologues ne convenaient pas à la fleur délicate. Le prince avait donc fait construire une serre pour abriter sa passion. Une hydrométrie constante, une parfaite température avaient produit des explosions de couleurs et de formes. Les pétales charnus luisaient dans l'obscurité, pointant hors des grosses boules vertes et jaunes qui avaient donné leur nom aux ballorchidées. Les fleurs tombaient du plafond en lourdes grappes, roses, bleues, noires, rouges, exposant leurs formes voluptueuses. L'air était si chargé de senteurs et de pollen qu'ils avaient du mal à respirer.

La serre était immense, comme la plupart des constructions à Omois, et ils mirent une bonne heure avant d'en faire le tour. Mais ils ne trouvèrent nulle part de tapisserie de transfert.

Fafnir, qui, comme tous les nains, n'était pas spécialement patiente, sauf quand il s'agissait de forger, commençait à montrer des signes d'agacement.

— Il n'y a rien dans cette fichue serre, grommela-t-elle. Il y fait chaud, humide et il n'y a que de stupides fleurs qui pendouillent partout.

Robin, qui n'avait pas encore digéré le baiser de Fabrice à Tara, observait les alentours très attentivement, utilisant ses sens de demi-elfe pour détecter l'invisible. Soudain, il eut un fin sourire. Le sortcelier était un homme malin, très malin, oui, mais pas autant qu'un elfe, fût-il à moitié humain. Il émit un raclement de gorge sonore, attirant l'attention de ses amis.

— Je crois que j'ai trouvé! annonça-t-il en affichant un air modeste.

Glul Buglul tourna vers lui un visage plein d'espoir.

— Vous avez trouvé la porte? demanda-t-il avidement.

— Oui, elle est juste autour de nous.

– Comment ça, autour de nous, qu'est-ce que tu racontes! râla Cal qui était tout de même censé être l'expert.

– Vous voyez ces fleurs? désigna Robin.

– Ben, qu'est-ce qu'elles ont, ces fleurs? demanda Fabrice en plissant les yeux.

– Regardez les motifs qu'elles forment.

– Par mes ancêtres, s'exclama Manitou, mais tu as raison. Je vois les licornes et les gnomes, les géants et les sortceliers!

Moineau et Tara, ravies, lui déposèrent chacune un baiser sur la joue, ce qui fit grommeler Fabrice. Zut, deux points pour le demi-elfe!

Effectivement, tout autour d'eux, les orchidées formaient la trame de la Porte de transfert, comme un Arcimboldo géant, ce peintre du XVIᵉ siècle terrien, qui composait des personnages à l'aide de fruits et de fleurs ou d'objet divers. Là, une liane formait la tête d'une licorne, ici, une fleur représentait le corps d'un sortce-lier, et le tout reproduisait fidèlement les cinq tapisseries!

Sheeba feula, puis recula et sortit d'un buisson avec un objet dans la gueule.

– Le sceptre de transport! cria Moineau. Sheeba, tu es la meilleure!

La panthère accueillit leur joie et leurs caresses avec dignité. Fafnir plaça le sceptre sur son image végétale, la serre s'illumina... et là ils eurent un gros problème.

– Qu'est-ce que je dis? demanda Fafnir.

– Comment ça, qu'est-ce que tu dis? répéta Cal, un brin agressif de n'avoir pas découvert la porte tout seul.

– Oui. *Où* voulez-vous que nous allions?! Ceci est une Porte de transfert. Elle peut nous mener partout où il y a d'autres Portes de transfert... donc, la question est... quelle destination dois-je indiquer?

– Bon sang, murmura Manitou, alors là, je n'en ai aucune idée.

– Ah ? fit la naine. Bon, alors essayons ça. « Endroits où sont emprisonnés les gnomes ! » cria-t-elle.

Cal ricana.

– Ça ne marchera jam...

La puissante lumière les saisit et ils se retrouvèrent... ailleurs. Dans un ailleurs qui parut singulièrement familier à Tara et à Fabrice. Et le visage stupéfait qui apparut à leurs yeux leur arracha un cri.

– Papa ?

– Comte ?

Devant eux se tenait le comte de Besois-Giron, un arrosoir dans une main et un sécateur dans l'autre.

– Fabrice ? Tara ? Mais qu'est-ce que vous faites dans ma *roseraie* ? demanda le comte de Besois-Giron. Vous êtes rentrés d'AutreMonde ? Où vous êtes allés sans ma permission d'ailleurs !

Fabrice, qui sentait poindre une monstrueuse migraine... et une monstrueuse punition, se sentit très mal tout à coup.

Manitou, voyant les impressionnants sourcils du comte se froncer et Fabrice se liquéfier, s'empressa d'intervenir.

– Nous sommes en mission *secrète*, dit-il très vite. Nous ne pouvons vous donner d'explication, mais dès que ce sera terminé, vous saurez tout. En attendant, nous avons besoin de votre collaboration.

Puis il attendit, l'air aussi sûr de lui que possible, compte tenu du fait qu'il mesurait soixante centimètres de haut et était un *chien*. Cependant, le comte était trop respectueux des Hauts mages pour discuter quand l'un d'eux requérait son aide. Aussi s'inclina-t-il devant le labrador noir.

– Bien, Haut mage Manitou. Mon aide vous est acquise... en attendant cette fameuse *explication*.

– Merci Gardien, j'ai donc une question pour vous. Le prince Bandiou vous rend-il visite de temps en temps ?

– Oui, sourit le Gardien, c'est un homme exquis qui a des techniques extrêmes efficaces pour les boutures. Il a d'ailleurs l'une des plus belles collections de ballorchidées d'AutreMonde. Il vient souvent observer mes roses et grâce à lui j'ai obtenu des résultats inespérés.

— Je comprends. Et a-t-il l'habitude de fréquenter d'autres endroits lors de ses visites ? s'enquit Manitou, d'un air détaché.

— C'est également un fervent pêcheur, répondit le comte. Il va souvent jeter sa ligne dans la rivière près du ponton. Il trouve nos poissons moins… *agressifs* que ceux d'AutreMonde.

Les sept amis échangèrent un regard. Une rivière ? Qu'est-ce qu'une rivière venait faire dans l'histoire ?

— Très bien, allons donc nous aussi jeter un coup d'œil à ces poissons ! À tout à l'heure, Gardien, grogna Manitou. Nous te suivons, Fabrice.

Sous le regard soupçonneux du comte, ils sortirent de la roseraie. Fabrice soupira.

— Je pense que je vais passer le prochain *siècle* enfermé dans ma chambre !

— J'expliquerai à ton père ce qui s'est passé, répondit Manitou. Ce que nous faisons est important et il sera très fier de toi si nous réussissons.

— Mmmouais, le fait qu'il soit fier ne l'empêchera pas de me punir parce que j'ai désobéi !

— Tu n'as pas désobéi, remarqua Cal, il ne t'avait pas *spécifiquement* interdit d'aller sur AutreMonde !

Visiblement, ça ne consola pas Fabrice, et ils continuèrent en silence. Barune, très étonné par la couleur plutôt monochrome de la végétation terrienne, essayait de goûter à tout, jusqu'au moment où il enfourna une belle touffe d'ortie. Ils durent le soigner avec un Reparus car le mammouth avait la langue pleine de cloques. Dès lors, il évita de toucher quoi que ce soit, cognant dans les talons de Fabrice tant il le suivait de près.

Fabrice soupira de nouveau. Entre son père trop sévère et son Familier trop affectueux, les prochains mois risquaient d'être animés ! Et il éprouvait une certaine appréhension à l'idée de l'inévitable confrontation entre ces deux derniers.

– Voilà, désigna-t-il, le ponton est ici.

Effectivement, se détachant sur le bleu de la rivière, un grand ponton brun surplombait l'eau. Fabrice et Tara avaient passé ici de bons moments à se jeter dans l'onde froide qui leur arrachait des cris. Maintenant, sous le chaud soleil de l'après-midi, alors qu'ils venaient de quitter Tingapour endormie, ils avaient du mal à faire coller l'image du monstrueux sortcelier avec le paisible paysage.

– Vous voyez des gnomes quelque part, vous ? demanda Cal, sarcastique.

Ils se mirent à ratisser les alentours au peigne fin, mais ne trouvèrent aucune entrée cachée, aucun cachot dissimulé.

Découragé, Glul Buglul tomba à genoux. Des larmes bleues lui perlaient aux yeux.

– Ma douce fiancée, ma tendre Mul, je ne te reverrai jamais !

Manitou pencha la tête et se mit alors à renifler attentivement. Il parcourut le ponton, de long en large.

– Je… snif… je sens… snif, snif… je sens qu'il est venu ici, oui, c'est certain. Son odeur est forte. Mais il n'est pas resté très longtemps.

Robin, s'aidant de ses yeux d'elfe, fixait la rivière.

– Je n'en jurerais pas, mais il me semble qu'il y a *quelque chose* au fond de l'eau.

Ils se rassemblèrent autour de lui, s'efforçant de percer l'onde profonde.

– Oui, confirma Moineau, je vois quelque chose moi aussi.

– Bon, fit Cal en soupirant. C'est moi le Voleur, alors c'est moi qui m'y colle. C'est dommage, nous avions déjà une naine, et un gnome, ne manquait qu'une sirène et nous étions au complet ! Heureusement que je peux respirer sous l'eau !

Stupéfaite, Tara le dévisagea.

– Mais… tu peux respirer sous l'eau?

– Utiliser la magie dans un environnement qu'on ne connaît pas est dangereux, répondit doctement Cal en ôtant sa robe de sortcelier et en exhibant un caleçon couleur camouflage et le tee-shirt assorti. Au mieux, ça avertit la future victime qu'on est en train de la cambrioler et au pire ça active des défenses souvent… désagréablement mortelles. Alors tu vois, j'évite. Et non, ne me regarde pas comme s'il allait me pousser des ouïes, j'ai tout simplement gardé l'oxyradieur que m'a donné le roi Glul. Je me suis dit que ça pourrait toujours m'être utile.

– Je viens avec vous, intervint le gnome. Je peux respirer sans problème sous l'eau. Et je ne laisserai à personne d'autre le soin de délivrer *mon* peuple.

– Allons bon, grommela Manitou, voilà qu'il nous développe le syndrome du héros! Ben on est mal partis!

– Au fait Cal, à propos de héros…, susurra Moineau en joignant les mains d'un air éperdu d'admiration.

– Oui? répondit Cal en bombant le torse.

– Tes sous-vêtements camouflage, c'est pour quand tu attaques ton nounours dans ta chambre?

Cal lui fit une grimace. Tara et Moineau éclatèrent de rire. Par solidarité, Fabrice et Robin maîtrisèrent virilement leur amusement, mais leurs yeux pétillants montraient qu'ils n'en pensaient pas moins. Cal leva les yeux au ciel puis se colla l'oxyradieur sur le visage, grimaçant un peu quand le petit animal commença à se nourrir.

– Nous partons juste en reconnaissance, expliqua-t-il d'une voix un peu étouffée. À tout de suite!

Il plongea, suivi par Glul Buglul qui, du fait d'une densité supérieure, se mit immédiatement à couler. Leurs deux silhouettes s'enfoncèrent peu à peu.

Cal n'avait pas de mal à nager. Jetant un regard vers le haut, il aperçut ses amis qui l'observaient anxieusement. Il agita la main, puis se concentra sur sa descente. Heureusement, il y avait peu de fond à cet endroit, juste quelques mètres. Glul Buglul lui adressa de grands signes excités. Il avait repéré un grand rectangle se découpant dans le fond de la rivière, un rectangle bien trop régulier pour être le fait de la nature. En se rapprochant, Cal constata que la forme était celle… d'une porte! Ils avaient trouvé! Il fit signe au gnome de remonter, mais celui ci refusa, préférant rester au fond. Il ouvrait une bouche gigantesque pour absorber l'oxygène de l'eau et semblait tout à fait à son aise. Cal allait remonter, quand il sentit un faible courant exercer une pression contre son masque et le décaler légèrement. Un peu surpris, il le repositionna, mais le courant le décala de nouveau, la pression se faisant plus forte. Cal fronça les sourcils et se plaqua l'oxyradieur contre le visage.

Alors l'eau se déchaîna. Surgis de nulle part, des tentacules d'eau presque solide s'attaquèrent à son masque, tentant de le lui arracher. Glul Buglul se mit à nager vers lui pour le secourir, quand les tentacules s'enroulèrent autour de son cou et se mirent à serrer. Glul se débattit et Cal hurla de terreur dans son masque. Quelque chose essayait de les tuer!

Au-dessus d'eux, Tara scrutait l'eau avec Robin, Fabrice et Moineau. Ils comprirent très vite que quelque chose n'était pas normal.

L'eau était devenue comme *vivante* et s'acharnait sur les deux plongeurs.

Tara n'avait pas le temps d'incanter. Elle décida de faire court.

— Ramène mes amis, ici! ordonna-t-elle à son pouvoir en tendant les mains vers Cal et Glul.

Le sort fusa, mais l'eau scintilla et absorba la magie. Moineau essaya à son tour avec l'aide de Robin, mais ce fut tout aussi inutile.

Soudain, il y eut un gros *plouf*. Fafnir venait de sauter à l'eau et, hache à la main, se portait au secours de Cal et de Glul. Malheureusement, le fer ne pouvait rien contre l'eau qui ne se laissait trancher que pour mieux revenir à l'attaque. Malgré tous leurs efforts, leurs amis étaient en train de se noyer !

La façon dont l'eau se comportait rappelait quelque chose à Tara. Soudain, ça lui revint. La dernière fois qu'elle avait vu un élément normalement inerte prendre vie... c'était un Élémentaire de Feu ! Celui qui avait failli dévorer le manoir de sa grand-mère. Alors celui-ci devait être...

– Par l'Elementus, je te vois ! Devant moi, révèle-toi ! hurla-t-elle.

Immédiatement l'eau se regroupa en un immense Élémentaire d'Eau. Son corps scintillait sous le soleil, des algues d'eau douce lui faisaient une ondoyante chevelure verte et il mesurait bien quatre mètres de haut. De chaque côté de l'Élémentaire, la rivière s'immobilisa, à la grande surprise de tout un groupe de truites qui se cognèrent la tête sur une barrière invisible.

– Ça par exemple ! tonna l'Élémentaire. Une petite sortcelière ! Que puis-je pour toi, ma mignonne ?

– Bonjour monsieur l'Élémentaire d'Eau, s'inclina poliment Tara, pas du tout déstabilisée de discuter avec un machin composé uniquement de H2O. Pourriez-vous éviter de noyer mes amis, s'il vous plaît ?

– Ah, glouglouta l'Élémentaire avec une note de regret, malheureusement, j'ai promis de garder cette portion de la rivière en échange d'un bel orage qui m'a nourri et fait grandir. Et noyer les intrus fait partie du pacte. Désolé.

– Attendez ! cria Tara alors que l'Élémentaire commençait à se dissocier, menaçant Cal, Fafnir et Glul qui hoquetaient misérablement au fond du lit asséché. Nous ne vous voulons pas de mal, aidez-nous au lieu de nous combattre !

L'Élémentaire eut un énorme soupir.

– Je suis désolé, un pacte est un pacte. Si nous, les Élémentaires d'Eau, de Vent, de Feu et de Terre, ne respectons pas notre parole, personne ne fera plus appel à nous.

— Mais si je vous prouve que ma force est supérieure à la vôtre, accepterez-vous de nous laisser passer?

— Petite, sourit l'Élémentaire, que peux-tu faire contre moi, qui suis bien plus puissant que toi?

— Là n'est pas la question. Voici le pacte que je vous propose. Si je vous vaincs, vous nous laissez passer et vous retenez la rivière le temps que nous délivrions les *prisonniers* du sortcelier. Si vous gagnez, je m'engage à vous créer un bel orage qui vous fera déborder!

— Ehhhh! protesta Fabrice, ce sont les terres de mon père, ici! Doucement avec tes «abréviation de professionnel; service liturgique; mon tout étant un engagement»!

— Tais-toi, Fabrice! dirent Moineau et Tara en même temps.

— Des *prisonniers*? (L'Élémentaire fronça ses énormes sourcils d'écume.) *Il* n'a pas parlé de prisonniers. Je dois juste empêcher les intrus de plonger ici, et s'ils insistent, les noyer, c'est tout!

Glul reprit sa respiration, que les tentacules avaient un peu coupée, et cria, du fond de la rivière:

— Je suis le roi des gnomes, Glul Buglul, Compensateur de la Cour impériale d'Omois et représentant des Diseurs de Vérité. Le sortcelier avec qui vous avez passé votre pacte a enlevé mon peuple. Je suis ici pour le délivrer!

L'Élémentaire parut réfléchir, puis haussa ses épaules ondoyantes.

— Alors j'accepte le nouveau pacte. Mon pouvoir contre celui de la petite sortcelière. Mais si tu tentes la moindre vilenie, je te noie sans pitié. Est-ce clair?

— Comme de l'eau de roche, répondit Tara.

L'Élémentaire sourit, ses dents d'eau solidifiée luisant comme des épées de diamants dans son immense bouche. Puis il s'écarta pour permettre à ses trois victimes de remonter sur la rive.

Cal lui jeta un regard noir, recracha une dernière gorgée d'eau et se mit péniblement debout sur le sol glissant, s'appuyant sur Fafnir. La naine attrapa le gnome par le col, et hissa tout le monde sur le ponton.

Prudents, ils se reculèrent et le duel commença.

L'Élémentaire gonfla ses joues et lança une véritable trombe d'eau sur Tara. Celle-ci avait prévu le coup et une puissante muraille apparut, qui dévia le jet aisément.

La muraille disparut et Tara lança à son tour un jet de feu brûlant que l'Élémentaire évita en creusant un trou dans son corps. Le jet de feu le traversa sans mal.

Premier set. Zéro partout.

L'Élémentaire créa une vague gigantesque, véritable tsunami capable de passer au-dessus de n'importe quelle muraille. Tara riposta en créant un entonnoir géant qui renvoya la vague à l'Élémentaire. Celui-ci n'eut pas le temps de réagir et vacilla puis tomba, frappé par sa propre création. Quand il se releva, ils purent voir qu'il était vexé et pas content du tout.

D'un geste, il fit surgir un marteau géant qui s'abattit sur Tara. La jeune fille ne broncha pas, à la grande angoisse de ses amis. Le marteau se disloqua en touchant la bulle de protection impénétrable qu'elle avait improvisée.

La jeune fille réfléchissait furieusement. Le premier jet de feu qu'elle avait lancé n'était pas suffisant. Mais si…

Sans laisser à son adversaire le temps de réagir, son talent fit apparaître une loupe géante qui se braqua sur l'Élémentaire, focalisant les rayons du soleil. Surpris, l'Élémentaire commença à se vaporiser sous la chaleur brûlante. Il se reprit en divisant son corps pour éviter le rayon. Mais à ce moment même, de chacune des mains de Tara jaillit un rayon glacé; rayons qui figèrent l'Élémentaire sous les rayons du soleil! Il était prisonnier! Le soleil concentré par la loupe était si puissant qu'il se sublimait, passant directement de l'état solide à l'état gazeux sans passer par l'étape liquide! Dans ces conditions, il lui était devenu impossible d'attaquer Tara.

D'un geste, la jeune fille interrompit l'action de la loupe, sans la faire disparaître. La sublimation cessa un instant, le temps pour l'Élémentaire de fondre un peu et de retrouver un visage et une bouche.

— T'avoues-tu vaincu? demanda sévèrement Tara, tutoyant l'Élémentaire.

— Oui, oui, arrête cette torture!

— Acceptes-tu de nous laisser passer désormais?

— Oui, oui, libère-moi! Je le jure par le Grand Élémentaire des quatre Éléments. Que mon esprit retourne à l'Océan si je mens!

Du regard, Tara interrogea Manitou, qui inclina la tête affirmativement. Oui, la formule était correcte. Elle fit disparaître la loupe géante et dégela l'Élémentaire. Celui-ci s'était évaporé de moitié et était nettement plus docile.

— Aïe, aïe, aïe, se lamenta-t-il, me voilà revenu à mon poids initial. Je n'aurais jamais dû accepter ce pacte!

— Bien, sourit Cal, très satisfait. Allons ouvrir cette porte au fond de la rivière.

Fafnir, méfiante, surveilla l'Élémentaire tandis qu'ils descendaient les berges glissantes. Le sortcelier n'avait visiblement pas imaginé que quelqu'un le retrouverait et encore moins qu'il accéderait à l'entrée, car Cal n'eut aucun mal à localiser la serrure. Ce n'était pas une fermeture magique. Il suffit au petit Voleur d'utiliser ses outils et de la crocheter comme une banale serrure terrienne. La porte coulissa sur une protestation de gonds rouillés, et ils se retrouvèrent dans un sas qui achevait de se vider. Une seconde porte leur faisait face, qui s'ouvrit très obligeamment sous les doigts agiles de Cal.

L'ouverture donnait sur une série de cachots dans lesquels se trouvait le peuple du roi Buglul. Avec un cri de joie, celui-ci se précipita. Au moment où il toucha les barreaux, il y eut un grand éclair et il fut projeté, inconscient, contre le mur opposé.

Une jolie gnome bleue cria :

— Ne touchez pas aux barreaux, ils sont protégés ! Glul ! Glul ! Réponds-moi !

— Ça va ! l'informa Robin, il n'a rien ! Il est juste assommé et un peu brûlé. Je m'en occupe.

— Il faut faire vite, intervint Moineau avec inquiétude, le sortcelier peut revenir d'un moment à l'autre ! Laissez-moi essayer quelque chose.

Elle se transforma, et la Bête apparut. Fermement, elle empoigna les barreaux, résistant de son mieux à la douleur. Mais celle-ci fut plus forte et elle dut les lâcher avec un sifflement de souffrance. Quand elle ouvrit ses pattes, ils purent voir que les barreaux les avaient profondément brûlées. Tara lança immédiatement une incantation :

— Par le Reparus que cette plaie disparaisse et que la douleur cesse ! La brûlure se résorba.

— Jeter un sort ne servira à rien non plus, expliqua la jolie gnome bleue. Bandiou a protégé toute la prison contre la magie.

— Bon, souffla la naine, pas de maudite magie, hein ? Alors laissez la place aux professionnels !

Dédaignant les murs, elle se colla contre le sol, s'infiltrant entre les pierres sans déclencher le sort protecteur. En quelques secondes, elle avait disparu.

Elle réapparut dans la cellule, émergeant au milieu des gnomes, stupéfaits. Cal ouvrait de grands yeux, furieux contre lui-même de ne pas y avoir pensé. Évidemment, le sort protégeant le sol était différent ! Sinon les gnomes n'auraient pas pu se tenir dessus. Confiant en ses défenses, le sortcelier avait juste lancé un sort qui avait durci les pierres au point d'empêcher les gnomes de les dévorer… mais ne pouvait rien contre une naine !

— Allons-y les gnomes, ordonna celle-ci, on s'accroche à moi et surtout on ne me lâche pas! En me touchant, vous allez vous infiltrer dans la pierre en même temps que moi. Mais si vous me lâchez, alors vous mourrez instantanément et votre corps restera coincé pour l'éternité. C'est compris?

Les gnomes avaient parfaitement saisi. Elles resserrèrent leur étreinte sur la naine avec une certaine angoisse et soupirèrent de soulagement quand elles furent de l'autre côté.

Il ne fallut à Fafnir que quelques minutes pour vider le premier cachot. En une demi-heure, ils avaient libéré les deux cent trente-trois gnomes prisonnières et leurs enfants. Elles s'empressèrent autour de leur roi, qui louchait encore un peu après le choc, mais était ravi d'avoir retrouvé son peuple. La jolie gnome bleue se lovait amoureusement contre lui et ils en déduisirent qu'elle devait être Mul, sa fiancée.

— Sortons d'ici! ordonna Manitou, nous nous réjouirons quand nous serons hors d'atteinte de ce sinistre individu.

À la queue leu leu, tous suivirent le chien et se retrouvèrent à l'air libre. Très étonné, l'Élémentaire les regarda émerger du lit de la rivière.

— Par l'Eau qui me vit naître, souffla-t-il, suffoqué, mais d'où viennent tous ces gens?

— Je vous l'avais dit, expliqua fièrement Glul, mon peuple était prisonnier de ce monstrueux sortcelier! Et vous en étiez le Gardien!

L'Élémentaire fronça ses sourcils d'écume.

— Ah mais, ça ne va pas du tout! Je dénoncerai ceci. Il n'est pas permis aux sortceliers d'utiliser les nôtres pour ce genre d'infamie!

L'Élémentaire paraissait sincèrement furieux et Glul lui demanda de venir témoigner devant l'impératrice, ce qu'il accepta volontiers. Bien que ne pouvant être lu par les Diseurs (comme tout Élementaire), il pouvait déposer contre le prince Bandiou. Il retourna à la rivière qui reprit son cours paisible, promettant de les rejoindre sur AutreMonde au premier appel.

Très vite, ils s'acheminèrent vers la Porte de transfert, non pas celle, secrète, de Bandiou, mais l'officielle. Ils passaient devant la roseraie quand soudain ils entendirent un rugissement de fureur.

Devant eux se tenaient le comte de Besois-Giron et un petit homme rabougri, voûté par les ans. Un mince cercle d'or maintenait ses longs cheveux gris soigneusement assemblés en une tresse compliquée reposant sur son épaule droite. Il était vêtu d'une élégante robe blanche sur laquelle le paon pourpre aux cent yeux d'or déployait une interminable roue, parfaitement assortie à ses sandales blanc et bordeaux.

— Par tous les Démons des Limbes, éructa-t-il, ses mains irradiant brusquement une dangereuse lumière violette. Comment avez-vous fait pour vous libérer, vermine !

Stupéfait, le comte ouvrit la bouche, mais Glul Buglul s'avança fièrement, dédaignant le danger.

— Nous ne vous craignons pas, prince Bandiou. Plus jamais nous ne vous obéirons ! Nos amis ont la puissance nécessaire pour nous protéger. À présent, craignez le courroux de la puissante Tara'tylanhnem Duncan !

— La puissante *qui* ? murmura Tara, mais qu'est-ce qu'il raconte ! Il est fou !

Le regard noir que Fabrice jeta vers le gnome confirma à Tara que son ami était d'accord avec elle.

— Vous n'êtes pas Magister ! lança-t-elle au sortcelier, mettant le doigt sur ce qui la gênait depuis le début. Vous n'en avez ni la taille ni la façon d'agir.

— Et toi, tu es la petite sortcelière qui a réussi à lui résister, ricana le prince. La tête qu'il faisait ! J'ai bien cru qu'il allait en crever de rage ! C'était à mourir de rire ! D'ailleurs, à propos de mourir, je suis désolé de lui rendre ce service, mais c'est le moment pour vous !

Et d'un geste fulgurant, il lança un Destructus sur eux.

Tara et la pierre vivante étaient prêtes. Elles formèrent un bouclier, déviant brutalement le sort qui rebondit et pulvérisa… la verrière de la roseraie.

Le comte poussa un hurlement de protestation, puis réalisant soudain qu'il se trouvait au milieu d'un duel de sortceliers, plongea à l'abri de la margelle du puits.

Le sortcelier brailla de rage et, tout en maintenant la pression sur le bouclier, leva l'une de ses mains au-dessus de sa tête.

Une puissante lueur se mit à pulser au fond du puits, et soudain un objet en surgit, auréolé d'une sorte de lumière noire. C'était une hideuse statue représentant un Démon qui aurait vu trop de films de science-fiction sur les mutations contre nature, un monstrueux mélange de hyène, de poulpe et de murène. Ils frissonnèrent juste en le regardant.

– L'artefact, murmura Glul Buglul, le centre de son pouvoir ! Il faut le détruire !

– Je m'en charge, chuchota Fafnir, calant sa hache. Tara essaie de distraire son attention.

Tara avait beaucoup de mal à maintenir le bouclier pour protéger tout le monde. Elle se contenta de hocher la tête, puisant au plus profond de son pouvoir pour résister.

Voyant qu'elle peinait, Glul Buglul hurla.

– Gnomes, en terre, creusez, fuyez !

En quelques secondes, les gnomes s'enfouirent, soulageant Tara qui put réduire son effort… au grand déplaisir du sortcelier, qui voyait ses proies s'échapper.

Soudain, il vacilla. Un énorme trou venait de se créer sous ses pieds, le déséquilibrant. Des dizaines de gnomes surgirent, s'agrippant à ses vêtements.

Il essaya de s'en débarrasser, grimaçant dès qu'il sentait sur sa peau le contact des petites créatures, mais pour autant sans cesser d'attaquer Tara. Celle-ci eut une fulgurante inspiration. Il fallait le déstabiliser !

– Vomissez, hurla-t-elle aux gnomes, vomissez de la terre sur lui, vite !

Les gnomes obéirent. Avec un bel ensemble, elles rejetèrent ce qu'elles venaient d'absorber pour creuser. Le sortcelier fut submergé par une tornade de boue visqueuse et de pierres qui le fit hurler d'indignation. Son attaque cessa. Vive comme l'éclair, Tara dissipa son bouclier protecteur et Fafnir fonça. En quelques pas, elle fut sur l'artefact et brandit sa hache. Le sortcelier leva la tête au moment où Fafnir abattait son arme et son cri se confondit avec le *chtonk* du fer heurtant la statue.

À la grande surprise de la naine, l'artefact ne se brisa pas. Elle eut l'impression de heurter une enclume d'acier et les vibrations la secouèrent de haut en bas. Puis la lumière noire remonta le long de la hache, engloba sa main… et la recouvrit tout entière en quelques secondes ! Alors qu'elle disparaissait sous les yeux angoissés de ses amis, devant les éclairs que lançaient les doigts du sortcelier, les gnomes durent lâcher prise, et ils se réfugièrent sous terre.

Tara en profita. Elle attaqua brutalement, lançant un Pocus paralysant sur Bandiou. Mais la lumière noire plongea en avant et son sort étincelant fut stoppé et dissipé.

Le visage maculé de boue du sortcelier jaillit alors du nuage noir. Il jubilait.

– Toi et tes amis ne faites pas le poids devant ma *puissance*. Rendez-vous ou mourez !

Cal répondit par un geste. Et si son geste manquait d'élégance, sa signification était la même sur tous les mondes. Le sortcelier jura et sa lumière noire déferla sur le petit groupe comme un monstrueux nuage.

Tara et ses amis luttèrent de toutes leurs forces. Ils créèrent une terrible tempête qui s'opposa au nuage, mais ne put le dissiper. Ils appelèrent la pluie et la grêle qui martelèrent le sol mais le sortcelier parvint à se protéger. Ni la foudre, ni la glace ne l'atteignirent.

Le nuage maléfique s'approcha à les toucher, traversant leur bouclier qui se déchira avec un crissement strident. Moineau fut la première à succomber, étouffant malgré sa force de Bête, cherchant à sauver Sheeba. Cal plia à son tour, suivi de Manitou et de Blondin. Fabrice s'accrocha à Barune qui ne pouvait lutter. Galant fut heurté de plein fouet par le nuage et s'écroula dans un tourbillon de plumes. Robin fut le dernier à céder.

Voyant ses amis s'effondrer les uns après les autres, Tara libéra toute sa puissance. Ses yeux devinrent totalement bleus, elle s'éleva majestueusement dans les airs, appelant à son aide la pierre vivante. Le prince Bandiou, interloqué, eut un moment de frayeur. Ce n'était plus une jeune sortcelière qu'il avait devant lui, mais le *pouvoir* à l'état brut. Quand *elle* parla, sa voix bourdonnait de magie.

– Arrête à l'instant, sortcelier. Notre patience est à bout. Nous n'accepterons pas que tu blesses nos amis.

– Rends-toi! Rends-toi! hurla le prince, ou je tue tes alliés dans l'instant. Je tiens leur cœur au creux de mes mains. Regarde!

Comme des pantins, inconscients, Manitou, Robin, Moineau, Sheeba, Cal, Blondin, Fabrice et Barune surgirent du nuage, portés par ses noirs tentacules. Au niveau du cœur de chacun, un filament noir s'enfonçait dans la poitrine. Le sortcelier n'avait pas menti. Littéralement, il tenait la vie de ses amis entre ses mains immatérielles.

Tara hésita, et le sortcelier en profita. Son nuage frappa comme un serpent, engloutissant la jeune fille. Quand il recula, comme à regret, elle gisait à terre, vaincue.

Un silence de mort régnait sur le champ de bataille. C'était fini.

chapitre X

L'Esprit des roses noires

Fafnir se débattait dans les ténèbres du pouvoir noir, tentant désespérément de toucher l'artefact de sa hache. Mais le nuage s'infiltrait dans sa peau, l'asphyxiant peu à peu. Soudain il se produisit un changement dans son corps. Le pouvoir du Ravageur d'Âme ne pouvait accepter qu'une autre puissance tente d'envahir *son* hôte. Fafnir faillit lutter contre la possession du Ravageur, puis eut un sourire. Non, ce n'était pas ce qu'elle devait faire. Au contraire, elle devait aider son ennemi! Elle céda et, brutalement, sa peau devint pourpre, ses yeux verts virèrent au carmin et elle jaillit du nuage noir comme un missile.

— Incline-toi devant ma puissance, hurla-t-elle. Je suis le Ravageur. À genoux et révère ton *dieu*!

Le prince Bandiou en resta muet pendant quelques secondes. Il venait de terrasser les jeunes sortceliers et allait s'emparer de leurs vies quand la naine avait surgi devant lui, curieusement transformée. Il se reprit.

— Quel *dieu*? railla-t-il. Je ne vois qu'une *naine*, d'une couleur *intéressante* d'ailleurs!

— Je suis le Ravageur, le Maître de l'île maudite! rugit Fafnir. Je suis le dieu de destruction, de ravage et de mort!

— Ah, pardon! remarqua très poliment le sortcelier, mais ça, c'est le rôle que je *me* réserve.

— Je suis l'Alpha et l'Oméga, le commencement et la fin, tonna Fafnir, ignorant le prince, je suis la Terreur, je suis l'Horreur. Seuls ceux qui m'adoreront seront épargnés. À genoux, misérable ! À genoux devant ton dieu !

— Dites, c'est une idée fixe, commenta le prince qui commençait à s'amuser franchement. Je suis désolé, mais mes genoux sont un peu rouillés. J'ai oublié comment m'agenouiller. Peut-être pourriez-vous me montrer ?

Et il pointa le doigt vers la naine. Le nuage noir obéit et se posa sur les épaules musculeuses. Soudain ce fut comme si un poids de cent kilos venait d'être placé sur son dos, la forçant à ployer. Folle de rage, la naine résista. Le prince fronça les sourcils et accentua le poids, passant à deux cents kilos. Des gouttelettes de sueur jaillirent du front de Fafnir, mais elle résista. Puis le Ravageur sortit de son corps comme une nuée rouge et affronta le nuage noir. Les deux pouvoirs se heurtèrent dans un fracas de fin du monde. Libérée, la naine n'hésita pas une seconde. Elle sauta sur le prince et lui balança un formidable coup de poing dans la figure. Le sortcelier ne s'attendait absolument pas à être agressé physiquement. Il fut totalement pris par surprise.

Sous la violence du coup, sa tête fut projetée en arrière, son corps heurta la margelle du puits et il bascula à l'intérieur avec un terrible cri d'angoisse. Le puits n'étant pas très profond, il n'eut pas le temps de créer un sort amortisseur.

De plus, il l'avait asséché pour y dissimuler son artefact.

Erreur qu'il paya chèrement.

On n'entendit aucun *plouf.* Juste un horrible *crac.*

Le nuage noir se dissipa instantanément, regagnant l'artefact qui dégringola lui aussi dans le puits. Très affaiblie, la nuée rouge revint vers Fafnir, et, malgré tous les efforts de la naine pour l'éviter, parvint à la toucher. Mais elle avait perdu de sa puissance et Fafnir lutta de toutes ses forces pour repousser la possession. Petit à petit, sa peau redevint cuivrée, ses yeux d'un vert émeraude étincelèrent de nouveau et elle poussa un grognement de satisfaction.

Puis, sans un regard pour ses amis, elle attacha une corde qu'elle sortit de son justaucorps, l'accrocha à la margelle, puis se laissa glisser au fond du puits.

Tara se réveilla en entendant un affreux craquement, suivi d'un hurlement de fureur.

Elle se sentait terriblement fatiguée et ne comprenait pas bien où elle se trouvait. Soudain, tout lui revint. Le prince, le nuage, l'attaque. Autour d'elle, Manitou, Galant, Moineau, Sheeba, Cal, Blondin, Fabrice, Barune et Robin reprenaient conscience.

Fafnir émergea du puit, tenant deux choses. L'artefact qu'elle venait de briser et qui avait perdu tout pouvoir, ainsi que le corps de l'oncle de l'impératrice... tout aussi brisé.

– Il... il est mort? demanda Moineau.

– Aussi mort qu'il est possible de l'être, répondit la naine avec satisfaction.

– Et c'est toi qui l'as...? s'enquit Cal en mimant le geste de trancher une gorge.

– Même pas. Il est tombé dans le puits et *crac*, s'est brisé le cou. Fini le méchant sortcelier. À la casse.

– Est-ce que quelqu'un peut me dire ce qui s'est passé? demanda Manitou qui avait un peu de mal à accommoder.

– Le Ravageur a choisi un excellent moment pour se manifester, expliqua succinctement Fafnir. Il a disputé la conquête de l'univers au prince, ils ont eu une prise de bec, j'en ai profité et voilà!

– Tu veux dire que le Ravageur t'a possédée? s'exclama Tara. Et tu vas bien?

– J'ai réussi à le contrôler, répondit la naine avec un sourire radieux. Pour le moment, sa rencontre avec le pouvoir de l'artefact l'a terriblement affaibli. Alors il se tient bien sage. Bon, assez discuté, qu'est-ce qu'on fait maintenant?

– Il y a eu un *accident*, les interrompit le comte de Besois-Giron, sortant de derrière le puits en époussetant son pantalon. Un accident qui a fait un mort malencontreux… et détruit ma verrière et mes rosiers.

Il semblait plus ennuyé pour ses rosiers, d'ailleurs, que pour le prince.

– Une tempête, *imprévue*, scanda-t-il fermement, au moment où le prince était parti pêcher. Il sera tombé du ponton sur le canot qui se trouvait en dessous et se sera brisé le cou. C'est la version que je servirai à l'impératrice… et au reste d'AutreMonde. Quand je pense que j'ai accueilli cette ordure comme mon ami!

Et il contempla le corps du prince avec rancune. On sentait qu'il se retenait très fort pour ne pas lui balancer un coup de pied. Tara leva les yeux au ciel. La politique des adultes était décidément trop complexe pour elle.

Elle mit ses mains autour de sa bouche et hurla:

– Roi Glul Buglul!

Une petite tête bleue surgit du sol.

– Oui?

– Tout va bien, vous pouvez sortir. Fafnir a ratatiné le prince, vous n'avez plus rien à craindre.

Avec des cris de joie, les gnomes émergèrent et se lancèrent dans une ronde effrénée autour du corps du sortcelier.

Des larmes bleues dans les yeux, le roi s'inclina devant eux.

– Notre peuple a une dette envers vous. Nous vous donnerons tout ce que vous désirez. Demandez, nous obéirons!

– Ça ne vous a pas trop réussi d'obéir à ce monstrueux Bandiou, remarqua sévèrement Manitou. Alors guérissez Cal, rendez-nous le Livre interdit et remettez en place les objets magiques que vous avez volés. Nous serons quittes!

– Oui, et avec quelques pierres précieuses en plus, ça sera parfait! sourit Cal.

– Cal! s'exclamèrent Tara et Moineau.

– Ben quoi ? *Je* les ai méritées, non ?

Ils laissèrent au comte le soin de régler les… *détails,* entre autres la gestion d'une impératrice certainement pas contente du tout qu'on ait tué son oncle favori, et détalèrent vers la Porte de transfert avant qu'il ne pose trop de questions. Ils activèrent le sceptre, et en quelques secondes ils étaient de retour à Smallcountry. Une haie d'honneur les accompagna jusqu'à la salle du Trône. Le temps qu'ils arrivent, la nouvelle les avait précédés. Le gazon de la salle était parsemé de confettis lumineux, les poutres croulaient sous les fleurs et les lampes flottantes, et fées et lutins gambadaient en fêtant leurs amis gnomes.

Tara poussa un soupir de soulagement quand elle vit que les deux aragnes gardaient toujours sagement le Livre interdit.

– Bon, ce n'est pas que je n'aime pas les vers, remarqua Cal, nerveux, mais ça serait bien si je pouvais prendre l'antidote, maintenant !

– Évidemment, sourit le roi en prenant place sur son trône de métal rose. Je vous le fais apporter tout de suite.

Il fit signe à l'une des aragnes et l'insecte géant puisa dans son jabot une petite fiole de cristal étincelante.

– Voici, s'inclina le gnome bleu quand l'aragne lui eut remis la fiole. Il vous suffit de boire et les T'sil seront immédiatement détruits.

Cal tendit la main et le roi lui donna le flacon. Au même moment, Barune, effrayé par la grosse aragne, se prit les pattes dans sa trompe et tomba, bousculant violemment le petit Voleur. Cal en lâcha la précieuse fiole. Celle-ci heurta la base du trône… et se brisa en mille morceaux. L'inestimable fluide se perdit dans le gazon épais.

Glul Buglul passa instantanément du bleu à une étrange couleur, hésitant entre le blanc et le vert.

— Par mes ancêtres, murmura-t-il, le flacon est brisé !

— Ce n'est pas très grave, sourit Cal, donnez-m'en un autre !

— Vous ne comprenez pas, c'était le *seul* que nous avions !

Ce fut au tour de Cal de blêmir. Très vite, il incanta :

— Par le Reparus que ce qui a été brisé soit en l'instant réparé !

Le flacon de cristal se reforma et flotta docilement devant eux. Mais il était vide ! Le fluide avait été absorbé par le sol et ils n'avaient aucun moyen de le récupérer.

Consterné, Glul Buglul regarda Cal.

— Vous êtes condamné. Vous n'avez plus que quelques heures à vivre ! Il n'y a aucun autre antidote aux T'sil !

Fabrice regarda Barune avec angoisse et le mammouth, conscient d'avoir fait une énorme bêtise, se dandina d'un air gêné tout en poussant de petits barrissements d'excuse.

Malgré l'émotion, Manitou réfléchissait à toute vitesse.

— Depuis combien de temps avez-vous infecté Cal ?

— Cela fait maintenant trois jours et douze heures. Dans huit heures, les T'sil deviendront actifs ! Et il doit impérativement prendre son antidote deux heures avant, sinon ça ne servira à rien ! Il ne vous reste donc que six heures.

Tara sentit qu'elle commençait à paniquer.

— Où pouvons-nous en trouver ? cria-t-elle. Vous avez bien acheté cette bestiole et l'antidote à quelqu'un ! Où est il ?

— C'est un marchand salterens qui nous a fournis, précisa rapidement le gnome bleu, d'une voix étranglée par le stress. Nous lui avions commandé une cargaison d'oiseaux et il nous a vendu le T'sil en même temps. Le seul moyen de le localiser, c'est d'aller à Sala, la capitale de Salterens. Tul Tultul, notre ambassadeur là-bas, sera à votre disposition pour vous aider. Je vais immédiatement dépêcher un messager pour le prévenir.

— Oh, mais c'est *inutile* ! précisa Manitou fermement. Car *vous* allez venir avec nous. Nous ignorons à quoi ressemble votre fameux marchand. Et comme votre peuple commerce avec les Salterens, vous nous servirez de sauf-conduit au cas où il leur viendrait l'idée saugrenue de nous transformer en esclaves.

— Mais…, commença le roi.

— Je ne crois pas qu'il y ait de «mais» qui tienne, intervint Moineau, furieuse. Vous nous avez manipulés, vous nous avez menti, vous avez infecté notre ami et à cause de vos manigances il est en danger de mort. Alors vous n'avez pas vraiment le choix!

La jolie gnome bleue fiancée au roi, Mul Mulmul, avait assisté à l'échange, très étonnée que ces étrangers parlent de cette façon à son royal futur époux. Soudain elle fronça les sourcils.

— Attends une seconde, dit-elle d'une voix mélodieuse à Glul. Qu'as-tu fait à ce garçon pour qu'il soit en danger de mort? Tu ne l'as pas *engagé* pour nous délivrer? Vous avez parlé de T'sil et d'un… *antidote*?

Le roi eut l'air soudain très ennuyé.

— Vous étiez en danger, ma douce, tenta-t-il très vite. Votre évasion a nécessité l'utilisation de moyens un peu… expéditifs. Je t'expliquerai plus tard.

Ça ne marcha pas… Mul n'était pas stupide, et avait parfaitement compris de quels procédés avait usé son futur époux pour persuader Cal de les délivrer. Elle ne prit pas de gants pour lui faire comprendre ce qu'elle pensait de lui.

La discussion atteignit alors un niveau de décibels *nettement* plus élevé.

— Elle a une voix très…, commenta Manitou qui n'arrivait pas à mettre ses pattes sur ses oreilles.

— Oui, très, confirma Robin qui suivait la discussion avec passion. Oh, ça c'est une expression que je ne connaissais pas!

Glul finit bientôt par comprendre qu'il était plus prudent de ne pas discuter. Ses «Mais!» finirent très vite par devenir des «Je suis désolé, je suis désolé, je suis désolé». Ce qui fonctionna, du moins après qu'il eut juré à la petite gnome furieuse qu'il allait faire de son mieux pour guérir le jeune garçon. *Personnellement.*

Avec un soupir de résignation, il quitta son trône et se dirigea vers la salle de la Porte. Tara et ses amis le suivirent, parfaitement silencieux. Il n'y eut aucun ricanement, aucune remarque. Même Fafnir se tint bien.

Puis, même s'il était mortellement inquiet, Cal finit par craquer.

— Et vous allez épouser cette jeune gnome ? demanda-t-il au roi.

Le roi lui jeta un regard fatigué.

— Oui, bien sûr, c'est ma fiancée.

— Oh ! je vois... Moi, à votre place, j'envisagerais très sérieusement l'option « fuite ».

Le roi haussa les épaules.

— Je l'aime depuis que je suis en âge de remarquer la différence entre les garçons et les filles. Et elle a raison. J'aurais dû trouver un autre moyen. Ce que j'ai fait était parfaitement méprisable. Je me suis comporté comme notre ennemi. Pour moi, la fin justifiait les moyens. Je suis *désolé.*

— Oui, ça on avait noté, remarqua Manitou, sarcastique. Je crois bien que vous lui avez dit au moins un millier de fois, là-bas, dans la salle du Trône. Bon, si on pressait un peu le mouvement, hein, vous avez une fiancée à retrouver et Cal a des habitants indésirables dont nous aimerions bien le débarrasser.

Alors qu'ils avançaient, Tara réfléchissait dur. De nouveau, elle avait l'agaçante impression qu'un détail lui échappait. Quelque chose que Cal leur avait dit. Quelque chose d'important. Flûte, rien à faire, ça ne lui revenait pas. Et puis elle se sentait un peu dépassée. Fafnir, Cal, le mystérieux tueur qui avait essayé de l'éliminer, Magister, le Chasseur, trop d'événements, trop de pressions, pesaient sur elle. Elle avait la sensation désagréable d'être... *manipulée.* Quelqu'un l'ensevelissait sous les problèmes pour qu'elle n'ait pas le temps de réfléchir. Et son fichu cerveau, s'il carburait à fond, ne lui mettait le nez sur les solutions que trop tard. Elle soupira, sentant poindre une magistrale migraine.

Qui ne s'arrangea pas quand ils arrivèrent en Salterens.

Si l'ambassade des gnomes bleus était climatisée par un sort de refroidissement, l'extérieur, lui, ressemblait fortement à un four. À température maximale.

Le soleil tapait sur la terre comme un marteau sur une enclume claire. Tous les bâtiments étaient blancs, réfléchissant une douloureuse luminosité, et les Familiers comme les sortceliers s'empressèrent d'activer le sort de protection oculaire que leur avaient fourni les gnomes de l'ambassade.

Leurs yeux devinrent intégralement noirs et filtrèrent les rayons lumineux. Ils purent ainsi commencer leurs recherches sans devenir à moitié aveugles.

Les Salterens étaient de gros félins bipèdes à l'abondante crinière dorée. Leurs yeux d'ambre flamboyaient sous leurs capuches et ils semblaient considérer chaque passant comme une proie potentielle. Ils se protégeaient du soleil en s'emmitouflant dans de vastes robes de camélin* blanches. Des disques flottaient au-dessus des têtes des sortceliers. Les Nonsos s'abritaient sous des ombrelles.

Les sœurs jumelles de la limace qui avait attaqué Tara leur servaient de montures. Leur cuir épais frottait contre le sable accumulé sur la pierre des rues, produisant un crissement désagréable.

Tul Tultul leur avait indiqué l'endroit où se trouvait le magasin du marchand salterens. Mais en chemin, ils tentèrent leur chance dans d'autres boutiques.

Les félins-marchands les regardaient avec méfiance quand ils expliquaient qu'ils recherchaient de l'antidote à une infestation de T'sil. Chez eux, seuls les esclaves échappés des mines de sel tentaient de se débarrasser des vers.

Pour surmonter leurs réticences, le gnome bleu montrait alors sa couronne, et les marchands devenaient nettement plus coopératifs.

Le seul problème était qu'ils n'avaient pas d'antidote.

Pas l'ombre d'une goutte.

Après plus de deux heures de marche et de recherches vaines, ils parvinrent enfin à la boutique du marchand dont le gnome leur avait parlé et laissèrent échapper un soupir d'angoisse.

La boutique était fermée.

Et un panneau, que Manitou put déchiffrer car il connaissait le langage salterens, annonçait: «Je suis en voyage dans le désert profond. Je serai de retour dans trois jours. Pour toute demande ou réclamation, s'adresser à l'Administration centrale.»

Manitou secoua la tête, de plus en plus inquiet. Ils firent aussitôt demi-tour et se dirigèrent vers l'Administration centrale, grande bâtisse blanche qu'ils avaient dépassée quelques minutes auparavant.

Ce bâtiment, comme toutes les administrations, devait bien faire trois fois la taille du palais de Sala. Il n'y avait pas de roi chez les Salterens, mais un chef de tribu, appelé le Grand Cacha. Le Grand Cacha avait un vizir, Ilpabon, qui les accueillit avec méfiance.

Contrairement à ses compatriotes salterens qui évoquaient un curieux mélange de lions et de grands léopards racés, celui-ci était un gros poussah dont la crinière emmêlée et les vêtements douteux témoignaient d'une aversion prononcée pour la propreté. Il était accompagné par son secrétaire, Satir, qui, lui, ressemblait à une lame de couteau.

Aiguisée.

L'ambition flambait dans son regard d'ambre et à la façon dont il guettait le moindre mouvement d'Ilpabon, on sentait que ce dernier avait intérêt à éviter les couloirs sombres et les escaliers mal éclairés.

— Bienvenue, roi Buglul, que nous vaut l'honneur de votre présence dans notre belle capitale? demanda Ilpabon en s'affalant dans son fauteuil.

Satir resta debout, derrière lui, les dévisageant avec attention.

– Je désire vous acheter de l'antidote de T'sil, répondit le roi gnome. Ce jeune sortcelier a été infecté et dans moins de quatre heures, les T'sil deviendront actifs. Il a rendu un service inestimable à Smallcountry, je me dois donc de lui sauver la vie.

Le gros Salterens se gratta la tête avec une griffe, puis bâilla, laissant apparaître ses crocs impressionnants.

– Je serais ravi de vous vendre de l'antidote, dit-il amicalement. L'ennui, c'est que je ne sais pas où en trouver. Infecter les esclaves avec des T'sil est en train de passer de mode, c'est trop coûteux; même avec l'antidote, les T'sil se développent une fois sur deux... et nous perdons un bon travailleur inutilement.

Cal jeta un regard noir au gnome, qui se tortilla, très gêné.

– Nous avons acheté des sorts antiévasions bien plus efficaces, continua le Salterens. Alors nous n'avons plus besoin de faire des stocks d'antidote. Allez en ville, un de nos marchands en aura bien un vieux reste. Sinon, vous devrez vous rendre dans le désert profond pour vous en procurer. Et même avec nos limaces des sables, vous n'y parviendrez pas avant un jour et demi. Je suis désolé. Dans ce cas, votre ami sera condamné.

Tara n'aimait déjà pas beaucoup les Salterens. L'esclavage était une pratique monstrueuse que les habitants d'AutreMonde ne paraissaient pas spécialement réprimer. Alors la façon désinvolte qu'eut le gros félin bipède de condamner Cal la rendit imprudente.

– Réduire des gens en esclavage est déjà atroce! cracha-t-elle avec fureur. Les infester avec des vers qui les tuent afin d'être sûr qu'ils ne s'échapperont pas est encore plus monstrueux. Mais quelle sorte de peuple êtes-vous?!

Satir étrécit ses magnifiques yeux d'ambre.

– Insulter le vizir risque de vous coûter cher, Damoiselle, souffla-t-il comme un chat en colère. Nous n'avons pas pour habitude de discuter avec des... *humains*, de ce que nous pouvons faire ou pas. Encore un mot, et vous terminerez dans nos mines où vous pourrez abreuver vos compagnons de chaîne de tous vos beaux discours.

Tara ouvrit la bouche, mais Manitou la prit de vitesse, faisant sursauter les deux félins qui ne s'y attendaient pas.

— Je suis le Haut mage Manitou Duncan, déclara-t-il. Et je réclame ici, *officiellement*, au nom du Lancovit, l'assistance sans restriction due aux Hauts mages. Selon le traité de 5042, signé entre les différents pays d'AutreMonde, vous avez *obligation* de nous aider dans notre recherche.

— Tsss, tsss, tsss, chuinta Satir, surpris. Un… *chien* qui parle. Surprenant. Et qui se dit Haut mage. Ce que je ne crois pas une seconde.

Ilpabon étudiait Cal, et soudain il adopta sa vision de chasse. Tout le reste devint flou, seul le cou de Cal ressortait avec netteté. Ce qu'il vit le fit tressaillir. Oui, c'est bien ce qu'il pensait.

— Viens ici, jeune sortcelier, ordonna-t-il à Cal, coupant net la parole à Satir.

Cal s'approcha, pas tout à fait rassuré de se trouver à portée des crocs de l'imposant félin.

Celui-ci l'attrapa de sa grosse patte et releva la tignasse noire du jeune sortcelier, dégageant le cou.

— J'ai une bonne nouvelle et une mauvaise, grogna-t-il. Laquelle voulez-vous en premier ?

— Je déteste ça, soupira Manitou, mais allez-y, donnez-nous déjà la bonne.

Ilpabon dévoila une dentition étincelante, quoiqu'un peu jaune.

— Votre ami a été piqué par un T'sil doré, expliqua-t-il. Quand il l'a paralysé, il a laissé avec son aiguillon cette petite marque dorée dans sa chair.

De la pointe de sa griffe, il désigna une minuscule tache dorée dans le cou de Cal.

— Donc, continua-t-il, la bonne nouvelle c'est qu'aucun autre T'sil ne piquera votre ami. La marque le protège. La mauvaise, c'est que les T'sil dorés sont les plus virulents des vers. Il n'existe pas d'antidote !

— Mais… mais le marchand a dit… balbutia le gnome bleu, le cœur au bord des lèvres.

— Le marchand vous a raconté n'importe quoi. Soit parce qu'il n'était pas au courant, soit parce qu'il s'en fichait. Les T'sil dorés ne sont *jamais* utilisés pour des esclaves. Uniquement dans le cas d'une vengeance, ou si nous désirons exécuter quelqu'un… et être sûr qu'il ne s'en sortira pas. Je suis donc désolé, mais nous ne pouvons rien faire pour vous. Ah, encore un détail. Les T'sil dorés ont un système de reproduction plus rapide que les autres vers fouisseurs… Il ne doit pas vous rester plus de quelques minutes à vivre. Aussi, si vous vouliez bien aller mourir ailleurs, ça m'arrangerait. Il y a assez de désordre chez moi comme ça.

Et avant qu'ils ne puissent protester, il fit signe aux gardes de les faire sortir.

Tara était si furieuse qu'elle avait bien envie de faire sauter le palais. La pierre vivante, enthousiaste, approuva le projet.

Tara tourna l'idée quelques secondes dans sa tête, puis, voyant ses mains s'enflammer sous l'effet de l'afflux de magie, décida de se calmer avant de perdre tout contrôle sur son fichu pouvoir.

Et de détruire le palais.

Voire la ville.

Voire un petit bout du continent.

Moineau avait les larmes aux yeux. Elle n'était pas la seule.

— Oh, Cal, qu'est-ce que nous allons faire maintenant ?

Cal ne réagit pas. Blême, il avait les yeux dans le vague.

— Nous allons retourner toute cette ville, intervint Fafnir qui était restée silencieuse pendant l'échange, se retenant très fort pour ne pas planter sa hache dans la tête de l'arrogant Salterens. Et nous allons trouver l'antidote.

– Fafnir a raison ! renchérit Fabrice qui depuis l'incident avec Barune se sentait horriblement coupable. Nous devrions nous diviser en plusieurs groupes et communiquer avec nos boules de cristal. Ainsi nous pourrions couvrir plus de terrain.

Bien qu'elle fut, elle aussi, en train de pleurer, Tara eut de nouveau la fugace impression de laisser passer quelque chose…

Cal s'anima.

– Non, refusa-t-il. Je vais retourner au Lancovit. Je veux être avec ma mère et mon père pour mourir.

Sa voix dérailla sur le dernier mot, et Tara crut que son cœur allait se briser. Robin l'entoura d'un bras affectueux.

– Mais, protesta Fabrice, tu…

– Je n'ai plus que quelques minutes à vivre, Fabrice, remarqua dignement Cal. Et cesse de te ronger les sangs, ni toi ni Barune n'êtes coupables. C'était ma destinée, c'est tout. Allons-y à présent. Il ne me reste plus beaucoup de temps.

La mort dans l'âme, ils le suivirent. Le trajet jusqu'à l'ambassade des gnomes leur vola le temps qu'ils n'avaient plus. Ils se rematérialisèrent directement dans le château au Lancovit. Cal se révéla sous sa réelle identité, jugeant inutile de se déguiser. L'énorme intendant cyclope, Fleurtimideaubordduruisseauclair, comprit qu'il se passait quelque chose de terrible et leur fit signe d'avancer hors du cercle de transfert. Les gardes relevèrent leurs lances. L'air désespéré des membres du groupe les dissuada de poser des questions. La maturité et la dignité grave qui émanaient du jeune garçon étaient telles qu'ils le saluèrent instinctivement.

– Nous devons voir Maître Chem, indiqua rapidement Manitou. Est-il là ?

– Oui, Maître Duncan, répondit l'intendant. Il se remet de sa commotion. Il est dans son bureau, le Chaman ayant déconseillé qu'il emprunte une porte pour le moment.

– Ouille, murmura le chien, j'avais oublié que Tara l'avait assommé. Bon, allons-y, nous n'avons pas une seconde à perdre.

– Pourriez-vous également prévenir mes parents? demanda Cal. Dites-leur que j'ai été blessé et qu'il ne me reste que peu de temps à vivre. Je veux qu'ils soient là pour me dire adieu.

Le cyclope eut l'air très surpris, le jeune Voleur ayant l'air de se porter comme un charme, mais il acquiesça sans discuter.

Devant l'entrée de la grotte-bureau de Chem, ils hésitèrent un instant, mais déjà le petit dragon de pierre qui gardait le mur les apostrophait.

– Halte-là, rugit-il! Nommez-vous ou partez!

– Houlà, chuchota Fabrice, il n'a pas l'air de très bonne humeur!

– Allons, allons, intervint gentiment la licorne de pierre, seconde gardienne du bureau de Chem, en voilà des façons d'accueillir des visiteurs! Ce n'est pas parce que des voleurs se sont introduits dans le bureau que tu dois agresser tout le monde.

Le petit dragon renifla avec mépris sans répondre, et une fois qu'ils eurent décliné leurs identités, traversa le mur pour prévenir Maître Chem.

Le rugissement qui franchit alors ledit mur les fit frémir.

– PAR MON TAS D'OR! FAIS ENTRER CES MISÉRABLES TOUT DE SUITE!

Le dragon de pierre revint, l'air assez satisfait.

– Vous pouvez entrer, annonça-t-il, je crois que mon maître est assez... *impatient* de vous voir.

Cal était tellement plongé dans ses malheurs qu'il était bien le seul d'entre eux à ne pas redouter la confrontation. Tous les autres sentaient un certain mou au niveau des genoux et un rythme cardiaque nettement trop élevé pour leur confort.

Quand le mur de pierre s'effaça, ils découvrirent le dragon allongé sur un gros tas d'or et de pierreries. Et d'après les flammes qu'il crachotait, il avait l'air dans une colère folle.

Il ouvrait déjà la gueule pour rugir, mais Cal fut plus rapide que lui.

– J'ai été infecté par un T'sil doré, expliqua-t-il. Si vous n'avez pas d'antidote ou de solution dans les minutes qui viennent… je vais… je vais… mourir.

Sa voix se brisa et il vacilla.

De stupéfaction, le dragon referma sa gueule avec un claquement sonore. Puis il se leva, incanta et son corps de dragon se transforma, laissant place au vieux Maître Chem.

– Montre-moi, ordonna-t-il, toute idée de revanche oubliée.

Cal souleva sa tignasse noire pour montrer la marque du T'sil. Maître Chem l'interrogea sur les circonstances de l'infestation et le temps écoulé depuis. Ils virent tous distinctement le vieux mage pâlir quand il réalisa depuis combien de jours Cal portait les œufs de T'sil.

– Nous devons t'isoler, dit-il vivement. Dès que les T'sil sortiront de ton corps, ils se jetteront sur tout ce qui bouge. Je suis désolé, mais nous n'avons pas le choix.

Et avant que Cal ne puisse protester, il incanta, l'enveloppant dans une bulle transparente qui laissait passer l'air, la lumière et le son, mais pas la matière.

– Chem! protesta Manitou, il doit bien y avoir quelque chose à faire?

Furieux, le dragon se tourna vers lui, le faisant reculer.

– Si vous n'aviez pas décidé de sauver le monde tout seuls, gronda-t-il, oui, j'aurais pu sauver Cal. Mais à présent que le Livre interdit a été dérobé, je n'ai pas l'incantation nécessaire pour tuer les T'sil sans tuer Cal!

– Le Livre interdit? cria Tara, mais *nous avons* le Livre interdit! Il est à Smallcountry!

Le dragon ne perdit pas de temps à poser des questions.

– Alors qu'est-ce que tu fiches encore ici? rugit-il, fonce! Rapporte-moi le livre tout de suite!

Tara attrapa le roi gnome par le col et sortit si vite du bureau qu'elle faillit percuter le mur. Le château, qui n'aimait pas qu'on galope dans ses couloirs parce que ça le chatouillait, frémit d'indignation, mais Tara continua sa course, ignorant les protestations de Glul Buglul qui voulait qu'elle le pose. Galant volait à toute vitesse derrière elle. Haletante, elle arriva à la salle de la Porte. Une majestueuse matrone attendait en compagnie de deux bébés rigolards et gigotants que la Porte se libère. Tara ne fit pas dans le détail. Ignorant les cris outragés de la matrone et du cyclope, elle les bouscula et prit leur place en hurlant « Smallcountry ». Dès qu'elle fut au pays des gnomes bleus, elle déminiaturisa Galant et sauta sur son dos. En quelques minutes, ils furent dans la salle du Trône. Avant qu'elle ne le balance par terre, le gnome glissa du pégase et ordonna à ses aragnes de lui donner le livre. Puis il bondit avec sur le dos de Galant et le magnifique étalon battit des records de vitesse pour revenir à la porte. Une fois de retour au château, ils s'envolèrent directement de la salle de la Porte pour rejoindre le bureau.

Quand ils y pénétrèrent, une scène terrible les attendait.

Sous les yeux horrifiés de son père, de sa mère, du dragon et de ses amis, Cal se roulait par terre, terrassé par les démangeaisons des vers en train de le dévorer vivant.

chapitre XI

Le Juge du royaume des Limbes

Pendant tout le trajet, le Livre interdit avait semblé se... tortiller entre ses doigts. Tara le donna rapidement au mage, priant pour qu'il ne soit pas trop tard. Celui-ci le posa sur son bureau, le touchant le moins possible, tournant les pages à toute vitesse. Soudain la voix de Manitou brisa les gémissements de Cal.

— Il y a quelque chose que je ne comprends pas! Ils auraient dû sortir depuis longtemps!

Les yeux écarquillés, le père et la mère de Cal, dont le visage ruisselait de larmes, le regardèrent avec effarement.

— Les T'sil, expliqua Manitou. Normalement, il ne leur faut que quelques secondes pour sortir du corps de leur hôte. Et là... rien!

— Mais oui! (Le hurlement de Tara les fit sursauter.) Ils ne sortiront pas! C'est *ça* dont je n'arrivais pas à me souvenir.

Fiévreuse, elle se pencha sur le roi gnome.

— Ce fameux marchand, il vous a bien dit que les T'sil ne s'attaquaient jamais à des cadavres, n'est-ce pas?

Le gnome cligna des yeux, un peu surpris, puis répondit:

— Euuuh, oui. Si le cœur de l'organisme qu'ils infectent ne bat pas, les œufs meurent immédiatement, faute d'oxygène.

Tara exulta.

— Mais c'est justement ce qui nous est arrivé! *Nous sommes morts!* Grand-père, quand l'Inanimus puis le Decedus nous ont frappés, tu m'as raconté que Maître Chem avait mis quatre minutes pour arriver jusqu'à son bureau et nous avait sauvés de justesse. Exact?

– Exact! répondit Manitou qui commençait à comprendre. Mais vos cœurs… vos cœurs ne battaient plus depuis que Robin et Fafnir vous avaient sortis de la salle du Livre!

– C'était *ça* le truc qui me trottait dans la tête. Les œufs n'ont pas pu survivre! Ce que ressent probablement Cal en ce moment, ce sont les démangeaisons dues au fait que son corps doit être en train de s'en débarrasser!

– Bon sang, Tara, grogna Fabrice qui dut s'asseoir tant ses jambes flageolaient, tu n'aurais pas pu t'en rendre compte plus tôt! Mon cœur à moi va finir par me lâcher si je continue à avoir peur comme ça!

Robin, Moineau et Fafnir éclatèrent de rire. Suivis par tout le monde. Ils avaient frôlé la catastrophe de si près que leurs rires étaient légèrement hystériques et ils se tapaient dans le dos en se félicitant. La bourrade amicale que Fafnir expédia dans le dos de Fabrice faillit lui décrocher les poumons et il se tint prudemment éloigné des démonstrations affectueuses de la naine.

Cal, que les démangeaisons rendaient toujours fou, finit par ouvrir un œil crispé et un peu agacé.

– Je ne pourrais pas avoir un peu de silence pour mourir, maugréa-t-il. Qu'est-ce que c'est que tout ce boucan?

– J'ai une bonne nouvelle et une mauvaise nouvelle! sourit Robin, saisissant l'occasion.

– Non, gémit Cal, ça ne va pas recommencer!

– La bonne nouvelle, continua Robin en jubilant, c'est que tu ne vas pas mourir. La mauvaise, c'est que nous allons être obligés de continuer à te supporter.

Du coup Cal ouvrit son autre œil.

– Je ne vais pas mourir?

— Non, c'est *déjà* fait.

Il était rare qu'ils arrivent à surprendre le petit Voleur, mais là c'était tout à fait réussi. Il ouvrit la bouche, la referma puis grogna :

— Ben si ça c'est le Paradis, va falloir que je discute un peu avec le propriétaire. Tu ne ressembles pas du tout à un ange…

Soudain, il comprit.

— Ehhhhh, une minute ! Mais c'est vrai, je suis déjà mort ! Une fois ! Donc les œufs…

Il ne put pas poursuivre. Maître Chem avait annulé la protection transparente, et son père et sa mère venaient de l'engloutir sous leur étreinte. Leurs « bon sang, Cal, ne me refais jamais un coup pareil ! » et autre « J'ai eu si peur, Cal, ne recommence jamais c'est compris ! » s'entrecroisaient. La petite tête ébouriffée de leur ami finit par émerger, un peu embarrassée.

— Bon, eh bien, finit par articuler sa mère, en essuyant ses dernières larmes de joie, j'avoue que je n'ai pas tout compris à vos aventures, mais tu vas bien, et c'est le principal. Que doit-il se passer maintenant ?

— Euuuh, fit son fils un peu ennuyé, on peut pas tout te dire, Maman, c'est un peu compliqué. Mais promis, dès que tout est fini, je te raconterai.

Sa mère ne dit rien, mais on sentit dans son regard que l'histoire avait intérêt à être valable. Elle n'avait pas particulièrement apprécié le coup des T'sil. En fine politicienne, elle comprit qu'ils avaient besoin de se parler sans témoin et, après s'être assurée que tout allait pour le mieux, elle repartit chez eux avec son mari. Non sans avoir fait promettre de nouveau à son fils de passer à la maison plus tard.

Dès qu'ils furent partis, Fafnir parla à Maître Chem de sa semi-possession par le Ravageur. Il avait vaguement entendu parler de cette histoire, mais il ne faisait pas partie de ceux qui avaient emprisonné le Ravageur sur l'île des Roses Noires quatre mille ans auparavant. Il lui était donc difficile d'évaluer le danger. Il proposa de faire des recherches afin de trouver le meilleur moyen d'aider Fafnir, puis conclut :

— Bien. À présent que je suis au courant de toutes vos... initiatives, dit-il, je vais remettre le livre à sa place et...

— Non ! s'écria Tara, paniquée. Ainsi que Cal vous l'a expliqué, nous devons absolument aller consulter le Juge qui se trouve dans l'univers démoniaque. Nous avons besoin du Livre interdit pour accéder aux Limbes.

— Vous ne croyez pas que vous avez fait assez de bêtises comme ça, non ?

— Arrête, Chem, gronda Manitou, l'unique raison pour laquelle tu râles, c'est parce que tu aurais bien voulu être avec nous. Après tout, vous, les dragons, craignez l'ennui comme la peste, n'est-ce-pas ? Alors ne me fais pas le coup du patriarche offusqué. Tara a raison. Cal ne peut pas rester un fugitif toute sa vie. Il faut l'innocenter. Et le seul moyen, c'est d'aller dans les Limbes !

Le dragon haussa les épaules, coupé dans son élan.

— Laissez-moi un jour ou deux pour y réfléchir, dit-il. Le coup que j'ai pris sur la tête me fait encore souffrir et je dois peser le pour et le contre.

Si Tara grimaça quand le dragon évoqua sa malencontreuse réaction, elle ne fit pas de commentaire. Au moins il n'avait pas dit « non ». Il avait dit « y réfléchir ».

Elle fit un signe à ses amis et ils sortirent calmement.

— Ouf ! fit Moineau, je suis épuisée. Maintenant que nous avons sauvé le monde, et accessoirement la peau de Cal, serait-il possible d'aller dormir un peu ?

Très obligeamment, le château adjoignit deux autres chambres à la suite de Tara. Fafnir, Moineau et Tara décidèrent de dormir ensemble et deux lits furent ajoutés. Cal, Robin et Fabrice choisirent une chambre où ils réunirent trois lits, Manitou se contenta du moelleux canapé. Quant à Glul Buglul, après s'être assuré que les jeunes sortceliers n'avaient pas besoin de ses compétences particulières (ils refusèrent fermement qu'il *vole* à nouveau le Livre interdit à Maître Chem au cas où sa réponse serait non), il déclara que son royaume avait besoin de lui et les quitta non sans les avoir assurés de son soutien pour toute entreprise nécessitant un forage ou un tunnel.

Robin, qui n'avait pas oublié leur étrange rencontre avec le Vampyr ensanglanté, alla trouver son père, Maître M'angil, chef elfe des Services secrets du Lancovit. Il revint peu de temps après avec une nouvelle incroyable.

— Ils ont emprisonné Maître Dragosh ! clama-t-il en entrant dans le salon de la suite, où, après un copieux repas, ils s'étaient réunis avant de dormir.

— Noooon ! Tu rigoles ? s'écria Fabrice.

— Pas du tout. Il était le seul Vampyr présent à Travia lors du meurtre de l'homme que nous avons vu dans la ruelle. Et il a refusé d'ouvrir son esprit aux Diseurs pour être innocenté. Il a donc été emprisonné. C'est dingue, non ?

— Jamais un Vampyr ne boirait le sang d'un humain. Ça les rend fou, leur espérance de vie est diminuée de moitié au moins et ils ne peuvent plus s'exposer à la lumière du jour, sous peine de terminer en steak bien grillé, observa Manitou, surpris. Il est très facile de savoir si Dragosh est le coupable ou pas, il suffit de l'exposer au soleil. S'il est brûlé, alors il n'y aura plus aucun doute.

— C'est bien ça qui est le plus bizarre. Il a refusé de s'exposer. Il dit qu'étant en prison, il ne peut faire de mal à personne. Et qu'il ne veut pas en sortir.

Tara secoua la tête. Elle était si fatiguée qu'elle n'arrivait plus à réfléchir. Et Cal, qui continuait à se gratter avec frénésie, n'avait pas meilleure mine.

— Écoutez, je ne sais pas pour vous, mais moi je suis crevée. On reparlera de tout ça quand j'aurai dormi au moins une douzaine d'heures. Ça vous va ?

Ils ne discutèrent pas. Et quelques instants plus tard, les ronflements de Fafnir et de Manitou ponctuèrent un sommeil sans rêves.

Quand elle se réveilla, de nombreuses heures plus tard, Tara resta quelques instants dans son lit à baldaquin, se battant avec lui pour garder ses draps qu'il voulait défroisser. Elle avait besoin de se secouer les méninges et surtout d'essayer de comprendre. Depuis que Cal avait été emprisonné, elle avait la nette impression d'être... téléguidée. Un invisible marionnettiste tirait les ficelles et au lieu d'*agir*, elle ne pouvait que *réagir*. Au bout d'une demi-heure d'intense cogitation, elle avait démêlé un certain nombre de fils. Sans parvenir à une conclusion évidente, elle commençait cependant à discerner un schéma. Et ce qu'elle voyait ne lui plaisait pas du tout. Elle soupira et se leva. Dans la salle de bains, elle fit un petit signe à la sirène qui chantonnait sur un rocher au milieu de la *piscine* qui lui servait de baignoire. La brosse se précipita sur ses cheveux pour les démêler. Puis les pommeaux de douche voletèrent autour d'elle, l'aspergeant copieusement tandis que le gant et le savon la débarbouillaient vigoureusement. Curieusement, l'agitation de tous les accessoires l'apaisa et elle se détendit. Elle se glissa dans l'eau tiède, écoutant le chant mélancolique de la sirène.

Bon, inutile de s'en faire pour le moment. Leur premier objectif était d'innocenter Cal aux yeux de l'impératrice et des parents de la victime. Ensuite, il faudrait débarrasser Fafnir de son hôte... encombrant. Enfin, elle pourrait chercher, non, *traquer*, celui qui essayait de la tuer. Et lui faire passer l'envie de lui pourrir la vie.

Ce qu'elle appréciait dans ce monde, c'était qu'être une adolescente ne voulait pas dire être impuissante.

Face à son ennemi, Tara disposait d'un pouvoir non négligeable, même si l'utiliser lui posait toujours un cas de conscience. À cause de la Parole de Sang, elle ne voulait en aucun cas causer du tort à sa grand-mère.

Pendant que Tara réfléchissait en prenant sa douche, dans sa caverne/bureau/salle-au-trésor-et-autres-babioles, Chem, le grand dragon bleu, pensait lui aussi aux derniers événements. Quel plaisir ! Les dragons *adoraient* les retournements de situation. Une fois écartée la terrible menace des Démons, ils s'étaient très vite ennuyés comme des rats morts.

L'adrénaline du danger, l'angoisse de l'échec, la joie puissante de la victoire, tout ça leur manquait.

Ils avaient compensé en s'immisçant dans la gestion des peuples d'AutreMonde. La politique était passionnante, il se passait toujours quelque chose. Et pour les dragons, qui risquaient de périr d'ennui, l'action était nécessaire. N'importe quoi. Même les guerres si meurtrières étaient les bienvenues. Mais ça, nuls autres qu'eux ne devaient jamais s'en rendre compte. Car le jour où les peuples humains et inhumains s'apercevraient qu'ils étaient manipulés, malgré tous leurs pouvoirs, les dragons ne pourraient pas résister à leur colère.

Du coup, le conclave des dragons avait refusé de participer à l'entraînement spécial d'un petit groupe de sortceliers pour augmenter leurs pouvoirs, craignant, à juste titre, que leurs élèves ne deviennent plus puissants qu'eux.

Bien évidemment, Chem avait désobéi.

Et tout aussi évidemment, cela avait fini par lui *exploser* au museau. Les sortceliers étaient devenus les monstrueux Sangraves, avaient passé un pacte avec les Démons et tenté de conquérir AutreMonde… et le reste de l'univers d'ailleurs.

Bon. C'était un peu agaçant.

Mais tellement amusant !

Son humaine préférée était Tara. La petite sortcelière n'avait aucune idée des plans qu'il avait pour elle. Elle était probablement *celle* qu'il attendait depuis des siècles.

Il *fallait* qu'elle l'apprécie. Chem devait devenir comme le père qu'elle n'avait pas eu. Il allait faire tout ce qui était nécessaire pour cela. De nouveau il ricana, se frottant les pattes de joie. Les prochaines années allaient être tout à fait… *intéressantes!*

Quand Tara et ses amis entrèrent dans le bureau du dragon, ils avaient peaufiné tous leurs arguments avec soin pour le convaincre.

Ce fut tout à fait inutile.

Maître Chem les accueillit avec une jovialité renversante.

— Bonjour, bonjour, s'écria-t-il. Êtes-vous prêts pour un petit tour dans les Limbes?

La stupéfaction les cloua sur place, ce qui fit glousser le gros saurien.

— Houlà, auriez-vous perdu votre langue? Pas de réponses enthousiastes? Pas de sauts de joie? Pas de «Merci, merci, ô sage Haut mage, de nous permettre de risquer nos vies sur ces mondes répugnants»? Je suis très déçu!

— Vous… vous voulez dire que vous acceptez? balbutia Tara, qui avait du mal à y croire.

— Non seulement j'accepte, mais je viens avec vous!

Manitou plissa ses yeux de chien, méfiant.

— Hier, tu n'avais pas l'air très convaincu pourtant. Qu'est-ce qui t'a fait changer d'avis?

— Ah! Vous êtes plus têtus qu'un *troupeau* de mules. Si je m'oppose à vous, vous essaierez, essaierez encore. Et vous vous ferez *démembrer* par les Démons. C'est sale, et ça laisse des séquelles. Alors je préfère être là pour vous protéger. Sans moi, vous n'auriez aucune chance.

— Merci, dit Cal qui avait envisagé le voyage avec appréhension. Votre aide nous sera précieuse!

— Tu me remercieras une fois que nous serons de retour. Bon, quel était votre plan exactement?

— Nous devons nous présenter devant la statue du Juge, expliqua

Moineau. Il convoquera pour nous les mânes du garçon. Nous lui expliquerons que Cal n'est pas celui qui a provoqué sa mort, ce que confirmera le Juge, et nous enregistrerons son jugement avec un Taludi… en espérant qu'il choisira de condamner le vrai coupable cette fois-ci ! Et comme le Maître des Démons a joué un sale tour à Tara en l'infectant avec sa magie démoniaque la dernière fois, nous avions décidé de nous transformer afin qu'ils ne nous reconnaissent pas.

— Mmmm, grogna le dragon, pas mal. Mon pouvoir étant plus puissant que le vôtre, je vais me charger de vos transformations. Et puis j'ai une certaine expérience des Démons, je sais ce qui leur plaît et ce qui leur déplaît. Manitou, toi, tu peux rester sous ta forme de chien. Ils ne te connaissent pas, puisque tu n'étais pas avec nous la dernière fois. Par contre, vous devrez laisser vos Familiers ici.

Barune émit un barrissement de protestation, ce qui fit froncer les sourcils du dragon.

— Ce mammouth ne va pas faire de bêtises dans mon bureau pendant que je ne suis pas là, n'est-ce pas ? demanda-t-il avec une certaine inquiétude.

— Je vais lui donner des rouges-bananes et le laisser dans le parc, répondit Fabrice. Il devrait se tenir tranquille. Enfin… j'espère.

Robin parut ennuyé.

— Je suppose que je ne vais pas pouvoir emporter mon arc avec moi ?

— Pas plus que Fafnir ne pourra prendre sa hache. Vos armes sont trop reconnaissables.

— Ouille. L'arc ne va pas aimer.

— Ça c'est bien le problème des armes *magiques*, remarqua Fafnir. Ma hache, elle, reste là où je la pose et c'est tout. Je parie que toi, tu vas devoir négocier avec ton morceau de bois. C'est ridicule !

Le demi-elfe hocha sa tête blanche aux curieuses mèches noires, mais ne répliqua pas… car malheureusement, la naine avait parfaitement raison. Il entendait déjà les protestations mentales indignées de son arc.

— J'ignore combien de temps nous allons nous absenter, remarqua le dragon. En fait, j'espère que ce sera le moins longtemps possible. Bon, retirez vos vêtements.

— Pardon ? fit Moineau, rougissant d'un seul coup.

— Je dois transformer vos corps. Et les robes de sortceliers sont assez peu courantes dans les Limbes. Vous devrez donc en modifier la couleur et la forme pour qu'elles aillent sur vos nouveaux corps, expliqua patiemment Maître Chem. Ne gardez que vos sous-vêtements pendant que je vous transforme.

Fafnir le regarda de travers.

— Quels sous-vêtements ? J'ai juste ma chemise et mon pantalon. D'ailleurs je n'ai jamais compris pourquoi vous aviez besoin de vous couvrir de tas de couches de vêtements !

— Oh, fit le dragon, embarrassé. Bon, eh bien je vais faire avec.

Ce ne fut pas très agréable. D'habitude, quand les sortceliers veulent se transformer, ils utilisent un sort léger, n'impliquant pas de grosses modifications morphologiques. Dans leur cas, le dragon fut obligé de rajouter des tas de crocs, d'yeux, de bras, de jambes, de tentacules supplémentaires. Le résultat était… surprenant.

Tara était parsemée de taches violines, elle avait rétréci et son corps formait une boule irrégulière couverte de tentacules. Quand elle la remit, sa robe de sortcelière gémit pour arriver à s'ajuster à sa nouvelle forme, puis se transforma, à sa grande surprise, en une brassière et un bermuda caca d'oie. Robin, noir et blanc sur tout le corps, avait récupéré une bouche supplémentaire, une demi-douzaine de jambes, et sa tête ressemblait à une grosse asperge. Par prudence, conscient de la susceptibilité de la naine, Chem lui avait simplement rajouté une longue queue, armée d'un dard, modifié la couleur de sa peau, à présent d'un beau gris, et parsemé la tête de tout un tas de serpents sifflants. Le tout était assez… exotique.

Fafnir avait beaucoup râlé quand la queue avait percé son beau pantalon de cuir rouge.

Fabrice hérita d'un bel assortiment de bras insectoïdes à la chitine tranchante, et de huit pattes d'araignée. Cal avait grossi pour devenir un solide Démon à la peau de cuir, aux oreilles et à la trompe d'éléphant, ce qui perturba beaucoup Barune. Moineau ressemblait à une courgette qui aurait été à moitié épluchée... et jumelée à un escargot. Enfin Manitou conserva son corps de chien, mais le dragon lui colla une cinquantaine d'yeux sur le corps. Le dragon, quant à lui, se fit pousser deux autres têtes, se dégonfla d'au moins quatre tailles et échangea sa peau écailleuse contre celle d'une limace visqueuse. C'était tout à fait réussi. S'ils ne pouvaient pas emporter d'armes dans le pays des Démons, le dragon leur avait greffé tout un tas de griffes et de crocs suffisamment acérés pour découper en morceaux le premier qui les ennuierait. En tout *petits* morceaux.

Les choses se compliquèrent quand Fabrice et Robin tentèrent de se déplacer. Ils s'emmêlèrent les pattes et en un rien de temps se retrouvèrent la figure sur le plancher.

— Bon sang, grogna Fabrice en écartant Barune qui lui léchait le visage avec un plaisir évident, pourriez pas m'en enlever une paire ou deux? Je ne vais jamais arriver à les utiliser toutes en même temps!

— Entraîne-toi! répondit sévèrement le dragon. Nos déguisements doivent être parfaits. Une seule erreur et nous sommes morts.

— Évidemment, c'est motivant comme argument, approuva Robin qui essayait de démêler les nœuds que faisaient ses jambes. Voyons si comme ça...

Si deux chaises et une table furent les victimes innocentes de leurs déplacements incontrôlés, ils finirent par arriver à se tenir debout. Le dragon leur apprit également à se servir de leurs tentacules et la queue de Fafnir s'avéra *particulièrement* dangereuse, ce qui plut beaucoup à la naine.

Au bout de deux heures d'exercice, ils étaient à peu près à l'aise dans leurs nouveaux corps.

– Parfait, dit le dragon, les détails à présent. Je peux maintenir ces nouvelles apparences pendant plusieurs jours si cela est nécessaire. Ces corps sont bien sûr plus résistants que vos corps normaux. Ils sont parfaitement adaptés aux Limbes. Cependant, vous dissimuler ainsi amoindrira considérablement mes capacités magiques. Alors si nous devons nous défendre ou attaquer, attendez-vous à reprendre votre forme initiale. Qui, je vous le rappelle, est nettement plus vulnérable. Alors pas de zèle, s'il vous plaît. Voyons maintenant les règles de vie des mondes infernaux. Sans parler de politesse, il est plus prudent de laisser passer un Démon plus gros que vous. Soyez respectueux envers les plus forts, et méprisants envers les plus faibles. Ne sursautez pas, ne criez pas, ne vous indignez pas si vous voyez un Démon en dévorer un autre. Ces gens-là sont parfaitement *cannibales.* Comme nous sommes en groupe, ils ne devraient pas nous inquiéter. Mais ne restez jamais seuls et surtout ne vous éloignez jamais, jamais de moi. C'est compris ?

Un peu pâles tout à coup, ils opinèrent sans discuter.

– La dernière fois, continua le dragon, j'ai fait une erreur en nous transportant mentalement dans les Limbes, mais pas physiquement. Cette fois-ci, tout devrait bien se passer. Mettez-vous dans le cercle de racorni de gambole que je viens de préparer et fermez les yeux.

Ils obéirent. La voix du dragon retentit :

– Manitou !

– Quoi ?

– J'ai dit de fermer les yeux !

– Si tu crois que c'est facile, grogna le chien qui essayait désespérément de fermer ses cinq douzaines d'yeux en même temps.

Il y parvint enfin et le dragon cria « Sparidam ! » L'instant d'après, ils étaient dans les Limbes.

Ils s'étaient rematérialisés dans une ville. Qui grouillait de

Démons. Ce qui était logique puisque c'était une ville *démoniaque*. Mais ce n'était pas agréable pour autant.

Les maisons n'avaient pas de fenêtres. Ni de portes d'ailleurs. Les Démons en franchissaient les murs aux couleurs criardes avec une joyeuse insouciance.

— Nous ne sommes plus dans la plaine? s'étonna Tara, qui avait le souvenir d'une étendue morne et grise d'où les couleurs avaient été bannies.

— Le palais se balade, répondit Chem. J'ai focalisé mon esprit sur l'endroit où il se trouve, alors je suppose qu'il est dans cette ville en ce moment. Il ne nous reste plus qu'à le trouver.

Il se mit en marche, rangeant soigneusement le Livre interdit en compagnie du Taludi dans une sorte de sac pour limace, qu'il avait accroché à son dos.

Dans le ciel sombre brillaient les soleils noirs de l'étrange dimension. Ces soleils ayant la mauvaise habitude de déclencher des tempêtes monstrueuses, les maisons n'étaient bâties que pour éviter aux Démons de se faire griller la couenne. Mais ils ne restaient pas très longtemps à l'intérieur, car s'ils n'avaient pas *besoin* de se nourrir de matière solide, l'énergie de leurs soleils maléfiques leur était indispensable.

Il y avait des arbres aussi. Enfin… des *trucs* qui ressemblaient à des arbres. D'un blanc livide pour résister aux rayons brûlants, ils portaient de grosses fleurs d'un marron sale, butinées par d'énormes insectes rayés noir, vert et gris.

Parfois, un Démon passait un peu trop près des insectes et un essaim rageur se précipitait vers lui, le lardant de coups de dard jusqu'à ce qu'il s'enfuie en hurlant.

Les autres Démons avaient l'air de trouver ça très drôle.

En passant sur une portion de gazon blanc, ils découvrirent aussi que les plantes des Limbes pouvaient envisager de les croquer au passage. Des os, de la chitine, des pattes traînaient un peu partout, solidement enserrées par les brins coriaces. Le malheureux qui s'étendait sur ce gazon ne se relevait jamais.

Un peu plus loin, ils constatèrent que si les Démons n'avaient pas *besoin* de se nourrir, ils mangeaient cependant avec plaisir. Ils avaient découvert le sens du goût sur les autres mondes. En échange des services qu'ils rendaient, ils se faisaient payer en nourriture.

Vivante. Qui était dévorée telle quelle.

– Beurk, murmura Fabrice. Ils ne connaissent pas l'usage du feu?

– Si, mais ils trouvent que ça *gâche* le goût des aliments.

Des marchands Démons proposaient leurs marchandises aux chalands. Ils constatèrent que les échanges entre vendeurs et clients étaient assez… musclés.

Le «Donne-moi ce truc ou je t'arrache les bras» semblait être la monnaie d'échange la plus courante. Le «Essaie un peu et je t'arrange la figure avec la hache que voici» était également beaucoup utilisé. En général, la transaction se finissait assez mal pour le plus faible des deux, ce qui expliquait que les marchands Démons étaient particulièrement musclés et armés jusqu'aux naseaux.

Il était extrêmement difficile de différencier les Démons femelles des mâles, Tara supposa donc que ceux d'entre eux qui portaient des sortes de… ornements? décorations? bijoux? et se peinturluraient la peau, étaient l'élément féminin.

Les rues, quant à elles, n'obéissaient à aucun plan logique. Et puisqu'ils n'avaient pas le pouvoir de passer à travers les murs, comme les autres, leur progression était assez… compliquée. Soudain, Chem leva l'une de ses têtes et ses trois museaux sourirent.

– Suivez-moi, je crois que j'ai trouvé le palais.

En effet, le château du roi des Démons, posé sur ses gigantesques jambes, était visible sur la colline surplombant la ville.

Lui aussi avait changé depuis leur dernière visite. Il était totalement, définitivement, absolument… rose. D'un rose layette, ravissant, incongru.

— Aïe, aïe, aïe, murmura Chem, ça n'augure rien de bon!

— Pourquoi? demanda Cal, curieux. C'est plutôt joli, non? Même si le toit sur le côté donne un aspect un peu trop… bizarre à mon goût. Et puis les portes en haut et les fenêtres en bas, c'est tout de même pas superpratique.

— Quand le roi est de bonne humeur, le palais est noir. Quand il est de mauvaise humeur, il est rose. Et plus il est rose, plus il est de mauvaise humeur, rétorqua sombrement le dragon, très inquiet.

— Bon, eh bien, on va l'éviter, ce cher roi, hein! Je n'aime déjà pas trop les Démons, alors les Démons en colère …

— D'après le Livre interdit, le Juge devrait se trouver dans la salle de Vérité, Mensonge et Trahison.

— Tout ça en même temps? C'est curieux comme nom.

— Les Démons l'ont appelée ainsi à la suite des premières audiences. Les accusés doivent dire la vérité, ils disent bien évidemment des mensonges et sont trahis par le Juge qui dit la vérité.

— Tout un programme. Et comment allons-nous éviter les gardes?

— Il n'y a pas de gardes, assura le dragon. Qui serait assez fou pour défier le roi des Démons chez lui?

— Oui, hein, qui? marmonna Cal, alors là je me le demande bien!

— Comment combat-on les Démons? Peuvent-ils être blessés, peuvent-ils mourir? interrogea Robin, pragmatique.

— Ils sont soumis ici aux mêmes lois physiques que les humains. Ils sont juste plus costauds, plus rapides et nettement mieux armés question griffes ou crocs. Sinon, plantez-leur une épée dans le corps et ils feront comme tout le monde.

— Ah bon, ils diront «Arrrgh, ça fait mal»? proposa Cal qui était d'une jovialité renversante depuis sa résurrection.

Le dragon lui jeta un regard noir de son œil de limace.

— Ils *mourront*. Enfin du moins si vous avez touché un organe vital… pour eux. Ce qui ne veut pas forcément dire le cœur. Bon. De toutes les façons, nous n'avons pas du tout l'intention de nous battre, n'est-ce pas? Nous voulons juste enregistrer le jugement de Brandis et innocenter Cal. Alors, nous allons nous faire discrets. Très très discrets.

Effectivement, il n'y avait pas de gardes devant les fenêtres du palais. Ils entrèrent. Une abominable odeur de viande en putréfaction les prit à la gorge, manquant de les faire suffoquer.

— Baaah! souffla Moineau, écœurée, mais qu'est-ce que c'est que cette odeur, c'est insoutenable!

— Ça vient de là, remarqua Tara qui essayait de respirer par la bouche.

Un peu partout dans le palais, des morceaux de viande ou des pichets de sang, posés sur de courts piliers, grouillants d'asticots et de mouches, parsemaient les couloirs.

— C'est l'équivalent d'un diffuseur de parfum, comprit soudain Tara. Ils mettent ça pour créer une *atmosphère*!

Avec les murs roses et chauds, elle avait l'horrible l'impression d'être dans un gigantesque intestin.

— Ben c'est réussi, souffla Cal qui avec sa trompe avait l'odorat un peu trop sensible. Essayons de trouver un endroit qui pue un peu moins!

Bien évidemment, ils n'en trouvèrent pas. L'intendant de ce palais prenait visiblement les choses très à cœur, car l'horrible puanteur était la même partout. Le plus curieux était qu'ils pouvaient déambuler librement dans le palais, personne ne leur demandait rien. Tara ne savait pas si sa carte magique fonctionnait sur ce monde, mais elle tenta sa chance, ils avaient besoin d'un guide pour les mener à la salle du Juge.

— Aucune idée, répondit la carte d'assez mauvaise humeur car elle avait horreur d'admettre son ignorance. Ce secteur n'a pas été cartographié, alors j'ignore où se trouve cette fameuse salle. Il va falloir que vous vous débrouilliez seuls.

Tara regarda autour d'elle. Le palais avait l'air nettement plus petit de l'extérieur que de l'intérieur. Dedans, c'était un absurde labyrinthe de couloirs, de salles, de cuisines (pour préparer quoi, les Démons n'étaient pas censés cuisiner!), de chambres aux meubles étranges et tordus.

— Nous n'avons pas le choix, avoua-t-elle en rangeant la carte. Il va nous falloir demander notre chemin.

— C'est facile, ricana Cal, regardez faire le maître.

Il s'approcha d'un petit Démon vert qui contemplait les gros Démons avec envie et jalousie… raison d'ailleurs pour laquelle il était vert, les Démons changeant de couleur au gré de leurs humeurs.

— Nous devons nous rendre auprès du Juge, grimaça Cal, faisant jouer sa musculature puissante. Où se trouve la salle?

Le petit Démon le regarda avec mépris.

— Tout le monde sait où c'est! Dégage de mon atmosphère, miel de pollen!

Tara faillit laisser éclater son rire quand le Démon insulta Cal. «Miel de pollen», ça c'était une sacrée insulte! Bon, si on imaginait que les Démons détestaient les fleurs, alors «miel de pollen» devait être l'équivalent de «bouse de traduc» sur AutreMonde. Cal fronça les sourcils, mais Chem intervint:

— Laisse-moi faire, je crois que notre petit ami ici présent n'a pas bien compris ta question. Peut-être qu'en le suspendant par les oreilles il entendra mieux! J'ai justement tout à fait ce qu'il faut pour les lui percer.

Et du corps visqueux surgit tout un tas de crochets et de trucs pointus qui convergèrent vers le Démon avec un bel enthousiasme.

Le petit Démon écarquilla les yeux et se mit à parler si vite qu'on avait l'impression que les mots étaient collés les uns aux autres.

– Prenezlapremièreporteàdroite, lasecondeàgauche, voustour-nezdeuxfoisetensuitec'esttoutdroit... VotreSeigneurerie, ajouta-t-il par prudence.

– Merci, répondit poliment le dragon, vous êtes bien aimable.

Il rengaina tous ses machins, tourna les talons... enfin ce qui lui servait de talons, et suivit les indications du Démon. Qui, étonnamment, étaient parfaitement exactes.

Le seul problème, c'était qu'ils n'étaient pas les seuls à vouloir interroger le Juge. À première vue, ils étaient un bon *millier* à attendre devant l'énorme salle. Contrairement à l'usage dans les Limbes, la salle avait une porte, ou plutôt une espèce d'ouverture irrégulière qui ressemblait à un trou dans le mur rose. Un... machin (majordome? hurleur? aboyeur?) à tête de homard trop cuit, qui serait passé sous un bulldozer, annonçait le nom des prochains plaignants. Ceux-ci empruntaient alors le trou ou traversaient parfois directement le mur, ce qui faisait glapir le homard.

– Aïe, aïe, aïe, murmura Cal, catastrophé, il va nous falloir un siècle avant d'arriver devant le Juge! Et puis on ne peut pas faire appel à lui devant tous ces Démons.

– En tout cas, ils n'ont pas l'air très satisfaits des sentences! remarqua Moineau en leur désignant les Démons qui sortaient du mur.

Effectivement, pour autant qu'ils soient capables de déchiffrer les émotions des... visages, museaux... *trucs* faciaux des Démons, ils avaient l'air plus catastrophés que satisfaits. Tant les accusateurs que les accusés d'ailleurs. Ils étaient tous encadrés par ce que le roi des Démons considérait comme ses gardes.

D'apparence bipède, la peau d'une blancheur malsaine, ils avaient de répugnants nids de tentacules sur le torse, des mandibules d'araignée dépassant de la bouche et plusieurs bras... qui ne lâchaient pas tout de suite les accusés.

Les sentences étaient assez simples. En fait, il y avait deux options.

Soit on perdait un bout de son corps. Qui était ôté immédiatement. Sur place. Sans discussion possible, même si les Démons protestaient beaucoup.

Soit on perdait la vie. Là aussi les Démons discutaient beaucoup, mais la justice du Juge était implacable.

Des têtes, des tentacules, des morceaux non identifiés tombaient, tranchés net. Corps et morceaux étaient aussitôt évacués.

Les Démons qui n'étaient que blessés s'enfuyaient en hurlant et en maudissant le Juge.

C'était assez créatif et tout à fait bruyant. Sensible à la sauvagerie ambiante, Moineau devait lutter de toutes ses forces pour ne pas se retransformer en Bête, ce qui aurait trahi son déguisement. Soudain, il y eut une éclatante sonnerie de cors, ou du moins de quelque chose qui s'en rapprochait bigrement, question bruit, et le roi des Démons fit son apparition.

Il n'avait pas beaucoup changé. Ses innombrables yeux parsemaient toujours son ignoble corps sphérique et sa grosse langue tachée bavait en les léchant.

Fabrice retint un haut-le-cœur. Son enthousiasme pour la magie avait légèrement vacillé quand il s'était retrouvé une première fois face à un *Démon*. Et maintenant qu'il se retrouvait devant toute une *cohorte* infernale, glapissante et gesticulante, il se disait que finalement, la vie sur Terre, calme, paisible, sans magie, c'était *ça* qui était *vraiment* super.

Tara se disait exactement la même chose. Les deux Terriens échangèrent un regard. Les autres n'étaient pas plus rassurés, y compris le dragon. Ils ignoraient si le roi allait les reconnaître malgré leurs déguisements, et les genoux de Moineau s'entrechoquaient tandis que les serpents sur la tête de Fafnir sifflaient à qui mieux mieux, au point qu'elle eut peur de se faire remarquer et les assomma à moitié d'un grand coup de poing.

Le roi passa devant eux sans leur accorder un regard, ce qui compte tenu du nombre d'yeux qu'il avait était un extraordinaire coup de chance. Il pénétra dans la salle… et ses gardes dispersèrent les plaignants à grands coups de bâtons et de hurlements! Quoi que le roi ait à demander au Juge, il avait décidé de le faire *en privé*.

En quelques minutes, le couloir et la salle étaient vides.

– Parfait, s'exclama Chem, il est seul maintenant! Allons-y!

Seuls deux gardes étaient restés, postés chacun d'un côté de l'ouverture servant de porte à la salle.

Maître Chem ne fit pas dans la dentelle. Il utilisa sa masse imposante pour réduire les deux Démons à l'état de… crêpes.

– Vite, dit l'une de ses têtes, pendant que les deux autres surveillaient les alentours, entrez!

Ils ne se firent pas prier.

Une fois dans la salle, ils s'aperçurent avec horreur que les Démons qui avaient été exécutés, ou avaient perdu un membre, s'en tiraient à bon compte. Car le Juge pouvait prononcer une troisième sentence.

L'emprisonnement.

Pour l'éternité.

Un sort avait été jeté sur les murs de la salle du jugement. Chaque Démon condamné était prisonnier de la pierre. Les plus vieux, ceux qui étaient là depuis longtemps, ne bougeaient plus, statufiés à jamais. Mais ceux dont la condamnation était récente se débattaient dans la pierre, tentant de se libérer, éternels prisonniers, hurlant muettement de rage et de peur.

Le spectacle était si saisissant qu'ils se serrèrent instinctivement les uns contre les autres, évitant soigneusement de se rapprocher des murs.

Le roi des Démons était assis sur un trône juste en face d'une énorme statue. La statue représentait… rien. C'était juste une grosse masse noire et informe à qui on avait grossièrement sculpté un œil, une oreille et une bouche.

La bouche était en train de parler, retenant l'attention du roi, qui ne les entendit pas entrer.

— Il a menti, disait-elle avec une résonance d'airain dans son timbre grave. Il sait où ils sont. Tu n'es plus assez puissant pour lui arracher la vérité. En lui donnant une partie de ton pouvoir, tu as créé un véritable concurrent pour ta race. Bien plus que le dragon qui se trouve derrière toi d'ailleurs !

Chem hoqueta en même temps que le roi, stupéfait.

— Mais qu'est-ce…

Le Démon n'eut pas le temps de terminer sa phrase. Comme une locomotive en furie, Maître Chem lui sauta dessus, l'étouffant sous son poids énorme. Tara ne savait pas si les Démons avaient des poumons, bien que l'air des Limbes soit respirable, mais le roi était *tout à fait* inconscient quand Chem le dégagea.

— Maudit juge, râla le dragon, il ne s'est pas laissé tromper par ce corps factice. Bon, maintenant que notre couverture est fichue, je vais nous retransformer pour récupérer le total potentiel de ma magie.

— Ouch ! Ça fait mal, râla Cal en retrouvant son corps normal, tandis que sa robe de sortcelier reprenait sa forme habituelle. Alors ? Qu'est-ce qu'on fait maintenant ?

Le grand dragon étira son corps écailleux avec satisfaction, puis répondit :

— Pas «on», *tu* dois demander justice au Juge. Mets-toi sur le trône, à la place du Démon.

Cal observa le siège avec appréhension. Sculpté de visages monstrueux qui semblaient le guetter, il exsudait un fluide visqueux et noirâtre.

— Aïe, Maman va hurler quand elle va voir mes vêtements ! marmonna-t-il en s'asseyant avec précaution… et une grimace de dégoût.

La voix d'airain résonna, emplissant toute la salle.

– JE T'ÉCOUTE, CALIBAN DAL SALAN. TU REQUIERS MON JUGEMENT ?

Moineau avait sorti le Taludi du sac, et lui faisait enregistrer toute la scène.

– Oui, répondit Cal. J'ai été accusé injustement du meurtre de…

– BRANDIS T'AL MIGA AB CHANTU. OUI, JE SAIS. ET TU DÉSIRES QUE JE CONVOQUE L'ESPRIT DU GARCON POUR QU'IL TE JUGE À NOUVEAU. ET QUE FERAS-TU, CALIBAN DAL SALAN, S'IL RÉITÈRE SON JUGEMENT ?

– Il ne le fera pas, répondit calmement Cal, celui qui a essayé de ·tuer Tara est l'unique responsable de la mort de Brandis.

– AH, MAIS C'EST BIEN LE CRI D'INDIGNATION D'ANGELICÀ BRAN-DAUD, CAUSÉ PAR TON INVESTIGATION SOUS SA ROBE QUI A DÉCLENCHÉ L'INCIDENT.

– Ehhhh ! protesta Cal, je ne cherchais pas *sous* sa robe, je cherchais *dans* sa poche. Elle venait de lancer une mouche à sang* sur Tara, essayant de lui faire provoquer une catastrophe.

– ET COMME TES AMIS NE VOULAIENT PAS TE CROIRE, TU AS VOULU LEUR *PROUVER* QUE TU AVAIS RAISON. AU LIEU D'ATTENDRE LA FIN DE LA DÉMONSTRATION DES DEUX GARCONS, TU AS IMMÉDIATEMENT ENTREPRIS TON ACTION. CE QUI A CONDUIT À LA MORT DE BRANDIS T'AL MIGA AB CHANTU… ET FAILLI PRÉCIPITER TON MONDE DANS UN NÉANT INFINI SI VOUS N'AVIEZ PAS EU LE POUVOIR DE REFERMER LE VORTEX !

Cal était tout pâle. Le Juge avait raison ! Il n'avait pensé qu'à lui dans cette histoire. Et à l'admiration de ses amis s'il prouvait la culpabilité d'Angelica.

Il baissa la tête.

– Vous avez raison, admit-il. J'ai été coupable d'imprudence.

– ET… ? demanda le Juge qui ne lâchait pas sa proie facilement.

– Et, soupira Cal, c'est de ma faute si Brandis est mort.

– CONCLUSION ? poursuivit le Juge, implacable.

– Je vais me rendre à l'impératrice et retourner en prison.

Avant que Tara et ses amis ne puissent protester, trop choqués pour réagir, le Juge émit un bruit curieux. Cal mit un moment

avant de réaliser. La masse de pierre… riait! D'un gros rire ironique.

— MMMMMHHH, TU ME CHANGES AGRÉABLEMENT DE TOUS CES
DÉMONS MENTEURS, gloussa le Juge. TU ADMETS TA CULPABILITÉ! ET
SINCÈREMENT EN PLUS! C'EST BIEN. MAIS JE VAIS T'ÔTER UN POIDS DES
ÉPAULES. SI TA SOIF DE VENGEANCE CONTRE ANGELICA A ÉTÉ LE DÉCLEN-
CHEUR DE L'INCIDENT, IL AURAIT NORMALEMENT DÛ ÊTRE FACILE POUR
LES HAUTS MAGES DE REFERMER LE VORTEX. CELUI QUI A TUÉ BRANDIS
T'AL MIGA AB CHANTU EN TENTANT D'ASSASSINER TON AMIE EST DONC
BIEN LE COUPABLE. JE VAIS APPELER L'ESPRIT DU GARÇON AFIN QUE TU
PUISSES LUI DEMANDER PARDON. ET QUE CECI TE SERVE DE LEÇON.
TOUTE ACTION AMÈNE UNE RÉACTION. IL FAUT *RÉFLÉCHIR* AVANT D'*AGIR*.

Cal était encore bouche bée, écoutant religieusement les commentaires du Juge, quand l'esprit de Brandis se matérialisa.

— BIEN, dit le Juge, JE VAIS EXPLIQUER LA SITUATION À LA VICTIME.
VOYONS UN PEU CE QU'ELLE VA EN DIRE.

Le fantôme du garçon paraissait plus… solide qu'à la Cour
d'Omois. L'échange entre le Juge et lui ne fut pas perceptible, mais
ils purent sentir sa surprise. Il se retourna vers Cal et dit:

— Ainsi tu as agi de cette façon stupide pour protéger ton amie.

— Euuuuh, pas exactement, mais…

— C'est bien, coupa le garçon. J'aurais probablement agi de même.

Ça faisait deux fois dans la même journée que le petit Voleur
était pris par surprise. Il ouvrit la bouche… et la referma, curieux
d'entendre ce qu'allait dire le fantôme.

Il ne fut pas déçu.

— Cependant, reprit celui-ci fermement, même si tu n'es pas coupable de ma mort, tu as fourni au véritable assassin l'opportunité
d'agir. Aussi, je ne te condamne pas à la prison, mais à aider mes
parents lorsqu'ils seront âgés puisqu'ils ne pourront pas compter
sur moi. Telle est ma sentence. Je ne te demande pas d'argent, ni de
sang. Juste du temps. Cela te semble-t-il juste?

Cal avait les larmes aux yeux. Il n'avait pas pensé à la douleur des parents qui avaient vu mourir leur enfant. Il n'avait pas envisagé leur vieillesse solitaire.

— Je m'y engage, répondit-il solennellement. Je leur rapporterai ton vœu, Brandis, tu as ma Parole de Sang.

— C'est inutile, fit le fantôme, ta parole tout court me suffira. En revanche, je te demande un petit service personnel.

— Bien sûr, lequel?

— Lorsque tu seras en face de celui qui a provoqué ma mort, grinça le fantôme, soudain furieux, fais-lui payer ce qu'il m'a fait. Cher. Très cher.

— Là aussi, tu as ma parole, grogna Cal avec un sourire parfaitement féroce.

— Alors je repars en paix. Adieu.

Et la silhouette colorée disparut.

— Voilà une bonne chose de faite. Tu as tout enregistré, princesse? demanda le Juge.

Moineau sursauta. Elle n'avait pas l'habitude qu'on lui donne son titre…

— Oui, oui, tout est dans le Taludi. Il ne nous reste plus qu'à le porter à l'impératrice.

Un gémissement les surprit. Le roi des Démons était en train de se réveiller, ses tentacules tressautant tandis qu'il tentait d'ouvrir ses dizaines d'yeux.

Maître Chem intervint rapidement. Il donna un grand coup de queue sur ce qui était le point faible du Démon et le renvoya au pays des cauchemars.

— Si nous avons fini, je crée une Porte et nous partons, annonça le dragon, en sortant délicatement, de la pointe de la griffe, le Livre interdit du sac.

Il allait attraper le Taludi quand soudain ils sursautèrent. Un fantôme venait de se matérialiser devant eux! Cal crut, dans un instant de panique, que Brandis venait modifier son jugement, mais le fantôme était plus grand et sensiblement plus âgé que le jeune garçon.

Et il les contemplait avec une égale stupeur.

Puis Tara, incrédule, reconnut les yeux bleu marine si semblables aux siens et la crinière blonde ponctuée de la mèche blanche impériale. Elle reconnut un visage détaillé des milliers de fois sur de vieilles photos.

— Papa ? s'exclama-t-elle.

Le fantôme fronça les sourcils.

— Qui… qui êtes-vous ?

— Papa ? C'est moi ! Tara !

— Tara'tylanhnem ? Mais… c'est impossible ! Tara n'a que deux ans !

— Papa, c'est moi ! Regarde-moi ! Oh, Papa ! je n'arrive pas à y croire. C'est bien toi ?

Le fantôme la détailla avec attention puis eut un grand sourire.

— Tara ! Mon bébé !

Il se précipita pour la prendre dans ses bras… et passa à travers sa fille.

— Oh ! fit-il, sa voix emprunte d'un insondable chagrin, j'avais oublié que je ne peux pas te toucher !

Tara n'arrivait plus à penser. Son père, c'était son père ! Et c'était une douleur presque physique de ne pas pouvoir se jeter dans ses bras. Douleur partagée, car son père balbutia :

— Mon bébé, je suis tellement désolé !

Tara opina et jeta un coup d'œil vers ses amis qui hésitaient entre le rire et l'étonnement.

— Euuuh, Papa ?

— Oui, mon bébé ?

— J'ai douze ans presque treize, alors si tu pouvais éviter le « mon bébé », ce serait bien… s'il te plaît ?

Danviou sourit tendrement à sa fille.

– Pardon, ma chérie. Quand je t'ai quittée, tu avais à peine deux ans, alors je dois m'habituer. Promis, plus de bébé. «Ma chérie», j'ai le droit?

– C'est parfait, Papa. Je suis si contente de te voir et de te parler! Vous m'avez tellement manqué, Maman et toi! Et maintenant, vous retrouver l'un et l'autre en si peu de temps, je n'arrive pas à y croire.

Danviou fronça les sourcils:

– *Nous* retrouver? Tu n'étais pas avec ta mère?

– Elle a été *enlevée*, Papa, par le même monstre qui t'a tué. Il se fait appeler Magister et il a recréé un clan qui se donne le nom de «Sangraves». Ils ont passé un pacte avec les Démons et infecté les Premiers sortceliers avec de la magie démoniaque. Puis Magister a voulu m'enlever car j'ai, grâce à toi, le sang de Demiderus dans les veines, ce qui me permet d'approcher les objets démoniaques cachés par les dragons après la guerre avec les Démons. Mes amis et moi avons réussi à le vaincre et, du même coup, à délivrer Maman qui était sa prisonnière depuis *dix ans*. Voilà. Oh, et mon Familier est un pégase. Et j'ai aussi une pierre vivante qui m'aide quand j'ai besoin de puissance. Mais c'est devenu une amie, parce qu'elle a une conscience. Et nous sommes venus ici pour innocenter Cal qui a été accusé d'avoir tué Brandis dans le Vortex, mais il n'est pas responsable, le coupable est celui même qui a essayé de se débarrasser de moi à plusieurs reprises. Euuuh, je ne suis pas sûre d'avoir été très claire. Tu as tout compris?

Le fantôme donnait l'impression d'avoir reçu un mur sur la tête.

– Pour être franc, non. Quelqu'un essaie de te tuer? Et tu as un Familier? Mais j'avais fait jurer à ta grand-mère que tu ne serais jamais un mage, pour te soustraire à cette vie sur AutreMonde. Et… au fait… où sommes-nous?

Il détailla le trône monstrueux et la salle aux Démons.

– Ça... ça ressemble à la description que les Hauts mages font des Limbes démoniaques !

Maître Chem intervint, attirant l'attention du fantôme.

– Cela m'ennuie d'interrompre ces touchantes retrouvailles, mais il se trouve que nous sommes bien dans les Limbes. Et d'ailleurs ce serait parfait si nous pouvions partir. *Maintenant.*

Le fantôme plissa les yeux, puis se raidit. Enfin autant qu'un fantôme puisse se raidir.

– Maître dragon Chemnashaovirodaintrachivu ? Êtes-vous le responsable de tout ceci ?

Le dragon eut un sourire froid. Visiblement, lui et Danviou ne s'aimaient pas tellement.

– En fait, pas du tout. Votre fille se débrouille parfaitement pour se mettre *toute seule* dans les pires problèmes.

Soudain, le Juge prit la parole, les faisant sursauter.

– Tu devines pourquoi j'ai fait venir ton père, Tara ? J'ai lu ton inquiétude dans ton esprit à propos de ta grand-mère. Je juge, certes, mais ma fonction est également de résoudre les problèmes de ceux qui se présentent devant moi... Enfin, si je le peux. Et celui-ci n'est pas très compliqué. Alors à toi de jouer, petite sortcelière.

Enfin, Tara comprit. Elle se tourna vers son père.

– J'essaie de ne pas faire de magie, mais la magie n'a pas l'air d'accord. Je passe mon temps à l'utiliser, et plus je l'utilise, plus je me rapproche du statut de mage ! Et si je deviens mage, ça tuera Grand-mère ! À cause de ta Parole de Sang. Tu comprends ?

– Je n'avais pas pensé un instant que la magie s'imposerait à toi de la sorte, ma chérie, je suis désolé, j'ai essayé de te protéger d'AutreMonde.

– Oui, grommela le dragon, en fait, c'est plutôt AutreMonde qu'il faudrait protéger de Tara. Elle arpente cette planète comme une véritable catastrophe naturelle. Bon, nous devons *vraiment* partir. Dites-nous vite ce qu'Isabella doit faire pour que vous la libériez?

— Vous devez amener Isabella *ici*. Devant moi. Et je la délivrerai de sa Parole, répondit clairement le fantôme.

— Ici? paniqua Tara. Dans les Limbes? Tu plaisantes?

— Le Juge est *le seul* qui soit capable de rappeler les morts plusieurs fois, répondit le dragon à la place du fantôme. Mais il est hors de question que nous revenions ici avec Isabella. Il est même hors de question que nous revenions *tout court*! Je pense qu'il est temps que vous vous disiez adieu. Nous ne pourrons pas invoquer l'esprit de ton père une seconde fois sans cette statue, Tara. Je suis désolé.

En fait, il n'avait pas l'air désolé du tout. Tara lui jeta un regard perçant. Elle avait perçu l'infime satisfaction que le dragon n'avait pas réussi à dissimuler. Il ne voulait pas qu'elle parle avec son père. Pourquoi?

— Euuuh, intervint Cal, je suis confus de vous ennuyer, mais moi je vois une autre solution que risquer notre vie une nouvelle fois en revenant dans les Limbes. Je suis déjà mort cette semaine, si je pouvais éviter de renouveler l'expérience, disons pour les cent prochaines années, j'apprécierais.

Le fantôme lui jeta un regard surpris.

— Et vous êtes?

— Caliban Dal Salan, fils d'Aliana Dal Salan.

— La Maître Voleuse? Oui, je la connais. Ma sœur l'a copieusement maudite quand elle a réussi à nous escamoter les parchemins de Sailibo. Quelle est ton idée?

— Ben, on n'a qu'à voler la statue!

Le fantôme jeta un regard interloqué vers la gigantesque statue du Juge.

— Tu... es sérieux?

— Tout à fait! Je dis pas que tout seul je pourrais y arriver. Et Maître Chem doit garder son énergie pour nous ramener au Lancovit. Mais Tara, elle, est méchamment puissante quand elle s'y met. Je suis sûr qu'elle a assez de magie pour réduire ce gros morceau de glaise. Une fois réduit, je le glisse dans ma poche, et hop! retour à la maison!

— Et je pourrais même vous suivre sans perdre le contact! Oui, c'est une excellente idée, jeune Voleur, digne de ta célèbre mère! Tara, vas-y, essaie.

Tara soupira. Elle aurait dû parier que ça allait lui retomber dessus à un moment ou à un autre. Bon sang, qu'est-ce que ce truc était gros!

Elle leva les bras, avertissant mentalement la pierre vivante.

— *Je vais avoir besoin de ton aide pour réduire ce machin. Non seulement en taille mais aussi en poids, de plus, moins j'utilise ma propre magie, moins je risque de faire souffrir ma grand-mère c'est d'accord?*

— *Ton père tu as retrouvé? Ta famille tu as complété? C'est pour ta grand-mère aider? Ma magie tu prends!*

— *Mmmouui, ce n'est pas exactement ça, mais bon. J'ai besoin de toi. Allons-y.* Par le Miniaturus je te réduis et te transporter je puis!

Le sort frappa le Juge, qui en hurla d'indignation.

Alertés, les Démons réagirent. À l'extérieur de la salle, les sabots, pieds, cornes… trucs martelèrent le sol.

— Vite, gronda le dragon, continue à réduire la statue, je lance un sort qui protégera la salle. Cal, Robin, Fabrice, Fafnir, Manitou et Moineau, vous vous occupez des Démons qui parviendront à franchir le barrage. Et prenez garde, seuls les plus puissants d'entre eux pourront passer.

Fafnir grommelant que sans sa fidèle hache, elle ne pouvait pas faire grand-chose, Robin lui en matérialisa une vite fait.

— Pfff! fit la naine, encore de la fichue magie. Et si tu t'évanouis ou que tu meurs, crac, ta magie aussi, et moi je me retrouve sans hache.

Robin haussa les épaules.

– Ben, comme dit Cal, je vais essayer d'éviter de mourir. Et je vais devoir me créer un arc moi…

Son «aussi» finit aux oubliettes, car l'arc de Lillandril venait de se matérialiser dans sa main. Suivi par son carquois.

Par ses flèches.

Et par son protège-bras.

L'expression du demi-elfe était indescriptible et Fabrice éclata de rire, malgré la trouille monstre qui lui rongeait le ventre.

– Ça par exemple, s'exclama Robin, il m'a retrouvé!

– Ben pour cette fois-ci, dis-lui de ma part que je suis bien content qu'il l'ait fait! se réjouit Cal. Parce que, à mon avis, on va avoir pas mal besoin de lui.

Les hurlements des Démons qui venaient de découvrir le sort bloquant le trou et fermant le mur confirmèrent son pronostic. Fafnir apprêta sa hache, Robin encocha une flèche, Fabrice et Cal incantèrent un Destructus, retenant le sort avec effort, Moineau se transforma en Bête, sortant ses griffes, et Manitou retroussa les babines, prêt à mordre le premier qui passerait.

Pendant ce temps, le dragon avait ouvert la porte. À l'aller, l'incantation du roi des Démons avait suffi pour les envoyer dans les Limbes, mais au retour, à cause du sort de protection de Demiderus, il devait créer l'équivalent d'une Porte de transfert pour les réexpédier au Lancovit.

Tara, elle, luttait pour réduire la statue, encouragée par son père. Elle essayait de ne pas se laisser distraire de ce qu'elle faisait, mais ce n'était pas facile. Elle était si contente. En l'espace de quelques semaines, elle avait retrouvé sa mère, puis son père.

Bon, d'accord, son père était un fantôme.

Elle pouvait s'en arranger.

Heureusement pour sa survie personnelle, pendant que ses pensées divaguaient, la magie continuait d'agir. Le Juge semblait se tordre et gémir sous le fouet brûlant, mais il rétrécissait et rétrécissait encore.

Quand il fut de la taille d'un gros hamster, Tara interrompit son action et ramassa la petite statue puis le Taludi pour les fourrer vivement dans le sac du dragon.

Il était temps. Deux Démons plus malins ou plus puissants que les autres avaient réussi à se faufiler à travers le sort du dragon. Le premier avait été abattu par le Destructus de Cal et de Robin, mais le second combattait avec férocité. S'il ressemblait à un croisement entre un requin et un scolopendre, il n'en avait pas moins des tas de pattes, des tas de griffes et des tas de crocs. Fabrice avait été blessé au bras. Moineau l'avait vivement tiré hors de portée du monstre et protégeait le jeune Terrien de son corps. Cal, qui avait été à moitié assommé par l'une des pattes, se vengeait en les paralysant une à une, immobilisant le monstre lentement mais sûrement.

Fafnir, de son côté, tranchait tout ce qui dépassait. L'un des gardes du roi des Démons venait à son tour de passer la tête à travers le champ de protection, hurlant de rage quand il vit son roi inconscient, la porte activée et le Juge… disparu.

Au signal de Tara, tous battirent en retraite, se garant tant bien que mal des attaques qui arrivaient de tous côtés.

– Allez-y! hurla le dragon en se retransformant en vieux mage, vite!

Ils sautèrent tous à travers la Porte.

Et se retrouvèrent au Lancovit.

Avec Maître Chem en sous-vêtements.

Et un Démon très étonné.

Au début, celui-ci fut un peu perdu. Tout à sa bataille, il n'avait pas hésité une seconde à suivre les imposteurs à travers la Porte de transfert. Il réalisait maintenant qu'il avait été téléporté sur AutreMonde et qu'il y avait soudain autour de lui des tas et des tas de gardes qui allaient le transformer en steak haché.

Il lâcha prudemment Fafnir qu'il avait crochetée et leva haut les pattes, rengainant griffes et crocs à une vitesse vertigineuse.

La naine, furieuse, faillit bien lui trancher une patte de plus, mais fut arrêtée par Maître Chem.

– Ça suffit, Fafnir, il se rend. Laisse-le tranquille.

Puis le vieux mage réalisa qu'il était en caleçon long et grommela.

– Par mes ancêtres, ça ne va pas du tout. Par l'Appellus, robe de sortceliers, viens donc m'habiller !

Immédiatement, la robe bleu et argent, qui ne l'avait pas suivi depuis les Limbes, se matérialisa. Fafnir regardait avec consternation le trou qu'avait fait sa queue de scorpion dans son beau pantalon de cuir rouge.

– Stupide magie, grogna-t-elle, furieuse, ce pantalon m'a coûté une fortune !

– Gardes ! rugit le mage.

– Maître ?

– Faites appeler le Chaman Oiseau de Nuit, nous avons deux blessés. Et notre magie bénéfique ne fonctionne pas très bien sur les Démons.

– Bien, Maître.

Le garde partit en courant. Fafnir tonna :

– Quoi ? Vous n'allez pas le soigner, tout de même !

Maître Chem se tourna vers elle, surpris.

– Mais si, bien sûr, pourquoi ne le soignerais-je pas ?

La naine était interloquée.

– Mmm… mais… il nous a attaqués !

– En fait, pas exactement. Nous nous sommes introduits chez les Démons, nous avons assommé leur roi, puis nous avons volé leur Juge. De leur point de vue, c'est *nous* qui les avons attaqués. Ils n'ont fait que se défendre.

La naine en resta muette. Elle n'avait pas du tout envisagé le problème sous cet angle.

Soudain, ce qui flottait devant elle attira l'attention de Tara. Elle écarquilla les yeux, paniquée.

Elle avait rétréci le Juge. Soit.

Le problème, c'était qu'elle avait également rétréci son *père*!

Le fantôme, réduit à la taille d'une souris, flottait devant elle, l'air un peu perplexe.

– Ça par exemple, dit-il d'une toute petite voix aiguë, mais qu'est-ce qui m'arrive?

– Papa? Oh là là, tu vas bien? Je suis désolée, je suis désolée, je ne n'avais pas du tout prévu ça!

– C'est toi qui…? comprit le fantôme. Oh! Eh bien dis-moi, elle est *vraiment* puissante ta magie! Ne t'inquiète pas. Dès que tu auras rendu sa taille au Juge, je retrouverai la mienne… enfin *j'espère*!

Tara sourit faiblement, très ennuyée, et hocha la tête. Son fichu pouvoir avait *encore* fait des siennes!

Le château vivant, tout content d'avoir récupéré ses sortceliers favoris, était un peu déconcerté par le Démon. Aussi projeta-t-il un désert brûlant, histoire d'être en accord avec le côté mille-pattes du prisonnier ainsi qu'une mer bleue sur le plafond, pour le côté requin. L'effet était assez… troublant.

– Comprends-tu notre langage? demanda le dragon au Démon.

Celui-ci grommela à contrecœur:

– Comprends je.

– Ne t'inquiète pas. Nous allons te soigner, puis te renvoyer chez toi.

Le captif releva ce qui lui servait de tête et demanda, plein d'espoir:

– Vous garder le Juge?

– Tu aimerais bien, hein! ricana le dragon. Plus de jugement, plus de sentences. Eh bien non, pour la stabilité de vos royaumes, le Juge doit reprendre sa place. Je le restituerai à votre roi.

Le Démon lui jeta un regard haineux, puis suivit sagement les gardes jusqu'à l'infirmerie.

Maître Chem se pencha sur Fabrice, qui tenait son bras en grimaçant de douleur. Le Reparus de Robin avait atténué la souffrance, mais la plaie était trop profonde. Et la pointe des épines du Démon étant empoisonnée, il fallait contrer immédiatement l'action du venin. Ils l'accompagnèrent donc jusqu'à l'infirmerie, lui aussi. Et le jeune Terrien trouva assez peu agréable d'avoir comme compagnon de chambre un mille-pattes à tête de requin.

Dès qu'ils s'étaient rematérialisés au Lancovit, Barune, Blondin et Galant avaient immédiatement senti leur présence. Ils s'étaient précipités pour les retrouver et Barune flanquait constamment des petits coups de trompe inquiets à Fabrice.

— Ça va, Barune, ce n'est rien, juste une égratignure, expliqua le jeune Terrien à son mammouth.

— Pas du tout, fit une voix grave derrière lui. C'est une plaie profonde, causée par un Démon sur un monde maléfique. Il va falloir du temps pour que ça guérisse!

— Du temps? (La voix de Fabrice eut un vacillement.) Combien de temps?

— Nous verrons. Mes remèdes doivent faire leur effet. Et pas de visites. Vous allez souffrir, et ce n'est pas spécialement agréable.

Fabrice faillit s'évanouir.

— Je... je vais souffrir? balbutia-t-il... mais...

— Il faut *souffrir*, si vous voulez *guérir*. Avalez-moi ça, intima le Chaman en ordonnant à un verre de flotter jusqu'à son malade.

La mixture verdâtre qui bouillonnait dedans donnait l'impression de vouloir *s'échapper* du récipient.

— Bon, dit Cal, qui détestait l'infirmerie, on va te laisser, hein, on te retrouve demain.

— «Note de musique; début de chaleur; soixante minutes», grommela Fabrice en regardant la potion avec appréhension.

— Quoi? s'exclama Cal qui n'avait rien compris.

– «La», «ch», «heure», Lâcheur! traduisit Tara avec un sourire de compassion pour Fabrice.

Ils sortirent, accompagnés par un «Beurk, beurk beurk» qui leur confirma que le goût de la mixture était en parfait accord avec son aspect.

– Pauvre Fabrice, sourit Moineau, les potions de Maître Oiseau de Nuit sont réputées dans tout le pays.

– Pour leur efficacité? demanda Tara, curieuse.

– Oui, pour ça aussi, mais surtout pour leur goût épouvantable. Je soupçonne notre Maître guérisseur de les faire bien répugnantes pour pousser les gens à guérir le plus vite possible!

Tara sourit… et se jura de ne jamais tomber malade sur cette planète de fous.

À peine avaient-ils franchi le seuil de l'infirmerie qu'une voix bien connue fit se coucher les oreilles de Manitou, reculer Maître Chem et frémir Tara. Elle se retourna et la seule chose qu'elle put articuler fut:

– Grand-mère?

chapitre XII
Audience royale

La grand-mère de Tara n'était pas particulièrement connue pour son sens de la diplomatie. On chuchotait à la cour que ses ancêtres devaient avoir du sang nain dans les veines. Que comme eux, elle frappait *d'abord* et posait les questions *ensuite*.

Elle en fit une vigoureuse démonstration en hurlant sur Tara pendant une bonne dizaine de minutes.

« Ingrate » était le mot le plus gentil de tous ceux qu'elle vociférait.

Tara tenta d'abord de se défendre, puis, fascinée par la capacité thoracique de sa grand-mère, finit par renoncer.

Elle n'avait fait connaissance avec son père que depuis peu mais… Oui! Gagné! Elle sentit qu'il réagissait. Sortant brusquement de derrière son épaule, il se planta devant Isabella et remarqua froidement, en forçant sa toute petite voix:

– Vous n'avez pas changé, chère belle-mère, toujours aussi… *directe*, à ce que je vois.

Isabella, qui avait approximativement atteint le milieu de sa tirade, referma brutalement la bouche, stoppée en plein élan. Ses yeux verts s'écarquillèrent… et un bienfaisant silence tomba sur l'assemblée.

Tara sourit. Voir sa grand-mère muette de stupéfaction valait toutes les engueulades du monde.

— D… Danviou? balbutia Isabella. Mais…

— C'est une longue histoire, coupa le fantôme pour faire court. Restez tranquille et tendez les bras.

Subjuguée, Isabella obéit. Les glyphes rouges apparurent sur ses poignets, vivants témoignages de la puissance croissante de Tara.

— Par le sang versé, par la parole donnée, psalmodia le fantôme, je te délivre de ton serment, nulle est la Parole de Sang!

L'assemblée entière porta son regard sur les poignets de sa grand-mère.

Il ne se passait rien!

Les glyphes continuaient leur lente pulsation sur la peau blanche.

— Je ne comprends pas, s'écria le père de Tara, surpris, ils auraient dû disparaître!

Isabella, toujours aussi déstabilisée de se retrouver face à face avec le *minuscule fantôme* de son gendre, rabattit ses manches.

— J'ignore pourquoi ça n'a pas fonctionné. Danviou? Pourquoi êtes-vous aussi… petit? Et comment se fait-il que vous soyez ici? Je ne comprends pas.

Soudain, un éclatant son de trompe envahit le château, qui en frémit d'indignation. La salle de Transfert venait d'être sollicitée à partir des mondes démoniaques, ce qui avait déclenché la sirène d'alarme. La voix du roi s'éleva, magiquement amplifiée, appelant tous les Hauts mages à se rendre dans la salle du Conseil.

Maître Chem hocha la tête, ennuyé.

— Flûte, grommela-t-il, je dois y aller. Isabella, tu devrais venir avec moi, ça fait longtemps que tu n'as pas assisté à un Conseil. Les enfants, la salle du Conseil est ouverte au public. Placez-vous sur les gradins, je veux que vous assistiez au débat… au cas où il vous concernerait. Manitou, veille à ce qu'ils ne fassent pas preuve… d'*initatives*. S'il te plaît!

On sentit très nettement la pointe de *supplication* dans la voix du dragon.

La salle du Conseil était réservée aux travaux administratifs. Plus petite que la salle du Trône, elle n'en était pas moins fantastiquement sculptée. Ses piliers de marbre et de granit étaient ciselés en une délicate dentelle qui paraissait bien incapable de soutenir la voûte d'argent tachée de bleu.

Là aussi les bannières des comtes, ducs et barons du Lancovit coloraient les murs. À sa grande surprise, Tara vit que les gradins étaient surmontés par un chemin de bois blond, tout aussi sculpté, mais réservé aux archers. Arcs bandés, flèches encochées, ils étaient prêts à embrocher le premier qui aurait fait un pas menaçant vers le roi et la reine. Reliquats d'un passé plus tumultueux, ils n'en gardaient pas moins leur position défensive.

Au cas où.

Les Hauts mages, quant à eux, flottaient tout autour des trônes, et la présence inattendue d'Isabella provoqua un brouhaha de surprise.

Enfin, le roi Bear et la reine Titania firent leur entrée. Puissants sortceliers tous les deux, ils étaient de petite taille et bruns d'yeux et de cheveux, comme leur nièce Moineau.

Le roi paraissait au moins aussi irrité que son conseiller, Salatar, qui crachotait des flammèches d'indignation.

— Oyez, oyez, hurla l'annonceur, un cyclope aux cheveux rouges. Notre royaume vient de recevoir un *ultimatum de guerre*!

Un brouhaha angoissé s'éleva de la foule des courtisans. Quoi? Un ultimatum?

— L'empire des Limbes, l'Union des Mondes démoniaques a été envahie par un mage et des sortceliers du Lancovit. Ce mage aurait rudoyé le roi des Démons et occis plusieurs de ses gardes. Il aurait dérobé une relique inestimable, indispensable au maintien de la paix dans cet univers. Le roi des Démons annonce que si la relique ne lui est pas restituée immédiatement, il rompra le traité de Demiderus et attaquera la faille et le sort protégeant la Terre, dragons ou pas dragons. Il précise également que notre royaume sera son second objectif.

Le roi se pencha vers son Premier conseiller.

— Salatar, peut-il vraiment faire cela ? Je croyais que nos mages et les dragons avaient scellé les ouvertures des planètes démoniaques et que les Démons ne pouvaient plus venir sur nos mondes ? À moins d'y être convoqués.

Salatar cracha un jet de flammes et répondit :

— C'est exact, sire, normalement ils ne peuvent pas. Mais lors de la signature du pacte de paix, ils ont exigé un amendement au traité. S'ils étaient les agressés et non pas les agresseurs, si on leur dérobait quoi que ce soit d'indispensable à leur survie, alors le sort ne pourrait pas les empêcher de revenir sur nos mondes. À l'époque, les mages comme les dragons ont accepté parce que la guerre était trop coûteuse en vies. Il a été considéré que c'était un moindre mal.

Le roi se pencha vers la reine et l'assemblée attendit respectueusement qu'il reprenne la parole.

De là où Tara et ses amis étaient placés, ils pouvaient voir Maître Chem s'agiter dans les airs, l'air franchement ennuyé.

— Aïe, murmura Manitou, Chem et moi avions complètement oublié cette clause ! Nous n'aurions jamais dû nous emparer du Juge ! Nous venons de donner un excellent prétexte aux Démons pour nous *envahir* !

Moineau avait récupéré le sac où se trouvaient le Juge, le Taludi et le Livre interdit. Elle l'ouvrit et en sortit la petite statuette.

— Nous avons un problème, chuchota-t-elle au Juge.

— PAS QU'UN SEUL ! rétorqua-t-il d'une petite voix d'airain furieuse. MAIS QU'EST-CE QUI VOUS A PRIS DE M'EMMENER COMME ÇA ! VOUS VOULEZ VRAIMENT METTRE L'UNIVERS À FEU ET À SANG ?

— Nous n'avions pas le choix, répondit Tara, nous devions essayer d'aider ma grand-mère.

Puis elle ajouta, sachant que le Juge ne la raterait pas :

– Et je n'ai pas pu laisser échapper la chance d'avoir un peu mon père avec moi.

– PFFF! cracha la statuette, C'EST SÛR. ÇA CONSOLERA LES GENS QUI VONT MOURIR À CAUSE DE TOI. BON. ÇA SUFFIT. RENVOYEZ-MOI AUX DÉMONS AVANT QUE TOUT ÇA NE TOURNE TRÈS MAL.

– Nous avons essayé de libérer Isabella de sa Parole de Sang, intervint rapidement le père de Tara, et ça n'a pas fonctionné. Savez-vous pourquoi?

– POUR DEUX RAISONS, expliqua le Juge. LA PREMIÈRE ÉTANT QUE J'ÉTAIS ENFERMÉ DANS UN *SAC*. COMME UN VULGAIRE *BIBELOT*. LA SECONDE, C'EST QUE TU N'AVAIS PAS TA TAILLE NORMALE. LE SORT NE T'A PAS ACCEPTÉ COMME LE DANVIOU ORIGINAL. TU DOIS RECOMMENCER.

Alors qu'ils discutaient, Maître Chem était en train de *manipuler* le Conseil. Avec de grands effets de manches, il désignait tour à tour Isabella puis les glyphes sur ses bras, rappelant qu'elle était le pilier de leur surveillance terrestre, qu'aucun autre sortcelier ayant sa puissance n'avait accepté d'aller habiter sur une planète aussi dépourvue de magie. Il expliqua les effets de la Parole de Sang et à quel point il était important de libérer la sortcelière.

Un murmure de compassion entoura Tara quand il mentionna son père. Et l'attention de l'assemblée s'intensifia quand il évoqua enfin Cal et son jugement.

À la grande surprise de Tara, qui jugeait ses arguments pour le moins... spécieux, il parvint à faire accepter au Conseil le bien-fondé de leur action.

Ça, c'était du beau travail.

À la fin de la séance, ce fut tout juste si le roi et la reine ne le remercièrent pas d'avoir risqué *sa* vie pour sauver Cal et Isabella.

Tara rangea soigneusement le fait dans sa mémoire. Le dragon était capable de faire avaler n'importe quoi aux gens. Parfait. Elle n'était pas... ne serait jamais dupe.

Le petit sourire de Robin lui confirma qu'il partageait son opinion.

Maître Chem termina son émouvante homélie puis fit signe à Moineau d'amener le Juge.

Cette fois-ci, le dragon ne fit pas appel à Tara pour rendre sa taille à la statue. Il fit ça très bien tout seul.

L'impressionnante masse noire du Juge les domina bientôt de toute sa hauteur.

— Ouf ! C'est tout de même mieux comme ça !

La foule s'agita. Personne n'avait encore vu le Juge, bien qu'il existât depuis des siècles. Et les gens étaient curieux, fascinés, subjugués… jusqu'au moment où la statue fit ce qui était sa grande spécialité.

Elle jugea.

Avant d'avoir eu le temps de réaliser, deux comtes et un baron furent accusés d'avoir détourné l'argent des impôts, ce qui fit bondir Salatar. Le Juge se penchait déjà sur le cas d'une voluptueuse marquise tandis que les gardes emmenaient les comtes et le baron, indignés, quand Maître Chem l'interrompit.

— Oui, hum, bon, nous ne vous avons pas amené ici pour ça. Et le temps presse, nous devons vous renvoyer dans les Limbes. Nous avons juste besoin de…

— De me gâcher mon plaisir, trancha le Juge, mais bon, je comprends. Danviou Ab…

— Juste Danviou, coupa brusquement le dragon qui n'avait pas du tout envie que l'identité réelle du fantôme, héritier de l'empire d'Omois et frère de l'impératrice, soit révélée en plein Conseil.

La bouche sculptée eut une moue ironique.

— Je disais donc, reprit-il, Danviou, père de Tara, veux-tu libérer ta belle-mère de sa Parole de Sang ?

On eut un instant l'impression que le fantôme hésitait, mais il opina de la tête.

— Oui. Par le sang versé, par la parole donnée, psalmodia-t-il, je te délivre de ton serment, nulle est la Parole de Sang !

Cette fois-ci, la formule fonctionna. Les glyphes sanglants sur les avant-bras tendus d'Isabella pâlirent puis disparurent.

La Parole de Sang était enfin annulée!

Tara et son père échangèrent un sourire ravi.

Isabella considéra ses bras enfin vierges de toute inscription, puis plissa ses yeux verts.

– Merci, Danviou. Je suis contente de voir que tu acceptes l'héritage de ta fille. Elle fera une puissante sortcelière.

– Elle est *déjà* une puissante sortcelière, souligna fièrement Danviou. Et je regrette de toute mon âme de ne pas pouvoir rester avec elle.

– Papa?

Le cri de Tara attira l'attention du roi et de la reine.

– Mais... tu dois rester! Je ne veux pas te perdre, pas maintenant. Pas encore!

– Hélas, ma chérie, répondit le fantôme, la voix terriblement triste, je n'ai pas le choix! Ma place n'est plus parmi les vivants. Il faut nous quitter à présent. Je remercie le sort qui a fait que nous ayons pu nous voir encore une dernière fois. Dis à ta mère que je l'aime et que je l'aimerai à jamais!

Il n'y avait plus un cil de sec dans toute l'assemblée. Les courtisanes pleuraient dans les mouchoirs qui apparaissaient un peu partout, les courtisans se frottaient les yeux et même le rude Salatar eut une larme de feu qui roula sur sa face de lion avant de s'éteindre en chuintant sur le sol.

Tara allait parler, quand le Juge fit une chose terrible.

Il renvoya le fantôme.

Tara hurla, alors que la silhouette de son père disparaissait peu à peu.

– PAPA! NOOOON! PAPA!

Avant qu'elle ne puisse l'en empêcher, Maître Chem engloba le Juge, avec l'aide des autres sortceliers, puis le réexpédia dans les Limbes...

Folle de rage, Tara se retourna contre lui.

— Pourquoi avez-vous fait ça ?! J'avais tant de choses à lui dire ! Ramenez-les tous les deux, tout de suite !

La reine Titania intervint.

— Tara, ma chérie, dit-elle de sa voix douce, nous n'avions pas le choix. Crois-moi, s'il avait été en notre pouvoir de garder ton père, nous l'aurions fait sans hésiter. Mais les Démons ne nous avaient laissé que très peu de temps ! Encore quelques minutes et c'était la guerre. Quel choix aurais-tu fait, toi-même ?

Tara ouvrit la bouche… et la referma. Le cœur lourd, elle dut admettre que la reine avait raison. Elle ne pouvait bien évidemment pas garder le Juge pour son usage exclusif !

Le roi fronça les sourcils, inquiet. Il voyait bien que la jeune fille était terriblement affectée par la perte de son père.

Ses amis l'entourèrent et la serrèrent dans leurs bras. Même Fafnir, pourtant peu adepte des démonstrations affectueuses, les encercla dans son étreinte de fer.

— Ouille, finit par grimacer Cal, Fafnir, tu n'es pas obligée de me fracturer les côtes ! Moi aussi je t'aime !

Malgré ses larmes, Tara ne put s'empêcher de rire en découvrant l'expression outragée de la naine.

Elle essuya son visage trempé puis se retourna vers le roi et la reine.

— Nous avons un autre problème, déclara-t-elle d'une voix encore chevrotante. Fafnir a tenté de se débarrasser de sa magie en avalant une infusion de roses noires.

Un murmure d'horreur salua sa déclaration. Et les sortceliers qui les entouraient s'écartèrent légèrement.

Maître Chem regarda Tara de travers, car il s'en réservait l'annonce, et il prit la suite.

— Malheureusement, il semblait qu'elle ait été infectée par une sorte d'entité maléfique, le Ravageur. Chaque fois qu'il la possède, Fafnir perd tout contrôle et s'il parvient à l'envahir tout entière, il pourra alors contaminer quiconque se trouvera sur sa route en quelques années et envahir le monde, comme un virus inguérissable, puis d'autres mondes et même l'univers!

Le roi et la reine le regardèrent, stupéfaits.

– Qu'est-ce que c'est *encore* que cette histoire? gronda Salatar, qui n'aimait pas l'influence du dragon sur le royaume. Nous venons tout juste d'éviter une guerre sanglante avec les Démons. Guerre que nous n'étions pas sûrs du tout de gagner. Et maintenant vous venez nous servir une abacadabrante histoire de… possession? Et si mes souvenirs sont exacts, le seul endroit où l'on trouve des roses noires, c'est dans les Marais de la Désolation, en Gandis. Au pays des géants. Nos *alliés*? Vos Majestés, tout cela n'est pas sérieux. Nous devrions lever la séance et nous consacrer à nos affaires courantes. Notre temps est précieux!

– Fafnir, souffla Tara, agacée par le scepticisme de la Chimère, peux-tu s'il te plaît lâcher la bride au Ravageur? Je crois que le Premier conseiller a besoin d'une *petite* démonstration.

Les yeux de la naine s'emplirent d'appréhension.

– Tu es sûre? demanda-t-elle. Cette *chose* qui veut mon corps peut vous attaquer et vous blesser. Par ma hache, si je suis possédée, je ne pourrai rien faire pour vous!

– La pierre vivante m'a assuré qu'il n'avait pas ses pleins pouvoirs, une partie de lui étant toujours prisonnière de l'île des Roses Noires. Nos devrions parvenir à le maîtriser enfin… *j'espère!*

La naine soupira.

– Pffff! Fichue magie. Bon, vous êtes prêts?

– Vas-y, assura Moineau en souriant. Je crois que mon oncle et ma tante ont besoin, eux aussi, de voir ce qui les attend.

La naine se concentra, abandonnant peu à peu le contrôle de son corps. Les courtisans, incertains de ce qui allait se passer, ouvraient de grands yeux. Les fées lilliputiennes interrompirent leurs circonvolutions aériennes, les lutins cessèrent leurs blagues, les licornes remisèrent leurs discussions et un silence de mort s'abattit sur l'assemblée.

Ils attendirent…

Attendirent…

Attendirent…

Et il ne se passa… rien. À l'évidence, le Ravageur n'était pas stupide. Seule Fafnir savait ce dont il était capable. Il comprenait parfaitement qu'il ne pourrait pas résister à l'attaque de dizaines de Hauts mages et de dragons. Sa *seule* chance était de rester caché. Bien que la tentation de s'emparer de Fafnir fut grande, il résista.

Après quelques minutes, Salatar finit par prendre la parole.

— Et alors ? tonna-t-il.

Fafnir rouvrit les yeux, hésitante.

— Je ne comprends pas, grogna-t-elle, le fichu machin ne veut pas revenir.

La Chimère la regarda attentivement, ses yeux d'ambre focalisés sur la tête de Fafnir.

— Votre aura est *bleue*, annonça-t-il au bout d'un moment.

La naine ouvrit de grands yeux surpris.

— Mon quoi est quoi ?

— Votre aura. Elle est bleue. Cela signifie que vous pratiquez la magie. Nous autres, Chimères, sommes sensibles à la magie. Nous pouvons la *voir*. Mais je crois que vous, les nains, vous n'aimez pas la magie. Vous bannissez ceux d'entre vous qui en sont atteints, n'est-ce pas ?

— Oui, mais je ne vois pas le rap…

— Oh, mais moi je le vois, le rapport. Vous avez été chassée de chez vous. Vous n'avez aucun endroit où aller.

Salatar se leva d'un mouvement souple et vint se planter devant la naine, sa queue de dragon s'agitant nerveusement.

— Du coup, vous vous dites que vous devez vous faire accepter par le Lancovit. Alors vous revenez parmi nous avec cette histoire de possession. Il est inutile de mentir pour attirer notre compassion. C'est bien volontiers que nous vous accueillons dans nos rangs. Les puissantes sortcelières comme vous sont toujours les bienvenues au Lancovit!

La naine en perdit la parole.

– … ! articula-t-elle.

À voir la grimace de Moineau, ce devait être un vilain juron. Muet, certes, mais juron tout de même.

Puis la naine prit une grande inspiration, et Salatar vacilla sous la puissance de sa voix.

– Par ma mère! hurla-t-elle. Pour tout l'or de cet univers, je ne voudrais pas être sortcelière. Donnez-moi une épée, donnez-moi un collier, donnez-moi du métal et gardez donc votre maudite magie! J'ai bu l'infusion pour me *débarrasser* d'elle. Et non seulement elle n'est pas partie, mais en plus j'ai hérité d'un parasite. Et puisque vous êtes trop stupides pour ne pas vous en rendre compte, ne revenez pas me voir quand il vous aura réduits en *descente de lit* pour sa chambre à coucher!

Rouge de colère, elle tourna le dos à la Chimère et commença à se frayer un chemin à travers la foule. Elle n'était pas bien grande, mais ils purent suivre sa progression abondamment ponctuée par les «ouille, aïe, heeeee, houlà, waouh» des courtisans.

Elle n'alla pas très loin.

Le roi incanta et l'instant d'après la naine était suspendue dans les airs.

– Lâchez-moi, rugit-elle, faites-moi redescendre ou je… je…!

Si la voix du roi fut paisible, elle n'en retentit pas moins dans toute la salle.

– Calmez-vous, Damoiselle naine. Notre conseiller ne tentait pas de vous insulter. Il ne faisait qu'émettre une hypothèse afin de juger de votre réaction. Celle-ci a été suffisamment… *vigoureuse* pour nous convaincre. Nous nommons Maître Patin et Maître

Chanfrein pour vous accompagner et vous protéger. Ils se rendront avec vous dans les Marais de la Désolation afin d'évaluer le danger représenté par cet être. Si le Ravageur existe bien et veut vous posséder, il ne pourra pas résister en vous sachant si proche. Maître Patin et Maître Chanfrein pourront vous protéger et évaluer sa force de nuisance. Ce sont deux puissants sortceliers, Damoiselle Naine. Ils sauront vous aider. Cela vous convient-il ?

La naine avait cessé de se débattre et croisé ses bras musclés afin de montrer à quel point elle se fichait de se balancer à trois mètres du sol.

Tara, qui la connaissait bien, savait qu'elle était probablement très mal à l'aise. Les nains avaient horreur de l'altitude !

– Cela me convient… Votre Majesté, grinça Fafnir entre ses dents serrées. Nous pouvons partir tout de suite… enfin, si vos sortceliers sont prêts.

Au ton de la naine, on sentait qu'elle avait un gros doute sur la capacité des Lancoviens à se dépêcher.

Maître Patin, le Cahmboum qui ressemblait à une grosse motte de beurre jaune avec deux gros yeux rouges exorbités, fronça ce qui lui servait de sourcils.

– Donnez-nous quelques minutes pour préparer notre équipement, Damoiselle, requit-il poliment… et nous vous suivrons jusqu'au bout du monde !

La naine rougit, et s'inclina, toujours suspendue dans les airs.

Le roi la relâcha, la posant avec la douceur d'une plume sur le marbre brillant.

Le château vivant, qui d'habitude évitait de projeter ses paysages illusoires sur les parois sculptées, décida de faire un petit cadeau à la naine.

Il projeta Hymlia.

Tout autour des courtisans, surpris, apparurent les maisons des nains. Partout des forges, des métaux, des étincelles et des flammes rougeoyantes. Mais les nains n'ignoraient pas la nature. Au milieu de la pierre et du métal, ils avaient laissé les fleurs, les arbres et l'herbe adoucir les angles bruts de leurs habitations, et l'ensemble dégageait une énergie bouillonnante.

Il y eut alors un miracle.

Fafnir sourit !

Les courtisans applaudirent le plaisir de la naine et la sagacité de leur château vivant.

Il ne resta que quelques minutes à Tara et à ses amis pour dire au revoir à Fafnir. Pendant que le Conseil s'achevait, ils la rejoignirent et lui souhaitèrent bonne chance, le cœur serré à l'idée d'être séparés d'elle à nouveau.

– Le roi a raison, confirma Cal, Maître Patin et Maître Chanfrein sont très bons. Et puis tu ne risques rien si tu ne t'approches pas de l'île !

La naine était un peu dubitative.

– Nous, les nains, n'aimons pas demander des services, chuchota-t-elle alors que les deux mages revenaient vers elle, suivis par deux gros baluchons flottant derrière eux, mais j'aimerais que vous vous renseigniez à propos du Ravageur. Ce qu'il est, d'où il vient. J'ai l'impression que cette cour ne se rend pas tout à fait compte de ce à quoi elle a affaire. Si jamais il arrivait quelque chose… vous seriez mon dernier espoir !

Moineau frissonna.

– Ne dis pas ça ! Tout se passera bien. Je suis persuadée que les deux mages trouveront un moyen de te guérir. Reviens vite au Lancovit. Nous t'y attendrons.

– Promis. Que vos marteaux sonnent clair, mes amis !

– Que ton enclume résonne, répondirent-ils en chœur.

Ils se saluèrent une dernière fois, puis les deux mages encadrèrent la naine et se dirigèrent vers la Porte de transfert pour la forteresse grise.

Heureusement pour Tara, Maître Chem et Isabella étaient en grande conversation, le dragon mettant sa grand-mère au courant de ses dernières aventures.

Et à voir la tête qu'elle faisait, Tara se dit qu'elle ferait bien de s'éclipser rapidement.

La salle se vidait dans un brouhaha excité. Ç'avait été un Conseil bien mouvementé!

Tara, Cal, Moineau, Manitou et Robin se dirigèrent vers leur chambre. Sur leur passage, le château faisait défiler les paysages. Tara était attentive, mais il ne leur fit aucune blague. Visiblement, ce qui était arrivé la dernière fois l'avait un peu refroidi.

Une fois dans la chambre/suite/succursale-crédible-du-château-de-Versailles créée par le château vivant, Tara s'assit, les jambes croisées, sur son lit. Les coussins se positionnèrent d'eux-mêmes dans son dos et le lit bleu grogna parce qu'elle n'avait pas enlevé ses tennis. Ses amis se groupaient autour d'elle quand Manitou sauta lui aussi à ses côtés et déclara:

— Je viens d'apprendre une merveilleuse nouvelle!

— Les Hauts mages nous donnent un an de vacances? tenta Cal.

— Mieux que ça! s'exclama le chien. Il va y avoir un *festin*! Un sublime, merveilleux, succulent festin! Pour fêter la délivrance d'Isabella, le roi et le reine ont décidé d'organiser une fête!

Cal grimaça.

— Ehhh! Mais nous sommes censés être en vacances!

— Quel rapport? demanda Manitou, surpris.

— Les Premiers sortceliers sont souvent de corvée quand il y a un festin. Nous devons dupliquer ce que créent les Maîtres cuisiniers.

— Oui, je sais! grogna le chien, quand j'étais jeune, je détestais « faire » la cuisine. Et puis en vieillissant, je trouve que c'est un endroit… réconfortant, délicieux, odorant. Bref, j'y passerais bien le reste de mes jours.

Cal leva les yeux au ciel.

— Et vous deviendriez tellement gros qu'on ne pourrait plus vous bouger ! Au moins, avec nous, vous avez des tas d'occupations !

— M'ouais, marmonna le chien. D'ailleurs si on pouvait en avoir un peu moins, ce serait *bien* aussi. Bon, Tara, je suppose que ta priorité, c'est de trouver autant de renseignements que possible sur le Ravageur ?

Tara sourcilla, surprise d'être aussi transparente.

— Oh, s'exclama-t-elle, c'est donc si visible ?

— Comme la truffe au milieu du museau, confirma Manitou. Je pense que c'est une très mauvaise idée, comme je sais d'ailleurs que tu n'écouteras pas un traître mot de ce que je pourrais te dire alors, vas-y, j'attends avec impatience le plan probablement horriblement dangereux et totalement mortel que tu as concocté.

Son ton fit rire Tara.

— Pour le moment, j'avoue que je n'ai rien de bien défini. Fafnir nous a juste demandé de faire des recherches au cas où ça tournerait mal.

Le chien se lécha les babines, pensif.

— Et tu penses que…

— Que ça va mal tourner ? Eh bien dans ce monde de fous, j'ai remarqué que les événements avaient le choix. Soit ils tournaient mal, soit ils tournaient bien. Et devine un peu ce qui se produit le plus souvent ?

— Ça tourne mal ? proposa docilement le labrador, pas contrariant.

— Exactement ! Tu as gagné le nonos d'or ! Combien on parie que Fafnir va avoir des problèmes ?

— Ça va, soupira Manitou, je ne parie pas avec toi. Bon. Il ne nous reste plus qu'à aller à la bibliothèque et le tour est joué !

Moineau avait l'air de cogiter intensément.

– Hrrrmm, s'éclaircit-elle la gorge, si on doit éplucher tous les livres, parchemins et autres journaux de la bibliothèque, on en a pour des mois!

– Des mois? Tu rigoles? frissonna Cal qui n'aimait pas spéciale-ment lire.

– Le Devisatoire! s'écria Tara, les faisant sursauter. J'avais ce truc qui me trottait dans la tête depuis tout à l'heure. Vous vous souve-nez, quand nous sommes allés à Omois? Ce garçon, Damien, a posé une question sur l'une de tes ancêtres, Moineau.

La ravissante jeune fille brune battit des cils, décontenancée, puis soudain se souvint.

– Mais oui, bien sûr, il voulait savoir le prénom de la fille de Belle, Isabelle, par qui m'a été retransmise la malédiction de la Bête. Et tu crois que…

– Absolument! l'interrompit joyeusement Tara. Quand nous nous sommes installés dans le Devisatoire, et que Damien a posé la question, la Voix a immédiatement répondu. Ce truc-là est censé savoir *tout* sur *tout*. Il sera certainement capable de nous donner des informations sur le Ravageur!

– De toutes les façons, approuva Moineau, nous devons aller à Omois pour remettre le Taludi à l'impératrice et faire modifier le jugement de Cal.

– Alors c'est décidé, confirma Cal, allons-y.

– Oui, soupira Tara. Partons avant que ma grand-mère ne me ramène sur Terre et ne m'enferme dans un donjon pour les deux cents prochaines années!

– Bon, alors nous sommes d'accord. Nous allons récupérer Fabrice et on file à Omois!

– Et mon festin? gémit Manitou, désespéré.

– Tu peux rester ici, Grand-père, proposa gentiment Tara, après tout, nous n'allons faire que de simples recherches.

– Mmmouais, *chaque* fois que tu vas quelque part, il t'arrive quelque chose. Je préfère sacrifier mon estomac que de risquer de te perdre de vue.

Tara l'embrassa, à la fois émue et agacée par son paternalisme.

Avant de partir, Cal décida de se transformer afin de ne pas se faire arrêter dès leur arrivée à Tingapour.

Fafnir l'ayant reconnu trop aisément la première fois, il opta pour une apparence très différente. Il se grandit, grimaçant sous la métamorphose qui n'était pas spécialement agréable, éclaircit ses cheveux, élargit ses épaules, vieillissant son corps d'une quinzaine d'années.

– Pas mal, siffla Moineau, mignon le garçon !

– Merci, merci, s'inclina Cal.

Soudain, alors qu'ils allaient sortir, une pointe de cheveux noirs revint dans sa tignasse, l'une de ses jambes raccourcit brutalement, le faisant tomber, un de ses yeux devint gris et l'autre resta bleu… L'effet était assez *bancal*.

– Flûte, jura le petit Voleur quand il constata les dégâts, je suis trop fatigué pour garder correctement cette apparence. Je suppose que c'est une séquelle des T'sil. Je vais avoir besoin de ton aide, Tara.

– Si tu veux, répondit Tara, un peu surprise. Qu'est-ce que je dois faire ?

– Les sortceliers vraiment puissants, comme Maître Chem, peuvent modifier les corps d'autres personnes qu'eux-mêmes pendant un certain temps. C'est d'ailleurs ce qu'il a fait pour nous dans les Limbes. Mais ça demande une considérable dépense d'énergie. Il doit en effet garder continuellement en mémoire tous les détails de ces transformations afin qu'elles restent constantes.

– Euuuuh, oui, et alors ?

– Pour toi, ça risque d'être un peu compliqué de manipuler mon corps de cette façon, aussi ce n'est pas ce que je vais te demander.

— Ben, là, franchement, je suis contente, parce que tu risques *bêtement* de te retrouver avec une jambe ou un bras en moins.

Cal lui sourit.

— Ma mère a une grande expérience et m'a raconté toutes ses aventures, car selon elle, celles-ci pourraient m'être utiles un jour. Comme exemple. Elle m'a dit, notamment, qu'il était possible de… *prêter son pouvoir à un autre sortcelier*!

— NON!

Le cri de Moineau les fit sursauter.

— Ne fais pas ça, Tara, c'est trop dangereux! fit la jeune fille, perturbée. Si tu ne peux pas contrôler le flux lorsque tu transmets ton pouvoir, tu peux en mourir!

— Ne t'inquiète pas, répondit Tara un peu surprise par la véhémence de son amie, la pierre vivante va m'aider à me contrôler. Et puis Cal n'a pas besoin de beaucoup de pouvoir. Juste de quoi tenir sa transformation.

Moineau respira profondément.

— Pardon, s'excusa-t-elle avec un pauvre sourire, mais j'ai entendu parler d'accident horribles, alors sois très prudente, d'accord?

Tara prit Moineau dans ses bras et la rassura.

— Je ne prendrai aucun risque, souffla-t-elle. Et si je sens que Cal prend trop de pouvoir, je te donne l'autorisation de te changer en Bête et de l'assommer, d'accord?

— D'accord! gloussa Moineau.

— Tara, railla Cal, je m'assommerais *moi-même* plutôt que de te faire le moindre mal. Bon, on y va alors?

— On y va, confirma Tara. *Pierre vivante?* continua-t-elle mentalement.

— *Entendu j'ai*, répondit la pierre. *Pouvoir tu as besoin pour gentil Cal? Pouvoir je te donne.*

Tara voulait simplement redonner à Cal l'apparence qu'il avait choisie au début. Celle d'un grand gaillard de vingt-cinq ans, aux cheveux châtains et aux yeux bleus.

Mais la magie de la pierre était un peu... incontrôlable. Et la représentation qu'elle se faisait du jeune homme, n'était pas tout à fait la même que celle de Tara.

Son puissant pouvoir s'empara de Cal, formant un terrible tourbillon autour de lui.

Quand les éléments s'apaisèrent, Robin et Manitou sifflèrent ensemble de surprise.

Le plus bel homme qu'ils aient jamais vu venait de se matérialiser devant eux. Des yeux d'un vert étincelant, une somptueuse crinière d'or battant ses puissantes épaules, un menton de gladiateur, un nez d'empereur romain, il incarnait à la fois la noblesse, la force et l'honneur. Sa robe de sortcelier avait disparu, remplacée par une sorte de pagne constellé de pierreries qui mettaient en valeur ses magnifiques jambes musclées et par un justaucorps miroitant dessinant ses incroyables abdominaux, et libérant ses énormes biceps. Une cape blanche, retenue par une attache d'or, tombait gracieusement dans son dos.

Il était... stupéfiant.

– Waouh, souffla Moineau, ahurie.

– Oui, hein, approuva Tara. Waouh aussi!

– Alors, fit l'apparition d'une voix qui était un véritable enchantement, ça va?

– On va te montrer ça tout de suite, gloussa Moineau. Par le Miroitus, mur, transforme-toi sans murmure.

Le mur de la suite devint miroir et Cal put se contempler.

Morts de rire, ils virent ses yeux s'écarquiller et sa puissante mâchoire... choir.

– Ça par exemple! dit-il. Mais qu'est-ce que c'est que *ça*!

– Ben ça, c'est toi, répondit platement Manitou, avec une once de jalousie dans la voix.

– Mais c'est horrible ! Tout le monde va me remarquer !

– Oh là, oui ! rigola Robin. Ça va être *difficile* de passer inaperçu. Mais bon, ne t'inquiète pas. Nous te protégerons des hordes de fans en folie qui vont t'assaillir dès que tu vas pointer le nez dehors !

Cal déglutit.

– Tara ? demanda Moineau très sérieusement.

– Oui ?

– Au prochain bal de la cour, c'est à *moi* que tu transfères un peu de ton pouvoir, d'accord ?

– D'accord !

Tara était contente de voir que la transformation… étonnante de Cal avait tout à fait rassuré Moineau et atténué sa peur. La jeune fille tournait autour de Cal avec un immense sourire pendant que le pauvre garçon se tortillait, terriblement mal à l'aise.

Blondin jappa, attirant son attention.

– Zut, j'allais oublier, fit-il de sa voix magnifique, tout le monde sait que mon Familier est un renard. Il faut le déguiser aussi.

– Allons-y, dit Tara, qu'est-ce que tu veux comme Familier ? Une hydre ? Comme Toto ?

Cal lui jeta un regard noir.

– Très drôle. Non, un renard blanc, comme la dernière fois, ça sera aussi bien.

Elle retransmit aussitôt l'image à la pierre vivante et elles lancèrent leurs magies.

– Et hop, c'est parti !

Le tourbillon de pouvoir s'empara du renard roux, et quand il se dissipa, un magnifique *lion rouge* se tenait à sa place.

– *J'avais dit un renard blanc,* dit mentalement Tara à la pierre vivante.

– *Pfff !* répondit la pierre. *Pas gros, renard. Lion mieux. Va bien avec beau, joli, nouveau Cal !*

– Dis-moi, Tara, soupira Cal, ce n'est pas tout à fait ce que nous avions décidé !

– Désolée, marmonna Tara. Mais je ne maîtrise pas encore très bien mon pouvoir.

– Bon, ben je vais aller faire le guet dehors pour voir si ta grand-mère n'est pas dans le coin, d'accord ?

– Vas-y, Cal, on te suit.

– Oui, confirma Robin. On doit d'abord trouver du coton.

– Du coton ?

Cal ne comprenait pas.

– Ben oui, pour se boucher les oreilles quand les filles vont te voir et se mettre à hurler !

– Imbécile !

Cal haussa ses musculeuses épaules, et sortit d'un pas qu'il ne put empêcher d'être parfaitement majestueux.

Il jeta un coup d'œil dehors, ignorant la crise de fou rire qui secouait ses amis, quand la salle du Conseil se matérialisa soudain devant lui, le faisant bondir en arrière. Oubliant qu'il était un lion, Blondin voulut japper de surprise et un rugissement terrible sortit de sa gueule, faisant sursauter de nouveau son maître qui lui lança un regard noir. Maître Chem, Isabella, le roi et la reine ainsi que leur conseiller, Salatar, étaient là, en train de discuter, aussi réels que s'ils avaient été dans la même pièce !

Cal décida tout d'abord de maîtriser les battements désordonnés de son cœur puis il comprit que le château essayait de l'aider.

– Merci ! fit-il au mur, c'est rudement chouette ce que tu fais… euuuh, juste, la prochaine fois, préviens-moi, hein ? Je suis trop jeune pour mourir d'une crise cardiaque !

Amusé, le château fit apparaître une licorne qui s'inclina gracieusement. Cal s'inclina à son tour. La licorne s'inclina de nouveau… Ça aurait pu durer longtemps si Tara, Robin, Manitou et Moineau n'étaient pas sortis de la chambre.

— Mais… qu'est-ce que tu fais ? demanda cette dernière en voyant leur ami s'incliner dans le vide.

— Je remercie le château, répondit dignement Cal. Il vient de me montrer la salle du Conseil. Ta grand-mère y est encore, on peut y aller.

Leur progression ne passa pas inaperçue.

Les deux premières courtisanes qu'ils croisèrent faillirent s'assommer contre une statue, qui ne les évita que de justesse.

Les suivantes se cognèrent l'une contre l'autre en reculant pour mieux voir l'apparition.

Une vieille sortcelière s'évanouit, ne pouvant supporter tant de splendeur.

Une dizaine de jeunes sortcelières se mirent à glousser en le croisant, puis, ne pouvant se résoudre à abandonner leur proie, commencèrent à les suivre.

D'autres courtisanes leur emboîtèrent le pas, et bientôt une véritable petite foule les talonnait. Et le pire était les chuchotements.

— Tara, gémit Cal, tu ne peux pas atténuer un peu ton pouvoir, s'il te plaît ? Ou sinon ces Spachounes* vont nous suivre jusqu'au bout de l'univers !

— Mais c'est toi qui as eu cette idée ! Et de toutes les façons, je ne peux rien faire. Je t'ai juste donné mon pouvoir. Ce n'est pas ma faute ; la pierre vivante n'en a fait qu'à sa tête. Et puis moi, je préfère les bruns.

Robin loucha sur ses boucles blanches et fit grise mine.

— Ah bon ? demanda Cal, très intéressé.

— Non, je te taquine, rigola Tara. Je n'ai aucune préférence.

Robin soupira de soulagement.

Le château, très amusé par la glorieuse apparence de Cal, s'arrangea pour qu'un rayon de soleil l'illumine constamment, et créa pour lui de somptueux paysages mettant en valeur son impressionnante musculature. Il se détachait sur un fond de collines, encerclé par le flamboiement d'un crépuscule rougeoyant. Un vent doux faisait voler sa cape et la crinière de son lion rouge. C'était… spectaculaire.

Suivis par leur petite troupe d'admiratrices pantelantes, ils se rendirent à l'infirmerie pour voir comment allait Fabrice. Le Démon mille-pattes n'y était plus, probablement renvoyé dans les Limbes par Maître Chem.

Mais Fabrice non plus!

Ils sursautèrent de concert quand une voix dans leur dos les apostropha:

– Ah! Je vous cherchais. On m'avait dit que vous étiez en salle du Conseil.

Fabrice, le teint rose et l'œil frais, flanqué de Barune, se tenait derrière eux.

– Mais… tu n'étais pas censé rester au lit? demanda Robin.

– Ce Chaman! maugréa Fabrice. Il m'a fait la *peur* de ma vie en parlant d'infections, de putréfactions, d'intoxications, d'empoisonnement, et puis, après s'être assuré que j'étais totalement terrorisé, pouf! il a guéri ma blessure. J'ai dû avaler au moins cent litres de son infâme décoction… et puis il m'a fichu à la porte de l'infirmerie! Bon, qu'est-ce qui s'est *encore* passé pendant que je n'étais pas là?

Soudain il remarqua la présence de l'extraordinaire Cal.

– Euuuh, je ne connais pas ce monsieur?

– Ça va, Fabrice, c'est moi, Cal.

– Cal? Mais qu'est-ce qui…

– Un truc qui n'a pas tout à fait tourné comme prévu. Bref. On a plein de choses à te raconter et ensuite on file d'ici avant qu'*elles* ne décident de m'approcher d'un peu trop près.

– *Elles*? Oh! réalisa soudain Fabrice, mort de rire, c'est pour toi la foule dehors? Ben mon vieux!

– M'en parle pas!

Ils lui relatèrent les derniers événements. Il siffla quand il apprit que le roi avait envoyé deux Hauts mages avec Fafnir.

— Fafnir n'a pas très bon caractère, gloussa-t-il, et quand elle est possédée, elle devient carrément invivable. Je souhaite bon courage aux deux mages !

— À propos, elle nous a demandé de faire des recherches sur le Ravageur et nous partons à Omois, tu veux venir avec nous ?

— Évidemment, répondit Fabrice en faisant rouler ses épaules, sinon qui vous protégerait des vilains monstres, ma p'tite dame !

Tara lui lança un sourire et Robin fit la grimace.

Apparemment, le fait de ne plus avoir Cal sous les yeux avait rendu leurs esprits aux sortcelières et aux courtisanes, car le couloir était vide quand ils ressortirent… au grand soulagement du jeune garçon.

Ils eurent à peine le temps de faire dix mètres.

Surgies de nulle part, des jeunes femmes, des moins jeunes, des petites filles gloussantes et rougissantes recommencèrent à les suivre.

Cal pressa le pas.

Elles accélérèrent.

Il augmenta encore l'allure.

Elles aussi.

— Euuuh, pourquoi on court ? demanda Fabrice, qui avec Barune avait un peu de mal à suivre le mouvement.

— On court, répondit Cal en serrant les dents, parce que je suis devenu tellement beau que toutes les femmes de ce pays ont décidé de me pourchasser.

— Dis donc, je trouve ça plutôt sympa, non ?

— Moi pas, répondit Cal d'un ton mélodieux, mais qui n'appelait aucune réplique.

Le château vivant décida de donner un coup de main à son ami. Il déclencha une violente tempête dans les couloirs, ralentissant la progression des poursuivantes. Si les courtisanes furent plaquées contre les murs, les sortcelières, elles, se dégagèrent sans difficulté grâce à la magie.

Ce fut donc essoufflés, et élégamment échevelé dans le cas de Cal, qu'ils arrivèrent à la Porte de transfert.

Heureusement pour eux, le cyclope était incorruptible, et il refusa catégoriquement de révéler aux sortcelières l'endroit où s'était fait transférer l'incroyable apparition. Puis il soupira. Ce type était trop beau pour être vrai. Il aurait bien voulu que les jeunes filles cyclopes lui courent après comme ça!

Les cinq amis, leurs Familiers et Manitou se rematérialisèrent à Tingapour dans un palais totalement... noir. Le marbre des murs, l'or des statues, les vêtements des gardes impériaux, tout était noir. Kali les accueillit gracieusement, drapée dans une longue robe terriblement... noire.

– Vous venez pour la Dilution? demanda-t-elle en tordant ses six mains. Quel terrible malheur! Se briser ainsi le cou, dans la fleur de l'âge! Nos Chamans n'ont rien pu faire. Elle aura lieu demain après-midi. Damien va vous conduire dans vos appartements, l'impératrice nous avait avertie de votre prochaine venue, et malgré le monde, nous avons donc gardé votre suite disponible.

Ils ne comprenaient rien du tout. Qui était mort? L'impératrice savait qu'ils venaient? Et Tara et Fabrice n'avaient pas la plus petite idée de ce que pouvait bien être une *Dilution*.

Soudain, surgissant de nulle part, une silhouette fonça sur eux. Ils la reconnurent instantanément. C'était le prince Bandiou! L'oncle de l'impératrice que Fafnir avait détruit!

Moineau se transforma, Tara activa son pouvoir, ses mains nimbées d'un bleu foudroyant.

La silhouette se redressa et se mit à... déclamer un *discours*!

– Les impôts, expliqua-t-il d'une voix convaincue, sont nécessaires afin de payer les structures publiques. Sur Terre, notre planète d'origine, ils servaient à payer les fonctionnaires, les écoles, les hôpitaux et leur coûteux matériel, les services ferroviaires, les routes, les édifices publics, les éboueurs, et bien d'autres choses encore. Sur AutreMonde, ils sont nécessaires à l'administration pour payer les fonctionnaires (la silhouette eut un sourire sardonique), ça il y en a sur toutes les planètes, mais aussi notre armée, les sorts nécessaires à notre défense, l'amélioration de nos conditions de vie, la recherche scientifique et magique. Citoyens d'Omois, rappelez-vous. La puissance de notre empire repose sur vos épaules ! Payez vos impôts !

La silhouette s'inclina puis disparut.

Kali essuya une petite larme.

– Quel grand homme ! s'exclama-t-elle. Chaque fois que l'impératrice fait projeter l'un de ses discours, je ne peux pas m'empêcher de le pleurer.

L'air de rien, Moineau rengaina ses crocs et ses griffes, puis se retransforma, sa robe de sortcelière gémissant pour revenir à des proportions normales. Tara effaça le bleu de ses mains et ils prirent un air angélique et contrit.

– Oui, murmura Cal, la tête baissée. Quelle perte tragique ! Merci de votre hospitalité, Dame Kali. À quelle heure doit avoir lieu la Dilution ?

Les yeux de Kali s'agrandirent imperceptiblement devant la splendeur de Cal.

– À trois heures, ronronna-t-elle. Demain après-midi. L'impératrice a fait également réserver une place à ses côtés. C'est un grand honneur. Nous nous reverrons à ce moment, ce qui sera un *immense* plaisir. En attendant, je dois vous demander de déposer vos armes. On vous donnera un reçu pour que vous les récupériez en repartant.

Robin soupira en remettant son arc, grimaçant car l'arme n'était pas contente du tout.

Bien que les vêtements de Cal soient très ajustés, ils cachaient un nombre impressionnant de couteaux et autres instruments tranchants dont il se délesta à regret.

Tara soupçonna fortement qu'il en restait encore un bon nombre, mais Kali n'exigea pas de fouille au corps. Même si on sentait qu'elle en *mourait* d'envie.

— Je ne crois pas vous connaître, susurra-t-elle à Cal d'un ton admiratif. J'aurais *besoin* de votre nom… pour… pour… la cérémonie de demain.

Cal aimait particulièrement les films terriens.

Il n'hésita pas.

— *Bond*, répondit-il de sa voix de velours en s'inclinant sur l'une des mains de la jeune femme. *James* Bond.

Fabrice et Tara sursautèrent, puis durent se mordre les joues pour ne pas éclater de rire. Kali rosit franchement et son sourire s'élargit.

— Oh, parfait monsieur… heu, Bond. Alors à… à très bientôt.

Elle se ressaisit sous le regard goguenard de Moineau.

— Damien ! Accompagnez nos amis à leur suite s'il vous plaît.

— Bien, Dame, obéit Damien.

Fabrice et Tara en voulurent *beaucoup* à Cal. Éclater de rire dans le palais en deuil n'était pas recommandé, mais ce fut dur. Très dur.

À peine avaient-ils fait quelques pas que Robin tressaillait, dissimulant soigneusement son dos à Damien.

En effet, l'arc de Lillandril venait de se rematérialiser à son bras… avec tous ses accessoires. Aucun cri ne leur était parvenu de la Porte de transfert, ils en déduisirent que ce retour était passé inaperçu.

— Dis donc, murmura Cal, admiratif, c'est bien pratique, ton truc ! Fais gaffe tout de même que Damien ne le voie pas.

— Oui, monsieur Bond, répondit Robin, s'attirant un regard noir de Tara qui venait à peine de maîtriser son fou rire, et ne put s'empêcher de glousser.

Leur parcours à travers le palais l'aida à se calmer. Le mot le plus faible qualifiant l'atmosphère qui y régnait était… franchement *morbide*. Les arbres des couloirs perdaient leurs feuilles, les oiseaux de feu regardaient leurs plumes devenues noires avec désolation. Les grands drago-tyrannosaures étaient tellement démoralisés qu'ils ne tentèrent même pas de croquer Fabrice quand ils traversèrent la jungle noire. Au loin, les ptérodactyles volaient en criant d'angoisse, comme autant d'oiseaux de mauvais augure, et les Vrrirs ne comprenaient pas pourquoi leur blanche fourrure avait foncé d'un coup.

La lumière des baies était filtrée pour qu'il fasse sombre et froid, et un gémissement lugubre résonnait dans tout le palais.

— Brrrr, fit Fabrice qui n'avait plus du tout envie de rire, c'est très…

— Oui, hein, très…, confirma Cal. Surtout pour un type assoiffé de pouvoir qui a assassiné des tas de gens. S'ils le savaient, ils le balanceraient vite fait dans une fosse à purin avant d'aller faire la fête!

Galant, Sheeba et Blondin tranchaient vivement sur tout ce noir. Les courtisans, dont certains s'étaient carrément teint la peau en signe de deuil, regardaient le pégase blanc, la panthère argentée et le lion rouge avec une vive réprobation.

Et les courtisanes admiraient Cal. Mais du fait du deuil, elles se contentaient de le dévisager avec stupéfaction, puis s'éloignaient en chuchotant.

— Je sais que vous êtes les invités de Sa Majesté Impériale, commença délicatement Damien, leur guide, mais je crois qu'il serait approprié que vous modifiiez la couleur de vos Familiers. Nous ne voudrions pas heurter la sensibilité de notre souveraine qui a été terriblement affectée par la perte de son oncle, n'est-ce pas?

Tara sourit. Le jeune garçon était d'une grande prudence avec eux, depuis les derniers événements.

— Nous allons y remédier, affirma-t-elle gentiment.

Damien sembla soulagé.

– Merci, Damoiselle.

– Mais auparavant nous aurions besoin d'un renseignement. Serait-il possible de nous rendre à votre Devisatoire ?

Damien, heureux qu'elle ait accepté de s'occuper des Familiers, ne se fit pas prier.

– Bien évidemment, Damoiselle, suivez-moi je vous prie.

Il y avait peu de monde dans l'immense pièce dévolue au savoir. Bien que les murs soient littéralement tapissés de manuscrits, livres, journaux et carnets de voyages, la majorité des sortceliers préférait utiliser le système vocal du Devisatoire.

Soudain Fabrice sursauta. D'une table dépassait une longue patte. Grise, poilue… et terminée par une griffe particulièrement acérée.

– Bon sang, chuchota-t-il furieusement, il y a une aragne ici !

Cal regarda attentivement puis s'exclama.

– Eh ! Mais c'est Drrr ! Vous savez, l'aragne qui est en traitement pour son problème d'allergie ! J'ai fait sa connaissance au moment où j'étais emprisonné. Elle est tout à fait aimable.

– Oui, ben qu'elle reste où elle est, hein ! reprit Fabrice en cherchant du regard la table la plus éloignée de l'aragne.

Robin et Cal haussèrent les épaules. Pour eux, l'aragne était un citoyen comme un autre. Ils s'installèrent tous autour de la table choisie par Fabrice, tandis que Damien repartait accueillir d'autres invités à la Porte de transfert.

La bulle de silence s'abattit sur eux, les isolant.

– Voix ! s'exclama Moineau qui connaissait bien le fonctionnement du Devisatoire.

– Princesse Gloria ? répondit la Voix.

Moineau grimaça. Elle avait tellement l'habitude de son surnom que ça lui faisait toujours bizarre quand on utilisait son *titre*.

– Nous recherchons des renseignements sur une entité appelée le Ravageur d'Âme.

– Désolée, répondit immédiatement la Voix, mais cette information est *classée*. Je ne peux vous permettre d'y accéder. Seuls les Hauts mages sont habilités. Puis-je faire autre chose pour vous?

— Je suis le Haut mage Manitou Duncan! grogna le grand-père de Tara… même si je n'en ai pas la forme pour le moment. Donnez-nous l'information je vous prie!

La Voix reprit, avec un soupçon d'acidité dans le ton:

— Mes excuses, Haut mage. Seuls les Hauts mages *d'Omois* sont habilités.

— Flûte! grogna Cal. Pour une fois qu'on ne se fait pas écrabouiller, lacérer ou enlever pour obtenir une information… paf! Ça ne marche pas!

Tara réfléchissait furieusement. Soudain elle eut une idée.

— Voix?

— Damoiselle Duncan?

— L'impératrice a accès à cette information, n'est-ce pas?

Cette fois-ci, le ton de la Voix était un poil méprisant.

— Oui, Damoiselle, incontestablement. L'impératrice, étant de la famille souveraine, a accès à toute information.

— Parfait, sourit Tara, je voulais juste être sûre que ça ne dépendait pas de l'imperator.

Surprenant ses amis, elle se leva et leur fit signe de la suivre.

— Je sais comment nous allons faire, annonça-t-elle dès qu'ils furent dehors.

— Oh là là! gémit Fabrice, j'ai horreur quand tu as ce ton-là. En général, c'est porteur de gros, gros ennuis pour nous… impliquant des blessures graves, voire totalement invalidantes.

— En fait, confirma Tara, si mon plan ne marche pas, je pense que nous serons juste… condamnés pour crime de lèse-majesté.

Fabrice en perdit le souffle.

— … !!! essaya-t-il d'articuler.

— Ce que nous allons faire? devina Tara. Oh! Rien de spécial. Nous allons juste… *faire chanter l'impératrice d'Omois!*

chapitre XIII

Déshonneur impérial

Cette fois-ci, le gémissement de Fabrice fut parfaitement audible. Son mammouth accompagna sa détresse d'un vigoureux barrissement.

Au point de franchir la bulle de silence.

– Chhhhhut, gronda Manitou quand les autres sortceliers se retournèrent sur leur groupe, choqués. Allons, Fabrice, tu sais bien que Tara aime plaisanter !

– Le problème, remarqua Cal, c'est que j'ai l'horrible impression qu'elle ne plaisante pas du tout. Allez Tara, avoue. Qu'est-ce que tu as fumé ce matin ? Ça a l'air fort, dis donc !

– Pffff ! répondit Tara, ce n'est pas drôle ! Et tu as raison, je ne plaisantais pas. Je *dois* parler à l'impératrice. *Maintenant.* Quelqu'un a une idée ?

– C'est simple, répondit Robin. Il te faut requérir une audience *privée*. Comme il doit bien y avoir un petit million de personnes qui demandent la même chose... et qui sont, eux, des adultes, citoyens d'Omois... je pense que tu l'obtiendras dans un ou deux *siècles* !

– Je ne crois pas, réfléchit Tara. L'impératrice savait que nous allions venir. Elle nous a même réservé une place pour la Dilution, quoi que cela puisse être, demain.

– La Dilution, intervint aimablement Robin, c'est la dilution du corps dans le parc afin qu'il retourne aux sources d'AutreMonde.

– Beurk, dit Fabrice. Tu veux dire qu'en marchant dans le parc on marche sur les morts de Tingapour ?

– Non, bien sûr ! répondit Robin sur un ton offusqué.

– Ah, tu me rassures !

– Uniquement sur les membres de la famille impériale, reprit Robin avec un sourire matois.

– Yeark, grimaça Fabrice, c'est vraiment dégoûtant.

– Bon, reprit fermement Tara, je disais que nous devions voir rapidement l'impératrice, non seulement afin d'avoir accès à l'information dont nous avons besoin pour Fafnir, mais également parce que nous devons lui remettre le Taludi pour disculper Cal ! Malgré son magnifique déguisement, M. *Bond* risque de se faire arrêter de nouveau.

– Oui, approuva Cal, j'aimerais assez qu'on évite l'épisode *prison* si possible !

– Oh là là, rit Moineau. Si tu restes sous cette apparence, jamais l'impératrice ne te fera enfermer… enfin du moins pas dans la prison !

– Niarf, niarf, niarf, très drôle. Je vais déposer une demande pour prouver mon innocence et demander à un Effrit de l'apporter à l'impératrice. Et ensuite, on verra bien ce qui se passera.

– Oui, tu as raison, le temps presse ! annonça Manitou.

– Ah oui ? demanda Cal, un peu surpris. À part le risque de me faire arrêter, on n'a pourtant rien de particulier sur le feu en ce moment, si ? Fafnir n'a pas besoin des informations sur le Ravageur tout de suite, elle doit d'abord revenir des Marais de la Désolation.

– Oh, mais je ne pensais pas à Fafnir, répondit doucement Manitou. Je faisais plutôt allusion à d'autres personnes ! Maître Chem viendra pour l'enterrement, accompagné probablement d'*Isabella*. Je ne serais pas surpris que les parents de Moineau arrivent aussi pour représenter le gouvernement du Lancovit… sans compter le *père* de Fabrice qui sera certainement invité en tant qu'ami du prince défunt.

Fabrice prit une belle couleur verte.

– Vous… Vous rigolez, balbutia-t-il, *mon père* et *Isabella*! Ici! En même temps? Après l'épisode de Bandiou, la destruction de la serre de Papa, et nos différents passages sur AutreMonde sans l'autorisation d'Isabella, je n'ose même plus imaginer quelle punition ils vont m'infliger! D'ailleurs j'étais en train de songer très sérieusement à l'exil sur une autre planète!

Robin lui donna une amicale bourrade dans le dos.

– Arrête de raconter n'importe quoi. Ton père a bien vu que nous avions sauvé la Terre et AutreMonde d'un abominable tyran. Il se contentera probablement de râler un peu, mais c'est tout.

– Robin, soupira Fabrice, mon père va probablement prendre ma peau et l'accrocher dans son salon. Et Isabella prendra ce qui restera pour en faire une carpette dans l'entrée de son manoir. Au moins comme ça, je serai utile à quelque chose!

Cal essaya de remonter le moral du jeune Terrien, sans succès, et ils cheminèrent en silence jusqu'à la suite de Tara. Le palais étant immense, ils demandèrent leur chemin à un Effrit. Comme les courtisans fronçaient les sourcils sur leur passage, Tara voulut modifier la couleur des quatre Familiers.

Soudain des glapissements de consternation retentirent dans tout le palais.

Sa fichue magie lui avait encore échappé. Elle était en train de regarder Cal et avait fugitivement pensé qu'en rouge il serait encore plus superbe.

Immédiatement sa magie frappa et tout le palais se retrouva… rouge. Les robes des sortceliers, les statues, les murs, les tentures, les poils des animaux.

L'effet était assez spectaculaire.

Horrifiée, Tara regarda le carnage et les courtisans affolés qui contemplaient leurs vêtements avec stupeur.

– Oh là là, gloussa Moineau, à quoi tu pensais au juste?

Tara rougit, tout à fait en accord avec sa robe pourpre, et annula le sort. Prudent, Robin prit la relève et obscurcit aussi leurs robes de sortceliers d'un bleu si foncé qu'il en paraissait noir puis fonça le poil des animaux.

Fabrice soupira de nouveau. Tara avait un tel pouvoir! Qu'elle manipulait avec une telle aisance! Il n'était pas jaloux mais… en fait, *si*. Il *était* jaloux. Pourquoi n'avait-il pas ce genre de puissance, lui? Puis il se souvint du Sangrave qui essayait de tuer Tara pour une mystérieuse raison et de Magister qui la considérait comme la clef du pouvoir démoniaque… et se dit finalement que moins de pouvoir c'était bien aussi. Et puis il avait Barune! Il baissa les yeux vers le mammouth et lui caressa la tête avec affection… tout en essayant de préserver ses doigts de pied. Bien que considérablement plus petit, Barune restait… *lourd*!

Robin, lui, se demandait ce qui se passerait quand tout serait fini. Il savait que Tara devait retourner sur Terre.

Il savait aussi qu'il ne *pouvait pas* l'accompagner. Un demi-elfe sur Terre. Ridicule! Sa magie ne serait pas assez puissante pour dissimuler ses étranges yeux de cristal, fendus comme ceux d'un chat, et ses curieux cheveux blancs aux mèches d'un noir profond.

Les elfes étaient des chasseurs, des guerriers. L'accompagner sur Terre signifiait renoncer à cet héritage.

Il ne le pouvait pas.

Et cela lui causait une douleur presque *physique*.

Alors pour le moment, il bénissait ces problèmes qui leur tombaient dessus les uns derrière les autres, obligeant Tara à rester sur AutreMonde!

Cal, quant à lui, songeait qu'il allait bientôt pouvoir se disculper de l'accusation, qu'il avait deux mots à dire à ses professeurs de l'université de Vol Patenté à propos de leurs notations et, avec une pointe de tristesse, qu'il allait devoir rencontrer les parents de Brandis pour leur annoncer les dernières volontés de leur fils.

Et surtout, il voulait retrouver son vrai corps. Celui-ci était vraiment trop… Trop !

Moineau, elle, était inquiète.

Pas pour elle-même.

Pour Tara.

Enfant solitaire car ses parents voyageaient beaucoup, Moineau n'avait pas beaucoup d'amies. Et puis Tara était arrivée et en quelques semaines était devenue comme une jumelle, mieux, une confidente. Mais Tara demeurait secrète, comme si elle avait du mal à s'épancher, ou encore ne savait pas comment ses démonstrations d'amitiés allaient être reçues !

Moineau savait que le poids de son avenir pesait terriblement sur les épaules de son amie. En fait, ils avaient tous une idée de ce qu'ils allaient faire plus tard. Robin voulait entrer dans les services elfes du royaume, comme son père. Cal était déjà un Voleur Patenté, même s'il n'en avait pas encore le titre officiel. Fabrice suivait l'entraînement des Premiers sortceliers et deviendrait Haut mage. Moineau, quant à elle, envisageait de reprendre les travaux de sa mère en collaboration avec les tribus naines, sur les sources de la magie d'AutreMonde. Et si elle n'aimait pas cela, alors elle aussi pouvait se consacrer au Lancovit et devenir Haut mage.

Mais Tara, elle, n'avait pas le choix. Elle était l'héritière d'un *empire,* l'espoir de toute une nation. Elle était, du coup, la clef du pouvoir démoniaque. Elle était la cible d'un tueur. Elle était le centre de complots et de dangers. Elle ne serait *jamais* une petite fille normale vivant une adolescence normale.

Bon, d'accord, ils étaient tous des adolescents un peu spéciaux. Sauf que Tara était encore plus spéciale qu'eux.

Et parfois, dans les silences de son amie, Moineau sentait le souffle de son angoisse.

Inconsciente de tout cela, Tara pensait à ses parents. Elle allait devoir annoncer à sa mère qu'elle avait revu son père.

Sans elle.

Tara savait que Selena ne lui en voudrait pas. Ils avaient agi dans l'urgence. Mais elle regrettait de tout son cœur de n'avoir pas pu rappeler son père en présence de sa mère. Et, curieusement, alors qu'elle ne la «connaissait» que depuis quelques jours, Selena lui manquait terriblement, tout comme Isabella… même si elle devait absolument éviter sa grand-mère pour le moment, histoire de ne pas se retrouver coincée sur Terre.

Et puis, dans un tout petit coin de sa conscience, elle s'inquiétait de ce que préparait Magister. Galant protesta dans son esprit. Il lui fit comprendre à quel point il était inutile qu'elle se fasse du souci. Si Magister les ennuyait, eh bien, ils le renverraient aux Démons. Et il lui projeta l'image d'un Magister échevelé, pendant entre ses griffes, se débattant vainement, encerclé par une horde de Démons hilares.

Tara ne put s'empêcher de glousser. Son pégase, heureux de l'avoir fait rire, se posa à côté d'elle et la poussa affectueusement du museau. Moineau lui jeta un regard interrogateur et Tara lui retourna son magnifique sourire, ce qui apaisa son amie.

Une fois dans leur suite, Manitou demanda d'une voix mourante si on pouvait lui commander quelque chose à manger avant qu'il ne *tombe* de faim.

Un Effrit leur apporta les plats et ils se régalèrent de trucs aussi bizarres que des côtes de Brrrraaa au jus de slurp, de purée de Kalorna et de pousses de brill* accompagné de Tzinpaf, de gâteaux au chocolat au miel de bizzz et à la crème de balboune, et de Kidikoi.

Tara regarda avec méfiance le cœur de sa sucette caramel/banane/piment, qui annonçait «Elle sera là bientôt, sans danger sont ses mots, mais la vérité doit être méritée», ce qui, comme d'habitude, ne l'avança pas à grand-chose.

Moineau chargea l'Effrit du message pour l'impératrice, insistant sur «de nouveaux éléments susceptibles d'innocenter Caliban Dal Salan».

Puis ils attendirent.

À une heure du matin, il devint évident que l'impératrice ne les convoquerait pas. Ils décidèrent d'aller se coucher.

Aussi Cal, à moitié endormi, frôla-t-il la crise cardiaque quand un Effrit se matérialisa au pied de son lit en glapissant:

– Debout, debout, un... visiteur arrive! Réveillez-vous!

Cal se retrouva en pyjama dans le salon avant d'avoir compris ce qui se passait.

Les autres firent aussi irruption, ameutés par le messager, se frottant les yeux, interloqués.

Soudain, la porte pivota sans leur autorisation, ouvrant le passage à... Xandiar, le chef des gardes!

– Non, gémit Cal, pas lui!

Mais Xandiar n'avait pas l'air de s'intéresser au petit Voleur. D'autant que la magie de Tara faisant encore effet, Cal était toujours aussi magnifique.

Le chef des gardes inspecta la pièce, puis fit signe à la mince silhouette masquée qui le suivait d'entrer aussi et claqua la porte derrière elle avec une vigueur affolée.

Il avait le visage rouge et transpirait abondamment.

Vu son affolement, Tara devina tout de suite qui se cachait sous ce masque. Intuition confirmée quand le capuchon tomba, révélant le magnifique visage de... l'impératrice! Elle avait noué ses splendides cheveux en une double natte qui frôlait le sol et portait une simple robe blanche resserrée à la taille par une ceinture d'or.

Malgré son trouble, Xandiar se mit au garde-à-vous et déclara d'une voix forte:

– Sa Majesté Impériale Lisbeth'tyl...

– Ça va, Xandiar, le coupa l'impératrice. Ils savent qui je suis. Monte la garde à la porte. Si quelqu'un apprenait que je suis ici sans escorte, nous aurions droit à des récriminations du service de sécurité pour les dix prochaines années!

Le pauvre Xandiar était bien d'accord avec ledit service, à en croire l'angoisse avec laquelle il tordait ses quatre mains.

Se retrouver le seul responsable de la sécurité de sa souveraine était visiblement trop pour ses nerfs.

Il alla se poster à la porte, l'air profondément malheureux.

L'impératrice s'assit gracieusement, et les invita à faire de même. Encore ébahis, ils obéirent et restèrent à la regarder, les yeux écarquillés.

Elle contempla Cal un instant, puis hocha la tête, comme si elle venait de trouver la solution d'une énigme.

– Caliban Dal Salan, je présume? demanda-t-elle.

Le magnifique Cal s'inclina avec une grâce insupportable.

– Pour vous servir, Votre Majesté Impériale!

– Superbe déguisement. Original.

– Merci, Votre Impériale Majesté.

Et il lui lança un sourire si étincelant qu'elle en cligna des yeux.

Elle ne put s'empêcher de lui retourner son sourire, puis, avec un effort visible, se ressaisit.

– Bien, dit-elle d'une voix claire en évitant soigneusement de regarder Cal, histoire de ne pas être déconcertée, quelle récompense vais-je bien pouvoir trouver pour les *meurtriers* de mon oncle!

Du coin de l'œil, Robin vit distinctement Xandiar sursauter, et Fabrice déglutit bruyamment.

Cette fois-ci, ce fut Moineau qui s'y colla.

– Ma foi, Votre Majesté, répondit-elle prudemment, votre choix sera le nôtre!

– Enfin, temporisa Tara, dans la mesure où *vous* êtes également responsable de sa mort!

Là, Manitou cessa tout à fait de respirer. Et d'horribles images de barreaux et de pain sec se mirent à défiler devant ses yeux.

L'impératrice ne réagit pas, se contentant de dévisager attentivement la jeune fille. On entendait quasiment les rouages cliqueter dans son esprit. Elle finit par prendre une décision.

— Comment l'avez-vous su?

Manitou recommença à respirer. Les barreaux et le pain sec s'éloignèrent.

— Plusieurs indices m'ont mis sur cette piste, répondit Tara dont le cœur battait la chamade. Malgré l'attaque dont j'ai été victime, vous ne m'avez pas convoquée parce que, au même moment, les gnomes sont venus vous voir pour demander votre aide. Pour la troisième fois en un mois! C'était ce qui se murmurait dans les couloirs. Vous aviez envoyé vos elfes-chasseurs fouiller le palais de votre oncle Danviou. Et ils n'avaient rien trouvé. Mais les courtisans chuchotaient le mot «scandale» et à mon avis vous soupçonniez votre oncle depuis quelque temps déjà. Et puis, Glul Buglul a dit, quand il s'est présenté à nous, que vous aviez *insisté* pour qu'il soit le Compensateur de Cal. Vous *saviez* que sa fiancée faisait partie des prisonniers. Il vous l'avait dit. Vous aviez deviné qu'il ferait appel à Cal pour trouver des preuves contre votre oncle. Et je parie dix contre un que c'est vous qui avez activé le Brouillus sur Cal et Angelica pour empêcher les Diseurs de lire la vérité et les faire emprisonner. Et quand Cal s'est évadé, vous avez interdit les poursuites, les gens au Lancovit n'étaient même pas au courant de sa disparition, ce qui était tout à fait illogique. J'ai compris alors que vous nous aviez utilisés comme des… limiers, des chiens de chasse!

Ébahis, Manitou, Cal, Moineau, Fabrice et Robin regardaient tour à tour Tara et l'impératrice, très calme.

— Votre Majesté, s'écria Xandiar furieux, laissez-moi apprendre la politesse à cette impertinente enfant. Elle…

— … a parfaitement *raison*, le coupa l'impératrice. Même si je suis très étonnée qu'une sortcelière aussi jeune ait pu percer à jour mon stratagème.

— Et c'est la seule solution que vous ayez trouvée? s'exclama Tara, furieuse de voir ses présomptions confirmées. Condamner un innocent! Nous faire risquer nos vies!

— Non, ce n'est pas la seule solution que nous ayons trouvée, répondit froidement l'impératrice. Comme nous n'avions pas de preuves à présenter à la cour, nous ne pouvions pas accuser officiellement Bandiou. Avant que Caliban ne soit incriminé par les parents de Brandis, ce qui, soit dit en passant, n'est absolument pas de notre fait, nous avions mis au point un autre plan. Nettement plus simple.

Elle marqua une pause, défiant les jeunes gens de l'interroger. Tara n'hésita pas.

— Et votre plan était…?

— Nous avons essayé de le faire *assassiner*! répondit clairement la jeune femme.

— Waouh, laissa échapper Fabrice. Super, les relations de famille sur votre monde!

— Quand il s'agit de *pouvoir*, soupira l'impératrice, il n'y a ni famille, ni amis. Bref. Ça n'a pas fonctionné. Bandiou était devenu trop puissant. Il nous a renvoyé notre assassin. Dans de tout petits paquets.

Sa déclaration fut suivie d'un silence pesant. Que rompit Tara, encore furieuse.

— Alors, vous avez mis au point toute cette machination *compliquée* pour que nous vous débarrassions de votre oncle! Et si ça n'avait pas marché?

— Je ne cherchais pas à ce que *vous* me débarrassiez de mon oncle, protesta l'impératrice. Une fois les gnomes délivrés, et les preuves de sa félonie révélées, mes Hauts mages l'auraient réduit en poussière facilement. Mais vous formez à vous cinq une sorte… d'*arme* incontrôlable qui lui a été parfaitement *fatale*.

— Comment saviez-vous que nous allions être aussi… performants ? osa Cal. Après tout, nous ne sommes que des adolescents. Ce n'était pas un peu risqué, comme plan ?

– Tout AutreMonde a appris que vous étiez les artisans de la chute du très puissant Magister, que ni les dragons ni les Hauts mages n'avaient réussi à localiser. Et vous avez délivré nos Premiers sortceliers. Aussi, quand Caliban Dal Salan a été accusé par les parents de Brandis, nous avons sauté sur l'occasion. L'imperator et moi-même avons lancé un Brouillus. Et là, nous avons eu une surprise.

– Une surprise ? demanda Moineau, fascinée.

– Il y avait déjà un Brouillus extrêmement puissant sur Caliban et sur la Damoiselle Angelica Brandaud !

– Incroyable, murmura Manitou, traduisant le sentiment général. Vous avez donc interféré avec les plans de quelqu'un d'autre ! Mais quand vous avez demandé à ce que les mânes de Brandis soient convoqués, vous n'aviez pas peur qu'il déclare Cal et Angelica innocents ?

Le sourire de l'impératrice se fit narquois.

– Il y avait un second sort sur le fantôme. Très subtil, mais qui le poussait à faire exactement ce que nous désirions. Alors, nous ne sommes pas intervenus. Caliban et Damoiselle Brandaud furent condamnés. Bref. Quand Xandiar est venu me dire que le petit Voleur avait disparu, nous nous sommes doutés, l'imperator et moi, que les gnomes l'avaient aidé à s'échapper. Visiblement *vous* n'étiez pas prévenus, car vous aviez endormi la moitié de mon palais de votre côté. Puis vous avez disparu à votre tour. J'ai empêché Xandiar de vous poursuivre. C'est d'ailleurs la raison pour laquelle je l'ai choisi pour m'accompagner ce soir. Pour qu'il puisse *comprendre*.

Elle sourit gentiment au grand chef des gardes qui hocha la tête avec reconnaissance.

– Enfin, reprit-elle, le Gardien Besois-Giron est arrivé avec le corps de mon oncle et une abracadabrante histoire de tempête, de chute d'un ponton et de cou brisé. À son grand soulagement, nous avons avalé tout ce qu'il nous a dit. J'ai déclaré le deuil. Et voilà.

— Zut alors, on est allés dans les Limbes pour rien! s'exclama Cal, furieux.

— Les Limbes? s'étonna l'impératrice. Je ne comprends pas.

— Je n'avais pas de certitudes, expliqua Tara. Juste une *intuition* sur votre rôle dans cette affaire. Alors nous sommes allés dans les Limbes pour rappeler les mânes de Brandis et lui faire juger Cal de nouveau. Tout est enregistré sur un Taludi.

— Oh, mais ce ne sera pas utile, répondit l'impératrice. J'ai gracié Caliban et Damoiselle Brandaud dès le début du deuil! Vous n'avez pas eu l'annonce officielle au Lancovit?

Cal, qui était resté debout, mettant involontairement en valeur son impressionnante musculature, se laissa tomber sur un fauteuil.

— Par mes ancêtres, murmura-t-il, je n'arrive pas à y croire. Personne ne nous a prévenus!

— Donc, dit l'impératrice, je répète ma question. Que puis-je donner comme récompense à ceux qui viennent de sauver mon empire?

Les six amis étaient trop choqués pour répondre. Du coup, l'impératrice dut improviser.

— Pour Caliban, j'offre la propriété de Salendourivor, au nord de notre pays. Son bétail et ses champs rapportent environ cent mille crédits-muts or par an. Cela lui fera un endroit où se reposer après ses exploits de Voleur.

Cal se contenta de la regarder d'un élégant air hagard.

— Pour la princesse Gloria, continua-t-elle, du fait de votre appartenance à la famille royale du Lancovit, j'imagine qu'une propriété sur nos terres risquerait d'être mal interprétée. Cependant, j'ai cru comprendre que vous désiriez vous consacrer à des recherches avec les nains sur les sources de la magie d'AutreMonde. J'ai des parchemins et des documents uniques au monde. Je vous les donne.

Moineau se leva et s'inclina profondément, n'osant rien dire tant elle était émue.

– Haut mage Manitou, une propriété, identique à celle de Salendourivor, Imitanchivor, vous attend, ainsi que tout le confort et l'un des meilleurs cuisiniers d'AutreMonde, le célèbre chef François, à votre unique service.

– Maj… Majesté, c'est trop, c'est trop d'honneur ! balbutia Manitou, salivant d'avance.

– Robin, je crois que votre plus grand souhait est d'entrer dans les Services secrets du Lancovit, comme votre père. Je vous offre le poste d'officier dans les miens. À effet immédiat. Bien que dans ce cas vous deviendriez notre plus jeune officier, votre expérience est indubitable. Je ne vous propose pas de propriété, je sais que les elfes n'aiment pas habiter en dehors de leur patrie, Selenda, où ils retournent le plus souvent possible en empruntant les portes. Cependant, afin que vous ne soyez pas lésé, un montant équivalent aux revenus des autres propriétés sera versé sur un compte ouvert à votre nom.

– Majesté, vous êtes d'une incommensurable générosité ! Cet argent sera le bienvenu à Selenda ! Cependant je dois décliner votre proposition d'intégrer vos services. Mon père estime qu'il n'a pas terminé ma formation. Je vous remercie néanmoins.

– Comme vous voudrez, Robin. Mon offre demeure cependant valable si vous ne restez pas auprès de votre père. Jeune Besois-Giron, vous êtes le seul sur qui j'aie peu de renseignements. Une propriété vous ferait-elle également plaisir ?

– Merci Votre Majesté Impériale, mais j'ai déjà celle de mon père. Vous servir est une récompense suffisante en elle-même.

– Mmmh, élégante réponse. Cependant l'élégance ne nourrit pas son homme. Je ferai donc ouvrir un compte avec les mêmes conditions que pour votre ami Robin. Cela vous convient-il ?

– À merveille, Votre Majesté Impériale, à merveille.

— Quant à vous, jeune Tara, je…

— Je sais ce que je veux, l'interrompit Tara le plus courtoisement possible malgré son agacement à voir ses amis confondus d'admiration pour l'impératrice alors que celle-ci n'avait fait que les manipuler. Je désire avoir accès aux informations *confidentielles* de votre Devisatoire.

L'impératrice se raidit.

— À quelles informations confidentielles ? demanda-t-elle prudemment.

— À propos du Ravageur d'Âme. Nous avons quelques problèmes avec lui.

L'impératrice siffla entre ses dents.

— Par mes ancêtres ! Vous savez choisir vos ennemis, jeune fille. Le Ravageur. Rien que ça ! Je sais qu'il a été emprisonné par Demiderus lui-même, car il a trahi la cause humaine en s'alliant avec les Démons lors de la grande bataille des failles. Et qu'il est extrêmement dangereux, car impossible à détruire. Votre demande est accordée. Vous aurez accès aux informations du Devisatoire. J'en donne l'ordre en sortant d'ici. Et, bien que vous n'en vouliez probablement pas, je vous fais également don d'une propriété, proche de la mienne, Sevendarève en Tarvenchir.

Tara allait refuser, mais l'impératrice l'en empêcha de la main.

— Attendez. Rendez-vous sur place avant de refuser mon cadeau. Si vraiment cela ne vous plaît pas, alors je retirerai mon offre et la remplacerai par des crédits-muts.

Tara inclina docilement la tête. Elle avait obtenu ce qu'elle voulait, inutile d'agacer la puissante souveraine… On ne savait jamais.

— Comme vous voudrez, Votre Majesté Impériale.

— Parfait.

La jeune femme se leva d'un mouvement souple et rajusta sa cape et son capuchon sur sa robe.

– Allons-y, Xandiar. Nous avons encore beaucoup à faire. À tout à l'heure, pour la Dilution. Je compte sur vous.

Et elle disparut, suivie de son garde terriblement nerveux.

– Tara! s'exclama Moineau, les faisant tous sursauter, ça commence à bien faire!

Tara leva les yeux, surprise par le ton de la jeune fille.

– Nous sommes amies, n'est-ce pas? demanda fermement Moineau. Je dirais même que, après tout ce que nous avons vécu, nous avons une confiance absolue l'une en l'autre, non?

– Euuuh, absolument, répondit Tara qui ne voyait pas du tout où Moineau voulait en venir.

– Alors, éclata Moineau, la prochaine fois que tu as des doutes, des intuitions, des soupçons, je t'interdis de les garder pour toi, c'est clair? On doit tout partager avec ses amis. Même au risque de passer pour une idiote finie. Je déteste quand tu nous caches des choses!

Tara eut un sourire penaud.

– Pardon, en fait je ne voulais pas vous ennuyer avec mes idées idiotes. Ça avait l'air si... compliqué comme plan, si... improbable! Et puis je pensais au début que Magister était derrière tout ça. Je n'ai pas tout de suite songé à l'impératrice! Et ma grand-mère m'a appris à ne pas venir l'ennuyer avec mes problèmes. Alors j'ai un peu tendance à les régler toute seule.

– Oui, eh bien, moi, je ne suis pas ta grand-mère. Et les problèmes, nous les réglons ensemble. D'accord?

– D'accord!

Ils passèrent l'heure restante à discuter des somptueux cadeaux de l'impératrice, puis, la fatigue succédant à l'excitation, ils finirent par retourner se coucher.

Le lendemain matin, à sa grande déception, Cal était encore splendide. Toujours aussi grand et abondamment musclé.

– Bon sang, grogna-t-il dans son bol de petit déjeuner, combien de temps ce fichu sort va-t-il durer!

— Vu la puissance de la magie de Tara, il peut durer toute ta vie, le taquina Moineau, levant le nez de sa tartine de beurre de balboune.

Cal la dévisagea d'un regard plein d'effroi.

— Tu crois? chevrota-t-il. Tu crois que je vais rester coincé dans le gros corps de ce machin!

— Ehhh! protesta Tara, ton corps n'est pas gros.

— Non, confirma Moineau, il est admirablement proportionné. Tara, tu as fait un boulot impressionnant.

— Bon sang, protesta Cal, je suis un *Voleur*! Je dois être petit, agile, me faufiler partout et surtout passer le plus *inaperçu* possible. Comment voulez-vous que je fasse mon métier avec cet... aspect!

— Ben, tu seras un voleur voyant, proposa Fabrice. Très voyant, même!

Ils crurent un instant que Cal allait se mettre à pleurer, mais il se contenta de les foudroyer du regard.

— Bon, grommela-t-il, qu'est-ce qu'on fait maintenant?

— On va au Devisatoire recueillir les informations sur le Ravageur, répondit Tara, essayant de masquer son sourire. De cette façon, si Isabella et le père de Fabrice sont là pour la Dilution, et qu'on se retrouve punis pour les cinquante prochaines années, Moineau et Robin pourront donner les renseignements à Fafnir.

— Oui, soupira Fabrice, brutalement ramené à la dure réalité. J'espère que vous viendrez nous voir de temps en temps. Enfin, si Isabella ne nous transforme pas en crapauds pour lui avoir désobéi!

Ils prirent la direction du Devisatoire, Tara et Moineau ne pouvant s'empêcher de rire chaque fois qu'une sortcelière heurtait un mur, un arbre ou s'évanouissait en croisant le beau Cal, qui du coup, accéléra le pas, jusqu'à courir quasiment jusqu'au Devisatoire.

Une fois dans la grande salle claire et boisée, ils s'installèrent à nouveau sous une bulle de silence et Cal, décidé à en découdre avec le premier venu, apostropha la Voix.

– Bon, on est habilités maintenant, dit-il d'un ton élégamment hargneux. Alors envoie les informations sur le Ravageur, et vite fait.

– Rohhhooo, roucoula la Voix, mais avec plaisir, ô beau sortcelier !

Cal gémit. Tara et Moineau ne purent retenir un gloussement.

– Le Ravageur est un ennemi d'AutreMonde qui s'est allié avec les Démons et qui a été fait prisonnier par Demiderus après la grande bataille des failles. La seule entité qui puisse le combattre est l'Âme Blanche, un artefact magique extrêmement puissant. Après que Demiderus eut emprisonné le Ravageur sur l'île des Roses Noires, un chevalier dont la famille avait été massacrée par sa faute a voulu réaliser sa vengeance. Il a donc pris l'Âme Blanche et s'est rendu dans les Marais de la Désolation.

– Et alors, demanda Tara, fascinée, que s'est-il passé ?

– Il a été assassiné. Le Ravageur lui avait tendu un piège, avec l'aide des Mangeurs de Boue* et il n'est jamais arrivé sur l'île.

– Donc l'Âme Blanche ne doit pas être très loin ! s'exclama Moineau. Nous devons aller parler avec les Mangeurs de Boue.

Tara n'était pas follement enthousiaste. Après tout, les Mangeurs de Boue étaient les laquais de son ennemi, Magister !

– Euuuuh, commença-t-elle, je ne suis pas sûre que ce soit une très bonne idée ! Fafnir va bien pour le moment. Et même si le Ravageur est arrivé à la posséder une ou deux fois, elle semble plutôt bien s'en sortir, non ?

– Un de vos amis a été touché par le Ravageur ? s'enquit la Voix, interloquée.

– Oui, une naine, Fafnir. Elle a été partiellement possédée après avoir avalé le suc des Roses Noires.

– Aïe, fit la Voix, plus du tout roucoulante. Cette information doit être relatée à l'impératrice et à l'imperator. Si le Ravageur se libère, toute vie sur cette planète est en danger !

– Mais le roi Bear et la reine Titania ont envoyé deux Hauts mages avec elle en reconnaissance afin d'évaluer ce qui se passe sur l'île des Roses Noires.

Le ton de la Voix fut carrément affolé.

– Quoi? Mais ils sont complètement fous! Sans l'Âme Blanche, il n'existe aucun pouvoir sur notre planète qui soit capable de vaincre le Ravageur. Et renvoyer la naine près de l'île était le meilleur moyen pour qu'elle soit *totalement* possédée! Par mes créateurs, mais on ne vous enseigne rien, dans vos livres!

– Ces informations étaient classées *confidentielles*, lui rappela fermement Cal. Vous avez même refusé de nous les donner hier. Alors comment le roi et la reine auraient-ils pu deviner? Ils ne descendent pas de Demiderus, comme votre souveraine.

– Ce n'est pas une raison, s'emporta la Voix, vous ne vous rendez pas compte…

– Ben justement, si, la coupa Cal, alors, que devrions-nous faire?

– Vous êtes un magnifique spécimen de sortcelier, répondit très sérieusement la Voix. Je vous déconseille donc de vous approcher du Ravageur. Ce serait dommage d'abîmer tant de beauté!

Cal serra les dents et reprit:

– Certes. Mais encore?

– Retrouver l'Âme Blanche. C'est la seule solution.

– L'Âme Blanche… Et ça ressemble à quoi?

– C'est une statuette représentant un corps de femme levant les bras vers le ciel en un geste suppliant. La statuette est blanche et lumineuse.

La Voix projeta une image de la statuette, haute d'une trentaine de centimètres, qui se mit à tourner sur elle-même. L'expression du visage de la femme était empreinte d'une indicible tristesse.

– Et une fois qu'on l'a trouvée?

– Il faut la placer sur l'île des Roses Noires, c'est tout ce que je sais.

– Et donc ce *truc* serait peut-être entre les mains des Mangeurs de Boue? Ces Mangeurs qui sont alliés de notre pire ennemi et qui ont essayé de nous faire prisonniers!

– Je vous aurais bien fait prisonnier moi-même! gloussa la Voix sur un ton approbateur, alors je les comprends très bien. Finalement ces créatures grossières ont plutôt bon goût!

Cal grinça des dents et se leva sans faire de commentaire. Ils le suivirent et, au grand dépit de la Voix, quittèrent le Devisatoire.

Une fois dans le couloir, Fabrice ne put s'empêcher de se tourner vers Cal et, roulant des yeux éperdus, il roucoula:

– Alors, beau sortcelier, que faisons-nous maintenant?

– Oh, toi ça va, grogna Cal. Pour le moment, impossible d'alerter Fafnir, elle doit déjà être dans les Marais de la Désolation. La seule chose qu'il nous reste à faire, c'est d'attendre son retour. L'impératrice ayant *ordonné* que nous assistions à la Dilution, nous n'avons pas vraiment le choix.

En fait, ils auraient bien désobéi, mais un coup d'œil à la salle de la Porte les convainquit rapidement qu'il était inutile d'essayer de partir. La garde, déjà bien nombreuse en temps normal, avait été renforcée pour le deuil et l'accueil de tant de personnalités étrangères. Les rois, les reines, les présidents, ministres et conseillers du monde entier et des autres planètes arrivaient en flot continu et la pauvre Kali avait l'air légèrement hagard. Le roi Bear n'avait pu se déplacer, devant présider un procès, seule la reine Titania du Lancovit était présente. Au grand soulagement de Tara, si Chemnashaovirodaintrachivu était arrivé avec toute une délégation de dragons, Isabella ne l'accompagnait pas.

Fabrice n'eut pas autant de chance. Damien confirma que son père était bien là, et regarda avec curiosité le jeune Terrien pâlir et verdir en même temps.

À partir de ce moment, Fabrice décida de se calfeutrer dans leur suite, tressaillant chaque fois que la porte s'ouvrait.

Il fut bien obligé d'en sortir pour le déjeuner. Fort heureusement pour lui, les souverains et leurs invités prenaient leur repas dans une autre partie du palais, et la petite bande n'était pas conviée, ce qui lui permit d'éviter son père pendant quelques instants encore.

L'impératrice avait fait préparer un véritable festin. Viandes et rôtis d'AutreMonde, épices brûlantes de Dranvouglispenchir*, la planète des dragons, graines, pousses, tubercules, semoule, pains, pâtes et autres merveilles de Santivor, la planète des Diseurs, fromages terriens, vins doux de Tadix, la lune principale d'Autre-Monde, desserts préparés par les plus grands pâtissiers dont une renversante fontaine de mousses au chocolat blanc et au chocolat noir qui émerveilla Tara, des choux à la crème de balboune, si parfumée, des tartes aux fruits d'AutreMonde, aux mûres, aux framboises, aux cerises, aux pommes, aux vlirs*, aux mrmoums*, au gandari*, sans compter les bonbons et autres guimauves qui furent servis avec le café, le thé et le kax*, infusion relaxante.

Manitou était si heureux qu'il en oubliait qu'il était humain, enfin psychiquement humain, et remuait la queue en essayant de goûter à tout. Les couverts avaient un peu de mal à le nourrir et la fourchette finit par renoncer après que les puissantes mâchoires eurent failli lui tordre les dents à deux reprises.

Après deux heures passées à table, l'arrière-grand-père de Tara avait tant mangé qu'il n'arrivait quasiment plus à marcher. Tara ne put maîtriser un gloussement quand le labrador émit un rot sonore. Elle ne savait pas que les chiens rotaient comme les humains! Elle avala un peu de Tzinpaf, la délicieuse boisson pomme/cola/orange, tout en regardant les Kidikoi avec méfiance. Mais elle ne put résister et se retrouva face à un nouveau message: «Tu dois le sauver, il ne l'a pas mérité.» Sauver qui? Et de quoi? Elle soupira. Elle commençait à en avoir un peu assez de son rôle de vengeur masqué, sous prétexte qu'elle avait un fichu pouvoir, fichtrement puissant. Et puis normalement, dans les films, c'étaient tout de même les garçons qui sauvaient les filles! Enfin… en général!

Un gong sonore la tira de ses pensées. La Dilution commençait. Tous les sortceliers et courtisans quittèrent les salles à manger pour se rendre au parc impérial.

Les trônes avaient été disposés sur un piédestal; les invités, ainsi que les Hauts mages, les entouraient. Et Tara, Cal, Fabrice, Manitou, Moineau et Robin avaient été placés à côté des deux souverains!

L'impératrice était splendide dans sa robe noire rehaussée des rubis du paon pourpre aux yeux dorés. Les courtisans étaient médusés. Sa somptueuse chevelure, entièrement noire pour l'occasion, faisait ressortir ses yeux bleus et sa peau blanche avec une intensité presque douloureuse. Un simple cercle d'or noir, serti de diamants noirs, entourait son front pur. Elle était… impériale!

Quand Cal, très gêné d'être à la place d'honneur, s'assit à ses côtés, des sifflements de surprise échappèrent aux cristallistes qui préparaient déjà fébrilement les gros titres des jourstaux* : «L'impératrice s'est trouvé un nouveau prétendant! Le mystérieux inconnu est-il le prochain prince consort?»

L'imperator, lui, n'appréciait guère. Son armure noire le rapetissait, il était de mauvaise humeur, et sa demi-sœur était tout simplement trop amicale avec le bel inconnu.

Aussi prêta-t-il une oreille attentive quand le majordome fit signe à l'aboyeur de nommer les invités. Celui-ci, un être à la peau plissée et dont la bouche se terminait en forme de porte-voix, introduisit tous les convives, sans exception, auprès de l'impératrice et de l'imperator. À l'appel de son nom, chacun se levait, s'inclinait vers les deux trônes. Les souverains d'Omois hochaient poliment la tête en réponse.

Bientôt l'aboyeur prononça le nom suivant:

— Comte de Salendourivor.

Tous les yeux se braquèrent vers les deux trônes. Mais personne ne se leva.

— Hrrrmmm, fit l'aboyeur un peu ennuyé, comte Caliban Dal Salan de Salendourivor.

Moineau fut la plus rapide à comprendre. Elle donna un coup dans les côtes de Cal.

— C'est toi, siffla-t-elle, lève-toi et incline-toi!

— Quoi? s'exclama le garçon, complètement perdu.

L'impératrice se pencha et murmura:

— Oups! J'avais oublié de vous prévenir. La propriété que je vous ai donnée est un comté. Vous êtes donc comte de Salendourivor.

Cal se leva prestement et s'inclina non sans une insupportable élégance. Avec un petit sourire satisfait, l'impératrice lui rendit son salut, suivie par l'imperator qui inclina à peine le buste, foudroyant le jeune homme du regard.

Kali, qui était assise à côté de Fabrice, se tourna vers lui.

— Je ne comprends pas, murmura-t-elle, votre ami ne s'appelle pas Bond? James Bond?

Ce fut un moment pénible pour Fabrice, car éclater de rire au milieu d'une cérémonie mortuaire n'aurait pas été du meilleur effet.

Kali dut penser qu'il était très mal élevé, car il fut incapable de lui répondre. Voyant qu'il devenait tout rouge, elle finit par renoncer.

Puis les hommages à l'esprit du mort commencèrent, et Fabrice put se calmer. Le corps apparut, flottant paisiblement, pour se poser avec douceur sur la pelouse noire.

Contrairement à ce que pensait Tara, la cérémonie fut courte. L'impératrice ne souhaitant visiblement pas qu'on encense trop son oncle. Dès que les discours furent terminés, le corps commença à s'enfoncer dans le sol. Au fur et à mesure qu'il se liquéfiait, un phénomène curieux se produisait. L'herbe redevenait bleue! Les arbres noirs retrouvèrent leurs couleurs vibrantes, les oiseaux leurs ramages chamarrés, les fleurs leurs parures flamboyantes. La robe de l'impératrice et l'armure de l'imperator furent les dernières à changer, passant du noir au blanc le plus pur.

Immédiatement, les sortceliers suivirent leur exemple et l'assemblée se disloqua sans plus de cérémonie.

– Ouille, ouille, ouille, murmura Moineau, le comte de Besois-Giron et Maître Chem viennent par ici.

Fabrice eut l'air totalement paniqué, mais, comprenant qu'il n'y avait pas d'échappatoire, il finit par se résigner.

À droite, le comte se mit à fustiger son fils, et à gauche, le dragon s'en prit à Tara. Parce qu'ils étaient *encore* partis sans prévenir, ce qui l'horripilait visiblement.

Tara voulait venir au secours de Fabrice, aussi s'excusa-t-elle platement auprès de Maître Chem, promettant, les doigts croisés dans le dos, de ne pas recommencer. Enfin, du moins, pas sans l'en informer auparavant.

Fabrice, qui transpirait sous le feu croisé des questions de son père, notamment à propos d'un vol de clefs et d'un transfert non autorisé, s'efforçait bravement de lui expliquer par quel enchaînement de circonstances ils avaient été mêlés à la mort de Danviou, tout en lui bousillant sa serre, ses roses, son puits et la moitié de son jardin. Car si le comte avait vu le résultat, il ne savait ni le pourquoi, ni le comment.

L'impératrice, qui, mine de rien, tendait l'oreille, finit par intervenir. Sans révéler exactement les tenants et les aboutissants de cette affaire, elle fit comprendre au comte que son fils avait été très utile à l'empire et que ses actions en tant qu'agent secret provisoire lui avaient apporté une magnifique propriété ou son équivalent en crédits-muts.

Il fut si surpris qu'il en devint muet.

La souveraine en profita pour complimenter Fabrice à nouveau et le tour fut joué: il ne fut plus puni pour les cinquante prochaines années. Il dut juste jurer de ne pas recommencer, ce qu'il fit en transpirant de soulagement.

La jeune femme aurait bien gardé toute la petite troupe sous sa bienveillante surveillance, mais Maître Chem se montra très ferme. Il désirait que les adolescents retournent immédiatement au Lancovit pour une affaire urgente, et elle dut s'incliner.

Après un dernier regard de regret vers Cal, elle les laissa et ils se dirigèrent vers la Porte de transfert avec le dragon.

– Tout se passe bien? demanda Tara, inquiète. Vous avez des nouvelles de Fafnir?

– Non, répondit le dragon, elle n'est pas encore rentrée. Dites-moi, le déguisement de Cal n'est-il pas un peu trop... *ostentatoire*?

– Ne m'en parlez pas, soupira le splendide Cal, je voulais simplement modifier mon apparence et que ça dure un peu. J'ai emprunté un peu de pouvoir à Tara... et voilà le résultat.

Le dragon était impressionné.

– Je vois. Et ça dure depuis combien de temps?

– Depuis hier, répondit Cal, très malheureux.

– Oh! Belle démonstration. Bon, pressons un peu, nous devons retourner au Lancovit le plus rapidement possible.

– Pourquoi, il y a un problème? demanda Fabrice, sensible à la détresse dans la voix du dragon.

– Oui, un énorme problème même. Safir Dragosh a avoué avoir commis un meurtre!

chapitre XIV
Le meurtre du Vampyr

– Quoi! s'exclama Moineau qui connaissait bien le Vampyr, mais c'est impossible!

– Pas tant que ça, répondit Cal qui ne l'aimait pas du tout. Quand nous l'avons croisé dans la ruelle, il avait la bouche pleine de sang et le type que Manitou et Fafnir ont vu était étendu raide.

Tara avait lu suffisamment de romans d'Agatha Christie pour savoir que la vérité pouvait être bien plus compliquée que les apparences. Elle sentit, comme Hercule Poirot, le héros détective, ses petites cellules grises se mettre en route.

– Il a dit, réfléchit-elle à voix haute, que quelque chose de terrible venait de se produire. Et qu'il devait en avertir Leurs Majestés. Nous étions un peu pressés à ce moment, alors nous n'avions pas cherché à comprendre. Que s'est-il passé depuis?

– Il est rentré au palais, et a prévenu le père de Robin, chef des Services secrets du Lancovit, qu'un meurtre avait été commis. Le corps a été inspecté par les elfes, il avait été vidé de son sang par une profonde morsure à la jugulaire!

– Et mon père a dit qu'il était le seul Vampyr présent au Lancovit au moment de l'agression, confirma Robin.

– Le seul Vampyr *officiellement* présent, le reprit Tara. Qu'est-ce qui nous prouve qu'un autre Vampyr n'était pas là?

– C'est impossible, Tara, répondit Moineau. Les Vampyrs doivent obligatoirement signaler leur présence quand ils arrivent quelque part. Depuis la grande Guerre des Étourneaux, où ils s'étaient alliés aux Édrakins, et avaient ravagé les pays de ce continent, ils ne peuvent plus se déplacer sans prévenir.

— Oh! dit Tara, je ne savais pas. Bon. Mais je croyais que le sang humain était nocif pour les Vampyrs?

— Très nocif, confirma le dragon. Il diminue leur espérance de vie de moitié, ils ne peuvent plus supporter la lumière du soleil, et leur morsure devient empoisonnée. Ils peuvent ainsi subjuguer les humains et en faire leurs esclaves obéissants.

— Beurk, fit Fabrice, j'aime bien ce monde, mais vos monstres sont un peu trop *agressifs* à mon goût.

Le vieux mage haussa les épaules.

— Nous n'avons pas eu de problèmes de Vampyrs depuis des années. Et je suis absolument sûr que Dragosh n'est pas coupable! C'est la raison pour laquelle je veux assister au procès. Je voudrais comprendre...

Ils arrivaient à la salle de la Porte, aussi ne purent-ils pas continuer à discuter. Kali eut l'air profondément désolée que M. *Bond* parte aussi vite. Et quand le rayon doré frappa le corps de Cal, l'enveloppant dans un cocon flamboyant, elle ne put s'empêcher de laisser échapper un énorme soupir de déception.

En quelques secondes seulement, ils se retrouvèrent au Lancovit.

— Tu devrais retourner chez ta mère et ta grand-mère, Tara, annonça Maître Chem après avoir salué le cyclope responsable de la porte. Tu n'es pas en sécurité sur AutreMonde. Et puis, ta mère a parlé d'*école* et de *collège* et de *rentrée ratée*.

Tara écarquilla les yeux.

— Non, gémit-elle, elles sont restées sur cette idée idiote? À quoi ça sert que j'aille à l'école s'il me suffit d'un sort pour apprendre un livre par cœur?

Le dragon eut un geste d'impuissance.

— Je n'ai aucune idée de ce qu'elles veulent que tu fasses. Mais je suis d'accord avec elles. Celui qui veut te tuer n'a certainement pas renoncé !

Tara le regarda avec attention. Elle n'avait pas oublié le fameux tueur. D'ailleurs, en arrivant au château vivant, instinctivement, elle avait guetté le moindre signe d'un animapiège. Bien conscient de son angoisse, le château s'appliquait à projeter de ravissants et *inoffensifs* paysages. De vertes collines – enfin des collines bleues – des arbres en fleurs, des animaux gambadant. Ses efforts furent un peu gâchés quand un Mooouuu qui broutait paisiblement fut avalé tout cru par un Krakdent qui passait par là. Tara détourna les yeux. Beurk, les Krakdents auraient rendu jaloux le plus psychopathe des tigres terriens !

Bon, revenons au dragon. Elle sentait qu'il voulait quelque chose… Et il avait dit «Tu *devrais* retourner sur Terre» pas «Tu *dois*». Mmmmh. Voyons si une approche plus… émotionnelle pouvait fournir au gros saurien une bonne raison de la garder sur AutreMonde.

— Maître, sourit-elle gentiment, je comprends que ma mère et ma grand-mère soient inquiètes, et pour être franche, je ne suis pas spécialement rassurée moi non plus d'être sur votre planète. Mais nous avons passé beaucoup de temps à essayer de régler les problèmes de Cal, puis de Fafnir, et nous n'avons pas eu de vraies vacances ensemble. J'aimerais vraiment pouvoir rester quelques jours de plus avec mes amis… s'il vous plaît ?

Et elle lui fit ses plus beaux yeux en prenant son air le plus angélique.

Le dragon laissa échapper un petit rire.

— Tara, tu me fais vraiment penser à un dragon. Je pense que ton âme s'est trompée quand elle s'est incarnée dans ce corps de petite fille ! Je sais parfaitement que tu veux rester ici, car tu meurs de curiosité de savoir ce qui est arrivé à Fafnir, alors n'essaie pas de m'embobiner avec tes airs innocents. Passons un accord. Tu peux rester encore deux jours…

— Une semaine! contra Tara qui s'amusait soudain beaucoup.

— Trois jours, je n'ai pas envie qu'Isabella m'écorche vif, ronchonna le vieux mage.

— Six jours! proposa Tara et je redeviens votre Première sortcelière pendant deux de ces jours. Comme ça, vous pourrez me surveiller et je serai sous votre *prodigieuse* protection. Vous êtes un dragon! Qui mieux que vous peut m'apprendre à me défendre contre mes ennemis? Vous êtes bien plus puissant qu'eux!

Là, elle avait touché le point faible du vieux mage. Par vanité, il ne pouvait refuser de la protéger. Et, ayant travaillé pour lui, elle savait à quel point il était brouillon et avait besoin d'aide pour retrouver ses affaires.

Maître Chem plissa les yeux, ressemblant soudain à un vieux mandarin rusé.

— Mmmmh, tu as des arguments qui portent! Mais… non, six jours c'est trop, quatre devraient suffire.

— Cinq et je range votre bureau en plus!

— Tope là, accepta Maître Chem en lui frappant dans la main. Tu deviens ma Première sortcelière pendant deux jours *et* tu ranges mon bureau. Je te laisse libre pour aujourd'hui, mais je veux te voir demain matin à la première heure!

Le sourire de Tara le fit vaciller un instant tant il était éclatant.

— Monsieur, oui, monsieur, cria-t-elle en claquant des talons, parfaite imitation d'un petit soldat.

Le vieux mage rit, puis s'éloigna en hochant la tête. Cette jeune sortcelière était aussi têtue qu'une mule. Non: qu'un *troupeau* de mules!

Robin, Fabrice, le somptueux Cal, Moineau et Manitou avaient assisté à l'échange avec beaucoup d'intérêt.

Moineau lui sauta au cou.

— Waouh ! Dis donc, rappelle-moi de ne jamais argumenter avec toi !

Tara lui rendit son étreinte avec plaisir, puis se dégagea, soudain sérieuse.

— Il doit *encore* avoir une idée derrière la tête, répliqua-t-elle. Je ne l'ai jamais vu faire quelque chose sans une bonne raison. J'ai d'ailleurs discuté avec lui que parce que je sentais qu'il voulait que je reste. Je ne savais pas combien de temps, raison pour laquelle j'ai laissé cette option-là ouverte. Mais nous savons maintenant qu'il va se produire quelque chose dans les cinq jours à venir et qu'il veut que je sois sur AutreMonde.

Fabrice en fut stupéfait.

— Quoi ! Tu veux dire que vous avez joué la comédie tous les deux ? Mais pourquoi ?

— Je pense que Maître Chem n'a pas renoncé à attraper Magister, révéla Tara, qui après les remontrances de Moineau était décidée à partager ses impressions avec ses amis. Et je pense qu'il m'agite sous le nez du Maître des Sangraves comme un joli appât. Le tout est de savoir qui va s'accrocher à l'hameçon. Le pêcheur ou le poisson ?

Robin secoua la tête, soucieux.

— Nous n'avons survécu aux attaques de Magister que de justesse. Je n'arrive pas à croire que Maître Chem soit prêt à te faire courir un tel risque une seconde fois !

— Tu as peut-être raison, admit Tara, je suis sans doute un peu soupçonneuse en ce qui concerne Maître Chem. Enfin, nous verrons bien !

Ils étaient sortis de la salle de Transfert et se dirigeaient vers le grand salon du château quand une éclatante sonnerie retentit. Une voix puissante résonna dans les couloirs.

— Le procès de Maître Safir Dragosh, Vampyr, va commencer !

Les panneaux de cristal s'éclairèrent, retransmettant une image de la salle d'audience.

– Vite, dit Moineau, suivez-moi !

Barune n'arrivant pas à courir aussi vite que Sheeba et Blondin, Fabrice décida de le faire flotter, ce qui lui plut très moyennement. Hors d'haleine, ils arrivèrent juste à temps pour voir le début de la séance.

Le Vampyr n'avait pas changé. Enfin, du moins en apparence. Il était toujours grand, sinistre, les yeux rouges, les cheveux noirs et les canines blanches. Mais ses épaules étaient voûtées par le désespoir et toute sa morgue avait disparu.

Son regard flamboya un instant quand il aperçut Tara à l'entrée de la salle, puis il retomba dans sa morne apathie. Le Vampyr ayant avoué son crime, les Diseurs n'étaient pas présents. Mais la salle d'audience était pleine, les courtisans et les sortceliers n'ayant pas eu l'occasion d'assister à un procès de ce genre depuis des siècles.

Ils se faufilèrent aussi près que possible.

Le roi Bear et la reine Titania présidaient. Le premières phases du procès avaient eu lieu les jours précédents. Le temps qu'ils arrivent et le Vampyr répondait déjà aux questions de Salatar, la Chimère, premier conseiller des souverains, d'un ton monocorde et fatigué.

– Oui, disait-il, j'ai bien attrapé M. Carlir par les épaules, après m'être transformé en loup, raison pour laquelle on a retrouvé des poils sur ses vêtements. Et oui, j'ai bien bu son sang jusqu'à sa mort.

La Chimère avait l'air incrédule. Enfin, pour autant que Tara soit capable de déchiffrer les expressions d'une tête de lion ! Mais elle faisait son travail et le faisait plutôt bien. Il ne lui fallut pas plus de trente minutes pour retracer tout le drame. Le Vampyr n'avait pas mangé depuis des jours, il s'était rendu dans la ville basse, avait consommé de l'alcool, puis, affamé, n'avait pas pu résister quand l'humain tout chaud avait malencontreusement croisé son chemin.

– Maître Dragosh protège quelqu'un, souffla Robin à Tara, ça me semble évident !

– Je crois que ça l'est pour tout le monde, confirma la jeune fille. Je me demande bien qui et surtout pourquoi ?

La sentence fut claire. La peine de mort avait été abolie au Lancovit, le Vampyr serait donc emprisonné à vie.

Maître Dragosh ne broncha pas à l'annonce de la sentence. Il suivit les gardes sans discuter, sous le regard des cristallistes et de l'assemblée. Les gens se levèrent, se posèrent (pour ceux qui flottaient), se déplièrent, se redressèrent, bref sortirent de la salle en échangeant des commentaires excités. Quelle étrange histoire !

Cal, toujours insupportablement beau, décida de passer chez lui voir ses parents, puis de revenir au château avertir Maître Sardoin qu'il serait indisponible encore quelques jours. Moineau, en tant que Première sortcelière de Dame Boudiou, alla la prévenir de son retour… et lui demanda elle aussi quelques jours de vacances supplémentaires pour les passer avec Tara. Robin rendit visite à son père pour discuter un peu avec lui des derniers événements, et notamment du procès. Fabrice, quant à lui, était libéré d'office de ses obligations, le Haut mage dont il était le Premier sortcelier, Maître Chanfrein, étant parti avec Fafnir dans les Marais de la Désolation.

Tara, qui n'avait pas besoin de demander quoi que ce soit à qui que ce soit, fit le tour du château vivant en réfléchissant attentivement. Le dragon mijotait quelque chose. Mais quoi ? Et cela avait-il un rapport quelconque avec le procès de Maître Dragosh ?

Galant voleta devant elle, attirant son attention. Il faisait beau, ça faisait une éternité qu'ils n'avaient pas volé ensemble, qu'est-ce qu'elle attendait ?

Tara ne se fit pas prier et l'instant d'après ils volaient, libres comme l'air, essayant d'attraper les petits nuages joufflus qui parsemaient le ciel. C'était un sentiment d'absolu. Sentir les muscles puissants de Galant jouer sous sa peau, voir ses ailes blanches fendre le ciel, effrayer un troupeau de bééés* qui paissait dans un pré, faire des loopings… (Bon d'accord, elle avait failli terminer par terre, mais le premier s'était si bien passé! C'était au second que les choses s'étaient un peu gâtées.) Bref, ils passèrent un long et bon moment et Tara était tout à fait détendue quand elle descendit de son pégase. Elle le bouchonna et le sécha, vérifia qu'il avait tout ce dont il pouvait avoir besoin pour la nuit, l'installa confortablement dans les écuries royales et rentra au château. Galant fut un peu surpris de ne pas dormir avec elle, mais elle préféra demeurer seule.

Elle opposa le même refus à ses amis, qui ne furent pas très contents. Mais elle insista et un peu vexés, Moineau rentra dormir chez elle, Robin et son père repartirent voir sa mère à Selenda, Cal décida de ne pas rester au dortoir des Premiers sortceliers, mais de dormir chez lui («Avec Toto?» demanda perfidement Moineau). Manitou pour sa part devait retrouver de vieux amis et passer la nuit chez l'un d'entre eux. Ils dînèrent tous ensemble, puis se séparèrent.

Tara prit une douche rapide, puis se rhabilla, évitant les chaussures pour ne pas irriter le lit, qui n'aimait pas ça. Les oreillers se positionnèrent docilement dans son dos et elle attendit.

Ce fut long, au point qu'elle somnolait quand *il* arriva.

Il parut surpris de voir qu'elle l'attendait.

Ses yeux rouges s'écarquillèrent quand elle lui parla calmement… enfin disons que sa voix ne chevrota que très peu.

– B… Bonjour, M… Maître Dragosh… ou plutôt bonsoir.

Il replia ses longues ailes. Il y eut comme un tremblement dans l'air et la sombre silhouette de chauve-souris grandit pour reprendre la forme familière du Vampyr.

– Je pensais vous faire peur! annonça-t-il.

Tara ravala le «Ben, c'est raté» qui lui brûlait les lèvres. On ne fait pas d'ironie avec un type qui dispose d'une dentition capable de rendre jaloux un berger allemand.

– En fait, vous n'avez même pas l'air surprise, continua-t-il.

– C'est normal, je ne le suis pas, rétorqua paisiblement Tara. J'ai demandé à mes amis de ne pas rester avec moi cette nuit, et vous constaterez que Galant est aux écuries. Je tenais à ce que nous soyons seuls.

Le Vampyr se raidit, puis découvrit ses canines en un rictus menaçant.

– Comment ?

Tara devina que son laconique « Comment ? » signifiait « Par mes ancêtres, mais comment votre brillante intelligence a-t-elle fait pour, à partir d'éléments si fugaces, savoir que j'allais m'échapper de ma prison dans l'unique but de venir vous voir ! Je suis stupéfait ! »... Enfin, quelque chose du genre.

– Vous pouvez vous transformer à volonté, fit-elle remarquer, et sans faire appel à la magie, ce qui fait que vous échappez aux détecteurs...

– Ce n'est pas tout à fait exact, l'interrompit le Vampyr, sachant que j'avais cette capacité, ils avaient mis un charme protecteur.

– Oui, je vois ça, railla Tara, effectivement très *efficace*. À mon avis, la prison qui pourra vous retenir n'est pas encore construite. Et quand nous vous avons croisé dans la ruelle, la fameuse nuit du meurtre, vous avez dit « Vous, c'est à cause de vous ! » en me dévisageant. J'en ai conclu que vous m'en vouliez *encore* pour une raison que j'ignore et que vous alliez vous faire un plaisir de venir me l'expliquer. Ce que je ne savais pas, c'est si ce serait cette nuit ou la nuit prochaine. C'est bien gentil d'être venu si rapidement, ça m'a évité d'autres nuits blanches.

Le Vampyr eut l'air terriblement fatigué d'un seul coup. Il avisa un fauteuil, qui se précipita pour le soutenir quand il s'assit.

– Pour une étrange raison, soupira-t-il, discuter avec vous ressemble à une promenade dans les sables mouvants. On sait qu'on risque de s'enfoncer à un moment ou à un autre, mais ce n'est jamais à l'instant où on s'y attend. Bien. Je suis venu vous dire qu'une... disons, *chose* est à vos trousses. Et cette *chose* ne doit pas vous trouver.

Tara apprécia la tournure de la phrase à sa juste valeur. Une *chose*, hein.

— Et... ? lança-t-elle, interrogative.

Le Vampyr se frotta les yeux, ce qui ne les arrangea pas.

— Et... je n'ai aucune explication à donner à une petite sortcelière de je ne sais plus quel âge. Vous devez simplement *partir*, c'est tout.

— J'aurai treize ans dans quelques jours, précisa obligeamment Tara qui commençait à s'amuser devant l'embarras du Vampyr et avait la ferme intention de le déstabiliser pour obtenir un maximum de renseignements. Et je n'ai pas l'intention de partir où que ce soit, du moins pas sans une très bonne explication.

— Je crois que je viens de mettre le doigt sur ce qui m'agace le plus chez vous, Damoiselle Duncan, gronda le Vampyr.

Tara lui jeta un regard surpris.

— C'est le fait que vous soyez incapable de faire quelque chose sans discuter. Vous voulez toujours savoir le pourquoi du comment. Vous devez sauver votre vie, et vous ne le ferez qu'en partant d'ici. Ça vous convient comme raison ?

Tara haussa les épaules.

— Maître Dragosh, depuis que j'ai découvert AutreMonde, ma vie ressemble aux cauchemars d'un enfant qui aurait fait une indigestion de glaces *et* de films d'horreur, pendant l'absence de ses parents, dans une maison sombre et lugubre, par une nuit de tempête. Alors, j'avoue que *là*, j'ai un peu de mal à avoir peur.

Le Vampyr n'avait pas totalement perdu son maigre sens de l'humour. La commissure de ses lèvres se leva d'un demi-millimètre. Une tentative de sourire ?

— Il y a effectivement un nombre assez impressionnant de gens qui vous en veulent sur notre planète, remarqua-t-il. Dois-je en déduire que vous n'allez pas faire vos paquets pour retourner sur Terre cette nuit ?

– Gagné! s'exclama joyeusement Tara.

Puis elle se rendit compte que le Vampyr était sincèrement bouleversé, et elle atténua un peu le coup.

– Je dois partir dans quelques jours, quatre au grand maximum. Et je resterai la plupart du temps avec Maître Chem, ou avec mes amis. Là, ça vous rassure?

Le Vampyr se releva.

– Alors, grimaça-t-il, je vais vous laisser, en espérant que mon avertissement ne sera pas inutile.

– Encore une chose, demanda Tara alors qu'il allait se retransformer. Vous ne m'aimez pas. Vous avez peur que Magister ne me fasse prisonnière et ne m'utilise pour ouvrir les Limbes et libérer les Démons, ce qui ravagerait cet univers. Vous m'avez clairement dit que vous étiez prêt à me tuer de vos propres mains, griffes ou quoi que vous utiliscrez plutôt que de laisser les Démons débarquer ici. Et maintenant, vous venez au milieu de la nuit pour me dire que je suis en danger et que je dois me sauver? Je ne vous comprends pas.

– Nous avons au moins ceci en commun, Damoiselle.

Parfait. Le Vampyr faisait de l'humour maintenant. Tara soupira, elle sentait que la nuit allait être longue.

– Et…? demanda-t-elle, impatiente de savoir pourquoi le Vampyr tenait tant à l'aider.

Cette fois-ci, elle eut droit à un sourire franc et massif et… plein de dents.

Pointues.

– La seule chose positive, du moins pour moi, précisa-t-il avec un certain sadisme, c'est que vous allez vous poser des tas de questions sur mon intervention de cette nuit et probablement fort mal dormir vu votre insatiable, irrépressible et *dangereuse* curiosité. Tandis que moi, je me reposerai paisiblement dans ma prison.

Tara croisa les bras, indignée.

— Eh! dit-elle, mais c'est très infantile comme réaction. Et parfaitement mesquin!

— Oui, n'est-ce pas? confirma le Vampyr, très satisfait. On trouve des compensations où on peut!

Il s'inclina:

— Damoiselle. J'espère ne pas avoir le plaisir de vous revoir!

Tara n'en croyait pas ses oreilles. Elle se ressaisit et s'inclina aussi.

— Croyez-le, Maître, c'est parfaitement réciproque!

Le Vampyr fut élégant, il lui laissa le dernier mot. Il se transforma, la porte s'ouvrit docilement et la chauve-souris disparut dans le couloir.

Troublée, Tara se déshabilla et se glissa dans le lit. Après avoir ordonné au château de n'ouvrir la porte à personne sans son autorisation.

Elle se tourna et se retourna dans le lit, la tête pleine de questions. Puisque le Vampyr pouvait sortir de sa prison, pourquoi ne s'enfuyait-il pas? Avait-il tué cet homme et bu son sang? Et si oui, pourquoi? La thèse du petit creux au milieu de la nuit n'était absolument pas crédible.

Flûte, le Vampyr avait raison, elle détestait ne pas comprendre!

Le lendemain matin, Galant, Moineau, Robin, Cal, Fabrice et Manitou allèrent chercher Tara pour prendre le petit déjeuner avec elle avant qu'elle ne commence son service auprès de Maître Chem. Aussi furent-ils extrêmement surpris quand la porte de sa suite refusa de s'ouvrir. Ils patientèrent quelques minutes, appelant Tara, mais elle ne se manifesta pas.

— Tu crois qu'elle n'est pas dans sa chambre? demanda Moineau qui commençait à se faire du souci.

— Allons voir dans la salle à manger principale, proposa Cal. Elle est peut-être déjà descendue pour prendre son petit déjeuner! Et elle aurait eu raison, je meurs de faim!

Galant refusa de quitter son poste, restant devant la chambre, tout son corps de pégase rigide d'inquiétude. Les autres descendirent mais eurent beau chercher, ils ne la trouvèrent pas. Cal s'empara d'un croissant et d'un petit pain et repartit à l'assaut de la chambre de Tara. En chemin, il croisa… *Angelica*! La grande fille brune avait été libérée, bien sûr, suite à la grâce de l'impératrice. Elle ne le reconnut évidemment pas et s'arrêta net. Il allait lui balancer une vacherie dans la figure, quand elle lui sourit et roucoula :

— Bonjour ? Je ne crois pas vous connaître ?

Il ôta prestement le bout de croissant de sa bouche, épousseta son justaucorps plein de miettes et s'inclina :

— *Bond*, fit-il d'une voix de velours, *James* Bond. Et vous êtes ?

Fabrice et Robin levèrent les yeux au ciel.

— Angelica. Angelica Brandaud. Je suis la Première sortcelière de Maître Dragosh, le Vampyr. Enfin *j'étais*, car à présent j'ai été attribuée à Dame Boudiou… (Moineau, qui était la Première sortcelière de Dame Boudiou, sursauta. Quoi, la peste allait travailler avec elle ? Alors là, ça n'allait pas du tout)… en attendant qu'un autre Haut mage vienne prendre sa place. D'ailleurs, ne seriez-vous pas ce Haut mage par hasard ?

Là, Cal ne résista pas.

— Absolument, martela-t-il. Je suis le Haut mage Bond. Et je serais ennnnchannnté de travailler avec une si voluptueuse beauté !

Et il se réinclina sur la main de la jeune fille.

Puis, avant qu'elle ne s'évanouisse, il déclara :

— Malheureusement, je dois vous quitter, ô ravissante, le devoir m'appelle ! À bientôt !

Angelica le regarda comme un chat regarde un canari particulièrement appétissant.

— À bientôt, oui, à bientôt !

Cal fit voler sa cape sur ses épaules musculeuses et partit d'un pas martial, captivant l'attention d'Angelica au point qu'elle remarqua à peine Moineau qui s'étranglait de rire.

Robin, Fabrice et Manitou, essayant de garder visages et museau impassibles, passèrent devant elle sans qu'elle ne redescende de son petit nuage.

Une fois devant la suite de Tara, ils reprirent leur sérieux. Ils tapèrent, appelèrent, rien à faire. Galant devenait fou furieux à force de marteler le bois de ses ailes, puis de ses griffes. Sheeba et Blondin durent le calmer avant qu'il ne se blesse. Cal se décida enfin à aller chercher Dame Kalibris afin qu'elle fasse ouvrir la chambre, car malgré ses suppliques, le château avait refusé de le faire.

Quand les deux têtes de la gouvernante tatris, Dana et Clara, lui ordonnèrent d'une même voix d'ouvrir la porte, le château ne put qu'obéir.

Un terrifiant spectacle les attendait.

Tara gisait sur son lit, un filet de sang séché maculant sa joue, ses yeux aveugles fixant le plafond.

Et son cœur était percé d'un carreau d'arbalète.

chapitre XV
Le Ravageur d'Âme

Robin poussa un cri sauvage et, avec une vitesse surhumaine, se précipita vers le corps.

– Attends Robin! cria Manitou, c'est une…

Trop tard, Robin saisissait déjà Tara en hurlant de désespoir… quand ses mains passèrent à travers le corps!

– … ombre! termina Manitou.

– Une ombre? sanglota ouvertement Fabrice, ça veut dire que Tara est morte, que ceci est son… fantôme?

– Non, pas du tout, le rassura Manitou. C'est un leurre. Cela reproduit Tara dans ses moindres détails, et à moins de la toucher, on ne peut pas voir la différence.

– Mais comment… ?

– Comment je le sais? Le leurre n'a pas d'odeur. Je n'ai rien senti. Donc ce n'était pas Tara.

Moineau s'était déjà ressaisie et observait Galant avec attention. Le pégase n'avait pas l'air terrassé, il scrutait simplement les murs en reniflant comme un gros limier.

Bon, d'accord. Elle avait compris.

– Tara, cria-t-elle, faisant sursauter les autres. Où es-tu?

– Ici, répondit la voix de la morte. J'arrive!

Derrière eux, une portion de la muraille pivota soudain et Tara en sortit, couverte de poussière.

– Ouf, dit-elle, j'ai passé une nuit plutôt agitée.

Puis elle ne put plus rien dire, car Robin venait de l'attraper et de la serrer contre lui au point de l'étouffer. Immédiatement, un énorme nuage de poussière s'éleva, le faisant tousser, mais il ne la lâcha pas.

– Euuuh, finit-elle par risquer, sentant le cœur de l'elfe battre à une vitesse folle, tu vas bien?

– Bon sang, Tara! répondit l'elfe furieux en s'écartant, immédiatement remplacé par Galant, j'ai cru que tu étais morte!

– Oui, moi aussi, chevrota Fabrice qui la prit dans ses bras à son tour. Qu'est-ce que c'est que cette mise en scène?

Tara était ennuyée d'avoir effrayé ses amis.

– Pardon, dit-elle en caressant la tête douce du pégase, je pensais être de retour avant que vous ne soyez là, mais j'ai perdu la notion du temps. Et puis j'avais demandé au château de ne pas ouvrir ma porte.

Dame Kalibris, qui tentait de retrouver son calme, sauta sur l'occasion.

– Le château n'a fait que nous obéir. Quelqu'un..., commença sévèrement Dana.

– ... pourrait-il nous expliquer..., continua Clara

– ... ce qui se passe ici..., reprit Dana

– ... bon sang! jura Clara, s'attirant le regard surpris de sa tête jumelle.

Tara leur demanda juste une seconde, le temps de se débarrasser de la poussière, et fila dans la salle de bains. Quand elle en revint, elle était *nettement* plus propre. Le temps qu'ils prennent place autour d'elle, elle fit disparaître le terrible cadavre ensanglanté. Seul le carreau resta, profondément planté dans le lit, qui en frémissait d'indignation.

– Quelqu'un, expliqua-t-elle en réprimant un bâillement, a décidé de me tuer. J'ai pensé qu'il serait judicieux de lui faire croire qu'il avait réussi. J'étais en train de m'assoupir, hier soir, quand tout à coup j'ai pensé que l'assassin pouvait parfaitement faire une nouvelle tentative. J'ai donc décidé de dormir par terre, sur une couverture, aidée par le château qui a bien voulu se prêter à la supercherie en me dissimulant sous une illusion. J'avais interdit à la porte de s'ouvrir. Seulement cette nuit, ce n'est pas la porte que l'assassin a empruntée, mais un passage secret !

Un murmure de stupéfaction salua son annonce.

– L'ouverture dans le mur était totalement invisible, continua-t-elle. J'avais disposé ma silhouette de substitution sur le lit. Deux mains sont sorties du passage. Elles tenaient une arbalète armée. Elles ont visé la fausse Tara et elles ont tiré.

Ses amis avaient beau savoir qu'elle avait survécu, ils étaient suspendus à ses lèvres.

– J'ai fait se contorsionner mon corps fantôme, comme si j'étais en train de mourir, puis j'ai fait couler un sang illusoire et attendu que l'ouverture se referme silencieusement. Ensuite, je suis allée jusqu'au mur et j'ai trouvé le moyen d'ouvrir le passage. Que j'ai suivi. C'est un vrai labyrinthe de corridors et de chambres là-dedans ! Et il y avait plein de toiles de bestioles et de poussière. Bref, j'ai essayé de retrouver les traces de pas du tueur et ces pas menaient...

En parfait conteur, elle marqua un moment de pause, ménageant son effet.

– Alors, s'impatienta Robin dont le sang elfe criait vengeance, ça menait où ?

– Dans le bureau de Maître Chem !

Sept exclamations fusèrent en même temps. Incrédulité, fureur, stupeur firent bondir ses amis et Dame Kalibris.

– C'est impossible ! rugirent les deux têtes. Chemnashaovirodaintrachivu est incapable de...

– Je n'ai pas dit que c'était Maître Chem qui avait essayé de m'assassiner, les coupa Tara, j'ai juste dit que les pas dans la poussière menaient jusqu'à son bureau. C'est tout. D'ailleurs, quand je suis entrée, il ronflait sur son lit de diamants et n'a pas bougé une écaille. Je suis passée devant lui, j'ai fait du bruit. Rien. Mais si quelqu'un était sorti du bureau, le dragon et la licorne de pierre auraient lancé l'alerte. Donc j'en ai déduit qu'il y avait un *autre* passage.

— Ben y va être content le dragon de savoir qu'il y a des tas de trous dans son système de sécurité, ricana Cal.

— Comme je savais quoi chercher, je n'ai pas mis très longtemps à trouver.

— Et alors? l'interrogea Fabrice, qui ne supportait pas le suspense.

— Et alors, le passage se divisait en plusieurs ramifications. Certaines menaient dans la grande salle d'audience, d'autres dans les prisons, d'autres encore dans différentes chambres. Je n'ai pas tout inspecté. Malheureusement, malgré tous mes efforts, j'ai été incapable de retrouver l'assassin.

— Je vais immédiatement dire au château…, gronda Clara.

— … de fermer ces accès, termina Dana, furieuse.

— Il ne peut pas, lui expliqua Tara. Certaines zones ne sont pas enchantées et il n'y opère aucun contrôle. Et elles sont d'autant plus difficiles à découvrir que le château étend ses illusions partout. Sans compter le fait qu'il a ses propres passages secrets qu'il n'a pas forcément envie de dévoiler à tout le monde.

— Je vais mettre ce château à la diète, moi, ça va être vite fait…, grommela Clara.

— … plus d'illusions pendant trois jours…, approuva Dana.

— … juste le temps de repérer et de combler ces fameux passages…, dit Clara.

— … ah mais! conclut Dana.

— Bon, tout ça, c'est très bien, remarqua Moineau, mais maintenant que Tara est censée être morte, qu'est-ce qu'on fait?

– On pleure, répondit Fabrice. On pleure toutes les larmes de notre corps, car nous avons perdu notre amie. Si nous n'affichons pas notre tristesse, l'assassin saura qu'il a été roulé. Et il recommencera.

– Tu dois te transformer, Tara, dit Cal avec un soupçon d'ironie dans la voix. Te transformer en un quelque chose qui passera pas inaperçu aux yeux de l'assassin.

– En elfe ! s'exclama Robin. En elfe-guerrière-chargée-d'une-quête.

– C'est une excellente idée…, approuva Dana.

– … nous pourrons même dire qu'elle a été engagée pour retrouver l'assassin…, proposa Clara qui se prenait au jeu.

– … ça ne surprendra personne, reprit Dana, après tout, les elfes-chasseurs sont les limiers d'AutreMonde ! Oui, c'est une excellente idée. Vas-y Tara, transforme-toi vite avant que quelqu'un ne parte à ma recherche. J'ai un château à diriger, moi !

Tara obéit. Son pouvoir, mêlé à celui de la pierre vivante, la fit grandir, ses cheveux pâlirent et poussèrent, formant une natte compliquée, enserrée dans un fourreau de métal souple, ses yeux devinrent de cristal, ses sourcils filèrent vers ses tempes et ses oreilles s'allongèrent. Comme toutes les elfes-guerrières, elle portait une cuirasse légère de Keltril* d'un blanc immaculé, rehaussée d'or, passée sur une fine tunique de soie blanche. Des couteaux parsemaient son corps, une épée pendait à son côté, et un arc magnifique barrait son dos. La pierre la dota de la vitesse surhumaine des elfes et elle fut surprise de constater à quel point les autres lui semblaient balourds et maladroits. Ses sens étaient… acérés. Elle voyait le moindre grain de poussière, elle percevait le plus petit son, sentait tout son corps avec une intensité presque douloureuse. Elle fronça son joli nez. Les odeurs étaient également très intenses !

Fabrice grimaça. Elle était… splendide. Cal et elle formaient un couple parfait. Celui-ci s'inclina.

— Waouh, fit-il, admiratif. Belle transformation. Euuuh, au passage, tu ne voudrais pas faire quelque chose pour me rendre mon ancienne apparence? Même Angelica a succombé et j'en ai *franchement* assez.

Tara rit.

— Quoi? Angelica? Ne me dis pas que…

— Si, confirma Moineau, dont les yeux luisaient de plaisir. Il lui a fait le coup de James Bond. Et il lui a dit qu'il était le prochain Haut mage avec qui elle allait travailler.

Tara sifflota.

— Oooh, elle va être terriblement déçue!

— Oui, hein, gloussa Cal, pas du tout culpabilisé. Alors, tu peux faire quelque chose?

— Tu m'as déjà posé la question, répondit Tara, très sérieuse. Je n'ai aucune idée de comment faire sans risquer de te rajouter cinq nez ou des poils verts partout. Alors, sois patient! Ça finira bien par s'arrêter!

Elle sourit devant le regard peu convaincu de Cal.

— Bon, puisque les transformations t'amusent, reprit le Voleur, c'est au tour de ton pégase. Peu d'elfes ont des Familiers et aucun n'a de pégase. Tu serais immédiatement identifié.

Sheeba émit alors un rugissement modulé. Moineau leur dit que sa panthère proposait de transformer Galant en tigre blanc. Il avait déjà des griffes, ça ne le changerait pas beaucoup. La suggestion fut adoptée et le magnifique étalon se retrouva en un rien de temps. dans la peau d'un félin. N'aimant pas beaucoup marcher, il demanda à Tara s'il pouvait avoir des ailes, mais comme les tigres ailés n'étaient pas légion sur AutreMonde, il dut y renoncer.

Ils mirent leur plan au point et se séparèrent. Fabrice, Barune, Moineau, Sheeba et Manitou se lancèrent des Pleurus et l'instant d'après, ils sortaient de la suite, défaits et ruisselants de larmes, annonçant que leur amie Tara avait été assassinée. Pour parfaire l'illusion, Tara avait replacé son macabre cadavre sur le lit, et Dame Kalibris scella la chambre.

De leur côté, Cal, accompagné de Blondin qui reniflait partout en se plaignant mentalement du manque de flair des lions, Robin, Tara et Galant empruntèrent les souterrains afin de retrouver la trace de celui qui avait tiré le carreau d'arbalète.

Grâce à ses sens surdéveloppés, la progression dans le tunnel fut très différente de la première fois pour Tara. Elle était capable de déchiffrer les mouvements de l'inconnu, matérialisant sans peine la moindre de ses actions. Ici il s'était appuyé sur la pierre, proba-blement pour armer son arbalète. Là, il s'était accroupi, avait laissé échapper quelque chose. Plus loin, il avait hésité à l'embranche-ment des deux galeries. Dans le noir, ses yeux de chat voyaient comme en plein jour.

Puis, avec surprise, elle constata qu'elle sentait son sang bouillir de rage envers le monstrueux assassin et devait se maîtriser pour ne pas hurler de colère.

— Ce n'est pas facile, n'est-ce pas? murmura Robin qui voyait bien l'agitation de son amie.

— Oh là là, tu ressens ça constamment? l'interrogea Tara. Cette envie de te battre, de tout casser quand tu es furieux?

— Moins que les elfes purs, admit le demi-elfe. Mais oui. Nous sommes un peuple très… turbulent. Nos anciens nous ont en quelque sorte «loués» aux autres peuples pour leurs polices et leurs armées. Sinon, nous passerions notre temps à nous faire la guerre. Pour tout et pour rien.

— Maintenant, je comprends mieux, sourit Tara. Je n'avais pas mesuré à quel point tu dois te contrôler constamment. Bon, tu es bien meilleur limier que moi. Que penses-tu de ces traces?

— C'est difficile avec les sortceliers, soupira le demi-elfe. À sa démarche, je pense que c'est un homme, les enjambées sont longues et puissantes. Et vu la profondeur de l'empreinte, je dirais qu'il est assez lourd. Mais il a très bien pu se transformer, alors ça ne veut pas dire grand-chose.

— Et tu saurais retrouver son itinéraire?

— Non. Tu vois cet espèce de scintillement dans l'air?

Maintenant qu'il attirait son attention dessus, Tara apercevait les fines particules dorées.

— Oui?

— Ton type est un malin. Il a lancé un Dislocus derrière lui. Ce sort brouille les sens des elfes. Il ne nous reste plus qu'à espérer que notre meurtrier ait laissé suffisamment de traces…

C'était un peu comme de suivre le Petit Poucet. Les pas serpentaient, menant à une porte dans le mur.

Ils ouvrirent la porte et se retrouvèrent face… à une tempête de flammes.

Les traces menaient bien dans le bureau de Maître Chem qui, surpris par leur irruption, faillit bien les griller.

Reconnaissant Cal, le dragon s'arrêta net.

— Ça par exemple, rugit-il, mais d'où sortez-vous? Cal? Robin? Et qui êtes-vous, Dame elfe?

Tara lui sourit.

— Je vois que mon déguisement est efficace, Maître. Vous ne m'avez pas reconnue?

— Tara? (Le dragon en avait les yeux ronds de stupéfaction.) Mais à quoi rime cette mascarade?

— Quelqu'un a *encore* essayé de la tuer, Maître, expliqua Robin. Cette nuit. Alors nous avons pensé qu'une petite mystification s'imposait. Le meurtrier est persuadé d'avoir réussi.

Le dragon fronça ses sourcils gigantesques.

— Mais comment êtes-vous entrés dans mon bureau?

Cal prit le relais pour lui fournir des explications. Quand il apprit l'existence de tunnels inconnus dans le château, qu'il habitait tout de même depuis un paquet de centaines d'années, le dragon fut stupéfait.

– Euuuh, Maître Chem, pourriez-vous reprendre une taille normale, s'il vous plaît ? demanda Tara qui commençait à avoir mal au cou à force de lever la tête.

– Oh ! oui, bien sûr.

Et à la place de l'imposant dragon apparut le rabougri Maître Chem.

– Ça change tout ! marmonna-t-il.

– Qu'est-ce qui change tout ? demanda Tara d'un ton très innocent.

Maître Chem lui jeta un regard perçant.

– J'avais des *projets*, dit-il, que cette histoire va modifier. Bon, Dame Kalibris a eu une mauvaise et une excellente idée. La mauvaise, c'est qu'il ne faut absolument pas révéler au meurtrier que vous avez découvert les passages. Il est donc hors de question de les combler pour le moment. La bonne, c'est de t'engager. Je vais donc annoncer que l'elfe guerrière Manludil T'aril est arrivée au château pour enquêter, non pas sur le meurtre de Tara, que nous ne pouvions pas anticiper, mais sur l'assassinat commis par le Vampyr. Quand ta mort sera annoncée officiellement, alors nous te chargerons également de cette nouvelle affaire. Ça te va ? Puis dans quatre jours, comme convenu, tu retourneras chez toi, sur Terre. Montre-moi ton accréditation, je vais la modifier.

Il passa la main sur le poignet de Tara, transformant son nom et son image.

– Je m'appelle Manludil T'aril et je suis enquêtrice, lut Tara sur son poignet. Ça me va parfaitement. Je ne peux plus dormir dans ma chambre habituelle, ça paraîtrait bizarre. Où les elfes résident-ils au château ?

– Nous avons des chambres dans l'aile des invités, et des quartiers réservés aux agents des Services secrets du Lancovit, répondit

Robin avec un petit sourire, mais en général nous préférons dormir dans le parc. Nous, les elfes, n'aimons pas tellement être enfermés.

Si elle avait un corps d'elfe, Tara n'était qu'une Terrienne.

– Eh bien moi, je préfère les lits, si ça ne t'ennuie pas, annonça-t-elle d'un ton ferme. Alors dormir dans les arbres, très peu pour moi. On essaie déjà de m'assassiner, je ne vais pas faciliter le travail du meurtrier en tombant d'un arbre dans mon sommeil et en me fracassant le crâne !

Robin eut l'air déçu, mais il ne discuta pas.

Ils laissèrent le dragon organiser la couverture de Tara, et repartirent dans le second passage secret.

Maître Chem eut l'air très secoué quand il se rendit compte qu'il n'y avait pas un, mais *deux* passages dans son propre bureau !

– Tu avais raison, chuchota Cal une fois dans le tunnel.

– À quel sujet ? demanda Tara.

– Notre dragon national veut vraiment que tu restes encore un peu sur AutreMonde. Tu as encore failli mourir et il ne t'a pas renvoyée sur Terre, c'est très bizarre !

Les autres tunnels menaient aux quartiers des Hauts mages. Puis ils descendaient vers les prisons pour aboutir au passage qui leur avait permis de s'introduire discrètement dans le château la dernière fois. Le temps leur manquant, ils décidèrent de poursuivre leurs recherches les jours suivants.

Leur petite fable fut acceptée par tout le monde. Tara fut impressionnée de voir à quel point les elfes étaient respectés dans le royaume. Dès qu'elle posait des questions, elle obtenait des réponses immédiates et déférentes.

Profitant de sa nouvelle identité, qui lui ouvrait beaucoup de portes, la jeune fille se lança dans une visite complète du château, incluant les zones qui lui étaient interdites en tant que sortcelière, mais que le roi et la reine avaient ouvertes à l'enquêtrice elfe. Elle apprit que les anciennes chambres royales où menaient les passages avaient été attribuées aux *Hauts mages* lorsque le château avait été agrandi au XXIIe siècle. Bon. Voilà qui restreignait un peu le cercle de ses recherches. Seul un Haut mage habitant une de ces chambres connaissant ces souterrains et y ayant accès facilement pouvait être le meurtrier. Alors qui ? Dame Boudiou ? Non, la vieille dame avait l'air de l'aimer sincèrement. Et puis Tara ne la voyait pas courir ni armer une arbalète. Dame Sirella ? Elle n'avait eu que peu de contacts avec la magnifique sirène, alors c'était difficile de juger. Maître Den'maril, l'elfe ? Les elfes étaient des guerriers, elle était maintenant bien placée pour le savoir. Aurait-elle involontairement offensé l'elfe ? Non. Ceux-ci préféraient les affrontements officiels. Il l'aurait défiée directement. Maître Chanfrein et Maître Patin ? Ils étaient hors de cause, car la dernière tentative avait eu lieu alors qu'ils se trouvaient dans les Marais de la Désolation. Maître Sardoin ? Le spécialiste des mathématiques spatiales, le Maître de Cal, n'avait pas l'air assez courageux pour écraser une mouche. Maître Dragosh ? Comme les elfes, le Vampyr dédaignait les manœuvres sournoises. Quand il voudrait tuer Tara, il le ferait en plein jour.

Elle avait des tas de questions, et pas la moindre réponse.

D'ailleurs, Tara s'inquiétait de plus en plus à propos de Fafnir et des deux Hauts mages. Ils n'avaient donné aucun signe de vie depuis leur départ.

Durant les jours plutôt calmes qui suivirent, ils discutèrent beaucoup des derniers événements et se félicitèrent de la ruse qu'ils avaient employée. Personne n'avait tenté de tuer, d'étrangler, de carboniser, de transpercer son personnage d'enquêtrice elfe, et s'ils n'avaient pas avancé d'un pouce dans la recherche du meurtrier, au moins celui-ci les laissait-il tranquilles.

Le corps factice de Tara avait été transporté discrètement sur Terre, où Maître Chem avait fait un saut pour expliquer la situation à Isabella et Selena.

Tara s'attendait à ce que sa grand-mère revienne la chercher par la peau du cou, mais elle se contenta apparemment de la promesse de Maître Chem de lui renvoyer rapidement sa petite-fille.

Le quatrième jour, la veille de son retour sur Terre, Robin, Tara, Galant, Cal et Blondin étaient en train de fureter un peu partout dans le passage secret. Ils avaient découvert plusieurs pièces inutilisées et poussiéreuses. Tara ne disait rien, mais elle s'inquiétait de l'absence de Fafnir.

Ils essayaient de maîtriser leurs éternuements, quand ils entendirent soudain un son bizarre. Comme une énorme corne de brume qui aurait avalé un chat de travers.

Ils écoutèrent de toutes leurs oreilles, et tout à coup Tara reconnut le bruit.

– C'est Fafnir, s'exclama-t-elle ! Elle est en train de… chanter !

L'un des passages menait à un couloir proche de la Porte de transfert. Ils se précipitèrent et débouchèrent sur un spectacle incroyable.

Fafnir, accompagnée de Maître Chanfrein et de Maître Patin, chantait de toute la force de ses poumons.

Ils crurent un instant qu'elle chantait de joie. Mais les magnifiques yeux verts de la naine étaient remplis d'horreur et la peau de ses deux compagnons était totalement pourpre ! Une fumée noire se dégageait lentement des deux corps des Hauts mages, s'avançant inexorablement vers les gardes et le cyclope, stupéfaits.

– *Et après la terrible bataiiiiiille*, braillait Fafnir.
Le grand clan se rendit à la faiiiiiille
Qui abritait leurs ennemiiiiiis
Bientôt tous furent soumiiiiiiis
À la loi juste du clan des preuuuuux
Le grand clan des Forgeafeuuuuux.

La fumée noire semblait l'éviter soigneusement quand, brusquement, la naine se mit à crier d'une voix rauque d'épuisement :

– Fuyez, fuyez ! Tant que je chante, il ne peut me posséder entièrement, mais je ne tiendrai plus très longtemps ! Je chante depuis
cinq jours !

Dès qu'elle parla, la fumée se rapprocha d'elle et, désespérée, elle
reprit son chant.

– *La belle forgeronne Talnir avait un amoureeeux*
Sans répit ni repos il faisait hurler les feeeeeux
De sa forge, la plus grande et la plus bellllle
De l'authentique, du magnifique village de Tandarelllle.

La fumée s'éloigna à nouveau, comme repoussée par le chant, et,
rapide comme un cobra, bondit sur les gardes qui s'étaient reculés.
Immédiatement, leur peau devint pourpre, et leurs yeux, vitreux.
Voyant cela, les sortceliers présents érigèrent des boucliers de protection. Mais la fumée les traversa comme s'ils n'existaient tout
simplement pas !

Alors que Tara était encore paralysée de stupeur, Robin réagit.
Avec une vitesse surhumaine, il évita le tentacule vaporeux qui
s'approchait de lui, saisit Cal et Tara par le bras et les entraîna en
courant de toutes ses forces.

– Vite, hurla-t-il. Au passage ! Nous devons fuir !

– Mais… et les autres ! cria Tara, affolée, Moineau, mon grand-
père, Fab…

– Pas le temps ! l'interrompit Robin, la poussant de plus belle.

Ils arrivèrent au passage juste à temps. La porte se referma derrière
eux, les dissimulant. Le Ravageur avait puisé dans les souvenirs de Fafnir pour envahir le château vivant. Mais celle-ci n'ayant pas connaissance des galeries secrètes, ils étaient maintenant hors de danger.

Dans le noir, Cal ouvrit la bouche pour parler, mais Robin fut
plus rapide. Il le bâillonna, étouffant sa voix.

Tara, grâce à ses yeux de chat, vit qu'il lui faisait signe de garder
le silence. Ils s'éloignèrent de la porte et pénétrèrent dans une des
pièces abandonnées.

– Ça va, chuchota Robin, ici, normalement, personne ne devrait nous entendre.

– C'est le Ravageur, n'est-ce pas ? souffla Tara. Il a réussi à posséder les deux mages, et à obliger Fafnir à revenir ici pour s'emparer du château ! Et il semble qu'il soit capable de contaminer d'autres gens très facilement !

– Je crois que c'est pire que ça, murmura Cal. Vous n'avez pas remarqué ? Fafnir ne revenait pas de la forteresse grise. Elle avait changé de vêtements. Je crois que le Ravageur s'est déjà emparé d'Hymlia !

Robin et Tara se dévisagèrent, atterrés.

– À part les elfes, les nains sont les guerriers les plus puissants de cette planète, dit Robin. Les humains ne résisteront pas très longtemps si le Ravageur s'est emparé des nains !

– Nous devons partir. La Voix a été très claire. La seule façon de vaincre le Ravageur est de s'en prendre à la source de son pouvoir, l'île des Roses Noires, grâce à l'Âme Blanche !

– Mais… et si nous ne la trouvons pas ?

Pour la première fois, Tara sentait le découragement l'envahir. D'une façon assez étrange, elle pouvait bien gérer le fait qu'on essaie de l'enlever ou de la tuer. Mais si on s'en prenait à ses amis, cela la laissait sans force. Comme si elle ne pouvait lutter.

Cal haussa les épaules dans la pénombre.

– Je serais probablement tout aussi magnifique avec la peau pourpre, mais ça va jurer affreusement avec mes cheveux blonds !

Tara ne put étouffer un gloussement. Cal avait une façon très personnelle d'évacuer l'angoisse.

– Alors, qu'est-ce qu'on fait ?

– D'abord, on sort d'ici. La Porte de transfert sera très probablement gardée. Alors on va prendre le passage que m'a montré le château et par lequel nous sommes entrés la dernière fois. Une fois dehors, nous aviserons. D'accord ?

– D'accord, allons-y.

Il n'y avait aucun bruit dans les galeries, et Tara songea avec un frisson que la naine avait fini par se taire. Sa voix ne résonnait plus.

Les souterrains secrets utilisés par l'assassin communiquaient avec les tunnels du château vivant. Ils parvinrent donc rapidement au niveau des prisons. Ils découvrirent bien vite que, là aussi, les gardes avaient été touchés. Les yeux vitreux, la peau pourpre, ils déambulaient comme des zombies.

Cal passa en premier, ses capacités d'agilité et de furtivité sérieusement amoindries par son nouveau corps. Ce qui acheva de le mettre de mauvaise humeur. Puis Robin fit signe à Tara de passer.

Elle s'élança et allait atteindre la sortie, quand soudain une masse sombre lui tomba sur le dos, l'assommant à moitié. Sa réaction fut foudroyante. Elle se laissa choir, roula sur l'épaule et dégaina son épée d'un seul mouvement, n'arrêtant le trajet de la lame qu'à un poil de la gorge… d'un Vampyr!

Heureusement, ses réflexes étaient tout aussi surhumains et elle évita de justesse de trancher proprement la gorge de Maître Dragosh.

– Bon sang, siffla-t-elle, furieuse, ça ne va pas de sauter sur les gens comme ça, j'ai bien failli vous tuer, Maître Dragosh!

La chauve-souris voulut lui répondre, produisit un curieux chuintement, puis, se souvenant qu'elle ne pouvait pas parler sous cette forme, se transforma.

Tara, Robin et Cal l'observèrent avec attention. Yeux rouges, canines blanches, cheveux noirs et peau bien livide. Pas la plus petite trace de pourpre. Bon. Tout allait bien. Enfin pour le moment.

– Damoiselle Duncan? souffla le Vampyr avec incrédulité. Mais qu'est-ce que vous faites ici, déguisée en elfe?

– C'est une longue histoire, chuchota vivement Tara, et ce n'est pas exactement l'endroit pour en discuter ! Comment m'avez-vous reconnue ?

— À votre odeur, répondit le Vampyr. J'allais pour vous neutraliser quand j'ai reconnu votre odeur. Si le sang des elfes ne nous est pas nocif, celui des humains l'est terriblement. Si je vous avais mordue, j'aurais été contaminé !

Tara fronça les sourcils. Contaminé ? Elle fixa le Vampyr qui en frissonnait d'angoisse, le cerveau tournant à plein régime. Mais alors...

La voix de Cal interrompit ses réflexions.

— Bon, ben c'est pas le moment de traîner, hein, murmura Cal. Filons d'ici avant qu'ils ne nous repèrent.

Le château vivant ouvrit la porte secrète donnant sur la rue à l'arrière du bâtiment et ils se retrouvèrent dehors. Dans les rues de Travia, personne n'avait encore conscience de ce qui se passait au château. Les gens vaquaient à leurs occupations sans réaliser le terrible danger qui planait sur leurs têtes !

Une fois qu'ils furent suffisamment loin, le Vampyr expliqua que la fumée noire s'était infiltrée jusque dans la prison. Les prisonniers avaient leurs propres thermes, composés de bassins d'eau chaude et d'eau froide. Et justement, il était dans l'un d'eux à ce moment-là. Dès qu'il avait aperçu la fumée, il s'était laissé couler jusqu'au fond de l'eau brûlante, retenant sa respiration pendant une demi-heure. Sous l'eau et dans l'obscurité, il était invisible. La fumée noire avait fini par se retirer et il avait pu sortir, se changeant en rat pour faire le tour du château. À sa grande horreur, il avait constaté que presque tout le monde était possédé, obéissant à Fafnir. Il s'était alors transformé en chauve-souris pour essayer de passer par une fenêtre, mais toutes les issues étaient fermées. Il venait de retourner dans les souterrains pour réfléchir à la situation quand Tara et ses deux amis avaient fait irruption. Il s'était cru repéré et avait attaqué.

Tara s'empressa de lui donner tous les détails en sa possession concernant le Ravageur.

Le Vampyr était déjà blême naturellement. Il vira carrément au livide, avec une intéressante petite touche de vert autour des pommettes.

– Nous allons devoir conjuguer nos forces, dit-il avec angoisse. Je vais partir immédiatement à Urla, notre capitale, réunir d'autres Vampyrs pour venir vous aider à retrouver l'Âme Blanche. Les Mangeurs de Boue ont peur de nous, nous devrions obtenir des renseignements facilement. Le problème, c'est la Porte de transfert. Nous n'avons pas encore d'ambassade vampyr à Travia, comme à Tingapour. La seule porte à notre disposition est donc celle du château!

– Pas exactement, répliqua Cal. Nous pouvons utiliser celle des gnomes. Leur roi me doit un bon paquet de services.

Le Vampyr lui jeta un coup d'œil intrigué mais ne fit pas de commentaire.

– Alors, allons-y vite. Il n'y a pas un instant à perdre!

Prudents, ils se glissèrent dans les rues, mais si les gens avaient la peau, les poils, les plumes de toutes les couleurs, le pourpre en était absent, sauf sous forme de décoration ponctuelle.

À l'ambassade des gnomes, ils eurent un léger problème.

Quand ils demandèrent un entretien avec l'ambassadeur Tul Tultul, les gnomes gardiens, perchés sur les dos des mantes religieuses géantes, refusèrent de les laisser passer! Ils n'avaient pas rendez-vous, ils ne pouvaient pas se présenter comme ça. Ça ne se faisait pas.

Comme ils étaient un peu pressés, Cal ne fit pas dans la dentelle. Il attrapa l'une des mantes par sa mandibule, ignorant ses crissements de protestation, abaissa par la force la tête de l'insecte géant, et, faisant saillir sa prodigieuse musculature, il fixa le petit gnome bleu agrippé aux rênes et qui n'en menait pas large.

– Vous avez le choix, grogna-t-il, ou vous appelez l'ambassadeur immédiatement pour lui dire que Caliban Dal Salan, le Voleur qui a sauvé les fesses de votre roi, est en train de l'attendre ici, ou je vous réduis en bouillie, vous et votre bestiole. C'est clair ?

Le gnome déglutit puis hocha la tête. Faisant volter sa bête, il alla immédiatement informer Son Excellence l'ambassadeur.

Quand celui-ci se présenta enfin, il était drapé dans une élégante robe de chambre et n'avait pas l'air de très bonne humeur.

Il le fut encore moins quand il ne reconnut *pas* Cal.

– Bien, bien, bien, fit-il, ironique, en détaillant les deux elfes, le Vampyr et le magnifique Cal, la dernière fois que j'ai vu sieur Caliban Dal Salan, il mesurait environ 1,60 mètre. Auriez-vous subi une soudaine poussée de croissance ?

– Très drôle, grommela Cal, c'est un déguisement. Il y a eu un énorme problème au château… et vous avez intérêt, vous et vos gnomes, à filer d'ici vite fait avant que ça ne se répande. Le Ravageur d'Âme s'est emparé de tout le monde là-bas ! Nous avons besoin d'emprunter votre Porte de transfert pour aller à la forteresse grise puis sur l'île des Roses Noires. Nous devons l'arrêter avant qu'il n'ait possédé toute la planète !

L'ambassadeur le regarda, puis soupira.

– L'hôpital pour malades mentaux se trouve juste deux rues plus loin. Mes gardes vont vous y conduire.

Il fit signe à ses gardes d'encadrer le petit groupe. La mante que Cal avait attrapée en crissa de satisfaction, faisant claquer ses mandibules.

Cal lui jeta un regard noir, refusant de reculer, ouvrit la bouche, mais Robin le devança.

– Regardez son cou, dit-il en désignant son ami. Notre petite aventure au service de votre roi Glul Buglul a laissé un souvenir à Cal. Quelque chose qu'il vous sera facile d'identifier. Car il est probablement le seul être encore en vie à porter cette marque.

Le gnome leva un sourcil surpris, mais obéit. Quand il découvrit la petite marque dorée sur le cou de Cal, il bleuit.

– Par mes ancêtres! murmura-t-il, c'est bien la marque du T'sil!

Il se redressa et leur fit signe d'entrer dans l'ambassade... au grand désappointement de la mante verte.

– Expliquez-moi clairement ce qui s'est passé, ordonna-t-il, une fois qu'ils furent tous confortablement installés dans la salle de réception.

Tara ne se fit pas prier. Cal et Robin complétaient au fur et à mesure. Une fois leur récit terminé, le gnome avait viré au bleu foncé.

– C'est une catastrophe! Je vais immédiatement ordonner l'évacuation de l'ambassade. Notre peuple va se réfugier sous terre afin d'échapper au Ravageur.

– Faites envoyer des messagers à tous les pays, intervint le Vampyr. Nous devons préparer notre monde à ce qui l'attend!

– Oui, oui, fit l'ambassadeur, très pressé, en sautant de son siège. Je vous amène à la porte immédiatement. Je laisserai ici deux volontaires afin de vous réceptionner si vous avez encore besoin de la porte ultérieurement. Bonne chance! Que l'esprit de Demiderus vous protège!

Deux secondes après, la Porte de transfert était activée et le Vampyr filait vers la Krasalvie*, son pays natal. Par prudence, juste avant de partir, ils modifièrent la couleur de leur peau, la rendant pourpre. Puis Cal, Blondin, Robin, Tara et Galant, que Tara retransforma en pégase, se transportèrent jusqu'à la forteresse grise, ancien fief de Magister. Située à Gandis, sur le territoire des géants, elle avait été utilisée par le terrifiant clan des Sangraves pour emprisonner les Premiers sortceliers d'AutreMonde, qu'ils avaient kidnappés et infectés avec de la magie démoniaque.

Après la sanglante défaite des Sangraves contre Tara et ses amis, Maître Chem avait proposé aux géants de transformer la forteresse en centre d'accueil pour les géants victimes, malgré leur immunité, de la magie, et pour les nains, qui en étaient parfois atteints, mais la détestaient copieusement. Des sortceliers de toutes les autres nations étaient aussi là pour aider les «malades». Aussi se préparèrent-ils à être accueillis par l'un des représentants de ces communautés.

Personne ne les interpella quand ils se rematérialisèrent. Ni géant, ni nain, ni sortcelier. Curieux, ils regardèrent autour d'eux. La forteresse grise n'avait pas beaucoup changé. Bâtie à l'aide d'une pierre grise masksort, elle était immense, froide et massive.

Tara, Galant, Robin, Cal et Blondin sortirent de la salle, sur le palier de l'escalier qui menait en bas… et ils se retrouvèrent nez à genoux avec un géant. *Pourpre* des pieds à la tête sous des braies bleu et gris et un justaucorps gris.

chapitre XVI
L'Âme Blanche

– Que faites-vous ici? tonna le géant d'une voix si grave qu'on avait l'impression qu'elle venait d'une cave profonde.

Malgré son cœur qui battait à 200 à l'heure, Cal s'appliqua à parler d'un ton monocorde et froid.

– Notre Maître nous a ordonné de nous rendre à la forteresse.

Puis, parce qu'un mensonge est toujours dangereux quand on ne connaît pas la situation, il ajouta :

– Nous ne savons pas pourquoi, nous attendons donc ses instructions.

– Ah? dit le géant en réajustant la hache gigantesque qui barrait ses épaules. Je vais vérifier. Restez ici et attendez.

Puis il partit pesamment, ébranlant la forteresse sous ses pas.

– Nous devons nous éclipser, chuchota Tara qui, malgré son puissant corps d'elfe, avait avalé de travers en découvrant la hache.

– La porte de sortie est gardée, observa Robin qui s'était penché par-dessus la balustrade. Il y a deux géants et deux nains en bas.

– Zut, grogna Cal, je ne pensais pas qu'on allait se retrouver bloqués si vite. Et le tunnel que Fafnir avait creusé lorsque nous nous sommes échappés de la forteresse? Tu crois qu'il a été comblé?

– Ça ne coûte rien d'aller vérifier. Et c'est probablement le seul moyen de sortir d'ici sans se faire hacher menu.

Ils se faufilèrent discrètement dans le cellier de la forteresse. À leur grand soulagement, si les étagères supportant les bouteilles avaient été vidées, elles dissimulaient toujours le tunnel de Fafnir.

— Bon, maintenant, priez pour que l'issue n'en soit pas comblée !

Heureusement pour eux, ce n'était pas le cas. Le Haut mage de la forteresse n'avait pas eu le temps de s'occuper du tunnel. Il était parfaitement intact.

Ils se retrouvèrent au même endroit que lors de leur première fuite dans la forêt. Mais la situation était très différente. Cette fois-ci, ils pouvaient utiliser pleinement leur magie, aucun Sangrave ne les guettait. Et Tara n'était plus freinée par la peur de tuer sa grand-mère à cause de la Parole de Sang.

— Nous ne pouvons pas, annonça-t-elle, prendre autant de temps que la dernière fois pour arriver sur l'île. Trois jours, c'est trop long. Qui sait ce que le Ravageur va faire pendant que nous marchons ! Alors je vais me transformer.

— Te transformer ? demanda Cal, qui ne comprenait pas. En quoi ?

— En dragon. Pour vous amener jusqu'à l'île des Roses Noires.

— Ah non ! s'écria le Voleur, pas question ! Tu as failli nous tuer la dernière fois que nous sommes montés sur ton dos. Je préfère encore me transformer moi-même.

— Allons, Cal, sois raisonnable ! dit Tara, un peu ennuyée. Après les efforts des derniers jours, ton pouvoir n'est plus assez puissant pour te permettre de rester sous une même forme longtemps. Tu t'imagines te transformer en faucon et puis retrouver ta forme humaine à un demi-kilomètre d'altitude ? Tu vois le tableau, une fois arrivé en bas ? Splash ! Écrasé comme une crêpe !

Mais Cal était têtu.

— Je ne monterai pas sur ton dos. Point. Tu n'as qu'à utiliser le même processus que pour ce stupide corps de frimeur : donne-moi un peu de ton pouvoir et *je* me transformerai en oiseau.

Cette fois-ci, ce fut Robin qui s'insurgea.

— Non, Tara va avoir besoin de tout son pouvoir pour lutter

contre le Ravageur. Chaque fois qu'elle t'en donne, il lui faut du temps pour compenser ce qu'elle a perdu. Et puis imagine que tu ne puisses plus te retransformer ! Non. Je crois bien que tu n'as pas le choix, Cal. Tu vas devoir te résigner !

– Trouvons-nous un coin dégagé, proposa Tara avant que Cal ne cherche d'autres arguments, j'ai besoin d'espace.

Ils se dirigèrent vers la plaine, à l'opposé de la forteresse grise, afin de disposer d'un large champ de manœuvre.

Afin de montrer à Cal qu'il n'avait rien à craindre, Tara se transforma rapidement. Avec l'aide de la pierre vivante, ce fut assez facile. L'instant d'après, un magnifique dragon doré aux yeux bleus, la pierre vivante enchâssée dans son front comme un joyau fantastique, remplaçait la jeune elfe.

Cal étant en face d'elle, il ne réalisa pas qu'elle avait oublié de faire pousser sa queue.

Pour un dragon, une queue est indispensable, car elle contrebalance le poids de l'avant du corps.

Tara en fit l'expérience quand, voulant tester ses pattes, elle fit un léger mouvement, se sentit partir en avant et, instinctivement, réalisa qu'il lui manquait *quelque chose*. Voyant vaciller l'énorme masse, Cal se mit à reculer. Elle eut juste le temps de faire apparaître son appendice caudal très vite, rétablissant son équilibre de justesse avant d'écraser bêtement son ami.

On entendit un gros *plop* quand la queue surgit.

– Qu'est-ce que c'était que *ça* ? demanda Cal, soupçonneux.

– Qu'est-ce que c'était que quoi ? fit Tara de sa profonde voix de dragon.

– Ce *bruit*, ça a fait *plop* !

– Ah bon ? Je n'ai rien entendu. Et toi, Robin ?

– Rien du tout, confirma Robin, mort de rire. Bon, je passe le premier, dis à Blondin de me suivre, comme ça on le calera entre nous deux.

– Euuuh, tu as oublié un léger détail, observa Cal, sarcastique. Mon renard n'est plus un renard, c'est un *gros* lion.

– Tu n'as qu'à le miniaturiser! C'est facile. Il suffit de dire: «Par le Miniaturus que le lion réduise pour que je le promène à ma guise.»

À bout d'arguments, Cal finit par obéir, et son lion prit la taille d'un gros chien.

– Ça ira, Cal, mon dos est assez large pour le supporter, confirma Tara quand Robin proposa de le réduire encore. Et je vais créer une nacelle pour vous trois, ce sera plus sécurisant.

Avec une facilité qui rassura un peu Cal, elle fit apparaître une nacelle, tenue par une large sangle, passant devant et derrière ses ailes.

Galant lui fit comprendre qu'il allait voler, lui aussi, et décolla sans attendre, car Tara, bien plus puissante, était plus rapide.

Elle attendit patiemment que Cal, Robin et Blondin soient installés puis décida de se lancer.

Elle avait observé la technique de Galant qu'elle reproduisit dans les moindres détails.

Après avoir pris son élan, elle se mit à courir, secouant ses passagers dans tous les sens.

– Mais qu... quue... qu'est-ce... que... que tu fff... fais! hurla Cal.

– Je cours pour décoller, cria-t-elle.

– Tu... tu es... un dr... un drrr... dragon! cria Robin à son tour. Tu nn... n'as pas bbe... bbesoin d'élan. Agi... agite juste les ailes!

– Oh? Tara pila net, manquant d'expédier ses passagers par-dessus bord. Juste les ailes?

Elle s'exécuta, soulevant une tempête de poussière.

– Laisse-moi descendre! hurla Cal, essayant de se débarrasser de Robin qui le retenait, laisse-moi descendre, elle va tous nous tuer!

Il avait réussi à passer une jambe en dehors de la nacelle quand Tara parvint enfin à décoller.

La brutalité du décollage le fit basculer et il se retrouva dans le vide, les deux mains accrochées à la nacelle.

– Remonte-moi! cria-t-il, épouvanté, remonte-moi!

À cause du vent dans ses oreilles, Tara ne comprit pas. Elle crut qu'il voulait qu'elle *monte* et fila droit vers le ciel.

Cal ferma les yeux et hurla.

– Ahhhhhhahhhhhh!

Robin l'attrapa et, utilisant sa vigueur de demi-elfe, le remonta dans la nacelle.

– Bon sang, grogna-t-il, ce que tu es lourd! Je te préférais malingre et maigrichon!

Cal ne réagit pas, trop occupé à essayer de retrouver son souffle.

– Pourquoi moi? finit-il par gémir. J'étais plutôt peinard, Premier sortcelier, futur Voleur Patenté, bien au chaud au château. Je bossais un peu, mangeais beaucoup, pourrissais la vie d'Angelica, bref, c'était la belle vie. Et depuis qu'on connaît Tara, j'ai dû mourir une demi-douzaine de fois, ce monde n'arrête pas d'être au bord de la catastrophe et je passe mon temps à essayer de le sauver et ma peau aussi, accessoirement!

– Oui, hein! approuva Robin d'un air ravi, on ne s'ennuie pas avec elle! Je ne raterais pas ça pour tous les crédits-muts d'Autre-Monde! Tara est la meilleure chose qui me soit arrivée. Grâce à elle, j'ai le respect des elfes car j'ai conquis l'arc de Lillandril. Elle est fidèle, loyale, sensible, drôle, élégante, subtile, intelligente…

Cal arrêta net ses jérémiades et regarda son ami, les yeux plissés.

– Et si jolie, continua-t-il perfidement, si ravissante avec ses merveilleux yeux bleu marine et son beau visage…

L'elfe tomba dans le piège les deux pieds joints.

– Oh oui! approuva-t-il, un sourire extatique illuminant son visage. Même cette mèche blanche dans ses cheveux blonds est une parfaite ponctuation de sa beauté.

Bon. Cal avait la confirmation de ses soupçons.

– Ça par exemple! s'exclama-t-il, très amusé, mais tu es *amoureux*, ma parole!

Le jeune elfe rougit.

– Qui? Moi? Mais pas du tout! se défendit-il.

– Mais si, mais si, insista sadiquement Cal, je le vois bien. Tu es *amoureux* de Tara!

Un instant, il crut que Robin allait continuer à protester, mais au lieu de ça, il baissa la tête et ses épaules se voûtèrent.

– C'est si visible que ça? demanda-t-il.

– À peu près comme le nez au milieu du visage, répondit Cal, pas du tout charitable. Et de son côté…

– Elle est trop jeune, soupira Robin. Et nous sommes ses meilleurs amis. Et…

– Et c'est son anniversaire dans trois jours! Elle aura treize ans.

– Son anniversaire! Mais je n'ai pas de cadeau!

En se redressant brusquement, l'elfe faillit bien faire basculer la nacelle et Cal se raccrocha au bord, paniqué.

– Hooouu, siffla-t-il entre ses dents serrées, arrête de t'agiter comme ça!

Aussi vite qu'elle était montée, l'exaltation de l'elfe retomba.

– Même treize ans, gémit-il, c'est beaucoup trop jeune, elle est encore à l'âge de s'intéresser aux poupées, pas à un misérable demi-elfe.

Cal se dit que l'amour avait franchement tendance à ramollir le ciboulot.

– Tara? Tara et des *poupées*, as-tu dit? articula-t-il d'un ton sarcastique. Je ne sais pas, mais les deux ne collent pas très bien ensemble. Tara et des *épées*, oui, là je vois mieux. Tara et des *com-*

bats, Tara et des bleus, des hématomes, des grosses bagarres, des meurtres, là oui, je vois très bien. *Tara* et *poupée*, définitivement, non, ça ne fonctionne pas.

– Mais elle ne sait même pas ce que je ressens ! se lamenta l'elfe qui n'avait pas écouté un mot.

– Ben t'as qu'à lui en parler, répondit Cal qui ne voyait pas où était le problème.

De nouveau l'elfe se redressa et Cal se retint à la nacelle, fermement décidé à ne plus rien proposer à son ami.

– Certainement pas ! s'exclama Robin. Je garderai mon secret pour moi, personne ne saura ce que j'endure. J'attendrai ! J'attendrai qu'elle me voie. Et alors, seulement alors, je dirai à Tara à quel point je l'ai…

– J'ai entendu mon nom. Vous parliez de moi ? demanda Tara, très intéressée.

Elle avait recourbé son long cou de dragon vers l'arrière et leur adressait un sourire plein de dents. Tout en continuant à voler à toute vitesse.

Cal pâlit.

– Tara, hurla-t-il, regarde devant toi !

– Ça va, Cal, répondit calmement Tara, il n'y a rien devant moi, je n'ai pas besoin de voir ce qui…

– Toi, peut-être pas ! l'interrompit brutalement Cal, mais moi, si ! Regarde devant toi et arrête de faire des trucs bizarres avec ton cou, d'accord ? Je suis trop jeune pour mourir d'une crise cardiaque.

Tara poussa un long soupir, mais obéit.

Cal la surveilla attentivement pendant quelques secondes, puis se tourna vers son ami.

– Bon, reprit-il, on disait quoi déjà ?

– Rien du tout, décida le demi-elfe qui estimait qu'il s'était assez dévoilé. Parlons plutôt de notre plan pour trouver l'Âme Blanche.

– Bouuuhoou, il est amoureux! Il est amoureux! s'écria Cal, bien décidé à ne pas lâcher sa proie. Et il veut pas le dire! Et il veut pas le dire!

Mais Robin savait très bien comment mater le petit Voleur. Enfin l'ex- «petit» Voleur.

– Continue de m'embêter, expliqua-t-il très calmement, et je fais disparaître cette nacelle.

– Non, gémit Cal, tu ne ferais pas ça?

– Sans aucune hésitation, répondit fermement Robin. Moi, je suis un elfe. Je n'ai pas le vertige.

Cal déglutit. Puis rendit les armes.

– Bon, alors, cette Âme Blanche, on la trouve où selon toi?

– Si tu étais un Mangeur de Boue, demanda Robin, qu'est-ce que tu ferais?

– Je m'achèterais un rasoir et du déodorant, pourquoi?

Robin leva les yeux au ciel.

– Je veux dire, qu'est-ce que tu ferais si tu tombais sur un truc comme l'Âme Blanche?

– En tant que Mangeur de Boue? Soit je le planquerais, histoire d'avoir ma déco personnelle au fond de mon trou puant. Soit je le montrerais à tous les autres Mangeurs, je dirais que c'est la statue d'une déesse et que je suis son grand prêtre, et je créerais une nouvelle religion où étant le seul capable de communiquer avec la soi-disant déesse, j'obligerais les autres Mangeurs de Boue à travailler pour moi. Et ainsi je passerais le reste de mes jours à m'empiffrer en regardant mes doigts de pied de Mangeur de Boue.

Robin le regarda avec des yeux ronds.

– Tu sais, j'espère que ces Mangeurs n'ont pas l'esprit aussi tortueux que le tien!

– Je ne suis pas tortueux, rectifia Cal avec satisfaction, je suis *paresseux*, nuance.

– On est arrivés au-dessus des Marais de la Désolation, les informa Tara, interrompant leur dialogue. Qu'est-ce que je fais maintenant, je me pose?

– Vas-y Tara, confirma Cal en serrant les dents, on est prêts.

Une fois qu'ils furent sortis de la boue, qu'ils eurent essuyé leurs vêtements, pansé leurs bosses et repris leur respiration, en voyant la longue tranchée créée par l'atterrissage de Tara, ils convinrent que finalement, ça n'avait pas été *si* catastrophique que ça.

Galant, arrivé lui aussi au moment de l'atterrissage, oscillait entre un franc ricanement et une inquiétude légitime devant l'état de sa maîtresse.

Tara, couverte de boue des pattes au museau, les oreilles bourdonnant un peu après le choc contre un arbre mal placé en bout de glissade, trouva un lac suffisamment grand pour se laver. Au début, les Glurps* qui peuplaient ledit lac applaudirent avec enthousiasme, criant des «À table!» presque audibles. Ils convergèrent avec un bel ensemble vers Tara.

Puis ils réalisèrent qu'ils risquaient d'être le *repas* du repas en détaillant de près les écailles indestructibles du dragon doré et ses dents beaucoup trop longues à leur goût. Du coup, ils allèrent voir ailleurs s'ils y étaient, et Tara put prendre son bain en toute tranquillité.

Elle nettoya de son mieux ses écailles dorées avec l'aide de Galant, qui ne pouvait s'empêcher d'étouffer de temps en temps des petits hennissements ironiques.

– Oh, ça va, hein, finit-elle par lancer. Je ne suis pas née avec des ailes, moi, alors arrête de te moquer. Cal?

– Oui?

– Je vais rester un moment sous cette forme, annonça-t-elle en se secouant, comme ça, si on est attaqués par les Mangeurs de Boue comme la dernière fois, je pourrai nous défendre.

Cal la regarda d'un air dubitatif.

– À mon avis, dit-il, je crois plutôt que tu vas leur faire tellement peur qu'ils ne sortiront pas de leur trou!

– Ce n'est pas grave, répondit une voix glaciale. Nous saurons bien les en extraire.

Cal fit volte-face, Blondin se ramassa, prêt à bondir.

Une vingtaine d'énormes loups noirs venaient d'émerger des taillis.

Tara était déjà en train de gonfler ses poumons pour carboniser les assaillants, quand elle remarqua les yeux rouges des loups. Les Vampyrs! C'étaient les Vampyrs!

Oups! Griller ses alliés n'était pas une bonne idée. Elle retint son expiration. Et là, elle eut un gros problème. N'étant pas un dragon au naturel, elle ne savait pas comment se débarrasser du souffle brûlant qui remontait dans sa gorge.

Elle porta une patte griffue à sa gueule, murmura un «Excusez-moi» étouffé, puis se tourna précipitamment vers le lac pour cracher un long jet de flammes.

Ceux qui apprécièrent très moyennement de se retrouver cuits au court-bouillon, furent les Glurps. Ils surgirent du lac en glapissant et remontèrent vers les rives, la queue à moitié rougie par l'eau chaude.

– Ouf, ça va mieux, souffla Tara, soulagée.

L'un des Vampyrs la regarda d'un air suspicieux, contempla les Glurps qui gisaient dans la boue en gesticulant désespérément, puis revint sur l'énorme dragon doré qui, un peu gêné, se dandinait.

– C'est une alliée, chef? Vous êtes sûr?

Un autre Vampyr, probablement Maître Dragosh, soupira.

– Hélas, oui! Bon, vous connaissez la consigne. Vous trouvez les Mangeurs, puis vous essayez de savoir ce qu'est devenue l'Âme Blanche.

Le loup ne salua pas, mais ce fut tout juste.

– Bien, chef! Allez les gars, on y va! Hop, hop, hop!

Maître Dragosh leva les yeux au ciel et soupira encore.

– Trop de films terriens, ça devrait être interdit sur Autre-Monde! gronda-t-il à la vue des Vampyrs bondissant avec enthousiasme.

D'un commun accord, ils évitèrent de s'approcher de l'île. Le centre du pouvoir du Ravageur se trouvait en son cœur et ils devaient trouver l'Âme d'abord.

Les loups-Vampyrs au flair incroyablement aiguisé furent rapides à dénicher les premiers Mangeurs de Boue. Malgré leur farouche opposition, ceux-ci ne purent pas leur résister bien longtemps.

Tara avait eu l'occasion de les voir de près, de très près même lors de leur dernière bagarre, mais sans avoir eu le temps de les détailler.

Grosses boules de poils couleur de terre, les Mangeurs avaient une mâchoire démesurée, afin de pouvoir avaler la boue, qui constituait leur principale alimentation. Leurs griffes très aiguisées et recourbées leur servaient surtout à creuser et leurs pattes étaient palmées, ce qui facilitait leur progression.

Tara savait qu'ils pouvaient parler… même si ce n'était pas évident au premier coup d'œil.

Quand ils virent le grand dragon doré, les Mangeurs s'accroupirent tous aussitôt et psalmodièrent :

– Gentil dragon, beau dragon, pas manger Mangeurs, gentil dragon, pas rôtir Mangeurs. Mangeurs rien fait, Mangeurs tranquilles, gentils!

– Je ne vous veux pas de mal, murmura Tara, essayant d'atténuer son timbre de dragon pour ne pas les effrayer encore plus. Nous avons simplement besoin de renseignements. Vous savez qu'il y a une entité maléfique sur l'île, n'est-ce pas?

Les Mangeurs de Boue ne réagirent pas. D'accord. À Rome, faire comme les Romains.

– Sur île Roses Noires, pas gentil, méchant nuage noir, oui ? proposa-t-elle.

Bingo. Ils comprirent immédiatement ce qu'elle voulait dire.

– Nuage Noir mange Mangeurs, pleurèrent-ils, Nuage Noir veut manger Naine aussi, mais Naine chanter, alors Nuage pas manger Naine mais manger mages !

– Nous tuer Nuage Noir, annonça Tara. Nous manger Nuage Noir !

Les Mangeurs levèrent vers elle des yeux pleins d'espoir (enfin, c'est ce qu'elle supposa, parce que, avec tous leurs poils, elle ne voyait pas leurs yeux).

– Dragon manger Nuage ? demandèrent-ils d'un ton suppliant.

Tara n'hésita pas.

– Oui. Dragon manger Nuage.

Les Mangeurs de Boue se mirent à bondir et à gambader. Visiblement, la nouvelle leur faisait plaisir.

– OK, murmura Cal, ils n'aiment pas le Ravageur, ça tombe plutôt bien. Hé, les gars !

Les Mangeurs fixèrent le magnifique Cal, éblouis par son éclat.

– On a besoin d'un coup de main, hein, Mangeurs aider dragon, beau dragon, d'accord ? L'Arme contre le nuage noir, c'est une statuette. Un truc grand comme ça, à peu près (il leur indiqua la taille en écartant les deux mains d'une trentaine de centimètres), représentant une femme humaine, d'un blanc lumineux, les bras levés. Ça vous dit quelque chose ?

Un grand silence accueillit sa déclaration.

– Bon. Traduisons dans un langage que vous pouvez comprendre. Joli, gentil morceau de pierre blanche, nous retrouver, nous prendre, nous manger Nuage. Compris ?

Re-silence. Les Mangeurs de Boue étaient en réalité tellement attentifs, tellement concentrés, qu'ils ne bougeaient plus d'un poil, ce qui était une sorte d'exploit.

Le Vampyr enthousiaste de tout à l'heure avança et darda ses yeux rouges sur les Mangeurs.

– Peut-être, dit-il d'une voix sinistre, que nos amis ont besoin d'une... traduction plus... musclée!

– Maitre Dragosh? appela Tara.

– Damoiselle?

– Pourriez-vous expliquer à votre enthousiaste, là, qu'on a besoin d'alliés et que torturer les gens, ça ne se fait pas?

Maître Dragosh foudroya le Vampyr du regard. Celui-ci eut la bonne grâce de paraître gêné.

– Robin, reprit Tara, tu m'as dit que les Mangeurs de Boue fonctionnaient selon un système de clans, n'est-ce pas?

– Oui, c'est exact. Pourquoi?

– Alors si les membres de ce clan ne savent pas où se trouve l'Âme Blanche, peut-être qu'un autre clan le saura, lui?

– C'est une bonne idée, approuva Maître Dragosh. Mettons-la en pratique. Ceux-là vont diffuser la nouvelle. Nous recherchons le clan qui sait où est l'Âme Blanche!

Malheureusement, leur recherche fut nettement plus longue que prévue. La nuit tombait déjà, des bestioles de toutes tailles zonzonnaient rageusement autour de Robin et de Cal, totalement frustrées de ne pas pouvoir franchir le barrage anti-insectes. À chaque instant, les Vampyrs, infatigables, ramenaient de nouveaux Mangeurs de Boue.

Enfin. Pas exactement de *nouveaux* Mangeurs de Boue, parce que les boules de poils se ressemblaient toutes.

Quand ils eurent ramené le même quatre fois de suite, à chaque instant un peu plus effrayé, ils finirent par décider de différencier, afin de pouvoir les identifier, ceux qui avaient déjà été interrogés. Une inscription magique et lumineuse en forme de rond vint donc orner la fourrure poisseuse des Mangeurs, qui, curieusement, furent ravis de cette distinction. Au point que très rapidement une foule de Mangeurs de Boue arriva non pas pour aider à la recherche de l'Âme Blanche, mais pour se voir décorer du rond lumineux.

Au bout de quelques heures, les Vampyrs, dégoûtés, décidèrent d'arrêter pour la nuit. Cal et Robin se firent une tente confortable sous l'aile de Tara et dormirent bien au chaud.

Le lendemain matin, leur recherche continua. Toute la journée, ils s'obstinèrent inlassablement à poser la même question. En vain.

Le troisième jour, alors que Tara se disait qu'elle allait devenir folle à s'imaginer Fabrice, Moineau, Fafnir et Manitou envoûtés par le Ravageur, elle fut réveillée par un paquet qui flottait devant son museau.

– Joyeux anniversaire, Tara, joyeux anniversaire! cria Robin qui se tenait devant elle, l'air prodigieusement content.

– Joyeux anniversaire, chanta, parfaitement faux, Cal. Joyeux anniversaire, Tara, nos vœux les plus sincères, joyeux anniversaire!

– Oh! souffla Tara, ravie, j'avais oublié.

– Mais pas nous! se rengorgèrent Cal et Robin, très satisfaits de leur petit effet et en se tapant dans les mains de satisfaction.

– Bon, pour le gâteau et les bougies, continua Cal, il faudra attendre notre retour au Lancovit.

Très délicatement, Tara ouvrit le cadeau du bout d'une griffe, entourée par les Mangeurs de Boue et les Vampyrs, curieux. Cal et Robin avaient travaillé ensemble pour créer un merveilleux bijou, bracelet parfaitement ciselé, parsemé de pierres incomparables « glanées » par Cal « par hasard » alors qu'il était avec les gnomes.

C'était ravissant. Tara regretta de ne pas pouvoir le mettre tout de suite, mais elle le glissa dans la poche ventrale de sa peau de dragon.

Les Vampyrs s'inclinèrent, ennuyés de ne pas avoir été mis au courant, mais promettant une superbe fête dès qu'ils seraient de retour.

Les Mangeurs de Boue, eux, étaient très excités. Visiblement, ils comprenaient très bien le concept de «cadeau». Persuadés à présent que Tara était une sorte d'être supérieur qu'il fallait gâter, ils commencèrent à accumuler des tas de présents insolites à ses pieds. Des fleurs, des fruits des marais à l'odeur renversante, de petits animaux, morts et vivants, des tas de pierres, des morceaux de bois, des bouts d'os, tout ce qui à leurs yeux pouvait faire un cadeau convenable pour le grand dragon doré.

En début d'après-midi, ce jour-là, un très très vieux Mangeur s'approcha de Tara. Il s'inclina devant elle, la fourrure grise, les griffes émoussées.

– Beau dragon, dit-il, gentil dragon. Cadeau pour dragon d'or.

Tara était ennuyée de voir les Mangeurs de Boue se déposséder pour elle de leurs misérables trésors.

– Merci, mais je n'en ai pas besoin, dit-elle gentiment, tu peux garder ton…

Le Mangeur tendit ce qu'il voulait offrir et la suite s'étrangla dans la gorge de Tara.

Dans sa patte, le Mangeur de Boue tenait une petite statuette blanche et lumineuse représentant une femme suppliante les bras levés au ciel !

– Pas vouloir ? dit le Mangeur, très déçu.

– Si si, reprit très vite Tara, terrorisée à l'idée qu'il la remballe, très beau cadeau, très gentil Mangeur, très très beau cadeau.

Le Mangeur s'inclina de nouveau puis alla déposer son trésor sur la pile déjà existante avant de repartir clopin-clopant vers son terrier, non sans s'être fait auparavant décorer d'un beau rond bien lumineux, que Tara, reconnaissante, fit plus gros et plus radieux que les autres.

Cal, qui somnolait, ouvrit un œil vitreux qui s'écarquilla quand il vit ce qu'il y avait devant lui.

– J'arrive pas à y croire, cria-t-il en bondissant sur ses pieds, faisant sursauter tous les Vampyrs. L'Âme Blanche !

— C'est grâce à vous, rugit Tara, folle de joie. Si vous ne m'aviez pas fait de cadeau pour mon anniversaire, jamais ce Mangeur de Boue ne m'aurait offert la statuette! Vous venez de sauver Autre-Monde!

Cal se mit à manipuler la statuette dans tous les sens, la tournant et la retournant.

— Pas d'inscription, rien du tout, observa-t-il, un peu ennuyé. Ben alors, il est où le mode d'emploi? Normalement pour une arme il y a *toujours* un mode d'emploi!

L'enthousiasme de Tara fléchit légèrement.

— Zut, je ne me rappelle pas ce qu'a dit la Voix. Juste qu'il fallait placer la statue sur l'île, c'est ça?

— Oui, confirma Robin. On y va tout de suite, ou tu préfères attendre demain matin? Il fait déjà presque nuit.

Tara hésita, puis, sachant qu'à chaque minute le pouvoir de leur ennemi s'accroissait, elle choisit d'agir.

— On y va maintenant. L'île est à peine à une minute de vol. Maître Dragosh, que désirez-vous faire?

— Je viens avec vous sur l'île, répondit le Vampyr. Mais mes compatriotes resteront sur la rive. Si nous en sortons vainqueurs, pas de problème. Si nous échouons, ils iront prévenir le reste du monde.

Le Vampyr enthousiaste protesta qu'il ne voulait pas abandonner son chef, mais Maître Dragosh se montra inflexible.

Pour un trajet aussi court, Cal et Robin montèrent sur Galant, tandis que les Vampyrs et Blondin, qui n'aimaient pas voler, choisissaient la voie terrestre. Tara, débarrassée de l'angoisse d'avoir des passagers, s'envola en ne décapitant *que* deux arbres. Maître Dragosh se transforma en chauve-souris et la suivit, un peu étonné par son décollage… fracassant.

Une fois en vue de l'île, ils la survolèrent. Si les buissons avaient considérablement grossi depuis leur dernière visite, l'île paraissait toujours aussi déserte.

Soudain, dans la tête de Tara, la pierre vivante se manifesta.

– *Peur, moi j'ai.*

– *Tu ne dois pas!* répondit mentalement Tara. *Nous avons l'arme qui va le détruire. Ne t'inquiète pas. Je ne le laisserai pas te faire prisonnière une seconde fois!*

La pierre eut un soupir angoissé dans son esprit, mais ne répliqua pas. Comment pouvait-elle expliquer à Tara à quel point la puissance du Ravageur était multipliée en ce lieu!

Blondin venait d'arriver sur la rive et Cal le miniaturisa pour lui permettre de monter sur le dos du pégase. Ils s'envolèrent.

Tara faisait un dernier passage au-dessus de l'eau entourant l'île quand soudain, un monstrueux tentacule de fumée noire s'enroula autour de son cou, étranglant son cri. Le Ravageur dut sentir la puissance de la pierre vivante, car, avec une terrible violence, un second tentacule se fixa sur le front du grand dragon doré et, arrachant la pierre, la projeta dans l'eau!

Tara hurla de douleur.

Et se retransforma. Elle perdit ses ailes, essaya de tenir en l'air… et s'abattit dans l'eau, en même temps que l'Âme Blanche et le bracelet, brutalement expulsés de sa poche ventrale disparue!

Elle émergea et activa son pouvoir pour se libérer. Elle imagina un énorme ciseau cisaillant les deux tentacules et ceux-ci furent coupés, se rétractant vers le centre de l'île. Le Ravageur hurla de rage. Et des dizaines de nouveaux tentacules se tortillèrent vers elle comme de monstrueux vers noirs.

– Éloignez-vous, hurla Tara à ses amis. Ne les laissez pas vous toucher!

Malheureusement, un tentacule s'était noué autour du paturon de Galant et l'entraînait vers le centre de l'île, malgré tous ses efforts pour résister. Robin incanta et le tentacule fut tranché, mais dix autres déjà partaient à l'attaque.

Tara était dans l'incapacité de faire quoi que ce soit pour venir en aide à ses amis. Aussi s'entoura-t-elle d'une impénétrable bulle de force qui stoppa net les autres attaques et lui permit de flotter à la surface. Les tentacules s'acharnèrent sauvagement contre la bulle, mais celle-ci tint bon.

Soudain, à sa grande horreur, elle prit conscience que la bulle faiblissait. Les tentacules se posaient sur sa paroi et, telles d'horribles bouches, suçaient son pouvoir !

Elle comprit qu'elle n'allait pas être en mesure de résister très longtemps. Utilisant toute sa puissance, elle renforça la bulle, et, dans un terrible effort, carbonisa littéralement les tentacules. Cette fois-ci, le Ravageur hurla non pas de rage, mais de douleur. Bien. Elle lui avait fait *mal*. Peut-être suffisamment pour qu'il lui fiche la paix.

Elle dirigea sa bulle vers Galant, mais dès qu'elle fut proche une partie des tentacules qui cernaient le pégase se détachèrent et l'attaquèrent ! Cette fois-ci, ils étaient trop nombreux et sa magie s'épuisait. À bout, elle dut s'avouer vaincue. Elle avait perdu l'Âme Blanche et ne pouvait plus bouger. Les tentacules, sentant qu'elle faiblissait, la propulsèrent vers l'île, en compagnie de Galant, Cal, Robin et Blondin. Maître Dragosh et les autres Vampyrs avaient disparu. Peut-être avaient-ils réussi à s'échapper ! Cette minuscule lueur d'espoir redonna le moral à Tara, et elle réserva ses forces, bien décidée à ne pas abandonner.

En emportant leurs proies, les tentacules rejoignirent bientôt la terre ferme. Ils y progressaient lentement, comme gênés par les roses noires, qu'ils évitaient le plus souvent possible. Tara observa cela avec attention. Les sombres fleurs s'agitaient sur leur passage, comme prêtes à les harponner. Alors ça, c'était *bizarre*. C'était pourtant en buvant le suc des roses que Fafnir avait été possédée ! Sa curiosité naturelle reprit le dessus, malgré la situation désespérée. Pourquoi les tentacules paraissaient-ils avoir peur des roses noires ? Elle cogitait encore quand ils atteignirent enfin le centre de l'île.

Celui-ci avait horriblement changé.

Un trou sombre et profond abritait un magma noirâtre et bouillonnant, d'où émergeaient les tentacules. Tara crut un instant qu'ils allaient les jeter dans l'abîme qui creusait l'île, mais ils semblaient avoir d'autres projets. Une immense Porte de transfert noire s'ouvrit soudain devant eux et les tentacules les y précipitèrent.

Hurlant de terreur, ils plongèrent dans le vide et la terrifiante noirceur.

chapitre XVII

Prisonniers !

Le souffle coupé, Tara atterrit devant des... pieds!

Des pieds qui lui semblaient familiers. Relevant les yeux, elle constata qu'elle était de retour au château vivant de Travia... à plat ventre devant Fafnir!

Mais la naine têtue, bougonne et affectueuse n'existait plus. La peau pourpre, les yeux noirs et non plus verts, elle arborait un *horrible* sourire.

– Tiens, tiens, tiens, ricana-t-elle, chère, chère petite Tara! Quelle agréable surprise! Enfin presque. Car quand j'ai enfin réussi à posséder la petite naine, j'ai lu dans son esprit qu'elle comptait sur vous pour la sauver. L'avez-vous trouvée?

Son ton révélait une pointe d'inquiétude.

Tara jeta un coup d'œil vers Cal, Blondin, Robin et Galant qui essayaient de se démêler les uns des autres. Ils paraissaient à peu près intacts et elle poussa un soupir de soulagement. Elle reporta son attention sur Fafnir.

– Avons-nous trouvé quoi? demanda-t-elle, alors qu'elle savait parfaitement ce dont il était question et se relevait en s'époussetant.

– Avez-vous trouvé l'Âme Blanche?

– Non, répondit Tara, méprisante. Les *stupides* Mangeurs de Boue n'ont pas été capables de comprendre ce que nous leur expliquions. Nous étions en train de survoler l'île, toujours à sa recherche, quand votre piège s'est emparé de nous.

Elle fit une pause, fixant Fafnir, enfin celui qui l'animait, droit dans les yeux.

— Ce qui était idiot d'ailleurs, ajouta-t-elle.

— Idiot ? Je ne vois pas pourquoi ? grinça le Ravageur.

— Vous cherchez l'Âme Blanche depuis longtemps, n'est-ce pas ?

— Pas spécialement. Je *savais* qu'elle était détenue par les Mangeurs. Mais à présent que vous connaissez son existence, je dois la détruire avant qu'elle ne me détruise !

— Eh bien, vous auriez dû attendre que nous la trouvions, et clac, vous en emparer à ce moment !

Elle lui avait cloué le bec. Il plissa les yeux et dit d'une voix méfiante :

— Et qu'est-ce qui me dit que vous ne l'avez pas ?

— Fouillez-nous, rétorqua Tara avec un haussement d'épaules. Vous verrez bien que nous n'avons rien !

— Le cerveau de cette naine dit que vous êtes rusée, grimaça le Ravageur. Alors n'imaginez pas un instant que vous avez la moindre chance de me tromper.

Il fit avancer les gardes à la peau pourpre pour fouiller Tara et ses compagnons. Évidemment, à part quelques pierres précieuses, des tas d'outils bizarres, des armes diverses et variées, ils ne trouvèrent rien. Galant se plaça à côté de Tara, couvant le Ravageur d'un regard mauvais.

— Ainsi vous avez dit la vérité, fit le Ravageur un peu surpris. Je regrette de ne pas pouvoir vous posséder tout de suite. À chaque nouvelle âme que j'absorbe, mon esprit doit «intégrer» avant de pouvoir «contrôler». Et j'ai été un peu trop… *gourmand*. Mon esprit est fatigué. Alors je ne veux pas risquer d'absorber d'autres âmes avant demain. Par mes aïeux, je ne pensais pas que conquérir le monde me demanderait autant de travail !

« Un miracle ! Ben il était temps ! » songea Tara avec une pensée émue pour leur ange gardien qui leur assurait quelques heures de sursis.

Le Ravageur communiqua mentalement avec les gardes qui entourèrent les jeunes gens, le lion et le pégase, pour les conduire en prison.

— Ouille, observa Robin qui avait peu apprécié la fouille brutale, j'ai mal partout !

Il s'étira, puis, avec la brusquerie de la foudre, plongea sur le garde le plus proche, lui arracha un couteau, puis, d'un bond sur-humain, attrapa Fafnir et lui plaça son arme sur la jugulaire.

— Alors maintenant, tu vas nous laisser partir bien gentiment, ou je te tranche la gorge !

— Par mes roses noires, quelle… bravoure ! s'extasia le Ravageur, ignorant le couteau.

Robin serra les dents et appuya. Un fin filet de sang suinta sur le cou de la naine.

— Ouh, fit le Ravageur, ça fait mal ! Mais si tu y tiens tant, vas-y ! J'ai contaminé tant de gens que je n'ai plus besoin de Fafnir. Je pré-férerais la garder en vie, j'avoue que j'ai un faible pour elle. Mais si tu tiens à lui trancher le cou, je ne t'en empêcherai pas. Mieux, je vais me retirer de son corps, comme ça tu pourras assister à son agonie en direct !

La fumée noire sortit du corps de la naine sous le regard éberlué de Robin. La peau de celle-ci redevint cuivrée et ses yeux noirs virèrent au vert familier.

— Par mes ancêtres, cracha-t-elle quand elle récupéra le contrôle de sa voix. Je vais massacrer ce Ravageur !

Puis elle prit conscience que Robin tenait toujours le couteau sur sa gorge et se figea.

— Il a dit la vérité, annonça-t-elle à regret. Il avait besoin de moi comme support pour quitter l'île, mais maintenant, il a possédé suffisamment de gens pour conserver son pouvoir ici, *même* si tu me tues.

Robin refusa d'abaisser son couteau. La fumée noire ricana et appela un autre de ses zombies. Quand elle entendit le pas lourd qui ébranlait le château, Tara sentit l'espoir la gagner un instant… puis un dragon totalement *pourpre* surgit dans la salle.

Et l'espoir mourut.

Robin laissa retomber son couteau.

– Maître Chem! murmura Cal, atterré. Alors là, on a un problème. Un très *gros* problème.

– Vous pensiez que je mentais? rugit le Ravageur par le biais du dragon. Alors demi-elfe, tu veux aussi trancher la gorge du dragon? Ce n'est pas un couteau dont tu auras besoin, mais d'une hache! Et tes amis, ils sont possédés eux aussi, tu veux les tuer? Et pourquoi pas toute la population de ce château? Et même de la ville? Crois-moi, ça ne changerait rien à la situation!

Tara sursauta. Quoi, il avait déjà conquis toute la ville? Alors là Cal avait raison. Ils avaient un gros problème.

Elle comprit à quel point quand, obéissant à un ordre inaudible, un à un, les amis de Tara entrèrent dans la pièce. Pour une étrange raison, Moineau était sous sa forme de bête, culminant à trois mètres de hauteur. Fabrice était possédé, mais pas Barune, Manitou était devenu un labrador pourpre, qui aurait eu beaucoup de succès sur Terre du fait de sa couleur inédite, mais fendit le cœur de Tara quand il lui jeta un regard froid.

Et *Angelica et ses parents* les accompagnaient! Chose surprenante, ils étaient vêtus de manteaux de cour, et portaient sur la tête les couronnes royales du Lancovit! De plus, si leur peau était aussi rouge que celle des autres, leurs yeux n'étaient pas totalement noirs et ils semblaient bouger d'une façon autonome.

– Oh, Maître! s'exclama la grande fille brune, vous les avez enfin capturés! je vous félicite, vous êtes le meilleur. Cette petite garce et ses amis auraient pu vous poser des tas de problèmes. D'ailleurs, merci encore d'avoir bien voulu mettre ces trois-là à ma disposition comme serviteurs, cela m'a été très agréable !

– Oui, Maître, approuva son père d'une voix onctueuse, et nous proposer de diriger le Lancovit pour vous était une excellente idée. Le roi Bear et la reine Titania n'ont pas été très coopératifs, n'est-ce pas ?

Tara en resta abasourdie. Ils ne parlaient pas avec la voix du Ravageur. C'étaient leurs voix ! Ils semblaient n'être pas totalement possédés. Mais par quel miracle ?

Elle eut très vite l'horrible réponse.

– Mais je vous en prie, répondit le Ravageur avec une pointe de mépris dans le ton. Votre… *ambition* m'est très utile. Quand ils sont avides, les esprits tels que les vôtres n'ont pas réellement besoin d'être contrôlés. Vous donner un peu de pouvoir est suffisant ! Quant au roi et à la reine de ce petit pays, ce n'est qu'une question de jours. Ils ne pourront pas me résister bien longtemps.

– Vous… vous n'avez pas pu posséder mon oncle et ma tante… Vous n'y êtes pas arrivé !

La voix était celle de Moineau et elle serrait tellement les poings pour parvenir à articuler que ses griffes lui rentraient dans la peau, laissant couler un ruisselet de sang écarlate dans sa fourrure rouge.

– Cela n'a aucune importance, rétorqua le Ravageur, furieux qu'on lui mette le nez sur ses échecs. Je ne comprends cependant pas comment ta famille résiste à la possession d'une telle façon, alors que le soi-disant puissant dragon y a succombé tout de suite.

– Vous… vous n'y arriverez pas, chuchota Moineau, luttant de toutes ses forces, puisant dans la douleur de ses paumes déchirées pour résister. Ils sont trop forts pour vous !

– Tais-toi, idiote ! cria la mère d'Angelica.

On sentait la peur dans sa voix. Elle craignait visiblement que le Ravageur ne s'énerve. Elle le craignait au point qu'elle ordonna à un tentacule de fondre sur le mufle de Moineau, la muselant, étouffant sa voix.

— C'est à Angelica que j'aurais dû trancher la gorge! murmura Robin en s'adressant à Fafnir, furieux, crois-moi, là, je n'aurais pas hésité une seconde!

L'attention de la grande fille se fixa soudain sur le splendide Cal.

— Monsieur Bond, s'exclama-t-elle, ravie, que faites-vous avec ces... vermisseaux?

Malgré son envie de l'étrangler, Cal s'inclina devant elle, charmeur.

— Votre peau, Damoiselle, a la couleur du cœur d'une rose, débita-t-il avec conviction, dardant sur elle son regard de velours. Votre beauté en a été rehaussée d'une façon éclatante. J'en suis... *prisonnier*.

Angelica lui lança un énorme sourire et le prit par la main.

— Maître, il doit y avoir une erreur, celui-ci n'est pas avec ces gens-là. Pourrais-je l'avoir pour moi?

Le Ravageur ricana par la gueule du dragon.

— Si tu le veux, petite, tu peux l'avoir. J'en ferai ton serviteur lui aussi dès que je l'aurai possédé.

— Je ne sais si je survivrais en prison une seconde sans vous, dit très vite Cal, je crois que je ne peux déjà plus me passer de votre sublime visage!

— Maître! supplia Angelica, ne pouvant détacher son regard du splendide Cal qui papillonnait à fond de ses longs cils, je vous en prie! Ne le mettez pas en prison. Laissez-le-moi, je vous promets de le surveiller!

— Soit, répondit le Ravageur qui s'en moquait visiblement. Tu peux le mettre avec les autres.

Cal s'inclina et fila se mettre à côté de Fabrice, qui ne broncha pas.

Robin se demandait visiblement ce qui arrivait à Cal. Et Tara fronçait les sourcils. Le petit Voleur se rangeait-il du côté du vainqueur pour sauver sa peau ? Elle secoua la tête, indécise, puis retourna son attention sur Fafnir, qui était restée immobile et regardait la fumée noire avec angoisse.

— Bon, maintenant, j'aimerais bien que tu m'expliques ce qui s'est passé exactement, demanda Tara à son amie, ignorant Angelica, ses parents et le Ravageur.

La fumée noire demeura sans bouger dans les airs, laissant un sursis à la naine pour répondre.

— Nous sommes arrivés près de l'île. Trop près, expliqua celle-ci en tirant machinalement sur une de ses mèches rousses. Les roses noires avaient poussé d'une façon incroyable depuis notre départ. L'île en est quasiment couverte, excepté au centre. Le Ravageur ne nous a pas laissé une chance. Il s'est emparé de moi, puis des deux mages. Je hurlais et je me suis alors rendu compte que mon hurlement repoussait la possession du Ravageur. Il ne me lâchait pas, mais il ne progressait pas non plus. Alors je me suis mise à chanter.

— Tu as chanté pendant cinq jours sans interruption ? remarqua Robin, stupéfait devant la résistance de la naine.

— Nous les nains, nous avons beaucoup de chants… et sommes têtus. L'unique moyen de vous prévenir était de tenir. Alors j'ai tenu. Ça vous aura au moins permis de vous enfuir !

- Ça n'a pas été très utile ! ricana le Ravageur par l'intermédiaire du cyclope Fleurtimideauborddruisseaulimpide. Juste un petit sursis pour vous, mes jolis. Demain, je devrais avoir « digéré » mes dernières possessions. Je pourrais alors m'occuper de vous. Bien, à présent, direction les prisons.

La dernière chose qu'ils virent fut la monstrueuse fumée noire qui planait autour de Fafnir et la lueur de désespoir dans ses magnifiques yeux verts.

Le Ravageur avait été prudent. Les cellules étaient littéralement engluées dans les tentacules, qui formaient une nuée sombre et grasse, patrouillant dans les couloirs de la prison.

Prisonniers !

Les gardes ouvrirent les cellules et y poussèrent Tara, Galant et Robin.

Les grosses portes de fer magique d'Hymlia claquèrent dans leur dos avec un bruit sinistre.

Puis ils reprirent leur ronde monotone, traversant la fumée qui stagnait comme si elle n'existait pas. Tara examina la prison, puis étouffa un cri.

Dans la cellule voisine de la sienne, elle venait d'apercevoir le roi Bear et la reine Titania !

Ils étaient très pâles et la reine semblait respirer avec difficulté. Régulièrement un tentacule noir venait les toucher, comme pour tester leur résistance. Ils faisaient de leur mieux pour ne pas broncher, mais on sentait que c'était au prix d'un douloureux effort. Bien qu'ils aient été dépouillés de leurs robes de cour ainsi que de leurs couronnes, ils restaient le roi et la reine. Pas question de montrer leur détresse au Ravageur.

Quand le roi vit à la couleur de leur peau... et probablement aussi au fait qu'ils étaient enfermés... qu'ils n'étaient pas possédés, il sourit faiblement, à la fois heureux et malheureux de la présence de ses Premiers sortceliers.

– Tara ! Robin ! s'exclama-t-il. J'aimerais vous dire que c'est une joie de vous revoir, mais ce n'est pas exactement le cas. Je pensais que vous aviez réussi à vous enfuir et que vous vous étiez réfugiés loin de ce château !

– Eh bien, répondit Tara qui devait lutter pour ne pas pleurer, c'est exactement ce que nous avons fait. Enfin. Au début. Jusqu'à ce que le Ravageur nous capture.

Elle respira profondément, maîtrisant son émotion. Dans le désespoir, l'humour est le dernier recours.

– Et c'est la seconde fois en dix jours que je me retrouve en prison ! soupira-t-elle comiquement. D'accord, chaque fois, ce sont des prisons impériales ou royales, mais j'aimerais bien que ça ne devienne pas une *habitude*!

— Je déteste les prisons, marmonna le demi-elfe. Ça sent mauvais, c'est étroit, poussiéreux et visqueux.

Il exagérait. Excepté le fait qu'il y avait des barreaux, contrairement à Omois, les cellules étaient tout à fait confortables, sèches et spacieuses. Ni le roi ni la reine n'étaient adeptes des prisons pouilleuses. Il n'y avait pas de poussière et guère d'insectes grâce aux sorts.

— Vous savez ce qui se passe en haut? demanda le roi. Nous manquons *un peu* d'informations ces derniers jours.

— Il se passe, répondit une voix qu'ils ne connaissaient que trop bien, que cette idiote de naine a libéré le Ravageur. Et qu'il est en train de conquérir le monde, lentement mais sûrement. Il a déjà envoyé des éléments infectés à Omois et à Selenda!

— Angelica! s'exclama Robin, bondissant et empoignant les barreaux. Que viens-tu faire ici, nous narguer?

— Vous sauver la peau! répondit la grande fille brune... et pourpre, se tenant prudemment à distance du demi-elfe. Évidemment, ça ne m'enchante pas outre mesure, mais si vous avez l'Âme Blanche, alors il faut absolument que vous détruisiez le Ravageur!

Ils ne comprenaient plus. De quoi parlait-elle?

— Comment faites-vous ça, Damoiselle? demanda le roi, intrigué. Vous n'êtes pas sous le contrôle de ce monstre?

— Mes parents et moi-même avons fait *semblant* de coopérer, précisa dédaigneusement Angelica. Le Ravageur, voyant que nous étions prêts à l'aider, a relâché son emprise sur nous. Ainsi, il n'est plus constamment dans notre esprit. Cela lui laisse le champ libre pour posséder d'autres gens plus rapidement. Et, avantage non négligeable, cela nous donne le pouvoir de contrôler les tentacules, sans être contrôlés par elles.

En effet, à son ordre muet, la nuée noire reflua et les gardes pourpres s'éclipsèrent. Ils étaient seuls à présent dans la prison.

– Voilà, dit-elle avec satisfaction. Nous pouvons parler tranquillement. Tara, tu *dois* me dire *où* se trouve l'Âme Blanche !

Robin ouvrait déjà la bouche pour tout lui expliquer, quand Tara lui coupa la parole.

– Malheureusement, nous n'en savons rien ! mentit-elle. Nous avons entendu dire qu'elle se trouvait à Hymlia, dans la mine de la montagne du Tador.

– Quelle mine ? demanda Angelica, nerveuse, il y en a des centaines là-bas. C'est un vrai gruyère, cette montagne !

– Je te le répète, nous n'avons pas plus d'informations, répondit Tara, nous avons été capturés par le Ravageur avant d'avoir eu le temps de la localiser précisément.

La grande fille se rongea le poing, visiblement angoissée.

– Vous ne comprenez pas ! Il est comme une gangrène qui se répand lentement. Si quelqu'un ne l'arrête pas, d'ici moins d'un an, il aura conquis toute la planète !

La reine, qui depuis la disparition des tentacules respirait un peu mieux, lui demanda d'une voix faible :

– Que pouvez-vous faire pour nous aider ? En restant prisonniers, nous ne pourrons pas retrouver cette fameuse Âme Blanche, dont j'aimerais bien d'ailleurs qu'on m'explique de quoi il s'agit.

– C'est une arme, Votre Majesté, répondit rapidement Robin. Une petite statuette blanche représentant une femme. On dit que c'est la seule chose qui peut détruire le Ravageur. Nous étions à sa recherche, comme vous l'avez sans doute compris, quand le Ravageur nous a fait prisonniers.

– Alors, Damoiselle Brandaud, vous devez nous libérer ! conclut fermement le roi.

Angelica parut perdre tout à fait son sang-froid.

– C'est impossible, gémit-elle, si je vous libère, il tuera mes parents en représailles ! Non, je ne peux pas.

Et, avant qu'ils aient le temps de réagir, elle tourna les talons et s'enfuit.

Robin lâcha les barreaux et s'effondra sur le lit, découragé. Tara fit de même, se sentant le cœur gros. Galant se posta à ses côtés, la caressant de ses ailes pour la consoler.

Les cellules communiquaient les unes avec les autres. Le demi-elfe releva bientôt la tête, vit la détresse de Tara et, tendant la main, il toucha celle de son amie.

— Ne t'inquiète pas, dit-il avec tendresse, je suis sûre que nous allons trouver une solution.

— Tu as raison, approuva Tara en se redressant brusquement. Est-il possible de faire de la magie ici ? Ou est-ce comme à Omois ?

Le roi répondit à la place de Robin.

— Il est possible d'utiliser la magie à l'intérieur de la prison. Mais si on change de forme, par exemple, on ne peut pas passer à travers les barreaux. L'ensemble du bâtiment est forgé dans le fer magique des montagnes d'Hymlia et comme les nains, ou les géants, ce fer est réfractaire à la magie.

— Bon, concéda Tara. J'ai compris, il faut trouver autre chose. Ce fameux fer, peut-on le fondre ?

— Le fondre ? (Le roi se frotta le front, puis haussa les épaules.) Oui, je suppose qu'on peut le fondre puisque les nains l'ont tiré de leur forge.

— Parfait ! dit Tara avec un petit sourire, alors voyons un peu comment ce fer va réagir face aux *feux d'un dragon* !

Robin ouvrit de grands yeux.

— Tu vas te transformer ? demanda-t-il, très inquiet. Mais tu n'as plus la pierre vivante ?

— Je sais bien, soupira Tara, mais avons-nous le choix ? Tu as autre chose à proposer ?

— Non, non, refusa le demi-elfe, c'est juste que ce château est fragile. Cette ville aussi, tout le continent, en fait. Alors fais attention !

Le roi crut que le demi-elfe voulait plaisanter.

– Je ne crois pas, sourit-il, que Damoiselle Duncan ait assez de pouvoir pour menacer ce château ! Il a été solidement bâti par nos ancêtres.

– Ne parlez pas trop vite, Votre Majesté. La puissance de Tara n'a pas grand-chose à voir avec ce dont vous avez l'habitude. Et le jour où elle sera capable de la contrôler, alors là, le Ravageur aura l'air d'un petit garçon *inoffensif* à côté d'elle.

– Euuuh, là, c'est un peu exagéré, remarqua Tara en attrapant nerveusement sa mèche blanche. Bon, allons-y avant que la fumée noire et les gardes ne reviennent.

– Oui, répondit sombrement Robin, c'est bien la première fois que nous pouvons remercier Angelica de nous avoir rendu service.

Tara évalua la taille de sa cellule. Elle pouvait se transformer en dragon doré sans problème. Elle prit une grande inspiration et appela sa magie.

Dans la cellule proche, le roi et la reine se raidirent. Étant extrêmement sensibles à la magie, le pouvoir de Tara leur fit l'effet d'un souffle brûlant. Ils échangèrent un regard stupéfait.

Tara sentait la transformation prête à s'opérer, quand un terrible cri de rage la stoppa net.

L'instant d'après, Angelica, folle de fureur, fit irruption dans la prison, les tentacules bruissant derrière elle comme autant de serpents venimeux.

– Je vais vous tuer ! éructa-t-elle.

chapitre XVIII

Bataille de dragons

Les tentacules étaient sur Tara, enserrant sa gorge, et elle lutta pour respirer. Galant se cabra et tenta de les trancher à l'aide de ses griffes, mais sans effet.

Robin, grâce à son agilité de demi-elfe, parvint à éviter ceux qui lui étaient destinés, et cria :

— Angelica, non ! Si tu la tues, le Ravageur te fera manger ton propre cœur ! Arrête !

Il avait trouvé le seul argument qui pouvait faire fléchir Angelica. La brume rouge de fureur quitta ses yeux et elle fit un geste.

Les tentacules libérèrent Tara. Elle tomba à genoux, se tenant la gorge, inspirant avec difficulté.

— Tu as de la chance, cracha Angelica. Beaucoup de chance. Dès que le Maître en aura fini avec toi, je lui demanderai de te mettre toi aussi à mon service. Et tu seras condamnée à nettoyer mes affaires et à vivre à genoux pour le reste de tes jours !

Elle fit volte-face comme une furie et remonta l'escalier.

Les gardes ouvrirent une nouvelle cellule et y jetèrent... Cal et son renard roux !

Disparus la splendeur, la crinière de cheveux blonds, les muscles et les pectoraux. Le bon vieux Cal était revenu.

Blême, il s'essuyait la bouche.

— Cal ? s'exclama Robin, stupéfait, mais qu'est-ce qui s'est passé ?

– Beurk, beurk, beurk, répondit le petit Voleur en s'essuyant de plus belle. Angelica m'a *embrassé*!

Tara s'en étrangla et repartit dans une quinte de toux.

– Quoi? s'exclama Robin. Mais qu'est-ce que…

– J'étais dans sa suite, le coupa Cal, en train de me demander comment l'assommer et venir vous délivrer, quand elle est apparue. Avant que j'aie eu le temps de faire quoi que ce soit, elle s'est jetée sur moi et m'a embrassé. Ça m'a fait un tel choc que je me suis transformé! Paf! Instantanément, j'ai retrouvé mon bon vieux corps. Évidemment, juste au moment où il ne fallait pas!

– Ben tu n'es pas le seul à avoir eu un choc, alors, ricana Robin qui imaginait très bien la scène. Elle a dû être drôlement surprise, non?

Le petit Voleur se frotta une dernière fois la bouche et opina de la tête.

– En fait, elle a été tellement surprise qu'elle a pensé un instant avoir une hallucination. J'ai *un peu* gâché l'illusion en crachant partout.

Cette fois-ci, Tara arriva à rire sans s'étrangler. Robin, imaginant Angelica se jetant sur le splendide Cal, l'embrassant fougueusement… et se retrouvant avec le petit Voleur dans les bras, se mit à glousser de plus belle, lui aussi. Son gloussement contamina Cal et cinq secondes plus tard ils se tordaient tous de rire par terre sous le regard un peu surpris du roi et de la reine.

– Oooouuh, lança Tara en essuyant ses larmes, qu'est-ce que ça fait du bien!

Robin et Cal hochèrent la tête, parfaitement d'accord. Ils étaient toujours prisonniers, ils étaient toujours menacés d'un sort horrible, mais ils allaient beaucoup mieux.

Rappelée à la réalité par la douleur, la jeune fille se tâta la gorge avec précaution et déglutit.

– Bon sang, grogna-t-elle, mais qu'est-ce qu'ils ont tous à essayer de m'étrangler! D'abord le Ravageur et ensuite Angelica. Quoique, pour le Ravageur, j'ai ma petite idée. Pour Angelica, c'est plus *flou*. Qu'est-ce que je lui ai e*ncore* fait?

Cal haussa les épaules.

— Va savoir. Quand je suis redevenu normal, elle a d'abord hurlé de surprise puis de rage. Elle a ensuite marmonné quelque chose du genre : « C'est elle, c'est encore un de ses tours, je vais la tuer ! » Les gardes se sont alors emparés de moi et elle a foncé comme un Brrraaa en furie, tête baissée, vers les prisons. Vous connaissez la suite…

— Elle a dû se douter que ton pouvoir n'était pas suffisant pour modifier ton apparence à ce point. Et a compris que Tara était la seule d'entre nous capable de faire de toi un Apollon !

— Désolé, Tara, fit Cal avec un petit ricanement narquois, mais si ton sort avait tenu quelques minutes de plus, je l'assommais et je revenais pour vous délivrer.

Soudain, alors que Tara allait lui conseiller de ne pas divulguer trop de détails devant la fumée noire, elle cligna des yeux.

— C'est bizarre, dit-elle, la fumée du Ravageur n'est pas revenue !

En effet, s'ils entendaient les pas des gardes, vigilants zombies, la terrifiante fumée, elle, avait disparu.

— Tant mieux, frissonna la reine. Ces horribles tentacules nous touchaient le plus souvent possible pour essayer de nous posséder. Et moins cela fonctionnait, plus ils s'acharnaient !

— Avez-vous une idée de la raison pour laquelle le Ravageur n'a pas pu s'emparer de vous? demanda Robin, intrigué.

— Non, soupira le roi. Quand nous avons pris conscience du danger, il était trop tard. Nous avons combattu, Titania et moi, mais sans résultat. Ses tentacules semblent *boire* notre pouvoir. Mais sans être capables de nous posséder. Nous ne sommes pas les seuls, d'ailleurs. Salatar et Dame Kalibris aussi ont pu résister, et nous pensons qu'ils sont parvenus à s'enfuir.

– Alors, nous devons profiter de la disparition de la fumée pour faire de même, dit sombrement Cal. J'ai pu me balader un peu dans le château avant d'arriver chez Angelica. C'est pas joli joli.

Tara préféra ne pas demander de détails.

– Bien. Avant qu'Angelica ne décide de m'étrangler, je me demandais donc si le feu d'un dragon pouvait faire fondre ces barreaux ?

– Malheureusement, non, répondit Cal. Ils ont été forgés en fer magique, ce qui les rend insensibles à la magie, mais ils ont été aussi entourés d'un sort de protection. La seule chose que tu arriveras à griller, ce sera toi. Le sort renvoie automatiquement à son assaillant toute action violente contre les barreaux.

– Très bien protégée cette prison, fit remarquer le roi d'un air approbateur.

– Eh bien, mon chéri, observa la reine, pour une fois, j'aurais préféré que Salatar soit un peu moins efficace. Qu'allons-nous faire ?

– Vous ? demanda une voix de velours liquide. Rien du tout. Nous ? Nous allons vous délivrer.

Et, surgissant des ténèbres comme un Démon masqué, Magister apparut devant eux.

Tara ne réfléchit pas, elle réagit. Son sort de destruction fonça vers la silhouette noire.

– Tara, non ! hurla Cal.

À peine le sort eut-il touché les barreaux qu'il rebondit vers la jeune fille. Avertie par le cri de Cal, elle eut juste le temps de créer un bouclier qui la protégea.

Magister n'avait pas bougé.

– Tss, tss, tss, fit-il en secouant la tête, quelle impétuosité, quelle colère ! Moi qui venais vous sauver ! Ce n'est vraiment pas gentil comme accueil !

Tara en resta stupéfaite. Puis elle explosa.

– Je préférerais encore être possédée par le Ravageur ! cria-t-elle.

Comment m'avez-vous retrouvée! Je vous préviens, je ne vous laisserai pas me manipuler pour vous approprier le pouvoir maléfique des objets démoniaques, même si c'est pour les utiliser contre le Ravageur!

Magister demeura un instant silencieux, puis son masque se colora de bleu. Tara savait que cela signifiait que le Sangrave s'amusait. Cela la rendit encore plus furieuse.

— C'est une excellente idée, Damoiselle, j'avoue que je n'y avais pas pensé. Et *nous* vous avons retrouvée grâce à un simple sort Localisatus. En fait, la seule raison de *notre* présence était de vous apporter... cela.

Et, tel un prestidigitateur, il fit un grand geste, laissant apparaître... l'Âme Blanche!

Cal s'approcha des barreaux.

— Ça, par exemple, s'exclama-t-il, mais comment...?

— Je la lui ai apportée, le coupa Maître Dragosh, qui se matérialisa comme une ombre silencieuse derrière Magister, rendant enfin compréhensible l'utilisation du «nous» qui avait intrigué Tara.

— Ça y est, continua-t-il en désignant les escaliers. Tous les gardes sont assommés, nous pouvons y aller.

— Très bien. Délivrons-les. Oh, une petite seconde! ajouta Magister.

Il arrêta le Vampyr alors que celui-ci s'apprêtait à ouvrir les cellules à l'aide des clefs qu'il avait subtilisées aux gardes.

— Votre parole, Damoiselle, que vous ne tenterez rien contre moi tant que nous lutterons ensemble contre le Ravageur.

Tara n'arrivait pas à en croire ses oreilles. Magister se proposait comme... allié?

Cal et Robin étaient tout aussi surpris. Maître Dragosh décida d'éclairer leur lanterne.

— Je n'avais pas le choix, expliqua le Vampyr avec amertume. Le seul qui soit capable de lutter contre le Ravageur, c'est ce *Sangrave*.

Je lui ai fait passer un message, par l'intermédiaire de quelqu'un qui *travaille* pour lui. Nous avons récupéré l'Âme Blanche, mais également ceci.

Et dans sa main, brillant de mille feux, reposaient le bracelet de Tara… et la pierre vivante !

Sa joie de retrouver son amie lumineuse fut immense.

– *Pierre vivante*, dit-elle mentalement, *comment te sens-tu ?*

– *Tara, jolie Tara, gentille Tara. Eu peur, très peur. Mais Vampyr nager, et attraper. Et hop, revenue Tara !*

La pierre vivante ne dit pas à quel point elle s'était sentie perdue quand le Ravageur l'avait arrachée à Tara. En tombant dans l'eau, elle s'était presque résolue à ce que le lac devienne son tombeau pour l'éternité. Tara perçut néanmoins l'angoisse de son amie, et s'appliqua à la réconforter.

Elle dédia son fameux sourire au Vampyr, qui en vacilla un peu.

– Merci, merci, dit-elle avec reconnaissance.

Puis elle se tourna vers Magister.

– Très bien, dit-elle sévèrement, je suis d'accord pour une trêve. Mais à la plus petite sournoiserie de votre part, on vous envoie rejoindre vos ancêtres. C'est clair ?

Magister hocha la tête et son masque se colora de rouge.

Visiblement, il n'aimait pas les menaces.

Eh bien, tant pis.

La commissure gauche du Vampyr se releva, ce qui équivalait à un sourire. Lui non plus n'appréciait pas spécialement Magister. Mieux, pour certaines raisons, il le haïssait bien plus que Tara. Aller le voir pour lui proposer une alliance avait été le pire moment de son existence.

– Nous devons partir très vite, annonça-t-il. Le Ravageur va finir par sentir notre présence.

Il n'y avait aucun autre prisonnier que le roi, la reine, Tara et ses amis. L'ouverture des cellules ne prit qu'un instant. Ils empruntèrent les tunnels du château vivant pour rejoindre la porte dérobée menant à l'extérieur. L'esprit, l'âme… le *truc* qui servait de cerveau au château et lui donnait une conscience n'avait pas été possédé, et il projetait sur leur passage des foules applaudissant en silence, leur souhaitant bon courage et bonne chance.

Une fois dehors, ils n'étaient pas encore à l'abri. Beaucoup des habitants de Travia étaient sous l'emprise du Ravageur et les rares qui ne l'étaient pas encore rasaient les murs en se cachant. Ils firent de même. Galant partait en reconnaissance, leur faisant signe d'avancer dès que la voie était libre.

Tara observait Magister, tentant à tout prix de découvrir qui il était vraiment. Il y avait quelque chose dans l'attitude du Sangrave qui la perturbait fortement. Mais quoi? Soudain, ce fut clair. Le Sangrave avait peur! C'était la première fois depuis longtemps qu'il avait en face de lui un pouvoir bien supérieur au sien. En réalité, il n'était pas uniquement venu les délivrer. Il était venu demander de l'aide. Parfait.

Magister dut sentir le poids du regard de Tara, car il se retourna brusquement.

– Je peux supposer que vous vous retenez très fort, Damoiselle, pour ne pas me carboniser sur place? Croyez-moi, je me retiens aussi pour ne pas vous kidnapper et vous emporter avec moi dans ma nouvelle forteresse, puisque vous avez conquis l'ancienne. Malheureusement, notre ami le Ravageur y poserait bien vite sa patte rouge, alors je crois que nous n'avons pas le choix, nous *devons* coopérer.

Tara plissa les yeux, mais ne répondit rien. Magister attendit un instant sa réponse, puis, constatant qu'elle ne bronchait pas, reprit sa prudente progression.

À la vue de son dos raidi par l'appréhension, Tara sourit. Il devait s'imaginer qu'elle mijotait quelque chose.

Ce en quoi il n'avait pas tout à fait tort.

L'ambassade des gnomes paraissait totalement déserte. Mais

quand Cal s'y introduisit, il tomba très vite sur l'un des deux volontaires restés en arrière-garde.

– Nous devons repartir tout de suite, dit-il.

Le gnome bleu s'inclina.

– Pour quelle destination, sieur?

– De nouveau, la forteresse grise.

– Nous vous accompagnons, proposèrent le roi et la reine, vous aurez besoin de toute l'aide nécessaire pour lutter contre le Ravageur.

– Non, répondit sèchement Magister. Vous devez aller à Omois, prévenir l'imperator et l'impératrice de ce qui se passe ici. Dites-leur de préparer la défense de la planète contre le Ravageur.

– Il a raison, confirma le Vampyr, vous nous serez bien plus utiles là-bas.

– Et si vous n'arrivez pas à le vaincre? demanda la reine avec angoisse.

– Si vous voyez tout le monde devenir rouge autour de vous, ne put s'empêcher d'ironiser Cal, ce ne sera pas des coups de soleil.

– Cal! s'exclama Tara.

– Ben quoi, qu'est-ce que j'ai dit encore?

La reine frissonna puis, à l'exception de Magister et du Vampyr, les serra fort dans ses bras.

La porte expédia les deux souverains à Omois.

Ils se positionnèrent pour partir pour la forteresse grise, changeant préalablement la couleur de leur peau.

Absorbés par la transformation, ils ne virent pas le tentacule soigneusement dissimulé dans le corps du gnome quitter celui-ci pour toucher Robin. De façon presque imperceptible, le demi-elfe se raidit, luttant contre la possession, puis s'affaissa légèrement, vaincu. Le petit gnome soudain totalement pourpre, qui ricanait en les regardant partir, échappa lui aussi à leur attention.

Ils s'attendaient à devoir se battre contre les géants en se matérialisant dans la forteresse grise, mais curieusement, il n'y avait personne.

Ils sortirent très facilement, empruntant le tunnel.

Une fois dehors, Magister fronça les sourcils.

– C'est anormal, observa-t-il, cette Porte de transfert est la seule qui permette d'accéder au centre du pouvoir du Ravageur. Pourquoi n'est-elle pas mieux gardée ?

Cal haussa les épaules.

– Ce gus est en train de conquérir le monde, mon vieux, il n'a pas le temps de s'occuper d'une petite Porte de rien du tout !

– Sieur Dal Salan ?

– Oui ?

– Évitons les familiarités, je vous prie. Je suis Magister, le Maître des Sangraves. «Mon vieux», non. «Maître», ou «Magister», oui.

Cal grimaça sans réagir.

– Et si nous reprenions notre couleur d'origine ? proposa Tara qui préférait laisser le pourpre aux roses.

– Non ! s'écria Robin.

Ils se tournèrent vers lui, surpris par la violence de sa réaction.

– Je veux dire… non, ce n'est pas une bonne idée. Si le Ravageur a réussi à s'emparer des Mangeurs de Boue, autant qu'ils pensent que nous sommes possédés, nous aussi, ça nous évitera d'avoir à les combattre.

Ils convinrent qu'il n'avait pas tort.

– Comment allons-nous nous rendre près de l'île ? demanda Tara.

L'homme masqué se retourna vers elle, et elle maîtrisa de justesse un instinctif mouvement de recul.

– La distance n'est pas très grande. J'ai préparé un Transmitus. Veuillez-vous placer tous en cercle, les Familiers au centre. Vous devez tous vous toucher, s'il vous plaît.

Magister se plaça d'autorité entre Tara et Cal, leur prenant la main. Son gant était si fin que Tara sentait les callosités qui lui parsemaient la paume.

Intéressant… très intéressant.

Ce genre de callosités étaient surtout la marque des guerriers sur ce monde. Le Sangrave était-il un mercenaire? Un combattant?

Tara mit ce nouvel indice dans un coin de son cerveau.

Magister lança son Transmitus, il y eut une intense lumière et la forêt s'effaça. L'instant d'après, ils étaient dans les Marais de la Désolation.

Des Kroa* croassaient avec enthousiasme, d'énormes libellules bleu et vert traquaient des mouches jaunes, des tas de plantes ressemblaient à des insectes et des tas d'insectes ressemblaient à des plantes. La palette des couleurs hésitait entre gris, noir et noir plus foncé. Une odeur nauséabonde d'eau croupie flottait dans l'air. Des serpents d'une taille tout à fait irraisonnable se faufilaient, les Glurps se chamaillaient un morceau non identifiable d'une pauvre bestiole qui avait dû se lever trop tôt, bref, c'étaient bien ces bons vieux marais.

Et il faisait nuit. Pas nuit, genre nuit noire, car les deux lunes d'AutreMonde éclairaient presque comme en plein jour, les éclaboussant de leur lumière argentée. Mais nuit genre il-est-deux-ou-trois-heures-du-matin-et-je-serais-bien-mieux-dans-mon-lit.

Le Ravageur n'avait pas étendu ses pouvoirs sur les Marais, car les Mangeurs de Boue qu'ils aperçurent avaient leur couleur habituelle, taupe écrasée. Tara songea que c'était bien la première fois qu'elle trouvait cette couleur presque *jolie*. Comme quoi, selon les circonstances, les goûts peuvent changer. Et pour le moment, elle avait développé une sérieuse allergie à tout ce qui était *rouge*.

Magister sortit l'Âme Blanche de sa poche, et Cal vit distinctement Robin sursauter. Il fronça les sourcils. Quelque chose n'allait pas. Pas du tout.

Il devait vérifier un truc. Et vite.

– Dites donc, s'exclama-t-il en s'étirant, c'est tout de même drôlement pratique ce système de transport ! Ça nous aurait évité bien des problèmes si on avait connu ça quand on s'est échappés de chez vous la dernière fois.

Le masque de Magister se colora de brun.

– N'en soyez pas si sûr, petit Voleur. Parfois, le Transmitus ne fonctionne pas. Et les arrivées sont, disons… fragmentées.

– Ah bon ? On arrive les uns après les autres, c'est ça ? Ce n'est pas si terrible !

– Pas… exactement, précisa le Sangrave. Les *morceaux* arrivent les uns après les autres.

Cal ne comprit pas tout de suite, puis visualisa la scène.

– Beurk, fit-il.

– Oui, confirma Magister. C'est extrêmement salissant… et c'est la raison pour laquelle je suis prudent avec les Transmitus.

Cal rumina l'information un instant.

– Eh bien, maintenant que nous sommes sains et saufs, et que les Mangeurs de Boue ne sont pas possédés, si nous reprenions tous notre couleur normale, hein ? Moi j'aime pas trop ressembler à une *miam**.

Dans l'esprit de Tara se forma l'image d'une sorte de grosse cerise très rouge. Bien, *miam* égale grosse cerise. Enregistré. Parfois il n'existait pas de termes équivalents entre les langues d'Autre-Monde et le langage terrien, alors le sort lui mettait des images *bizarres* dans la tête.

– Mais pourquoi ? s'exclama immédiatement Robin. Faire de la magie ici risque d'attirer le Ravageur !

Magister intervint.

– Non, le Ravageur n'est pas spécialement sensible à la magie.

À cette nouvelle, ils se transformèrent à nouveau.

Robin eut du mal à retrouver sa peau blanche translucide. Il s'excusa de sa lenteur, sans doute due à la fatigue.

Cal, qui l'avait attentivement surveillé, se détendit. Bon, son soupçon était idiot, mais l'espace d'un instant…

Maintenant qu'ils étaient en possession de l'Âme Blanche, ils devaient être très prudents.

– Je me suis renseigné sur le Ravageur, leur expliqua Magister. Il était l'un des mages qui ont combattu les Démons avec Demiderus. Son véritable nom était Drexus Vlani Gampra. Un jour, une faction de Démons a réussi à franchir les barrières posées par Demiderus et à jeter un sort maléfique sur les mages. Drexus combattait avec sa femme, la belle Deselea. Quand les Démons jetèrent leur sort, les mages qui furent touchés se transformèrent en terrifiants Démons. Deselea et ses enfants furent de ces victimes. Ils commencèrent à massacrer les mages et leurs alliés. Ces derniers n'avaient pas le choix, ils devaient éliminer cette nouvelle menace.

Magister marqua une pause, son auditoire fasciné était suspendu à ses lèvres.

– Drexus supplia Demiderus de ne pas tuer sa femme et ses enfants, il le supplia de lui laisser le temps de trouver une incantation, une potion, quelque chose qui pourrait les sauver. Mais Demiderus n'avait justement pas le temps que demandait Drexus. Grâce à ce sort monstrueux, les Démons étaient en train de gagner. Alors il détruisit Deselea. Après avoir tenté de s'opposer à lui, Drexus disparut. La menace des Démons fut jugulée. Puis une curieuse rumeur commença à courir sur Terre. Un mal insidieux, un mal pourpre s'emparait des femmes et des enfants et les tuait. On appela ce mal la «Peste pourpre». Il n'épargnait que les hommes. Des elfes-chasseurs furent envoyés sur place pour enquêter et très vite, ils découvrirent que Drexus était de retour. Il s'était transformé en Ravageur d'Âme. Puisqu'on lui avait retiré sa raison de vivre, alors il allait faire de même avec les autres.

– Non, demanda Cal, horrifié, vous voulez dire qu'il…

– Oui, confirma Magister. Il tuait les femmes et les enfants. Il en tua des milliers comme cela, se répandant telle une horrible maladie sur la planète entière. Il faillit ainsi éliminer toute la race humaine, car sans femmes, ni enfants, les hommes auraient péri. Les cinq Hauts mages survivants vinrent sur Terre et le traquèrent. Il s'enfuit sur AutreMonde et recommença à tuer. C'est alors que Demiderus lui tendit un piège. Il annonça publiquement qu'il allait se marier. AutreMonde entra en liesse, car il était le grand héros qui avait sauvé l'univers. Il présenta sa future femme et le Ravageur ne résista pas au désir d'assouvir sa vengeance. Malgré toutes les précautions, il réussit à tuer la jeune femme, ce qui déclencha la colère de Demiderus. Son pouvoir, déjà puissant, atteignit une force qu'il n'avait jamais eue.

Cal jeta un coup d'œil à Tara. Elle triturait sa malheureuse mèche blanche, totalement fascinée. Les exploits de son lointain ancêtre la subjuguaient.

Magister continuait, et Cal se concentra.

– À l'époque, le palais Impérial n'existait pas. C'était un simple château que les géants avaient construit pour les humains à la demande des dragons. La colère de Demiderus fut telle qu'elle souffla ce château comme un fétu de paille. On retrouva des débris à plus de dix kilomètres de distance. Autant dire que le Ravageur ne résista pas. Pourtant, à la grande surprise de tout AutreMonde, Demiderus ne le tua pas. Il décida de l'emprisonner sur l'île des Roses Noires, puis passa plusieurs années à mettre au point l'Âme Blanche qui était la seule chose capable de le détruire. Malheureusement, un chevalier terrien réussit à s'introduire sur Autre-Monde et la vola, décidé lui aussi à tuer le Ravageur qui avait détruit sa famille. Il périt avant de poser l'Âme sur l'île, et celle-ci fut perdue pendant bien trop longtemps. Heureusement, vous l'avez retrouvée.

Tara était tracassée par un détail.

– Mais à quoi servent les roses noires exactement? C'est à cause d'elles, apparemment, que Fafnir a été possédée, et pourtant elles paraissaient *défendre* l'île contre toute intrusion.

– Les roses noires étaient les *gardiennes* du Ravageur, expliqua Magister, qui avait l'air décidément très au courant. Il semble qu'elles soient encore conscientes de leur fonction, mais qu'une partie des buissons ait été corrompue par le Ravageur au cours de ces cinq mille ans. Malheureusement pour elles, et pour nous par la même occasion, votre Fafnir a fait sa décoction avec les roses qui étaient justement sous le contrôle du Ravageur. Et l'un d'entre vous a fait pousser ces mêmes roses au point qu'elles ont réussi à contrôler les buissons restés fidèles à leur première mission : empêcher le Ravageur de se libérer.

Robin soupira :

– C'était moi. J'ai utilisé la magie de l'arbre vivant pour faire pousser les roses. Je ne savais pas…

– Il a changé de tactique, apparemment, le coupa Maître Dragosh que le pourquoi du comment n'intéressait pas. Il ne tue plus, il préfère *posséder*.

– Cela revient au même, répondit brutalement Magister qui ne voulait pas que ses alliés aient pitié de leur ennemi. Ses victimes sont des prisonniers, soumis à ses moindres ordres. Qui voudrait vivre en esclavage pour le restant de ses jours ?

– Pas moi, confirma Cal. Bon, alors, si Maître Dragosh est allé vous chercher, c'est qu'il a pensé que vous étiez capable de vaincre le Ravageur. Quel est votre plan ?

– Je n'en ai pas, constata simplement Magister. Je ne m'attendais pas du tout à ce que le Ravageur prenne le pouvoir. En fait, j'ignorais même son existence jusqu'à ce que votre ami Vampyr me contacte. Nous devons donc réfléchir ensemble pour trouver une solution.

– D'après ce que j'ai pu constater, dit Maître Dragosh, vous êtes, vous et Damoiselle Duncan, les plus puissants d'entre nous, même si le pouvoir de Damoiselle Duncan est sujet à… fluctuations.

Tara lui jeta un regard noir. C'est ça, donner des informations à son pire ennemi était une très bonne idée !

Inconscient de sa colère, le Vampyr continua.

— J'ai vu les tentacules du Ravageur attaquer tous ceux qui s'approchent de l'île. Pour s'en protéger, Damoiselle Duncan a créé un bouclier, mais il a fini par céder, pourquoi d'après vous ?

— Les tentacules semblent *boire* le pouvoir, frissonna Tara. Au bout d'un moment, il devient impossible de maintenir le bouclier.

— Mais, intervint Magister, nous pourrions mettre en place un système de boucliers gigognes. Je ferai le premier, par exemple, et Tara en créera un second à l'intérieur. Lorsque le mien cédera, le sien prendra la relève. Quand le sien cédera, j'en créerai un troisième et ainsi de suite jusqu'à ce que nous arrivions au centre de l'île.

— Mmmh, ça pourrait marcher, réfléchit Tara. Il faudrait pour cela que le premier bouclier soit très grand, suffisamment pour nous englober tous les deux. Mais aussi parce que notre espace se rétrécira forcément de plus en plus.

— Vous avez résisté environ une minute avant que votre bouclier ne cède, fit observer le Vampyr. Combien de temps vous faudra-t-il pour arriver jusqu'à l'île ?

— Si les tentacules nous attaquent au-dessus de l'eau, comme la première fois, expliqua Tara, rejoindre l'île ne devrait pas nous prendre plus d'une à deux minutes. La distance à parcourir est courte, mais il faudra lutter et progresser en même temps.

— Et nous ne pouvons pas poser la statuette n'importe où, précisa Magister. Demiderus avait écrit dans ses notes que la statuette devait être placée au *centre* de l'île.

— Oh ? Alors là, c'est plus compliqué. Ça devrait nous prendre, disons… trois à quatre minutes.

— Ce qui signifie que vous devrez créer trois à quatre boucliers. Vous pensez que vous pourrez tenir ?

– N'ayant jamais lutté contre cette chose, répondit Magister, je l'ignore. Mais avons-nous le choix?

– Pas vraiment, non. Mes Vampyrs et moi-même allons lancer une attaque afin de détourner l'attention du Ravageur. Pendant qu'il sera à nos trousses, faufilez-vous aussi près que possible. Nous tâcherons de tenir le temps que vous déposiez la statuette.

– Excusez-moi, intervint Cal, mais quelqu'un a-t-il une idée de ce qui va se passer à ce moment-là?

– Le Ravageur sera détruit! répondit Magister.

– Oui, ça, j'avais compris, répliqua ironiquement Cal. Mais comment? Parce que si ça fait *boum* et que vous êtes dans le coin, vous risquez de faire *boum* avec, non?

Un silence pensif accueillit sa déclaration.

– Oui, admit Magister, je n'avais pas pensé à ça.

– Nous devrons poser l'Âme Blanche et filer le plus vite possible, dit Tara. En renforçant nos boucliers au maximum.

Soudain, Cal sursauta. Robin n'avait pas bronché quand Tara avait dit qu'elle allait risquer sa vie. Alors ça, c'était tout à fait *anormal*. Il respira profondément. Bon. Il avait maintenant la confirmation de son horrible soupçon. Son regard croisa celui du demi-elfe… et celui-ci bondit, le prenant au dépourvu. Sa vitesse surhumaine l'amena contre Magister, à qui il porta un coup terrible. Il attrapa l'Âme Blanche d'une main qu'il avait enveloppée dans du tissu, fit volte-face, et disparut dans les Marais.

Tara comprit immédiatement et réagit.

– Galant! hurla-t-elle, empêche-le de s'enfuir! Le Ravageur l'a possédé! Maître Dragosh, suivez-le!

Elle s'approcha de Magister sans regarder si on lui obéissait. Le Sangrave se tenait la tête avec précaution, ses mains passant curieusement à travers la partie du masque qui n'était qu'une illusion, bien que l'armature soit réelle.

– Mais… mais qu'est-ce qui s'est passé? balbutia-t-il.

— Robin a été possédé, répondit Cal d'une voix sombre. Je suppose que c'est au moment du transfert. Je trouvais aussi que nous nous étions très facilement évadés. Et il n'y avait personne dans la forteresse grise… Vous aviez raison, ce n'était pas normal.

— Ça va aller? demanda Tara au Sangrave encore étourdi.

— Je suis encore capable de me battre, oui, ironisa Magister, inutile de vous inquiéter, mon masque a atténué le coup.

Tara leva les yeux au ciel. Et ravala la réponse cinglante qui lui brûlait les lèvres. Faire preuve de compassion n'était visiblement pas la bonne méthode avec Magister.

— Allez-y, continua le Sangrave, je vous rejoins dès que cette planète arrêtera d'osciller de cette façon.

Ils filèrent sur les traces de Robin. Le demi-elfe s'était enfui à une vitesse hallucinante, mais les ailes de Galant et de la chauve-souris étaient plus rapides. Ils l'avaient rattrapé à peine trois cents mètres plus loin.

Quand Tara et Cal les rejoignirent, des tentacules jaillissaient du corps de Robin, attaquant Galant et le Vampyr. Et la peau du demi-elfe était redevenue totalement pourpre.

Rendus prudents par l'expérience, le pégase et la chauve-souris évitaient les tentacules avec grâce et rapidité. Ils n'arrivaient pas à approcher Robin, mais celui-ci ne pouvait pas leur échapper.

Cal allait se lancer dans la bagarre, quand Tara l'arrêta.

— Attends. J'ai une autre idée, dit-elle en observant la main de l'elfe. Regarde, il s'est enveloppé la main pour ne pas toucher l'Âme Blanche. Qu'est-ce que tu en déduis?

— Qu'il la craint?

— Mmmh, mieux que ça. Je pense que son contact détruira la possession du Ravageur. Tu as vu la direction dans laquelle il s'est enfui?

Cal regarda autour de lui.

— Oh oh, murmura-t-il, à l'opposé de l'île, hein?

– Oui, le tentacule qui le possède ne doit pas avoir de connexion directe avec le Ravageur. Il a dû essayer d'apporter l'Âme Blanche à la forteresse pour passer la Porte de transfert.

Soudain, Robin lâcha l'Âme Blanche, qui tomba par terre, et attrapa son arc.

– Holà, fit Tara en incantant, là ça ne va plus du tout !

Son sort de protection fut plus rapide que les flèches. Galant resta un instant à loucher sur celle qui s'était figée à deux centimètres de sa tête, puis lança un hennissement de remerciement à Tara avant de repartir au combat.

– Cal, dit-elle, essaie de te faufiler jusqu'à Robin et attrape cette statuette. Ensuite, débrouille-toi comme tu veux, mais mets-la en contact avec sa peau !

Cal obéit et incanta un Camouflus qui le rendit quasiment invisible. Il se mit à ramper, et très vite, Tara le perdit de vue.

Robin avait été surpris que sa flèche ne tue pas le pégase. Il tenta d'abattre la chauve-souris, mais ça ne fonctionna pas davantage. Il comprit alors que quelqu'un, probablement Tara, protégeait ses assaillants, et il la chercha du regard.

– *Aïe, aïe, aïe*, songea Tara en se jetant vivement derrière un arbre et cessant quasiment de respirer pour que le demi-elfe ne la voie pas.

Les sens surdéveloppés de Robin la repérèrent presque immédiatement. Oubliant totalement l'Âme Blanche qui gisait par terre, il esquissa un vilain sourire, encocha une flèche, puis se dirigea à pas de loup vers la jeune fille qui ne pouvait plus voir ce qu'il faisait. Galant poussa un hennissement strident, mais les tentacules l'empêchèrent d'avancer.

Soudain l'elfe bondit et plaça sa flèche sous le nez de Tara.

– Morte ! s'écria-t-il.

La légende dit que lorsque l'on va mourir, toute votre vie défile devant vos yeux. Tara n'eut pas le temps de voir quoi que ce soit, car porté par la main invisible de Cal, l'Âme Blanche, surgie de nulle part, se plaqua sur la joue de Robin.

L'effet fut… immédiat. Le demi-elfe n'eut même pas le temps de hurler. Sa bouche s'ouvrit. Tara se jeta vivement à terre, mais il lâcha son arc et la flèche ne partit pas.

L'Âme Blanche avait laissé une marque blanche sur sa joue. Celle-ci s'étendit avec la rapidité de l'éclair, submergeant le pourpre. Très vite, les tentacules noirs devinrent blancs eux aussi, puis disparurent d'un seul coup.

Robin parvint enfin à libérer le cri qui lui encombrait la gorge et s'écroula.

– Super, s'exclama Cal en annulant son Camouflus, ça n'a pas fait *boum*!

Tara se précipita, puis posa la tête du demi-elfe sur ses genoux.

– Ça va, il respire, constata Cal.

L'instant d'après, Galant et la chauve-souris se posaient près d'eux, suivis par Magister qui, encore étourdi, ne marchait pas droit.

– Tout va bien? demanda-t-il en s'appuyant à un arbre, histoire de garder l'équilibre.

Puis, voyant que Robin gisait à terre, il s'exclama:

– Il n'est plus possédé?

– Non, confirma Tara, Cal lui a appliqué l'Âme Blanche sur le visage, et paf! le Ravageur a été immédiatement chassé.

– Alors ça fonctionne, constata le Sangrave d'un ton satisfait. C'est parfait.

Robin ouvrit les yeux. La première chose qu'il vit, ce furent les merveilleuses prunelles bleu marine de Tara. Il se plongea dedans avec délices et murmura:

– Je suis au paradis? Vous êtes un ange?

Tara sourit.

– Heureusement non. Pas du tout pratique, les ailes, pour s'habiller. Comment te sens-tu?

– Comme si un Brrraaa m'était passé dessus. Mais le Ravageur est parti et c'est le principal. Je n'ai fait de mal à personne?

– Tu as juste un peu *assommé* Magister, mais ça c'est pas très grave, répondit suavement le petit Voleur. Nous, on va bien.

Le Sangrave ne réagit pas, mais son masque se colora d'un rouge agacé, ce qui laissait supposer qu'il appréciait assez peu l'humour de Cal.

– Le gnome était possédé, frissonna Robin, encore secoué. C'était un piège, le Ravageur nous a laissé nous échapper afin de découvrir si nous avions retrouvé l'Âme Blanche. Il a compris que nous le repérions à cause de la couleur pourpre. Il a donc évité de colorer la peau du gnome. Dans mon cas, lorsque Cal a demandé à ce que nous redevenions normaux, il a retiré sa couleur de mes mains et de mon visage. Au fait, Cal, comment as-tu deviné que j'étais possédé?

– Je n'en étais pas sûr, avoua Cal. Quand ta peau est redevenue blanche, je dois dire que j'ai été trompé. Ce n'est que lorsque Tara a déclaré qu'elle allait risquer sa vie et que tu n'as pas bronché que j'ai compris.

– Oh! s'exclama Robin qui devint d'un beau rouge tomate quand il croisa le regard malicieux du petit Voleur.

Quand elle vit l'embarras du demi-elfe, Tara décida de ne pas approfondir. Inutile d'accroître la confusion du beau Robin… mais elle se promit intérieurement d'avoir une sérieuse conversation avec Cal, histoire de lui soutirer quelques *informations*.

– Eh bien, bravo, Cal! sourit-elle. Sans toi, on était mal! Bon, je crois que nous savons tous ce que nous avons à faire. Attaquons-nous au Ravageur.

– Ce maudit demi-elfe m'a fracassé la tête, grogna Magister, je ne sais pas si je vais pouvoir me battre dans cet état.

Tara n'arrivait pas à croire qu'elle allait prononcer ces mots, mais elle les dit quand même.

— Je vais vous soigner, venez ici, ordonna-t-elle nerveusement.

Magister releva la tête, la dévisageant à travers son masque, hésitant.

— Oh, ça va, s'agaça Tara, je ne vais pas vous faire de mal. J'ai bien compris l'équation : moi plus vous égale Ravageur *couic*. Alors allons-y.

Magister s'approcha et Tara posa sa main sur le masque, le traversant aisément. Elle sentit un front dégagé et poissé de sang sous ses doigts. Elle incanta rapidement un Reparus puis retira sa main.

Magister hocha précautionneusement la tête. Puis approuva :

— Parfait, Damoiselle, je vous remercie, cela va beaucoup mieux.

— L'entaille était profonde, fit remarquer Tara en s'accroupissant pour nettoyer sa main dans une petite flaque d'eau. Il faudra vous ménager.

— Alors je vous laisse le soin du premier bouclier, proposa Magister en s'inclinant prudemment, histoire de ne pas réveiller sa monstrueuse migraine.

— Robin et moi, on prend la rive est du lac, dit Cal, après avoir dessiné une carte sommaire de l'île et de son environnement. Les Vampyrs prendront la rive ouest. C'est au nord qu'il y a le plus de broussailles, alors vous devriez être à l'abri des regards jusqu'au moment où vous serez au-dessus de l'eau. Avec un peu de chance, les tentacules seront trop occupés avec nous pour se rendre compte que vous les attaquez en même temps.

— Parfait, approuva Tara après avoir attentivement étudié le croquis. Nous monterons Galant, ce qui nous évitera de faire appel à un sort de lévitation. Il peut nous porter sans effort pendant plus d'une heure, alors quelques minutes ne seront rien pour lui.

— Dans ce cas, nous sommes prêts, confirma Magister.

Ils enfourchèrent Galant, qui ne broncha pas sous le double poids. Maître Dragosh se transforma en loup et appela sa meute. Quelques minutes plus tard les loups-Vampyrs firent leur apparition. Si la moitié d'entre eux étaient repartis en Krasalvie afin de prévenir la population du danger qui les menaçait, il en restait encore une dizaine, nombre largement suffisant pour la diversion. Cinq se changèrent en chauves-souris. Ils convinrent que le signal de l'attaque serait le hurlement du loup.

Ils disparurent silencieusement. Le demi-elfe et le petit Voleur ne firent pas plus de bruit. Bientôt, il ne resta que Magister, Tara et Galant.

— Vos amis sont très… *fidèles*, observa le Sangrave.

Allons bon, il voulait discuter maintenant. Elle devait lutter pour ne pas vomir tellement elle avait peur et lui, il voulait papoter. Super.

— C'est normal, répondit-t-elle distraitement en n'ayant qu'une envie, qu'il se taise, ce sont des *amis*.

Magister avait l'air d'avoir du mal à assimiler le concept.

— Ils sont attirés par votre puissance, c'est pour ça qu'ils vous sont fidèles.

Tara se demanda un instant si le Sangrave était idiot ou s'il faisait juste semblant.

— Non. Je ferais la même chose pour n'importe lequel d'entre eux. Pas vous?

— Pardon?

— Si l'un de vos amis était en danger et avait besoin de votre aide, vous ne risqueriez pas votre vie pour lui?

— Bien évidemment, répondit le Sangrave avec arrogance, si cela m'est utile.

Tara soupira.

— Sans que cela vous apporte quoi que ce soit. Vous l'aidez et c'est tout.

Magister rumina l'information.

— Non, admit-il, dans ce cas je n'ai aucune raison de risquer ma vie.

— C'est toute la différence entre vous et moi, conclut la jeune fille. Je ne rends pas service parce que j'attends quelque chose en retour. Je rends service parce que j'aime mes amis. Et l'amour est bien plus puissant que la cupidité.

— Et vous ne m'aimez pas, observa Magister.

— Pas du tout, confirma Tara. Quelles raisons aurais-je de vous aimer ? Vous avez tué mon père, vous avez kidnappé ma mère, me condamnant à vivre sans elle pendant *dix* ans. Et vous cherchez sans cesse à m'enlever, juste pour quelques objets de pouvoir ! Mais vous avez déjà le pouvoir ! Qu'est-ce que vous voulez de plus ?

— Éliminer les dragons, répondit Magister sans hésitation. Et tant que je n'aurai pas le pouvoir suprême, je ne pourrai pas lutter contre eux.

Tara était surprise. Elle n'avait jamais envisagé que Magister puisse vouloir s'emparer du pouvoir démoniaque pour une raison précise.

— Que vous ont-ils fait pour que vous soyez prêt à vous allier aux Démons pour les détruire ? demanda-t-elle.

— Je n'ai pas l'intention de m'allier aux Démons, répondit dédaigneusement Magister. Une fois les objets démoniaques en ma possession, je fermerai définitivement la faille et aucun Démon ne pourra plus revenir dans notre univers. Ce qu'aurait dû faire Demiderus, d'ailleurs.

— Et votre haine des dragons ? insista Tara, d'où vient-elle ? Je les trouve plutôt bienveillants pour les peuples d'AutreMonde.

— Ils nous *contrôlent*, répondit Magister d'une voix crispée. Les humains n'ont pas à être contrôlés et dirigés par des... *lézards* géants sous prétexte d'une bataille entre eux et des Démons. Nous sommes forts, nous n'avons pas besoin d'eux !

Tara n'était pas tout à fait d'accord.

— Mais les dragons ont sauvé notre race, non ? Les Démons

avaient déjà envahi la Terre lorsque les dragons sont intervenus, il me semble.

– C'est justement là où ce n'est pas clair. Il n'est pas mentionné dans les archives si ce sont les Démons qui ont envahi la Terre en premier, ou si ce sont les dragons. Même si la croyance populaire dit que ce sont les Démons, l'histoire peut avoir été réécrite par le vainqueur !

Tara ne comprenait toujours pas la haine de Magister.

– Mais les dragons sont pacifiques et ne réduisent pas les peuples en esclavage comme les Démons ! Bon, admettons que les dragons exercent un « contrôle » sur les peuples d'AutreMonde et de la Terre. Et alors ? Ici, tout le monde vit plutôt heureux, les gens sont libres, les dragons ne demandent rien à personne. En fait, à part Maître Chem, je ne sais même pas s'il y a d'autres dragons dans les Conseils des autres nations.

– À part à Omois, chez les nains et chez les géants, il y a des dragons partout, déclara amèrement Magister.

Tara ouvrait la bouche pour poser une autre question quand soudain retentit le hurlement du loup.

– Allons-y, souffla-t-elle.

Elle activa le bouclier. De l'extérieur, ce fut comme si une main géante venait d'effacer les deux cavaliers et le pégase. Le sort qu'elle avait jeté était un Protectus mélangé à un Camouflus identique à celui utilisé par Cal. Ainsi, ils étaient quasiment invisibles.

Galant s'envola et, en quelques secondes, ils abordaient déjà les rives du lac.

La bataille faisait rage. Les Vampyrs avaient emprunté les radeaux des Mangeurs de Boue, qui utilisaient ces médiocres embarcations pour aller cueillir sur le lac des nénuphars bleus, dont ils adoraient la racine.

Les radeaux avaient été mis à l'eau et, à l'aide d'un sort, avaient été peuplés de silhouettes sombres… dont l'une tenait une statuette blanche ! C'était très malin. Les tentacules avaient immédiatement attaqué les radeaux, évitant cependant soigneusement celui qui hébergeait la statuette factice. Pendant ce temps, Robin et Cal avaient fait de même à l'opposé et les tentacules ne savaient plus où donner de la tête.

Il y avait beaucoup de bruit, d'éclaboussures et de hurlements.

Du coup, Tara, Magister et Galant survolèrent le lac et atteignirent la rive nord de l'île sans avoir été détectés.

Magister sortit l'Âme Blanche de sa poche.

— Nous survolerons le centre de l'île dans une minute, souffla-t-il, tout va bien ?

— Oui, répondit Tara, tant que les tentacules ne touchent pas le bouclier, je peux le maintenir indéfiniment ou presque.

S'ils furent repérés, ce fut tout à fait par hasard. L'un des tentacules filait vers les assaillants, quand il percuta la bulle camouflée. Le Ravageur comprit aussitôt qu'un ennemi invisible s'était faufilé terriblement près.

Immédiatement, une dizaine de tentacules se fixèrent sur le bouclier et Tara se mit à lutter. La pierre vivante associa son formidable pouvoir à celui de la jeune fille. Les tentacules ne tardèrent pas à griller comme des saucisses et se détachèrent. Galant reprit sa progression, battant des ailes à toute vitesse. D'autres tentacules se fixèrent à nouveau sur la paroi et le processus recommença.

Ils avaient sous-estimé la puissance du Ravageur. Les tentacules les immobilisaient, et ils ne progressaient désormais que centimètre par centimètre, quand Tara sentit que son bouclier allait céder sous la pression.

— Maintenant ! hurla-t-elle.

Presque instantanément, Magister créa un bouclier un peu plus petit que le premier. Juste à temps. Celui de Tara céda et les tentacules victorieux se précipitèrent... pour se heurter au second bouclier !

Ils entendirent distinctement le hurlement de rage du Ravageur.

Tara reprit son souffle, coupé par la violence du combat. Magister paraissait endiguer très facilement les attaques des tentacules, mais à ses mains qui se raidissaient et à son corps crispé, elle savait à quel point la réalité était autre.

Enfin, gagnant du terrain petit à petit, malgré les tentacules, ils arrivèrent au-dessus du centre de l'île.

Le magma noirâtre qui comblait le trou avait doublé de volume. Il se boursouflait comme un horrible bouton purulent, d'un pus noir et nauséabond.

– À toi, Tara ! cria soudain Magister.

Tara prit la relève, un peu reposée. Les tentacules étaient comme fous. Ils absorbaient son pouvoir de toute leur force et rester au-dessus de la fosse devint un véritable exploit.

– Alors ? articula Tara entre ses dents serrées par l'effort, qu'est-ce qu'on fait ?

– Annule le bouclier, répondit Magister. Maintenant !

Tara obéit sans réfléchir. Les tentacules se précipitèrent aussitôt sur Magister qui… plongea vers eux, salué par le hurlement d'horreur de Tara. La jeune fille rétablit précipitamment son bouclier, tranchant net les tentacules qui s'accrochaient déjà à Galant. Essayant désespérément de voir ce qui se passait au milieu du bouillonnement furieux entourant le corps presque inerte de Magister, Tara sentait des larmes de désespoir couler sur ses joues.

Le Sangrave ne bougeait plus, totalement impuissant.

Ils avaient perdu.

Galant, qui battait furieusement des ailes, poussa un hennissement strident. Ils ne devaient pas rendre les armes ! Les tentacules les cernaient, pompant le pouvoir de Tara, et celle-ci sentait effectivement ses forces l'abandonner. Si elle avait été seule, sans doute aurait-elle succombé sous le nombre. Mais la nécessité de sauver son pégase fut plus forte que la peur et la douleur. Son puissant bouclier de protection se renforça, tandis que le corps de Magister disparaissait petit à petit au centre de la fosse noirâtre.

Soudain, celui-ci agita un bras, comme un mourant qui se débat une dernière fois, et Tara tressaillit.

Il y avait quelque chose au bout de ce bras.

Quelque chose en forme de statuette!

Paniqués, les tentacules tentèrent de s'écarter, mais il était trop tard. Magister appliqua fermement la statuette contre le magma.

Et l'Âme Blanche entra en contact avec le Ravageur.

Il y eut comme une explosion de lumière et le hurlement de douleur du Ravageur faillit leur briser les tympans.

À une vitesse vertigineuse, les tentacules devinrent blancs, la fosse aussi. Le changement s'appliqua à toute l'île et les roses noires devinrent des roses blanches.

Les tentacules qui cernaient Tara blanchirent, puis disparurent. Le magma blanc s'agita furieusement et l'espace d'un instant, Tara crut que le Ravageur allait réussir à résister au pouvoir de l'Âme Blanche.

Sous ses yeux incrédules, le magma se condensait en deux nuées blafardes qui peu à peu prirent une forme humaine.

Elle jura. À la place d'un seul Ravageur, il y en avait deux maintenant! Tara serra les dents, fermement décidée à lutter, et renforça encore sa bulle.

Soudain, à sa grande frayeur, les deux silhouettes jaillirent du centre de l'île des Roses Blanches. L'une avait revêtu la forme d'une ravissante jeune femme, l'autre d'un sortcelier trapu au regard sombre. Elles se positionnèrent devant Tara.

— Es-tu la responsable de ceci? gronda la silhouette translucide du sortcelier.

Tara hésita un instant, puis répondit sèchement:

— Oui, et je suis prête à vous comb...

— Tous nos remerciements, Damoiselle, l'interrompit alors le sortcelier. Vous venez de faire ce que Demiderus avait commencé à entreprendre il y a des milliers d'années. Je n'avais pas saisi. Maintenant je comprends… et je regrette tout le mal que j'ai fait.

Tara ouvrit de grands yeux, puis devina.

– Vous êtes Drexus, c'est ça? dit-elle, et l'Âme Blanche était…

– Deselea, mon épouse bien-aimée. Demiderus a dû tuer ma femme et mes enfants lors de la bataille contre les Démons. Pour réparer son horrible mais indispensable geste, il a passé des années à essayer de trouver comment nous réunir. L'Âme Blanche n'était pas une arme contre moi. Elle était ma rédemption!

– Tu as toujours été si têtu, soupira Deselea, gentiment. J'ai essayé de communiquer avec toi pendant tout ce temps, prisonnière des Mangeurs de Boue. Mais tu n'écoutais pas!

– Je… sais. Ma haine et ma soif de vengeance étaient trop grandes. Allons-y maintenant. Je ne veux pas rester en ce lieu, qui a vu trop de douleur et de tristesse. Partons, allons retrouver les enfants.

Et, sous les yeux incrédules de Tara et de Galant, les deux silhouettes s'unirent en un étincelant tourbillon et disparurent.

Elle en eut le souffle coupé. Quoi? Toute cette douleur, tous ces morts, cette destruction, cette peur, tout ça pour… rien! Juste un merci et un au revoir! Elle sentit la colère monter, à la mesure de la terreur qu'elle avait éprouvée.

Cal, Blondin et Robin les rejoignirent enfin, accompagnés de Maître Dragosh, toujours chauve-souris.

– Tout va bien, Tara? cria Robin.

– Non, ça ne va pas! répondit la jeune fille encore furieuse. Le Ravageur s'est transformé en fantôme, il a retrouvé sa femme et pouf! Ils ont disparu, vivront ensemble pour l'éternité et auront tout plein de petits fantômes! C'est injuste! Il aurait dû être puni!

Cal la regarda, les yeux écarquillés.

– Euuuh, et comment comptes-tu punir le fantôme? En le tuant?

Tara ouvrit la bouche… et la referma. Flûte, le petit Voleur avait raison. Elle se souvint alors de Magister. Galant se posa et elle courut vers la fosse où le Maître des Sangraves s'était précipité.

Quand elle pencha la tête, elle ne vit qu'un trou vide. Magister avait disparu !

Soudain, elle entendit un cri étranglé derrière elle. Elle se retourna et étouffa une exclamation d'horreur.

Magister se tenait là, et Cal, Blondin, Robin et Galant étaient immobilisés par des espèces de moufles argentées qui emprisonnaient leurs mains et pattes tandis qu'un bâillon tout aussi argenté entourait leurs bouches et museau.

Seul Maître Dragosh avait échappé à l'attaque brutale, en s'envolant brusquement dès que Sangrave avait commencé son incantation.

– Ah ! s'exclama Magister. Maintenant que le Ravageur est hors d'état de nuire, revenons donc à nos affaires. Viens par ici, Tara.

– Vous êtes vivant ! s'écria Tara. J'ai cru que les tentacules avaient eu raison de vous.

– Oh oh, rit Magister, ai-je entendu une pointe de soulagement dans ta voix, chère Tara ? As-tu eu peur pour moi quand j'ai plongé dans le vide ? Me considères-tu comme un… ami ? Si c'est le cas, *amie*, j'aimerais que nous discutions d'un sceptre démoniaque dont j'aurais l'utilité. Mais Ceux-qui-gardent et Ceux-qui-jugent ne veulent pas me laisser passer, ils ne jurent que par toi. Accepterais-tu de me rendre ce… petit service ?

Tara souffla de rage. Magister retournait ses propres arguments contre elle, utilisant le fait qu'il avait risqué sa vie pour les sauver tous. Il éclata de rire devant l'expression de la jeune fille.

– Non, dit-il, je vois bien que ma proposition ne te plaît pas beaucoup. Bon, tant pis, il va donc falloir que nous utilisions la manière forte. Cela dit, pour être franc, tu m'aurais beaucoup déçu si tu avais accepté.

– Alors là, renifla Tara, en essuyant son front couvert de sueur. Aucune chance !

Maître Dragosh se retransforma, puis prit position à côté d'elle, sa haine pour Magister éclatant dans tous ses gestes.

– À nous deux, Sangrave, gronda-t-il. Je vais enfin pouvoir te faire payer ce que tu as fait à ma fiancée.

Tara lui jeta un regard perplexe. Sa *fiancée* ? Qu'est-ce que c'était encore que cette histoire ?

Elle verrait ça plus tard. Pour l'instant, ils avaient une bataille à gagner. Elle se reconcentra sur son ennemi, prête à se battre, mais le Vampyr la prit de vitesse. Il engagea le combat, en projetant un Carbonus sur Magister.

Indéniablement, il était puissant. Mais Magister l'était bien plus. Il se protégea d'un bouclier qui absorba le sort de Maître Dragosh. Puis, voyant que Tara était prête à entrer dans la lutte, il lui envoya un Sismeus, provoquant un miniséisme. Le sol trembla, la déséquilibrant, et faisant dévier la trajectoire du sort qu'elle venait de lancer et qui rata son but. En même temps, de l'autre main, il projeta un Assommus d'une violence inouïe sur le Vampyr…, qui fut littéralement anéanti par le choc. Il s'écroula.

Quand Tara se releva, elle restait le dernier adversaire de Magister.

– Bien, bien, ricana Magister derrière son masque. Nous voilà face à face. Tu as un avantage, Tara, je ne veux pas te tuer.

– Ce qui n'est pas mon cas. Moi, je n'hésiterai pas une seconde, répondit Tara en s'efforçant de dissimuler sa peur.

– Tu es bien sanguinaire pour une si petite fille ! remarqua Magister.

– Non. Je n'ai aucun goût pour les bagarres, assassinats et autres *plaisirs* d'AutreMonde, répondit Tara, un nouveau sort illuminant ses mains. Mais avec vous, je n'ai apparemment pas vraiment le choix.

– Attends, fit Magister, tu ne veux pas savoir, pour *le piège* ?

Chic! il voulait discuter. Tara était toute disposée à *discuter*. Le plus longtemps possible d'ailleurs. Dans sa tête se mélangeaient espoir et terreur. Bon sang, où était la cavalerie? Et le héros musclé censé la sauver, à qui elle pourrait lancer, une fois le méchant vaincu: «Tu es en retard!» et qui répondrait: «Désolé, il y avait des embouteillages!»

Elle baissa un peu les mains et demanda innocemment:

— Quel piège?

— Celui dans lequel vous êtes tombés, toi et le dragon!

Tara avait bien évidemment compris depuis longtemps, mais elle joua le jeu, en priant pour que Maître Chem et les Hauts Mages au grand complet fassent une magique, tonitruante et salvatrice apparition.

— Ben, à partir du moment où nous avions surpris la conversation entre les deux Sangraves, nous nous sommes douté que vous étiez impliqués dans toute cette histoire de procès.

Le Sangrave se raidit, visiblement surpris.

— Quand? gronda-t-il. Où? Quelle conversation?

— Pendant le procès, l'un d'entre vous a lancé un sort sur Manitou pour lire son esprit, non? Et nous en avions déduit que vous vouliez que nous soyons au courant de votre vol programmé du Livre interdit. J'ai trouvé ça un peu compliqué comme plan, pour être franche.

Le masque de Magister se colora d'un orange agacé.

— Je n'ai jamais lancé de sort sur ce stupide chien! explosa-t-il. Et quand je veux voler quelque chose, j'évite d'en informer le propriétaire, figure-toi! J'ai ensorcelé les parents de Brandis pour te faire venir sur AutreMonde et bloquer le vieux dragon à Omois. J'avais prévu de tuer moi-même Bandiou, qui prenait trop de pouvoir au sein des Sangraves, et de te faire accuser, puis de t'enlever après avoir volé le livre. Je vais retrouver ces deux Sangraves et leur faire passer le goût de discuter de mes plans devant tout le monde!

— Oh! fit Tara, qui était authentiquement surprise. Alors, c'était une coïncidence! Ça, c'est incroyable! Si Manitou n'était pas sorti de la salle...

— Vous n'auriez pas su que j'étais derrière cette histoire et fait évader le petit Voleur, continua Magister, vous n'auriez pas pu m'échapper. Malheureusement, vous avez mystérieusement disparu avant que je puisse intervenir. Après cela, mes espions vous ont retrouvés au Lancovit, mais vous y êtes restés trop peu de temps. J'ai appris ensuite avec plaisir que Bandiou avait eu un accident... mortel. Dont je vous remercie, car je suppose que vous en êtes responsable?

Tara inclina la tête, se souvenant avec un frisson de l'horrible sortcelier.

— Bien, je m'en doutais. Je vous remercie donc de m'avoir débarrassé de ce gêneur. Puis le Ravageur est intervenu et nos... petites affaires n'ont plus eu autant d'importance.

Tara sentit qu'il arrivait au bout de son discours. Elle réactiva son pouvoir. Bon, puisque personne ne se décidait à lui donner un coup de main, elle allait devoir se débrouiller toute seule.

Magister fit une dernière tentative.

— Tara, nous avons formé une formidable équipe lors du combat contre le Ravageur. Nous pouvons travailler ensemble! Je t'en prie, ne m'oblige pas à te contraindre, cela m'est vraiment pénible.

Tara savait que Magister disait la vérité. Il avait besoin d'elle vivante et en bonne santé. Elle soupira.

— Je suis désolée. Jamais je ne m'allierai à vous.

— Ne dis jamais «jamais», dit Magister. Alors, tant pis, je...

Tara ne lui laissa pas le temps de terminer sa phrase. Elle activa un terrible Destructus.

Magister ne fut pas en reste, ses mains s'illuminèrent de rouge et il activa un Defendus. Un intense bouclier apparut devant lui

Les deux sorts jetés au même moment se heurtèrent avec un bruit formidable. Chacun s'était magiquement ancré dans le sol de l'île pour pouvoir résister, mais la puissance du choc les ébranla tous les deux.

— Arrête, Tara ! cria Magister, je ne veux pas te faire de mal ! Si tu viens avec moi, je pourrai faire de toi un être d'une puissance inouïe ! Tu aurais le pouvoir !

— Mais j'ai *déjà* le pouvoir, rétorqua Tara, secouant la tête pour chasser la sueur qui coulait dans ses yeux. Et d'ailleurs, il est temps que vous y goûtiez, à ce fameux *pouvoir* !

La jeune fille prit une grande inspiration. Elle n'avait jamais vraiment laissé libre cours à sa puissance. Dans son esprit, toujours, avait flotté la peur de faire du mal à sa grand-mère.

Mais plus maintenant.

Ses yeux devinrent totalement bleus sous l'afflux d'énergie, sa mèche blanche se mit à flamboyer et son terrifiant rayon de lumière bleue martela le bouclier rouge de Magister. Celui-ci réalisa soudain que la jeune fille allait peut-être le vaincre.

Ce qui signifiait la mort.

Il lança alors une incantation qu'il s'était juré de ne pas utiliser. Celle qui le mettait au service du roi des Limbes pendant *un an* de sa vie. Celle qu'il avait obtenue en mettant son âme en danger.. enfin, pour autant qu'il ait encore une âme négociable !

Son bouclier se nimba de noir et en son cœur un monstrueux rayon surgit, qui, lentement, implacablement, repoussa la lumière pure de Tara.

Sans cesser de maintenir la pression, Tara accomplit alors l'impossible.

Elle se transforma.

À sa place apparut le magnifique dragon doré, la pierre vivante sur son front, émettant la lumière bleue qui continuait inlassablement à attaquer Magister.

— Ah, ah ! ricana le Sangrave. Un dragon ! Soit, allons-y pour un dragon !

Bataille de dragons

Et l'instant d'après, un terrifiant dragon noir surgissait devant Tara, rugissant de haine, crachant le feu de l'enfer.

Soudain, Tara rompit l'engagement. Elle bondit en l'air si brutalement que le jet brûlant passa derrière elle, détruisant des buissons de roses blanches, une partie de l'île, et vaporisant l'eau si violemment que les Glurps se retrouvèrent à nager dans le vide.

Tara cria :

– Nous sommes de puissance égale! Puisque tu ne veux pas me tuer, affronte-moi en combat singulier, sans magie, si tu en as le courage.

Le dragon noir passa une langue rouge sur ses crocs.

– Avec ou sans magie, tu ne fais pas le poids, petite. Mais si ça t'amuse, voyons un peu ce que tu vaux!

S'il y avait quelque chose dont Tara avait horreur, c'était bien qu'on l'appelle «petite».

Elle étudia attentivement le dragon noir.

Il était plus gros qu'elle. Mais Tara avait un avantage sur Magister. Sur Terre, elle avait eu l'occasion de voir des combats de sumos. Elle avait été fascinée par la grâce, l'agilité et la rapidité de ces masses de muscles et de graisse. Et avait constaté à plusieurs reprises que le plus petit n'était pas forcément désavantagé s'il avait la masse pour lui.

Alors, plutôt que de grossir, elle accrut sa masse, mobilisant toutes ses ressources. Le grand dragon noir vit bien qu'il y avait quelque chose de bizarre quand le sol sous Tara s'affaissa sous son poids soudain. Mais il ne réalisa ce que cela signifiait que trop tard. Tara fonça sur Magister comme un missile doré, puis, à la dernière seconde, baissa la tête et lui rentra dans l'estomac.

Le grand dragon noir émit un «whouffff», tout l'air fut chassé de ses poumons et, incapable de répliquer, il fut projeté à une dizaine de mètres en arrière, à moitié inconscient. Il eut cependant le réflexe d'activer un sort de défense qui absorberait toute agression le temps qu'il se remette.

Tara n'essaya même pas de l'attaquer.

Elle venait d'obtenir les quelques secondes dont elle avait besoin.

Elle fit ce que les sortceliers ne faisaient jamais. Elle fit ce que Magister n'aurait jamais pu imaginer.

— *Bond, James Bond*, hurla-t-elle, espérant que Cal comprendrait.

Puis, profitant de la semi-inconscience de son adversaire, elle libéra son pouvoir, totalement, et le projeta sur Cal, qu'il investit avec une violence et une puissance qui laissèrent le garçon sans voix. Les liens magiques qui entravaient ses mouvements explosèrent sous le choc et il se transforma instantanément en Cal le splendide. Bizarrement, Blondin retrouva simultanément son corps d'énorme lion rouge.

Ce fut si complet que la jeune fille fut incapable d'arrêter l'hémorragie qu'elle avait provoquée.

Elle perdit sa forme de dragon. Devant elle, l'image de Magister qui se relevait en rugissant de rage vacillait, imprécise.

Utilisant ses dernières forces, elle lança un Destructus.

Quand le grand dragon noir bloqua le sort, il ricana :

— Allons bon. C'est tout ce que tu peux faire ? Ce sort est si faible qu'un enfant le détournerait avec le petit doigt. T'avoues-tu vaincue ? Abandonnes-tu ?

Tara le fusilla du regard.

— Même pas en rêve ! articula-t-elle avec effort.

Puis, avec une gracieuse lenteur, elle s'effondra.

Magister contempla le corps inanimé, sans comprendre.

Aussi quand Cal, armé du pouvoir de Tara, l'attaqua, il n'était absolument pas prêt.

Le sort l'atteignit, transperça ses défenses comme du papier et souffla sa conscience. Comme Tara, mais nettement moins gracieusement, il s'écroula, sa chute brutale ébranlant le sol de l'île.

Cal retira le bâillon de son ami

— Bravo, cria Robin. Tu l'as tué !

– Ben, j'en suis pas si sûr que ça, maugréa Cal, je vais lui en coller une autre dose, histoire qu'on soit tranquilles.

Mais Robin venait de réaliser que Tara gisait toujours au sol, inanimée.

– Tara est blessée, hurla-t-il avec angoisse, vite, Cal, fais quelque chose !

Cal incanta rapidement, ce qui fit exploser les liens de son ami et ceux du pégase. Puis il se retourna vers Tara, auprès de qui Robin se précipitait, et lança un sort de guérison.

– Par le Reparus que le souffle de vie investisse Tara maintenant et sans ennui !

Le sort bondit, englobant tout l'espace devant lui. Il frappa Tara, Robin, qui la tenait dans ses bras, puis les roses blanches, puis l'eau, puis les terriers des Mangeurs de Boue sur la rive, puis les Marais… et c'est là qu'ils le perdirent de vue. Les buissons malmenés resplendirent soudain de santé, les Glurps à moitié cuits retrouvèrent leurs écailles vertes et brunes et Tara prit une longue et tremblante inspiration.

– Oups ! constata Cal, surpris. Dis donc, il est pas facile à contrôler, son pouvoir. Regarde-moi ça, le Reparus a dû toucher la *moitié* du continent.

– Peut-être pas autant ! sourit faiblement Tara qui reprenait conscience, mais merci de m'avoir ranimée, mon cœur n'arrivait plus à battre et la pierre vivante commençait à flancher. Elle vous remercie d'ailleurs. Ça a marché ?

– Bon sang, Tara, récrimina Cal, la prochaine fois, explique-moi ton plan avant de faire des choses pareilles ! Heureusement que j'ai compris ce que tu voulais faire ! Aussi quand tu as crié «Bond !», j'étais prêt à recevoir ta magie, sans quoi ç'aurait été une catastrophe. Et oui, ça a marché. On a éliminé ce fichu Sangrave avant qu'il ait eu le temps de dire ouf !

Tara eut un éclatant sourire.

– Alors, ça valait le coup, souffla-t-elle.

Puis elle s'évanouit de nouveau. Robin palpa son pouls, mais il était fort et régulier. Elle avait simplement besoin de repos. Soulagé, il sourit à Cal.

– Oh là là ! s'exclama-t-il, ton corps ? tu…

– Oui, je sais, répondit Cal avec résignation. Quand elle a crié « Bond », l'image s'est imposée dans mon esprit et paf ! ça m'a retransformé. Et avec la dose de magie qu'elle m'a collée, ça risque de durer encore un bon bout de temps ! Moi je te le dis, quelqu'un m'en veut quelque part. Ce n'est pas possible autrement !

Robin ne put s'empêcher de rire devant le désespoir comique de son ami.

– Bon, se reprit Cal, occupons-nous un peu de l'autre abruti maintenant.

Ils se retournèrent vers le dragon noir immobile… et ils sursautèrent. Le corps de Magister s'élevait dans les airs ! Cal activa le pouvoir de Tara, prêt à frapper de nouveau, quand il comprit que Magister n'était pas conscient, mais soulevé par une force invisible. Avant que, stupéfait, il ait le temps d'incanter, il y eut un bruit de déchirure, deux immenses pattes griffues surgirent du néant, saisirent le corps du dragon noir et disparurent !

– Mince, balbutia Cal, c'était quoi ce truc-là ! T'as vu les pattes *monstrueuses* qui l'ont attrapé ?

– La seule fois où j'ai vu ça, répondit Robin en fronçant les sourcils, c'est lorsqu'un mauvais sortcelier a utilisé un sort contre nos elfes-chasseurs. Un sort qu'il avait obtenu du roi des Démons. Mon père est parvenu à le vaincre et à l'assommer. Mais deux pattes griffues comme celles-ci s'en sont emparées et il nous a été impossible de le retrouver. Par la suite, des… rumeurs ont couru à son sujet. Des Effrits nous ont dit qu'il était esclave au royaume des Limbes. Pour l'éternité. Il avait mis sa vie en gage pour obtenir le sort. Et je crois bien que Magister a fait la même chose !

– Brrr, frissonna Cal, je ne veux pas connaître les détails. Qu'il soit mort ou esclave dans les Limbes, le principal c'est qu'on en soit débarrassés.

– Tu as raison, opina Robin. En attendant, il faut nous occuper de Tara. Et vite.

– Pas de problème, sourit Cal avec une certaine satisfaction. Je vais me transformer en *dragon* à mon tour et vous transporter jusqu'à la forteresse !

Robin ne put s'empêcher de gémir.

– En pégase, c'est bien aussi, proposa-t-il avec espoir.

– Nan, ça vole pas assez vite, répondit Cal, s'attirant un regard noir de Galant.

Robin cherchait désespérément d'autres arguments pour le convaincre, quand une voix grave les fit sursauter.

– Ouch, ma tête ! Tout… tout va bien ? Où est Magister ? Et Tara ?

Ils avaient oublié le Vampyr ! Celui-ci se relevait, encore groggy.

– Tara va bien, enfin… elle est *un peu* évanouie et c'est moi qui ai son pouvoir, mais à part ça, tout baigne, répondit Cal. Et Magister est soit mort et dans les Limbes, soit vivant et dans les Limbes. Pour le moment, nous ne sommes pas sûrs. Évidemment, on espère que la première version est la bonne.

Cette fois-ci, si le Vampyr grimaça, ce ne fut pas uniquement à cause de son mal de tête.

– Alors le maudit a encore réussi à s'échapper !

– Bon, on va pas se lamenter pour ça, reprit Cal un peu agacé. Pour le moment, ce que je voudrais, c'est me débarrasser du pouvoir de Tara. Ou plutôt le lui rendre. Et retrouver mon corps normal, ouais, ça, ce serait super. Je ne me souviens même plus à quoi je ressemble vraiment !

– Elle vous a transféré son pouvoir de sortcelière, c'est ça ? demanda Maître Dragosh très étonné. Ce n'est pas courant. Et vous savez comment procéder dans l'autre sens ?

– Euuuuh, pas exactement, non.

– Maître, insista Robin, pour notre sécurité à tous, voire celle de cette *planète*, il faut que vous enleviez ce pouvoir à Cal. Je ne garantis pas ce qui risque d'arriver la prochaine fois qu'il l'utilisera! Il doit en être débarrassé. Maintenant!

– C'est impossible. Ce pouvoir est effrayant pour une si jeune fille. Je vais avoir besoin de Maître Chem pour m'aider à le canaliser. Cal ne peut le lui retourner aussi simplement. Il risque de le disperser dans toute la nature si ça se passe mal, et elle en mourrait... Retournons au Lancovit.

Et, sans attendre que Cal approuve, il se changea en chauve-souris.

Robin attendit, un peu inquiet, que Cal se transforme en dragon.

Au début, tout se passa plutôt bien. Le magnifique sortcelier prit en un tournemain l'apparence d'un... magnifique dragon. Rouge et or. Très élégant et assorti à la couleur de son Familier.

Puis il voulut miniaturiser Blondin afin qu'il prenne moins de place dans la nacelle.

– Par le Miniaturus, incanta-t-il de sa grosse voix de dragon, que le Familier réduise et que je le promène à ma guise.

L'instant d'après, Robin, très surpris, se retrouva dans une forêt de... gazon, le Vampyr avait la taille d'un papillon, et essayait désespérément d'échapper à une Kroa qui le prenait pour son dîner, et les petits buissons tout autour agitaient furieusement leurs minuscules roses blanches. Blondin poussa un tout petit rugissement d'indignation.

– Oups, fit Cal un peu ennuyé. Euuuuh... Par le Normalus je te rends ta taille, car pour nous deux il n'y a qu'elle qui t'aille!

D'un coup, la Kroa se retrouva avec une énorme chauve-souris dans la gueule, qui la regardait avec une certaine rancune. Elle la recracha et, voyant que, furieuse, elle lui fonçait dessus, plongea prudemment dans l'eau. Robin, ainsi que le reste de l'île, reprirent leur taille normale.

La chauve-souris ne dit rien, mais on sentit un net agacement dans son sifflement.

Robin se chargea donc de l'opération miniaturisation. Il créa aussi la nacelle et y transporta Tara, ainsi que Blondin. Robin les cala solidement et ils partirent, précédés de Galant.

Cal, attentif, les secoua à peine au décollage. Il avait bien observé les manœuvres de Tara, et mania ses immenses ailes avec efficacité. Une fois en l'air, il prit la direction de la forteresse grise. Il faisait encore sombre et Robin suggéra de prendre de l'altitude, histoire de ne pas se prendre une montagne dans la figure.

Puis le soleil se leva.

Cal baissa la tête, émerveillé par la beauté d'AutreMonde émergeant lentement de l'ombre.

Grosse erreur.

Sans prévenir, un terrible vertige le saisit. Son vol harmonieux devint chaotique, il se mit à ramer avec les jambes au lieu d'agiter lentement les ailes, déséquilibrant la nacelle.

— Eh! cria Robin, mais qu'est-ce que tu fiches?

— J'ai… j'ai mal au cœur, gémit Cal. J'ai peur de tomber!

— Tu ne peux pas tomber, hurla Robin, tu es un dragon, tu as des ailes!

— Mais le sol m'attire, je tombe!

— Non, pas du tout, cria Robin, tu ne tombes pas *du tout*. Regarde en l'air, regarde où tu veux, mais pas en bas!

Mais Cal ne regardait qu'en bas. Son long cou suivait sa tête, et bêtement le reste faisait de même.

Le résultat logique en était qu'ils tombaient bel et bien. Cal n'activait ses ailes que pour planer, trop occupé à lutter contre son vertige pour les agiter. Il parvenait ainsi à ralentir sa chute, sans pour autant l'arrêter.

La chauve-souris ne pouvait pas parler, mais il était clair qu'elle était perturbée par le comportement du dragon.

– Galant ! hurla Robin, ici, vite !

Galant, un peu surpris, et se demandant visiblement pourquoi Cal fonçait droit sur la forêt, se positionna à côté de lui.

– Prends Tara et Blondin, cria Robin, moi je m'occupe de Cal !

Il fit aussitôt flotter Tara et le Familier jusqu'au dos robuste du pégase qui reçut ces poids supplémentaires sans broncher.

Au moment où le dragon rouge toucha terre, enfin plus précisément *s'écrasa* bruyamment dans la forêt, Robin lança un sort d'amortissement pour le protéger puis activa un Levitus pour lui-même.

Si le sort évita à Cal de rompre son long cou de dragon, la forêt, elle, fut dévastée sur une longueur de trois cents mètres.

– Aïe, aïe, aïe, gémit Cal en se tenant le museau dans les pattes et en louchant fortement, mais qu'est-ce qui s'est passé ?

Robin était tellement en colère qu'il n'arrivait plus à articuler. Il se contentait de planer, Galant à ses côtés, dévisageant Cal d'un regard noir.

– Tu sais combien de temps il faut à ces arbres pour pousser ? finit-il par hurler. Bougre d'imbécile ! Je t'ai *dit* de ne pas regarder en bas.

Cal hocha sa tête de dragon, encore groggy.

– Tout à l'heure, quand j'ai commencé à descendre, cette forêt n'était pas là !

– Elle est là depuis cinq millions d'années, hurla Robin, fou de rage. Crois-moi, elle n'est pas apparue d'un seul coup ! Mais tu es descendu en *planant*, alors au lieu de te poser dans la plaine, tu as obliqué vers la forêt. Je t'avais dit de ne pas regarder en bas !

– Ça va, ça va, pas la peine de répéter quinze fois la même chose, j'ai compris. Ne pas regarder en bas quand on vole et qu'on a le vertige, grogna Cal… qui changea de sujet très vite, histoire que son ami arrête de lui crier dessus. Tara va bien ?

— Mieux que cette forêt! gronda le demi-elfe, encore ulcéré par la destruction des arbres. Elle est avec Blondin sur le dos de Galant. Écoute, Cal, je peux comprendre que posséder le pouvoir de Tara est... *grisant*. Mais tu es un peu *dangereux* en dragon. Alors si ça ne t'ennuie pas, on va continuer, toi, moi et Blondin, *à pied*. Tara et Galant iront directement à la forteresse grise. Nous les y rejoindrons.

— Ça va, répondit Cal en se tâtant précautionneusement le museau. Je crois que j'ai compris le coup. Je *peux* y arriver.

— Je ne veux pas courir le risque, riposta Robin, têtu.

— Mais nous devons nous rendre le plus vite possible au Lancovit! répliqua astucieusement Cal. Puisque c'est moi qui ai le pouvoir de Tara, Maître Chem et Maître Dragosh vont avoir besoin de moi pour le lui rendre!

Puis il révéla soudain la véritable raison de son entêtement.

— Et puis je n'ai pas envie de marcher pendant toute une journée!

— Oh, mais moi, j'en ai justement très envie! répondit le demi-elfe. D'ailleurs, je pense que je vais commencer tout de suite.

Cessant de léviter, il se posa gracieusement et, tournant résolument le dos à son ami, il se dirigea vers l'orée du bois, en direction de la forteresse grise.

Cal le regardait s'éloigner avec agacement en reniflant pensivement une petite fleur qu'il avait cueillie quand soudain il sentit un terrible éternuement monter dans son museau. Horrifié, il fixa la petite fleur blanche. Mince, une Tatchoum*! Leurs graines étaient utilisées comme poivre sur AutreMonde. Il ouvrit la bouche pour prévenir Robin, mais trop tard.

L'instant d'après, son souffle brûlant ratait son ami d'une petite dizaine de centimètres, le faisant plonger à terre, et grillant les arbres qui avaient réussi à survivre à l'atterrissage de Cal.

— Par mes ancêtres, hurla Robin en se retournant brusquement, son sang de demi-elfe bouillant dans ses veines, mais qu'est-ce que tu fais!

— Oups, pardon, s'excusa Cal. J'ai juste éternué. Finalement, je crois que je… je vais choisir une autre forme. Celle-ci est un peu trop… incontrôlable.

Robin se releva et incanta rapidement, tendant le doigt vers la forêt en flammes.

— Par l'Ondoyus que l'onde à ma voix tout cet incendie noie!

Immédiatement, une trombe d'eau éteignit l'incendie.

— Cal, siffla Robin entre ses dents, si tu ne sors pas tout de suite de cette forêt, je te jure que Magister aura l'air d'un enfant de chœur à côté de ce que je vais te faire.

— Bon, bon, maugréa Cal, ça va, je me transforme. Oh là là, qu'est-ce que tu peux être rabat-joie!

— Attends une seconde! lança Robin.

— Quoi? Faudrait savoir ce que tu veux!

— La nacelle doit bien peser une petite centaine de kilos. Ton corps en fait combien, soixante? Tu tiens absolument à te faire écraser?

Cal lui jeta un regard noir et le laissa retirer la nacelle. Puis il reprit sa forme humaine.

Il y eut un *pouf* et il… disparut!

Robin le cherchait partout du regard quand il entendit une petite voix grésillante.

— Euuuh, zzze crois que zzz'ai un peu raté mon coup!

— Cal? Où es-tu?

Une bizzz tournoyait autour de lui, agaçante, et il la chassa de la main.

— Arrête d'azzziter ta main comme zzza, grésilla la voix, tu vas finir par m'écrazzzer!

Robin écarquilla les yeux.

— Cal? c'est toi?

– Zzze… zzze ne zzzais pas ce qui s'est pazzzé! balbutia la petite voix. Zzz'allais me tranzzzformer, une bizzz est pazzzée dans mon champ de vision, et paf! zzz'ai soudain eu une grozzze envie de pollen. Dis donc, zzze commenzzze à comprendre zzze que voulait dire Tara à propos de zzzon pouvoir.

– Cal, soupira Robin, tu veux bien reprendre ta forme humaine, s'il te plaît? Nous allons trouver une idée pour arriver au plus vite à la forteresse, je te le promets.

Un tout petit *pouf* retentit et Cal réapparut, drapé dans toute sa splendeur.

– Oh là, gémit-il en se tenant la tête, ça fait mal! Mais comment fait Tara? Je jure de ne plus utiliser sa magie, elle est trop imprévisible.

– Parfait, approuva Robin du fond du cœur. *Excellente* initiative. Bon, allons-y, nous avons une bonne journée de marche devant nous.

– Mais tu as dit que tu allais trouver une solution pour aller plus vite! s'écria Cal.

– J'ai *menti*! répondit sobrement le demi-elfe en se dirigeant d'un pas ferme vers l'orée de la pauvre forêt. Je vais demander à Maître Dragosh de partir en avant avec Galant et Tara, et nous les rejoindrons plus tard. Elle peut sans dommage attendre quelques heures avant de récupérer son pouvoir. Et ce sera moins dangereux pour *ce monde* que de te laisser l'utiliser!

L'ex-petit Voleur en resta un instant sans voix.

– Quoi? hurla-t-il en courant après Robin. Tu as menti! Mais tu n'as pas le droit!

– Et pourquoi? demanda le demi-elfe en haussant les épaules. Tu le fais bien tout le temps, toi.

– Ce n'est pas une raison! s'énerva Cal. On ne ment pas à ses amis! Et puis pense un peu à Tara! Imagine qu'elle reste handicapée à vie parce que nous ne nous sommes pas pressés? Imagine qu'elle ne puisse plus utiliser son pouvoir?

Puis il assena son argument massue, baissant la voix pour accentuer l'effet dramatique.

– Pire, chuchota-t-il, imagine que je ne puisse plus le lui rendre et que je le garde pour la vie !

Le demi-elfe s'arrêta net, frissonnant tout à coup.

– Non ! s'exclama-t-il. Ce monde n'y résisterait pas ! Écoute, voilà ce que je te propose. Tara utilise souvent la pierre vivante pour contrôler sa puissance. La première fois qu'elles ont fusionné, la pierre a pris le dessus sur l'esprit de Tara et elle l'a submergée… jusqu'au moment où Tara s'est réveillée…

– Et a failli nous tuer. Oui, répondit Cal, d'une voix ironique, je me rappelle très bien ce moment palpitant où elle a repris ses esprits à *deux mille mètres* d'altitude. Avec nous sur le dos.

Robin sourit.

– Tu as le vertige, soit. Mais si la pierre vivante te contrôle…

– Alors je ne me rendrai pas compte de ce qui se passe, ce sera la pierre qui volera pour nous deux. Parfait, ça c'est une excellente idée. Allons-y.

Précautionneusement, ils prirent la pierre vivante dans la poche de Tara. Robin et la jeune sortcelière avaient taillé ensemble le quartz vivant dont elle était issue pour le transformer en une boule de cristal luminescente, s'attirant ainsi sa reconnaissance. La pierre vivante aimait bien Robin. Il espérait donc qu'elle lui répondrait.

– Pierre vivante ? interrogea-t-il, peux-tu m'entendre et me répondre ?

– Gentil Robin, joli Robin a de moi besoin ? demanda poliment la pierre lumineuse en projetant son halo sur le demi-elfe.

Ouf, elle le reconnaissait. Robin lui résuma brièvement la situation et ce qu'il attendait d'elle. La pierre comprit très bien. Si son vocabulaire était un peu limité, sa compréhension ne l'était pas tant que ça… même si elle avait parfois un peu tendance à… interpréter à sa façon ce que lui demandait Tara. Avant que Cal n'ait le temps de réaliser, il était de nouveau dans son corps de dragon, la pierre vivante enchâssée dans son front.

Robin fixa à nouveau la nacelle sur son dos, mais laissa Tara et Blondin sur Galant, le temps de voir si Cal maîtrisait *et* son décollage, *et* son vertige. Ils parcoururent quelques centaines de mètres, le temps de trouver un endroit dégagé pour le décollage. Bon, au moins ils s'étaient suffisamment éloignés de la forêt pour l'épargner en cas de… *dérapage*. Robin, malgré sa fatigue, prudent, se remit en lévitation, observant Cal commencer à agiter ses ailes immenses.

Avec l'aide de la pierre vivante, il opéra un décollage parfait. Comme s'ils avaient eu des ailes depuis toujours. Une fois en l'air, ils se positionnèrent à côté de Robin.

– Cal? demanda celui-ci avec méfiance, tout va bien?

– Nous allons bien, répondit Cal d'une voix mélodieuse, curieux mélange entre sa voix de dragon et celle de la pierre vivante. Nous n'avons pas peur et nous *aimons* voler.

– Parfait! approuva Robin avec satisfaction. Alors je propose que nous volions suffisamment haut pour avoir le temps de réagir s'il y a un problème. Puis-je revenir sur ton dos?

– Allez-y, demi-elfe, ami de Tara, vous êtes le bienvenu!

Robin s'installa précautionneusement dans la nacelle, puis récupéra Tara et Blondin.

Le vol fut d'une douceur veloutée. En deux heures, ils étaient déjà en vue de la forteresse grise. Ils se posèrent, puis attendirent Galant et Maître Dragosh, qui n'avaient pu suivre le rythme… mais avaient prudemment décliné la proposition de la pierre vivante de les prendre aussi sur son dos.

Les guetteurs les avaient vus arriver. Une vigoureuse sonnerie de trompe les accueillit et… Maître Chem, le roi Bear et la reine Titania, la moitié de la Cour du Lancovit ainsi que tous leurs amis sortirent de la forteresse! Ils venaient visiblement d'emprunter la Porte de transfert de la forteresse grise.

– Bravo! bravo! criait Maître Chem, complètement déchaîné, bravo, ils nous ont sauvés! Bravo!

– Hourra, hurlait Fafnir de toute la force de ses poumons, ce qui n'était pas rien. Hourra!

Les courtisans se mirent à applaudir, à frapper du sabot, à hennir ou grogner, bref à faire un boucan épouvantable.

Un peu étonné par cette ovation délirante, Robin mit pied à terre, portant Tara toujours évanouie.

Avec un cri d'angoisse étranglé, Maître Chem se précipita vers lui.

– Tara! Est-elle...

Il ne voulait pas prononcer le mot terrible.

– Morte? sourit Robin. Non. Juste épuisée.

Il parvint à rester debout quand ses amis se jetèrent sur lui pour l'embrasser, quoique la solide tape dans le dos de Fafnir ait bien failli le jeter par terre.

– Pourquoi Tara est-elle évanouie? demanda la naine, inquiète.

Robin désigna de la tête le magnifique dragon rouge et or derrière lui.

– Tara a donné tout son pouvoir à Cal pour l'aider à vaincre Magister.

– Magister? (Maître Chem fronça les sourcils.) Mais qu'est-ce que Magister vient faire là-dedans. Vous n'avez pas lutté contre le Ravageur?

– Oh! mais si, Maître, expliqua Cal de sa profonde voix de dragon, mais c'est Magister qui en est venu à bout!

Maître Chem écarquilla les yeux, imité par Manitou, Fafnir, Moineau et Fabrice.

– Bon, dit-il. Je crois que nous avons beaucoup de choses à nous raconter, entrons dans la forteresse, nous y serons plus à l'aise.

– Attendez, dit Robin, il manque encore...

Soudain un claquement d'ailes retentit, l'interrompant, et la chauve-souris et le pégase se posèrent à leur tour, épuisés d'avoir volé aussi vite.

Maître Dragosh se transforma, ne bronchant pas quand deux gardes, l'ayant reconnu, l'encadrèrent immédiatement.

Robin tenta de plaider sa cause.

– Je sais que Maître Dragosh s'est évadé de la prison, dit-il, mais sans lui, nous n'aurions jamais pu vaincre le Ravageur puis Magister ! Vous devez lui pardonner !

– Hélas, intervint le roi, très ennuyé, le fait d'accomplir une bonne action ne répare pas toute l'horreur d'un crime. Maître Dragosh doit payer pour sa faute. Sinon, c'est sur tout son peuple que retombera l'opprobre !

– Mais…, voulut insister le demi-elfe.

– Ce n'est pas grave, jeune Robin, l'interrompit Maître Dragosh. Il me semble que nous avons quelque chose d'urgent à accomplir avant de rentrer dans la forteresse… et en prison pour moi. Et je pense qu'il nous faut de l'espace pour cela !

Maître Chem leva un sourcil interrogateur.

– Nous devons rendre son pouvoir à Tara, expliqua Maître Dragosh. Et je vais avoir besoin de toi pour cela, Chemnashaovirodaintrachivu. Sa puissance est trop grande pour moi.

– Oh ? fit Maître Chem. Bien sûr, pas de problème. Je vais créer un pentacle pour protéger tout le monde. Cal ?

– Maître ? répondit le dragon rouge avec sa curieuse voix chantante.

Le vieux mage fronça les sourcils.

– Tu es sous l'influence de quelque chose ? demanda-t-il. Tu parles bizarrement.

– Nous avons eu le vertige, expliqua le dragon, alors nous nous sommes appariés afin de le juguler. Ainsi, nous avons pu revenir ici sains et saufs.

– Nous ? Oh ! Je comprends, tu veux dire toi et la pierre vivante, comme avec Tara. Bien. Il est temps de rompre cette association avec tous nos remerciements, pierre vivante.

— Je vous en prie, Maître.

Et Cal, d'une griffe délicate, délogea la pierre de son front.

Il vacilla un instant puis, se penchant vers Robin qui commençait à trouver que Tara n'était pas si légère que ça, il chuchota:

— Ne me dis pas que j'ai avoué devant tout le monde que j'avais eu le vertige?

Robin leva un regard ironique vers le beau dragon rouge et or.

— Ben si, c'est précisément ce que tu as dit.

— Maudite pierre, gémit-il, personne ne lui a expliqué la notion de *tact*?

— La notion de *mensonge*, tu veux dire, ricana Robin. Bah, dire la vérité te changera. Tu verras, c'est un peu difficile au début, mais on s'habitue très vite.

Le dragon le foudroya du regard puis, sur l'ordre de Maître Chem, alla se placer avec Tara au centre de l'immense pentacle qu'ils venaient de tracer par terre. Fafnir, Moineau, Manitou et Fabrice obtinrent l'autorisation de rester pendant l'opération de transfert, à condition de ne surtout pas pénétrer dans le pentacle. Le reste de la Cour préféra prudemment rentrer dans la forteresse. Les courtisans n'avaient pas spécialement envie de se retrouver transformés en crapaud à cause d'une opération magique mal controlée.

Tout d'abord, Maître Dragosh pria Cal de reprendre sa forme humaine. Il obéit, et le splendide Cal apparut.

Un soupir d'admiration fusa des fenêtres de la forteresse, où les courtisans, le roi et la reine s'étaient massés, lui faisant froncer les sourcils. Cal prit la main de Tara, toujours inconsciente, sur l'ordre de Maître Chem. Puis les deux Maîtres s'envolèrent, incantant avec détermination.

— Par l'Echangus pouvoir revient, dans le corps qui t'appartient.

Par le Confinus ne t'égare pas, ton chemin est tout droit! Par l'Echangus pouvoir revient, dans le corps qui t'appartient!

Et Cal se mit à... dégouliner. Son corps se transforma, retrouvant sa forme originelle de jeune garçon tandis que le pouvoir le quittait.

Soudain, une forme lumineuse d'une incroyable intensité se matérialisa au-dessus de Tara. Elle tenta de pénétrer dans le corps, mais se heurta à une terrible résistance. Par deux fois, le pouvoir voulut «habiter» la jeune fille, et par deux fois, cela lui fut refusé. Le flux magique prit alors l'apparence d'un pégase de feu qui essaya de traverser le pentacle en direction de... Fabrice! Le jeune garçon recula. Stupéfaits, les deux mages en arrêtèrent leurs incantations.

– Par mes ancêtres, murmura Maître Dragosh, elle refuse son pouvoir!

Aux fenêtres de la forteresse, des murmures de stupeur saluèrent l'apparition du pégase. Puis la nouvelle enfla. *La jeune Tara refusait son propre pouvoir!*

– Pour ça, elle a bien raison, bougonna Fafnir qui détestait toujours autant la magie. D'ailleurs ce serait bien si *je* pouvais faire pareil!

– Et je crois bien qu'elle essaie de le *donner* à Fabrice de Besois-Giron! constata Maître Chem.

En effet, le pégase de feu continuait à vouloir traverser la barrière invisible et Fabrice, totalement effrayé, reculait de plus belle.

– Elle est inconsciente, fit remarquer Cal. La magie a bouleversé sa vie, l'a privée de sa mère et de son père et la met constamment en danger! Alors elle veut *inconsciemment* s'en débarrasser. Il faut la ranimer, sinon on ne s'en sortira pas.

– La ranimer? fit Maître Chem. Nous devons éviter toute magie dans le pentacle, autre que la restitution de son pouvoir à Tara. Le pégase de feu représentant le pouvoir de Tara veut retourner dans un corps, quel qu'il soit, puisqu'elle le refuse. En utilisant la magie, nous ouvrons notre pouvoir. Il peut en profiter pour tenter de pénétrer en nous, et le choc en retour tuerait Tara.

— Mmmouais, j'aurais bien essayé les baffes, mais je voudrais éviter qu'elle m'en veuille, sans compter Robin qui me réduirait en charpie. Heureusement j'ai autre chose pour la ranimer sans magie, sourit Cal, regardez!

Et il brandit fièrement une petite fleur au cœur moutarde et aux pétales blancs.

— Une Tatchoum? s'exclama Maître Chem. Comment se fait-il que... non, je ne veux pas savoir. Vas-y!

Cal mit la Tatchoum sous le nez de Tara. Il crut un instant que cela n'allait pas fonctionner, car Tara ne broncha pas d'un cil, tandis que son pégase de feu continuait obstinément à s'efforcer de rejoindre Fabrice.

Puis la poitrine de Tara se souleva et elle produisit un magnifique, tonitruant, parfait... éternuement!

Elle ouvrit alors un œil embrumé, s'essuya machinalement le nez et dit:

— Mais qu'est-ce qui... qu'est-ce qui se passe!

Puis, avisant le pégase de feu qui s'attaquait à la barrière invisible qui le séparait de Fabrice, elle écarquilla les yeux.

— Et qu'est-ce que c'est que ce *truc*? demanda-t-elle.

— Ce truc, rit Cal, soulagé, c'est ton pouvoir. Pour une mystérieuse raison, il semble que tu tiennes absolument à le donner à Fabrice.

— Qui? Moi? Mais non...

— Mais si, répondit platement Cal. Alors si ça t'ennuie pas, on aimerait bien que tu le récupères, histoire qu'on aille petit-déjeuner, j'ai faim, moi!

Tara fronça les sourcils, puis appela mentalement le pégase immatériel. Au grand soulagement de Fabrice, celui-ci obéit immédiatement. Il cessa de marteler le pentacle et plongea vers Tara. Juste au-dessus d'elle, il s'étendit comme un nuage, puis la recouvrit… et disparut.

– Ouf, fit Cal en aidant Tara à se relever, j'aime mieux ça. Tiens, je te rends aussi ta pierre vivante. Bon, on va manger maintenant ?

Les Hauts mages effacèrent le pentacle.

Fafnir fut la première à étreindre Tara.

– Que ton marteau sonne clair, Tara, lança-t-elle en l'étouffant à moitié.

– Que ton enclume résonne, répondit Tara, ravie de retrouver son amie saine et sauve. Tout va bien ?

– Grâce à vous, oui, tout va bien, à part que la maudite magie qui a provoqué tous ces problèmes est toujours en moi ! Je croyais que l'infusion des roses noires m'en débarrasserait, mais rien à faire, elle est revenue. Il va falloir que je trouve un autre moyen.

Cal la regarda de travers.

– Écoute, Fafnir, on vient tout juste de sauver notre peau, on a failli assister à la fin de l'univers à cause de toi, alors pour l'instant, sois gentille, laisse-nous un peu de répit avant de provoquer une nouvelle apocalypse !

Fafnir haussa les épaules sans répondre. Après tout, le petit Voleur avait raison.

Moineau souriait à Tara, mais avait l'air d'être dans une rage folle.

– Si tu savais ce qu'Angelica m'a fait subir lorsque j'étais possédée et contrainte de la servir ! grogna-t-elle Crois-moi, j'aurais mille fois préféré être avec vous en train de me battre contre le Ravageur et Magister ! Mais (et ses prunelles brûlaient d'une joie mauvaise) je suis impatiente de me retrouver en face à face avec elle. Elle va découvrir ce que c'est que de provoquer la colère de la Bête !

Tara hocha la tête. À la place d'Angelica, elle serait déjà partie très loin et très vite. Moineau paraissait prête à la passer au mixer.

Fabrice l'embrassa au moins six fois sur les joues, profitant de ce que Robin n'avait aucune raison d'en faire autant en faisant durer le plaisir.

Puis ils rentrèrent tous dans la forteresse grise. Un petit tour par la Porte de transfert et hop, retour au Lancovit.

Le château vivant les accueillit en projetant des foules en liesse, applaudissant les héros. Et les courtisans n'ayant pu se rendre à la forteresse grise, leur firent à leur tour un accueil triomphal.

Dame Boudiou faillit étrangler Tara tant elle la serra dans ses bras, imitée par une centaine d'autres personnes que la jeune fille ne connaissait absolument pas. Les cristallistes criaient dans leurs boules de cristal, tout en composant les gros titres : « Des adolescents sauvent AutreMonde ! » « Une courageuse jeune sortcelière vainc le Ravageur ! » Les scoops se battaient pour filmer Tara et ses amis, un peu effarés par tout ce tohu-bohu.

Le soir même, le roi et la reine firent préparer un somptueux festin. Toute la ville de Travia fut conviée et on installa les tables dehors, dans la douceur de l'été finissant.

Sous les deux lunes d'AutreMonde, ils racontèrent leurs exploits, leurs peurs et leurs doutes, et leurs voix étaient relayées dans toute la ville. Une petite fille rougissante vint apporter un énorme collier de fleurs à Cal, qui se mit immédiatement à éternuer, et le maire de la ville, Maître Bajoues Fleuri, leur remit la médaille du courage.

Après avoir avalé des tonnes de sucreries, Tara attrapa une Kidikoi. Comme toujours le message fut sibyllin : « Bientôt tout sera clair, car en vérité c'est le père ! »

Le père ! Quel père ? Elle laissa tomber.

Ils se réunirent dans la suite de Tara pour discuter un peu au calme. Fabrice, Moineau et Manitou racontèrent leurs aventures sous la possession du Ravageur, et Tara, Cal et Robin leurs différents combats… et autres expériences.

L'histoire de Cal avec Angelica les fit mourir de rire. Mais ce fut Robin qui remporta le plus gros succès quand il décrivit les acrobaties aériennes de Cal.

Tous rejoignirent bientôt leurs chambres respectives, épuisés, mais heureux de s'être retrouvés.

Manitou, qui n'était jamais rassasié, partit faire une petite expédition nocturne dans les cuisines.

Ils dormaient depuis déjà plusieurs heures lorsque Tara fut réveillée au milieu de la nuit par Moineau. Celle-ci tremblait de tous ses membres.

– Tara, chuchota-t-elle, Tara, réveille-toi!

La jeune fille se réveilla d'un rêve où elle allait soulever le masque de Magister et enfin découvrir son identité.

Elle regarda son amie d'un air totalement embrumé.

– C'est déjà l'heure?

– Non, il y a un problème, c'est Manitou!

Au ton effrayé de la voix de Moineau, Tara sentit son cœur se serrer. Elle se leva précipitamment, cherchant à tâtons sa robe de sortcelière.

– Que se passe-t-il?

– Regarde, je viens de recevoir ça. Le garde qui est en faction devant la porte m'a dit qu'un gamin lui avait donné ce Taludi. J'ai voulu le regarder, mais il t'est destiné.

Tara était perdue.

– Un Taludi? Quel rapport avec Manitou?

– Oh, Tara! répondit Moineau, je crois bien qu'on a *enlevé* ton arrière-grand-père!

chapitre XIX

La Vampyr

— Quoi ? s'exclama Tara, médusée.

— Mets vite le Taludi, Tara, la supplia Moineau, le gamin aurait dit au garde que si nous voulions revoir Manitou vivant, il fallait que tu le regardes immédiatement ! Le garde n'était pas très frais, j'ai cru comprendre qu'il avait un peu trop arrosé la libération du royaume, et le temps qu'il saisisse ce que le gamin avait dit, celui-ci avait déjà filé.

Jusqu'à présent, seule la lumière des deux lunes que le château vivant projetait dans la chambre les éclairait.

— Lumière, château, s'il te plaît, demanda Tara.

Immédiatement, la nuit paisible et embaumée laissa place à un radieux soleil.

— Ouch, fit Tara en s'abritant les yeux, un peu moins, s'il te plaît, je viens de me réveiller !

Immédiatement, le château atténua la luminosité. Tara enfila sa robe de sortcelière puis plaça le Taludi sur ses yeux. Manitou, bâillonné, se tenait devant elle, parfaitement saucissonné.

Et une arbalète était pointée sur sa tête.

Une voix rauque se fit entendre dans le Taludi.

— Ça m'ennuierait de tuer ton arrière-grand-père, petite, mais tu ne me laisses pas le choix. Je pensais que le Ravageur ou Magister me débarrasserait de toi, mais ces incapables n'y sont pas parvenus.

Je vais devoir m'en occuper moi-même. Et si tu penses que je ne tuerai pas ton arrière-grand-père, tu fais erreur.

L'arbalète se décala de quelques centimètres, puis la flèche partit, traversant la cuisse arrière de Manitou.

Le hurlement du chien fut étouffé par son bâillon, mais celui de Tara réveilla tous ses amis.

– Il va perdre tout son sang, précisa implacablement la voix. Mais tu arriveras peut-être à temps pour le sauver. Rends-toi dans le bureau de Maître Chem. Maintenant !

Quand Tara retira le Taludi, elle était blême. En quelques mots, elle apprit l'horrible chantage à ses amis, qui s'étaient précipités en l'entendant crier, puis se dirigea vers la porte alors qu'ils essayaient encore d'assimiler ce qu'elle avait dit.

– Attends, Tara, cria Robin alors qu'elle allait passer le seuil, qu'est-ce que tu fais ?

Tara avait le visage ruisselant de larmes.

– Je vais sauver mon arrière-grand-père !

D'un bond surhumain, Robin la retint.

– Mais c'est un piège pour te tuer ! À quoi serviras-tu si tu es morte ?

Tara leva vers lui un regard égaré.

– Et que veux-tu que je fasse ?

– Réfléchis, intervint Cal, très calme. Il t'a fait passer ce message pour que tu te précipites là-bas sans utiliser ton cerveau. C'est exactement ce qu'il espère. Tu dois agir, Tara, pas réagir.

De la tête, il avisa la haute armoire qu'ils avaient placée devant l'entrée du tunnel secret en attendant qu'il soit comblé.

– Et si on passait par là ? Il ne s'y attendra pas. Avec un peu de chance on pourra délivrer ton arrière-grand-père sans même qu'il s'en rende compte.

– Oui, confirma Robin, et tu devrais également te transformer en elfe. Ton corps sera plus puissant, et plus rapide aussi.

Tara s'exécuta. Avec l'aide de la pierre vivante, elle prit rapidement son apparence d'elfe.

– Alors allons-y, dit Robin en attrapant l'arc de Lillandril. Et nous verrons si cette arbalète tire ses flèches plus vite que mon arc!

Tara sourit. Elle avait du mal à le croire. Ses amis allaient de nouveau risquer leur vie avec elle! Ils étaient merveilleux.

– Par ma hache, grogna Fafnir, on va apprendre à cet assassin ce qu'il en coûte de s'attaquer à nous!

Elle contempla alors son arme quelques secondes et bougonna:

– On a rendez-vous dans le bureau du dragon, c'est ça? J'espère que ce n'est pas cette grosse bestiole qui est derrière tout ça, parce que, dans ce cas, il faudrait que je prenne le modèle au-dessus!

En quelques secondes, ils étaient prêts. Très silencieusement, ils se faufilèrent dans le couloir secret, arrivant rapidement devant la porte cachée du bureau de Maître Chem.

Tara activa son pouvoir, le feu bleu dansant au bout de ses fines mains d'elfe. Moineau se changea en Bête, évitant de justesse de s'assommer contre le plafond qui était un peu bas. Cal ajusta ses poignards et Robin encocha une flèche.

La porte secrète pivota sur ses gonds.

Effectivement, l'homme masqué ne s'attendait pas à ce qu'ils empruntent son propre passage. Il avait posé son arbalète et arpentait le bureau de Maître Chem de long en large.

Quand ils firent irruption dans la pièce, il sursauta et plongea sur son arme. Trop tard. L'arc de Lillandril fut plus rapide. Sa main fut transpercée d'une flèche et il poussa un hurlement de douleur.

Il bondit vers la porte «officielle» et sortit en trombe.

Ils se précipitèrent à sa poursuite, tandis que Tara détachait Manitou. Le pauvre labrador s'était évanoui sous la douleur. Elle entendit un cri.

– Le voilà, par ici!

Puis un bruit de cavalcade se fit entendre. Il y eut un *poc* sonore et la naine laissa échapper un « Raté ! » plein de frustration. Tara n'y prêta pas attention. Le carreau d'arbalète était toujours fiché dans la cuisse de son arrière-grand-père et elle ne savait pas quoi faire. Son sang d'elfe bouillait et elle préféra se retransformer, redevenant Tara. Elle inspira longuement afin d'ordonner ses idées, puis incanta.

– Par le Desintegrus que ce carreau soit transformé en eau !

Le sort fonctionna parfaitement. Le carreau ruissela sur Manitou et Tara incanta immédiatement un autre sort :

– Par le Reparus que cette blessure soit soignée à coup sûr !

Bon, d'accord, la rime n'était pas excellente, mais c'est tout ce qu'elle avait sous la main. Sous ses yeux, la chair abîmée se reforma, le trou se combla et le poil noir recouvrit la plaie. Manitou ouvrit un œil.

– Ouch, fit-il, j'ai rêvé ou on m'a enlevé et ensuite on m'a tiré dessus ?

Tara émit un pauvre sourire, encore sous le choc de la peur qu'elle avait éprouvée.

– La cavalerie est arrivée à temps, fit-elle. Et je viens de te soigner. Comment te sens-tu ?

– Ça va, grimaça le chien en essayant de se remettre sur ses pattes. Je n'ai presque plus mal.

La porte du bureau s'ouvrit brusquement, faisant sursauter Tara. Ce n'étaient pas ses amis, mais Dame Boudiou. La vieille mage sembla surprise de les trouver là.

– Où est Maître Chem ? Et que faites-vous là au milieu de la nuit ?

Tara s'apprêtait à lui répondre quand elle remarqua la marque rouge sur la main de la vieille dame.

– C'est elle ! hurla au même moment Manitou. C'est elle, mon agresseur, elle a la même odeur !

Mais Tara n'eut pas le temps de réagir. En un éclair, Dame Boudiou plaquait son arbalète sur sa tête.

— Surtout pas un geste ni un mot, dit-elle d'une voix froide, si je perçois la moindre incantation, le plus petit début de magie, je te tue. C'est clair ? Et toi le toutou, pas bouger, sinon…

Pétrifiée, Tara cessa quasiment de respirer, et Manitou se figea, ne quittant pas la vieille femme des yeux, prêt à bondir.

— Je te tiens Tara, se réjouit Dame Boudiou, enfin je te tiens ! J'ai été très déçue que tu ne meures pas plus tôt. Pourtant j'en ai posé des pièges ! Mais tu as une chance infernale !

Tara était si surprise qu'elle ne savait plus quoi dire. À moitié étranglée par le bras de Dame Boudiou, elle parvint à prononcer un mot.

— Pourquoi ?

La vieille mage se raidit.

— Tu ne te souviens pas de moi ? railla-t-elle en s'adressant à Manitou. Je suis l'une de tes anciennes clientes. Une des idiotes qui t'ont acheté ta potion d'éternelle jeunesse.

Manitou tressaillit.

— Ma potion de jeunesse ? Mais Chem m'a dit qu'il avait guéri toutes les sortcelières qui avaient vieilli, à part…

— Tu me vois, tu vois mon visage ? J'ai trente ans, Manitou ! l'interrompit rageusement la vieille jeune mage. Ta potion m'a fait vieillir de cinquante ans en quelques minutes ! Mon mari m'a quitté. Je suis devenue l'objet de toutes les moqueries à Omois, où j'habitais. Mon père et moi avons consulté les plus grands mages d'AutreMonde, y compris Maître Chem, depuis un an. Mais ta maudite potion semble irréversible ! Le dragon était tellement ennuyé qu'il m'a proposé de venir travailler au Lancovit afin de m'avoir sous la main pour tenter de me guérir. Et j'étais si mortifiée que je lui ai fait jurer de n'en rien dire à personne. Suite à ses échecs successifs, j'ai essayé de te retrouver, pour te faire payer ce que tu m'avais fait. C'est là que j'ai appris que tu étais sur Terre. Et que tu avais perdu ta magie et ton esprit. Mon père est un Sangrave

depuis longtemps. Alors, lorsque Magister a demandé un volon-
taire, il s'est proposé pour être celui qui devait enlever Tara. En
même temps il voulait te tuer, Manitou! Mais mon père a échoué
et Tara l'a horriblement blessé. Ce fut à mon tour de tenter de le
guérir. Demiderus seul sait tous les remèdes, potions et sorts que
nous avons essayés. En vain. Son visage le brûle sans repos ni répit.
Il m'a même suppliée de le tuer. Mais j'ai trouvé une meilleure
solution. C'est *Tara* que je vais tuer. Et ainsi sa mort va le guérir! Et
après elle, ce sera ton tour Manitou. Ainsi tu ne pourras plus faire
de mal à d'autres sortcelières crédules!

Tara se souvint alors de ce qu'avait dit la Kidikoi. La sucette avait
parlé d'un père! Le père de Dame Boudiou!

– Alors, souffla-t-elle, réalisant soudain, l'attaque du Vortex... ?

– C'était moi, bien sûr, confirma Dame Boudiou. Et j'ai essayé
aussi de tuer Manitou!

Le labrador ouvrit de grands yeux ahuris.

– Moi? Mais quand, comment?

– J'espérais bien que vous disparaîtriez tous les deux dans le
Vortex mais cela a raté. Ensuite je t'ai lancé un sort Ecervelus pendant le procès de Caliban et d'Angelica, mais pour une raison que
j'ignore, il n'a eu comme conséquence que de te faire sortir de la
salle, sans te faire exploser le cerveau comme c'était prévu.

Tara sursauta. C'était donc Dame Boudiou qui leur avait permis
de surprendre le complot manigancé par Magister pour s'emparer
du Livre interdit! Magister avait bien dit qu'il n'y était pour rien,
mais Tara, méfiante, ne l'avait pas tout à fait cru.

Manitou quant à lui était stupéfait par l'imbroglio de circonstances qui avait fini par les lancer dans ces incroyables aventures.

Dame Boudiou reprit.

– Lorsque j'ai vu que ton corps de chien ne réagissait pas à
l'Ecervelus de la façon escomptée, j'ai décidé de me débarrasser
d'abord de Tara et de m'occuper de toi ensuite. Je l'ai attaquée dans

le boudoir de l'impératrice, mais le stupide chef des gardes a entendu notre bataille et est intervenu trop tôt. La fois suivante, je l'ai suivie alors qu'elle et ses amis se rendaient dans le parc et je les ai entendus parler de leur visite au mammouth. Pendant qu'ils s'extasiaient devant les oiseaux de feu, dans le couloir, je les ai précédés et j'ai ensorcelé l'animal. Mais cet idiot d'éléphant géant n'a pas fait son travail correctement. J'allais vous attaquer, mais l'impératrice avait surgi. Je me suis mêlée à son groupe, puis j'ai annulé le contre-sort que j'avais placé sur le mammouth afin de ne laisser aucune trace. J'ai aussi placé un animapiège au Lancovit au cas où Tara y reviendrait… mais là encore elle a réussi à échapper à ma limace carnivore. J'aurais pu avoir de sérieux problèmes, car le piège pouvait mener jusqu'à moi. J'ai alors utilisé la colère du Vampyr contre Tara, et grâce à un sort très léger, indétectable, qui n'a fait qu'amplifier sa rage, il a détruit le piège, me mettant hors de danger.

Oui, Tara se souvenait de l'expression égarée du Vampyr quand il avait carbonisé la limace. Il avait l'air… *déconcerté* par l'intensité de sa colère.

– J'ai vraiment cru que ça avait marché quand je t'ai tuée dans ta chambre, dit Dame Boudiou, s'adressant directement à Tara. Vous avez failli m'avoir, mais mon père souffrait toujours autant. Ce qui signifiait que tu étais toujours vivante.

Oui, évidemment, elle disposait d'un moyen de contrôle qu'ils ne pouvaient pas deviner.

– Et si elle vous propose de guérir votre père ? tenta Manitou.

– Ça ne marchera pas, railla la vieille mage, et puis elle est bien trop puissante pour que je risque de lui faire confiance. Maintenant, il est temps. Quand on vous retrouvera, vous serez morts, tous les deux. Personne ne se doutera jamais que je suis la coupable… Dis adieu à ton arrière-grand-père, Tara !

Tara n'avait pas l'intention de dire adieu à qui que ce soit.

Elle appela mentalement la pierre vivante et leurs puissantes magies se mêlèrent, prêtes à jaillir pour neutraliser la vieille mage. Tout à coup, il y eut un petit ricanement au-dessus de leurs têtes.

Instinctivement, elles levèrent les yeux sur une ombre qui, accrochée aux poutres, les contemplait avec ironie. Dame Boudiou releva vivement son arbalète, mais l'être mystérieux fut plus rapide. Il se laissa tomber sur la vieille mage, une main blême et griffue jaillit, attrapant l'arme avant qu'elle ne puisse réagir. Dame Boudiou lâcha alors Tara pour saisir un poignard, mais l'être la désarma avec une rapidité surhumaine et l'attrapa à la gorge. Il tint ainsi négligemment son adversaire à bout de bras, ne prêtant aucune attention à ses tentatives pour se libérer.

Fascinée, Tara le détailla. Très grand, entièrement vêtu de cuir noir, le visage masqué d'une sorte de cagoule de cuir, des cheveux blancs coulaient sur ses épaules très larges et sa taille était d'une minceur incroyable. Il avait l'air puissant. Pire, il avait l'air *impitoyable*. Et d'une force terrifiante. Dame Boudiou voulut incanter, mais l'être la gifla si violemment que Tara en eut mal pour elle.

— Ainsi, dit l'être d'une voix à la fois douce et froide, voici donc la proie que je *chasse* depuis si longtemps.

Le mot « chasse » rappela quelque chose à Tara, et soudain elle se souvint.

— Le Chasseur ! s'écria-t-elle, vous êtes le Chasseur de Magister !

L'être s'inclina, puis retira la cagoule noire qui masquait son visage. Tara sursauta. C'était une femme ! Une Vampyr ! Son visage d'une beauté d'outre-tombe semblait sculpté dans un masque d'albâtre. Sa perfection était presque douloureuse. Ses yeux rouges flamboyaient d'un éclat hypnotique. Elle était pourtant très différente de Maître Dragosh. Sa peau, ses cheveux, tout était comme… *décoloré*. À part ses yeux.

— Je suis heureuse de voir que ma réputation m'a précédée. Mon

Maître m'avait demandé de trouver celui qui en voulait à ta vie. C'est chose faite maintenant...

Bien que Dame Boudiou ait tenté de la tuer à de multiples reprises, Tara pouvait comprendre son amour pour son père.

– Attendez, cria-t-elle à la Vampyr, qui tournait déjà les talons, emportant Dame Boudiou sans aucun effort, qu'allez-vous faire d'elle ?

La Vampyr la regarda de ses yeux sanglants et Tara frissonna. La jeune femme sourit, comme si la terreur de l'adolescente lui était agréable.

– Je pense, dit-elle, en faire mon *dîner*. Avec l'autorisation du Maître, bien sûr. Il n'aime pas beaucoup les gens qui contrecarrent ses projets. Contrairement à moi. Moi, j'adore les gens qui s'opposent à lui ! Ils font d'excellents repas.

Tara n'en croyait pas ses oreilles.

– Mmm... mais, balbutia-t-elle, je croyais que le sang humain était du poison pour les Vampyrs ?

– Du poison ? (La Vampyr ricana.) Pour certains d'entre nous, le sang humain est le plus doux des nectars. Nous en payons le prix, mais crois-moi, cela en vaut la peine ! Laisse-moi te montrer.

Et découvrant ses effrayantes canines, elle se pencha sur la gorge de Dame Boudiou, qui gémit faiblement.

– Selenba ! Arrête ! cria une voix forte.

Alertée, la jeune femme se redressa brusquement. Empruntant la porte dérobée, Maître Dragosh venait de faire son apparition.

Suppliant, il tendit sa main vers la magnifique Vampyr. Celle-ci le dévisagea avec attention.

– Quel dommage, soupira-t-elle, je croyais bien avoir réussi mon coup, la dernière fois !

Le Haut mage grimaça.

– Non, répondit-il, la gorgée de sang que tu m'as crachée au visage ne m'a pas contaminé. Je ne suis pas devenu comme *toi*. J'ai réussi à m'essuyer sans en absorber. Tu ne pourras donc pas m'embrigader sous les ordres de ce monstre qui a fait de toi une *renégate*.

Tara, qui avait assisté au dialogue sans comprendre, eut brusquement une illumination.

– C'est vous! s'écria-t-elle en regardant la Vampyr, c'est vous que Maître Dragosh essayait de protéger en se faisant emprisonner! C'est vous qui avez tué l'homme dans la ruelle! Mais pourquoi?

– Je te surveillais, pour arriver à comprendre qui voulait te tuer, répondit Selenba en haussant les épaules, et j'avais *faim*.

Tara regarda le Vampyr, il avait l'air désespéré.

– Pourquoi? dit-elle doucement. Pourquoi la protégez-vous au point d'accepter d'aller en prison pour elle?

– C'est… *c'était* ma… fiancée, avoua le Vampyr. Les nôtres chassent les êtres comme elle. Ceux qui sont devenus dépendants du sang humain. Si j'avais révélé sa culpabilité, nos Vampyrs-tueurs seraient immédiatement arrivés ici. Et elle ne voulait pas repartir! Pas tant qu'elle n'avait pas découvert ton assaillant. Alors je me suis constitué prisonnier. En me livrant aux mains de la justice humaine, les nôtres ne pouvaient pas s'en prendre à moi et Selenba était hors de danger.

– Et maintenant, grâce à toi, je peux ramener ma proie à mon Maître, roucoula la Vampyr.

– Je… je ne peux pas te laisser partir, dit douloureusement Maître Dragosh. Tu as fait assez de mal comme ça. Tu m'as manipulé, utilisant mon amour pour toi comme une arme. Mais c'est fini. Je ne te laisserai pas partir avec elle.

La Vampyr le regarda d'un air ennuyé.

– Flûte! dit-elle, j'ai horreur de ça, ça fait mal, mais tant pis, je n'ai pas envie de me battre avec toi.

Et, sous leurs yeux stupéfaits, elle se planta les dents dans le poignet, faisant jaillir le sang. Avec ce même sang, elle traça un cercle devant elle en hurlant:

– Delanda Tir Vouch Transmir!

Quelque chose ressemblant à un portail apparut et, avant que le Vampyr ne puisse l'attraper, elle le traversa, emportant Dame Boudiou. Il se referma avec un horrible bruit de succion. Mais pas avant qu'ils n'aient aperçu la Vampyr et sa proie de l'autre côté leur adresser un joyeux baiser de sa main libre.

Tara se laissa glisser à terre, épuisée. Manitou glissa sa tête soyeuse sous son bras et elle le caressa machinalement, oubliant un instant qu'il était son arrière-grand-père. Puis elle se rendit compte de ce qu'elle faisait.

— Oups, Grand-père, excuse-moi!

— Non, non, protesta le labrador noir. J'éprouve un grand besoin de câlins, là. Tout est allé un peu vite pour moi! Et puis j'ai un terrible sentiment de culpabilité! C'est à cause de ma potion que tout ceci a commencé. Par Demiderus, mais qu'ai-je fait!

Tara le consola en lui rappelant que personne n'avait demandé au père de Dame Boudiou de devenir un Sangrave, d'essayer de tuer sa grand-mère et de l'enlever, elle. Le fait que la potion ait eu des effets secondaires était effectivement terrible, mais impossible à prédire. Il se promit de travailler à un antidote dès que possible et de retrouver toutes ses clientes.

Leurs amis revinrent à ce moment. Ils leur firent un récit de ce qui venait de se passer et, à la grande surprise de Tara, Maître Dragosh ne tenta pas de dissimuler quoi que ce soit. Y compris l'épisode «fiancée-vampyresque-assoiffée-de-sang».

Puis Robin et les autres expliquèrent la ruse de Dame Boudiou. Lorsque les amis de Tara l'avaient poursuivie, elle avait créé une silhouette-leurre, puis dissimulé sa main blessée par la flèche de Robin. Cela avait parfaitement fonctionné. Ils s'étaient lancés à la poursuite du leurre. Elle était alors revenue sur ses pas et avait trouvé Tara en train de soigner Manitou.

Moineau, comme Tara, compatissait au sort qu'allait subir la vieille femme.

Fafnir, qui se fichait totalement de ce qui pouvait lui arriver, conclut en disant qu'au moins, ils étaient *enfin* débarrassés du mystérieux tueur. Et qu'elle comprenait pourquoi sa fidèle hache n'avait pas réussi à blesser le leurre qu'ils poursuivaient.

Elle semblait soulagée. Que sa hache ait manqué sa cible l'avait beaucoup tracassée.

Quand Maître Chem revint de voyage, le lendemain matin, et prit connaissance des événements de la nuit, cela le mit d'extrêmement mauvaise humeur.

Un avis de recherche fut lancé sur les panneaux de cristal et affiché partout. Chaque fois que Tara croisait le beau regard sanglant de la Vampyr, elle frissonnait.

Maître Dragosh fut lavé de l'accusation de meurtre. Mais Salatar, furieux que le Haut mage l'ait trompé, le condamna à une lourde amende. Seul le fait qu'il ait participé à la destruction du Ravageur empêcha qu'il retourne en prison *manu militari*.

Enfin, Maître Brandaud, sa femme et sa fille furent jugés par une Cour obsédée qu'ils aient provisoirement usurpé le trône du Lancovit. Cependant les peines furent assez légères, car l'influence du Ravageur sur le psychisme des possédés était indéniable. Ils durent payer une lourde amende en crédits-muts au royaume mais n'allèrent pas en prison. De Haut mage, Maître Brandaud devint simple mage et sa fille fut rétrogradée de Première à simple sortcelière. Ce qui la mit dans une rage absolue.

Le procès fut relayé par les cristallistes, et Cal piqua une colère quand le verdict tomba. Il savait, lui, que les Brandaud étaient complices du Ravageur, mais n'avait aucun moyen de le prouver. Mais Moineau n'en avait pas fini avec la grande fille brune : chaque fois qu'elle la croisait dans les couloirs, elle se changeait en Bête et aiguisait ses griffes avec une lime d'acier. Les nerfs d'Angelica finirent par craquer, et elle partit se reposer à la campagne pour une période indéterminée.

Fafnir retourna à Hymlia. La nation naine avait été infectée par le Ravageur dans sa grande majorité. Fafnir ayant sauvé Autre-Monde en résistant au Ravageur pendant cinq jours, les nains décidèrent comme un seul homme, pardon un seul nain, qu'ils accepteraient Fafnir à nouveau parmi eux, même infectée par la maudite magie.

C'était une grande première dans l'histoire naine et tout Autre-Monde en fit des gorges chaudes. Les nations envoyèrent leurs cristallistes pour couvrir la cérémonie.

À la stupeur générale, Fafnir *refusa*.

Elle annonça aux cristallistes que puisque le poste de Première sortcelière tenu auparavant par Angelica était vacant, elle avait décidé d'aller travailler au Lancovit. Nulle part sur AutreMonde elle ne trouverait meilleur endroit pour les bagarres, les dangers mortels et les complots en tout genre.

En apprenant cette nouvelle, Tara faillit s'étouffer de rire. Elle savait bien que la naine n'avait pas renoncé à se débarrasser de la magie, et que c'était l'unique raison qui lui avait fait refuser l'offre de ses congénères.

La jeune fille était prête à retourner sur Terre, lorsque Maître Chem arriva en trombe dans le salon où elle et ses amis discutaient paisiblement avec le roi et la reine du Lancovit.

— Vos Majestés, s'inclina le dragon. Ah! Tara, les enfants, vous êtes là, je vous cherchais. J'ai reçu un Taludi pour vous.

Tara frissonna. La dernière fois qu'elle avait reçu un message de ce genre, c'était pour apprendre que son arrière-grand-père avait été enlevé.

Mais cette fois-ci, c'était différent.

Ils étaient officiellement convoqués par l'impératrice et l'imperator d'Omois!

chapitre XX
Héritière de l'empire

– Ah non! se pétrifia Cal, qu'est-ce qu'on a fait, *encore*?

En fait, l'impératrice les conviait à deux fêtes données l'une pour saluer leur héroïsme, l'autre pour l'anniversaire de Tara.

Maître Chem ne put les accompagner. Il devait encore régler des tas de problèmes dus à la disparition de Dame Boudiou, mais il leur fournit une solide escorte.

Quand ils se rematérialisèrent dans le palais d'Omois, ils étaient attendus.

Les gardes impériaux se mirent au garde-à-vous, leurs quatre mains posées sur leur cœur, la tête haute, et deux cents talons claquèrent à l'unisson. Kali dut les remercier au moins un demi-million de fois (ils apprirent qu'elle avait été contaminée par le Ravageur et avait du mal à s'en remettre).

Ils furent reçus en héros, ce qui ne fut pas pour leur déplaire.

La fête donnée en leur honneur fut si somptueuse que Cal faillit démissionner du Lancovit pour venir habiter à Omois.

Deux jours plus tard, l'impératrice donna la fête d'anniversaire de Tara.

À leur grande surprise, celle-ci n'était pas organisée dans un des grands salons de réception. À peine une petite centaine d'invités se pressaient autour de l'impératrice et de l'imperator dans une ravissante salle donnant sur les jardins intérieurs. Tara aimant les roses, le thème de la décoration de la salle était donc le rose, la rose, les roses. De toutes les tailles, de toutes les couleurs, leurs parfums faisaient tourner la tête et flamboyer les murs croulant sous leur poids.

Comme à son habitude, l'impératrice était… impériale, vêtue d'un dégradé de rose, allant d'un rose si foncé qu'il en était presque rouge à un rose si pâle qu'il en paraissait blanc, une simple couronne d'or rose lui enserrant les tempes. Elle avait bien sûr aussi assorti ses longs cheveux avec sa robe et l'effet était assez… surprenant.

Elle leur proposa de s'asseoir avec un ravissant sourire puis prit place à leur table, ce qui parut causer un choc considérable à l'assemblée. L'imperator, impassible, imita sa demi-sœur.

– Je suis heureuse, annonça l'impératrice d'une voix claire, que Tara fête son treizième anniversaire à Omois, bien qu'avec quelques jours de retard. Et franchement j'ai eu du mal à choisir le cadeau destiné à mon *héritière*!

L'imperator la regarda, stupéfait.

Il ne fut pas le seul.

Un silence de mort tomba sur la joyeuse assemblée.

Le cœur de Tara rata un battement. Bravement, elle leva les yeux, affrontant l'impératrice.

– Comment l'avez-vous su?

– Il y avait un espion parmi vous! annonça innocemment l'impératrice.

L'imperator se tourna vers elle, la respiration coupée. Un espion! Un espion qu'il ne connaîtrait pas! Ah, mais ça n'allait pas du tout!

Tara sentit que la jeune femme la testait, aussi garda-t-elle son calme… même si elle avait envie de lui tordre le cou!

– Un espion?

– Oh, un espion bien involontaire, précisa l'impératrice, très contente de son petit effet. Un Taludi!

Soudain Moineau comprit. Elle pâlit.

– Le Taludi ! Il a enregistré le rappel du fantôme de Brandis dans les limbes et puis je l'ai posé… Il a dû continuer à fonctionner !

– Exactement, dit l'impératrice, d'excellente humeur. J'étais curieuse de savoir comment vous vous étiez débrouillés pour prouver l'innocence de Caliban Dal Salan. Alors j'ai mis le Taludi. Par mes aïeux, cette salle d'audience dans les Limbes est une véritable horreur. Et ce Juge ! Je suis bien contente qu'il reste là-bas.

– Oui, marmonna Cal, ça vaut mieux pour elle, il en aurait des trucs à raconter s'il plongeait dans son cerveau !

– J'allais poser le Taludi, continua l'impératrice, quand soudain j'ai vu apparaître un autre fantôme. J'avoue que je ne l'ai pas reconnu tout de suite. Puis ce fut un choc. Ce fantôme, c'était celui de Danviou, mon *frère* disparu !

Le choc fut visiblement tout aussi important pour l'imperator, qui en écarquilla les yeux de stupeur.

Une exclamation de surprise s'éleva de la petite foule. Danviou ? L'imperator disparu ?

– J'espérais de tout mon cœur que mon frère était encore vivant, sans grand espoir, reprit l'impératrice avec une sourde note de tristesse dans la voix. Et puis il y eut cette nouvelle révélation. Tout aussi importante. Mon frère s'adressait à Tara en l'appelant « ma fille » ! C'est alors que je compris le miracle qui venait de s'accomplir. J'avais perdu mon frère, mais celui-ci avait eu le temps de faire un enfant ! Une jeune fille qui est la digne descendante de Demiderus, car à l'image de notre illustre ancêtre, elle vient de sauver notre univers pour la seconde fois !

Tous les regards se braquèrent sur Tara. Le cerveau de celle-ci menaça de démissionner sous la pression. Que pouvait-elle répondre à ça ?

L'imperator lui sauva la mise en s'écriant :

– Mais enfin, Lisbeth, c'est impossible ! Danviou a disparu depuis plus de quatorze ans maintenant. Tu veux dire qu'il aurait eu une fille ? Et que cette fille serait la petite Duncan ? C'est grotesque !

L'impératrice le regarda en plissant les yeux d'un air songeur.

– Je ne vois pas en quoi. Elle a la mèche blanche de Demiderus, j'ai vu le fantôme de mon frère…

– Supercherie, la coupa l'imperator, montage ! C'est trop facile ! Une inconnue arrive ici, proclame qu'elle est l'héritière de l'empire et paf ! on lui déroule le tapis pourpre en lui souhaitant la bienvenue ! Je ne m'associerai pas à une telle mascarade !

Il était si furieux qu'il en devenait tout rouge.

– Je n'ai rien *réclamé* du tout, précisa calmement Tara. Et je n'ai *jamais* dit que j'étais l'héritière de l'empire. De toutes les façons, je vais retourner sur Terre rejoindre ma famille. Ma mère. Ma grand-mère. Je vous laisse votre empire bien volontiers. En fait, je n'en voudrais pas pour tout l'or d'AutreMonde.

Du coup, l'imperator fut vexé.

– Comment ça, vous n'en voulez pas ? en postillonna-t-il. Vous ne savez pas la chance que vous avez d'être l'héritière d'un magnifique empire comme le nôtre, c'est un honneur, c'est…

Puis tout à coup, il réalisa ce qu'il était en train de dire. Ouvrit la bouche. La referma… puis jeta un regard mauvais à Tara.

L'impératrice réprima un petit gloussement.

– Je n'ai pas besoin de plus de preuve, décréta-t-elle. Je *sais* que cette enfant est de la même chair que moi. Et elle est le portrait de Danviou ! Regarde ces cheveux blonds ! Et ces yeux bleu marine ! Je ferai dès demain l'annonce que *l'héritière impériale* a été retrouvée ! Et voici ton cadeau, ma chérie.

Sans tenir compte de la réticence de Tara, elle lui fourra un objet dans la main. Tout le monde se pencha, très curieux. Tara ouvrit le petit paquet carré, pourpre et or qu'elle lui avait donné. À l'intérieur, il y avait une bague. Une chevalière plus précisément, sur laquelle, exquisément ciselé, se pavanait le paon pourpre aux cent yeux d'or, emblème d'Omois. Machinalement, Tara la passa à son petit doigt gauche. La bague était trop grande. Elle allait en faire la remarque quand soudain la bague se resserra d'elle-même, s'ajustant parfaitement. Quand, paniquée, elle voulut l'enlever, la chevalière glissa docilement.

– Fais-la tourner trois fois autour de ton doigt, lui conseilla l'impératrice, la malice faisant luire ses prunelles de saphir.

Tara remit la bague et obéit, un peu méfiante.

À peine la bague eut-elle accompli le troisième tour qu'un énorme Effrit pourpre se matérialisa, faisant sursauter les courtisans.

– Maîtresse, dit-il d'une voix tonnante, tout en s'inclinant devant Tara, que désires-tu ?

La jeune fille déglutit, totalement affolée.

– Je te présente Meludenrifachiralivandir, l'un de nos plus précieux Effrits, expliqua l'impératrice. Il est au service de notre famille depuis Demiderus. Maintenant que tu es la princesse héritière, il est exclusivement à tes ordres. Personne ne pourra te prendre la bague sans ta permission et si on tente de te couper le doigt, la main ou le bras, il apparaîtra instantanément.

Tara avala de travers. Ah bon ? Avant ou après qu'on lui ait coupé quelque chose ? Elle préféra ne pas poser la question. Rien qu'à l'idée que quelqu'un puisse vouloir lui faire un truc pareil, elle avait déjà la nausée.

– Euuuuh, et je fais comment pour le renvoyer dans la bague ?

L'Effrit la regarda comme si elle venait de parler martien.

– Je n'habite pas cet *objet*, précisa-t-il d'un ton pincé, c'est juste par son intermédiaire que vous pouvez m'appeler. Mon *palais* se trouve dans le sixième cercle des Limbes.

– Oh ? fit Tara. Désolée. Sur Terre, vous comprenez, les génies habitent des lampes, des bagues, des paniers, enfin des trucs comme ça, alors…

Sa voix mourut quand elle rencontra le regard franchement méprisant de l'Effrit.

— S'il plaît à ces… *génies*, comme vous les appelez, d'habiter dans des endroits bizarres, gronda-t-il, grand bien leur fasse. Quant à moi, un *palais* me convient très bien. Alors, jeune maîtresse, que désirez-vous? Des robes, des bijoux, de l'or, des animaux exotiques…?

Au fur et à mesure qu'elle parlait, les objets apparaissaient devant les courtisans ébahis. Des robes, longues, courtes, fendues, droites, évasées, en mousseline, en velours, en soie, en brocart, couvertes d'argent ou d'or. De somptueux bijoux, des saphirs, des émeraudes, des diamants roses, blancs, bleus, rouges, des bracelets, des bagues, des tiares, des diadèmes, des couronnes, des broches étincelantes reproduisant des animaux, des fleurs, des fruits, des insectes. De petits animaux vivants, peluches à dorloter et câliner, un pégase miniature, rose et bleu, qui fit grincer les dents de Galant tant il était adorable, une panthère de poche, douce et tendre. C'était éblouissant, incroyable, fantastique.

— L'avantage, expliqua l'impératrice, c'est que rien ne disparaîtra, car cela n'a pas été crée par magie. Tout est réel. Les étoffes sont tissées par les Démones du cercle Six et tout le reste est assemblé ou ciselé par leurs artisans. La seule chose que Meludenrifachiralivandir ne peut pas te fournir, c'est de la nourriture. Enfin, pas avant d'aller en chercher dans une cuisine conventionnelle. Les Démons ne cuisinent pas.

— Je sais, répondit Tara en serrant les dents à ce souvenir. J'ai… vu. Mais je ne comprends pas. Je croyais que les Démons devaient rester dans les Limbes?

— Nous, les Effrits, avons un statut spécial, répondit fièrement Meludenmachin. Nous n'étions pas d'accord avec les autres Démons quand ceux-ci ont envahi vos planètes. Nous pensions que tout le monde avait sa place dans l'univers. Alors nous avons combattu avec Demiderus, *contre* les nôtres. Pour nous remercier, après les avoir défaits, Demiderus nous a autorisés à revenir sur Autre-Monde. Au début, nous ne faisions pas grand-chose. Puis, comme nous nous ennuyions, nous avons proposé aux habitants de cette planète et particulièrement d'Omois de leur donner un coup de main. Et voilà.

L'impératrice sentait un puissant fou rire monter devant l'embarras de Tara, confrontée au tas de bijoux et de robes qui s'amoncelait petit à petit devant elle, et elle le réprima impitoyablement, ne voulant pas se moquer de sa nouvelle nièce.

— Tu as été d'une rare célérité, ô grand Meludenrifachiralivandir, dit-elle amicalement. Nous n'aurons probablement pas besoin de tout ceci pour le moment. Tara doit s'habituer au maniement de la bague. Salue ta femme et tes enfants de ma part.

L'Effrit s'inclina devant elle, puis devant Tara, fit disparaître d'un geste toutes les merveilles, salué par un soupir de regret des courtisanes, et s'évanouit enfin avec un petit *plop* sonore.

Alors là, Cal était un peu jaloux. Pas des bijoux et encore moins des robes dont il se fichait, mais du formidable... potentiel.

— Un Effrit! Bon sang! Ce que je pourrais faire comme exploits avec un complice comme ça!

Moineau lui lança un coup de coude dans les côtes.

— Tiens-toi tranquille, chuchota-t-elle en ne quittant pas son amie des yeux, je pense que Tara va faire une petite surprise à l'impératrice, elle aussi.

— Pourquoi? demanda Cal, étonné, c'est aussi l'anniversaire de l'impératrice? Je ne savais pas.

Moineau lui lança un sourire plein de fossettes, mais ne répondit pas.

En effet, Tara faisait déjà face à la souveraine et annonçait d'une voix ferme:

— Je réclame ma Faveur Impériale!

L'impératrice, qui croyait que Tara allait la remercier pour son sompteux cadeau, unique en son genre, se rencogna dans son fauteuil, méfiante.

– Pour quelle raison ? demanda-t-elle d'une voix sourde.

– Je ne désire pas être princesse héritière de l'Empire, annonça Tara dans un silence tendu en retirant la bague et en la tendant à l'impératrice. Je désire que vous me laissiez repartir sur Terre, auprès de ma mère et de ma famille. Je *renonce* à ce titre.

Les courtisans mirent un certain temps à assimiler ce que leurs oreilles avaient transmis à leurs cerveaux. Puis un unanime cri de protestation jaillit, provoquant un tumulte terrible.

L'impératrice respira profondément, puis hocha la tête. L'adolescente n'ayant pas fait mention de son statut, alors qu'elle le connaissait visiblement depuis un certain temps, elle se doutait de sa réaction. La Chevalière n'était qu'un appât. L'appât de la puissance absolue incarnée par l'Effrit. Ça n'avait pas marché. Tant pis.

– Un cadeau est un cadeau, dit-elle. Je ne pourrais pas reprendre cette bague même si je le désirais. Garde-la.

Tara voulut protester, mais elle ne la laissa pas faire.

– Tes… *aventures* t'ont mise en danger à de nombreuses reprises. Meludenrifachiralivandir n'est pas là que pour les fanfreluches. Il pourra peut-être te sauver la vie un jour. Ne rejette pas ce cadeau.

À contrecœur, Tara admit qu'elle n'avait pas tort. Et se jura de ne jamais utiliser la bague. Sauf en cas de désespoir absolu.

L'impératrice reprit la parole.

– J'aimerais te demander une faveur à mon tour.

– Laquelle ? demanda Tara, prudente.

– Je désire t'accompagner sur Terre et faire la connaissance de ta mère. C'est tout.

Tara regarda Lisbeth d'un air soupçonneux, mais la jeune femme lui opposa un visage lisse et impénétrable.

Tara finit par incliner la tête.

— Si vous y tenez, je n'y vois pas d'inconvénient.

— Parfait, dit l'impératrice en sautant sur ses pieds. Alors allons-y!

— Quoi? Maintenant? demanda l'imperator, déconcerté. Mais il faut prévenir la garde, sécuriser les lieux, inspecter les...

— Maintenant! le coupa fermement l'impératrice. Je prendrai juste Xandiar comme escorte.

Du fond de la pièce parvint un gémissement d'angoisse parfaitement audible.

— Votre... Votre Majesté Impériale, balbutia Xandiar qui paraissait sur le point de tourner de l'œil, c'est impossible! Je ne peux pas assurer votre sécurité tout seul! Laissez-moi former un bataillon et nous...

— Je suis l'impériale sortcelière! gronda la jeune femme, furieuse. Et je suis l'impératrice. Je sais me défendre toute seule. Alors je dis que nous partons *sur-le-champ* et avec vous comme seule escorte. Est-ce suffisamment clair, Xandiar, ou dois-je appeler le bourreau pour qu'il vous débouche les oreilles?

Le grand garde déglutit puis se mit au garde-à-vous, claquant les talons, le dos bien droit et les quatre mains sur le cœur.

— C'est extrêmement clair, Votre Majesté Impériale. À vos ordres!

L'imperator bâilla puis se leva lentement, ajustant son pectoral, repoussant sa longue tresse blonde.

— Bon, dit-il d'un ton indifférent, je n'ai rien de spécial à faire. Alors si vous le permettez, ma chère, je vais vous accompagner aussi. Deux gardes du corps ne me semblent tout de même pas de trop.

L'impératrice le remercia d'un sourire affectueux.

Manitou se sentait mal. Il avait senti sa mâchoire se décrocher quand l'impératrice avait révélé le secret de Tara et là, son estomac lui jouait des tours. Un labrador pouvait-il avoir un ulcère? Parce que Tara allait finir par lui en coller un avec toutes ces histoires! Il suivit le petit groupe avec réticence. Il avait peur. Il ne savait pas très bien de quoi, mais il sentait cette peur ramper sous sa peau comme un animal visqueux.

Visiblement, Cal partageait son inquiétude car il chuchota, tout en faisant signe à ses amis de se rapprocher.

– Euuuuh, je ne suis pas sûr que ce soit une bonne idée, cette expédition ! Vous croyez qu'elle va sur Terre pour quoi faire ?

– Aucune idée, murmura Moineau. Mais si elle y va, elle va rencontrer Isabella !

– Ouch ! (Cal fit la grimace en pensant à l'implacable grand-mère de Tara.) Je n'avais pas pensé à ça.

– Je ne la connais pas bien, fit observer Moineau mais vu leurs deux personnalités, j'ai la nette impression que le choc entre l'impératrice et elle risque d'être… terrible. Alors il va falloir être très présents autour de Tara, car Isabella et Lisbeth risquent de la blesser involontairement.

Robin se rapprocha, le regard farouche.

– La première qui touche ne serait-ce qu'un cheveu de Tara terminera en bouillie pour chat.

– Ce n'est pas ce que je veux dire, sourit Moineau, amusée par l'impétuosité du demi-elfe. Elles ne vont pas lui faire de mal *physiquement*, mais psychologiquement. L'impératrice va probablement se battre pour qu'elle vienne vivre à Omois, car elle est un symbole, celui de l'avenir de ce pays. Et sa grand-mère ne voudra sans doute pas céder, d'abord parce qu'elle sera inquiète pour sa sécurité et qu'elle l'aime, ensuite parce qu'elle sait qu'avoir l'héritière d'Omois sous tutelle lui conférera un indéniable avantage politique !

– Oh ! fit l'elfe. Je vois. Alors ce sera à notre tour de montrer notre amour à Tara, non pas pas parce qu'elle est notre petite-fille ou notre héritière, mais tout simplement notre amie.

Là, ce fut trop pour Cal, il ne put pas résister.

– Oh oui ! s'exclama-t-il en mettant sa main sur son cœur, l'amour, toujours l'amour. Tu dois lui montrer ton *amour* !

Fabrice lui jeta un regard perçant.

– Comment ça, il doit « lui montrer son amour » ? demanda-t-il d'un ton menaçant.

– Cal veut dire que j'aime beaucoup Tara, répondit Robin, en foudroyant le petit Voleur du regard. Autant que toi je pense, même si je la connais depuis moins longtemps.

– Mouais, eh bien n'oublie pas que Tara est *ma* meilleure amie, grommela Fabrice. Et depuis longtemps effectivement… alors…

Moineau leva les yeux au ciel et Cal ricana. Heureusement pour la santé de celui-ci, son dernier commentaire fut noyé par le brouhaha provoqué par l'impératrice quand elle arriva à la Porte de transfert.

Les courtisans s'aplatissaient sur son passage, les gardes saluaient dans de grands claquements de talons, et quand ils apprirent que la souveraine avait l'intention de partir, ils annoncèrent tous comme un seul homme qu'ils partaient avec elle.

Après un instant de confusion et pas mal d'énervement, celle-ci refusa de se laisser fléchir, au grand désespoir de Xandiar, et finalement ils ne furent bientôt plus que neuf humains et quatre Familiers dans la salle de Transfert : l'impératrice, l'imperator, Xandiar, Tara et Galant, Manitou, Moineau et Sheeba, Cal et Blondin, Fabrice et Barune, et enfin Robin.

Si Kali faillit faire une syncope quand elle comprit que les deux monarques partaient sous l'escorte d'un seul homme, le comte de Besois-Giron, lui, faillit avoir une attaque quand tout ce beau monde fit irruption dans son Château.

– Votre… Votre Majesté Impériale ? balbutia-t-il quand il réalisa qui se tenait devant lui, euuh, je veux dire *Vos* Majestés Impériales, mais…

– Nous raccompagnons notre… *amie*, Tara, chez sa mère, répondit calmement l'impératrice. Je n'ai pas souvent l'occasion de venir sur votre jolie planète, alors j'en ai profité.

Le comte n'était pas stupide. L'impératrice et l'imperator n'avaient qu'un seul garde avec eux, et celui-ci paraissait stressé et malheureux, tressaillant au moindre bruit, ses quatre mains fermement posées sur ses épées. Il y avait du secret dans l'air. Et son fils Fabrice lui adressa un petit signe discret. Bon. Il poserait ses questions plus tard.

Très élégamment, il s'inclina et proposa de les accompagner jusqu'au manoir en voiture. Fermée. Opaque. Discrète.

Ce fut raté.

Bien essayé, mais raté.

L'impératrice avait envie de *marcher*. Le comte essaya de lui expliquer que les Nonsos n'avaient jamais vu quelqu'un comme elle, elle ne lui prêta aucune attention.

Sans s'occuper du comte, elle sortit du château et inspecta les alentours avec attention.

— Très jolies fleurs, dit-elle à Igor, le jardinier qui la regardait, ébahi, et qui, bien sûr, ne comprit *pas un mot*, car il n'y avait pas de sort traducteur sur le Château de Besois-Giron.

— Très jolie *chose* roulante, sourit-elle au maire de Tagon quand elle le croisa sur sa vieille bicyclette, laquelle alla finir dans le fossé, avec le maire dessus, tant il fut surpris.

— Ravissantes robes, lança-t-elle à deux jolies filles qui, après l'avoir vue, décidèrent immédiatement de se laisser pousser les cheveux, puis se mirent à glousser en détaillant le bel imperator qui bomba le torse.

— Très jolis fruits, continua l'impératrice devant l'étal de l'épicier qui faillit en avaler sa moustache.

Tara la surveillait du coin de l'œil, trouvant que Lisbeth'tylanhnem était d'une bonne humeur renversante pour quelqu'un qui venait d'encaisser une sérieuse défaite. Qu'est-ce que la jeune femme était en train de mijoter ?

L'impératrice apprécia tout. Le ciel bleu, le soleil jaune, les arbres verts (bien qu'elle trouvât la couleur un peu monotone), les roses rouges, les chevaux blancs et les taureaux noirs (bien qu'elle préférât ces animaux avec des ailes plutôt que sans, elle trouvait cela plus gracieux). Plus elle s'extasiait et plus Manitou s'inquiétait. Les chiens ne transpirent pas, sans quoi il aurait passé son temps à s'éponger le front. Alors il haletait, laissant pendre une langue si longue qu'il faillit marcher dessus.

— Bon sang, marmonna-t-il, il va falloir lancer une demi-douzaine de sorts pour leur faire oublier l'impératrice!

Heureusement, Xandiar portait une cape qui dissimulait quelque peu ses quatre bras. Et Tara et ses amis avaient transformé leurs Familiers, leur donnant l'apparence de gros chiens. Si bien qu'excepté la stupéfiante beauté de la jeune femme, sa couronne, ses somptueux cheveux roses, ses vêtements parsemés de pierreries, et la cuirasse d'or de l'imperator, ils pourraient presque passer inaperçus.

Presque.

Parce que les habitants de Tagon, prévenus par un mystérieux tam-tam, les regardèrent avec stupéfaction. Manitou soupira quand l'échotier local, qui travaillait pour le journal d'Agen, se précipita dans son bureau et en ressortit avec un appareil photo.

— Tara, appela-t-il discrètement, peux-tu griller sa pellicule vite fait?

— Non, Grand-père, répondit Tara en observant attentivement le type qui mitraillait leur cortège.

— Tara, je sais que tu as peur d'utiliser ton pouvoir, mais là, c'est une urgence!

— Ce n'est pas parce que j'ai peur d'utiliser mon pouvoir, protesta Tara, indignée. C'est parce que c'est un appareil photo numérique. Il n'y a pas de pellicule!

— Maudite science, grommela le chien. Alors grille ce que tu veux, mais empêche-le de faire sa photo, et vite!

Tara se concentra et vida la mémoire de l'appareil. C'était un sale tour à jouer au pauvre homme, mais bon. Elle n'avait pas le choix.

Quand ils arrivèrent au manoir, Isabella et Selena les attendaient au portail. Visiblement, le comte les avait discrètement prévenues à l'aide de son téléphone portable, car elles n'eurent pas l'air spécialement surprises.

Selena ne s'occupa pas d'étiquette ou de protocole. Ignorant l'impératrice et son imperator, elle se précipita sur Tara et la serra si fort dans ses bras qu'elle lui en coupa le souffle.

Tara n'essaya pas de se dégager. Au contraire, elle lui rendit son étreinte avec joie. Elle ne s'était pas rendu compte à quel point sa mère lui avait manqué!

– Ma chérie, ma chérie, ne cessait de répéter Selena. J'ai eu si peur! Nous avons eu de tes nouvelles par Chem, puis toute communication a été coupée avec Travia. Nous ne savions pas ce qui se passait. Nous t'avons crue perdue!

Tara, tout aussi émue, allait répondre quand une petite toux derrière elle l'interrompit.

– Hrr mmrr, fit l'impératrice en s'éclaircissant la gorge. Vous êtes bien la femme de feu mon frère? demanda-t-elle, le tout dans un lancovien impeccable.

Selena se raidit et, après un dernier baiser à Tara, se redressa, l'air inquiète.

– Oui, c'est exact. Bien que je n'aie appris notre parenté que récemment, je suis bien votre belle-sœur.

L'impératrice lui adressa un grand sourire, jaugeant la fine jeune femme.

– Parfait, dit-elle en songeant que Selena ne devrait pas lui poser trop de problèmes, je voulais rencontrer la mère de notre remarquable Tara. Et discuter avec elle de quelques points *de détail*.

– Moi aussi, intervint froidement Isabella qui n'avait pas encore bronché, je suis heureuse de vous rencontrer, Votre Altesse Impériale ; je suis la grand-mère de Tara, Isabella Duncan.

Lisbeth tourna la tête et croisa les yeux verts de la vieille femme. Elle évalua son adversaire. Aïe, celle-ci opposerait plus de résistance.

Selena brisa le silence, et sourit, creusant de ravissantes fossettes.

– Mais je vous en prie, entrez dans notre demeure. Ne restons pas là, nous avons assez, je crois, alimenté de rumeurs pour les dix prochaines années.

L'impératrice leva un sourcil mais ne répliqua pas. Elle avança majestueusement dans le parc, ne faisant, cette fois-ci, aucun commentaire.

Ils entrèrent enfin dans le vieux manoir aux pierres roses et Tara soupira de plaisir. Elle était de retour à la maison !

Selena les conduisit dans le petit salon jaune. Tachil et Mangus, les deux sortceliers au service d'Isabella avaient préparé une délicieuse collation et l'impératrice attendit que tout le monde soit détendu par les petits sandwichs et les boissons rafraîchissantes pour attaquer.

– Bien, sourit-elle à Selena en sirotant sa limonade. Maintenant, expliquez-moi un peu comment vous avez rencontré mon frère.

Tara tendit l'oreille, elle ne s'attendait pas à cette question. Elle était, elle aussi, impatiente d'en savoir plus sur ses parents

Selena sourit à ce souvenir.

– Il m'est *tombé* dessus, expliqua-t-elle. Il venait d'arriver au Lancovit et son tapis volant a eu quelques ennuis «mécaniques». Juste au-dessus de moi. Je me suis retrouvée ensevelie dessous avant d'avoir compris ce qui s'était passé. Je venais de mettre au point une coiffure extrêmement compliquée et qui m'avait pris une bonne heure de travail. J'étais justement sortie pour la montrer à mes amies. Alors, quand j'ai vu tous mes efforts saccagés à cause de Danviou, j'étais tellement en colère que j'ai bien failli le transformer en crapaud! Il s'est excusé, il s'est mis à genoux pour se faire pardonner… et il s'est évanoui.

– Évanoui? Mais pourquoi?

– Il n'avait pas réalisé que dans sa chute, il s'était cassé la jambe. Quand il a voulu s'agenouiller, la douleur a été si forte qu'il a perdu connaissance. Évidemment, je l'ai ramené chez nous.

– Ohhhh, fit Moineau en sortant un petit mouchoir et en s'essuyant les yeux, très émue, ce que c'est romantique!

Cal la regarda comme si la cervelle de son amie dégoulinait de ses oreilles.

– Je ne vois pas ce que ça a de romantique, fit-il remarquer, sarcastique, ça prouve juste qu'il était maladroit!

– Quand il a repris connaissance, continua Selena, j'avais soigné sa jambe avec un Reparus, mais la blessure était profonde et je lui ai donc déconseillé de marcher pendant quelque temps. Il a alors commencé à me faire des compliments extravagants…

– Quel type de compliments? demanda l'imperator très intéressé et qui trouvait, lui aussi, que la jeune femme était bigrement jolie.

Selena rougit.

– Il disait que j'étais un ange tombé du ciel. Quand je lui ai fait remarquer que c'était *lui* qui était tombé du ciel et qu'il ne ressemblait *pas du tout* à un ange, il s'est mis à rire. Il a comparé mes cheveux à de la soie noire coulant entre ses mains, ma peau à la carnation d'une rose blanche légèrement teintée de rose, mes lèvres à un fruit rouge et délicieux. Bref, je voyais bien qu'il avait de la fièvre et racontait n'importe quoi. Je décidai alors de lui proposer de rester quelques jours chez nous. Mère était retenue au château pour la conférence bi-annuelle Lancovit/Hymlia/Selenda, cela ne posait donc pas de problèmes. Je l'ai installé dans la chambre d'amis.

– Ce n'était pas un peu… imprudent, risqua l'impératrice, surprise. Après tout, vous ne le connaissiez pas! Il aurait pu être un
voleur ou un assassin.

– Je sais, répondit Selena. Mais sa blessure était réelle, puisque je
venais de la soigner. Il venait visiblement de loin, car ses vêtements
n'étaient pas originaires du Lancovit. Et il était également évident
qu'il était riche, car dans sa robe de sortcelier, il avait un énorme
coffre de crédits-muts. Il insista d'ailleurs absolument pour payer
les frais occasionnés par sa présence. Il me fit beaucoup parler de
moi, mais parla très peu de lui.

– Que vous raconta-t-il à son sujet? demanda l'impératrice,
curieuse.

– Juste qu'il était destiné à un avenir qui ne lui convenait pas. Et
que pour échapper à cet avenir, il avait choisi une autre voie.

– Oui, observa amèrement l'impératrice. En nous laissant l'empire sur le dos pour aller batifoler en Lancovit, c'est sûr, il avait
choisi une autre voie!

Selena se raidit.

– Il ne batifolait pas, lança-t-elle, furieuse. Nous sommes tombés amoureux l'un de l'autre dès le début! Mais je ne voulais pas
l'épouser malgré ses demandes. Mère n'aimait pas Danviou et elle
faisait tout pour que nous nous séparions. À la fin, elle a même fini
par m'obliger à lui dire que nous n'étions pas faits l'un pour
l'autre. J'étais faible, j'étais jeune. J'ai obéi et j'ai fait comprendre à
Danviou que je ne le reverrais plus. Et pour plus de sécurité, Mère
m'a exilée provisoirement dans le domaine de l'un de nos lointains
cousins qui se trouve à des centaines de kilomètres de Travia. Mais
ce cousin est tombé amoureux de moi.

– Lui aussi? demanda l'impératrice. Vous avez un succès fou, ma
chère.

Sous la douceur de la voix, on sentait une pointe d'acidité.

Selena eut un pauvre sourire.

– Je m'en serais bien passé, croyez-moi. Puis ma mère a décidé de m'enfermer dans un des donjons du domaine, histoire d'être sûre que Danviou ne me localiserait pas. Elle ne me faisait pas confiance et savait qu'il n'avait pas perdu espoir. Il était à ma recherche.

Elle jeta un regard en coin vers Isabella, mais si celle-ci pinça les lèvres, elle ne fit aucun commentaire.

Tara était absolument captivée par le récit. Elle pressa sa mère de continuer.

– Et alors?

– Alors ton père a réussi à me retrouver. Il a défié notre cousin et l'a vaincu, ainsi que les trolls qui protégeaient le donjon. Puis il a brisé les sorts qui nous séparaient encore et m'a enlevée.

– Oohhh, fit Moineau qui repartit à la recherche de son mouchoir, ce que c'est romantique!

– Peeuh, ricana Cal, il a escaladé un mur et il l'a enlevée, rien de bien sensationnel! Je te fais ça tous les jours si tu veux.

– Cal?

– Oui, Moineau?

– Tais-toi.

– Pffff!

– Quand j'ai compris que son amour pour moi était fort et sincère, alors j'ai affronté ma mère. Elle a fini par admettre que j'aimais profondément Danviou. Et nous nous sommes mariés.

– Comment viviez-vous? fit l'impératrice, un peu hautaine, sur l'argent du coffre?

– Non, sourit Selena. Danviou avait un immense talent pour la peinture. Ses œuvres sont toujours exposées dans de nombreuses galeries sur AutreMonde et plusieurs ont été achetées par le château du Lancovit, pour la collection privée du roi. Le seul souci que nous avons eu fut l'antagonisme terrible entre son Familier, un aigle, et le tigre de ma mère. Ils ne s'entendaient pas du tout. Alors nous ne voyions pas Isabella très souvent. Malgré cela, nous avons vécu des années heureuses et paisibles. Et la naissance de notre bébé nous a comblés.

– Eh bien, remarqua l'imperator de sa voix languissante, je suis content de voir que le petit frère s'est bien débrouillé!

L'impératrice se retourna vers lui, étonnée.

– Comment, tu ne doutes donc plus de la légitimité de Tara?

– Non, admit l'imperator. Trop de détails collent. Danviou n'arrêtait pas de barbouiller des tas de toiles, de créer des holo-grammes ou de travailler sur les fresques du palais. Il rendait père à moitié fou avec ses couleurs quand il était petit. Il est bien parti avec un coffre de crédits-muts après nous avoir laissé ce mot stu-pide où il refusait la charge d'imperator. Son Familier était bien un aigle. Enfin il y a cette histoire de tapis volant. L'un de ceux de la garde impériale a disparu cette nuit-là. Je suppose que notre frère a eu peur d'emprunter la Porte de transfert et d'être repéré. Le tapis a dû le conduire d'Omois au Lancovit, ce qui fait tout de même au moins un mois de voyage. Il est donc logique que la charge magique ait été quasiment épuisée. Alors je l'admets bien volon-tiers…

Il se leva et s'inclina bien bas devant Tara.

– … Tara'tylanhnem T'al Barmi Ab Santa Ab Maru, bienvenue dans notre belle famille!

L'imperator lui avait manifesté une telle hostilité dès le début que Tara ne sut pas très bien comment réagir à ce revirement de situation.

– Merci, finit-elle par articuler à contrecœur. Comment dois-je vous appeler? Tonton?

L'imperator frissonna et se rassit.

– Si cela ne t'ennuie pas, chère nièce, évitons les termes trop… familiers. Oncle, ou Sandor, je préférerais.

– Danviou parlait-il de sa famille de temps en temps? continua l'impératrice qui avait du mal à accepter que son frère l'ait rayée de sa vie comme ça.

– Oui, répondit doucement Selena. Il disait qu'il avait une sœur, merveilleuse… mais très têtue. Et un demi-frère, qui n'écoutait jamais ce qu'il disait, l'une des raisons pour lesquelles il est parti d'ailleurs. Mais il avait visiblement gardé de bons souvenirs de son enfance, même s'il était très… réservé quand il en parlait. Je crois sincèrement qu'il vous aimait et qu'il souffrait de ne plus pouvoir vous voir. Mais il répétait que cela risquait de mettre notre enfant en danger. Je lui ai posé des tas de questions à l'époque, ne comprenant pas de quoi il se cachait. Maintenant, je sais.

– Il se cachait ? demanda l'impératrice visiblement surprise. Et de quoi se cachait-il ? Enfin excepté le fait qu'il évitait soigneusement de faire son devoir en fuyant Omois.

– Pas de quoi, de *qui*. Dès que Tara est née, il est devenu encore plus prudent. Il me disait sans cesse qu'il me fallait lui faire confiance, sans pour autant chercher à comprendre. Je crois qu'il savait déjà que Magister était à sa recherche.

– *Magister* ? (L'imperator se redressa dans son siège, soudain alerté.) Qu'est-ce que ce Démon vient faire dans l'histoire ?

– Il a besoin de moi ! répondit Tara pour sa mère. Il a enlevé Selena et l'a gardée prisonnière pendant dix ans, après avoir tué mon père. Puis il a attendu patiemment que je sois en possession de mes pouvoirs de sortcelière en plaçant un espion près de moi. Il a alors essayé de m'enlever une première fois, puis une seconde… finissant par réussir. C'est alors qu'il m'a avoué avoir besoin de moi pour accéder aux objets de pouvoir des Démons, cachés par Demiderus et les quatre Hauts mages. Ceux-qui-gardent et Ceux-qui-jugent, les gardiens des objets, ne laissent passer que les descendants de ces cinq puissants sortceliers.

L'impératrice devint très pâle.

– Tu veux dire, balbutia-t-elle, que nous sommes une sorte de *clef*, qui lui permettrait de libérer les Démons ?

– Il ne cherche pas *spécialement* à libérer les Démons, répondit

Tara, mais si cela était nécessaire pour obtenir du pouvoir absolu, alors il n'hésiterait pas.

— C'est un fou, déclara l'imperator. Mais sa quête est sans espoir. Je ne risque rien, puisque nous n'avons pas la même mère et que je ne descends pas de Demiderus. Ma sœur est bien protégée, et en tant qu'héritière de Lisbeth, Tara sera tout aussi protégée au palais.

Tara prit une grande inspiration.

— Eh bien justement, c'est là où nous ne sommes pas d'accord! Où est mon choix? Peut-être que je veux être, je ne sais pas moi, ballerine?

Elle jeta un regard noir à Cal, qui venait de s'étouffer.

— Bon, peut-être pas ballerine, concéda-t-elle. Mais aviateur? Ou médecin? Je n'ai que treize ans, je n'ai encore aucune idée de ce que je veux faire quand je serai adulte. Vous avez voulu faire de mon père un parfait imperator, et il s'est enfui. Voulez-vous commettre avec moi les mêmes erreurs qu'avec lui?

— Mais justement, tu ne sais pas ce que c'est que d'être une princesse Impériale, contra astucieusement l'impératrice. Peut-être que tu adoreras ça? Comment peux-tu juger sans savoir?

— Il n'y a pas que cela, soupira Tara, je n'ai pas vu ma mère depuis dix ans, je veux vivre avec elle et…

— Nous l'invitons aussi! l'interrompit la souveraine. C'est évident! Elle est la veuve de mon frère, notre protection s'étend à elle au…

— C'est hors de question! explosa Isabella, tranchant net la proposition de l'impératrice.

Manitou gémit. Sa fille venait d'entrer dans la danse.

— Nous n'avons pas l'intention d'exposer Tara aux manigances de Magister, précisa-t-elle. Et c'est une adolescente fragile… (Cal eut un hoquet… Tara? fragile?)… qui a besoin d'un environnement calme pour s'épanouir. Elle restera avec nous.

Tara leva les yeux, surprise. Sa grand-mère n'avait pas donné de conditions. Elle avait juste opposé une fin de non-recevoir.

L'impératrice parla lentement, visiblement inquiète de ne pas arriver à convaincre son héritière.

— Dame Isabella, Tara a invoqué sa Faveur Impériale pour revenir vivre sur Terre. Ce qu'elle n'a pas compris, c'est que si la sécurité de notre État est en danger, alors la Faveur Impériale ne peut s'appliquer.

— Je ne vois pas en quoi la sécurité de votre empire dépend de Tara ? protesta Selena, en se rapprochant instinctivement de sa fille, comme pour la protéger.

— Je suis stérile, répondit simplement Lisbeth. Nous ignorons pourquoi. Tous les médecins se sont penchés sur mon cas. Et comme il vous l'a dit, Sandor est mon très cher et très aimé *demi-frère*. Nous n'avons pas la même mère. Ma mère était l'impératrice d'Omois, mon père était son prince consort. Qu'elle a épousé en secondes noces, puisqu'il avait déjà quitté la mère de Sandor. Quand ma mère est morte dans l'incendie de son palais d'Été, je suis montée sur le trône. Mon prince consort, Daril, a régné à mes côtés. Puis on a découvert que j'étais stérile. Daril a été tué lors d'un accident de chasse.

— Ben dis donc, fit remarquer Cal à Robin, assez fort pour que l'impératrice l'entende, y'en a des accidents mortels dans leur impériale famille. Je suis pas sûr que Tara ait tellement intérêt à en faire partie !

L'impératrice ouvrit la bouche, puis la referma, semblant réfléchir intensément. Elle hocha la tête et, sans réagir à ce que venait de dire le petit Voleur, reprit son explication.

— Alors j'ai proposé à mon frère, Danviou, de devenir mon imperator. Il a accepté dans un premier temps. Mais la charge de l'empire était trop pesante pour lui. Vous connaissez la suite. J'ai donc pris mon demi-frère aîné, Sandor, comme nouvel imperator. Et nous dirigeons le pays ensemble depuis maintenant une quinzaine d'années. À ma mort, je ne laisserai pas de descendance. Tara sera la nouvelle impératrice d'Omois, portant dans ses veines le sang de Demiderus. Et après elle, ses enfants régneront et notre dynastie vivra !

Isabella ne se démonta pas.

– Ma petite-fille n'ira *pas* à Omois. Elle restera sur Terre, avec nous. Je suis la Gardienne de la Surveillance terrienne et de la détection des Nouveaux sortceliers et également Haute mage. Puis-je vous rappeler que notre guerre contre les Démons nous a coûté très cher ? Si cher que Demiderus, épuisé, en est mort, peu après ? Et juste avant de mourir, il a commis une erreur. Il a caché les objets de puissance des rois Démons sur Terre. Depuis, je tremble que quelqu'un s'en empare et rouvre ainsi la faille entre notre monde et celui des Démons. Si Magister parvient à s'emparer de Tara sur AutreMonde, comme il a failli le faire par deux fois, la sécurité de notre *univers* est compromise, alors j'estime que celle de votre *simple* empire, en comparaison, n'est pas si importante.

Oups. Bien. Elle venait d'insulter l'impératrice et l'imperator d'Omois en une seule phrase.

Le hoquet d'indignation de l'imperator n'échappa pas à Tara. Elle jeta un coup d'œil à Isabella, drapée dans sa dignité, se disant qu'elle aurait préféré se défendre *toute seule*. Elle n'était pas sûre que sa grand-mère soit vraiment d'une grande aide.

Si l'imperator était visiblement prêt à sauter à la gorge d'Isabella, l'impératrice, elle, resta d'un calme olympien.

– De qui dépend cet endroit ? demanda-t-elle soudain. Qui est en charge de la Surveillance terrienne ?

Isabella fut un instant déroutée par le changement de sujet.

– Tous les cinquante ans, c'est un nouveau pays d'AutreMonde, comme vous le savez parfaitement, qui gère et assume les dépenses de la Surveillance terrienne. Depuis vingt ans, nous sommes ici dans une enclave lancovienne. Dans trente ans, cette enclave sera meusienne, car c'est Meus qui est le suivant. Pourquoi ?

L'impératrice ne répondit pas. Elle réfléchissait.

– Mon héritière va donc être élevée dans une enclave lanco-vienne, c'est cela?

Isabella sentait que la jeune femme avait une idée précise derrière la tête, mais du diable si elle savait laquelle. Elle biaisa.

– Elle va être élevée par sa *famille*. Si Selena était Édrakin, elle serait…

– Mais elle ne l'est *pas*, la coupa l'impératrice. Elle est lanco-vienne. Alors je sais ce qui me reste à faire.

Tous la regardèrent, interloqués.

Elle fut *parfaitement* claire.

– Je crois que je ne me suis pas bien fait comprendre, déclara-t-elle d'une voix glaciale en se levant. Si mon héritière ne vient pas à Tingapour pour y recevoir l'éducation qui convient à une future impératrice, mon peuple n'aura pas le choix.

Isabella plissa ses yeux verts.

– Comment ça, pas le choix? demanda-t-elle avec une certaine appréhension.

– Nous considérerons que vous détenez un otage impérial au Lancovit.

– Un otage, s'exclama Isabella, mais ce n'est pas…

– Et dans ce cas, la coupa tranquillement l'impératrice, nous vous déclarerons la *guerre*!

Petit lexique d'AutreMonde

AutreMonde

AutreMonde est une planète sur laquelle la magie est très présente. D'une superficie d'environ une fois et demie celle de la Terre, AutreMonde effectue sa rotation autour de son soleil en 14 mois; les jours y durent 26 heures et l'année compte 454 jours. Deux lunes satellites, Madix et Tadix, gravitent autour d'AutreMonde et provoquent d'importantes marées lors des équinoxes.

Les montagnes d'AutreMonde sont bien plus hautes que celles de la Terre, et les métaux qu'on y exploite sont parfois dangereux à extraire du fait des explosions magiques. Les mers sont moins importantes que sur Terre (il y a une proportion de 45 % de terre pour 55 % d'eau) et deux d'entre elles sont des mers d'eau douce.

La magie qui règne sur AutreMonde conditionne aussi bien la faune, la flore que le climat. Les saisons sont, de ce fait, très difficiles à prévoir (AutreMonde peut se retrouver en été sous un mètre de neige!). Pour une année dite «normale», il n'y a pas moins de sept saisons.

De nombreux peuples vivent sur AutreMonde, dont les principaux sont les humains, les nains, les géants, les trolls, les Vampyrs, les gnomes, les lutins, les elfes, les licornes, les Chimères, les Tatris et les dragons.

Les pays et les peuples d'AutreMonde

Dranvouglispenchir est la planète des dragons.

Énormes reptiles intelligents, les dragons sont doués de magie et capables de prendre n'importe quelle forme, le plus souvent humaine. Pour s'opposer aux Démons qui leur disputent la domination des univers, ils ont conquis tous les mondes connus jusqu'au moment où ils se sont heurtés aux sortceliers terriens. Après la bataille, ils ont décidé qu'il était plus intéressant de s'en faire des alliés que des ennemis, d'autant qu'ils devaient toujours lutter contre les Démons. Abandonnant alors leur projet de dominer la Terre, les dragons ont cependant refusé que les sortceliers la dirigent mais les ont invités sur AutreMonde, pour les former et les éduquer. Après plusieurs années de méfiance, les sortceliers ont fini par accepter et se sont installés sur Autre-Monde.

Gandis est le pays des géants, sa capitale est Geopole.

Gandis est dirigé par la puissante famille des Groars.

C'est à Gandis que se trouvent l'île des Roses Noires et les Marais de la Désolation.

Son emblème est un mur de pierres «masksorts», surmonté du soleil d'AutreMonde.

Hymlia est le pays des nains, sa capitale est Minat.
Hymlia est dirigé par le Clan des Forgeafeux.
Son emblème est l'enclume et le marteau de guerre sur fond de mine ouverte.
Robustes, souvent aussi hauts que larges, les nains sont les mineurs et forgerons d'AutreMonde et ce sont également d'excellents métallurgistes et joailliers. Ils sont aussi connus pour leur très mauvais caractère, leur détestation de la magie et leur goût pour les chants longs et compliqués.

Krankar est le pays des trolls, sa capitale est Kria.
Son emblème est un arbre surmonté d'une massue.
Les trolls sont énormes, poilus, verts avec d'énormes dents plates, et sont végétariens. Ils ont mauvaise réputation car, pour se nourrir, ils déciment les arbres (ce qui horripile les elfes), et ont tendance à perdre facilement patience, écrasant alors tout sur leur passage.

La Krasalvie est le pays des Vampyrs, sa capitale est Urla.
Son emblème est un astrolabe surmonté d'une étoile et du symbole de l'infini (un huit couché).
Les Vampyrs sont des sages. Patients et cultivés, ils passent la majeure partie de leur très longue existence en méditation et se consacrent à des activités mathématiques et astronomiques. Ils recherchent le sens de la vie.
Se nourrissant uniquement de sang, ils élèvent du bétail : des Brrraaas*, des Mooouuus*, des chevaux, des chèvres – importées de Terre –, des moutons, etc. Cependant, certains sangs leur sont interdits : le sang de licorne ou d'humain les rend fous, diminue leur espérance de vie de moitié et déclenche une allergie mortelle à la lumière solaire ; leur morsure devient alors empoisonnée et

leur permet d'asservir les humains qu'ils mordent. De plus, si leurs victimes sont contaminées par ce sang vicié, celles-ci deviennent à leur tour des Vampyrs, mais des Vampyrs corrompus et mauvais. Les Vampyrs victimes de cette malédiction sont impitoyablement pourchassés par leurs congénères, ainsi que par tous les peuples d'AutreMonde.

Le Lancovit est le plus grand royaume humain, sa capitale est Travia.
Le Lancovit est dirigé par le roi Bear et sa femme Titania.
Son emblème est la licorne blanche à corne dorée, dominée par le croissant de lune d'argent.

Les Limbes sont l'Univers Démoniaque, le domaine des Démons.
Les Limbes sont divisés en différents mondes, appelés cercles et selon le cercle, les Démons sont plus ou moins puissants, plus ou moins civilisés. Les Démons des cercles 1, 2 et 3 sont sauvages et très dangereux; ceux des cercles 4, 5 et 6 sont souvent invoqués par les sortceliers dans le cadre d'échanges de services (les sortceliers pouvant obtenir des Démons des choses dont ils ont besoin et vice-versa). Le cercle 7 est le cercle où règne le Roi des Démons. Les Démons vivant dans les Limbes se nourrissent de l'énergie démoniaque fournie par les soleils maléfiques. S'ils sortent des Limbes pour se rendre sur les autres mondes, ils doivent se nourrir de la chair et de l'esprit d'êtres intelligents pour survivre. Ils avaient commencé à envahir l'univers jusqu'au jour où les dragons sont apparus et les ont vaincus lors d'une mémorable bataille. Depuis, les Démons sont prisonniers des Limbes et ne peuvent aller sur les autres planètes que sur invocation expresse d'un sortcelier ou de tout être doué de magie. Les Démons supportent très mal cette restriction de leurs activités et cherchent un moyen de se libérer.

Le Mentalir, les vastes plaines de l'Est, est le pays des licornes et des centaures.

Les licornes sont de petits chevaux à corne spiralée et unique (qui peut se dévisser), elles ont des sabots fendus et une robe blanche. Si certaines licornes n'ont pas d'intelligence, d'autres sont de véritables sages, dont l'intellect peut rivaliser avec celui des dragons. Cette particularité fait qu'il est difficile de les classifier dans la rubrique peuple ou dans la rubrique faune.

Les centaures sont des êtres moitié homme (ou moitié femme) moitié cheval; il existe deux sortes de centaures: les centaures dont la partie supérieure est humaine et la partie inférieure cheval, et ceux dont la partie supérieure du corps est cheval et la partie inférieure humaine. On ignore de quelle manipulation magique résultent les centaures, mais c'est un peuple complexe qui ne veut pas se mêler aux autres, sinon pour obtenir les produits de première nécessité, comme le sel ou les onguents. Farouches et sauvages, ils n'hésitent pas à larder de flèches tout étranger désirant passer sur leurs terres.

On dit dans les plaines que les chamans des tribus des centaures attrapent les Pllops, grenouilles blanc et bleu très venimeuses et lèchent leur dos pour avoir des visions du futur. Le fait que les centaures aient été pratiquement exterminés par les elfes durant la grande Guerre des Étourneaux peut faire penser que cette méthode n'est pas très efficace.

Omois est le plus grand empire humain, sa capitale est Tingapour. Omois est dirigé par l'impératrice Lisbeth'tylanhnem T'al Barmi Ab Santa Ab Maru et son demi-frère l'imperator Sandor T'al Barmi Ab March Ab Brevis.
Son emblème est le paon pourpre aux cent yeux d'or.

Selenda est le pays des elfes, sa capitale est Seborn.

Les elfes sont, comme les sortceliers, doués pour la magie. D'apparence humaine, ils ont les oreilles pointues et des yeux très clairs à la pupille verticale, comme celle des chats. Les elfes habitent les forêts et les plaines d'AutreMonde et sont de redoutables chasseurs. Ils adorent aussi les combats, les luttes et tous les jeux impliquant un adversaire, c'est pourquoi, ils sont souvent employés dans la Police ou les Forces de Surveillance, afin d'utiliser judicieusement leur énergie. Mais quand les elfes commencent à cultiver le maïs ou l'orge enchanté, les peuples d'AutreMonde s'inquiètent : cela signifie qu'ils vont partir en guerre. En effet, n'ayant plus le temps de chasser en temps de guerre, les elfes se mettent alors à cultiver et à élever du bétail ; ils reviennent à leur mode de vie ancestral une fois la guerre terminée.

Autres particularités des elfes : ce sont les elfes mâles qui portent les bébés dans de petites poches sur le ventre – comme les marsupiaux – jusqu'à ce que les petits sachent marcher. Enfin, une elfe n'a pas droit à plus de cinq maris !

Smallcountry est le pays des gnomes, des lutins, des fées et des gobelins.

Son emblème est un globe stylisé entourant une fleur, un oiseau et une aragne. Petits, râblés, dotés d'une houppette orange, les gnomes se nourrissent de pierres et sont, tout comme les nains, des mineurs. Leur houpette est un détecteur de gaz très efficace : tant qu'elle est dressée, tout va bien, mais dès qu'elle s'affaisse, les gnomes savent qu'il y a du gaz dans la mine et s'enfuient. Ce sont également, pour une inexplicable raison, les seuls à pouvoir communiquer avec les Diseurs de Vérité.

Les P'abo, les petits lutins bruns très farceurs de Smallcountry, sont les créateurs des fameuses sucettes Kidikoi*. Capables de projeter des illusions ou de se rendre provisoirement invisibles, ils adorent l'or qu'ils gardent dans une bourse cachée. Celui qui parvient à trouver la bourse peut faire deux vœux que le lutin aura l'obligation d'accomplir afin de récupérer son précieux or. Cependant, il est toujours dangereux de demander un vœu à un lutin car ils ont une grande faculté de «désinterprétation»... et les résultats peuvent être inattendus.

Tatran est le pays des Tatris, sa capitale est Cityville.
Les Tatris ont la particularité d'avoir deux têtes. Ce sont de très bons organisateurs (ils ont souvent des emplois d'administrateurs ou travaillent dans les plus hautes sphères des gouvernements, tant par goût que grâce à leur particularité physique). Ils n'ont aucune fantaisie, estimant que seul le travail est important. Ils sont l'une des cibles préférée des P'abo, les lutins farceurs, qui n'arrivent pas à imaginer un peuple totalement dénué d'humour et tentent désespérément de faire rire les Tatris depuis des siècles. D'ailleurs, les P'abo ont même créé un prix qui récompensera celui d'entre eux qui sera le premier à réussir cet exploit.

La vie sur AutreMonde
(faune, flore et vie quotidienne)

Aragne
Originaires de Smallcountry*, comme les spalenditals*, les aragnes sont aussi utilisées comme montures par les gnomes et leur soie est réputée pour sa solidité. Dotées de huit pattes et de huit yeux, elles ont la particularité d'avoir une queue, comme

celle des scorpions, munie d'un dard empoisonné. Les aragnes sont extrêmement intelligentes et adorent poser des charades à leurs futures proies.

Balboune

Immenses baleines, les balbounes sont rouges et sont deux fois plus grandes que les baleines terrestres. Leur lait, extrêmement riche, fait l'objet d'un commerce entre les liquidiens, tritons et sirènes et les solidiens, habitants sur terre ferme. Le beurre et la crème de balboune sont des aliments délicats et très recherchés.

Ballorchidée

Magnifiques fleurs, les ballorchidées doivent leur nom aux boules jaunes et vertes qui les contiennent avant qu'elles n'éclosent. Plantes parasites, elles poussent extrêmement vite et peuvent faire mourir un arbre en quelques saisons puis, en déplaçant leurs racines, s'attaquer à un autre arbre. Les arbres d'AutreMonde luttent contre les ballorchidées en secrétant des substances corrosives afin de les dissuader de s'attacher à eux.

Bééé

Moutons à la belle laine blanche, les bééés se sont adaptés aux saisons très variables de la planète magique et peuvent perdre leur toison ou la faire repousser en quelques heures. Les éleveurs utilisent d'ailleurs cette particularité au moment de la tonte : ils font croire aux bééés (sur AutreMonde, on dit « crédule comme un bééé ») qu'il fait brutalement très chaud et ceux-ci se débarrassent alors immédiatement de leur toison.

Bizzz

Grosses abeilles rouge et jaune, les bizzz, contrairement aux abeilles terriennes, n'ont pas de dard. Leur unique moyen de défense est de sécréter une substance toxique qui empoisonne tout prédateur voulant les manger. Le miel qu'elles produisent à partir des fleurs magiques d'AutreMonde a un goût incomparable. On dit souvent sur AutreMonde « Doux comme du miel de bizzz ».

Brill

Mets très recherché sur AutreMonde, les pousses de brill se nichent au creux des montagnes magiques d'Hymlia* et les nains, qui les récoltent, les vendent très cher aux commerçants d'AutreMonde. Ce qui bien fait rire les nains (qui n'en consomment pas) car à Hymlia, les brills sont considérés comme de la mauvaise herbe.

Brrraaa

Énormes bœufs au poil très fourni dont les géants utilisent la laine pour leurs vêtements. Les Brrraaas sont très agressifs et chargent tout ce qui bouge, ce qui fait qu'on rencontre souvent des Brrraaas épuisés d'avoir poursuivi leur ombre. On dit souvent « têtu comme un Brrraaa ».

Bulle-sardine

La bulle-sardine est un poisson qui a la particularité de se dilater lorsqu'elle est attaquée ; sa peau se tend au point qu'il est pratiquement impossible de la couper. Ne dit-on pas sur Autre-Monde « indestructible comme une bulle-sardine » ?

Camélin

Le camélin, qui tient son nom de sa faculté à changer de couleur selon son environnement, est une plante assez rare. Dans les plaines du Mentalir*, sa couleur dominante sera le bleu, dans le désert de Salterens, il deviendra blond ou blanc, etc. Il conserve cette faculté une fois cueilli et tissé. On en fait un tissu précieux qui, selon son environnement, change de couleur.

Cantaloup

Plantes carnivores, agressives et voraces, les cantaloups se nourrissent d'insectes et de petits rongeurs. Leurs pétales, aux couleurs variables, mais toujours criardes, sont munis d'épines acérées qui « harponnent » leurs proies. De la taille d'un gros chien, elles sont difficiles à cueillir et constituent un mets de choix sur AutreMonde.

Chatrix

Les chatrix sont des sortes de grosses hyènes noires, très agressives, aux dents empoisonnées, qui ne chassent que la nuit. On peut les apprivoiser et les dresser et elles sont parfois utilisées comme gardiennes par l'empire d'Omois*.

Clac-cacahuète

Les clac-cacahuètes tiennent leur nom du bruit très caractéristique qu'elles font quand on les ouvre. On en tire une huile parfumée, très utilisée en cuisine par les grands chefs d'AutreMonde… et les ménagères avisées.

Crouiccc

Gros mammifère omnivore bleu aux défenses rouges, les Crouicccs, connus pour leur très mauvais caractère, sont élevés pour leur chair savoureuse. Une troupe de Crouicccs sauvages peut dévaster un champ en quelques heures : c'est la raison pour laquelle les agriculteurs d'AutreMonde utilisent des sorts anti-crouiccc pour protéger leurs cultures.

Petit lexique d'AutreMonde

Drago-tyrannosaure
Cousins des dragons, mais n'ayant pas leur intelligence, les drago-tyrannosaures ont de petites ailes, mais ne peuvent pas voler. Redoutables prédateurs, ils mangent tout ce qui bouge et même tout ce qui ne bouge pas. Vivant dans les forêts humides et chaudes d'Omois*, ils rendent cette partie de la planète particulièrement inappropriée au développement touristique.

Gambole
La gambole est un animal couramment utilisé en sorcellerie. Petit rongeur aux dents bleues, il fouit très profondément le sol d'AutreMonde, au point que sa chair et son sang sont imprégnés de magie. Une fois séché, et donc « racorni », puis réduit en poudre, le « racorni de gambole » permet les opérations magiques les plus difficiles. Certains sortceliers utilisent également le racorni de gambole pour leur consommation personnelle car la poudre procure des visions hallucinatoires. Cette pratique est strictement interdite sur AutreMonde et les accros au racorni sont sévèrement punis.

Gandari
Plante proche de la rhubarbe, avec un léger goût de miel.

Géant d'Acier
Arbres gigantesques d'AutreMonde, les Géants d'Acier peuvent atteindre deux cents mètres de haut et la circonférence de leur tronc peut aller jusqu'à cinquante mètres ! Les pégases* utilisent souvent les Géants d'Acier pour nicher, mettant ainsi leur progéniture à l'abri des prédateurs.

Glurps
Sauriens à la tête fine, vert et brun, ils vivent dans les lacs et les

marais. Très voraces, ils sont capables de passer plusieurs heures sous l'eau sans respirer pour attraper l'animal innocent venu se désaltérer. Ils construisent leurs nids dans des caches au bord de l'eau et dissimulent leurs proies dans des trous au fond des lacs.

Jourstal (pl. : jourstaux)

Journaux d'AutreMonde que les sortceliers et Nonsos recoivent sur leurs boules, écrans, portables de cristal.

Kalorna

Ravissantes fleurs des bois, les Kalornas sont composées de pétales rose et blanc légèrement sucrés qui en font des mets de choix pour les herbivores et omnivores d'AutreMonde. Pour éviter l'extinction, les Kalornas ont développé trois pétales capables de percevoir l'approche d'un prédateur. Ces pétales, en forme de gros yeux, leur permettent de se dissimuler très rapidement. Malheureusement, les Kalornas sont également extrêmement curieuses, et elles repointent le bout de leurs pétales souvent trop vite pour pouvoir échapper aux cueilleurs. Ne dit-on pas « curieux comme une Kalorna » ?

Kax

Utilisée en tisane, cette herbe est connue pour ses vertus relaxantes. Si relaxantes d'ailleurs qu'il est conseillé de n'en consommer que dans son lit. Sur AutreMonde, on l'appelle aussi la molmol, en référence à son action sur les muscles. Et il existe une expression qui dit : « Toi t'es un vrai kax ! » pour qualifier quelqu'un de très mou.

Keltril

Métal lumineux et argenté utilisé par les elfes pour leurs cuirasses et protections. À la fois léger et très résistant, le Keltril est quasiment indestructible.

Petit lexique d'AutreMonde

Kidikoi

Sucettes créés par les P'abo, les lutins farceurs. Une fois qu'on en a mangé l'enrobage, une prédiction apparaît en son cœur. Cette prédiction se réalise toujours, même si le plus souvent celui à qui elle est destinée ne la comprend pas. Des Hauts mages de toutes les nations se sont penchés sur les mystérieuses Kikikoi pour essayer d'en comprendre le fonctionnement, mais ils n'ont réussi qu'à récolter des caries et des kilos en trop. Le secret des P'abo reste bien gardé.

Krakdent

Animaux originaires du Krankar*, pays des trolls, les Krakdents ressemblent à une peluche rose dont on ne sait pas où est le devant et le derrière, mais sont extrêmement dangereux, car leur bouche extensible peut tripler de volume et leur permet d'avaler à peu près n'importe quoi. Beaucoup de touristes sur Autre-Monde ont terminé leur vie en prononçant la phrase: «Regarde comme il est mign…».

Kraken

Gigantesque pieuvre aux tentacules noirs, on la retrouve, du fait de sa taille, dans les mers d'AutreMonde, mais elle peut égale-ment survivre en eau douce. Les Krakens représentent un danger bien connu des navigateurs.

Krekrekre

Petits rongeurs au pelage jaune citron ressemblant au lapin, les krekrekre, du fait de l'environnement très coloré d'AutreMonde, échappent assez facilement à leurs prédateurs. Bien que leur chair soit assez fade, elle nourrit le voyageur affamé ou le chas-seur patient. Sur AutreMonde, les krekrekre sont également élevés en captivité

Petit lexique d'AutreMonde

Kroa

Grenouille bicolore, la Kroa constitue le principal menu des Glurps* qui les repèrent aisément à cause de leur chant particulièrement agaçant.

Krok-requin

Le krok-requin est un prédateur des mers d'AutreMonde. Énorme animal aux dents acérées, il n'hésite pas à s'attaquer au célèbre Kraken* et, avec ce dernier, rend les mers d'AutreMonde peu sûres aux marins.

Mangeur de Boue

Habitants des Marais de la Désolation à Gandis*, les Mangeurs de Boue sont de grosses boules de poils qui se nourrissent des éléments nutritifs contenus dans la boue, d'insectes et de nénuphars. Les tribus primitives des Mangeurs de Boue ont peu de contact avec les autres habitants d'AutreMonde.

Manuril

Les pousses de manuril, blanches et juteuses, forment un accompagnement très prisé des habitants d'AutreMonde.

Miam

Sorte de grosse cerise rouge de la taille d'une pêche.

Mooouuu

Ce sont des élans sans corne à deux têtes. Quand une tête mange, l'autre reste vigilante pour surveiller les prédateurs. Pour se déplacer, les Mooouuus courent en crabe.

Mouche à sang

Ce sont des mouches dont la piqûre est très douloureuse.

Petit lexique d'AutreMonde

Mrmoum

Les mrmoums sont des fruits très difficiles à cueillir, car les mrmoumiers sont d'énormes plantes animées qui couvrent parfois la superficie d'une petite forêt. Dès qu'un prédateur s'approche, les mrmoumiers s'enfoncent dans le sol avec ce bruit caractéristique qui leur a donné leur nom. Ce qui fait qu'il peut être très surprenant de se promener sur AutreMonde et, tout à coup, voir une forêt entière de mrmoumiers disparaître, ne laissant qu'une plaine nue.

Nonsos

Les Nonsos (contraction de « non-sortcelier ») sont des humains ne possédant pas le pouvoir de sortcelier*.

Pégase

Chevaux ailés, leur intelligence est proche de celle du chien. Ils n'ont pas de sabot, mais des griffes pour pouvoir se percher facilement et font souvent leur nid en haut des Géants d'Acier*.

Rouge-banane

Équivalent de nos bananes, sauf pour la couleur.

Scoop

Petite caméra ailée, produit de la technologie d'AutreMonde. Semi-intelligente, la scoop ne vit que pour filmer et transmettre ses images à son cristalliste.

Slurp

Le jus de slurp, plante originaire des plaines du Mentalir, a étrangement le goût d'un fond de bœuf délicatement poivré. La plante a reproduit cette saveur carnée afin d'échapper aux troupeaux de licornes, farouchement herbivores. Cependant, les habitants d'AutreMonde, ayant découvert la caractéristique gustative du slurp, ont pris l'habitude d'accommoder leurs plats avec du jus de slurp.

Sortcelier (f. : sortcelière)

Littéralement «Celui qui sait lier les sorts». Afin de focaliser sa pensée et réaliser ce dont il a besoin, le sortcelier, qui est doué de pouvoir magique, incante, ce qui lui permet de matérialiser ses désirs. Quelques rares sortceliers n'ont pas besoin d'incanter, car leur pouvoir est si puissant qu'il se manifeste même sans incantation. Les Terriens ont déformé le mot, après le départ des sortceliers sur AutreMonde, en «sorcier». C'est de là que sont nés les sorciers et les sorcières terriens.

Spachoune

Les Spachounes sont des dindons géants et dorés qui gloussent constamment en se pavanant et qui sont très faciles à chasser. On dit souvent « bête comme un Spachoune», ou « vaniteux comme un Spachoune».

Spalenditals

Sorte de scorpions, les spalenditals sont originaires de Smallcountry*. Domestiqués, ils servent de montures aux gnomes qui utilisent également leur cuir très résistant. Les gnomes adorant les oiseaux (dans le sens gustatif du terme), ils ont littéralement dépeuplé leur pays, ouvrant ainsi une niche écologique aux insectes et autres bestioles. En effet, débarrassés de leurs ennemis naturels, ceux-ci ont pu grandir sans danger, chaque génération étant plus nombreuse que la précédente. Le résultat pour les gnomes est que leur pays est envahi de scorpions géants, d'araignées géantes, de mille-pattes géants.

Petit lexique d'AutreMonde

Stridule

Équivalent de nos criquets. Les stridules peuvent être très destructeurs lorsqu'ils migrent en nuages, dévastant alors toutes les cultures se trouvant sur leur passage. Les stidules produisent une bave très fertile, couramment utilisée en magie.

T'sil

Vers du désert de Salterens, les T'sil s'enfouissent dans le sable et attendent qu'un animal passe. Ils s'y accrochent et percent alors la peau ou la carapace. Les œufs pénètrent le système sanguin et sont disséminés dans le corps de l'hôte. Une centaine d'heures plus tard, les œufs éclosent et les T'sil mangent le corps de leur victime pour sortir. Sur AutreMonde, la mort par T'sil est l'une des plus atroces. C'est la raison pour laquelle il n'y a pas beaucoup de touristes tentés par un trekking dans le désert de Salterens. S'il existe un antidote contre les T'sil ordinaires, il n'y en a pas contre les T'sil dorés dont l'attaque conduit immanquablement à la mort.

Tatchoum

Petite fleur jaune dont le pollen, équivalent du poivre sur AutreMonde, est extrêmement irritant. Respirer une Tatchoum permet de déboucher n'importe quel nez.

Traduc

Ce sont de gros animaux élevés par les centaures pour leur viande et leur laine. Ils ont la particularité de sentir très mauvais. « Puer comme un traduc malade » est une insulte très répandue sur AutreMonde.

Tzinpaf

Délicieuse boisson à bulles à base de cola, de pommes et

d'oranges le Tzinpaf est une boisson rafraîchissante et dynami-sante.

Vlir

Les vlirs sont de petites prunes dorées, assez proches de la mira-belle, mais plus sucrées.

Vrrir

Félins blanc et doré à six pattes, favoris de l'impératrice. Celle-ci leur a jeté un sort afin qu'ils ne voient pas qu'ils sont prisonniers de son palais. Là où il y a des meubles et des divans, Les Vrrirs voient des arbres et des pierres confortables. Pour eux, les cour-tisans sont invisibles et quand ils sont caressés, ils pensent que c'est le vent qui ébouriffe leur fourrure.

Table

Remerciements

Comme d'habitude, j'ai des tas et des tas de gens à remercier. En haut de la liste, la patiente, sage et adorable Florence Barrau, ma bien-aimée directrice littéraire qui a repéré mes (bêtes) erreurs grâce à son œil infaillible. Ensuite, merci à toi Jacques Binsztok, ô Grand Directeur de la branche Jeunesse/Beaux Livres/etc. des Éditions du Seuil, aux pieds violets de qui je me prosterne (si, si !) pour avoir permis à ce livre d'exister et pour le défendre avec autant d'acharnement que de succès auprès de… à peu près tout le monde. Merci à Sabine Louali qui a vendu les droits à une demi-douzaine de pays en à peine quelques mois, je suis superimpressionnée. Merci aussi à mes deux supers attachés de presse, qui traquent les articles avec patience et ferveur, Thierry Durand, du Seuil, pour la partie «Jeunesse» et Claude Temple, de Média et Compagnie, pour la partie «Adulte», et à la jolie Alexia qui l'assiste avec beaucoup d'efficacité. Merci à Maryvonne qui a transpiré sur mon texte pour en traquer la plus petite coquille et à Sandrine et Brigitte qui ont bossé dur sur la couverture. Et encore merci à Ludovic Debeurme qui a créé un terrifiant Vampyr (Brrr !) pour la magnifique couverture.

Merci surtout à ma fille Marine qui a émis le plus de suggestions sur mon travail et a eu le courage de me lire quasiment page par page, ce qui est assez frustrant, je le concède, et à ma grande fille, Diane qui me soutient et m'encourage dans les moments de doute. Sans oublier mon merveilleux mari, qui a un peu de mal avec les elfes et les nains, mais ingurgite mes créations sans broncher. Ça, c'est de l'amour ! Merci à ma super mère qui a battu le branle-bas de combat pour que les journalistes parlent de mon livre. Continue Maman ! Sans oublier Cécile, ma sœur, Didier, son mari et un bisou à leur petit Paul tout neuf. Du côté des Audouin, merci à Papy Gérard, qui est le plus adorable des grands-pères et bises à Jean-Luc, Lou, Thierry, Marylène et Léo.

Merci aussi à la grrrrande Michèle Schwartz, qui est ma jumelle, et à l'adorable et pugnace Théodore Klein.

Enfin et surtout, merci aux milliers de Chloé, Nicolas, Sandrine, Alexis, Céline, Pierre, Sophie, Milora (super tes textes, Milora !) Antony, Julia, Alex, Pauline, Dimitri, Camille et plein d'autres qui m'ont écrit des tas de félicitations et d'encouragements sur mon site Internet. Merci, merci, merci ! Vous êtes des fans formidables ! À tous : JE VOUS AIME !

RÉALISATION : PAO ÉDITIONS DU SEUIL
S.N. FIRMIN-DIDOT AU MESNIL-SUR-L'ESTRÉE
DÉPÔT LÉGAL : MARS 2004. N° 65871 (67271)
IMPRIMÉ EN FRANCE